李劍國 輯校

唐五代傳奇集

第四册

中華書局

唐五代傳奇集第三編卷二十一

胡蘆生

皇甫氏 撰

劉闢〔一〕初登第，詣卜者胡蘆生筮卦，以質官祿。生雙瞽，卦成，謂闢曰：「自此二十年，祿在西南，然不得善終。」闢留束素與之。釋褐，從韋臯於西川，至御史大夫、軍司馬。既二十年，韋病，命闢入奏，請益東川，如開元初之制。詔未允，闢乃微服單騎，復詣胡蘆生筮之。生揲蓍成卦，謂闢曰：「吾二十年前，嘗爲一人卜，乃得《无妄》之《隨》。今復前卦，得非曩賢乎？」闢聞之，即依阿唯諾。生曰：「若審其人，禍將至矣。」闢甚不信，乃歸蜀，果叛，憲宗皇帝擒戮之。

宰相李藩〔二〕，嘗漂寓東洛，妻即庶子崔謙女。年近三十，未有名宦，多寄托崔氏，待之亦不甚盡禮。時胡蘆生在中橋，李患足瘡，欲挈家居揚州，甚悶，與崔氏兄弟同往候之。生好飲酒，詣者必攜一壺，李與崔各攜酒，賫〔三〕錢三鍰往焉。生方箕踞在幕屋，倚蒲團，已半酣矣。崔兄弟先至，生不爲之起，但伸手請坐而已，曰：「須臾當〔四〕有貴人來。」顧小童曰：「掃地。」方畢，李生至級下，蘆生笑迎〔五〕，執手而入曰：「郎君貴人也，何問？」李公曰：「某且老矣，復病，又欲以家往數千里外，何有如此貴人也？」曰：「更遠亦可，公在兩紗籠中，豈畏此厄！」李公詢紗籠之由，終不復言。

遂往揚州，居參佐橋。而李公閑淡寬合〔六〕，居之左近〔七〕有高員外，素相善。時李疾不出，高已來謁，至晚，又報高至，李甚怪。及見，云：「朝來看公歸，到家困甚就寢，夢有人召出城，荆棘中行。見舊使莊客，亡已十數年矣，謂某曰：『員外不合至此，爲物所誘，且須臾急返，某送員外去。』遂即引至城門。某謂曰：『汝安得在此？』曰：『爲陰吏，蒙差當直李三郎。』某曰：『何李三郎也？』曰：『住參佐橋。知員外與三郎往還，故此祇候。』某曰：『李三郎安得如此？』曰：『是紗籠中人。』詰之不肯言。因云：『飢甚，員外能賜少酒飯錢銀否？此城〔八〕不敢入，請於城外致之。』某曰：『就李三郎宅得否？』其人驚曰：『若如此，是殺某也。』遂覺，於城外與酒食〔九〕，特奉報此好消息。」李公笑而謝之，心異紗籠之説。

後數年，張建封鎮徐州，奏李爲巡官〔一〇〕、校書郎。會有新羅僧能相人，言張公不得爲宰相，甚不快，因令使院看諸判官，有得爲宰相否。及至，曰：「並無。」張尤不快，曰：「某妙擇賓僚，豈無一人至相座者？」因更問曰：「莫有判官未入院否？」報李巡官。便令促召至，僧降堦迎，謂張公曰：「判官是紗籠中人，僕射不及。」張大喜，因問紗籠事，曰：「宰相，冥司必潛以紗籠護之〔一二〕，恐爲異物所擾，餘官不得也。」方悟蘆生及高公所説。李公竟爲相。

滎陽鄭子，少貧窶，有才學不遇。時年近四十，將獻書策求禄仕。鄭遂造之，請占後事。謂鄭曰：「此卦大吉，七日内婚禄皆達。」鄭既欲干禄求婚，皆被擯斥，以卜者謬己，即告云：「吾將死矣，請審之。」胡蘆生曰：「豈欺誑言哉？必無致疑也！」鄭自度無因而致，請其由，生曰：「君明日晚，自乘驢出永通門，信驢而行，不用將從者隨，二十里内，的見其驗。」鄭依言，明日，信驢行十七八里，因倦下驢，驢忽驚走，南去至疾。鄭逐一里餘，驢入一莊中，頃聞莊内叫呼云：「驢踏破醬瓮。」牽驢索主，忽見鄭求驢。其家奴僕斥〔一三〕詈，鄭子巽謝之。良久，日向暮，聞門内語云：「莫辱衣冠。」即主人母也。遂問姓名，鄭具對。因叙家族，乃鄭之五從姑也。遂留宿，傳語更無大子弟，姑即自出見郎君。延鄭廳内，須臾列燈火，備酒〔一三〕饌。夫人年五十餘，鄭拜謁，叙寒暄，兼言驢事，慙謝姑曰：「小子隔闊，都不知聞，不因今日，何由相見？」遂與款洽〔一四〕，詢問中外，無不識者。遂問婚姻，鄭云未婚。初姑似喜，少頃慘容曰：「姑事韋家，不幸，兒女幼小，偏露，一子纔十餘歲，一女去年事鄭郎，選授江陰尉，將赴任，至此身亡，女子孤弱，更無所依。郎既未娶〔一五〕，若能就此親，便赴官任，即亦姑之幸也。」鄭私喜，又思卜者之神〔一六〕，遂謝諾之。姑曰：「赴官須及程限，五日内須成親。郎君行李，一切我〔一七〕備。」果不出七日，婚宦兩全。鄭厚謝蘆生〔一八〕，攜妻赴任。（據中華書局版汪紹楹點校本《太平廣記》卷七七引《原化記》校録）

〔一〕劉闢　前原有「唐」字，今删。

〔二〕李藩　「藩」原作「蕃」，據《紺珠集》卷一三《諸集拾遺·紗籠中人》，《類説》卷四《兩京雜記·紗籠中人》，南宋委心子《新編分門古今類事》卷一八《李相紗籠》引《原化記》，佚名《錦繡萬花谷》別集卷一一引《原化記》，祝穆《古今事文類聚》前集卷二八引《原化記》，謝維新《古今合璧事類備要》前集卷三九引《原化記》，元富大用《古今事文類聚》外集卷一二引《原化記》，明王罃《群書類編故事》卷五引《原化記》，陳耀文《天中記》卷三〇引《原化記》、《逸史》、《兩京記》，彭大翼《山堂肆考》卷七五引《原化記》及卷四三（無出處）改。按：《舊唐書》卷一四八、《新唐書》卷一六九有《李藩傳》。

〔三〕賫　原作「賚」，據黄本、《四庫》本、《筆記小説大觀》本改。

〔四〕當　孫校本作「必」。

〔五〕李生至級下蘆生笑迎　孫校本作「李生幸，及下驢，生笑迎」，《會校》據改，斷作「李生幸及，下驢，生笑迎」。按：「幸及」不辭，「幸」當爲「至」字之譌。級，台階。

〔六〕閑淡寬合　原作「閑談寡合」，據孫校本改。按：《舊唐書》本傳載：「藩少恬淡修檢，雅容儀，好學。

父卒，家富於財，親族弔者，有挈去不禁，愈務散施，不數年而貧。」是知藩非寡合之人也。

〔七〕居之左近　孫校本作「使外中」。按：《廣記》卷一五三引《逸史》作「使院中」，「外」當爲「院」字之譌。使院，指淮南節度使府。明鈔本譌作「便外中」。

〔八〕此城　孫校本作「子城」。

〔九〕於城外與酒食　此句原無，據孫校本補。

〔一〇〕巡官　《萬花谷》别集、《事文類聚》前集及外集、《事類備要》、《類編故事》、《天中記》、《山堂肆考》卷七五作「判官」。按：判官總理本使事務，處於幕府上佐地位，李藩初入徐州幕，帶職校書郎（正九品上），不當爲判官。巡官則位次判官、推官下。然判官亦泛指文職幕僚。

〔一一〕宰相冥司必潛以紗籠護之　《類説》作「凡宰相冥司必立其像，以紗籠護之」，《紺珠集》無「凡宰相」三字，《古今類事》作「冥司凡台相則立其象，以紗籠護之」。

〔一二〕斥　原作「訴」，據明鈔本、孫校本改。

〔一三〕酒　明鈔本、孫校本作「茶」。

〔一四〕洽　明鈔本、孫校本作「語」。

〔一五〕郎既未娶　原作「郎即未宦」，據孫校本改。

〔一六〕神　明鈔本、孫校本作「驗」，《會校》據改。

〔一七〕我　孫校本作「姑家自」。

〔一八〕果不出七日婚宦兩全鄭厚謝盧生　明鈔本、孫校本作「不日成禮，鄭厚謝胡盧先生」。

吴堪

皇甫氏　撰

常州義興縣，有鰥夫吴堪〔一〕，少孤，無兄弟。爲縣吏，性恭順。其家臨荆溪，常於門前，以物遮護溪水，不曾〔二〕穢污。每縣歸，則臨水看翫，敬而愛之。積數年，忽於水濱得一白螺，遂拾歸，以水養。自縣歸，見家中飲食已備，乃食之。如是十餘日然。堪爲〔三〕鄰母哀其寡獨，故爲之執爨，乃卑謝鄰母。母曰：「何必辭？君近得佳麗修事，何謝老身？」堪曰：「無。」因問其母，母曰：「子每入縣後，便見一女子，可十七八，容顔端麗，衣服輕豔，具饌訖，即却入房。」堪意疑白螺所爲，乃密言於母曰：「堪明日當稱入縣，請於母家自隙窺之，可乎？」母曰：「可。」明旦詐出〔四〕，乃見女自堪房出，入廚理爨。堪自門而入，其女遂歸房不得。堪拜之，女曰：「天知君敬護泉源，力勤小職，哀君鰥獨，勑余以奉媲。幸君垂悉，無致疑阻。」堪敬而謝之。自此彌將敬洽，閭里傳之，頗增駭異〔五〕。

時縣宰豪士，聞堪美妻，因欲圖之。堪爲吏恭謹，不犯笞責，宰謂堪曰：「君熟於吏能久矣，今要蝦蟆毛及鬼臂二物，晚衙須納。不應此物，罪責非輕。」堪唯而走出，度人間無此物，求不可得，顔色慘沮，歸述於妻，乃曰：「吾今夕殞矣。」妻笑曰：「君憂餘物，不敢聞命，二物之求，妾能致矣。」堪聞言，憂色稍解。妻曰：「辭出取之〔六〕。」少頃而到。堪得以納令，令視二物，微笑曰：「且出。」然終欲害之。

後一日，又召堪曰：「我要禍斗一枚〔七〕，君宜速覓此，若不至，禍在君矣。」堪承命奔歸，又以告妻，妻曰：「吾家有之，取不難也。」乃爲取之。良久，牽一獸至，大如犬，狀亦類之，曰：「此禍斗〔八〕也。」堪曰：「何能？」妻曰：「能食火，其糞火也〔九〕。君速送。」堪將此獸上宰，宰見之，怒曰：「吾索禍斗，此乃犬也。」又曰：「必何所能？」曰：「食火，其糞火。」宰遂索炭燒之，遣食。食訖，糞之於地，皆火也。宰怒曰：「用此物奚爲？」令除火埽糞。方欲害堪，吏以物及糞，應手洞然，火飆暴起，焚爇牆宇，煙焰四合，彌亘城門。宰身及一家皆爲煨燼，乃失吴堪及妻。其縣遂遷於西數百〔一〇〕步，今之城是也。（據中華書局版汪紹楹點校本《太平廣記》卷八三引《原化記》校録）

〔一〕吴堪　元佚名《湖海新聞夷堅續志》後集卷二《井神現身》作「吴湛」。按：《夷堅續志》所記乃此事之演化，然「吴湛」之「湛」當是傳寫之譌。

〔二〕曾　《情史類略》卷一九《白螺天女》作「敢」。

〔三〕爲　明鈔本、孫校本、《四庫》本、明董斯張《廣博物志》卷五〇引《原化記》、《情史》均作「謂」，《會校》據明鈔本、孫校本改。按：爲，通「謂」。《廣豔異編》卷一《螺女》作「疑」。

〔四〕詐出　孫校本作「如言」。

〔五〕堪敬而謝之自此彌將敬洽閭里傳之頗增駭異　《情史》作「堪敬謝，遂留爲婦，閭里傳駭」。按：詹詹外史《情史》及馮夢龍《太平廣記鈔》多删縮改易《廣記》原文，此亦然，非版本異文也。

〔六〕妻曰辭出取之　《情史》無「曰」字，《廣博物志》無「曰辭」二字。

〔七〕禍斗一枚　「禍斗」原作「蝸斗」，《紺珠集》卷七《原化記·禍斗》，《類説》卷七《原化記·螺婦》（明嘉靖伯玉翁舊鈔本，天啓刊本作「蝸斗」），《海録碎事》卷一三下（無出處），南宋史能之《咸淳毗陵志》卷一四引《原化記》（又稱引《幽明録》，誤），《重編説郛》卷二三《原化記·螺婦》，明李時珍《本草綱目》卷六《火·陽火陰火》之《集解》引《原化記》，鄺露《赤雅》卷三《禍斗》，陳禹謨《駢志》卷一八《螺婦》引《原化記》，袁達德《禽蟲述》，徐應秋《玉芝堂談薈》卷三二《猿臂通肩》，方以智《通雅》卷四六《動物·獸》引《太平廣記》，《廣博物志》，清方旭《蟲薈》卷二《毛蟲·禍斗》引《太平廣記》，皆作「禍斗」。按：禍斗乃獸，源自《山海經·海外南經》厭火國之怪獸：「獸身黑色，生（按：此字衍）火出其口中。」晉郭璞注：「言能吐火，畫似獼猴而黑色也。」《本草綱目》卷六《集解》於「食火之獸」下引《原化記》：「禍斗，獸狀如犬而食火，糞復爲火，能燒人屋。」正是將厭火國之食火獸看作即禍斗。故清吴任臣《山海經廣注》卷六引《本草集解》而曰：「食火獸名禍斗也。」禍斗能食火糞火，招致火災，故被視爲不祥，《赤雅》卷三：「禍斗，似犬，而食火（按：原譌作『犬』），糞噴火作殃，不祥之獸。」然則其名宜爲「禍斗」也，作「蝸斗」者，蓋不明「禍斗」之義而妄改。明朱謀㙔《駢雅》卷七《釋獸》云：「蝸斗，食火犬也。」清魏茂林《駢雅訓纂》卷七下《釋獸》引《庶物異名疏》獸部：「禍斗，狀如犬而食火，糞復爲火，能燒人屋。見《太平廣記》。」按云：「文載《廣記》八十三《異人三》引《原化記》，『禍斗』作『蝸斗』，與《駢雅》合，文繁不録。又按《説郛》弓第二十三所載皇甫氏《原化記·螺婦》條，《通雅》四十六《動物》載『異獸似犬者』引《廣記》，『蝸斗』竝作『禍斗』，皆字形相近而譌。」説非。今改作「禍斗」，下同。孫校本作「蝸牛十枚」，作「蝸牛」亦譌。

〔八〕禍斗　《情史》譌作「蝸牛」，前文作「蝸斗」。孫校本亦作「蝸牛」，下同。

〔九〕其糞火也　原作「其獸也」，汪校本、《會校》據明鈔本改作「奇獸也」。黄本亦作「其獸也」，《筆記小説大觀》本改作「奇獸也」。今據《四庫》本改。《廣博物志》作「其糞火」。

〔一〇〕數百　原無「百」字，據孫校本補。

按：《廣豔異編》卷一《螺女》、《情史類略》卷一九《白螺天女》即此篇。

華嚴和尚

皇甫氏　撰

華嚴和尚，學於神秀禪師〔一〕，謂之北祖，常在洛都天宫寺，弟子三百餘人。每日堂食，和尚嚴整，瓶鉢必須齊集。有弟子，夏臘道業，高出流輩，而性頗褊躁，時因卧疾，不隨衆赴會。一沙彌瓶鉢未足，來詣此僧，頂禮云：「欲上堂，無鉢如何？暫借，明日當自置之。」僧不與，曰：「吾鉢已受持數十年，借汝心〔二〕恐損之。」沙彌懇告曰：「上堂食頃而歸，豈便毁損？」至於再三，僧乃借之，曰：「吾愛鉢如命，必若有損，同殺我也。」沙彌得鉢，捧持兢懼。食畢將歸，僧已催之。沙彌持鉢下堂，不意磚破蹴倒，遂碎之。少頃，僧又催之，既懼，遂至僧所，作禮承過，且千百拜。僧大叫曰：「汝殺我也！」怒駡至甚，因之病亟，一夕而卒。

爾後經時，和尚於嵩山嶽寺，與弟子百餘人，方講《華嚴經》，沙彌亦在聽會。忽聞寺外山谷，若風雨聲，和尚遂招此沙彌，令於己背後立。須臾，見一大虵，長八九丈，大四五圍，直入寺來，努目〔三〕張口。左右皆欲奔走，和尚戒之不令動。虵漸至講堂，升階睥睨，若有所求。和尚以錫杖止之，云：「住。」虵欲至坐，遂俛首閉目。和尚誡之，以錫杖扣其首，曰：「既明所業，今當回向三寶。」令諸僧爲之齊聲念佛，與受三歸五戒，此虵宛轉而出。時亡僧弟子已有登會者，和尚召謂曰：「此虵，汝之師也。修行累年，合證果之位。爲臨終之時，惜一鉢破〔四〕，怒此沙彌，遂作一蟒虵。適此來者，欲殺此沙彌。更若殺之，當墮大地獄，無出期也。賴吾止之，與受禁戒，今當捨此身矣，汝往尋之。」弟子受命而出。

虵行所過，草木開靡，如車路焉。行四十五里〔五〕，至深谷間，此虵自以其首叩石而死矣。歸白，和尚曰：「此虵今以受生，在裴郎中宅作女，亦甚聰慧，年十八當亡，即却爲男，然後出家修道。裴郎中即我門徒，汝可入城，爲吾省問之。其女今已欲生，而甚艱難，汝可救之。」時裴寬爲兵部郎中，即和尚門人也。弟子受命入城，遥詣〔六〕裴家，遇裴請假在宅，遂令報云〔七〕：「華嚴和尚傳語。」郎中出見，神色甚憂。僧問其故，云：「妻欲産，已六七日，燈燭相守，甚危困矣。」僧曰：「我能救之。」遂令於堂門之外，浄設牀席，僧入焚香擊磬，呼和尚者三，其夫人安然而産一女。後果年十八歲而卒。（據中華書局版汪紹楹點校本《太平廣記》卷九四引《原化記》校録）

〔一〕神秀禪師　「禪師」，汪校本據陳校本改作「禪宗」，屬下讀，《會校》據明鈔本、孫校本、陳校本亦改，《太平廣記鈔》卷一四亦作「禪宗」。按：禪師乃禪宗和尚尊稱，神秀死後賜號大通禪師。北宋贊寧《宋高僧傳》卷八《唐荆州當陽山度門寺神秀傳》：「天下散傳其道，謂秀宗爲北，能宗爲南。南北二宗，名從此起。秀以神龍二年卒，士庶皆來送葬，詔賜謚曰大通禪師。」今回改。

〔二〕心　原作「必」，據明鈔本、孫校本改。

〔三〕努目　孫校本作「怒目」，《會校》據改。按：努目，突出眼球。《廣記》卷四三五引《原化記·韓晞》：「此馬努目，斜睨於晞，忽然掣韁走上堦，跑晞落牀。」《類説》卷一九《駭聞録·題金剛詩》：

「蜀主季年，臣僚多尚權勢，蔣貽恭題金剛以諷曰：『揚眉努目惡精神，揑合將來却似真。附彼時流借權勢，不知身自是泥人。』」

〔四〕破　明鈔本、孫校本作「故」，屬下讀。

〔五〕四十五里　《廣記鈔》作「四五十里」。

〔六〕詣　原作「指」，據孫校本改。《廣記鈔》云「弟子受命詣裴」，文有省縮，亦作「詣」。

〔七〕云　明鈔本、孫校本作「名」。

崔尉子

皇甫氏　撰

天寶〔一〕中，有清河崔氏，家居于滎陽。母盧氏，幹於治生，家頗富。有子策名京都，受吉州大和縣尉〔二〕。其母戀故産，不之官。爲子娶太原王氏女，與財數十萬，奴婢數人，赴任。乃謀賃舟而去，僕人曰：「今有吉州人，姓孫，云空舟欲返，傭價極廉，儻與商量，亦恐穩便。」遂擇發日，崔與王氏及婢僕列拜堂下，泣別而登舟。不數程，晚臨野岸。舟人素窺其囊橐，伺崔尉不意，遽推落于深潭，佯爲拯溺之勢，退〔三〕而言曰：「恨力救不及矣。」其家大慟，孫以刃示之，皆惶懼，無復〔四〕喘息。是夜，抑納王氏。王方娠，遂以財物居於江夏。後王氏生男，舟人養爲己子，極愛焉。其母亦竊誨以文字，母亦不告其由。崔之親老在鄭州，訝久不得消息。積望數年，天下離亂，人多飄流，崔母分與子永隔矣。

爾後二十年，孫氏因崔財致産極厚。養子年十八九，學藝已成，遂遣入京赴舉。此子西上，途過鄭州，去州約五十里，遇夜迷路。常有一火前引，而不見人，隨火而行。二十餘里，至莊門，扣開以寄宿。主人容之，舍於廳中，乃崔莊也。其家人竊窺，報其母曰：「門前宿客，面貌相似郎君。」家人又伺其言語行步，輒無少異。又白其母，母欲自審之，遂召入升堂，與之語話，一如其子，問乃孫氏矣。其母又垂泣，其子不知所以。母曰：「郎君遠來，明日且住一食。」此子不敢違長者之意，遂諾之。明日，母見此子告去，遂發聲慟哭，謂此子曰：「郎君勿驚此哭者，昔年唯有一子，頃因赴〔五〕官，遂絶消息，已二十年矣。今見郎君狀貌，酷似吾子，不覺悲慟耳。郎君西去，迴日必須相過，老身心孤，見郎君如己兒也。亦有奉贈，努力早迴。」

此子至春，應舉不捷，却歸至鄭州，還過母莊。母見欣然，遂留停歇數日。臨行，贈貲糧，兼與衣一副，曰：「此是吾亡子衣服，去日爲念。今既永隔，以郎君貌似吾子，便以奉贈。」號哭而別，「他時過此，亦須相訪〔六〕。」此子却歸，亦不爲父母言之。後忽著老母所遺衣衫，下襟有火燒孔，其母驚問：「何處得此衣？」乃述本末。母因屏人，泣與子言其事：「此衣是吾與汝父所製，初熨之時，誤遺火所爇。汝父臨發之日，阿婆留此以爲念。比爲汝幼小，恐申理不了〔七〕，豈期今日神理〔八〕昭然。」其子聞言慟哭，詣府論寃，推問果伏。誅孫氏，而妻以不早自陳，斷合從坐，其子哀請而免。（據中華書局版汪紹楹點校本《太平廣記》卷一二一引《原化記》校録）

〔一〕天寶　前原加「唐」字，今删。

〔二〕受吉州大和縣尉　「受」《勸善書》卷一七作「授」，受，通「授」。「大和」《四庫》本作「太和」。按：大，通「太」。《新唐書·地理志五·吉州》：「太和，上。武德五年置南平州，并置永新、廣興、東昌三縣。八年州廢，省永新、廣興、東昌入太和，來屬。」《勸善書》作「泰和」，誤。

〔三〕退　《太平廣記詳節》卷八作「返」。

〔四〕復　《勸善書》作「敢」。

〔五〕赴　《廣記詳節》作「效」。

〔六〕相訪　《勸善書》作「下顧」。

〔七〕了　《勸善書》作「達」。

〔八〕理　《廣記詳節》作「明」。

車中女子

皇甫氏　撰

開元〔一〕中，吴郡人入京應明經舉。至京，因閑步坊曲，忽逢二少年，着大麻布衫，揖此人而過，色甚卑敬。然非舊識，舉人謂誤識也。後數日，又逢之，二人曰：「公到〔二〕此境，未爲主〔三〕。今日方欲奉迓，邂逅相遇，實慰我心。」揖舉人便行，雖甚疑怪，然彊隨之。抵數坊，入〔四〕東市一小曲内，有臨路店數間，相與直入，舍宇甚整肅。二人攜引升堂，列筵甚盛。二人與客，據繩牀坐定於席前〔五〕。更有數少年，各二十餘，禮頗謹。數數〔六〕出門，若佇貴客。至午後，方云來矣。聞一車直門來，數少年隨後，直至堂前。乃一鈿車，卷簾，見一女子從車中出，年可十七八，容色甚佳，花梳滿髻〔七〕，衣則紈素。二人羅拜，此女亦不答。此人亦拜之，女乃答。遂揖客入宴〔八〕，女乃升牀，當局〔九〕而坐，揖二人及客，乃拜而坐。又有十餘後生，皆衣服輕新，各設拜，列坐於客之下〔一〇〕。陳以品味，饌至精潔。飲酒數巡，至女子，執盃顧問〔一一〕客：「聞〔一二〕二君奉談，今喜展見，承有妙技，可得觀乎〔一三〕？」此人卑遜辭讓云：「自幼至長，唯習儒經，絃管歌聲，輒未曾學。」女曰：「所習非此事也。君熟思之，先所能者何事？」客又沈思良久，曰：「某唯〔一四〕學堂中，著靴於壁上行得數步，自餘戲劇，則未曾爲之。」女曰：「所請只然，請客爲之。」遂於壁上行得數步。女曰：「亦大難事。」乃迴顧坐中諸後生，各令呈技。俱起設拜，然後〔一五〕有於壁上行者，亦有手撮椽子行者，輕捷之戲〔一六〕，各呈數般，狀如飛鳥。此人拱手驚懼，不知所措。少頃，女子起，辭出。舉人驚嘆，恍恍然不樂〔一七〕。

經數日，途中復見二人，曰：「欲假盛駟〔一八〕，可乎？」舉人曰：「唯。」至明日，聞宮苑中失物，掩捕失賊，唯收得馬，是將馱物者。驗問馬主，遂收此人，入內侍省勘問。驅入小門，吏自後推之，倒落深坑數丈。仰望屋頂七八丈，唯見一孔，纔開尺餘。自旦入，至食時，見一繩縋一器食下。此人饑急，取食之。食畢，繩又引去。深夜，此人忿甚，悲惋何訴。仰望，忽見一物如鳥飛下，覺至身邊，乃人也。以手撫生，謂曰：「計甚驚怕，然某在，無慮也。」聽其聲，則向所遇女子也。云：「共君出矣。」以絹〔一九〕重繫此人胸膊訖，絹一頭繫女人身。女人聳身騰上，飛出宮城。去門數十里乃下，云：「君且便歸江淮，求仕之計，望俟他日。」此人大喜，徒步潛竄，乞食寄宿，得達吴地。後竟不敢求名西上矣。（據中華書局版汪紹楹點校本《太平廣記》卷一九三引《原化記》校録）

〔一〕開元　前原有「唐」字，今删。

〔二〕到　明鈔本、孫校本、《豔異編》卷二四《車中女子》、《劍俠傳》（明吴琯《古今逸史》本）卷一《車中女子》作「道」。按：道，用同「到」。

〔三〕未爲主　《豔異編》、《劍俠傳》作「未得主矣」。

〔四〕入　原作「於」，據《太平廣記詳節》卷一四改。

〔五〕坐定於席前　《豔異編》、《劍俠傳》作「對坐」。

〔六〕數數　原作「數」，據明鈔本、孫校本、《廣記詳節》及《豔異編》、《劍俠傳》補一「數」字。

〔七〕花梳滿髻　《豔異編》、《劍俠傳》無「花」字。

〔八〕宴　此字原無，據《豔異編》、《劍俠傳》補。

〔九〕局　《豔異編》、《劍俠傳》作「席」。按：局，筵席。

〔一〇〕於客之下　《豔異編》、《劍俠傳》作「兩旁」。

〔一一〕問　《四庫》本、《豔異編》作「謂」。

〔一二〕聞　《四庫》本作「曰」，連上讀。

〔一三〕「聞二君奉談」至「可得觀乎」　《豔異編》、《劍俠傳》作「久聞君有妙技，今煩二君奉屈，喜得展見，可肯賜觀乎」。

〔一四〕唯　原作「爲」，據《廣記詳節》改。

〔一五〕然後　此二字原無，據《豔異編》、《劍俠傳》補。

〔一六〕戲　《廣記詳節》作「事」。
〔一七〕恍恍然不樂　《豔異編》、《劍俠傳》作「驚恍不安」。
〔一八〕盛駟　《豔異編》、《劍俠傳》作「駿騎」。
〔一九〕絹　明鈔本作「繩」，下同，《會校》據改。

按：本篇明世曾收入《豔異編》卷二四（四十卷本）、《劍俠傳》（四卷）卷一，題同《廣記》。《五朝小説·唐人百家小説》、《重編説郛》卷一一二、舊題明楊循吉《雪窗談異》卷五、《唐人説薈》第十一集、《龍威秘書》四集、《藝苑捃華》、《説庫》、《晉唐小説六十種》亦收《劍俠傳》一卷，中亦有《車中女子》。《唐人百家小説》、《重編説郛》不著撰人，《雪窗談異》題唐缺名，《唐人説薈》等五書均妄題唐段成式著。

張仲殷

皇甫氏　撰

户部侍郎〔一〕張滂之子，曰仲殷，於南山内讀書，遂結時流子弟三四人。仲殷性亦聰利，但不攻文學，好習弓馬，時與同侶挾彈，遊步林藪。去所止數里，見一老人持弓，逐一鹿遶林，一矢中之，洞胸而倒。仲殷驚賞，老人曰：「君能此乎？」仲殷曰：「固所好也。」

老人曰：「獲此一鹿〔二〕，吾無所用，奉贈君，以充一飯之費。」仲殷等敬謝之。老人曰：「明日能來看射否？」明日至，亦〔三〕見老人逐鹿，復射之，與前無異。復又與仲殷，仲殷益異之。如是三度，仲殷乃拜乞射法，老人曰：「觀子似可教也，明日復期於此，不用令他人知也。」仲殷乃明日復〔四〕至其所，老人還〔五〕至，遂引仲殷西行四五里，入一谷口，路漸低下，如入洞中，草樹有異人間。仲殷彌敬之。

約行三十餘里，至一大莊，如卿相之别業焉。止仲殷於中門外廳中，老人〔六〕整服而入，有修謁之狀。出曰：「娘〔七〕知君來此，明日往〔八〕相見。」仲殷敬諾，而宿於廳。至明日，敕奴僕與仲殷備湯沐，更易新衣。老人具饌於中堂，延仲殷入拜母。仲殷拜堂下，母不爲起，亦無辭讓。老人又延升堂就坐，視其狀貌，不多〔九〕類人，或似過老變易，又如猿玃之狀〔一〇〕。其所食品物甚多，仲殷食次，亦不見其母動匕箸，倏忽而畢，久〔一一〕視之，斂坐如故。既而食物皆盡，老人復引仲殷出，於廳前樹下，施牀而坐。老人即命弓矢，仰首指一樹枝曰：「十箭取此一尺。」遂發矢十隻，射落碎枝十段，接成一尺。謂仲殷曰：「此定如何？」仲殷拜於牀〔一二〕下，曰：「敬服。」又命牆頭上立十針焉，去三十步，舉其第一也，乃按次射之，發無不中者也。遂教仲殷屈伸距踧之勢，但約臂腕骨，臂腕骨相拄，而弓已滿，故無彊弱，皆不費力也。

數日，仲殷已得其妙，老人撫之，謂仲殷曰：「止於此矣，勉馳此名，左右各〔三〕教取五千人，以救亂世也。」遂却引歸至故處。而仲殷藝日新，果有善射之名。受其教者，雖童子婦人，即可與談武矣。後父卒，除服，偶遊於東平軍，乃教得數千人而卒。其老人蓋山神也。善射者必趫度通臂，故母類於猿焉。（據中華書局版汪紹楹點校本《太平廣記》卷三〇七引《原化記》校録）

〔一〕户部侍郎　「侍郎」原作「郎中」，明鈔本、陳校本作「侍郎」，據改。按：查勞格等《唐尚書省郎官石柱題名考》及岑仲勉《郎官石柱題名新考訂》，户部郎中中無張滂，張滂曾任户部侍郎。《舊唐書·德宗紀下》載，貞元八年二月，以「户部侍郎張滂爲諸道鹽鐵轉運使」。四月，「以東都、河南、淮南、江南、嶺南、山南東道兩税等物，令户部侍郎張滂主之」。《廣豔異編》卷二《張仲殷》作「户部尚書郎」，誤。

〔二〕獲此一鹿　明鈔本作「今獲此鹿」，《會校》據改。

〔三〕亦　明鈔本作「又」，《會校》據改。按：亦，又也。

〔四〕復　明鈔本作「獨」。

〔五〕還　明鈔本作「後」，《會校》據改。按：還，已也。

〔六〕老人　孫校本作「有人」。按：下文「姨知君來此」，稱姨而不稱母，則非老人。然陳校本「姨」作

「娘」，則爲老人矣。

〔七〕娘　原作「姨」，據陳校本改。按：「娘」又作「孃」，稱母也。《文苑英華》卷三三三《木蘭歌》：「旦辭爺娘去，暮宿黄河邊。不聞爺娘喚女聲，但聞黄河流水鳴濺濺。」《樂府詩集》卷二五《木蘭詩》作「孃」。

〔八〕往　明鈔本作「當」，《會校》據改。

〔九〕多　明鈔本無此字，《會校》據删。

〔一〇〕狀　明鈔本作「類」。

〔一一〕久　明鈔本無此字，《會校》據删。

〔一二〕牀　明鈔本作「階」。

〔一三〕左右各　明鈔本作「于時且」。

按：《廣豔異編》卷二輯入，題《張仲殷》。

韋氏

皇甫氏　撰

京兆韋氏，名家女也，適武昌孟氏。大曆〔一〕末，孟與妻弟韋生同選，韋生授揚子縣尉，孟授閬州録事參軍，分路之官。韋氏從夫入蜀，路不通車輿，韋氏乘馬，從夫至駱谷口中，忽然馬驚，墜於岸下數百丈〔二〕。視之杳黑，人無入路，孟生悲號，一家慟哭，無如之何，遂設祭服喪捨去。

韋氏至下墜約數丈枯葉之上〔三〕，體無所損。初似悶絶，少頃而甦。經一日，饑甚，遂取木葉裹雪而食。傍視有一巖罅，不知深淺，仰視墜處，如大井〔四〕焉。分當死矣，忽於巖谷中，見光一點如燈，須臾〔五〕漸大，乃有二焉。漸近，是〔六〕龍目也。韋氏〔七〕懼甚，負石壁而立。此龍漸出，可長五六丈，至穴邊，騰孔而出。頃又見雙眼，復是一龍欲出。韋氏自度必死，寧爲龍所害，候龍將出，遂抱龍腰〔八〕跨之。龍亦不顧，直躍穴外，遂騰于空。韋氏不敢下顧，任龍所之。如半日許，意疑已過萬里，試開眼下視，此龍漸低。又見江海及草木甚近，度地四五丈〔九〕，恐負入江，遂放身自墜，落於深草之上，良久乃甦。韋氏不食已經三四日矣，氣力困〔一〇〕憊，徐徐而行。遇一漁翁，翁驚其非人〔一一〕。韋氏問此何所，漁翁曰：「此揚子縣。」韋氏私喜，曰：「去縣幾里？」翁曰：「二十里。」韋氏具述其由，兼告〔一二〕饑渴，漁翁傷異之。舟中有茶粥，飲食之〔一三〕。韋氏問曰：「此縣韋少府上未〔一四〕？」翁曰：「不知到未。」韋氏曰：「某即韋少府之姊〔一五〕也。倘爲載去，至縣當厚相報。」

漁翁與載至縣門，韋少府已上數日矣。韋氏至門，遣報孟家十三姊〔一六〕。韋生不信，曰：「十三姊隨孟郎入蜀，那忽來此？」韋氏令具説此由，韋生雖驚，亦未深信。出見之，其姊號哭，話其迍厄，顔色瘦瘁，殆不可言。乃舍之將息，尋亦平復。韋生終有所疑，後數月〔一七〕，蜀中凶問果至，韋生意乃豁然。方更悲喜，追酬漁父二十千。遣人送姊入蜀，孟氏悲喜無極。後數十年，韋氏表弟裴綱，貞元中，猶爲洪州高安尉，自説其事。（據中華書局版汪紹楹點校本《太平廣記》卷四二一引《原化記》校録）

〔一〕大曆　前原加有「唐」字，今删。

〔二〕丈　《太平廣記詳節》卷三六作「尺」。

〔三〕韋氏至下墜約數丈枯葉之上　《廣記詳節》「約」作「於」，「上」作「下」。

〔四〕大井　《廣記詳節》作「天井」。

〔五〕須臾　原作「後更」，據《廣記詳節》改。

〔六〕是　明鈔本前有「視」字，《會校》據補。

〔七〕氏　此字原無，據明鈔本、孫校本、陳校本、《廣記詳節》補。

〔八〕腰　此字原無，據明鈔本、孫校本、陳校本、《廣記詳節》補。

〔九〕又見江海及草木甚近度地四五丈　談本原作「又見江海及草木，其地度四五丈」，「其」下闕一字，汪校本、《會校》據明鈔本補「去」字，今據孫校本、《廣記詳節》改。

〔一〇〕困　原作「漸」，據《廣記詳節》改。
〔一一〕翁驚其非人　原作「驚非其人」，據明鈔本、孫校本、陳校本、《廣記詳節》改。《四庫》本、《太平廣記鈔》卷六八作「驚其非人」。
〔一二〕告　此字原無，據明鈔本補。孫校本作「有」。
〔一三〕飲食之　黄本、《四庫》本、《筆記小説大觀》本下有「物」字，連上讀。
〔一四〕上未　下原有「到」字，據明鈔本、《廣記詳節》删。按：上，上任、赴上、赴任。陳校本作「上任否」，《會校》據改。明施顯卿《新編古今奇聞類紀》卷六引《原化記》作「到任未」。
〔一五〕姊　原譌作「妹」，據《廣記詳節》、《奇聞類紀》改。
〔一六〕十三姊　明鈔本、陳校本、《廣記詳節》「三」作「二」，下同。《奇聞類紀》下有「欲入」二字。
〔一七〕月　原作「日」，據《廣記詳節》改。

南陽士人

皇甫氏　撰

近世有一人，寓居南陽山，忽患熱疾，旬日不瘳。時夏夜月明，暫於庭前偃息。忽聞扣門聲，審聽之，忽如睡夢，家人即無聞者。但於恍惚中，不覺自起看之。隔門有一人云：「君合成虎，今有文牒。」此人驚異，不覺引手受之，見送牒者手是虎爪，留牒而去。開牒視之，排〔一〕印于空紙耳。心甚惡之，置牒席下，復寢。明旦少憶〔二〕，與家人言之，取牒猶在，益以爲怪。疾似愈，忽憶出門散適，遂策杖閒步，諸子無從者。行一里餘，山下有澗，沿澗徐步。忽于水中，自見其頭已變爲虎，又觀手足皆虎矣。而甚分明，自度歸家必爲妻兒所驚，但懷憤恥，緣路入山。經一日餘，家人莫知所往，四散尋覓，比鄰皆謂虎狼所食矣，一家號哭而已。

此人爲虎，入山兩日，覺飢餒。忽於水邊蹲踞，見水中科斗蟲數升，自念常聞虎亦食泥，遂掬〔三〕食之，殊覺有味。又復徐行，乃見一兔，遂擒之，應時而獲，即噉之，覺身體〔四〕轉强。晝即於深榛〔五〕草中伏，夜即出行求食，亦數得麞兔等，遂轉爲害物之心。忽尋樹上〔六〕，見一採桑婦人，草間望之，又私度：「吾聞虎皆食人。」試攫之，果獲焉。食之，果〔七〕覺甘美。常近小路，伺接行人。日暮，有一荷柴人過，即欲捕之。忽聞後有人云：「莫取！莫取！」驚顧，見一老人，鬚眉〔八〕皓白，知是神人。此人雖變，然心猶思家，遂哀告老人曰：「不知身有何罪，忽變此狀，何計可免〔九〕？」老人曰：「汝實〔一〇〕爲天神所使作此身，今欲向畢，却得復人身。若殺負薪者，永不變矣。汝明日合食一王評事，後當却爲人。」言訖，不見此老人。

此虎遂又循〔一一〕草潛行，至明日日晚，近官路伺候。忽聞鈴聲，於草間匿，又聞空中人曰：「此誰角馱？」空中答曰：「王評事角馱。」又問：「王評事何在？」答曰：「在郭外，縣官相送，飯會方散。」此虎聞之，更沿路伺之。一更已後，時有微月，聞人馬行聲。空中又曰：「王評事來也。」須臾，見一人朱衣乘馬半醉，可四十餘，亦有導從數人，相去猶遠。遂於馬上擒之，曳入深榛食之，其從迸散而走。食訖，心稍醒，却憶歸路。去家百里餘來，尋山却歸。又至澗邊却〔一三〕照，其身已化爲人矣。遂歸其家，家人驚怪，失之已七八月日〔一三〕矣。言語顛倒，似沉醉人。漸稍進粥食，月餘平復。後五六年，遊陳、許長葛縣。時縣令席上，坐客約三十餘人。主人因話人變化之事，遂云：「牛哀之輩，多爲妄說。」此人遂陳己事，以明變化之不妄。主人驚異，乃是王評事之子也，自説先人爲虎所殺。今既逢讐，遂殺之。官知其實，聽免罪焉〔一四〕。（據中華書局版汪紹楹點校本《太平廣記》卷四三二引《原化記》校録）

〔一一〕排　明鈔本作「止」，《會校》據改。明陳繼儒《虎薈》卷一作「排」。

〔一二〕憶　《虎薈》作「異」。

〔一三〕掬　《虎薈》作「掏」。

〔一四〕體　原作「輕」，據明鈔本改。

〔五〕榛　明鈔本作「莾」，下同。按：榛，叢林。
〔六〕上　陳校本作「下」。
〔七〕果　明鈔本作「甚」。
〔八〕眉　明鈔本、陳校本作「鬢」。
〔九〕老人曰不知身有何罪忽變此狀何計可免　此十七字原脱，據明鈔本、陳校本補。
〔一〇〕實　原作「曹」，據明鈔本改。《虎薈》作「曾」。
〔一一〕循　原作「尋」，據明鈔本改。
〔一二〕却　明鈔本作「自」，《會校》據改。按：却，再也。
〔一三〕月日　明鈔本無「日」字，《會校》據删。按：月日，指一個月時間。唐孫思邈《備急千金要方》卷二《婦人方·妊娠惡阻第二》：「惡聞食氣，欲噉鹹酸果實，多卧少起，世謂惡食。其至三四月日已上，皆大劇吐逆，不能自勝舉也。」
〔一四〕遂殺之官知其實聽免罪焉　《虎薈》作「當殺虎矣，既知其實，官聽免罪焉」。

按：《虎薈》卷一、《廣豔異編》卷二八輯入此篇。前書無標目，後書題《南陽士人》，同《廣記》。《廣豔異編》文同《廣記》談愷刻本。

唐五代傳奇集第三編卷二十二

楊敬真

李復言 撰

李復言，隴西（治今甘肅隴西縣東南）人。文宗太和初（八二七），爲大理卿李諒門客。太和二年秋，求岐州薦舉。四年，遊巴南。太和六年在京。開成五年（八四〇）李景讓知貢舉，以《纂異》（即《續玄怪録》）納省卷，結果以「事非經濟，動涉虚妄」被黜罷舉。（據《續玄怪録》及北宋錢易《南部新書》甲卷）

楊敬真〔一〕，虢州閿鄉縣長壽鄉天仙村田家女也。年十八，適同村王清。其夫家〔二〕貧力田，楊氏奉箕帚，供農婦之職甚謹，夫族目之曰「勤力新婦」。性沉静，不好戲笑，有暇必洒掃静室，閉門閑居〔三〕，雖鄰居婦狎之，終不相往來。生三男一女，年二十四歲。

元和十二年五月十二日夜，告其夫曰：「妾神識頗不安，惡聞人語，當於静室寧之，請君與兒女暫居異室。」其夫以田作困，又保無他，因以〔四〕許之，不問其故。楊氏遂沐浴着新衣，掃洒其室，焚香閉户而坐。及明，訝其起遲，開門視之，衣服委於床上，若蟬蜕然，身已去矣，但覺異香滿屋。其夫驚以告其父母。共歎之次，鄰〔五〕人來曰：「昨夜夜半，有天樂從西而來，似若雲中下於君家。奏樂久之，稍稍上去。闔村皆聽之，君家聞否？」而異香酷烈，遍數十里。村吏以告縣令李邯，遣吏民遠近尋逐，皆無蹤迹。因令不動其衣，閉其户，以棘環之，冀其或來也。

至十八日夜五更，村人復聞雲中仙樂之聲，異香之芳從東來，復下〔六〕王氏宅，作樂，久之而去。王氏亦無聞者。及明，來視其門，棘封如故，房中髣髴若有人聲。遽走告縣令李邯，親率僧道官吏，共開其門，則新婦者宛在床矣。但覺面目光芒，有非常之色。邯問曰：「向何所去？今何所來？」對曰：「昨十五日夜初，有仙騎來，曰：『夫人當上仙，雲鶴即到，宜静室以俟〔七〕之。』遂求〔八〕静室。至三更，有仙樂彩仗，霓旌絳節，鸞鶴紛紜，五雲來降，入于房中。執節〔九〕者前曰：『夫人准籍合仙，仙師使者〔一〇〕來迎，將會于西岳。』於是綵〔一一〕童二人，捧玉箱來獻。箱中有奇服，非綺非羅，製若道人之衣，珍華香潔，不可名狀，遂衣之。畢，樂作三闋。青衣引白鶴來，曰：『宜乘此。』初尚懼其危，試乘之，穩不可言。飛起而五雲捧出，綵仗霓旌次第前引，至于華山雲臺峰。

「峰上有盤石，已有四女先在彼焉。一人云姓馬，宋州人。一人姓徐，幽州人。一人姓郭，荆州人。一人姓夏，青州人。皆其夜成仙，同會于此。傍一小仙曰：『並捨虛幻，得證真仙。今當定名，宜有真字。』於是馬曰信真，徐曰湛真，郭曰脩真，夏曰守真。其時五雲參差，徧覆崖谷，妙樂羅列，間作於前。五人相慶曰：『同生濁界，並是凡身。一旦脩然，遂與塵隔。今夕何夕，歡會於斯！宜各賦詩，以導〔一二〕其意。』信真詩曰：『幾劫澄煩思，今身僅小成〔一三〕。誓將雲外隱，不向世間行〔一四〕。』湛真詩曰：『綽約離塵界〔一五〕，從容上太清。雲衣無綻日，鶴駕没遥程。』脩真詩曰：『華岳無三尺，東瀛僅一杯。入雲騎綵鳳，歌舞上蓬萊。』守真詩曰：『共作雲山侶，俱辭世界塵。静思前日事，抛却幾年身。』敬真亦繼〔一六〕詩曰：『人世徒〔一七〕紛擾，其生似蕣〔一八〕華。誰言今夕裏，俛首視雲霞。』既而雕盤珍果，名不可知。妙樂鏗鍠，響動崖谷。

「俄而執節者請曰：『宜往蓬萊謁大仙伯。』五真曰：『大仙伯爲誰？』曰：『茅君也。』妓樂鸞鶴復次弟〔一九〕前引東去。倏忽間已到蓬萊，其宮闕皆金銀，花木樓殿，皆非人世之製作。大仙伯居金闕玉堂中，侍衛甚嚴。見五真，喜曰：『來何晚耶？』飲以玉盃，賜以金簡、鳳文之衣、玉華之冠，配居蓬萊華院。四人者出，敬真獨前曰：『王清父〔二〇〕年高，無人侍養，請迴侍其殘年。王父去世，然後從命，誠不忍得樂而忘王父也。』惟仙伯哀之。』仙伯曰：『敬真，汝村一千年方出一仙人，汝當其〔二一〕會，無自墜其道。』因勑四真送至其家，故得還也。」邯問：「昔何修習？」曰：「村婦何以知，但性本虛静，閑即凝神而坐，不復俗慮得入胸中耳。此性也，非學也。」又問：「要去可否？」曰：「本無道術，何以能去？雲鶴來迎即去，不來亦無術可召。」

於是遂謝絶其夫，服黄冠。邯以狀聞州，州聞廉使。時崔尚書從按察陝輔，延之，舍於陝州紫極宫，請王父於別室，人不得昇其堦，唯廉使從事及夫人得〔二二〕之瞻拜者，才及堦而已，亦不得昇。廉使以聞，上〔二三〕召見，舍於内殿，虔誠訪道〔二四〕，而無以對，罷之。今見在陝州，終歲不食，時啗果實，或飲酒三兩盃，絶無所食，但容色轉芳嫩耳。（據《四庫全書存目叢書》影印宋臨安府太廟前尹家書籍鋪刊行《續幽怪録》卷一校録，又《太平廣記》卷六八引《續玄怪録》）

〔一〕楊敬真　原作「楊恭政」，乃避宋諱改。太祖趙匡胤祖名敬，仁宗名禎。《廣記》、《紺珠集》卷五牛僧孺《幽怪録·四真》、洪邁《萬首唐人絶句》卷二二《五真導意五首》、《古今説海》説淵部別傳六十一《五真記》、《逸史搜奇》丁集六《楊敬真》均作「楊敬真」，今回改，下同。據傅增湘《藏園群書題記》續集卷三，明隆慶三年（一五六九）姚咨鈔本，係從尹家書籍鋪刊行本鈔出，作「楊敬貞」，作「貞」誤。

〔二〕家　此字原無，據《廣記》補。

〔三〕居　陳應翔刊《幽怪録》附《續幽怪録》、高承埏稽古堂刊《續玄怪録》、《説海》、《逸史搜奇》作

「坐」。
〔四〕以　陳本作「與」。
〔五〕鄰　《廣記》作「數」，《廣記》明沈與文野竹齋鈔本、清孫潛校本作「鄰」，張國風《太平廣記會校》據改。
〔六〕下　此字原無，據高本、《説海》、《逸史搜奇》補。
〔七〕俟　《廣記》作「伺」，明鈔本、孫校本作「俟」，《會校》據改。
〔八〕求　《廣記》明鈔本、孫校本作「來」。
〔九〕執節　《廣記》作「報」。
〔一〇〕使者　《廣記》上有「使」字。
〔一一〕綵　陳本、高本、《説海》、《逸史搜奇》作「仙」。
〔一二〕導　《廣記》、高本作「道」。按：道，通「導」。
〔一三〕幾劫澄煩思今身僅小成　《廣記》作「幾劫澄煩慮，思今身僅成」。明鈔本同此，《會校》據改。《全唐詩》卷八六三雲臺峰五女仙《會真詩》注：「一作『幾劫澄煩慮，思今身僅成』。」蓋據《廣記》。
〔一四〕行　《廣記》、《全唐詩》作「存」。按：「存」字出韻，誤。《廣記》明鈔本、孫校本作「行」，《會校》據改。
〔一五〕界　《廣記》、《唐人絶句》、《全唐詩》作「世」。

〔一六〕繼 《廣記》孫校本作「後」，明鈔本則作「繼」。

〔一七〕徒 《廣記》《四庫全書》本作「從」。

〔一八〕蕣 《廣記》、《全唐詩》作「夢」。按：蕣，即木槿，古人謂其花朝開暮落。《吕氏春秋·仲夏紀》：「半夏生，木堇榮。」高誘注：「木堇，朝榮暮落，是月榮華，可用作蒸，雜家謂之朝生，一名蕣。」

〔一九〕次弟 陳本、《説海》、《逸史搜奇》「弟」作「第」。按：次弟，即次第。弟，次也。《元氏長慶集》（《四部叢刊初編》景印明嘉靖董氏刊本）卷五《西州院》：「悵望天迴轉，動摇萬里情。參辰次弟出，牛女顛倒傾。」

〔二〇〕王清父 原乙作「王父清」，據《説海》、《逸史搜奇》改。

〔二一〕其 原作「之」，據高本、《廣記》、《説海》、《逸史搜奇》改。

〔二二〕得 此字原無，據《廣記》補。

〔二三〕上 《廣記》作「唐憲宗」，乃引録者所改，此《廣記》編纂之體例也。

〔二四〕虔誠訪道 《廣記》談愷刻本作「試道」，有脱譌，明鈔本、孫校本同此。

按：《續玄怪録》，初稿約作於文宗太和至開成間（八二七—八四〇），稱《纂異》（殆全稱《纂異録》），開成五年（八四〇）應舉以之納省卷（見《南部新書》甲卷），被黜後再事增補，改名《續玄怪録》。宋人避諱改題《續幽怪録》，又稱《搜古異録》。原書十卷。《崇文總目》小説類、

《郡齋讀書志》小説類著録李復言《續玄怪録》十卷，《新唐書・藝文志》小説家類、《中興館閣書目》小説家類、《通志・藝文略》傳記類冥異目、《宋史・藝文志》小説類均作五卷，蓋分卷不同。《宋志》小説類又著録李復言《搜古異録》十卷，乃别一名稱。《遂初堂書目》小説類作《續幽怪録》，以「玄」作「幽」者，乃宋人避趙氏始祖趙玄朗諱改也。

《郡齋讀書志》云：「《續玄怪録》十卷，右唐李復言撰，續牛僧孺之書也。分《仙術》、《感應》三門。」門類脱一門，爲何門失考。原書不傳，今存四卷本，乃南宋重編本，有南宋臨安府太廟前尹家書籍鋪刊行本，題《續幽怪録》，今藏國家圖書館。咸豐三年（一八五三）胡珽據此本之影鈔本刻入《琳琅祕室叢書》，附《拾遺》二卷、《校勘記》一卷。其《拾遺》凡輯十二條。此本光緒中重刻，董金鑑作《續校》一卷。又民國間徐乃昌刻入《隨盦徐氏叢書續編》，附《札記》一卷、《佚文》一卷。尹家書籍鋪刊行本商務印書館亦影印出版，刊於《四部叢刊續編》與《續古逸叢書》。《四庫全書存目叢書》亦影印。一九八二年中華書局出版程毅中點校本，以此本爲底本，補遺六條，書名回改爲《續玄怪録》，與《玄怪録》合爲一册。上海古籍出版社二〇〇〇年出版《唐五代筆記小説大觀》，亦以此本爲底本。二〇〇六年中華書局出版程毅中點校新版《續玄怪録》（與《玄怪録》合編），重作校勘。又有明鈔本，亦藏國圖，乃明隆慶三年（一五六九）姚咨鈔本，有姚跋，題《續玄怪録》。據傅增湘《藏園群書題記》續集卷三著録，此本係尹家書籍鋪刊行本之鈔本。此外有一卷本及二卷本，前本附陳應翔刊四卷本《幽怪録》後，據傅增湘云，此本實是四卷本之一、二卷。後本載於明末高承埏稽古堂刊《稽古堂群書祕簡》，與《玄怪録》合編，合稱《正續玄怪録》，乃四卷本之前兩卷。

《説郛》卷一一五録《續幽怪録》「盧從史」一篇，題下注二卷，題唐李復言。此本後刊入《重編説郛》卷一一七、《五朝小説·唐人百家小説》紀載家。《重編説郛》同卷又收《續玄怪録》一卷，無撰人，凡二篇，《延州婦人》輯自《太平廣記》卷一〇一，《臨海射人》輯自《廣記》卷一三一，實出《續搜神記》。清蓮塘居士《唐人説薈》第十四集（同治八年刊本卷一七）《續幽怪録》，題李復言撰，則在「盧從史」外增《定婚店》一篇。此本及《重編説郛》之《續玄怪録》本後爲馬俊良《龍威秘書》四集《晉唐小説暢觀》所取，俞建卿《晉唐小説六十種》則全取《晉唐小説暢觀》。

四卷本共二十三篇，不全，據《太平廣記》尚可補六篇。而《玄怪録》之《張老》、《党氏女》、《尼妙寂》、《齊饒州》、《許元長》、《王國良》、《葉氏婦》七篇應屬本書而誤編入牛書，又《崔環》、《吴全素》、《掠剩使》、《馬僕射總》、《李沈》五篇可能亦屬本書。

本書記事多在中唐。《麒麟客》爲大中事，「大中」或作「大中初」，或作「大曆中」，不能確定。然《廣記》卷四八引《李紳》，首云「故淮海節度使李紳」。據《舊唐書》卷一七三《李紳傳》，武宗即位紳知淮南節度大使，會昌元年（八四一）拜相，四年復出淮南，六年病卒。則此篇作於會昌末至大中間。若《廣記》出處不誤，是則本書最後修訂成書，當在大中中。去開成五年納省卷，已十年左右矣。

本篇明陸楫《古今説海》説淵部别傳六十一、汪雲程《逸史搜奇》丁集六輯入，分别題《五真記》、《楊敬真》。

辛公平

李復言 撰

洪州高安縣尉辛公平，吉州盧陵縣尉成士廉，同居泗州下邳縣。於元和末〔一〕偕赴調集，乘雨入洛西榆林店。掌店人甚貧，待賓之具，莫不塵穢。獨一床似潔，而有一步客，先憩於上矣。主人率皆重車馬而輕徒步，辛、成之來也，乃逐〔二〕步客於他床。客倦起於床而回顧，公平謂主人曰：「客之賢不肖，不在車徒，安知步客非長者，以吾有一僕一馬而煩動乎？」因謂步客曰：「請公不起，僕就此憩〔三〕矣。」客曰：「不敢。」遂復就寢。深夜，二人飲酒食肉。私曰：「我敬〔四〕之之言，彼固德我，今或召之，未惡也。」公平高聲曰：「有少酒肉，能相從否？」一召而來，乃緑衣吏也。問其姓名，曰王臻，言辭亮達，辯不可及。二人益狎之。酒闌，公平曰：「人皆曰〔五〕天生萬物，唯我冣靈。儒書亦謂人爲生靈，來日所食，便不能知，此安得爲靈乎？」臻曰：「步走〔六〕能知之。夫人生一言一憩之會，無非前定。來日必食於磁澗王氏，致飯蔬而多品。宿於新安趙氏，得肝美耳。臻以徒步，不可晝隨，而夜可會耳。君或不棄，敢附末光。」

未明，步客前去。二人及磁澗逆旅，問其姓，曰王。中堂方饌僧，得僧之餘，悉奉客，故蔬而多品。到新安，店叟召之者十數，意皆不往。試入一家，問其姓，曰趙。將食，果有肝美。二人相顧方笑，而臻適入，執其手曰：「聖人矣。」禮敬甚篤。宵會晨分，期將來之事，莫不中的。行次閿鄉，臻曰：「二君固明智之士〔七〕，識臻何爲者？」曰：「博文多藝，隱遁之客也。」曰：「非也。固不識我，乃陰吏之迎駕者。」曰：「天子上仙，可單使迎乎？」曰：「是何言歟？甲馬五百，將軍一人，臻乃軍之籍吏耳。」曰：「其徒安在？」曰：「左右前後。今臻何所以奉白者，來日金天置宴，謀少酒肉奉遺，請華陰相待。」黄昏，臻乘馬引僕，攜羊豕各半、酒數斗來，曰：「此人間之物，幸無疑也。」言訖而去。其酒肉肥濃之極，過於華陰〔八〕。

聚散如初，宿灞上，臻曰：「此行乃人世不測者也，辛〔九〕君能一觀。」成公曰：「何獨棄我？」曰：「神祇尚侮人之衰也，君命稍薄，故不可耳，非敢不均其分也。入城，當舍於開化坊西門北壁上第二板門王家，可直造焉。辛君初五更〔一〇〕，立灞西古槐下。」及期，辛步往灞西，見旋風卷塵，邐迤〔一一〕而去。到古槐，立未定，忽有風來撲林。轉盻〔一二〕間，一旗甲馬，立於其前，王臻者乘且牽，呼辛〔一三〕速登。既乘，觀馬〔一四〕前後，戈甲塞路。臻引辛謁大將軍，將軍者〔一五〕丈餘，皃甚偉，揖公平曰：「聞君有廣敬之心，誠推此心於天下，鬼神者且不敢侮，況人乎？」謂臻曰：「君既召來，宜盡主人之分。」遂同行。入通化門，及諸街鋪，各有吏士迎拜。次天門街，有紫吏若供頓者〔一六〕，曰：「人多并下不得，請逐近〔一七〕配分。」將軍許之。於是分兵五處，獨將軍與親衛館於顏魯公廟。既入坊，顏氏之先簪裾而來若迎者，遂入舍。臻與公平止西廊幕次，餚饌馨香，味窮海陸，其有令公平食之者，有令不食者。臻曰：「陽司授官，皆禀陰命。臻感二君，已〔一八〕撿選事據籍，誠當駮放，君僅得一官耳。臻求名加等，吏曹見許矣。」

居數日，將軍曰：「時限向盡，在於道場，萬神護蹕，無計〔一九〕奉迎，如何？」臻曰：「牒府請夜宴，宴時腥羶，衆神自遠〔二〇〕，即可矣。」遂行牒。牒去，逡巡得報曰：「已勑備夜宴。」於是部管兵馬，戌時齊進入光範及諸門。門吏皆立拜宣政殿下，馬兵三百，餘人步，將軍金甲仗鉞來，立於所宴殿下，五十人從卒〔二一〕，環殿露兵，若備非常者。殿上歌舞方歡，俳優贊詠，燈燭熒煌，絲竹並作。俄而三更四點，有一人多髯而長，碧衫皂袴，以紅爲褾，又以紫縠畫虹蜺爲帔，結於兩肩右腋之間，垂兩端於背，冠皮冠，非虎非豹，飾以紅罽，其狀可畏。忽不知其所來，執金匕首，長尺餘，拱於將軍之前，延〔二二〕聲曰：「時到矣。」將軍頻眉〔二三〕揖之，唯而走，自西廂歷階而上，當御座後，跪以獻上。既而左右紛紜，上頭眩，音樂驟散，扶入西閤。久之未出，將軍曰：「昇雲之期，難違頃刻，上既命駕，何不遂行？」對曰：「上澡身，否然〔二四〕可即路。」遽聞具浴之聲。三更，上御碧玉輿，青衣士六〔二五〕，衣上皆畫龍鳳，肩舁下殿。將軍揖曰〔二六〕：「介胄之士無拜。」因慰問以：「人間紛拏，萬機勞苦，淫聲蕩耳，妖色惑〔二七〕心，清真之懷，得復存否？」上曰：「心非金石，見之能無少亂？今已捨離，固亦釋然。」將軍笑之，遂步從環殿，引翼而出。自内閤及諸門，吏莫不嗚咽群辭，或收〔二八〕血捧輿，不忍去者。過宣政殿，二百騎引，三百騎從，如風如雷，颯然東去，出望仙門。

將軍乃勑臻送公平，遂勒馬離隊，不覺足已到一板門前。臻曰：「此開化王家宅，成君所止也。仙馭已遠，不能從容，爲臻多謝成君。」牽轡揚鞭，忽不復見。公平扣門一聲，有人應者，果成君也。祕不敢泄。更數月，方有攀髯之泣。來年公平授揚州江都縣簿，士廉授兖州瑕丘縣丞，皆如其言。

太和初，李生疇昔宰彭城〔二九〕，而公平之子參〔三〇〕徐州軍事，得以詳聞，故書〔三一〕其實，以警道途之傲者。（據《四庫全書存目叢書》影印宋臨安府太廟前尹家書籍鋪刊行《續幽怪録》卷一校録）

〔一〕元和末　篇末云「元和初」，卞孝萱《劉禹錫年譜》謂「元和初」不誤，「元和末」是「貞元末」之譌。「貞元末……更數月，方有攀髯之泣」，應是影射順宗被殺（又見卞氏《唐人小説與政治》第四部分第一講《控訴唐順宗被弑的〈辛公平上仙〉》）。按：貞元末爲貞元二十一年（八〇五），此年正月德宗崩，順宗即位，八月改元永貞，是月禪位於憲宗，次年正月改元元和，甲申順宗崩。然李宗爲以爲元和末不誤，元和初乃大（太）和初之譌，此影憲宗被殺，當是。見李宗爲《李復言及其〈續玄怪録〉考辨——兼論〈辛公平〉所諷「上仙」者爲憲宗》（載於趙景深主編《中國古典小説戲曲論集》，上海古籍出版社，一九八五）。一九四九年陳寅恪作《順宗實録與續玄怪録》（《金明館叢稿二編》），亦謂「紀憲宗被弑之實」。引《舊唐書・憲宗紀下》云：「（元和十五年正月庚子）上崩於大明宮之中和殿。時以暴崩，皆言内官陳弘志弑逆。史氏諱而不書。」

〔二〕逐　原作「遂」，據陳本、高本、《逸史搜奇》己集四《辛公平》改。

〔三〕此憩　原爲空闕，據陳本、《逸史搜奇》補。

〔四〕敬　原作「欽」，宋人常以「敬」爲「欽」，乃避趙匡胤祖趙敬諱改，今回改。下文「禮敬甚篤」，「廣敬之心」，「敬」原作「欽」，亦改。

〔五〕曰　原譌作「自」，據陳本、高本、《逸史搜奇》改。

〔六〕步走　高本作「臻」。

〔七〕士　原作「者」，據高本改。

〔八〕華陰　陳本、高本、《逸史搜奇》作「華陽」，當譌。

〔九〕辛　原譌作「幸」，據陳本、高本、《逸史搜奇》改。

〔一〇〕初五更　高本删「五」字。按：初五更，謂五更之初。本書《李岳州》言「初五更」，《竇玉》言「初三更」。

〔一一〕邐迤　陳本、高本、《逸史搜奇》作「迤邐」。按：邐迤、迤邐義同。六臣注《文選》卷四二吴質《答東阿王書》：「夫登東岳者，然後知衆山之邐迆也。」劉良注：「邐迆，小而相連貌。」

〔一二〕盼　原譌作「所」，據陳本、高本、《逸史搜奇》改。

〔一三〕辛　原譌作「臻」，據陳本、高本、《逸史搜奇》改。

〔一四〕馬　原譌作「焉」，據陳本、高本、《逸史搜奇》改。

〔一五〕者　高本作「長」。

〔一六〕有紫吏若供頓者　高本作「有紫衣吏若俱頓首」，《逸史搜奇》作「有紫吏俱頓首」。按：供頓，供應安頓。《魏書》卷六七《崔光傳》：「廝役困於負擔，爪牙窘於賃乘，供頓候迎，公私擾費。」《隋書》卷二四《食貨志》：「所經州縣，並令供頓獻食。」高本等誤。

〔一七〕逐近　高本作「遠邇」，《逸史搜奇》作「逐邇」。

〔一八〕已　原譌作「也」，據高本改。

〔一九〕計　原作「許」，據高本改。

〔二〇〕遠　原作「許」，據高本改。

〔二二〕卒　陳本、高本、《逸史搜奇》作「辛」。

〔二三〕延　陳本、高本、《逸史搜奇》作「正」。

〔二三〕頻眉　陳本、高本、《逸史搜奇》作「凭几」。按：頻眉，皺眉，表示憂戚。《周易·巽》：「頻巽，吝。」孔穎達疏：「頻者，頻蹙憂戚之容也。」張鷟《朝野僉載》卷五：「英公李勣爲司空，知政事，有一番官者參選被放，來辭英公。……英公頻眉謂之曰：『汝長生不知事尚書、侍郎，我老翁不識字，無可教汝，何由可得留？深負愧汝，努力好去。』」

〔二四〕否然　高本作「不然」。

〔二五〕六　高本下有「人」字。

〔二六〕曰　此字原脱，據高本補。

〔二七〕惑　原作「感」，據高本、《逸史搜奇》改。

〔二八〕收　高本作「拟」。拟，擦拭。

〔二九〕太和初李生疇昔宰彭城　「太」原作「元」。按：本書《張質》末云：「元和六年，質尉彭城，李生者爲之宰」，元和六年李生（李諒）方宰彭城，何得言「元和初，李生疇昔宰彭城」？《舊唐書·文宗紀上》：大（太）和三年七月，「以大理卿李諒爲京兆尹」。太和初李諒官大理卿，時復言事諒爲門客，故聞而書焉。「元和」必爲「太和」之誤，今改。

〔三〇〕参　原譌作「忝」，據陳本、高本、《逸史搜奇》改。

〔三二〕書　高本作「籍」。

按：本篇原題《辛公平上仙》，陳本同。高本無「上仙」二字，中華書局版程毅中校本據删，今從之。上仙，昇天，指皇帝崩。辛公平觀帝上仙，非辛上仙也。《逸史搜奇》己集四取入，題《辛公平》。

麒麟客

李復言　撰

麒麟客者，南陽張茂實家傭僕也。茂實家於華山下，大中初〔一〕，偶遊洛中。假僕于南市，得一人焉，其名曰王夐，年可四十餘，傭作之直月五百。勤幹無私，出於深誠，苟有可爲，不待指使。茂實器之，易其名曰大曆〔二〕。將倍其直，固辭〔三〕，其家益憐〔四〕之。居五年，計酬直盡，一旦，辭茂實曰：「夐本居山，家業不薄，適〔五〕與厄會，須傭作以禳〔六〕之，固非無資〔七〕而賣力者。今厄盡矣，請從〔八〕辭。」茂實不測其言，不敢留，聽之。曰：「今暮當去。」迨暮，入白茂實曰：「感君恩宥，深以〔九〕奉報。夐家去此甚近，其中景趣〔一〇〕，亦甚可觀，能相逐一遊乎？」茂實喜曰：「何幸！然不欲令家中知，潛一遊，可乎？」夐曰：

「甚易。」於是截竹杖，長數尺，其上書符，受〔一一〕茂實曰：「君杖此入室，稱腹痛，左右人悉令取藥。去後，潛置竹於衾中，抽身出來可也。」茂實從之。夐喜曰：「君真可遊吾居者也。」

相與南行一里餘，有黃頭執〔一二〕青麒麟一、赤文虎二，俟於道左。茂實驚欲迴〔一三〕，夐曰：「無苦，但前行。」既到前，夐乘麟，令〔一四〕茂實與黃頭各乘一虎。茂實懼不敢近，夐曰：「相隨，請不復畏〔一五〕。且此物人間之極俊〔一六〕者，但試乘之。」遂憑而上，穩不可言。於是從之〔一七〕，上仙掌峰〔一八〕，越壑凌山，舉意而過，殊不覺峻險。如〔一九〕到三更，計數百里矣。下一山，物象鮮媚，松石可愛，樓臺宮觀，非世間所有。將及門，引者揚鞭〔二〇〕曰：「阿郎來。」紫衣吏數百人，羅拜〔二一〕道側。既〔二二〕入，青衣數十人，容色皆殊，衣服鮮華，不可名狀。各執樂器引拜〔二三〕，遂入中堂。宴食畢，且命茂實坐。夐入更衣，返坐，衣裳冠冕，儀皃堂堂然，實真仙之風度也。其窗户、階闥、屏幃、牀榻、茵褥之盛，固非人世之所有。歌鸞舞鳳，及諸聲樂，皆所未聞。情意高逸，不復思人寰之事。歡極，主人曰：「此乃仙居，非世人之所到。以君宿緣，合一到此，故有逃厄之遇。仙俗〔二四〕路殊，塵静〔二五〕難雜，君宜歸修其心，三五劫後〔二六〕，當復相見。夐比者塵緣將盡，上界有名，得遇太清真人，召入小有洞中，示以九天之樂，復令下指生死海波〔二七〕，且曰：『樂雖〔二八〕難求，苦亦易遺。如爲山者，掬土增高，不掬則止，穿則陷。夫昇高者，不上難而下易乎？』自是修習，經六七〔二九〕劫，乃〔三〇〕證此身。迴視委骸，積如山岳，四大海水，半是吾宿世父母妻子别泣之淚。然念念修之，倏已一世〔三一〕。形骸雖遠〔三二〕，此〔三三〕不忘修致，其功即亦非遠。亦時有心遠氣清〔三四〕，一言而悟者。勉之。」遺金百鎰，爲修身之助。復乘麒麟，令黄頭執之〔三五〕，𡗝步送到家。家人方環泣，茂實投金於井中，𡗝取去竹杖，令茂實潛卧衾中。𡗝曰：「我當至〔三六〕蓬萊，謁大仙伯。明旦，於蓮花峰上有彩雲東〔三七〕去，我之乘也。」遂揖而去。

茂實忽呻吟，衆驚而問之。茂實紿之曰：「初腹痛，忽若有人見召，遂掩然〔三八〕耳，不知其多時日〔三九〕也。」家人曰：「取藥既迴，呼之不應，已七日矣。唯心頭尚暖，故未殮也。」明日，望之蓮花峰上，果有綵雲東〔四〇〕去。遂弃官遊名山。後歸，出井中金與眷屬，再出遊山，終不知所在也。（據《四庫全書存目叢書》影印宋臨安府太廟前尹家書籍鋪刊行《續幽怪録》卷一校録，又《太平廣記》卷五三引《續玄怪録》）

〔一〕大中初　「初」字原無，據高本、《廣記》補。元趙道一《歷世真仙體道通鑑》卷三五《王𡗝》、明施顯卿《新編古今奇聞類紀》卷九《張茂實遊洞府仙居》（末注《續玄怪録》）作「大曆中」，則乃「大中」二字中脱「曆」字。

〔二〕曆　《真仙通鑑》作「實」。
〔三〕將倍其直固辭　《真仙通鑑》作「將厚賞之，不受」。
〔四〕憐　《奇聞類紀》作「賢」。
〔五〕適　《真仙通鑑》作「運」。
〔六〕穰　原譌作「穣」，據《廣記》、《真仙通鑑》、《奇聞類紀》、明吴大震《廣豔異編》卷三《麒麟客傳》、胡文焕《稗家粹編》卷五《麒麟客》改。
〔七〕資　下原有「也」字，《廣記》明鈔本、孫校本同，據陳本、高本、《廣記》談本、《廣豔異編》、《稗家粹編》删。
〔八〕從　高本、《廣記》、《真仙通鑑》、《奇聞類紀》下有「此」字。按：從，聽從，允許。
〔九〕深以　《廣記》「以」作「欲」。陳本、高本、《廣豔異編》、《稗家粹編》作「深何以」，「深」連上讀。
〔一〇〕趣　《真仙通鑑》作「象」。
〔一一〕受　陳本、高本、《廣記》、《真仙通鑑》、《奇聞類紀》、《廣豔異編》、《稗家粹編》作「授」。按：受，通「授」。
〔一二〕執　《真仙通鑑》下有「鞭驅」二字。
〔一三〕茂實驚欲迴　「茂」字原無，據高本、《廣記》、《真仙通鑑》、《奇聞類紀》、《廣豔異編》、《稗家粹編》補。「迴」下高本、《廣記》、《奇聞類紀》有「避」字，《廣記》孫校本無此字。《真仙通鑑》「驚欲迴」作

「欲退」。

〔一四〕令　此字原無，據《真仙通鑑》補。

〔一五〕相隨請不復畏　「復」《廣記》作「須」。此句《真仙通鑑》作「既相信，豈必復畏」。

〔一六〕俊　《真仙通鑑》作「駿」。

〔一七〕從之　《真仙通鑑》作「奴引茂實從」。

〔一八〕上仙掌峰　「仙」原作「升」，據高本、《廣記》、《真仙通鑑》改。《真仙通鑑》無「峰」字。陳本、《廣豔異編》、《稗家粹編》作「上升峰」。

〔一九〕如　《奇聞類紀》作「方」。

〔二〇〕揚鞭　「揚」原作「揖」，據高本改。《廣記》作「揖」，明鈔本、孫校本有「鞭」字。《真仙通鑑》作「揮鞭」。

〔二一〕拜　《真仙通鑑》作「列」。

〔二二〕既　《真仙通鑑》作「漸」。

〔二三〕引拜　《真仙通鑑》作「前引」。

〔二四〕俗　《真仙通鑑》作「路」。

〔二五〕塵静　《真仙通鑑》作「静塵」。

〔二六〕後　此字原無，據高本、《廣記》、《奇聞類紀》補。

〔二七〕下指生死海波　《真仙通鑑》作「下視生死之海」。

〔二八〕雖　《真仙通鑑》作「非」。

〔二九〕六七　《真仙通鑑》作「五六」。

〔三〇〕乃　《真仙通鑑》作「及」。

〔三一〕然念念修之倏已一世　「修」原譌作「倏」，據高本、《廣記》、《真仙通鑑》改。「之」《真仙通鑑》作「心」。「倏」原譌作「條」，據《廣記》、《真仙通鑑》改。《廣豔異編》、《稗家粹編》作「然念一時之交已一世」。

〔三二〕遠　《真仙通鑑》作「改」。

〔三三〕此　《真仙通鑑》作「此心」。

〔三四〕亦時有心遠氣清　《真仙通鑑》、《奇聞類紀》「遠」作「達」。《廣豔異編》「亦」作「往」。《奇聞類紀》「氣清」作「清氣」。

〔三五〕復乘麒麟令黄頭執之　《真仙通鑑》作「令黄頭與茂實等從到乘麟處，復令黄頭執之」。

〔三六〕至　此字原無，據高本、《廣記》、《奇聞類紀》補。

〔三七〕東　《廣記》作「車」，當爲形譌。明鈔本、孫校本作「東」。

〔三八〕掩然　高本、《廣記》、《真仙通鑑》作「奄然」，《廣豔異編》、《稗家粹編》作「强然」。按：掩然，義同「奄然」，無氣息貌。西漢劉向《新序·雜事》：「於是宣王掩然無聲，意入黄泉。」唐曇域《禪月集·

後序》：「召門人謂曰：『……慎勿動衆而厚葬焉。』言訖，掩然而絶息。」强然，僵直貌。

〔三九〕多時日　高本、《廣記》、《真仙通鑑》、《奇聞類紀》作「多少時」，《廣豔異編》、《稗家粹編》作「多時久」。

〔四〇〕東　此字原無，據《真仙通鑑》、《奇聞類紀》、《廣豔異編》補。

按：《廣豔異編》卷三、《稗家粹編》卷五採入此篇，分别題《麒麟客傳》、《麒麟客》。

盧僕射從史

李復言　撰

盧公從史〔一〕，元和初，以左僕射節制澤潞，因鎮陽拒命，跡涉不臣，爲中官驍騎將軍吐突承璀所紿，縛送京師。以反狀未明，左遷驩州司馬。既而逆跡盡露，賜死於康州〔二〕。寶曆元年，蒙州刺史李湘，去郡歸闕，自以海隅郡守，無臺閣之親，一旦造上國，若扁舟泛滄海者。聞端溪縣女巫者〔三〕，知未來之事，維舟召焉。巫到，曰：「某能知未來之事，乃見鬼者也，呼之皆可召。然鬼有二等，有福德之鬼，有貧賤之鬼。福德者，精神俊爽，往往自與人言。貧賤者，氣劣神悴，假某以言事。盡在所遇，非某能知也。」湘曰：「安得福德之〔四〕鬼而問之？」曰：「廳前楸林〔五〕下有一人，衣紫佩金〔六〕者，自稱澤潞盧僕射，可拜而請之。」

湘乃公服執簡，向林而拜。女巫曰：「僕射已荅拜。」湘遂揖上階，空中曰：「從史死於此廳，爲弓弦所遺〔七〕，今尚惡之。使君床上弓，幸除之。」湘遽命去焉。時驛廳副堦上只有一榻，湘偶忘其貴，將坐問之。女巫曰：「使君無禮！僕射官高，何不延坐？乃將吏視之，僕射大怒，去也〔八〕。急隨拜謝，或肯却來。」湘匍匐下堦，問其所向，一步一拜，凡數十步。空中曰：「大錯！公之官未敵吾軍一裨將，柰何對我而自坐？」湘再三辭謝，方肯却迴。女巫曰：「僕射却迴矣。」於是拱揖而行〔九〕，及堦。女巫曰：「僕射上矣，別置榻而設裀褥以延之。」巫曰：「坐矣。」湘乃坐。

空中曰：「使君何所問？」對曰：「湘遠官歸朝，憂疑日極〔一〇〕。伏知僕射神通造化，識達未然，伏乞略賜一言，示其榮悴。」空中曰：「此去大有人接引〔一一〕，到城一月，當刺梧州。」湘又問，終更不言。湘因問曰：「僕射去人寰久矣，何不還生人中，而久處冥寞〔一二〕？」曰：「吁！是何言哉！人世勞苦，萬愁纏心，盡如燈蛾，争撲名利，愁勝而髮白，神敗而形羸，方寸之間，波瀾萬丈，相妬相賊，猛於豪獸。故佛以世界爲火宅，道以人身爲大患。吾已免離，下視湯火，豈復低身而卧其間乎？且夫據其生死，明晦未殊，學仙成敗，則無所異〔一三〕。吾已得煉形之術也，其術自無形而煉成三尺之形，則上天入地，乘雲駕鶴，千變萬化，無不可也。吾之形所未圓者，三寸耳，飛行自在，出幽入明，亦可也。萬乘之君不及吾，況平民乎！」湘曰：「煉形之道，可得聞乎？」曰：「非使君所宜聞也。」復問梧州之後，終而不言。乃去〔一四〕。

湘到輦下，以奇貨求助，助者數人。未一月，拜梧州刺史，皆如其言。竟終於梧州，盧所以不復言其後事也。（據《四庫全書存目叢書》影印宋臨安府太廟前尹家書籍鋪刊行《續幽怪録》卷二校録，又《太平廣記》卷三四六引《續玄怪録》，《説郛》卷一五《續幽怪録》）

〔一〕從史　此二字原無，據高本、《廣記》、《説郛》及《重編説郛》卷一一七、《五朝小説·唐人百家小説》紀載家、《唐人説薈》第十四集（同治八年刊本卷一七）、《龍威秘書》四集、《晉唐小説六十種》之《續幽怪録》補。按：盧從史，《舊唐書》卷一三二、《新唐書》卷一四一有傳。

〔二〕「元和初」至「賜死於康州」　《廣記》作「坐與鎮州王承宗通謀，貶驩州，賜死於康州」，頗簡。「吐突承璀」《説郛》、《唐人説薈》、《龍威秘書》「璀」譌作「瓘」。按：《新唐書·盧從史傳》：「從史少好騎射，遊澤、潞間，節度使李長榮署爲督將。……會長榮卒，即擢拜昭義節度副大使。既得志，寖恣不道……至元和中，丁父喪未官，從史即獻計誅王承宗，陰向帝旨，繇是奪服，復領澤潞。因詔討賊，而勒兵逗留，陰與承宗交……憲宗患之。初，神策中尉吐突承璀與對壘……帝用裴垍謀，敕承璀圖之。承璀伏壯士幕下，伺其來與語，士突起，捽持出帳後，縛内車中。……於是五年夏四月，有詔慰其軍，疏從史罪惡，貶驩州司馬，賜死。子繼宗等並徙嶺南。」

〔三〕聞端溪縣女巫者　「聞」原譌作「門」，據陳本、《廣記》、《説郛》、《重編説郛》、《唐人百家小説》、《逸史搜奇》庚集八《盧僕射》、《唐人説薈》、《龍威秘書》、《晉唐小説六十種》改。「者」《廣記》明鈔本作「能」。據張宗祥《説郛校勘記》，休寧汪季清藏明抄殘本《説郛》無「者」字。

〔四〕福德之　此三字原無，據陳本、高本、《逸史搜奇》補。

〔五〕林　高本、《廣記》、《説郛》、《唐人説薈》、《龍威秘書》、《晉唐小説六十種》作「樹」，下同。

〔六〕金　此字原脱，據高本、《廣記》補。《説郛》、《重編説郛》、《唐人百家小説》、《唐人説薈》、《龍威秘書》、《晉唐小説六十種》作「魚」。按：魚指魚袋。唐代官員三品以上服紫，佩金魚袋。

〔七〕遺　陳本、高本、《逸史搜奇》作「逼」，《廣記》、《説郛》、《重編説郛》、《唐人百家小説》、《唐人説薈》、《龍威秘書》、《晉唐小説六十種》作「迫」。

〔八〕也　《廣記》、《説郛》、《唐人説薈》、《龍威秘書》、《晉唐小説六十種》作「矣」。

〔九〕拱揖而行　「揖」原作「立」，據高本、《廣記》改。《説郛》作「拱立而拜之」。

〔一〇〕日極　「日」原譌作「曰」，據陳本、高本、《説郛》、《逸史搜奇》改。《重編説郛》、《唐人百家小説》、《唐人説薈》、《龍威秘書》、《晉唐小説六十種》作「之」。「極」《説郛》明抄殘本作「亟」。

〔一一〕此去大有人接引　「此去」原無，據《説郛》明抄殘本補。「接引」陳本、高本、《逸史搜奇》作「援引」。按：接引，引薦。南朝宋劉義慶《世説新語·輕詆》：「苻宏叛來歸國，謝太傅每加接引。」牛肅《紀聞・吴保安》：「某在政事，當接引之，俾其縻薄俸也。」

〔二〕而久處冥寞　《説郛》明抄殘本末有「乎」字。

〔三〕則無所異　《重編説郛》、《唐人百家小説》、《唐人説薈》、《龍威秘書》、《晉唐小説六十種》作「則無復計之也」。

〔四〕去　原譌作「云」，據陳本、高本、《廣記》、《説郛》、《逸史搜奇》、《重編説郛》、《唐人百家小説》、《唐人説薈》、《龍威秘書》、《晉唐小説六十種》改。

按：《廣記》題《李湘》。《説郛》無標目，明抄殘本題《李湘遇盧從史》。《逸史搜奇》庚集八收入，題《盧僕射》

李岳州

李復言　撰

岳州刺史李公俊〔一〕，興元中舉進士，連不中第。貞元二年，有故人國子祭酒通春官包佶者援成之〔二〕。牓前一日，例以名聞執政。初五更，俊將候祭酒，里門未開，立馬門側。傍有鬻餻者，其氣爞爞〔三〕。有一吏若外郡之郵檄〔四〕者，小囊氈帽，坐於其側，欲餻之色盈面〔五〕。俊顧曰：「此甚賤，何不以錢易之？」客曰：「囊中無錢耳。」俊曰：「俊有錢，願獻一飽，多少唯意。」客甚喜，啗數片。

俄而里門開，衆競出〔六〕，客獨附俊馬曰：「少故，願請少間〔七〕。」俊下路聽之，曰：「某乃冥吏之送進士名者。君非其徒耶？」俊曰：「然。」曰：「送堂之牓在此，可自尋之。」因出視〔八〕，俊無名，垂泣曰：「苦心筆硯二十餘年，偕計〔九〕而歷試者亦僅十年，心破魂斷，以望斯舉。今復無名，豈不終無成乎？」曰：「君之成名，在十年之外〔一〇〕，成名禄位甚盛。今欲求之亦非難，但於本禄耗半，且多屯剥，纔獲一郡，如何？」俊曰：「所求者名，名得足矣。」客曰：「能行少賂於冥吏，即於此取其同姓者，去其名而自書其名，可乎？」俊曰：「幾賂〔一一〕可？」曰：「陰錢三萬貫。某感恩而以誠告，其錢非某敢取，將遺牘吏。來日午時送可也。」復授筆，使俊自注〔一二〕。從上有故太子少師李公夷簡名，俊欲揩之，客遽曰：「不可，此人禄重，未易動也。」又其下有李温名，客曰：「可矣。」俊乃揩去「温」字，注「俊」字。客遽卷而行，曰：「無違約。」

既而俊詣祭酒，祭酒未冠，聞俊來，怒目延坐，徐出曰〔一三〕：「吾與主司分深，一言姓名，狀頭可致。公何躁甚相疑，頻頻見問？吾豈輕語者耶？」俊再拜，對曰：「俊懇〔一四〕於名者，若思〔一五〕決此一朝。今當呈牓之晨，冒責奉謁。」祭酒曰：「唯，唯。」其聲甚不平。俊見其責，憂疑愈極，乃變服，伺祭酒出，隨之到子城東北隅〔一六〕。逢春官懷其牓將赴中書〔一七〕，祭酒揖問曰：「前言遂〔一八〕否？」春官曰：「誠知獲罪，負荆不足以謝。然迫於大權，難副高命。」祭酒自以交春官深，意謂無阻，待俊之怒色甚峻。今乃不成，何面相見？因曰〔一九〕：「季布所以名重天下者，能立然諾。今君不副然諾，移妄於某，蓋以某官閑〔二〇〕也。平生交契，今日絶矣。」不揖而行。春官遽追之，曰：「迫於豪權，留〔二一〕之不得，竊恃〔二二〕深顧，外於形骸，見責如此，寧得罪於權右耳。」請同尋牓，揩名填之。祭酒開牓，見李公夷簡，欲揩，春官急曰：「此人宰相處分，不可去。」指其下李温曰：「可矣。」遂揩去「温」字，注「俊」字。

及牓出，俊名果在已前所指處。其日午時，隨衆參謝，不及即〔二三〕餞客之約。迨〔二四〕暮將歸，道逢餞客，泣示之背，曰：「爲君所誤，得杖矣。牘吏將舉勘，某更他祈，共止之。」其〔二五〕背實有重杖者。俊驚，謝之，且曰：「當如何？」客曰：「既爾〔二六〕，勿復道也。來日午時，送五萬緡，亦可無追勘之厄。」俊曰：「諾。」及到時焚之，遂不復見。然俊筮仕之後，追効貶降，不歇於道，才〔二七〕得岳州刺史，未幾而終。生人〔二八〕之窮達，皆自陰騭，豈虚乎〔二九〕哉！（據《四庫全書存目叢書》影印宋臨安府太廟前尹家書籍鋪刊行《續幽怪録》卷二校録，又《太平廣記》卷三四一引《續玄怪録》）

〔一〕李公俊　「俊」原譌作「倰」，據陳本、高本、《廣記》、《廣豔異編》卷三四《李俊》改。下同。《稗家粹編》卷八《李岳州》作「倰」，《逸史搜奇》庚集九《李岳州》作「陵」。按：《廣記》卷一五一引《續定命録》：「故殿中侍御史李稜，貞元二年擢第。」疑李稜與李俊爲一人，徐松《登科記考》貞元二年進士科據《續玄怪録》、《續定命録》並列李俊、李稜，當非。其名作「稜」作「俊」孰是不易確考。郁賢皓《唐刺史考全編》岳州刺史下所列李俊，亦只據《續玄怪録》。

〔二〕貞元二年有故人國子祭酒通春官包佶者援成之　「貞元二年」原作「次年」，「佶」原作「結」。《廣記》作「貞元二年，有故人國子祭酒包佶者，通於主司，援成之」，《廣豔異編》同。《稗家粹編》同今本，唯「援」作「拔」。按：次年對興元中而言。興元只一年（七八四），次年乃貞元元年。據下文，此年及第者有李夷簡。《全唐文》卷七六一緒藏言《竇牟傳》：「府君貞元二年舉進士，與從父弟故相贈司徒易直、故相贈少師李公夷簡、故兵部侍郎張公賈、故工部侍郎張公正甫，同年上第。」《五百家注昌黎文集》卷三三《唐故國子司業竇公墓誌銘》：「國子司業竇公諱牟……舉進士登第。」孫汝聽注：「貞元二年進士。」則作「貞元二年」是也，據《廣記》、《廣豔異編》改。又《舊唐書·德宗紀上》：「（貞元）二年春正月……丁未，以禮部侍郎鮑防爲京兆尹……國子祭酒包佶知禮部貢舉。」《唐摭言》卷一四《主司稱意》：「貞元二年，禮部侍郎鮑防帖經後改京兆尹、刑部侍郎。」《嘉定鎮江志》卷一八《人物》：「佶，融（包融）子。……貞元二年，以國子祭酒知禮部貢舉。」貞元二年禮部侍郎鮑防知貢舉，正月進士試考完帖經一場後即授京兆尹，遂由國子祭酒包佶知貢舉。作「結」譌，據《廣記》、《廣豔異編》及高本改。

〔三〕爈爈　《稗家粹編》作「煌煌」。按：爈爈，熱氣薰蒸貌。

〔四〕郵檄　此二字原爲墨釘，據《廣記》、《廣豔異編》補。陳本、高本、《逸史搜奇》、《稗家粹編》作「公差」。

〔五〕欲餻之色盈面　《廣記》、《廣豔異編》作「頗有欲糕之色」。

〔六〕衆競出　《廣豔異編》作「人競出」，《稗家粹編》作「往來競出」，《廣記》、《廣豔異編》作「衆竟出」。竟，全。《廣記》明鈔本、孫校本作「皆」，《會校》據改。

〔七〕少故願請少間　《廣豔異編》「故」作「住」，「間」作「問」。《廣記》、《廣豔異編》作「願請問」。按：少故，有點事之意。少間，稍作停留。

〔八〕視　《廣記》明鈔本作「示」，《會校》據改。按：視，通「示」。

〔九〕偕計　高本、《廣記》明鈔本作「計偕」。按：計偕、偕計義同，指舉子進京赴禮部試。《唐才子傳》卷八《方干》：「早歲偕計，往來兩京，公卿好事者争延納，名竟不入手。」

〔一〇〕君之成名在十年之外　原作「君之成在一年一年之外」，有誤，據高本、《廣記》、《廣豔異編》改。

〔一一〕賂　《廣記》、《廣豔異編》作「何」。

〔一二〕復授筆使俊自注　「筆使」二字原無，據《廣記》、《廣豔異編》補。

〔一三〕聞俊來怒目延坐徐出曰　《廣記》、《廣豔異編》作「聞俊來怒，出曰」。按：已延坐，不當再出，疑「出」字衍，或爲譌字。

〔一四〕 貇 《廣記》明鈔本、孫校本作「苦」。
〔一五〕 若思 《廣豔異編》「若」作「苦」。《廣記》明鈔本、孫校本作「受恩」，《會校》據改。
〔一六〕 隨之到子城東北隅 「隨」字原無，據高本、《廣記》補。高本、《逸史搜奇》「子」作「于」。「到子城」《廣記》、《廣豔異編》作「經皇城」。按：子城即皇城。清徐松《唐兩京城坊考》卷一《皇城》：「傅宫城之南面曰皇城，亦曰子城。」禮部所屬尚書省在皇城東北隅。
〔一七〕 赴中書 《廣記》明鈔本、孫校本作「造執政」。按：中書即中書省，在大明宫。宰相辦公在中書省政事堂。
〔一八〕 遂 《廣記》明鈔本、孫校本作「信」，《會校》據改。
〔一九〕 待俊之怒色甚峻今乃不成何面相見因曰 《廣記》、《廣豔異編》作「聞之怒曰」。
〔二〇〕 閑 《廣記》明鈔本、孫校本作「卑」，《會校》據改。按：國子監祭酒從三品，爲高官，較禮部侍郎（正四品下）爲高，作「卑」誤。祭酒「掌儒學訓導之政，總國子、太學、廣文、四門、律、書、算，凡七學」（《新唐書·百官志三》），被視爲閑官。
〔二一〕 留 《廣記》孫校本作「違」。
〔二二〕 恃 原作「持」，據高本、《廣記》、《廣豔異編》改。
〔二三〕 即 《廣記》、《廣豔異編》作「赴」，《廣記》明鈔本、孫校本作「副」。
〔二四〕 追 陳本、高本、《廣記》、《廣豔異編》、《逸史搜奇》、《稗家粹編》作「迫」。迫，近也。

〔二五〕其　《廣記》、《廣豔異編》作「某」，明鈔本、孫校本作「見」，《會校》據改。
〔二六〕爾　原作「而」，據高本改。
〔二七〕才　《廣記》明鈔本、孫校本作「晚」。
〔二八〕生人　陳本、高本、《稗家粹編》作「人生」。
〔二九〕乎　陳本作「語」。

按：《廣豔異編》卷三四《李俊》，《稗家粹編》卷八《李岳州》，《逸史搜奇》庚集九《李岳州》，即本篇。《廣豔異編》全據《廣記》。

張質

李復言　撰

張質者，猗氏人。貞元〔一〕中明經，授亳州臨涣〔二〕尉。到任月餘，日初暮，見數人執符來追，其僕亦持馬俟於階下。遂乘馬，隨之出縣門。初黄昏，縣吏猶列坐門下〔三〕，略無起者。質怒曰：「州司暫追，官不遽廢，人吏敢無禮如此！」人亦不顧。出數十里，到一柏林，使者曰：「到此宜下馬。」遂去馬步行。約百餘步〔四〕，入城郭〔五〕，直北有大府門，門額題曰「地府〔六〕」。入府，徑〔七〕西有門，題曰「推院」，吏士甚衆。門人曰：「臨涣尉張質。」

遂入，見一美鬚髯衣緋人，據案而坐。責曰：「爲官本合理人，因何曲推事，遣人枉死？」質被捽搶地，叫曰：「質本任解褐到官月餘，未嘗推事。」又曰：「案牘分明，訴人不遠，府命追勘，仍敢誑〔八〕欺！」取枷枷之。質又曰：「訴人既近，請與相見。」曰：「召冤人來。」有一老人眇目，自西房出，疾視質曰：「此人年少，非推某者。」乃刺禄庫〔九〕檢到報，猗氏張質，貞元十七年四月二十一〔一〇〕日上臨涣尉。又檢訴狀被屈抑事。又牒陰道亳州，其年三月，臨涣見任尉年名，如已受替，替人年名，并受上月日。得牒，其年三月，見任尉江陵張質，年五十一，貞元十一〔一一〕年四月十一日上任，十七年四月二十一日受替。替人〔一二〕猗氏張質，年四十七。檢狀過，判官〔一三〕曰：「名姓偶同，遂不審勘，錯行文牒，追擾平人，聞於上司，豈斯容易！本典決十下，改追正身，其張尉任歸。」

執符者復引而迴。若行高山，墜於嵒下，遂如夢覺，乃在柏林中，伏於馬項上，兩肋皆痛〔一四〕，不能自起，且不知何處。隱隱聞樵歌之聲，知其有人，遂大呼救命。樵人來視之，驚曰：「縣失官人并馬，此莫是乎？」競來問，質不能對。扶正其身，策以送縣。其柏林在縣北三十里。官吏大喜，迎焉。質之馬爲鬼所加〔一五〕，僕人不知。及乘馬出門，門吏雖環坐，爲鬼所隱，人亦不見。有頃，家童求質不得，問於鄰廳，並云不來〔一六〕。入厩視馬，亦不在，而僕夫不覺。訪於門吏，吏不見出。其宰惑之，且疑質之初臨也，嚴於吏，吏怨而殺之。

是夜坐門者及門人當宿之吏，莫不禁錮。尋求不得者已七日矣。質歸憩數日方能言，然神識遂闕〔一七〕。

元和六年，質尉彭城，李生者爲之宰，訝其神蕩，説奇以導之，質因具言也。（據《四庫全書存目叢書》影印宋臨安府太廟前尹家書籍鋪刊行《續幽怪録》卷二校録，又《太平廣記》卷三八〇《續玄怪録》）

〔一〕貞元　原作「元和」。按：作「元和」似誤。據下文，張質元和十七年解褐爲臨涣尉，乃替江陵張質（元和十一年上任）。元和凡十五年，無十七年。若「十七」乃「十五」之譌，然後文復云張質元和六年尉彭城，前后牴牾不合。若作「貞元」，自貞元十七年（八〇一）尉臨涣，至元和六年（八一一）尉彭城，業已首尾十一年，相隔年份頗久，似不應仍爲縣尉也。要之原文年號年份均有疑問，姑據高本、《廣記》改。下同。

〔二〕亳州臨涣　孫校本「臨涣」作「臨海」，下同。按：臨海縣屬台州，誤。

〔三〕猶列坐門下　「猶」原作「由」，據陳本、高本改。《廣記》無此字。陳本無「坐」字。

〔四〕步　原作「里」，據《廣記》改。

〔五〕郭　《廣記》無此字。

〔六〕地府　《廣記》作「北府」。

〔七〕徑　原作「經」，據高本、《廣記》改。

〔八〕詆　高本作「抵」，《廣記》作「言」，明鈔本作「詒」，《會校》據改。

〔九〕刺禄庫　「刺」《廣記》明鈔本作「敇」，《會校》據改。「禄」高本、《廣記》作「録」。按：禄庫，當指貯藏官員官禄之庫，作「録」誤。

〔一〇〕一　《廣記》作「七」（下文作「一」），孫校本作「一」。

〔一一〕一　《廣記》孫校本作「二」。

〔一二〕替人　原作「人檢」，據高本、《廣記》改。

〔一三〕判官　《廣記》明鈔本下有「謂質」二字，《會校》據補。

〔一四〕兩肋皆痛　原作「雨裛衣背痛」，孫校本「背」作「皆」。據明鈔本改。

〔一五〕加　高本、《廣記》明鈔本作「取」，汪紹楹點校本及《會校》據明鈔本改。按：加，施及。謂鬼使主動牽馬來，使張代步也。

〔一六〕來　陳本作「在」。

〔一七〕闕　《廣記》明鈔本作「閾」。

唐五代傳奇集第三編卷二十三

韋令公臯

李復言 撰

公初無官，薄遊劍外，西川節度使、兵部尚書、平章事張延賞，以女妻之。既而惡焉，猒薄之情日露。公鬱鬱不得志，時入幕廷〔一〕，與賓朋從遊，且攄其憤。張公愈惡，乘閒謂公曰：「幕寮無非時彦，延賞尚敬〔二〕憚之，韋郎無事，不必數到。」其見輕也如此。

他日，其妻尤甚憫之，曰：「男兒固有四方志〔三〕，大丈夫何處不安？今猒賤如此而不知〔四〕，歡然度日，奇哉！推鼓舞人〔五〕，豈公之樂！妾辭家事君子，荒隅一間茅屋，亦君之居；炊菽羹藜，簞食瓢飲，亦君之食。何必忍媿强安，爲有血氣者所〔六〕笑？」時公之道未行，自疑其命，嘗希乘張之權於仕。一旦悟此身茫然，於是入告張行意。張公遺帛五束〔七〕，夫人薄之，揣知深意，不敢言，乃私遺二十束。

公將别而行也，自中堂歸院。益州女巫適到見之，問夫人曰：「向之緑衣入西院者爲誰？」曰：「韋郎。」曰：「此人極貴，位過丞相遠矣。其禄將發，不久亦鎮此，宜殊待之。」

問其所以，曰：「貴人之行，必有陰吏。相國之侍，一二十人耳，如緑衣郎者，乃百餘人。」夫人既憫韋之是行也，其女且嫁之，聞是大喜，遽言於相國。相國怒曰：「閨闈中人，無端乃如是！且延賞女已嫁此人，怜其貧而贈薄，請益則加〔八〕，柰何假託妖巫以相謟乎？」拗〔九〕怒，與之帛五束。

是日韋行，月餘日到岐〔一〇〕。岐帥以西川之貴聓，延置幕中，奏大理評事。尋以鞫獄平允，加監察。以隴州刺史卒，出知州事。俄而朱泚窺神器，駕幸奉天，兵戈亂起，征鎮路絶，輦下軍士衣食將闕，獨隴州貢獻不絶於道。天子忠之，乃除御史中丞、行在軍糧使。既而妖氛廓清，駕還宮闕，乃授兵部尚書、西川節度使。辭相國歲餘，代居其位。相國聞之，拔劍將自抉其目，以懲不知人之過〔一一〕。左右執之，久而方解。聞知韋異路入朝〔一二〕，蓋以輕忽之極，無面目復見。

噫！夫人未遇，其必然乎？非張相之忽悔，不足以戒天下之傲者。（據《四庫全書存目叢書》影印宋臨安府太廟前尹家書籍鋪刊行《續幽怪録》卷二校録，又《太平廣記》卷三〇五引《續玄怪録》）

〔一〕幕廷　高本、《廣記》作「幕府」。

〔二〕敬　原作「欽」，乃宋本避諱改，今據《廣記》回改。

〔三〕志　原作「意」，據陳本、高本、《廣記》、《逸史搜奇》癸集九《韋令公皋》改。

〔四〕不知　原作「知者」，據高本、《廣記》改。

〔五〕推鼓舞人　高本作「推故侮人」，陳本、《逸史搜奇》作「推故舞人」，《廣記》無此句，孫校本亦作「推故舞人」。按：南宋祝穆《古今事文類聚》續集卷一五引《東皋雜録》：「孔常甫言，唐人詩有云：『城頭推鼓傳花板，席上搏拳握松子。』乃知酒席藏鬮爲戲其來久。」明彭大翼《山堂肆考》卷一九二引此作「椎鼓」。推鼓、椎鼓均指擊鼓。舞人，舞女。「推鼓舞人」指歌舞作樂。

〔六〕所　原作「可」，據陳本、高本、《廣記》、《逸史搜奇》改。

〔七〕五束　《廣記》作「十五疋」，孫校本作「五疋」。

〔八〕則加　《廣記》作「可矣」。

〔九〕拗　原譌作「物」，據高本改。

〔一〇〕岐　原作「歧」，據陳本、《廣記》、《逸史搜奇》改。按：岐，岐州。至德二載（七五七）昇鳳翔府，治今陝西鳳翔縣。上元元年（七六〇）置興鳳隴節度使，下文岐帥，即指興鳳隴節度使。

〔一一〕「兵戈亂起」至「以懲不知人之過」　《廣記》作：「隴州有泚舊卒五百人，兵馬使牛雲光主之。雲光謀作亂不克，率其衆奔朱泚。道遇泚使，以僞詔除皋御史中丞，因與之俱還。皋受其命，謂雲光曰：『受命必無疑矣，可悉納器械，以明不相詐。』雲光從之。翌日大饗，伏甲盡殺之，立壇盟諸將。

泚復許皋鳳翔節度，皋斬其使。行在聞之，人心皆奮，乃除隴州刺史、奉義軍節度使。及駕還宫，乃授兵部尚書、西川節度使。延賞聞之，將自抉其目，以懲不知人。」「受命必無疑」，孫校本作「受新命無疑」。

〔一三〕聞知韋異路入朝　「聞」原作「問」，據陳本、《逸史搜奇》改。「異」字原無，據高本補。

按：《廣記》明鈔本注出《玄怪録》，誤。《逸史搜奇》癸集九取入，同陳本。

薛偉

李復言　撰

薛偉者，乾元元〔一〕年，任蜀州青城縣主簿〔二〕，與丞鄒滂，尉雷濟、裴寮〔三〕同時。其秋，偉病七日，忽奄然若往者，連呼不應，而心頭微暖。家人不忍即殮，環而伺之。經二十日，忽長吁起坐，謂家〔四〕人曰：「吾不知人間幾日矣。」曰：「二十日矣。」曰：「即〔五〕與我覷群官，方食鱠否。言吾已蘇矣，甚有奇事，請諸公罷筯來聽也。」僕人走示〔六〕群官，實欲食鱠，遂以告，皆停飧而來。偉曰：「諸公勑司户僕張弼求魚乎？」曰：「然。」又問弼曰：「漁人趙幹藏巨鯉，以小者應命，汝於葦間得藏者，攜之而來。方入縣也，司户吏某〔七〕坐門東，糺曹吏某〔八〕坐門西，方弈碁。入及堦，鄒、雷方博，裴啗桃實。弼言幹之藏巨魚也，裴五令鞭之〔九〕。既付食工王士良者，喜而煞之，皆然乎？」遞相問，誠然。衆曰：「子何以知〔一〇〕之？」曰：「向煞之鯉，我也。」衆駭曰：「願聞其説。」

曰：「吾初疾困，爲熱所逼，殆不可堪。忽悶〔一一〕，忘其疾，惡熱求涼，策杖而去，不知其夢也。既出郭，其心欣欣然，若籠禽檻獸之得逸，莫我如〔一二〕也。漸入山，山行益悶，遂下遊於江畔。見江潭深净，秋色可愛，輕漣不動，鏡涵遠空〔一三〕。忽有思浴意，遂脱衣於岸，跳身便入。自幼狎水，成人已來，絶不復戲，遇此縱適，實契宿心。且曰：『人浮不如魚快也，安得攝魚而健游乎？』傍有一魚曰：『顧足下不願耳，正授亦易，何況求攝，當爲足下圖之。』快然而去。未頃〔一四〕，有魚頭人長數尺，騎鯢來導，從數十魚，宣河伯詔曰：『城居水遊，浮沉異道，苟非其好，則昧通波。薛掌〔一五〕意尚浮深，跡思怡曠〔一六〕。樂浩汗之域，放懷清江〔一七〕；厭巇嶇之情，投簪幻世。暫從鱗化，非遽成身。可權充東潭赤鯉。嗚呼！恃長波而傾舟，得罪於晦；昧纖鈎而貪餌，見傷於明。無惑失身，以羞其黨，爾其勉之。』聽〔一八〕而自顧，即已魚服矣。於是放身而遊，意往斯到。波上潭底，莫不從容；三江五湖，騰躍將遍。然配留東潭，每暮必復。

「俄而飢甚，求食不得，循舟而行。忽見趙幹垂鈎，其餌芳香，心亦知戒，不覺近口。曰：『我人也，暫時爲魚，不能求食，乃吞其鈎乎？』捨之而去。有頃，飢益甚，思曰：『我是官人，戲而魚服，縱吞其鉤，趙幹豈煞我，固當送我歸縣耳。』遂吞之。趙幹收綸以出，幹手之將及也，偉〔一九〕連呼之。幹不聽〔二〇〕，而以繩貫我腮，乃繫于葦間。既而張弼來曰：『裴少府買魚，須大者。』幹曰：『未得大魚，有小者十餘斤。』弼曰：『奉命取大魚，安用小者！』乃自於葦間尋得偉而提之。又謂弼曰：『我是汝縣主簿，化形爲魚遊江，何得不拜我！』弼不聽，提之而行。罵之〔二一〕不已，弼〔二二〕終不顧。入縣門，見縣吏坐者〔二三〕弈碁，皆大聲呼之，略無應者，唯笑曰：「可畏〔二四〕魚，直三四斤餘。」既而〔二五〕入階，鄒、雷方博，裴啗桃實，皆喜魚大，促命付廚。弼言幹之藏巨魚，以小者應命，裴怒鞭之。我叫諸公曰：『我是公同官，今而見擒，竟不相捨，促煞之，仁乎哉？』大叫而泣，三君不顧而付鱠手。王士良者方持〔二六〕刃，喜而投我於机〔二七〕上。我又叫曰：『王士良，汝是我之常使鱠手也，因何煞我？何不執我白於官人？』士良若不聞者，按吾頸〔二八〕於砧上而斬之。彼頭適落，此亦醒悟，遂奉召爾。」

諸公莫不大驚，心生愛忍。然趙幹之獲，張弼之提，縣司之弈吏〔二九〕，三君之臨堦，王士良之將煞，皆見其口動，實無聞焉。於是三君並投〔三〇〕鱠，終身不食。偉自此平〔三一〕愈，後累遷〔三二〕華陽丞乃卒。（據《四庫全書存目叢書》影印宋臨安府太廟前尹家書籍鋪刊行《續幽怪録》卷二校録，又《太平廣記》卷四七一引《續玄怪録》）

〔一〕元　陳本、《古今説海》説淵部別傳三十五《魚服記》、《逸史搜奇》庚集一《薛偉》、《稗家粹編》卷三《薛偉》作「二」。

〔二〕任蜀州青城縣主簿　「任」原作「在」，據陳本、《廣記》、《説海》、《逸史搜奇》、《稗家粹編》、曹學佺《蜀中廣記》卷八〇引《玄怪續録》、朝鮮人編《删補文苑楂橘》卷二《薛偉》改。「蜀」原譌作「涇」，據《廣記》、《蜀中廣記》改。按：青城縣，今四川都江堰市東南，唐屬蜀州。

〔三〕寮　高本、《説海》、《逸史搜奇》、《稗家粹編》作「察」。

〔四〕家　原作「其」，《廣記》同，據明鈔本改。

〔五〕曰即　此二字原無，據《廣記》明鈔本補。

〔六〕示　《廣記》、《蜀中廣記》、《説海》《四庫全書》本、《文苑楂橘》作「視」。示，通「視」。

〔七〕某　原作「其」，據陳本、高本、《説海》、《逸史搜奇》、《稗家粹編》改。《廣記》、《文苑楂橘》無此字。按：稱「某」者乃代其名，此叙事省略之法，非薛偉不知其名也。

〔八〕某　此字原無，據《説海》、《逸史搜奇》補。

〔九〕裴五令鞭之　原作「曰五鞭之」，《説海》、《逸史搜奇》無「五」字。《廣記》、《文苑楂橘》作「裴五令鞭之」。按：後文云「裴怒鞭之」，據《廣記》等改。裴五指裴寮，排行五。

〔一〇〕知　此字原脱，據陳本、高本、《廣記》、《説海》、《逸史搜奇》、《文苑楂橘》補。

〔一一〕悶　《廣記》明鈔本作「然」，《會校》據改。按：下文云「山行益悶」，作「悶」是。

〔一二〕如　《廣記》、《稗家粹編》、《文苑楂橘》作「知」，《廣記》明鈔本、清陳鱣校本作「如」，《會校》據改。

〔一三〕空　原作「靈」，據陳本、高本、《説海》、《逸史搜奇》、《稗家粹編》改。《廣記》、《文苑楂橘》作「虚」，明鈔本乃作「空」。

〔一四〕未頃　《廣記》明鈔本、陳校本作「俄頃」，《會校》據改。按：未頃，義同俄頃、少頃。頃，頃刻。《纂異記・嵩岳嫁女》（《廣記》卷五〇）：「未頃，聞簫韶自空而來。」又作「未頃刻」。《逸史・太陰夫人》：「未頃刻，二葫蘆生於蔓上。」

〔一五〕薛掌　陳本、《説海》、《逸史搜奇》、《稗家粹編》「掌」作「偉」，《廣記》、《蜀中廣記》、《文苑楂橘》作「主簿」。按：薛掌，對薛偉之尊稱。主簿掌文書簿籍。

〔一六〕怡曠　原作「性廣」，據高本改。《廣記》、《説海》、《逸史搜奇》、《蜀中廣記》、《文苑楂橘》作「閑（閒）曠」。

〔一七〕放懷清江　《説海》、《逸史搜奇》、《稗家粹編》「放」譌作「於」，《説海》《四庫》本作「脱屣清波」。

〔一八〕聽　《廣記》明鈔本作「倏」，《會校》據改。

〔一九〕偉　《廣記》明鈔本作「我」，《會校》據改。下文「偉而提之」同。按：偉乃薛偉自稱，非第三人稱也。

〔二〇〕聽　下原有「之」字，據陳本、高本、《廣記》、《説海》、《逸史搜奇》、《蜀中廣記》、《文苑楂橘》刪。

〔二一〕之　原作「亦」，據陳本改。

〔二二〕弼　原誤作「幹」，據《廣記》明鈔本改。

〔二三〕者　《説海》、《逸史搜奇》、《文苑楂橘》作「而」。

〔二四〕可畏　陳本、高本、《説海》、《逸史搜奇》、《稗家粹編》作「可長」。《廣記》明鈔本作「好大」，《會校》據改。

〔二五〕既而　原誤作「而既」，據陳本、高本、《廣記》、《説海》、《逸史搜奇》、《稗家粹編》、《蜀中廣記》、《文苑楂橘》乙改。

〔二六〕持　《廣記》、《蜀中廣記》、《文苑楂橘》作「礪」。

〔二七〕机　陳本、《稗家粹編》作「杌」，《廣記》、《文苑楂橘》作「几」，孫校本作「机」，《蜀中廣記》作「機」。

按：「机」、「機」同，通「几」，几案。杌，砧板。

〔二八〕頸　《廣記》明鈔本作「頭」。

〔二九〕吏　《廣記》明鈔本作「棋」，《會校》據改。《文苑楂橘》亦作「棊」。

〔三〇〕投　原作「捉」，據高本、《廣記》、《蜀中廣記》改。《説海》、《逸史搜奇》作「棄」。

〔三一〕平　原譌作「乎」，據陳本、高本、《廣記》、《説海》、《逸史搜奇》、《稗家粹編》、《蜀中廣記》、《文苑楂橘》改。

〔三二〕累遷　原譌作「異」，據高本、《廣記》、《蜀中廣記》、《文苑楂橘》改。

按：此篇採入《古今説海》説淵部別傳三十五、《逸史搜奇》庚集一、《稗家粹編》卷三、《刪補文苑楂橘》卷二，《説海》易題《魚服記》，餘三書題《薛偉》。

蘇州客

李復言　撰

洛陽劉貫詞，大曆中求丐于蘇州。逢蔡霞秀才者，精彩儁爽之極，一相見，意頗勤勤，以兄見呼貫詞。既而攜羊酒來宴，酒闌曰：「兄今〔一〕泛浮江湖間，何爲乎？」曰：「求丐耳。」霞曰：「有所抵耶？泛行郡國耶？」曰：「蓬行耳。」霞曰：「然則幾獲而止？」曰：「十萬。」霞曰：「蓬行而望十萬，乃無翼而思飛者也。設令必得，亦廢數月〔二〕。霞居洛中，左右亦〔三〕不貧。以他故避地，音問久絶，意有所託〔四〕，祈兄爲迴。途中之費，蓬遊之望，不擲日月而得，如何？」曰：「固所願耳。」霞於是遺錢十萬〔五〕，授書一緘，白曰〔六〕：「逆旅中遽蒙周〔七〕念，既無形迹，輒露心誠。霞家長鱗虫，宅渭橋下。合眼叩橋柱，當有應者，必邀入宅。孃奉見時，必請與霞小〔八〕妹相見。既爲兄弟，情不合疏，書中亦令渠出拜。渠雖年幼，性頗聰惠〔九〕，使渠助爲掌人〔一〇〕，百緍之贈，渠當必諾。」

貫詞遂歸，到渭橋下，一潭泓澄，何計自達。久之，以爲龍神不當我欺，試合眼叩之。

忽有一人應，因視之，則失橋及潭矣。有朱門甲第，樓閣參差，有紫衣僕[一一]，拱立於前，而問其意。貫詞曰：「來自吴郡，郎君有書。」問者執書以入。頃而復出曰：「太夫人奉屈。」遂入廳中，見太夫人者，年四十餘，衣服皆紫，容皃可愛。貫詞拜之，太夫人荅拜，且謝曰：「兒子遠遊，久絶音耗，勞君惠顧，數千里達書。渠少失意上官，其恨[一二]未減，一從遁去，三歲寂然。非君特來，愁緒猶積。」言訖，命坐。貫詞曰：「郎君約爲兄弟，小娘子即貫詞妹也，亦當相見。」夫人曰：「兒子書中亦言，渠略梳頭，即出奉見。」俄有青衣曰：「小娘子來。」年可十五六，容色絶代，辯惠過人。既拜，坐於母下。

遂命飲饌，亦甚精潔。方對食，太夫人忽眼赤，直視貫詞。女急曰：「哥哥憑[一三]來，宜且禮待。況令消[一四]患，不可動摇。」因曰：「書中以兄處分，令以百緡奉贈。既難獨舉，須使輕賫。今奉一器，其價相當，可乎？」貫詞曰：「已爲兄弟，寄一書扎，豈宜受其賜？」太夫人曰：「郎君貧遊，兒子備述，今副其諾，不可推辭。」貫詞謝之。因命取[一五]鎮國椀來。又進食，未幾，太夫人復瞪視眼赤，口兩角涎下，女急掩其口曰：「哥哥深誠託人，不宜如此。」乃曰：「孃年高，風疾發動，祇對不得，兄宜且出。」女若懼者，遣青衣持椀，自隨而授[一六]貫詞曰：「此罽賓國椀，其國以鎮災癘，唐人得之，固無所用。得錢十萬，即貨之，其下勿鬻。某緣孃疾，須侍左右，不遂從容。」再拜而入。貫詞持椀而行，數步迴顧，碧潭〔一七〕危橋，宛似初到，而身若適下。視手中器，乃一黄色銅椀也，其價只三五環〔一八〕矣，大以爲龍妹之妄也。

執爨於市，有酬七百八百者，亦有酬五百者。念龍神貴信，不當欺人，日日持行於市。及歲餘，西市店忽有胡客，周〔一九〕視之，大喜，問其價，貫詞曰：「二百緡。」客曰：「物宜所直，何止二百緡！但非中國之寶，有之何益，百緡可乎？」貫詞以初約只爾，不復廣求，遂許之交受。客曰：「此乃罽賓國鎮國椀也，在其國大穰，人民忠孝〔二〇〕。比〔二一〕椀失來，其國大荒，兵戈亂起。吾聞龍子所竊，已僅四年。其君方以國中〔二二〕半年之賦召贖，君何以致之？」貫詞具告其實。客曰：「罽賓守龍上訴，當追尋次，此霞所以避地也。陰冥吏嚴，不得陳首，藉君爲郵〔二三〕送之耳。殷勤見妹者，非固親也，慮老龍之饞，或欲相啗，以其妹衛君耳。此椀既去，渠亦當來，亦銷患之道也。五十日後，漕洛〔二四〕波騰，瀺灂竟〔二五〕日，是霞歸之候也。」曰：「何以五十日然後歸？」客曰：「吾攜過嶺，方敢來復。」貫詞記之。及期往視，誠然矣。（據《四庫全書存目叢書》影印宋臨安府太廟前尹家書籍鋪刊行《續幽怪録》卷三校録，又《太平廣記》卷四二一引《續玄怪録》）

〔一一〕今　原作「所」，據《廣記》改。

〔二〕月 《廣記》、《廣豔異編》卷二《蔡霞傳》、《續豔異編》卷一《蔡霞傳》作「年」。
〔三〕亦 原譌作「下」，據《廣記》、《廣豔異編》、《續豔異編》改。
〔四〕意有所託 《廣記》「託」作「懇」。《廣豔異編》、《續豔異編》作「有所懇祈」。
〔五〕十萬 《廣記》明鈔本作「一貫」，誤。
〔六〕曰 原譌作「日」，據《廣記》、《廣豔異編》、《續豔異編》改。
〔七〕周 原譌作「同」，據《廣記》、《廣豔異編》、《續豔異編》改。
〔八〕小 《廣記》、《廣豔異編》、《續豔異編》作「少」。
〔九〕聰惠 《廣記》、《廣豔異編》、《續豔異編》作「慧聰」。惠，通「慧」。
〔一〇〕掌人 《廣記》、《廣豔異編》、《續豔異編》作「主人」。按：掌人即主人。本書《張庾》：「坐上一人曰：『不告掌人，遂欲張樂，得無慢易乎？』」
〔一一〕僕 《廣記》、《廣豔異編》、《續豔異編》作「使」。
〔一二〕恨 原譌作「痕」，據《廣記》、《廣豔異編》、《續豔異編》改。
〔一三〕憑 《廣記》明鈔本作「頻」，誤。按：憑，請求，煩勞。
〔一四〕令消 原譌作「今宵」，據《廣記》、《廣豔異編》、《續豔異編》改。
〔一五〕取 此字原脱，據《廣記》、《廣豔異編》、《續豔異編》補。
〔一六〕授 原作「投」，據《廣記》、《廣豔異編》、《續豔異編》改。

〔一七〕潭　原譌作「溜」，據《廣記》、《廣豔異編》、《續豔異編》改。
〔一八〕環　《廣記》、《廣豔異編》、《續豔異編》作「鐶」。按：環，通「鐶」，銅錢。
〔一九〕周　《廣記》、《廣豔異編》、《續豔異編》作「來」，連上讀。
〔二〇〕大穰人民忠孝　《廣記》、《廣豔異編》、《續豔異編》作「大禳人患厄」。
〔二一〕比　《廣記》、《廣豔異編》、《續豔異編》作「此」。比，待到。
〔二二〕國中　原誤作「中國」，據《廣記》、《廣豔異編》、《續豔異編》乙改。
〔二三〕郵　《廣記》、《廣豔異編》、《續豔異編》作「由」。
〔二四〕漕洛　「洛」原譌作「浴」，據《廣記》、《廣豔異編》、《續豔異編》改。《廣豔異編》、《續豔異編》作「渭洛」。按：漕，指漕渠，即運河。
〔二五〕竟　《廣記》、《廣豔異編》、《續豔異編》作「晦」。

按：《廣記》題《劉貫詞》。《廣豔異編》卷二一、《續豔異編》卷一據《廣記》輯入，題《蔡霞傳》，《續豔異編》全同《廣豔異編》。

張庾

李復言　撰

張庾舉進士，元和十二〔一〕年，居長安昇道里南街。十一月八〔二〕日夜，僕夫他宿，獨庾在月下。忽聞異香氛馥，驚惶之次〔三〕，俄聞行步之聲漸近。庚屣履聽之，見〔四〕青衣年十八九，豔美無敵，推開庚門，曰：「步月逐勝，不必樂遊原〔五〕，只此院小臺藤架，可以樂矣。」遂引少女七八人，容色皆豔，絶代莫比，衣服華麗，首飾珍光，宛若公王節制家〔六〕。庚側身走入堂前〔七〕，垂簾望之，諸女徐行，直詣藤下。須臾，陳設華麗，床榻並列，雕盤玉樽杯杓皆奇物。八人環坐，青衣執樂者十人，執板〔八〕立者二人，左右侍〔九〕立者十人。

絲管方動，坐上一人〔一〇〕曰：「不告掌人〔一一〕，遂欲張樂，得無慢易乎？既是衣冠，且非異類，邀來同歡〔一二〕，亦甚不惡〔一三〕。」因命一青衣傳語曰：「姊妹步月，偶入貴院，酒肉絲竹，輒以自隨〔一四〕。秀才能暫出作掌人〔一五〕否？夜深計已脱冠，紗巾而來，可稱疏野。」庚聞青衣受命，畏其來也，乃閂〔一六〕門拒之。傳詞者叩門而呼，庚不應。推門，門復閂，遂〔一七〕走復命。一女曰：「吾輩同歡，人不敢望〔一八〕。既入其家門，不召亦合來謁，閂門塞户，羞見吾徒。呼既不應，何須更召。」於是一人執樽，一人糺司。酒既巡行，絲竹合奏，餚饌芳珍，音曲清亮，權貴之極，不可名言。

庚自度此坊南街，盡是墟墓，絶無人住。謂是坊中出來，則坊門已閉。若非妖狐，乃是鬼物。今吾尚未惑，可以逐之。少頃見迷，何能自悟？於是潛取枝〔一九〕床石，徐開門突出，望席〔二〇〕而擊，正中臺盤。衆起紛紜，各執而去〔二一〕。庚趁〔二二〕及，奪得一盞，遽以衣繫〔二三〕之。及明解視，乃一白角盞，盞中之奇，不是過也〔二四〕。院中香氣，數日不歇。其盞鎖於櫃中，親朋來者，莫不傳視，竟不能辯其所自。後十餘日，轉觀之次，忽墮地，遂不復見。庾明年春，進士上第〔二五〕焉。（據《四庫全書存目叢書》影印宋臨安府太廟前尹家書籍鋪刊行《續幽怪録》卷三校録，又《太平廣記》卷三四五引《續玄怪録》）

〔一〕二　《廣記》，《廣豔異編》卷三四《張庾》，《合刻三志》志鬼類、《雪窗談異》卷七、《唐人説薈》第十五集《尸媚傳·張庾》作「三」。《廣記》孫校本作「二」。

〔二〕八　《廣記》明鈔本作「十五」。

〔三〕驚惶之次　《廣記》作「方驚之」，明鈔本作「方驚訝」。

〔四〕見　原作「數」，據《廣記》明鈔本改。

〔五〕樂遊原　《廣記》明鈔本作「遠遊原」。按：樂遊原在長安城内，爲著名遊賞之地。

〔六〕公王節制家　《廣記》、《廣豔異編》作「豪貴家人」。

〔七〕側身走入堂前　《廣記》、《廣豔異編》、《尸媚傳》作「走避堂中」。

〔八〕板　《廣記》、《尸媚傳》作「拍板」。

〔九〕侍　原作「倚」，據《廣記》、《廣豔異編》、《尸媚傳》改。

〔一〇〕人　此字原脱，據《廣記》、《廣豔異編》、《尸媚傳》補。

〔一一〕掌人 《廣記》、《廣豔異編》、《尸媚傳》作「主人」。按：掌人即主人。

〔一二〕歡 《廣記》明鈔本作「飲」。下文「吾輩同歡」之「歡」亦作「飲」。

〔一三〕亦甚不惡 《廣記》、《廣豔異編》、《尸媚傳》作「可也」。

〔一四〕隨 《廣記》、《廣豔異編》、《尸媚傳》作「樂」，明鈔本、孫校本作「隨」。

〔一五〕作掌人 《廣記》、《廣豔異編》、《尸媚傳》作「爲主」。

〔一六〕閈 《廣記》、《廣豔異編》作「閉」。下同。閈，同「閉」。

〔一七〕遂 《廣記》、《廣豔異編》、《尸媚傳》作「遽」。

〔一八〕望 《廣記》、《廣豔異編》作「預」，《尸媚傳》作「與」。

〔一九〕枝 《廣記》、《廣豔異編》、《尸媚傳》作「搘」。按：枝、搘義同，支撐。

〔二〇〕席 原作「塵」，據《廣記》明鈔本、清黄晟校刊本、《筆記小説大觀》本改。

〔二一〕衆起紛紜各執而去 《廣記》、《廣豔異編》、《尸媚傳》作「紛然而散」。

〔二二〕趁 《廣記》、《廣豔異編》、《尸媚傳》作「逐」。

〔二三〕繫 《合刻三志》、《雪窗談異》譌作「擊」，《唐人説薈》作「裹」。

〔二四〕盞中之奇不是過也 《廣記》、《廣豔異編》、《尸媚傳》作「奇不可名」。

〔二五〕進士上第 《廣記》明鈔本作「登進士第」，《會校》據改。按：上第，即甲第。唐進士科考試成績分甲乙丙三等，甲乙爲及第，丙爲落第。甲乙丙又稱上中下。《新唐書·選舉志上》：「凡進士，試時務策五道，帖一大經，經、策全通，爲甲第；策通四、帖過四以上，爲乙第。」又云：「每問經十條、對策三道皆通，爲上第，吏部官之。經義通八、策通二，爲中第，與出身。下第罷歸。」《新唐書》卷一四三《元結傳》：「天寶十二載舉進士，禮部侍郎陽浚見其文，曰：『一第慁子耳，有司得子是賴。』果擢上第。」韓愈《李元賓墓銘》：「李觀，字元賓。……年二十四舉進士，三年登上第。」

按：《廣記》孫校本注出《玄怪録》，誤。《廣豔異編》卷三四鬼部據《廣記》輯入此篇，題《張庾》。又《合刻三志》志鬼類《尸媚傳》，託名唐張泌撰，《雪窗談異》卷七、《唐人説薈》第十五集（同治八年刊本卷一九）取入此本。中有《張庾》，取自《廣記》。

竇玉妻

李復言　撰

進士王勝、蓋夷，元和中，求薦於同州。其時客多，賓館頗〔一〕溢，二人聞郡功曹王翥私第空閑，借其西廊，以俟郡試。既而他室皆有人，唯正堂以小繩繫門，自牖而窺其廂〔二〕，獨床上有褐衾，床北有被〔三〕籠，此外空然，更無他有。問其鄰，曰：「處士竇三郎玉〔四〕居也。」二客以西廂爲窄，思與同居，甚喜其無姬僕也。

迨暮，竇處士者一驢一僕，乘醉而來。夷、勝前謁，且曰：「勝求解於郡，以賓館喧，故寓於此〔五〕，所得西廊亦甚窄。君子既無姬僕〔六〕，又是方外之人，願略同此堂，以俟郡試。」玉固辭，接對之色甚傲，夷、勝銜之。夜深將寢，忽聞異香。驚起尋之，則見堂中垂簾帷，喧然語笑。於是夷、勝突入，其堂中屏帷四合，奇香撲人，雕盤珍膳，不可名狀。有一女，年可十八九，妖〔七〕麗無比，與竇三對食。侍婢十餘人，亦皆端妙，燒爐〔八〕煮茗方熟。坐者起，入西廂帷中，侍婢悉入，曰：「是何兒郎，突衝人家？」竇三者面色如土，端坐不語。夷、勝無以致辭，啜茗而出。既下階，聞其閉户之聲。乃復聽之，聞曰：「風狂兒郎，因何共止？古人所以卜鄰者，豈虚言哉！致相突乃如此，豈非君率易也？」竇辭〔九〕以非己之居，難拒異客，必慮輕侮，豈無他宅？因復懽笑。

及明，往覘之，盡復其故，竇三者獨偃於褐〔一〇〕衾中，拭目方起。夷、勝召詰之，不對。夷、勝曰：「君晝爲布衣，夜會公族，非習〔一一〕妖幻，何以致〔一二〕麗人？不言其實，當即告郡。」竇曰：「此固祕事，言亦無妨。比者玉薄遊太原，晚發冷泉，將宿於孝義縣。陰晦失道，夜投人莊，問其掌〔一三〕，莊僕曰：『汾州崔司馬田〔一四〕也。』令入告焉。出曰：『延入。』崔司馬年可五十餘，衣緋，儀皃可愛。問玉〔一五〕之先及伯叔昆弟，詰其中外，自言其族，乃玉親，重表丈也〔一六〕。玉〔一七〕自幼亦嘗聞此丈人，恨〔一八〕不知其官。慰問殷懃，情禮優重，因令報其妻曰：『竇秀才乃是右衛將軍七兄之子也，是吾之重表姪，夫人亦是丈母，可見之。

從宦異方，親戚離阻，不因行李，豈得相逢？ 請即梳頭相見。』少頃，一青衣曰：『屈三郎子入。』其中堂陳設之盛㻺，若王侯之居，盤饌珍華，味窮海陸。 既食〔一九〕，丈人曰：『君今此遊，將何所求？』曰：『求舉資耳。』曰：『家在何郡？』曰：『海内無家，萍蓬之士也。』丈人曰：『君生涯如此，身事落然，蓬遊無抵，徒勞往復。 丈人有女〔二〇〕，年近長成，今便令〔二一〕奉事，衣食之給，不求於人，可乎？』玉起拜曰：『孤客無家，才能素薄，忽蒙采顧，何副眷憐！ 但慮庸虛，敢不承命。』夫人喜曰：『今夕甚佳，又有牢饌。 親戚中配屬，何必廣召賓客。 吉禮既具〔二二〕，便取今夕。』於是言謝訖，復坐，又進食。 食畢，揖玉退於西廳〔二三〕，具浴。 浴訖，授衣一襲，巾櫛一幞。 引相者三人來，皆聰明之士。 一人姓王，稱郡法曹，一人姓裴，稱户曹，一人姓韋，稱郡督郵，相揖而坐。 俄而禮輿香車皆具，華燭前引，自西廳引〔二四〕至中門，展親御〔二五〕之禮。 因又遶莊一周，自南門入。 及中堂，堂中帷帳已滿。

「成禮訖，初三更，其妻告玉曰：『此非人間，乃神道也。 所言汾州，陰道汾州，非人間也。 相者數子，無非冥官。 妾與君宿緣合爲夫婦，故得相遇。 人神路殊，不可久住，君宜即去。』玉曰：『人神既殊，安得配屬？ 已爲夫婦，便合相從。 信誓之誠，言猶在耳，一夕而別，何太驚人！』妻曰：『妾身奉君，固無遠邇，但君生人，不合久居於此。 君速命駕，入辭而行，常令君篋中有絹百疋，用盡復滿，數萬減焉〔二六〕。 所到必求靜室獨居，少以存想，隨念即至。十年〔二七〕之外，可以同行，今且〔二八〕晝別宵會爾。』玉入辭，丈人曰：『明晦雖殊，人神無二。小女子得奉巾櫛，蓋是宿緣，勿謂異類，遂猜薄之，亦不可唱言於人。公法訊問，言亦無妨。』言訖，得絹百疋而別。自是每夜獨宿，思之則來，供帳饌具，悉其攜也。若此者五年矣。」

夷、勝開其篋，果有絹百疋，因各贈三十疋，求其祕之。言訖遁去，不知所在焉。（據《四庫全書存目叢書》影印宋臨安府太廟前尹家書籍鋪刊行《續幽怪録》卷三校録，又《太平廣記》卷三四三引《玄怪録》，出處誤）

〔一〕頗　《廣記》，《古今説海》説淵部别傳五十《竇玉傳》，《豔異編》卷三八《竇玉傳》，《逸史搜奇》戊集三《竇玉》，《情史類略》卷二〇《竇玉》，《合刻三志》志鬼類、《唐人説薈》第十五集、《龍威秘書》四集、《晉唐小説六十種》之《才鬼記·竇玉》作「填」。

〔二〕其廂　《廣記》作「其内」，明鈔本、孫校本作「見」。《豔異編》、《情史》、《合刻三志》、《唐人説薈》、《龍威秘書》、《晉唐小説六十種》「内」作「室」，《説海》、《逸史搜奇》無此字。

〔三〕被　《廣記》等九書作「破」。

〔四〕玉　此字原無，據《廣記》等九書補。

〔五〕勝求解於郡以賓館喧故寓於此　原作「勝求解於此」，據《廣記》等九書補改。

〔六〕僕　《廣記》明鈔本、孫校本作「媵」，《會校》據改。

〔七〕妖　《說海》、《豔異編》、《逸史搜奇》、《情史》、《合刻三志》、《唐人說薈》、《龍威秘書》、《晉唐小說六十種》作「嬌」。

〔八〕燒爐　《廣記》等九書「燒」作「銀」。按：燒爐即爐子，用以燒火，故云燒爐。《南齊書》卷三七《劉悛傳》：「南廣郡界蒙山下有城名蒙城，可二頃地，有燒鑪四所，高一丈，廣一丈五尺。」唐齊己《白蓮集》卷六《夏日言懷》：「樹枿燒爐響，崖稜躡屐聲。」元王禎《王氏農書》卷二〇：「夫壚爐之制，一如矮床，内嵌燒爐，兩旁出柄，二人舁之，以送熟火。」清朱彝尊《曝書亭集》卷一三《竹爐聯句序》：「丙寅之秋，梁汾攜爐及卷，過予海波寺寓。適西溟、青士、愷似三子亦至，坐青藤下，燒爐試武尼茶，相與聯句，成四十韻。」（按：清陳廷燦《續茶經》卷下之三引《曝書亭集》作「武夷茶」。）

〔九〕辭　原作「誅」，據《廣記》等九書改。

〔一〇〕褐　原譌作「裮」，據《廣記》等九書改。

〔一一〕非習　《廣記》等九書作「苟非」。

〔一二〕致　下原有「之」字，據《廣記》等九書删。

〔一三〕掌　《廣記》等九書作「主」。按：掌，即掌人，亦即主人。

〔一四〕田　《廣記》等九書作「莊」。按：田，田莊。

〔一五〕玉　原作「竇」，據《廣記》明鈔本、孫校本改。

〔一六〕乃玉親重表丈也　《廣記》作「乃玉親，重其爲表丈也」，孫校本作「乃玉親表丈人」，《會校》據改。《説海》、《豔異編》、《逸史搜奇》、《情史》、《合刻三志》、《唐人説薈》、《龍威秘書》、《晉唐小説六十種》作「乃玉舊親，知其爲表丈也」。

〔一七〕玉　此字原無，據《廣記》補，孫校本作「某」。

〔一八〕恨　《廣記》等九書作「但」。按：恨，遺憾。

〔一九〕食　《廣記》孫校本作「入」。

〔二〇〕女　《廣記》作「侍女」，孫校本作「笄女」。按：作「侍女」誤。笄女，及笄之女。

〔二一〕令　《廣記》作「合」。

〔二二〕具　此字原無，據《廣記》等九書補。

〔二三〕揖玉退於西廳　《廣記》孫校本、《説海》、《豔異編》、《逸史搜奇》、《情史》、《合刻三志》、《唐人説薈》、《龍威秘書》、《晉唐小説六十種》「退」作「憩」，《廣記》談本作「憩玉於西廳」。

〔二四〕引　此字原無，據《廣記》明鈔本、孫校本補。

〔二五〕親御　《廣記》明鈔本「御」作「迎」，《會校》據改，誤。按：《儀禮·士昏禮》：「壻御婦車授綏，姆辭不受。」鄭玄注：「壻御者，親而下之。綏，所以引昇車者。僕人之禮，必授人綏。」《禮記·郊特牲》：「夫昏禮……壻親御授綏，親之也。親之也者，親之也。」鄭玄注：「言已親之，所以使之親己。」古婚禮，迎娶新娘，女婿親自駕車，授綏於新娘，拉其上車，充僕人之役。

〔三六〕數萬減焉　《廣記》等九書無此句。程毅中校：「『萬』疑是『不』字之誤。」

〔三七〕十年　《廣記》明鈔本、孫校本作「千里」，《會校》據改，誤。按：此言十年之後其妻可以與之日夜同處，不必夜間静室存想而召之也。下文言「若此者五年」，不足十年，故仍於夜間相會。

〔三八〕今且　原作「未間」，據《説海》、《豔異編》、《逸史搜奇》、《情史》、《合刻三志》、《唐人説薈》、《龍威秘書》、《晉唐小説六十種》改。《廣記》明鈔本、孫校本作「但間」。

按：《古今説海》説淵部别傳五十據《廣記》輯入，題《竇玉傳》，不著撰人。《説海》本又採入《豔異編》卷三八、《逸史搜奇》戊集三、《情史類略》卷二〇，《逸史搜奇》、《情史》題《竇玉》。《合刻三志》志鬼類、《唐人説薈》第十五集（同治八年刊本卷一九）、《龍威秘書》四集《晉唐小説暢觀》、《晉唐小説六十種》收有《才鬼記》一卷，託名唐鄭蕡纂，中有《竇玉》，《合刻三志》題《竇玉傳》。

錢方義

李復言　撰

殿中侍御史錢方義，故華州刺史、禮部尚書徽之子。寶曆初，獨居常樂第。夜如厠，童僕無從者。忽見蓬頭青衣者，長數尺，來逼方義。初懼欲走入〔一〕，以鬼神之來，走亦何益，乃强謂曰：「君非郭登耶？」曰：「然。」曰：「與君殊路，何必相見？常聞人之〔二〕見君，莫不致死，豈方義命當死而見耶？將以君故相害耶？方義家居華州，女兄依佛者亦在此〔三〕，一旦溘死君手，命不敢惜，顧人弟之情不足，能相容面辭乎？」蓬頭者復曰：「登非害人，出亦有限。人之見者，正氣不勝，自致夭横，非登煞之。然有心曲，欲以託人，以此久不敢出。惟貴人福禄無疆，正氣充溢，見亦無患，故敢出相求耳。」方義曰：「何求？」對曰：「登久任此職，積效當遷，但以福薄，須得人助。貴人能爲寫金字《金剛經》一卷，一心表白，迴付與登，即登之職，遂乃小轉〔四〕。必有厚報，不敢虚言。」方義曰：「諾。」蓬頭者又曰：「登以陰氣侵陽，貴〔五〕人雖福力正强，不成疾病，亦當有少不安，宜急服生犀角、生玳瑁，麝香塞鼻，則無苦矣。」方義到中堂，悶絶欲倒，遽服麝香等，并塞鼻〔六〕。尚書門人王直温〔七〕者，居同里，久於江嶺從事，飛書求得生犀角〔八〕，又服之，良久方定。明旦，召〔九〕經工，令寫金字《金剛經》三卷，貴酬其直，令早畢功。功畢飯僧讚嘆，迴付郭登。

後月餘，歸同〔一〇〕州别墅。下馬方憩，丈人有姓裴者，家寄鄂渚，别已十年，忽自門入，徑到階下。方義遽拜之，丈人曰：「有客，且出門。」遂前行〔一一〕，方義〔一二〕從之。及門，失丈人矣。見一紫袍牙笏，導從緋紫吏數十人，俟於門外。俛視其皃，乃郭登也。斂笏前拜曰：「弊職當遷，只銷《金剛經》一卷，貴人仁念，特致三卷。今功德極多，超轉數等，職位崇重，爵爲〔一三〕貴豪，無非貴人之力。雖職已驟遷，其厨仍舊。頃者當任，實如飽肆之人。今既别司，復求〔一四〕就食，方知前苦，殆不可堪。貴人慈〔一五〕察，更爲轉《金剛經》七遍，即改厨矣。終身銘德，何時敢忘！」方義曰：「諾。」因問：「丈人安在？」曰：「賢丈江夏寢疾〔一六〕，今夕方困，神道可求人，非其親人，不〔一七〕可自詣。適已先歸耳。」又曰：「厠神每月六日、十六、二十六日，例當出巡。此日人逢，必致災難，人見即死，見人即病。前者八座抱疾三旬，蓋緣登巡畢將歸，瞥見半面耳。親戚之中，須宜相避〔一八〕。」方義又問〔一九〕，曰：「幽冥吏人，薄福者衆，無所得食，率常〔二〇〕受餓。必能〔二一〕推食泛祭一切鬼神，此心不忘。咸見斯衆，暗中陳力，必救災厄。」方義曰：「晦明路殊，偶得相遇，每一奉見，數日不平。意欲所言，幸於夢寐。轉經之請，天曉爲期。」唯唯而去。及明，因召所敬〔二二〕僧，念《金剛經》四十九遍，又明祝付與郭登。功畢，夢曰：「本請一七，數又六之。累計其功，食天厨矣。貴人有難，當先奉白。不爾，不敢來黷也。泛祭之請，記無忘焉。」

復言頃亦聞之，未詳其實。大和二年秋，與方義從兄及河南兄不旬，求岐〔二三〕州之薦。道途授館，日夕同之，宵話奇言，故及斯事，故得以備書焉。（據《四庫全書存目叢書》影印宋臨安府太廟前尹家書籍鋪刊行《續幽怪録》卷三校録，又《太平廣記》卷三四六引《續玄怪録》）

〔一〕入　《廣記》、日本妙幢編《金剛般若經靈驗傳》卷中引《續玄怪録》作「又」，連下讀。

〔二〕之　《廣記》、《靈驗傳》作「若」。《廣記》明鈔本、孫校本作「之」。

〔三〕女兄依佛者亦在此　原作「文兄依佛者亦在在此」，據《廣記》、《靈驗傳》删改。女兄，姊也。《廣記》、《靈驗傳》「依」譌作「衣」。《廣記》明鈔本、孫校本作「依」，《會校》據改。

〔四〕轉　原譌作「人」，據《廣記》、《靈驗傳》改。

〔五〕貴　原譌作「不」，據《廣記》、《靈驗傳》改。

〔六〕并塞鼻　《廣記》、《靈驗傳》下有「則無苦」三字，《四庫》本「則」作「果」。明鈔本無此三字，《會校》據删。

〔七〕尚書門人王直温　《廣記》、《靈驗傳》作「父門人王直方」。

〔八〕角　此字原無，據《廣記》、《靈驗傳》補。

〔九〕召　《廣記》、《靈驗傳》作「選」。

〔一〇〕同　原譌作「曰」，據《廣記》、《靈驗傳》改。

〔一一〕行　原作「示」，據《廣記》、《靈驗傳》改。

〔一二〕義　原譌作「帝」，據《廣記》、《靈驗傳》改。

〔一三〕爲　《廣記》、《靈驗傳》作「位」，明鈔本、孫校本作「禄」，《會校》據改。

〔一四〕求　原作「未」，據《廣記》、《靈驗傳》改。

〔一五〕慈 《廣記》、《靈驗傳》作「量」，明鈔本作「俯」。

〔一六〕疾 此字原脱，據《廣記》、《靈驗傳》補。

〔一七〕不 原作「須」，據《廣記》、《靈驗傳》改。

〔一八〕須宜相避 《廣記》、《靈驗傳》作「遞宜相戒避之也」，明鈔本作「遍宜相戒始避之」，《會校》據改。

〔一九〕方義又問 「義」原作「乂」，今改。按：此四字下當有脱文。

〔二〇〕常 原作「當」，據《廣記》、《靈驗傳》改。

〔二一〕必能 《廣記》明鈔本作「能時時」，《會校》據改。

〔二二〕所敬 「敬」原作「欽」，《廣記》、《靈驗傳》作「行敬」。按：「欽」字乃避宋諱改，今據《廣記》、《靈驗傳》回改。

〔二三〕岐 原作「歧」，今改。

張逢

李復言 撰

南陽張逢，貞元末〔一〕，薄遊嶺表，行次福州福唐縣横山店〔二〕。時雨〔三〕初霽，日將暮，山色鮮媚，煙嵐藹然，策杖尋勝，不覺極遠。忽有一段細草，縱廣百餘步，碧鮮〔四〕可愛。其傍有一小樹〔五〕，遂脱衣掛樹，以杖倚之，投身草上，左右翻轉。既而酣甚〔六〕，若獸蹍然。

意足而起，其身已成虎也，文彩爛然。自視其爪牙之利，胸膊之力，天下無敵。遂騰躍而起，超山越壑，其疾如電。

夜久頗飢，因傍村落徐行。犬彘駒犢之輩，悉無可取，意中恍惚，自謂當得〔七〕福州鄭録事。乃傍道〔八〕潛伏，未幾，有人自南行，若候吏迎鄭糺者，見人問曰：「福州鄭録事名璠，計程當〔九〕宿前店，見説何時發？」來人曰：「吾之出掌人〔一〇〕也。聞其飾裝，到亦非久。」候吏曰：「只一人來，且復有同行者？吾當迎拜時，慮其悮也。」曰：「三人之中，慘緑〔一一〕者是。」其時逢方伺之，而彼詳問，若爲逢而問者。逢既知之，攢〔一二〕身以俟之。俄而鄭糺到，導〔一三〕從甚衆，衣慘緑，甚肥，巍巍〔一四〕而來。適到逢前，遂跐〔一五〕銜之，走而上山。時天未曉〔一六〕，人雖多〔一七〕，莫敢逐，得恣食之，殘其腸髮耳〔一八〕。

既而〔一九〕行於山林，單然〔二〇〕無侶，乃忽思曰：「我〔二一〕本人也，何樂爲虎，自因於深山。盍求初化之地而復耶？」乃步步尋之。日暮方到其所，衣服猶掛，杖亦倚樹，碧草依然。翻復轉身於其上，意足而起，即復人形矣。於是衣衣策杖而歸，昨往今來，一復時矣。

初，其僕夫驚其失逢〔二二〕也，訪之於鄰，或云策杖登山。多歧尋之，杳無行處〔二三〕。及其來也驚喜，問其故，逢紿之曰：「偶尋山泉，到一山院，共談釋教，不覺移時。」僕夫〔二四〕曰：「今旦〔二五〕側近有虎，食福州鄭録事，求餘不得。山林故多猛獸，不易獨行。郎之未迴，憂負亦〔二六〕極，且喜平安無他。」逢遂行。

元和六年，旅次淮陽〔二七〕，舍於公館。館吏宴客，坐客有爲令者，曰：「巡若到，各言己之奇事，事不奇者罰。」巡到逢，逢言横山之事。末坐有進士鄭遐者，乃鄭紉之子也。怒目而起，持刀將煞逢，言復父讎。衆共隔之，遐怒不已，遂白郡將。於是送遐淮南〔二八〕，勑津吏勿復渡。使〔二九〕逢西邁，具〔三〇〕改姓名以避遐。

議〔三一〕曰：聞父之讎，不可以不報。然此讎非故煞，必使煞逢，遐亦當坐。遂遁去，而不復其讎也。吁！亦可謂異矣〔三二〕。（據《四庫全書存目叢書》影印宋臨安府太廟前尹家書籍鋪刊行《續幽怪録》卷四校録，又《太平廣記》卷四二九引《續玄怪録》）

〔一〕貞元末　原作「元和末」，《廣記》、《廣豔異編》卷二八《張逢》、陳繼儒《虎薈》卷四、徐𤊹《榕陰新檢》卷一〇引《續玄怪録》作「貞元末」。按：下文云「元和六年」，作「貞元末」是，據改。

〔二〕店　《榕陰新檢》作「舖」。

〔三〕雨　此字原無，據《虎薈》補。

〔四〕鮮　《廣記》、《廣豔異編》、《榕陰新檢》作「藹」，《太平廣記詳節》卷三七作「鮮」。

〔五〕樹　原作「林」，據《廣記》、《虎薈》、《廣豔異編》、《榕陰新檢》改。下文「林」字亦據改。按：「林」字疑係避英宗趙曙諱改。

〔六〕甚　《廣記》、《廣豔異編》、《榕陰新檢》作「睡」。《廣記》陳校本、《廣記詳節》作「甚」。

〔七〕得　《廣豔異編》作「食」。

〔八〕傍道　《廣記》、《榕陰新檢》作「旁道」，《廣豔異編》作「道旁」。《廣記詳節》乃作「傍道」。按：傍，同「旁」。旁道，道邊。

〔九〕當　此字原無，據《廣記》等五書補。

〔一〇〕出掌人　《廣記》、《虎薈》、《廣豔異編》作「主人」。按：「出」字疑衍。《續玄怪録》多有「掌人」一詞，即主人。

〔一一〕慘緑　《廣記》、《虎薈》、《廣豔異編》「慘」作「縿」，下同。《廣記詳節》乃作「慘」，下同。按：縿，縑也。當譌。慘緑，淺緑色。唐代六七品官員服緑。所云福州鄭録事、鄭紇，指福州録事參軍事。唐代大都督府録事參軍事正七品上，中都督府正七品下，下都督府從七品上；上州録事參軍事從七品上，中州正八品上，下州從八品上（見《新唐書·百官志四下》），而福州係中都督府（見《新唐書·地理志五》）。

〔一二〕攢　《虎薈》作「潛」。

〔一三〕導　《廣記》孫校本作「驧」。

〔一四〕巍巍　《廣記》、《廣豔異編》作「昂昂」，《虎薈》作「崑崑」，當爲「昂昂」之譌。《廣記詳節》作「巍巍」。

〔一五〕跐　原作「跐」。按：跐音「别」，其義不明。疑爲「跐」字，今改。《釋名·釋姿容》：「跐，弭也，足踐之，使弭服也。」（按：此據王先謙《釋名疏證補》本，《四庫全書》本、《四部叢刊初編》景印明嘉靖翻宋本均譌作「跐」。）《廣雅·釋詁》：「跐……履也。」又：「跐……蹋也。」《玉篇》足部：「跐，祖解、子爾二切，蹋也。」

〔一六〕曉　《廣記》等五書作「曙」。按：宋人避英宗諱改「曙」爲「曉」。

〔一七〕雖多　此二字原無，據《廣記》、《廣豔異編》補。《廣記詳節》無此二字。《虎薈》作「知之」。

〔一八〕殘其腸髮耳　《廣記》、《廣豔異編》作「唯餘腸髮」。《廣記詳節》、《虎薈》同此，唯無「耳」字。按：殘，殘存，剩下。

〔一九〕既而　此二字原無，據《廣記》等五書補。

〔二〇〕單然　《廣記》、《廣豔異編》、《榕陰新檢》作「孑然」。《廣記詳節》、《虎薈》則作「單然」。

〔二一〕我　此字原無，據《廣記》等五書補。

〔二二〕驚其失逢　《廣記》、《廣豔異編》作「驚失乎逢」。《廣記詳節》、《虎薈》乃同此。

〔二三〕處　《廣記》、《廣豔異編》作「迹」。《廣記詳節》、《虎薈》乃同此。

〔二四〕僕夫　原譌作「掌人」，《廣記詳節》作「主人」，亦譌，據《廣記》等四書改。

〔二五〕旦　原作「且」，據《廣記》等四書改。《廣記詳節》作「且」。

〔二六〕亦　《廣記》、《廣豔異編》作「實」。《廣記詳節》、《虎薈》乃作「亦」。

〔二七〕淮陽　《廣記》陳校本作「淮揚」，《會校》據改。按：淮陽，或又作淮揚，郡名，即陳州。《舊五代史》卷一四《梁書十四・趙犨傳》：「及黃巢陷長安，天子幸蜀，中原無主，人心騷動。於是陳州數百人相率告許州連帥，願得犨知軍州事。其帥即以狀聞，於是天子下詔，以犨守陳州刺史。……黃巢在長安，果爲王師四面扼束，食盡人饑，謀東奔之計。先遣驍將孟楷擁徒萬人，直入項縣。犨引兵擊之，賊衆大潰，斬獲略盡，生擒孟楷。」卷末史臣曰：「趙犨以淮揚咫尺之地，抗黃巢百萬之衆。」《四部叢刊初編》本《劉夢得文集》卷二九《許州文宣王新廟碑》：「前年公受社與鉞，且董淮陽、汝南之師。」《四庫全書》本《劉賓客文集》卷三「陽」作「揚」。陳州治宛丘縣（今河南淮陽縣），此即指淮陽郡治宛丘。淮揚在淮水北，故下文云「送遐淮南」。

〔二八〕淮南　《廣記》、《廣豔異編》、《榕陰新檢》作「南行」。《廣記詳節》作「淮南」，《虎薈》譌作「非南」。

〔二九〕使　此字原無，據《廣記》、《廣豔異編》、《榕陰新檢》補。《廣記詳節》無此字。

〔三〇〕具　《廣記》、《廣記詳節》、《廣豔異編》作「且勸」。

〔三一〕議　《廣記》、《廣豔異編》作「或」。《廣記詳節》、《虎薈》乃作「議」。

〔三二〕吁亦可謂異矣　此六字原無，據《廣記》補。《廣記詳節》、《廣豔異編》、《虎薈》、《榕陰新檢》無此六字。

按：《廣豔異編》卷二八、《虎薈》卷四輯入此篇，前書題《張逢》。

唐五代傳奇集第三編卷二十四

定婚店

李復言 撰

杜陵韋固，少孤，思早娶婦。多歧求婚，必無成而罷。貞觀〔一〕二年，將遊清河，旅次宋城南店。客有以前清河司馬潘昉女見議者，來日先明〔二〕，期於店西龍興寺門。固以求之意切，且〔三〕往焉。

斜月尚明，有老人倚布〔四〕囊，坐於階上，向月撿書。固步覘之，不識其字，既非虫篆、八分、科斗之勢，又非梵書。因問曰：「老父所尋者何書？固少小苦學，世間之字，自謂無不識者。西國梵字，亦能讀之。唯此書目所未覿，如何？」老人笑曰：「此非世間書，君因何得見？」固曰：「非世間書，則何也？」曰：「幽冥之書。」固曰：「幽冥之人，何以到此？」曰：「君行自早，非某不當來也。凡幽吏，皆掌人生之事，掌人可不行其中乎〔五〕？今道途之行，人鬼各半，自不辯爾。」固曰：「然則君又何掌？」曰：「天下之婚牘耳。」固喜曰：「固少孤，常願早娶，以廣胤〔六〕嗣。爾來十年，多方求之，竟不遂意。今者人有期此，與議潘司馬女，可以成乎？」曰：「未也。命苟未合，雖降衣纓而求屠博，尚不可得，況郡佐乎？君之婦適三歲矣，年十七當入君門。」因問囊中何物，曰：「赤繩子耳，以繫夫妻之足。及其生〔七〕則潛用相繫，雖讎敵之家，貴賤懸隔〔八〕，天涯從宦，吴楚異鄉，此繩一繫，終不可逭。君之脚已繫於彼矣，他求何益！」曰：「固妻安在？其家何爲？」曰：「此店北賣菜陳婆女〔九〕耳。」固曰：「可見乎？」曰：「陳嘗〔一〇〕抱來，鬻菜於市。能隨我行，當即示君。」

及明，所期不至。老人卷書揭囊而行，固逐之，入菜市。有眇嫗抱〔一一〕三歲女來，弊陋亦〔一二〕甚。老人指曰：「此君之妻也。」固怒曰：「煞之可乎？」老人曰：「此人命當食天〔一三〕祿，因子而食邑，庸可煞乎？」老人遂隱。固罵曰：「老鬼妖妄如此！吾士大夫之家，娶婦必敵，苟不能娶，即聲妓之美者，或援立之，奈何婚眇嫗之陋女！」磨一小刀子，付其奴曰：「汝素幹事，能爲我煞彼女，賜汝萬錢。」奴曰：「諾。」明日，袖刀入菜行中，於衆中刺之而走，一市紛擾，固與奴奔走獲免。問奴曰：「所刺中否？」曰：「初刺其心，不幸才中眉間。」

爾後固屢求婚，終無所遂。又十四年，以父蔭參相州軍。刺史王泰〔一四〕，俾攝司户掾，專鞫詞獄。以爲能，因妻以其女。可年十六七，容色華麗，固稱愜之極。然其眉間常帖一花子〔一五〕，雖沐浴閒處〔一六〕，未嘗暫去。歲餘，固訝之。忽憶昔日奴刀中眉間之説，因逼問之，妻潸然曰：「妾郡守之猶子也，非其女也。疇昔父〔一七〕曾宰宋城，終其官。時妾在襁褓，母兄次没〔一八〕，唯一莊在宋城南，與乳母陳氏居。去店近，鬻蔬以給朝夕。陳氏憐小，不忍暫弃。三歲時，抱行市中，爲狂賊所刺，刀痕尚在，故以花子覆之。七八年前，叔從事盧龍，遂得在左右。仁念以爲女，嫁君耳。」固曰：「陳氏眇乎？」曰：「然。何以知之？」固曰：「所刺者固也。」乃曰：「奇也，命也。」因盡言之〔一九〕，相敬〔二〇〕愈極。

後生男鯤，爲雁門太守，封太原郡太夫人〔二一〕。乃知陰騭之定，不可變也。宋城宰聞之，題其店曰「定婚店」。（據《四庫全書存目叢書》影印宋臨安府太廟前尹家書籍鋪刊行《續幽怪録》卷四校録，又《太平廣記》卷一五九引《續玄怪録》）

〔一〕貞觀　原作「元和」，據《廣記》、南宋委心子《新編分門古今類事》卷一六引《紀聞譚》（按：原注出處作「紀聞譚康潘」，有誤。《紀聞譚》五代潘遠撰。《紺珠集》卷九潘遠《紀聞譚》有《定婚店》節文。《古今類事》《四庫》本注作《幽怪録》，蓋館臣妄改）、明徐應秋《玉芝堂談薈》卷五引《續幽怪録》、《情史類略》卷二《韋固》改。按：下文相州刺史王泰，實應爲魏王李泰，貞觀中人也。宋本改「貞觀」爲「元和」者，乃因仁宗名禎，凡「貞」及「貞」旁字皆諱改。

〔二〕來日先明　《廣記》、《玉芝堂談薈》作「來旦」，《太平廣記詳節》卷一一及《太平通載》卷一九引《太平廣記》作「來朝」，《情史》作「來日」。

〔三〕且 《廣記》、《玉芝堂談薈》、《情史》作「旦」，《古今類事》作「未旦」。

〔四〕布 《廣記》、《古今類事》、《玉芝堂談薈》、《情史》作「巾」。

〔五〕掌人可不行其中乎 「其」字原作「冥」，據《廣記》、《情史》改。《廣記》「掌人」作「主人」，上句「掌」亦作「主」。

〔六〕胤 《廣記》、《古今類事》、《情史》作「後」。按：《廣記》當避趙匡胤諱改。

〔七〕生 《廣記》作「坐」，當譌，《廣記詳節》作「生」。

〔八〕懸隔 《古今類事》作「遼邈」。

〔九〕賣菜陳婆女 《廣記》、《玉芝堂談薈》、《情史》作「賣菜家嫗女」，《廣記》明鈔本、孫校本、陳校本「嫗」作「陳嫗」。《孔帖》卷一七引《續幽怪録》、《古今類事》、《古今事文類聚》後集卷一三引《續幽怪録》、《古今合璧事類備要》前集卷六一引《續幽怪録》、明王罃《群書類編故事》卷八引《續幽怪録》、《山堂肆考》卷一五三引《續幽怪録》作「賣菜陳嫗女」，《紺珠集》作「賣菜嫗女」。

〔一〇〕嘗 《情史》作「常」。嘗，通「常」。

〔一一〕抱 《古今類事》作「挽」。

〔一二〕亦 《古今類事》作「之」，《玉芝堂談薈》作「殊」。

〔一三〕天 《廣記》作「大」，《廣記詳節》、《太平通載》、《古今類事》作「夫」。

〔一四〕刺史王泰　按：王泰，史無此人。實爲魏王泰之譌傳。據《舊唐書》卷七六《濮王泰傳》載，李泰，唐太宗第四子。貞觀十年，李泰徙封魏王，遥領相州都督，十七年因謀立太子被解，降爲東萊郡王。唐初都督，兼所治州刺史（《新唐書·百官志四下》），故此稱相州刺史。韋固貞觀二年旅次宋城，十四年後參相州軍事，刺史俾攝司户，時爲貞觀十六年。此時魏王李泰正爲相州都督兼相州刺史。

〔一五〕花子　《廣記》、《孔帖》、《古今類事》、《事文類聚》、《事類備要》、《類編故事》、《玉芝堂談薈》、《山堂肆考》、《情史》作「花鈿」。《廣記》、《玉芝堂談薈》、《情史》下文作「花子」。按：花子即花鈿。

〔一六〕閒處　「閒」原作「間」，據《廣記》、《情史》改。按：「閒」同「閑」。閒處即處於僻静之處。《古今類事》作「寢處」。

〔一七〕父　此字原脱，據《廣記》、《古今類事》、《玉芝堂談薈》、《情史》補。

〔一八〕母兄次没　《古今類事》作「兄亦繼殁」。

〔一九〕因盡言之　《古今類事》下有「夫妻相對驚涕」一句。

〔二〇〕敬　原作「欽」，據《廣記》、《古今類事》、《玉芝堂談薈》、《情史》改。按：宋太祖趙匡胤祖父名敬，宋人避諱改。

〔二一〕太夫人　《廣記詳節》、《太平通載》「太」作「大」，「大」通「太」。《古今類事》無「太」字。按：唐代外命婦封爵，最高爲國夫人，其次爲郡夫人，以下爲郡君、縣君、鄉君。封號前加郡縣名稱。凡三品以上官員之妻、母封郡夫人。見《新唐書·百官志一》。太原郡太夫人亦即是太原郡夫人，因是對韋固子而言，故稱作太夫人。

按：《情史類略》卷二據《廣記》輯入此篇，題《韋固》。

葉令女

李復言　撰

汝州葉縣令盧造者，有幼女〔一〕，大曆中，許邑客鄭楚曰：「及長，以嫁君之子元方。」楚拜之。俄而楚録潭州軍事，造亦辭滿〔二〕寓葉。後楚卒，元方護喪居江陵，數年間音問兩絶。縣令韋計，爲子娶焉。其吉晨，元方適到，會武昌戍邊兵亦止其縣，縣隘，天雨甚，元方無所容，徑往縣東十二〔三〕里佛舍。舍西北隅有若小獸號鳴者，出火視之，乃三虎子，目猶未開。以其小，未能害人，且不忍投於雨中〔四〕，閉門堅拒而已。約三更初，虎來觸其門，不得入。其西有窗亦甚堅，虎怒搏之，櫺拆〔五〕，陷頭於中，爲左右所轄，進退不得。元方取佛塔塼擊之，虎吼怒拏攫，終莫能去。連擊之，俄頃而斃。

既而聞門外若女人呻吟，氣甚困劣〔六〕，元方〔七〕徐問曰：「門外呻吟者，人耶？鬼耶？」曰：「人也。」曰：「何以到此？」曰：「妾前盧令女也，今夕將適韋氏，親迎，方登車〔八〕，爲虎所執，負荷而來投此。今即〔九〕無損，雨甚〔一〇〕，畏其復來，能相救乎？」元方奇之，執燭出視，真衣纓也。年十七八，禮服儼然，泥水皆澈〔一一〕。既扶入，復固其門，拾佛塔毁像，以繼其明。女曰：「此何處也？」曰：「縣東僧舍耳。」元方言姓名，且話舊諸，女亦前記之，曰：「妾父曾許妻君，一旦〔一二〕以君之絶耗也，將嫁韋氏。天命難改，虎送歸君。莊去此甚近，君能送歸，請絶韋氏，而奉巾櫛。」

及明而送歸，其家以虎攫而去，方坐，且制服禮〔一三〕，見其來，喜若天降。元方致虎於縣，具言其事。縣宰異之，以盧氏歸于鄭焉。當時聞者，莫不嘆異之〔一四〕。（據《四庫全書存目叢書》影印宋臨安府太廟前尹家書籍鋪刊行《續幽怪録》卷四校録，又《太平廣記》卷四二八引《續玄怪録》）

〔一〕幼女　原作「女勾」，據《廣記》、《虎薈》卷五、《情史》卷一二《鄭元方》改。按：「勾」當爲「幼」字形譌。

〔二〕辭滿　《廣記》、《情史》「滿」作「而」，《虎薈》作「爾」。按：辭滿謂任滿辭官，作「爾」誤。

〔三〕二　《廣記》、《虎薈》、《情史》作「餘」。

〔四〕不忍投於雨中　《廣記》、《虎薈》、《情史》作「不忍殺」。

〔五〕拆　原譌作「祈」，據《廣記》改。按：拆，同「坼」，開裂。

〔六〕劣　《廣記》陳校本作「瘁」。

〔七〕元方　此二字原無，據《廣記》、《虎薈》、《情史》補。

〔八〕車　原譌作「卑」，據《廣記》、《虎薈》、《情史》改。
〔九〕即　《廣記》作「夕」，明鈔本、陳校本作「幸」，《會校》據改。
〔一〇〕雨甚　《廣記》「雨」作「而」，連下讀。
〔一一〕澈　原譌作「敞」，據《廣記》改。《廣記》明鈔本、陳校本、《虎薈》、《情史》作「徹」。按：「徹」、「澈」義同，透也。
〔一二〕旦　原譌作「且」，據《廣記》、《虎薈》、《情史》改。
〔一三〕方坐且制服禮　《廣記》作「方將制服」，《情史》作「方謀制服」。
〔一四〕當時聞者莫不嘆異之　此九字原無，據《廣記》補。

按：《虎薈》卷五、《情史》卷一二君輯入此篇，《情史》題《鄭元方》。

梁革

李復言　撰

金吾騎曹梁革，得和、扁之術者也。大和初，爲宛陵巡官。按察使于公敖，有青衣美色而豔者，曰蓮子，念之甚厚。一旦，以笑語獲罪，斥出貨焉。市吏定直曰七百緡。從事御史崔公者，聞而召焉，命革診其脉。革診其臂，曰：「二十春無疾佳人也。」公喜留之，送其直於于公。公以常深念也，偶〔一〕怒而逐之，售於不識者斯已矣，聞崔公寵之也，不悦之意，形於顔色。然業已去之，難復召矣，常貯於懷。

未一年，蓮子暴死。革方有外郵之事，迴及城門，逢柩車，崔人有執紼者，問其所葬，曰：「蓮子也。」呼載歸，而奔告崔曰：「蓮子非死，蓋尸蹶耳。向者革入郭，遇其柩，載歸而請往蘇之。」崔怒革之初言，悲蓮子之遽夭，勃然曰：「疋夫也〔二〕！妄惑諸侯，遂齒〔三〕簪裾之列。汝〔四〕謂二十春無疾者，一年而死。今既葬矣，召柩而歸，脱不能生，何以相見？階前數步之内，知公何有？」革曰：「此固非死，而尸蹶耳，千年而一。苟不能生之，是革術不神〔五〕於天下，何如就死，以謝過言。」乃辭往崔第，破棺出之，遂刺其心及臍下各數處，鑿去一齒，以藥一刀圭於口中，衣以單衣，卧空床上，以練素〔六〕縛其手足。命置〔七〕微火於床下，曰：「候〔八〕此火衰，蓮子生〔九〕矣。」且戒其徒煮葱粥伺焉。「其氣通若狂者，慎勿令起，逡巡自定。定而困，困即解其縛，以葱粥灌〔一〇〕之，遂活矣。正狂令起，非吾之所知也。」言竟，復入府謂崔曰：「蓮子即生矣。」崔大釋其怒，留坐廳事。俄而蓮子起坐言笑。界吏報于公，公飛牘於崔：「蓮子復生，乃何術也〔一一〕？」與革偕歸〔一二〕，入門則蓮子來迎矣。于公大奇之。且夫蓮子事崔也，非素意，因勸以與革。崔亦惡其無齒，又重于公，遂與革。革〔一三〕得之，以神藥傅齒，未踰月而齒生如故。

大和壬子歲，調授金吾騎曹，與蓮子偕在輦下。其年秋，友人高損之，以其元舅爲天官郎，日與相聞〔一四〕，故熟其事而言之，命余纂録耳。（據《四庫全書存目叢書》影印宋臨安府太廟前尹家書籍鋪刊行《續幽怪録》卷四校録，又《太平廣記》卷二一九引《續異録》，明鈔本作《續玄怪録》）

〔一〕偶　《廣記》、南宋周守忠《姬侍類偶》卷下引《續元（玄）怪録》作「一」。
〔二〕也　《廣記》明鈔本作「敢」。
〔三〕遂齒　《廣記》明鈔本作「與干」。
〔四〕汝　此字原無，據《廣記》補。
〔五〕神　《廣記》作「仁」，明鈔本作「神」。
〔六〕練素　「素」原作「索」，據《廣記》改。《姬侍類偶》作「縛索」。
〔七〕命置　原作「有」，據《廣記》明鈔本改。
〔八〕候　此字原無，據《廣記》明鈔本補。
〔九〕生　明鈔本作「必生」，《會校》據補「必」字。
〔一〇〕灌　原作「嚾」，據《廣記》改。按：嚾，同「唤」，又同「歡」。
〔一一〕蓮子復生乃何術也　明鈔本作「以詢蓮子復生之事」。

〔一二〕與革偕歸　《廣記》前有「仍」字，明鈔本作「乃」，《會校》據改。按：仍，乃也。

〔一三〕革　此字原無，據《廣記》補。

〔一四〕日與相聞　《廣記》前有「即」字。

李衛公靖

李復言　撰

衛國公李靖，微時嘗射獵霍山〔一〕中，寓食山村。村翁奇其爲人，每豐饋焉。歲久益厚。忽遇群鹿，乃逐之。會暮，欲捨之不能。俄而陰晦迷路，茫然不知所歸，悵悵而行，困悶益極。乃極目，有燈火光，因馳赴焉。既至，乃朱門大第，牆宇甚峻。叩門久之，一人出問，公告其迷道〔二〕，且請寓宿。人曰：「郎君皆已出，惟大〔三〕夫人在，宿應不可。」公曰：「試爲咨白。」乃入告。復〔四〕出曰：「夫人初欲不許，且以陰黑，客又言迷，不可不作主人。」邀入廳中。

有頃，一青衣出曰：「夫人來。」年可五十餘，青裙素襦，神氣清雅，宛若士大夫家。公前拜之，夫人荅拜，曰：「兒子皆不在，不合奉留。今天色陰晦，歸路又迷，此若不容，遣將何適？然此乃山野之居，兒子往還〔五〕，或夜到而喧，勿以爲懼。」公曰：「不敢。」既而命食，食頗鮮美，然多魚。食畢，夫人入宅，二青衣送床席裀褥衾被，皆極香潔鋪陳〔六〕，閉户繫之而去。

公獨念山野之外，夜到而鬧者何物也，懼不敢寢，端坐聽之。夜將半，聞扣門聲甚急，又聞一人應之，曰：「天符，大郎子報當行雨〔七〕，周此山七百〔八〕里，五更須足，無慢滯，無暴傷〔九〕。」應者受符入呈。聞夫人曰：「兒子二人未歸，行雨次〔一〇〕到，固辭不可，違時見責，縱使報之，亦已晚矣。僮僕無任專之理，當如之何？」一小青衣曰：「適觀廳中客，非常人也，盍請乎？」夫人喜，因自扣廳門曰：「郎覺否？請暫出相見。」公曰：「諾。」遂下堦見之。夫人曰：「此非人宅，乃龍宮也。妾長男赴東海婚禮，小男送妹。適奉天符，次當行雨。計兩處雲程，合〔一一〕踰萬里，報之不及，求代又難，輒欲奉煩頃刻間，如何？」公曰：「靖俗客，非乘雲者，奈何能行雨？有方可教，即唯命耳。」夫人曰：「苟從吾言，無有不可也。」遂勑黄頭，被〔一二〕青驄馬來。又命取雨器，乃一小缾子，繫於鞍前。誡曰：「郎乘馬，無須〔一三〕銜勒，信其行，馬躩〔一四〕地嘶鳴，即取瓶中水一滴，滴馬鬃上，慎勿多也。」

於是上馬，騰騰而行，其足〔一五〕漸高，但訝其穩〔一六〕疾，不自知其雲上也。風急如箭，雷霆起於步下。於是隨所躩〔一七〕，輒滴之。既而電掣雲開，下見所憩村，思曰：「吾擾此村多矣，方德其人，計無以報。其久旱，苗稼將悴，而雨在我手，寧復惜之？」顧一滴不足濡，乃連下二十〔一八〕滴。俄頃雨畢，騎馬復歸。

夫人者泣於廳曰：「何相悮〔一九〕之甚？本約一滴，何私感而二十之〔二〇〕？天〔二一〕此一滴，乃地上一〔二二〕尺雨也。此村〔二三〕夜半，平地水深二丈，豈復有人！妾已受譴杖八十矣。」祖〔二四〕視其背，血痕滿焉。「兒子並〔二五〕連坐，如何？」公慙怖，不知所對。夫人復曰：「郎君世間人，不識雲雨之變，誠不敢恨。即恐龍師來尋，有所驚恐，宜速去此。然而勞煩，未有以報。山居無物，有二奴奉贈，總取亦可，取一亦可，唯意所擇。」於是命二奴出來。一奴從東廊出，儀皃和悦，怡怡然。一奴從西廊出，憤〔二六〕氣勃然，拗怒而立。公私念〔二七〕：「我〔二八〕獵徒，以鬬猛爲事，一旦取奴而取悦者，人以我爲怯乎？」因曰：「兩人皆取則不敢，夫人既賜，欲取怒者。」夫人微笑曰：「郎之所欲乃爾。」遂揖與別，奴亦隨去。出門數步，迴望失宅，顧問其奴，亦不見矣，獨尋路而歸。及明，望其村，水已極目，大樹或露梢而已，不復有人。

其後竟以兵權静寇難〔二九〕，功蓋天下，而終不及於相，豈非悦奴之不得乎？世言關東出相，關西出將，豈東西而喻耶？所以言奴者，亦臣下之象。向使二奴皆取，即位極將相矣。（據《四庫全書存目叢書》影印宋臨安府太廟前尹家書籍鋪刊行《續幽怪録》卷四校録，又《太平廣記》卷四一八引《續玄怪録》）

〔一〕霍山 《廣記》、《古今説海》説淵部别傳三十三《李衛公别傳》、《逸史搜奇》壬集八《李衛公》、《廣豔異編》卷二《李靖》、《續豔異編》卷一《李靖》、《天中記》卷三引《玄怪録》作「靈山」。《太平廣記詳節》卷三六作「霍山」。按：霍山，又名霍太山、太岳山，在今山西霍州市東。自春秋晉國開始，歷代建祠於山，祭祀霍山神，以免水旱。參見《史記》卷四三《趙世家》。作「靈山」誤。

〔二〕道 此字原無，據《廣記》、《廣豔異編》、《續豔異編》補。《説海》、《逸史搜奇》作「途」。

〔三〕大 《廣記》、《説海》、《逸史搜奇》、《廣豔異編》、《續豔異編》作「太」。大，通「太」。

〔四〕復 原作「而」，據《廣記》、《説海》、《逸史搜奇》、《廣豔異編》、《續豔異編》改。

〔五〕往還 《廣記》、《廣豔異編》、《續豔異編》作「還時」，《廣記詳節》作「往還」。

〔六〕床席裀褥衾被皆極香潔鋪陳 原「香潔」在「衾被」下，據《説海》、《逸史搜奇》改。

〔七〕大郎子報當行雨 《廣記》、《廣豔異編》、《續豔異編》作「報大郎子當行雨」。《廣記詳節》乃同此。按：「報當行雨」之「報」通「赴」。《古詩爲焦仲卿妻作》：「卿但暫還家，吾今且報府。」「報大郎子」之「報」乃通知、告知之意。

〔八〕七百 原無「百」字，據《廣記》、《説海》、《逸史搜奇》、《廣豔異編》、《續豔異編》補。

〔九〕傷 《廣記》、《廣豔異編》、《續豔異編》作「厲」，《廣記詳節》作「傷」，《説海》、《逸史搜奇》作「急」。

〔一〇〕次 《廣記》、《廣豔異編》、《續豔異編》作「符」。《廣記詳節》乃作「次」。

〔一一〕合 《廣記詳節》作「各」。

〔一二〕被　《廣記》、《説海》、《逸史搜奇》、《廣豔異編》、《續豔異編》作「鞴」。按：被，裝備，義同「鞴」。《東觀漢記》卷一〇《李通傳》：「王莽前隊大夫誅謀反者，通聞事發覺，被馬欲出，馬駕在轅中，惶遽著鞍上馬。」

〔一三〕須　原作「陋」，《廣記》孫校本、《廣記詳節》同。據《説海》、《逸史搜奇》改。《廣記》談本、《廣豔異編》、《續豔異編》作「漏」，陳校本作「勒」。按：「漏」、「勒」亦譌。

〔一四〕躩　《廣記》、《廣豔異編》、《續豔異編》作「跑」，《廣記詳節》乃作「躩」。《説海》、《逸史搜奇》作「踣」，《天中記》作「躍」。按：躩，跳躍。跑，音「刨」，走獸用脚刨地。踣，踏。

〔一五〕其足　《廣記》、《廣豔異編》、《續豔異編》作「倏忽」。《廣記詳節》同此。

〔一六〕穩　《廣記》作「隱」，《廣記詳節》乃作「穩」。

〔一七〕躩　《廣記》、《説海》、《逸史搜奇》、《廣豔異編》、《續豔異編》作「躍」，《廣記詳節》則作「躩」。

〔一八〕二十　《古今事文類聚》前集卷五（脱出處）、《古今合璧事類備要》前集卷二引《幽怪録》、《韻府群玉》卷一引《玄怪録》、《群書類編故事》卷一引《玄怪録》、明郭子章《螾衣生馬記》卷上《行雨青驄》作「三十餘」，下文「二丈」作「三丈」。《錦繡萬花谷》前集卷一引《廣記》作「十」，《山堂肆考》卷四引《幽怪録》作「一十餘」，下文亦皆作「三丈」。

〔一九〕悮　《廣記》、《廣豔異編》、《續豔異編》作「誤」。《廣記詳節》作「悮」。悮，同「誤」。《説海》、《逸史搜奇》、《天中記》作「負」。

〔二〇〕何私感而二十之　《廣記》、《廣豔異編》、《續豔異編》作「何私下二十尺之雨」，《説海》、《逸史搜奇》作「何乃私滴二十邪」。《廣記詳節》同此。

〔二一〕天　《廣記詳節》作「夫」。《廣記》無此字。

〔二二〕一　原譌作「二」，《廣記》明鈔本、《廣記詳節》同。據《廣記》談本、《廣豔異編》、《續豔異編》、《説海》、《逸史搜奇》改。

〔二三〕村　此字原脱，據《廣記》、《説海》、《逸史搜奇》、《廣豔異編》、《續豔異編》、《天中記》補。

〔二四〕祖　《廣記》、《廣豔異編》、《續豔異編》作「但」。《廣記》明鈔本、《廣記詳節》則作「祖」。

〔二五〕並　《廣記》、《廣豔異編》、《續豔異編》作「亦」，《廣記詳節》則作「並」。《説海》、《逸史搜奇》作「正」。

〔二六〕憤　《説海》、《逸史搜奇》作「僨」。僨，奮起。

〔二七〕私念　原作「曰」，據《説海》、《逸史搜奇》改。

〔二八〕我　原譌作「成」，據《廣記》、《説海》、《逸史搜奇》、《廣豔異編》、《續豔異編》改。

〔二九〕竟以兵權静寇難　「静」《廣記》明鈔本作「靖」，《會校》據改。按：静，使之安定，平定。李白《永王東巡歌十一首》其二：「三川北虜亂如麻，四海南奔似永嘉。但用東山謝安石，爲君談笑静胡沙。」《説海》、《逸史搜奇》此句作「爲大將」。

按：本篇爲《古今説海》説淵部別傳三十三、《逸史搜奇》壬集八、《廣豔異編》卷二、《續豔異編》卷一取入，前二書分别題《李衛公别傳》、《李衛公》，後二書題《李靖》。《逸史搜奇》全襲《説海》，《續豔異編》全襲《廣豔異編》。《説海》當據舊本《廣記》，《廣豔異編》則據談愷刻本《廣記》。

李紳

李復言　撰

故淮海節度使李紳，少時與二友同止華陰西山舍。一夕，林叟有賽神者來邀，適有頭痃〔一〕之疾，不往，二友赴焉。夜分，雷雨甚，紳懼〔二〕，入止深室。忽聞堂前有人祈懇之聲，徐起窺簾，乃見一老叟〔三〕，眉鬢皓然，坐東床上。青童一人，執香爐，拱立於後。紳訝之，心知其異人也，具衫履出拜之。父曰：「年少〔四〕識我乎？」曰：「小子未嘗拜覿。」老父曰：「我是唐若山也，亦聞吾名乎？」曰：「嘗於仙籍見之。」老父曰：「吾處北海久矣，今夕南海群仙會羅浮山，將往焉。及此，遇華山龍鬭，散雨滿空。吾服藥者，不欲令霑服，故憩此耳。子非李紳乎？」對曰：「某姓李，不名紳。」叟曰：「子合名紳，字公垂，在仙〔五〕籍矣，能隨我一遊羅浮乎？」紳曰：「平生之願也。」老父喜。

有頃，風雨霽，青童告可行。叟乃袖出一簡，若笏形，縱拽之，長丈餘，横拽之，闊數尺，緣卷底坳，宛若舟形。父登，居其前，令紳居其中，青童坐其後。叟戒紳曰：「速閉目，慎勿偷視。」紳則閉目，但覺風濤洶湧，似泛江海。逡巡舟止，叟曰：「開視可也。」已在一山前，樓殿參差，藹若天外，簫管之聲，寥亮雲中。端雅士十餘人，喜迎叟，指紳曰：「何人也？」叟曰：「此〔六〕李紳耳。」群士曰：「異哉！公垂果能來。人世凡濁，苦海非淺，自非名繫仙録〔七〕，何路得來？」叟令紳遍拜之，群士曰：「子能從我〔八〕乎？」紳曰：「身〔九〕未立，家不獲辭，恐若黄初平貽憂於兄弟。」未言間，群士已知，曰〔一〇〕：「子既〔一一〕念歸，不當入此居也。子雖仙録有名，而俗塵尚重，此生猶沉幻界耳。然〔一二〕美名崇官，亦〔一三〕皆得之。守正修静，來生既冠，遂居此矣。勉之！勉之！」紳復遍拜略〔一四〕歸。

辭訖，遂合目，有一物若驢狀，近身乘之，又覺走於風濤之上。頃之悶甚，思見其異〔一五〕，纔開目，以〔一六〕墮地，而失所乘者。仰視星漢，近五更矣，似在華山北。徐〔一七〕行數里，逢旅舍，乃羅浮店也，去所止二十餘里，緩步而歸。明日〔一八〕，二友與僕夫方奔訪覓之，相逢大喜。問所往，詐云：「夜獨居，偶爲妖狐所惑，隨造其居。將曙，悟而歸耳。」自是改名紳，字公垂，果登甲科、翰苑，歷任郡守，兼將相之重。（據中華書局版汪紹楹點校本《太平廣記》卷四八引《續玄怪録》校録）

〔一〕痃　明鈔本、孫校本作「眩」，《會校》據改。按：痃，同「眩」，頭暈也。北宋陳師文等撰《太平惠民和劑局方》卷三《治一切氣·小七香丸》：「或酒食過度，頭痃惡心，胸膈滿悶，先嚼二十丸，後吞二十丸。」此據《四庫全書》本，《學津討原》本「痃」作「眩」。

〔二〕懼　此字原無，據孫校本補。

〔三〕叟　明鈔本、孫校本作「夫」。

〔四〕少　原作「小」，據南宋陳葆光《三洞群仙録》卷一九引《續元怪録》改。

〔五〕仙　此字原無，據《群仙録》補。

〔六〕此　此字原無，據明鈔本、孫校本補。

〔七〕録　孫校本、《四庫》本作「籙」，下同。《群仙録》作「籍」。

〔八〕從我　原作「我從」，據明鈔本、孫校本乙改。《群仙録》作「留此」。

〔九〕身　原作「紳」，據明鈔本、孫校本、《群仙録》改。

〔一〇〕曰　此字原脱，據孫校本、《群仙録》補。

〔一一〕既　此字原無，據明鈔本、《群仙録》補。

〔一二〕然　此字原無，據《群仙録》補。

〔一三〕亦　原譌作「外」，據孫校本、《群仙録》改。

〔一四〕略　原作「叟」，據孫校本改。按：略，暫也。

〔一五〕異　此字原脱，《四庫》本補「異」字，今從。

〔一六〕以　《四庫》本改作「已」。以，通「已」。

〔一七〕徐　原譌作「除」，據《四庫》本改。

〔一八〕明日　明鈔本、孫校本作「旦明」。按：旦明，天明。《儀禮・少牢饋食禮》：「旦明行事。」鄭玄注：「旦明，旦日質明。」

按：《廣記》明鈔本注出《玄怪録》。首云「故淮海節度使李紳」，李紳卒於會昌六年（八四六）七月（見《資治通鑑》卷二四八），而牛僧孺《玄怪録》約成於太和中，其出《續玄怪録》無疑。

韋氏子

李復言　撰

韋氏子有服儒而任於元和〔一〕朝者，自幼宗儒，非儒不言，故以釋氏爲胡法，非中國宜興〔二〕。有〔三〕二女，長適相里氏，幼適胡氏。長夫執外舅之論，次夫則反〔四〕之，常敬佛奉教，攻習其文字，其有不譯之字讀宜梵音者，則屈舌效之。久而益篤〔五〕。及韋氏子寢疾，命其子曰：「我儒家之人〔六〕，非先王之教不服。吾今死矣，慎勿爲俗態，鑄〔七〕釋飯僧，祈祐於胡神，負吾平生之心。」其子從之。

既除服，而胡氏妻死，凶問到相里氏。以其婦卧疾，未果訃之。俄而疾殆，其家泣而環之，且屬纊焉。欻若鬼神扶持，驟能起坐，呼其夫〔八〕曰：「妾季妹死〔九〕已數月，何不相告？」因泣下嗚咽。其夫紿之曰：「安得此事？賢妹微恙，近聞平復，荒惑之見，未可憑也，勿遽惆悵。今疾甚，且須將息。」又泣曰：「妾妹在此，自言今年十月死，甚有所見，命吾弟兄來，將傳示之。昨到地府西曹之中，聞高墉之内寃楚叫悔之聲，若先君聲焉。覷其上，則火光迸出，焰若風雷。求入禮覲不可，因遥哭呼之。先君隨聲叫曰：『吾以平生謗佛，受苦彌切〔一〇〕，無曉無夜，略無憩時。此中刑名，言説不及，惟有罄家迴向，竭〔一一〕資撰福，可救萬一。輪〔一二〕劫而受，難希降減，但百刻之中，一刻暫息，亦可略舒氣耳。』妹雖宿罪不輕，以夫家積善，不墮地獄，即當上生天宫也。妾以君心若先君，亦當受數百年之責。然委形之後，且當神化爲烏。再七飯僧之時，可以來此。」

其夫泣曰：「洪爐變化，物固有之。雀爲蛤，蛇爲雉〔一三〕，雉爲蜃〔一四〕，鳩爲鷹，田鼠爲鴽，腐草爲螢，人爲虎、爲猨、爲魚、爲鼈之類，史傳不絶。爲烏之説，豈敢深訝。然烏群之來，數皆數十，何以認君之身而加敬乎？」曰：「尾底毛白者，妾也。爲妾謝世人，爲不善者，明則有人誅，暗則有鬼誅，絲毫不差。因其所迷，隨迷受化。不見天寶之人多而今人寡乎？蓋爲善者少，爲惡者多。是以一厠之内，蟲豸萬計；一塼之下，螻蟻千品〔一五〕。而昔之名城大邑，曠蕩無人，美地平原，目斷草莽，得非其驗乎？ 多謝世人，勉植善業。」言訖復卧，其夕遂卒。

其爲婦也，奉上敬，事夫順，爲長慈，處下謙，故合門憐之，憫其芳年而爲〔一六〕異物，無幼無長，泣以俟烏。及期，烏來者數十，唯一止於庭樹低枝，窺其姑之户，悲鳴屈曲，若有所訴者。少長觀之，莫不嗚咽。徐驗之〔一七〕，其尾果有二毛白如霜雪。姑引其手而祝之曰：「吾新婦之將亡也，言當化爲烏而尾白，若真吾婦也，飛止〔一八〕吾手。」言畢，其烏飛來，馴狎就食，若素養者。食畢而去。自是日來求食，人皆知之。數月之後，烏亦不來。（據中華書局版汪紹楹點校本《太平廣記》卷一〇一引《續玄怪録》校録）

〔一〕元和　前原有「唐」字，乃《廣記》編者所加，今删。
〔二〕興　明鈔本、孫校本作「學」，《會校》據改。
〔三〕有　明鈔本、孫校本作「韋」。
〔四〕反　明鈔本、孫校本作「違」。
〔五〕篤　明鈔本、孫校本作「慕」。
〔六〕人　明鈔本、孫校本作「子」。
〔七〕鑄　疑爲「禱」字之譌。

〔八〕夫　原譌作「婦」，據明鈔本、孫校本、《四庫》本改。

〔九〕季妹死　明鈔本、孫校本作「妹既死」，《會校》據改。按：季妹，小妹。兄弟姊妹排行最小者曰季。

〔一〇〕切　明鈔本、孫校本作「劫」。

〔一一〕竭　原作「冥」，據明鈔本、孫校本改。

〔一二〕輪　孫校本作「論」。

〔一三〕蛇爲雉　孫校本「蛇」作「蜃」，《會校》據改。按：《禮記·月令》：「雉入大水爲蜃。」乃雉爲蜃，非蜃爲蛇也。蛇爲雉有説，劉宋劉敬叔《異苑》卷三：「晉太元中，汝南人入山伐竹，見一竹中蛇形已成，上枝葉如故。又吴郡桐廬人常伐餘遺竹，見一竹竿雉頭，頸盡就身，猶未變。此亦竹爲蛇，蛇爲雉也。」

〔一四〕雉爲蜃　「蜃」原作「鴿」，據孫校本改。

〔一五〕品　原作「萬」，據明鈔本、孫校本改。

〔一六〕爲　原作「變」，據明鈔本、孫校本改。

〔一七〕之　此字原脱，據孫校本、《永樂大典》卷二三四五引《太平廣記》補。

〔一八〕止　孫校本、《大典》作「上」。

唐儉

李復言　撰

唐儉少時，乘驢將適吴楚。過洛城，渴甚，見路傍一小室，有婦人年二十餘，向明縫衣。投之乞漿，則縫襪也。遂問别室取漿，「郎渴甚，爲求之。」逡巡，持一盂至。儉視其室内，無厨竈。及還而問曰：「夫人之居，何不置火？」曰：「貧無以炊，側近求食耳。」言既〔一〕，復縫襪，意緒甚忙。又問：「何故急速也？」曰：「妾之夫薛良，貧販者也，事之十餘年矣，未嘗一歸侍舅姑。明早郎來迎，故忙耳。」儉微挑之，拒不答，儉媿謝之，遺餅兩軸而去。

行十餘里，忽記所要書有忘之者，歸洛取之。明晨復至此，將出都，爲塗芻之阻。問何人，對曰：「貨師薛良之柩也。」駭其姓名，乃昨婦人之夫也。遂問所往，曰：「良婚五年而妻死，葬故城中。又五年而良死，良兄發其柩，將祔先塋耳。」儉隨覩焉。至其殯所，是求水之處。俄而啓殯，棺上有餅兩軸、新襪一雙〔二〕，儉悲而異之。

遂東去，舟次揚州禪智寺東南。有士子二人，各領徒，相去百餘步，發故殯者。一人驚歎久之，其徒往往聚笑。一人執鍤，碎其柩而罵之。儉遽造之，歎者曰：「璋姓韋，前太湖令，此發者，璋之亡子，窆十年矣。適開易其棺，棺中喪其履〔三〕，而有婦人履一隻。彼乃裴冀，前江都尉，其發者愛姬也〔四〕，平生寵之。裴到任二年而卒，葬于此一年。今秩滿將歸，不忍棄去，將還于洛。既開棺，喪其一履，而有丈夫履一隻。兩處互驚，取合之。彼此成對。蓋吾不肖子淫于彼，往復無常，遽遺之耳。」儉聞言，登舟静思之曰：「貨師之妻死五年，猶有事舅姑之心。逾寵之姬，死尚如此，生復何望哉！士君子可〔五〕溺於此輩而薄其妻也？」（據中華書局版汪紹楹點校本《太平廣記》卷三二七引《續玄怪録》校録）

〔一〕既　陳校本作「訖」，《會校》據改。按：既，畢也，義同「訖」。

〔二〕雙　孫校本作「量」。按：量，通「緉」，雙也。

〔三〕履　孫校本作「屨」，下同。

〔四〕彼乃裴冀前江都尉其發者愛姬也　《廣豔異編》卷三四《唐儉》改作「彼乃前江都尉裴冀愛姬也」，語義較明。

〔五〕可　孫校本作「無復」，《廣豔異編》、《續豔異編》卷一四《唐儉》作「不可」。

按：《廣豔異編》卷三四《唐儉》，據《廣記》輯録。《續豔異編》卷一四《唐儉》亦載，文字頗有删改。

唐五代傳奇集第三編卷二十五

張老

李復言 撰

張老者，揚州六合縣園叟也。其鄰有韋恕者，梁天監中，自揚州曹掾秩滿而來〔一〕。長女既笄，召里中媒媪，令訪良才〔二〕。張老聞之喜，而候媒於韋門。媪出，張老固延入，且備酒食。酒闌，謂媪曰：「聞韋氏有女將適人，求良才於媪，有之乎？」曰：「然。」曰：「某誠衰邁，灌園之業，亦可衣食，幸爲求之。事成厚謝。」媪大罵而去。他日又邀媪，媪曰：「叟何不自度，豈有衣冠子女肯嫁園叟耶？此家誠貧，士大夫家之敵者不少，顧叟非匹，吾安能爲叟一杯酒，乃取辱於韋氏！」叟固曰：「强爲吾一言之。言不從，即吾命也。」媪不得已，冒責而入言之。韋氏大怒曰：「媪以我貧，輕我乃如是！且韋家焉有此事？况園叟何人，敢發此議？叟固不足責，媪何無別之甚耶？」媪曰：「誠非所宜言，爲叟所逼，不得不達其意。」韋怒曰：「爲吾報之，今日内〔三〕得五百緡則可。」媪出，以告張老，乃曰：「諾。」未幾，車載納於韋氏。諸韋大驚曰：「前言戲之耳。且此翁爲園，何以致此？吾度其必無而言之。今不移時而錢到，當如之何？」乃使人潛候其女，女亦不恨。乃曰：「此固命乎！」遂許焉。

張老既娶韋氏，園業不廢，負穢鋤地，鬻蔬不輟。其妻躬執爨濯，了無怍色。親戚惡之，亦不能止。數年，中外之有識者責恕曰：「君家誠貧，鄉里豈無貧子弟，奈何以女妻園叟？既棄之，何不令遠去也？」他日，恕致酒，召女及張老。酒酣，微露其意，張老起曰：「所以不即去者，恐有留戀。今既相厭，去亦何難。某王屋山下有一小莊，明旦且歸耳。」天將曉，來別韋氏：「他歲相思，可令大兄往天壇山南相訪。」遂令妻騎驢戴笠，張老策杖，相隨而去，絶無消息。

後數年，恕念其女，以爲蓬頭垢面，不可識也。令長〔四〕男義方訪之。到天壇山南，適遇一崑崙奴，駕黄牛耕田。問曰：「此有張老莊否？」崑崙投杖拜曰：「大郎子，何久不來？莊去此甚近，某當前引。」遂與俱東去。初上一山，山下有水，過水延綿凡十餘處，景色漸異，不與人間同。忽下一山，見水北朱户甲第，樓閣參差，花木繁榮，煙雲鮮媚，鸞鶴孔雀，徊翔其間，歌管嘹喨，動人〔五〕耳目。崑崙指曰：「此張家莊也。」韋驚駭不測。俄而及門，門有紫衣人〔六〕吏，拜引入廳中〔七〕。鋪陳之物〔八〕，目所未覩。異香氛〔九〕氳，遍滿崖谷。忽聞環珮之聲漸近，二青衣出曰：「阿郎來。」次見十數青衣，容色絶代，相對而行，若有所引。俄見一人，戴遠遊冠，衣朱綃，曳朱履，徐出門。一青衣引韋前拜，儀狀偉然，容色芳嫩，細視之，乃張老也。言曰：「人世〔一〇〕勞苦，若在火中。身未清涼，愁〔一一〕焰又熾，固無斯須泰時。兄久客寄，何以自娱？賢妹略梳頭，即當奉見。」因揖令坐。未幾，一青衣來曰：「娘子已梳頭畢。」遂引入，見妹於堂前。其堂沉香爲梁，玳瑁帖門，碧玉窗，真珠箔，階砌皆冷滑碧色，不辨其物。其妹服飾之盛，世間未見。略序寒暄，問尊長而已，意甚鹵莽。有頃進饌，精美芳馨，不可名狀。食訖，館韋於內廳。

明日方曉，張老與韋生〔一二〕坐。忽有一青衣，附耳而語，張老笑曰：「宅中有客，安得暮歸？」因曰：「小妹暫欲遊蓬萊山，賢妹亦當去。然未暮即歸，兄但憩此。」張老揖而入。俄而五雲起於中庭〔一三〕，鸞鳳飛翔，絲竹並作，張老及妹各乘一鳳，餘從乘鶴者數十〔一四〕人，漸上空中，正東而去，望之已没，猶隱隱有音樂之聲。韋君在館〔一五〕，小青衣供侍甚謹。迨暮，稍聞笙簧〔一六〕之音，倏忽復到，乃〔一七〕下於庭。張老與妻見韋曰：「獨居大寂寞。然此地神仙之府，非俗人得遊，以兄宿命，合得到此。然亦不可久居，明日當奉别耳。」及時，妹復出别兄，殷勤傳語父母而已。張老曰：「人世遐遠，不及作書。」奉金二十鎰，並與一〔一八〕故席帽，曰：「兄若無錢，可於揚州北邸賣藥王老家，取一千萬〔一九〕，持此爲信。」遂别。復令崑崙奴送出，却到天壇，崑崙奴拜别而去。

韋自荷金而歸，其家驚訝，問之，或以爲神仙，或以爲妖妄，不知所謂。五六年間金盡，欲取王老錢，復疑其妄。或曰：「取爾許錢〔二〇〕，不持一字，此帽安足信？」既而困極，其家强逼之，曰：「必不得錢，庸〔二一〕何傷？」乃往揚州，入北邸，而王老者方當肆陳藥。韋前曰：「叟何姓？」曰：「姓王。」韋曰：「張老令取錢千萬，持此席帽爲信。」王曰：「錢即實有，帽是乎？」韋曰：「叟可驗之，豈不識耶？」王老未語，有小女自青布幃中出，曰：「張老嘗過，令縫帽頂，其時無皂線，以紅線縫之。線色手蹤，皆可自驗。」因取看之，果是也。遂得錢，載而歸，乃信真神仙也。

其家又思女，復遣義方往天壇山南尋之。到即千山萬水，不復有路。時逢樵人，亦無知張老莊者。悲思浩然而歸，舉家以爲仙俗路殊，無相見期。又尋王老，亦去矣。復數年，義方偶遊揚州，閒行北邸前，忽見張老崑崙奴前拜，曰：「大郎，家中何如？娘子雖不得歸，如日侍左右，家中事無巨細，莫不知之。」因出懷中金十斤以奉，曰：「娘子令送與大郎君。阿郎與王老會飲於此酒家。大郎且坐，崑崙當入報。」義方坐於酒旗下。日暮不見出，乃入觀之。飲者滿坐，坐上並無二老，亦無崑崙。取金視之，乃真金也。驚歎而歸，又以供數年之食。後不復知張老所在。

貞元進士李公者，知鹽鐵院，聞從事韓準。太和初，與甥姪語怪，命余纂而録之。（據

中華書局版程毅中點校十一卷本《玄怪録》卷一校録，又《太平廣記》卷一六引《續玄怪録》）

〔一〕自揚州曹掾秩滿而來　《豔異編》卷四《張老》，余象斗《萬錦情林》卷一、林近陽《增補燕居筆記》卷七、馮夢龍《增補批點圖像燕居筆記》卷七之《張老夫婦成仙記》，《香豔叢書》十七集卷二《張老傳》「秩」作「役」。明施顯卿《新編古今奇聞類紀》卷六引《續玄怪録》及《六合志》下有「寓居園上」一句。

〔二〕才　《廣記》、《豔異編》、《萬錦情林》、《燕居筆記》、《情史》卷一九《張果老》、《奇聞類紀》、《香豔叢書》作「埍」。

〔三〕今日内　《廣記》「今」作「令」，孫校本及朝鮮成任編《太平廣記詳節》卷二作「今」。《萬錦情林》、《燕居筆記》「内」作「納」。

〔四〕長　《廣記》、《情史》作「其」。

〔五〕動人　此二字原無，據《廣記詳節》補。

〔六〕人　陳本作「門」。

〔七〕廳中　陳本作「中廳」。

〔八〕物　《廣記》、《情史》作「華」，《廣記詳節》作「功」，《豔異編》、《萬錦情林》、《燕居筆記》、《香豔叢書》作「盛」。

〔九〕氛　《廣記》、《情史》、《香豔叢書》作「氤」，《廣記詳節》作「氛」。

〔一〇〕人世　《情史》作「世人」。

〔一一〕愁　《豔異編》、《萬錦情林》、《燕居筆記》、《香豔叢書》作「怨」。

〔一二〕韋生　原作「韋氏」，據《廣記》、《豔異編》、《萬錦情林》、《燕居筆記》、《情史》、《奇聞類紀》、《香豔叢書》改。

〔一三〕中庭　《廣記》、《豔異編》、《萬錦情林》、《燕居筆記》、《情史》、《奇聞類紀》、《香豔叢書》作「庭中」。

〔一四〕餘從乘鶴者數十人　「從」陳本、《豔異編》、《逸史搜奇》已集九《張老》作「妓」，《廣記詳節》、《萬錦情林》、《燕居筆記》作「伎」。「數十」《廣記》、《豔異編》、《萬錦情林》、《燕居筆記》、《情史》、《奇聞類紀》、《香豔叢書》作「十數」。

〔一五〕館　《逸史搜奇》、《情史》作「莊」。陳本、《廣記詳節》、《廣記》、《奇聞類紀》作「後」。

〔一六〕笙簧　《廣記》「簧」作「篁」，明鈔本、孫校本作「簧」，《會校》據改。按：笙簧、笙篁均指笙。簧，簧片；篁，竹也。《孟東野詩集》卷一《長安道》：「高閣何人家，笙篁正喧吸。」

〔一七〕乃　《廣記》、《豔異編》、《萬錦情林》、《燕居筆記》、《情史》、《奇聞類紀》、《香豔叢書》作「及」。

〔一八〕一　《逸史搜奇》作「二」，當誤。

〔一九〕一千萬　陳本、《逸史搜奇》作「一千萬貫」。按：下文云「取錢千萬」，「貫」字當衍。千錢爲一貫，一千萬爲一萬貫。

〔二〇〕取爾許錢　《豔異編》、《萬錦情林》、《燕居筆記》、《香豔叢書》作「許爾取錢」。按：爾許，如此，這麽多。

〔三〕庸　《廣記》、《情史》、《奇聞類紀》作「亦」，《豔異編》、《萬錦情林》、《燕居筆記》、《香豔叢書》作「用」，《廣記詳節》作「庸」。按：庸、用同義，何也，表反問。

按：本篇原編在《玄怪録》卷一，《廣記》及《太平廣記詳節》引作《續玄怪録》，是也。叙事雖託之梁朝，頗類牛書，而實出復言手。末叙聞見緣由（《廣記》删去）云：「貞元進士李公者，知鹽鐵院，聞從事韓準。太和初，與甥姪語怪，命余纂而録之。」按：李公者當爲李諒，貞元十六年（八〇〇）進士及第，與白居易同年。二十一年，翰林學士王叔文爲度支鹽鐵轉運副使，以諒爲巡官（見《柳河東集》卷三八《爲王户部薦李諒表》）。鹽鐵使院設於揚州，所謂知鹽鐵院，即指巡官李諒負責揚州鹽鐵院事務。《舊唐書·文宗紀上》載：大（太）和三年（八二九）七月，「以大理卿李諒爲京兆尹」，則太和初諒官大理卿。李諒在揚州時，聞張老事於鹽鐵院屬員韓準。到太和初在京與甥姪語怪，命「余」記録下張老事。「余」者必爲李復言，時殆爲李諒門客。

本篇《逸史搜奇》己集九據《玄怪録》傳本取入，題《張老》。《豔異編》卷四《張老》，《萬錦情林》卷二、《增補燕居筆記》卷七、《增補批點圖像燕居筆記》卷七《張老夫婦成仙記》，《情史》卷一九《張果老》，《香豔叢書》十七集卷二《張老傳》，則源出《廣記》，而《香豔叢書》乃取《豔異編》本。以上諸本均删去末節作者所述聞見緣由。

尼妙寂

李復言 撰

尼妙寂，姓葉氏，江州潯陽女也。初嫁任華，潯陽之大〔一〕賈也。父昇，與華往復長沙、廣陵間。貞元〔二〕十一年春，之潭州，不復。過期數月，妙寂忽夢父，披髮裸形，流血滿身，泣曰：「吾與汝夫湖中遇盜，皆已死矣。以汝心似有志者，天許復讎。但幽冥之意，不欲顯言，故吾隱語報汝。誠能思而復之，吾亦何恨！」妙寂曰：「隱語云何？」昇曰：「殺我者，車中猴，門東草。」俄而見其夫，形狀若父，泣曰：「殺我者，禾中走，一日夫。」妙寂撫膺而哭，遂爲女弟所呼覺。泣告其母，闔門大駭。念其隱語，杳不可知。訪於鄰叟〔三〕及鄉閭之有知者，皆不能解。乃曰〔四〕：「上元縣，舟楫之所交者〔五〕，四方士大夫多憩焉。而邑有瓦棺寺〔六〕，寺上有閣，倚山瞰江，萬里在目，亦江湖之極境，遊人弭棹，莫不登眺。吾將緇服其間，伺可問者，必有省吾惑矣〔七〕。」於是褐衣之上元〔八〕，捨力〔九〕瓦棺寺，日持箕帚，灑掃閣下。閒則徙倚欄檻，以伺識者。見高冠博帶吟嘯而來者，必拜而問。居數年，無能辯者。

十七年，歲在辛巳，有李公佐者，罷嶺南從事而來。攬衣登閣，神采俊逸，頗異常倫。

妙寂前拜泣，且以前事問之。公佐曰：「吾平生好爲人解疑，況子之冤懇，而神告如此，當爲汝思之。」默行數步，喜招妙寂曰：「吾得之矣。殺汝父者申蘭，殺汝夫者申春耳。」妙寂悲喜嗚咽，拜問其説〔一〇〕。公佐曰：「夫猴申生也，『車』去兩頭而言猴，故『申』字耳。『草』而『門』，『門』而『東』，非『蘭』字耶？禾中走者，穿田過也，此亦『申』字也。『一日』又加『夫』，蓋『春』字耳。鬼神欲惑人，故交錯其言。」妙寂悲喜若不自勝，久而掩涕拜謝曰：「賊名既彰，雪冤有路。苟獲釋憾〔一一〕，誓報深恩。婦人無他，唯潔誠奉佛，祈增福海耳。」乃再拜而去。

元和初〔一二〕，泗州普光王寺，有梵氏戒壇，人之爲僧者必由之。四方輻輳，僧尼繁會，觀者如市焉。公佐自楚之秦，維舟而往觀之。有一尼，眉目朗秀，若舊識者，每過必凝視公佐，若有意而未言者。久之，公佐將去，其尼遽呼曰：「侍御貞元中不爲南海從事乎？」公佐曰：「然。」「然則記小師乎？」公佐曰：「不記也。」妙寂曰：「昔瓦棺寺閣求解『車中猴』者也。」公佐悟曰：「竟獲賊否？」對曰：「自悟夢言，乃男服，易名士寂，泛傭於江湖之間。數年，聞蘄、黄之間有申村，因往焉。流轉周星，乃聞其村西北隅有申蘭者，默往求傭，輒賤其價，蘭喜召之。俄又聞其從父弟有名春者。於是勤恭執事，晝夜不離，凡〔一三〕其可爲者，不顧輕重而爲之，未嘗待命，蘭家器之。晝與群傭共〔一四〕作，夜寢他〔一五〕席，無知其非丈夫者。逾年，益自勤幹，蘭愈敬念，視士寂即自視其子不若也。蘭或農或商，或畜貨於武昌，關鎖啓閉悉委焉。因驗其櫃中，半是己物，亦見其父及夫常所服者，垂涕而記之。而蘭、春叔出季處，未嘗偕在〔一六〕，慮其擒一而驚逸其一〔一七〕也。銜之數年。永貞年重陽，二盜飲。既醉，士寂奔告於州，乘醉而獲，一問而辭伏就法。得其所喪以歸，盡奉母而請從釋教。師洪州之天宫寺尼洞微，即昔時授教者也。妙寂一女子也，血誠復讎，天亦不奪，遂以夢寐之言，獲悟於君子，與其讎者得不同天。碎此微軀，豈酬明哲！梵宇無他，唯虔誠法象以報效耳。」

公佐大異之，遂爲作傳。太和庚戌歲，隴西李復言游巴南〔一八〕，與進士沈田會於蓬州。田因話奇事〔一九〕，持〔二〇〕以相示，一覽而復之。録怪之日，遂纂於此焉。（據中華書局版程毅中點校十一卷本《玄怪録》卷三校録，又《太平廣記》卷一二八引《續幽怪録》，《太平廣記詳節》卷九作《續玄怪録》，《説郛》卷一五《幽怪録》，按：當出《續玄怪録》）

〔一〕大　《廣記》無此字。

〔二〕貞元　陳本、《説郛》明抄殘本（張宗祥《説郛校勘記》）、《逸史搜奇》辛集六《尼妙寂》、《稗家粹編》卷二《尼妙寂》及《合刻三志》志怪類、《五朝小説·唐人百家小説》紀載家、《重編説郛》卷一一七

《幽怪録》作「元和」。按：下文云「十七年歲在辛巳」，貞元十七年爲辛巳歲，又云永貞年、元和初，作「元和」誤。程毅中謂蓋宋人避「貞」字而改。

〔三〕叟　《説郛》作「家」。

〔四〕乃曰　《廣記》、《説郛》、《合刻三志》、《唐人百家小説》、《重編説郛》、《唐人説薈》第十四集及《龍威秘書》四集、《晉唐小説六十種》之《幽怪録》作「秋詣」。

〔五〕者　《廣記》、《大明仁孝皇后勸善書》卷二、《唐人説薈》、《龍威秘書》、《晉唐小説六十種》作「處」。

〔六〕瓦棺寺　《廣記詳節》作「瓦官寺」，下同。按：瓦棺寺又作瓦官寺。唐許嵩《建康實録》卷八晉哀皇帝興寧二年：「是歲，詔移陶官於淮水北，遂以南岸窑處之地施僧慧力，造瓦官寺。」南宋張敦頤《六朝事迹編類》卷下《昇元寺》云：「昇元寺即瓦棺寺也。……瓦棺寺之名，起自西晉長興年中。長沙城阿陸地，生青蓮兩朵，民間聞之官司，掘得一瓦棺。開之見一僧，形貌儼然，其花從舌根頂顱生出。詢及父老，曰：『昔有一僧，不説姓名，平生誦《法華經》萬餘部，臨死遺言曰：「以瓦棺葬之此地。」』所司具奏朝廷，乃賜建蓮花寺。」南宋周應合《景定建康志》卷四六《祠祀志三·寺院》：「崇勝戒壇院，即古瓦官寺，又爲昇元寺，在城西南隅。」《考證》：「晉哀帝興寧二年，詔移陶官於淮水北，遂以南岸窑地，施僧慧力，造瓦官寺。」注：「舊志曰瓦棺者，非也，蓋據俗説云：瓦棺寺之名，起自西晉。時長沙城隅，忽陸地生青蓮兩朵，民以聞官，掘得一瓦棺。見一僧，形貌儼然，其花從舌根生。父老云：『昔有一僧，不説姓名，平生誦《法華經》萬餘部。臨死遺言曰：「以瓦棺葬之。」遂以寺名爲瓦棺。』而本于此。其説頗涉怪誕，縱果有此事，亦在長沙，于此無與也。不知陶官之爲瓦官，而易官爲棺，殆傳會而爲之説耳。」

〔七〕矣　《廣記》、《説郛》、《合刻三志》、《唐人百家小説》、《重編説郛》、《唐人説薈》、《龍威秘書》、《晉唐小説六十種》作「者」，《勸善書》作「者矣」。

〔八〕褐衣之上元　《説郛》、《合刻三志》、《唐人百家小説》、《重編説郛》、《唐人説薈》、《龍威秘書》、《晉唐小説六十種》「褐」作「緇」。《廣記詳節》作「掛衣上元」。按：掛衣，謂着僧衣，指出家。《王維集校注》卷九《能禪師碑并序》：「南海有印宗法師，講《涅槃經》，禪師聽于座下，因問大義，質以真乘，既不能酬，翻從請益。乃嘆曰：『化身菩薩，在此色身，肉眼凡夫，願開慧眼。』遂領徒屬，盡詣禪居，奉爲掛衣，親自削髮。」

〔九〕捨力　《廣記詳節》「力」作「髮」，《會校》據改。《説郛》、《合刻三志》、《唐人百家小説》、《重編説郛》、《唐人説薈》、《龍威秘書》、《晉唐小説六十種》作「身」。按：捨力，謂在寺院做力氣活。《廣記》卷二四引《仙傳拾遺·張殖》：「某師姜玄辨，至德中於九龍觀捨力焚香數歲。」《宋高僧傳》卷一九《唐成都净衆寺無相傳》：「忽有一力士，稱捨力伐柴，供僧厨用。」

〔一〇〕説　《廣記詳節》作「詳」，《會校》據改。

〔一一〕苟獲釋憾　《廣記》、《勸善書》作「苟或釋惑」。《廣記》孫校本「惑」作「憾」，《會校》據改。

〔一二〕元和初　《廣記》、《勸善書》脱「元和」二字。《廣記詳節》作「後」。

〔一三〕凡　《廣記》、《説郛》、《勸善書》、《合刻三志》、《唐人百家小説》、《重編説郛》、《唐人説薈》、《龍威秘書》、《晉唐小説六十種》作「見」。

〔一四〕共　《廣記》、《勸善書》作「苦」，《廣記詳節》作「共」。

〔一五〕他　《説郛》、《合刻三志》、《唐人百家小説》、《重編説郛》作「其」。

〔一六〕在　《廣記》作「出」，《廣記詳節》作「至」，《會校》據改。《勸善書》作「行」。

〔一七〕其一　此二字原無，據《説郛》、《合刻三志》、《唐人百家小説》、《重編説郛》、《唐人説薈》、《龍威秘書》、《晉唐小説六十種》補。

〔一八〕隴西李復言游巴南　原作「復游巴南」，陳本作「復言巴南」，《説郛》作「復出巴南」，並有脱譌，程毅中據《廣記》改。

〔一九〕奇事　《説郛》作「奇志」，明抄殘本作「其事」。

〔二〇〕持　《説郛》明抄殘本作「特」。

按：本篇宋人編在《玄怪録》，實出李復言，末節所叙甚明。太和庚戌歲，四年（八三〇）也。《廣記》注出《續幽怪録》，甚是。《逸史搜奇》辛集六、《稗家粹編》卷二採入，文同陳本，删去末節「太和庚戌歲」云云。又《合刻三志》志怪類、《五朝小説·唐人百家小説》紀載家、《重編説郛》卷一一七題唐王惲《幽怪録》，《唐人説薈》第十四集及《龍威秘書》四集、《晉唐小説六十種》題唐王惲撰《幽怪録》，中亦有本篇，亦删「太和庚戌歲」以下。

党氏女

李復言　撰

党氏女，同州韓城縣芝川南村人也。先是，有蘭〔一〕如賓者，舍於芝川。元和初，客有王蘭者，以錢數百萬鬻茗，止其家。積數年，無親友之來者。一旦卧疾，如賓以其無後患也，殺之。服饌車輿僕使之盛，擬於公侯。其年生一男，美而慧，雖孔融、衛玠之爲奇，猶未可爲比。其家念之，謂驪珠趙璧未敵，名曰玉童。衣食之用，日可數金。其或不豫〔二〕，舞神拜佛之費，一日而罄，不顧也。既而漸大，輕裘肥馬，恣其出入。於是交遊少年，歌樓酒肆，悦音恣博，日不暫息，雖狂徒皆伏其豪。然而孳産稍衰，稼或不登，即乞貸望歲。元和十年，玉童暴卒，父母之哀，哭玠之不若也。號哭之聲，感動行路，恨不得自身代之。如賓極困成瘵。其所飾終之具，洎捨財梵侶、畫佛〔三〕蓮宫、致席命樂之費，若不以家爲者。雖喪畢，每忌日，飯僧施財而追泣焉。自是稍稍致貧，如舊日矣。

太和三年秋，有僧玄照，求食於党氏家。有女子年十三四，映門曰：「母兄皆出，不得具饌。此北數里芝川店，有蘭氏者，亡子忌日，方當飯僧。師到必喜，盍往焉？」僧曰：「女非出入村市之人，何以知此而給我也？」女笑曰：「其亡子即我之前身耳。」照大異之，問其所以，不對而入。照於是造蘭氏門，入巷而見其廣幕崇筵。及門，人皆喜照之來，揖之而入。既卒食，如賓哀不自勝。照曰：「丈人〔四〕念亡子若此，要見其今身乎？」如賓大驚，乃問之，照具以告。如賓遽適党氏，請見之。父母以告，女不肯出。如賓益聳躍，獨念不以其母來，且無藉手，此所以不出也，遂歸。

明日，與其妻偕，攜蜀紅二十匹，爲請見之資。女納紅，復不肯出。如賓求其父母萬辭，父母以如賓之懇也，入謂女曰：「汝既不欲見，不當言之。既言，而蘭叟若此之請，安得不强見？」女不復語。父母曰：「必不見，則何辭？」女曰：「第〔五〕告之，何必相見。但云：『其子身存及没，多歧所費，王蘭之財盡未？』聞此，必不求矣。」父母出，以告。如賓顧其妻，無言而退。既出，父母問其故，女曰：「兒前身，茗客王蘭也。有錢數百萬，客其家。元和初，頭眩而卧，遂爲如賓所殺而取其財，因而巨富。某既死而訴於上帝，上帝召問欲何以報，蘭言願爲子以耗之，故委蜕焉。耗之且盡而死。近與之計，唯十鐶未足，故有蜀紅之贈。而今而後，如賓不復念其子，而齋亦罷爾。韓城有趙子良者，嘗貰茗五束，未酬而蘭死。今當以其直求爲婦，幣足而某去耳，亦不爲婦也。」

俄而媒氏言，子良之子納幣焉。親迎之期，約在歲首。既畢納而失女，父母懼子良之責也，僞哭而徙葬焉。其夕，遇女曰：「天帝以天下人愚，率皆欺暗枉道，詐心萬端，謂人可以言排，神可以詐惑。以詐惑人者，人亦詐焉；以妄欺人者，人亦妄焉；以嫉誣人者，人亦誣焉。雖虛矯之俗，交報或闕，而冥寞間良不可罔。知己之所爲而不咎人者鮮矣，故遣某托身近地，而警群妄耳。頃者未言，得侍昏旦，此心既啓，難復淹留。撫育之恩，亦償舊德，乍辭顧盼，能不悵懷！各勉令圖，無惑多恨。」言訖而去。

此非天之勸戒耶？太和壬子歲，通王府功曹趙遵約言之，故録之耳。（據中華書局版程毅中點校十一卷本《玄怪録》卷三校録，按：當出《續玄怪録》）

〔一〕蘭　《逸史搜奇》庚集十《党氏女》作「闌」，下同。

〔二〕豫　陳本、《逸史搜奇》作「欲」。

〔三〕畫佛　原作「佛畫」，據《逸史搜奇》乙改。按：「畫佛」與「捨財」偶對。

〔四〕丈人　陳本作「掌人」。掌人，主人。《逸史搜奇》作「文人」，誤。

〔五〕第　《逸史搜奇》作「遞」。遞，傳達。

按：洪邁《夷堅志補》卷六《王蘭玉童》，襲用此事，末云：「予記《逸史》所載盧叔倫女，《續玄怪録》黨氏女事，大略相似。」稱出《續玄怪録》，當是。觀其議論之辭及末述聞見緣由，頗類李復言他作。太和壬子歲即太和六年（八三二），僧孺在相位（是年十二月出爲淮南節度使），聞通王府功曹所言，不得云「録之」也。

《廣記》未引本篇。《逸史搜奇》庚集十採入，題《党氏女》。

齊饒州

李復言 撰

饒州刺史齊推女，適湖州參軍韋會。長慶三年，韋以妻方娠，將赴調也〔一〕，送歸鄱陽，遂登上國。十一月，妻方誕之夕，齊氏忽見一人，長丈餘，金甲仗鉞，怒曰：「我梁朝陳將軍也，久居此室。汝是何人，敢此穢觸！」舉鉞將殺之。齊氏叫乞曰：「俗眼有限，不知將軍在此。比來承教，乞容移去。」將軍曰：「不移當死。」左右悉聞齊氏哀訴之聲，驚起來視，則齊氏汗流洽背，精神恍然，遶而問之，徐言所見。及明，侍婢白於使君，請居他室。使君素正直，執無鬼之論，不聽。至其夜三更，將軍又到，大怒曰：「前者不知，理當相恕，知而不避，豈可復容！」復〔二〕將用鉞。齊氏哀乞曰：「使君性强，不從所請。我一女子，敢拒神明？容至天明，不待命而移去。此〔三〕更不移，甘於萬死。」將軍者拗怒而去。未曙，令侍婢〔四〕灑掃他室，移榻其中。方將輦運，使君公退，問其故，侍者以告。使君大怒，杖之數十，曰：「産蓐虚羸，正氣不足，妖由之興，豈足遽信？」女泣以請，終亦不許。入夜，自寢其前，以身爲援，堂中〔五〕添人加燭以安之。夜分，聞齊氏驚痛之聲，開門入視，則頭破死矣。使君哀恨之極，倍百常情，以爲引刀自殘，不足以謝其女。乃殯於異室，遣健步者報韋會。

韋以文籍小差，爲天官所黜。異道來復，凶訃不逢。去饒州百餘里，忽見一女人〔六〕，儀容行步，酷似齊氏。乃援〔七〕其僕而指之曰：「汝見彼人乎？何以似吾妻也？」僕曰：「夫人刺史愛女，何以行此，乃人有相類耳。」韋審觀之，愈是，躍馬而近焉。女人乃入門，斜掩其扇。又意其他人也，乃不下馬，過而迴視之。齊氏自門出，呼曰：「韋君，忍不相顧？」遽下馬視之，真其妻也。驚問其故，具云陳將軍之事，因泣曰：「妾誠愚陋，幸奉巾櫛，言詞情禮，未嘗獲罪於君子。方欲竭節閨門，終於白首，而枉爲狂鬼所殺。自檢命籍，當有二十八年。今有一事，可以相〔八〕救，君能相哀乎？」悲恨之深，言不盡意。韋曰：「夫妻之情，事〔九〕均一體。鶼鶼翼墜，比目半無，單然此身〔一〇〕，更將何往？苟有歧路，湯火能入。但生死異路，幽晦難知，如〔一一〕可竭誠，願聞其計。」齊曰：「此村東數里，有草堂中田先生者，領村童教授。此人奇怪，不可遽言。君能去馬步行，及門趨謁，若拜上官然。垂泣訴冤，彼必大怒，乃至詬駡，屈辱捶擊，拖拽穢唾，必盡數受之。事窮然後見哀，即妾必還矣。先生之貌，固不稱焉。晦冥之事，幸無忽也。」於是同行，韋牽馬授之，齊氏笑〔一二〕

曰：「今妾此身，故非舊日，君雖乘馬，亦難相及。事甚迫切，君無推辭。」韋鞭馬隨之，往往不及。行數里，遥見道北草堂，齊氏指曰：「先生居也。救心誠堅，萬苦莫退。渠有凌辱，妾必得還。無怱忿容，遂令永隔。勉之，從此辭矣。」揮涕而去，數步間，忽不見。

韋收淚詣草堂，未到數百步，去馬公服，使僕人執謁前引。到堂前，學徒曰：「先生轉食未歸。」韋端笏以候。良久，一人戴破帽，曳木屐而來，形狀醜穢之極。問其門人，曰：「先生也。」命僕呈謁，韋趨走迎拜。先生荅拜，曰：「某村翁，求食於牧豎，官人何忽如此？甚令人驚。」韋拱訴曰：「妻齊氏，享年未半，枉爲梁朝陳將軍所殺。伏乞放歸，終其殘禄。」因扣地哭拜。先生曰：「某乃村野鄙愚，門人相競，尚不能斷，況冥晦間事乎！官人莫風狂否？火急須去，勿恣妖言。」不顧而入。韋隨入，拜於牀前，曰：「實訴深冤，幸垂哀宥。」先生顧其徒曰：「此人風疾，來此相喧，衆可拽出。」又復入，「汝共唾之。」村童數十，競來唾面，其穢可知。韋亦不敢拭，唾歇復拜，言誠懇切。先生曰：「吾聞風狂之人，打亦不痛，諸生爲吾擊之，無折支敗面耳。」村童復來群擊，痛不可堪。韋執笏拱立，任其揮擊。擊罷，又前哀乞。又勑其徒推倒，把脚拽出。放而復入者三。先生謂其徒曰：「此人乃實知吾有術，故此相訪。汝今歸，吾當救之耳。」

衆童既散，謂韋曰：「官人真有心丈夫也。爲妻之冤，甘心屈辱。感君誠懇，試爲檢尋〔一三〕。」因命入房。房中鋪一浄席，席上有案，置香一爐，爐前又鋪席。坐定，令韋跪於案前。俄見黄衫人引向北行，數百里，入城郭，鄽里閙喧，一如會府。又如北，有小城。城中樓殿，峨若皇居，衛士執兵，立者坐者各數百人。及門，門吏通曰：「前湖州參軍韋某。」乘通而入。直北正殿九間，堂中一間，卷簾設牀案，有紫衣人南〔一四〕面坐者。韋入，向坐而拜。起視之，乃田先生也。韋復訴寃，左右曰：「近西通狀。」韋乃趨近西廊，又有授筆硯者，乃〔一五〕爲訴詞。韋問當衙者曰：「何官？」曰：「王也。」吏收狀上殿，王判曰：「追陳將軍，仍檢〔一六〕狀過。」狀出，瞬息間通曰：「提陳將軍到〔一七〕。」衣甲杖鉞〔一八〕，有如齊氏言。王責曰：「何故枉殺平人？」將軍曰：「自居此室，已數百歲。而齊氏擅穢，再宥不移，忿而殺之，罪當萬死。」王判曰：「明晦異路，理不相干。久幽之鬼，横占人室。不相自省，仍殺無辜。可決一百，配流東海之南。」案吏過狀，曰：「齊氏禄命，實有二十八年。」王命呼阿齊，問：「陽禄未盡，理合却回。今將放歸，意欲願否？」齊氏曰：「誠願却回。」王判曰：「付案勒回。」案吏咨曰：「齊氏宅舍破壞，迴無所歸。」王曰：「差人修補。」吏曰：「事事皆隳，修補不及。」王曰：「必須放歸。」出門商量狀過，頃復入，曰：「唯有放生魂去，此外無計。」王曰：「魂與生人，事有何異？」曰：「所以有異者，唯年滿當死之日，病篤而無屍耳，其他並同。」王召韋曰：「生魂只有此異。」韋拜請之〔一九〕，遂令齊氏同歸，各拜而出。

黄衫人復引南行，既出其城，若行崖谷，足跌而墜。開目，即復跪在案前，先生者亦據案而坐。先生曰：「此事甚秘，非君誠懇，不可致也。然賢夫人未葬，尚瘞舊房，宜飛書葬之，到即無苦也。慎勿言於郡下，微露於人，將不利於使君爾。賢閤只在門前，便可同去。」韋拜謝而出，其妻已在馬前矣。此時却爲生人，不復輕健。韋擲其衣䭾，令妻乘馬，自跨衛從之。且飛書於郡，請葬其柩。使君始聞韋之將到也，設館施繐帳以待之。及得書，驚駭殊不信。然强葬之，而命其子以肩輿迓焉。見之益悶〔二〇〕，多方以問，不言其實。其夏〔二一〕，醉韋以酒，迫問之，不覺具述。使君聞而惡焉，俄而得疾，數月而卒。韋潛使人覘田先生，亦不知所在矣。齊氏飲食生育，無異於常，但肩輿之夫〔二二〕，不覺其有人也。

余聞之已久，或未深信。太和二年秋，富平尉宋堅〔二三〕，因坐中言及奇事。客有鄜王府參軍張奇者，即韋之外弟，具言斯事，無差舊聞。且曰：「齊嫂見在，自歸復已來〔二四〕，精神容飾，殊勝舊日。」冥吏之理於幽晦也，豈虚言哉！（據中華書局版程毅中點校十一卷本《玄怪録》卷九校録，按：當出《續玄怪録》）

〔一〕韋以妻方娠將赴調也　《古今説海》説淵部别傳三十四《齊推女傳》、《逸史搜奇》乙集二《齊推女》、《廣豔異編》卷九《齊推女傳》、《情史類略》卷八《齊饒州女》作「韋將赴調，以妻方娠」。

〔二〕復　元佚名《異聞總録》卷三作「跳來」。

〔三〕此　《異聞總録》作「若」。

〔四〕婢　《異聞總録》作「者」。

〔五〕堂中　《異聞總録》作「中堂」。

〔六〕一女人　《説海》、《逸史搜奇》、《廣豔異編》、《情史》作「一室有女人映門」。

〔七〕援　《異聞總録》作「呼」。

〔八〕相　《異聞總録》、《説海》、《逸史搜奇》、《廣豔異編》、《情史》作「自」。

〔九〕事　《異聞總録》、《説海》、《逸史搜奇》、《廣豔異編》、《情史》作「義」。

〔一〇〕鶼鶼翼墜比目半無單然此身　《異聞總録》作「鶼鶼比翼，鰈鰈比目，斷無單然此身」。

〔一一〕如　《異聞總録》作「如何」。

〔一二〕笑　原作「哭」，據《異聞總録》改。

〔一三〕試爲檢尋　《説海》、《逸史搜奇》、《廣豔異編》、《情史》作「然玆事吾亦久知，但不早申訴，屋宅已敗，理之不及。吾向拒公，蓋未有計耳。試爲足下作一處置」。按：此同《廣記》卷三五八《齊推女》，疑據《廣記》改。

〔一四〕南　陳本作「當」。

〔一五〕乃　《異聞總録》作「執」。

〔一六〕檢　《情史》作「簡」。簡、檢同義，審查也。

〔一七〕提陳將軍到　「到」字原無，《異聞總録》作「捉陳將軍到」，據補。《説海》《四庫》本補「至」字。

〔一八〕衣甲杖鉞　原作「仍檢狀過」，乃涉上而誤，據《異聞總録》改。

〔一九〕「必須放歸」至「韋拜請之」　《説海》、《逸史搜奇》、《廣豔異編》、《情史》作：「『齊氏壽筭頗長，若不再生，義無厭伏。公等所見如何？』有一老吏前啓曰：『東晉鄴下有一人横死，正與此事相當。前使葛真君斷以具魂作本身，却歸生路，飲食言語嗜慾追遊，一切無異，但至壽終，不見形質耳。』王曰：『何謂具魂？』吏曰：『生人三魂七魄，死則散草木，故無所依。今收合爲一體，以續弦膠塗之。大王當衙發遣放回，則與本身同矣。』王曰：『善。』召韋曰：『生魂只有此異，作此處置，可乎？』韋曰：『幸甚。』俄見一吏别領七八女人來，與齊氏一類，即推而合之。又有一人持一器藥，狀似稀餳，即於齊氏身塗之。畢」。《情史》「一器藥」作「藥一器」。按：此亦同《廣記》卷三五八《齊推女》。

〔二〇〕閟　《異聞總録》作「悶」。

〔二一〕夏　《異聞總録》、《情史》作「夜」。

〔二二〕夫　《異聞總録》作「大」，連下讀。

〔二三〕宋堅　陳本、《異聞總録》作「宋堅塵」。

〔二四〕自歸復已來　陳本作「自歸復已拜之」，《異聞總録》作「自歸後已往拜之」。

按：本篇末叙聞見緣由，時在太和中，與《續玄怪録》之《錢方義》、《梁革》、《張老》等同。且叙云：「太和二年秋，富平尉宋堅，因坐中言及奇事。客有鄜王府參軍張奇者，即韋之外弟，具言斯事，無差舊聞。」太和二年秋，牛僧孺在鄂州，爲武昌軍節度使，而鄜王府在京城（鄜王李憬，憲宗子。長慶元年封，開成四年七月薨。見《舊唐書》卷一七五），富平乃京兆府屬縣，宋、張均不宜在僧孺座，當出李復言《續録》也。

《異聞總録》卷三取入本篇。《古今説海》説淵部别傳三十四《齊推女傳》，不著撰人，當據傳本《玄怪録》輯録。《逸史搜奇》乙集二《齊推女》，《廣豔異編》卷九《齊推女傳》，《情史類略》卷八《齊饒州女》，皆本《説海》，與今本文字多有不同。《廣豔異編》、《情史》皆終於「不覺其有人也」。元無名氏《異聞總録》卷三亦採之，接近今本。

《廣記》卷三五八《齊推女》，注出《玄怪録》。然文字全然不同，乃别一文本，《廣記》所注必誤。

許元長

李復言　撰

許元長者，江陵術士，爲〔一〕客淮南。御史陸俊之從事廣陵也，有賢妻，待之情分，倍愈於常。俄而妻亡，俊之傷悼，情又過之。每至春風動處，秋月明時，衆樂聲悲，征鴻韻咽，或展轉忘寐，思苦長歎，或竚立無憀〔二〕，心傷永日，如此者踰年矣。全失壯容，驟或雪鬢。

他日，元長來，陸生知有奇術也，試以漢武帝李夫人之事誘之。元長曰：「此甚易耳。」曰：「然則能爲我致亡妻之神乎？」曰：「彼所致者，但致其魂，瞥見而已，元長又異焉。」陸曰：「然則子能致者何？」曰：「可致其身若生人，有以從容盡平生之意。」陸喜極，拜曰：「先生誠能致之，顧某骨肉，手足無所措矣。」曰：「亡夫人周身之衣，亦彷彿能記乎？」曰：「然。」於是擇癸丑日，艮宮直音，空其室，陳設焚香之外，悉無外〔三〕物。乃備美食。夜分，使陸生公服以俟焉。老青衣一人侍立。元長曰：「夫人之來，非元長在此不可。元長若去，夫人隱矣。侍御夫人久喪，枕席單然，魂勞晦明，恨入肌骨，精誠上達，懇意天從，良會難逢，已是逾年之思。必不可以元長在此，遂阻佳期。陽台一歸，楚君望絶，縱使高唐積恨，宋玉興辭，終無及也。」陸深感之。

既而坐久，絶無來響，陸益倦，屢顧元長問焉。元長因出北望，入曰：「至矣，虔誠待之。」俄而悉窣若有人行階下者。元長揖曰：「請入。」其妻遂入。二青衣不識，徐而思之，乃明器女子也。陸拜哭，妻亦拜哭，因同席而坐，共話離間之思，且悲且歡。食畢，飲酒數巡。飲罷，元長覺其意洽，因回視仙〔四〕海圖。久之，忽聞其妻長吁整衣之聲，正坐，復明燈，又飲數巡。其妻起曰：「生死路殊，交歡望絶，非許山人之力，何以及此！此之一別，又是終天，幽暗之中，淚目成血。冥晦有隔，不可久淹，請從此辭。」陸又〔五〕抱之而哭。哭竟，又曰：「絶望之悲，無身乃已。雖以許山人之命，暫得此來，若更淹留，爲上司所責。」乃拜泣而去。下階失之，泣拜未息，陸號慟若初喪焉。乃信元長有奇異之術，且厚謝焉。元長固辭，終請不他言而已。今見在江陵。

太和壬子歲，得知其事於武寧曹侍郎弘真處，因備録之。（據中華書局版程毅中點校十一卷本《玄怪録》卷一〇校録，按：當出《續玄怪録》）

〔一〕爲　陳本、《逸史搜奇》辛集八《許元長》作「焉」，屬上句。

〔二〕無憀　《逸史搜奇》「憀」作「寥」。按：無憀、無寥，義同，無聊煩悶。

〔三〕外　《逸史搜奇》作「他」。

〔四〕仙　《逸史搜奇》作「山」，疑是。

〔五〕又　《逸史搜奇》作「久」。

按：結末所叙聞見緣由，與《張老》、《尼妙寂》、《党氏女》、《齊饒州》及《錢方義》、《梁革》等全似，皆作於太和中也，必爲復言作。侍郎曹弘真，不詳何人。《逸史搜奇》辛集八輯入，題同。

王國良

李復言 撰

莊宅使巡官王國良，下吏之兇暴者也。憑恃宦官，常以凌辱人爲事。李復言再從妹夫武全益，罷獻陵臺令，假城中之宅在其所管。武氏貧，往往納傭違約束，即言詞慘穢，不可和解。賓客到者，莫不先以國良告之，慮其謗及，畏如毒蛇。元和十二年冬，復言館於武氏。國良五日一來，其言愈穢，未嘗不掩耳而走。忽不來二十日。俄聞緩和之聲，遣人問之，徐曰：「國良也。」一家畏其惡辭，出而祈之，乃訝其羸瘠。曰：「國良前者奉辭，遂染重病，卧七日而死，死亦七日而蘇。冥官以無禮見譴〔一〕，杖瘡見在，久不得來。」復言呼坐，請言其實。

國良曰：「疾勢既困，忽有壯士數人，揎拳露肘，就牀拽起，以布囊籠頭，拽行不知里數，亦不知到城郭，忽去其頭囊，乃官府門也，署曰『太山府君院』。喘亦未定，捽入廳前，一人緋衣當衙坐，謂案吏曰：『此人罪重，合沉地獄，一日未盡，亦不可追。可速檢過。』其人走入西廊，逡巡曰：『國良從今日已後，有命十年。』判官令拽出放歸。既出門，復怒曰：『拽來！此人言語慘穢，抵忤平人。若不痛懲，無以爲誡。』遂拗坐決杖二十。拽起，不蘇者久之。判官又賜廳前池水一杯，曰：『飲之不忘。爲吾轉語世間人，慎其口過。口之招非，動掛網羅，一言之失，駟馬不追。』國良匍匐來歸，數宿方到，入門蹶倒，從此忽悟。家人泣伺將殮，問其時日，家人曰：『身冷已七日矣，唯心頭似暖，不忍即殮。』今起五六日矣，瘡痛猶在。」袒而視之，滿背黯黑，若將潰爛然，四際微紫，欲從外散。且曰：「自小兇頑，不識善惡，言詞狂悖，罪累積多。從此見戒，不敢復怒矣。凡若有錢，幸副期約，勿使獲罪於上也。」乃去。

自是每到，必有仁愛〔二〕。明年九月，忽聞其死。計其得杖，僅滿十月。豈非陰司之事，十年爲月乎〔三〕？（據中華書局版程毅中點校十一卷本《玄怪録》卷一〇校録，按：當出《續玄怪録》）

〔一〕譴　陳本作「撻」。

〔二〕必有仁愛　陳本作「必若仁者」。

〔三〕十年爲月乎　程校：「『月』上似脱『十』。」

按：文中云李復言，顯然出《續玄怪録》。

唐五代傳奇集第三編卷二十六

裴沆再從伯

段成式　撰

段成式（?—八六三），字柯古，行十六。淄州鄒平縣（今山東鄒平縣西北）人。父文昌，曾相穆宗，歷鎮西川、淮南、荆南、西川，封鄒平郡公。成式幼居長安。以父蔭入官，爲祕書省校書郎。穆宗長慶元年（八二一）隨父赴西川，以畋獵自放。文宗太和元年（八二七），從事浙西觀察使李德裕幕中，旋隨父宦赴揚州、荆州、西川等地。太和九年因父卒而歸長安，居修行里私第。開成初（八三六）任職集賢殿書院。後擢著作郎，充集賢殿修撰。武宗會昌六年（八四六）官郎中，分司東都。宣宗大中元年（八四七）遷吉州刺史。七年，因被頑民妄訴罷歸長安。九年，起爲處州刺史，有善政。十三年解印，退居襄陽，與觀察使徐商及温庭筠、余知古等相善，多所唱和，爲其子安節娶温庭筠女。懿宗咸通初（八六〇）任江州刺史，與李群玉交好。後入爲太常少卿，卒官。成式著述甚豐，有《酉陽雜俎》三十卷、《錦里新聞》三卷、《廬陵官下記》二卷，又有《漢上題襟集》十卷（襄陽唱和之作）等，多已散佚。成式與李商隱、温庭筠時號「三才子」、「三十六」（三人均行十六）。（據《舊唐書》卷一六七《段文昌傳》、卷一九〇下《李商隱傳》，《新唐書》卷四一《地理志五》、卷八九

《段志玄傳》，《酉陽雜俎》，《全唐文》卷七八七段成式文，林寶《元和姓纂》卷九，范攄《雲溪友議》卷中，尉遲樞《南楚新聞》，劉崇遠《金華子雜編》卷上，《太平廣記》卷一九七引王仁裕《玉堂閒話》，《册府元龜》卷七七七，宋王讜《唐語林》卷二，樂史《太平寰宇記》卷一四五，計有功《唐詩紀事》卷五七，《類説》卷一九李畋《該聞録》，趙明誠《金石録》卷二三《唐段志玄碑》，歐陽忞《輿地廣記》卷二三，元于欽《齊乘》卷六，清畢沅《關中金石記》卷二及卷四，王昶《金石萃編》卷一〇八，《新唐書·藝文志》，《直齋書録解題》卷一五，《宋史·藝文志》，岑仲勉《唐人行第録》，參考方南生《段成式年譜》、陶敏《全唐詩作者小傳補正》卷五八四）

同州司馬裴沆常説〔一〕，再從伯自洛中將往鄭州。在路數日，晚〔二〕程偶下馬，覺道左有人呻吟聲。因披蒿萊尋之，荆叢下見一病鶴，垂翼俛咮〔三〕，翅關上瘡壞無毛，且異其聲〔四〕。忽有老人，白衣曳杖，數十步而至，謂曰：「郎君年少，豈解哀此鶴耶？若得人血一塗，則能飛矣。」裴頗知道，性甚高逸，遽曰：「某請刺此臂血，不難。」老人曰：「君此志甚勁〔五〕，然須三世是人，其血方中。郎君前生非人，唯洛中胡蘆生，三世是人矣。郎君此行，非有急切，可能却至洛中干胡蘆生乎？」裴欣然而返。

未信宿至洛，乃訪胡蘆生，具陳其事，且拜祈之。胡蘆生初無難色，開襆取一石合，大若兩指，援針刺臂，滴血，下滿其合〔六〕，授裴曰：「無多言也。」及至鶴處，老人已至，喜曰：「固是信士。」乃令盡其血塗鶴。言與之結緣，復邀裴曰：「我所居去此不遠，可少留〔七〕也。」裴覺非常人，以丈人呼之。因隨行，纔數里，至一莊，竹落草舍，庭廡狼籍。裴渴甚求茗〔八〕，老人指一土龕曰〔九〕：「此中有少漿，可就取。」裴視龕中，有杏核一扇，大〔一〇〕如笠，滿中有漿，漿色正白，乃力舉飲之，不復饑渴。漿味如杏酪。裴知隱者，拜請爲奴僕。老人曰：「君有世間微禄，縱住亦不終其志。賢叔真有所得，吾久與之遊〔一一〕，君自不知。今有一信，憑君必達。」因裹一襆物，大如羹椀〔一二〕，戒無竊開。復引裴視鶴，鶴所損處，毛已生矣。又謂裴曰：「君向飲杏漿，當哭九族親情〔一三〕，且以酒色爲誡也。」

裴還洛，中路閲其附信〔一四〕，將發之，襆四角各有赤蛇出頭，裴乃止。其叔得信，即開之，有物如乾大麥飯升餘〔一五〕。其叔後因遊王屋，不知其終。裴壽至九十七〔一六〕矣。（據《四部叢刊初編》景印李雲鵠刊趙琦美脉望館校本《酉陽雜俎》前集卷二《玉格》校録，又《太平廣記》卷四六〇引《太平廣記》）

〔一〕同州司馬裴沆常説　「裴沆」，杜光庭《神仙感遇傳》卷二《裴沆從伯》、明仁孝皇后徐氏《勸善書》卷一四作「裴沆」，北宋張君房《雲笈七籤》卷一一二《神仙感遇傳·裴沈》作「裴沈」，「沈」同「沉」。按：《雜俎》前集卷一七《蟲篇》：「虢州有蟲名謝豹，常在深土中，司馬裴沈子常治坑獲之。」乃作「沈」，似作「沈」爲是。大中元年《唐故東都留守檢校尚書左仆射贈司空博陵崔公小女墓志銘并序》，爲將仕郎前國子助教裴沆作（見《唐代墓誌彙編》），時代相及，然與同州司馬者斷非一人。「常」《廣記》、《勸善書》作「嘗」，常，通「嘗」。「説」《勸善書》作「侍」。

〔二〕晚　《廣記》作「曉」。

〔三〕味　《廣記》明沈與文野竹齋鈔本作「嘴」。味，鳥嘴。

〔四〕且異其聲　《感遇傳》作「異其有聲，惻然哀之」。

〔五〕勁　《感遇傳》作「佳」。

〔六〕援針刺臂滴血下滿其合　《廣記》「援」作「授」，明鈔本作「拔」。《廣記》孫校本、《逸史搜奇》壬集三《裴沆》「血」作「乳」。《七籤》本《感遇傳》作「以針刺臂，滴如乳下，滿合」。《勸善書》作「援針刺臂，滴滴乳下，滿合」。

〔七〕留　《廣記》明鈔本作「顧」。

〔八〕茗　《廣記》作「漿」。

〔九〕指一土龕曰　「土」《勸善書》作「玉」。「曰」字原無，據《廣記》明鈔本、《七籤》、《歷世真仙體道通鑑》卷四四《道左老人》、《勸善書》補。宋孔傳《後六帖》卷一五引《酉陽雜俎》作「云」。

〔一〇〕大　此字原無，據《七籤》補。

〔一一〕吾久與之遊　《七籤》作「吾與之友，出入遊處」。

〔一二〕羹椀　《廣記》作「合」，《七籤》作「美盎」，《真仙通鑑》作「椀」，《勸善書》作「盌」。

〔一三〕情　《雜俎》《四庫全書》本，《唐人説薈》第十二集、《龍威秘書》四集、《藝苑捃華》、《説庫》、《晉唐小説六十種》之《酉陽雜俎》卷上作「盡」，《真仙通鑑》作「戚」。

〔一四〕閱其附信　《真仙通鑑》、《龍威秘書》、《藝苑捃華》、《晉唐小説六十種》「閱」作「悶」，《説庫》作「開」。《廣記》、《學津討原》本「附信」作「所持」。

〔一五〕升餘　《七籤》作「因食之」。

〔一六〕九十七　《七籤》作「九十歲」。

按：《酉陽雜俎》三十卷，見《崇文總目》小説類、《新唐書·藝文志》小説家類、《通志·藝文略》小説類著録，皆不言前續集，合而言之也。《玉海》卷五五引《中興書目》云：「《酉陽雜俎》二十卷，唐太常少卿段成式撰。志聞見譎怪，凡三十二類。」又引云：「段成式《續雜俎》十卷，録異事續之。」《郡齋讀書志》、《直齋書録解題》、《宋史·藝文志》、《文獻通考·經籍考》皆著録爲前集二十卷、續集十卷。

本書最早刻本，今可知者乃南宋嘉定七年（一二一四）永康周登刻本（見周登後序），二十卷，無續集。此後嘉定十六年有三十卷刻本（見鄧復序），淳祐十年（一二五〇）有彭奎實等刻本（見無名氏序）。宋刻本不傳，明代刊刻甚衆，多爲前集二十卷本。國家圖書館今藏二十卷明刻本，《稗海》亦收有二十卷本。明清書目如高儒《百川書志》、朱睦㮮《萬卷堂書目》、陳第《世善堂藏書目録》、金檀《文瑞樓藏書目録》、孫從添《上善堂宋元板精鈔舊鈔書目》、張金吾《愛日精廬藏書志》等著録皆前集二十卷本。孫目爲汲古閣校本，張目爲元刊本。明刊全帙本較早者乃萬曆三十六年（一六〇八）李雲鵠所刊，此本是脉望館趙琦美校本，中有趙氏校語。《四部叢刊初編》景印此本，景印本又收入《湖北先正遺書》。又有汲古閣《津逮祕書》本，後收入《四庫全書》、《學津討原》、《崇文書局彙刻書》、《叢書集成初編》等。錢謙益《絳雲樓書目》、《四庫全書總目》、孫星衍《孫氏祠堂書目》、周中孚《鄭堂讀書記》、瞿鏞《鐵琴銅劍樓藏書目録》、陸心源《皕宋樓藏書志》、丁丙《善本書室藏書志》、耿文光《萬卷精華樓藏書記》、楊守敬《日本訪書志》等皆著録三十卷全帙本。周目、耿目爲汲古閣《津逮祕書》本，瞿目爲校宋本，丁目爲明萬曆本，楊目爲明刊本。清蓮塘居士《唐人説薈》第十二及第十三集、馬俊良《龍威秘書》四集、顧之逵《藝苑捃華》、民國王文濡《説庫》、俞建卿《晉唐小説六十種》删取原書四十七條，編爲上下二卷。宣統元年夢梅仙館刊《無一是齋叢鈔》亦有一卷摘録本，四十三條。

本書尚有宋元節本三：南宋朱勝非《紺珠集》卷六摘録百五十八條，曾慥《類説》卷四二摘録百三十二條，有數條不見三十卷本，可補其闕。元陶宗儀《説郛》卷三六選録前集五十二條，續集二十八條。其中有《語録》一篇爲今本所無。據宋人黄伯思《東觀餘論》卷下《跋段太常語録後》，《語録》本是《廬陵官下記》上篇，是則宋世傳本已經竄亂。《太平廣記》引用多達六百餘條，參考價值尤巨。本書版本繁雜，各本條目多寡及分合、歸屬以至於文字異同俯拾皆是。就中趙本視諸本爲佳，方南生參校以各本點校趙本，由中華書局一九八一年出版，末附《段成式年譜》。方校本用力甚多，惜乎猶欠精博，疏誤時見，又未蒐輯佚文，難稱善本。上海古籍出版社二〇〇〇年出版《唐五代筆記小説大觀》，以《學津討原》本爲底本。許逸民著《酉陽雜俎校箋》，中華書局即出。

本書《玉格》、《諸皋記》、《支諸皋》、《肉攫部》、《寺塔記》、《金剛經鳩異》諸篇曾被抽出單行或匯入叢書。南宋《祕書省續編到四庫闕書目》小説類著録段成式《玉格》一卷，鄭樵《通志·藝文略》入於食貨類貨寶目，誤爲品玉之書。此本不傳。明秦淮寓客《合刻三志》志異類、《重編説郛》卷一一六、《唐人説薈》第十二集、《龍威秘書》四集《晉唐小説暢觀》、《藝苑捃華》、《説庫》、《晉唐小説六十種》收《諸皋記》一卷，條目有闕。《唐人説薈》第十三集、《説庫》收《支諸皋》一卷，只選録二十條。《五朝小説·唐人百家小説》瑣記家、《重編説郛》卷一〇七、《唐人説薈》第九集收《肉攫部》一卷。《重編説郛》卷六七、《大正新脩大藏經》卷五一收《寺塔記》一卷。《五朝小説·唐人百家小説》、《重編説郛》卷一一六、《唐人説薈》第十六集、《潛園集録》、《大藏新纂卍續藏經》卷八七收《金剛經鳩異》一卷。又者，《祕書省續編到四庫闕書目》小説類著録段成式《新纂異要》一卷，《通志·藝文略》傳記類冥異目譌作《漸纂異要》，此本不傳，疑宋人纂集《酉陽雜俎》前集之《境異》、《物異》等而成一書也。

前集有自序，三十六篇，《諸皋記》分上下，《廣動植》六篇，合而言之，則自序所云三十篇也。

《中興書目》云「凡三十二類」，與今本不合。續集十篇，《支諾皋》分上中下，《寺塔記》、《支植》分上下，合言六篇耳。

前集記事最晚者乃會昌四年（《木篇》），此間成式任職集賢殿、祕書省，大中元年出刺吉州。於祕閣「頗獲所未見書」（《貶誤》），又多暇日，故前集殆成編於會昌末至大中元年間（八四六—八四七）。續集《寺塔記》成於大中七年（八五三），七年後事無載。七年至九年閑居京城，九年出刺處州，續集之成書當在大中七年至九年間。

本篇《太平廣記》題作《裴沆》，明汪雲程《逸史搜奇》壬集三據傳本《酉陽雜俎》採入，題同《廣記》。

盧山人

段成式　撰

寶曆中，荆州有盧山人，常販燒朴〔一〕石灰，往來於白洑〔二〕南草市。時時微露奇跡，人不之測〔三〕。賈人趙元卿好事，將從之遊，乃頻市其所貨，設菓〔四〕茗，詐訪其息利之術。盧覺，竟謂曰〔五〕：「觀子意，似不在所市，意有何也？」趙乃言：「竊知長者埋形隱德〔六〕，洞過〔七〕著龜，願垂一言。」盧笑曰：「今且驗。君主人午時有非常之禍也，若是〔八〕吾言當免。君可告之，將午，當有匠餅〔九〕者負囊而至。囊中有錢二千〔一〇〕餘，而必非意相干也。

可閉關，戒妻孥勿輕應對。及午，必極駡，須盡家臨水避之。若爾，徒費三千四百錢也〔一一〕。」時趙停於百姓張家，即遽歸語之。張亦素神盧生，乃閉門伺之。欲午，果有人狀如盧所言，叩門求糴。怒其不應，因足〔一二〕其户，張重簀捍之。頃聚人數百，張乃自後門率妻孥迴避之。差午，其人乃去，行數百〔一三〕步，忽蹶倒而死。其妻至，衆人具告其所爲，妻痛切，乃號適張所〔一四〕，誣其夫死有因。官不能評〔一五〕，衆具言張閉户逃避之狀。理者〔一六〕謂張曰：「汝固無罪，可爲辦其死。」張欣然從斷，其妻亦喜。及市槥就轝，正當三千四百文。因是，人赴之如市。盧不耐，竟潛逝。

至復州界，維舟於陸奇秀才莊門。或語陸：「盧山人非常人也。」陸乃謁。陸時將入京投相知，因請決疑。盧曰：「君今年不可動，憂旦夕禍作。君所居堂後，有錢一甒〔一七〕，覆以板，非君有也。錢主今始三歲，君慎勿用一錢，用必成禍。能從吾戒乎？」陸矍然〔一八〕謝之。及盧生去，水波未定，陸笑謂妻子曰：「盧生言如是，吾更何求乎？」乃命家僮鍬其地，未數尺，果遇板，徹之，有巨甕，散錢滿焉。陸喜，其妻亦搬運〔一九〕，紉〔二〇〕草貫之。將及一萬，兒女忽暴頭痛，不可忍〔二一〕。陸曰：「豈盧生言將徵乎？」因奔馬追及，且謝違戒。盧生怒曰：「君用之，必禍骨肉。骨肉與利輕重，君自度也。」棹舟去之不顧。陸馳歸，醮而瘞焉，兒女豁愈矣。盧生到復州，又常與數人閑行。途遇六七人，盛服俱帶，酒氣逆鼻。

盧生忽叱之曰：「汝等所爲不悛，性命無幾。」其人悉羅拜塵中，曰：「不敢，不敢〔二二〕。」其侶訝之，盧曰：「此輩盡劫江賊〔二三〕也。」其異如此。

趙元卿〔二四〕言，盧生狀貌，老少不常，亦不常見其飲食。嘗語趙生曰：「世間刺客，隱形者不少，道者得隱形術，能不試〔二五〕，二十年可易〔二六〕形，名曰脱離。後二十年，名籍於地仙矣。」又言：「刺客之死，屍亦不見。」所論多奇怪，蓋神仙〔二七〕之流也。（據《四部叢刊初編》景印李雲鵠刊趙琦美脉望館校本《酉陽雜俎》前集卷二《壺史》校録，又《太平廣記》卷四三引《酉陽雜俎》）

〔一〕燒朴　「燒」原譌作「橈」，據《雜俎》《學津討原》本、《廣記》、《神仙感遇傳》卷二《盧山人》改。《感遇傳》「朴」作「撲」。按：朴，通「撲」，擊也。石灰石經煅燒擊打而成石灰也。

〔二〕湫　原作「湬」，《廣記》作「洑」，趙琦美校：「一作『洑』。」當據《廣記》。洑，漩渦。《稗海》本、《四庫全書》本、《唐人説薈》、《龍威秘書》、《藝苑捃華》、《説庫》、《晉唐小説六十種》及《歷世真仙體道通鑑》卷四四《盧生》作「湫」，當是，據改。湫，深潭。《感遇傳》作「波」。

〔三〕時時微露奇跡人不之測　《感遇傳》作「人見之累年，多有奇跡」。

〔四〕菓　《感遇傳》作「瓜」，《真仙通鑑》作「藥」。

〔五〕盧覺竟謂曰　《感遇傳》作「盧亦覺其意，謂曰」。

〔六〕竊知長者埋形隱德　《真仙通鑑》「竊」作「切」，「形」作「光」。按：切，同「竊」。

〔七〕過　《真仙通鑑》作「徹」。

〔八〕是　《廣記》、《學津》本作「信」。

〔九〕匠餅　《廣記》無「餅」字，《感遇傳》有此字。按：匠，製也。

〔一〇〕錢二千　《廣記》作「銀二兩」。

〔一一〕徒費三千四百錢也　《感遇傳》作「只可費三貫四百錢耳，無大害也，不然禍甚」。《真仙通鑑》作「則僅枉費三千一百錢爾」，下文作「三千四百文」。

〔一二〕足　《廣記》、《學津》本、《唐人説薈》、《龍威秘書》、《藝苑捃華》、《説庫》、《晉唐小説六十種》、《真仙通鑑》作「蹴」。《廣記》明鈔本、清孫潛校本作「足」。

〔一三〕數百　《感遇傳》無「百」字。

〔一四〕所　《廣記》作「家」。

〔一五〕評　《感遇傳》作「平」。

〔一六〕理者　原作「識者」，謂有見識者。《真仙通鑑》作「觀者」。《廣記》作「理者」，《神仙感遇傳》作「官」。按：理者，審理案件者，亦即官。下文云「張欣然從斷」，亦指服從官斷。據《廣記》改。

〔一七〕甑　《廣記》、《唐人説薈》、《龍威秘書》、《藝苑捃華》、《説庫》、《晉唐小説六十種》作「瓿」，南宋陳葆光《三洞群仙録》卷一八引《廣記》作「甑」，《逸史搜奇》庚集十《盧山人》作「缻」。按：「甑」音「午」，「瓿」音「布」，「缻」同「缶」，皆爲容器。

〔一八〕瞿然　《真仙通鑑》作「欣然」。
〔一九〕亦搬運　原作「以裙運」，有誤，據《廣記》、《學津》本改。
〔二〇〕紉　《廣記》明鈔本作「細」。紉，搓，捻。
〔二一〕忽暴頭痛不可忍　《真仙通鑑》作「忽哭，切痛不可忍」。
〔二二〕不敢不敢　《唐人説薈》、《龍威秘書》、《藝苑捃華》、《説庫》、《晉唐小説六十種》作「不敢」，《真仙通鑑》作「不敢不皈」。
〔二三〕劫江賊　《廣記》無「江」字。按：《感遇傳》有「江」字。唐時復州南界爲長江，境内有漢水流過。
〔二四〕趙元卿　「卿」原譌作「和」，據《廣記》、《真仙通鑑》改。
〔二五〕道者得隱形術能不試　《感遇傳》作「遯者得隱形者亦不少」。
〔二六〕易　《廣記》作「化」，孫校本作「隱」。
〔二七〕神仙　《感遇傳》作「得道隱仙」。

按：本篇《逸史搜奇》庚集十採入，題《盧山人》。

一行

段成式　撰

玄宗既召見一行，謂曰：「師何能？」對曰：「惟善記覽。」玄宗因詔掖庭，取宫人籍以示之。周覽既畢，覆其本，記念精熟，如素所習讀。數幅之後，玄宗不覺降御榻，爲之作禮，呼爲「聖人」。

先是，一行既從釋氏，師事普寂於嵩山。師嘗設食于寺，大會群僧及沙門，居數百里者，皆如期而至，聚且千餘人。時有盧鴻者，道高學富，隱於嵩山，因請鴻爲文，讚嘆其會。至日，鴻持其文至寺，其師受之，致於几案上。鐘梵既作，鴻請〔一〕普寂曰：「某爲文數千言，況其字僻而言怪，盍於群僧中選其聰悟者，鴻當親爲傳授。」乃令召一行。既至，伸紙微笑，止於一覽，復致於几上。鴻輕其疏脱而竊怪之。俄而群僧會於堂，一行攘袂而進，抗音興裁，一無遺忘。鴻驚愕久之，謂寂曰：「非君所能教導也，當從〔二〕其遊學。」

一行因窮大衍，自此訪求師資，不遠數千里。嘗至天台國清寺，見一院，古松數十步〔三〕，門有流水。一行立於門屏間，聞院中僧於庭布筭，其聲簌簌。既而謂其徒曰：「今日當有弟子〔四〕求吾筭法，已合到門，豈無人道達耶？」即除一筭。又謂曰：「門前水合却西流，弟子當至。」一行承言而入，稽首請法，盡受其術焉。而門水舊東流，今忽改爲西流矣。

邢和璞嘗謂尹愔〔五〕曰：「一行其聖人乎！漢之洛下閎造太初曆〔六〕，云後八百歲當差一日，則有聖人定之，今年期畢矣。而一行造大衍曆，正其〔七〕差謬，則洛下閎之言信矣。」一行又嘗詣道士尹崇，借揚雄《太玄經》。數日，復詣崇還其書。崇曰：「此書意旨深遠，吾尋之數年，尚不能曉，吾子試更研求，何遽還也？」一行曰：「究其義矣。」因出所撰《大衍玄圖》及《義訣》〔八〕一卷以示崇。崇大嗟服，曰：「此後生顔子也。」

至開元末，裴寬爲河南尹，深信釋氏，師事普寂禪師，日夕造焉。居一日，寬詣寂，寂云：「方有小〔九〕事，未暇款語，且請遲回休憩也。」寬乃屏息〔一〇〕止於空室。見寂潔正堂，焚香端坐。坐未久，忽聞叩門，連云：「天師一行和尚至矣。」一行入，詣寂作禮。禮訖，附耳密語，其貌絶恭，但頷云〔一一〕：「無不可者。」語訖禮，禮訖又語，如是者三，寂惟云「是，是，無不可者」。一行語訖，降階入南室，自闔其户。寂乃徐命弟子云：「遣鐘〔一二〕，一行和尚滅度矣。」左右疾走視之，一〔一三〕如其言。滅度後，寬乃服衰絰〔一四〕葬之，自徒步出城送之。（據《四部叢刊初編》景印李雲鵠刊趙琦美脉望館校本《酉陽雜俎》前集卷五《怪術》校録，又《太平廣記》卷九二引《開天傳信記》及《明皇雜録》、《酉陽雜俎》）

〔一〕請　《廣記》孫校本、清陳鱣校本作「謂」，張國風《太平廣記會校》據改。按：請，請求。

〔二〕從　《廣記》作「縱」。按：從，同「縱」。

〔三〕數十步　《廣記》孫校本「步」作「株」，《會校》據改。按：數十步言其佔地長度。《舊唐書》卷一九一《方伎傳·一行傳》作「十數」。

〔四〕弟子　《舊唐書》下有「自遠」二字。

〔五〕尹愔　「愔」原譌作「惜」，據《四庫全書》本、《廣記》、《舊唐書》改。按：《新唐書》卷二〇〇《儒學傳下》有《尹愔傳》。

〔六〕太初曆　原作「大衍曆」，《四庫》本作「太初曆」，《廣記》作「曆」，《舊唐書》同。《廣記》清黄晟刊本、《四庫》本、《筆記小説大觀》本作「大衍曆」。按：洛下閎所造乃太初曆，大衍曆爲一行造。《隋書》卷七八《藝術傳·張胄玄傳》：「漢時，洛下閎改顓頊曆作太初曆，云後當差一日，八百年當有聖者定之。」今改。

〔七〕其　原作「在」，據《四庫》本、《舊唐書》、《廣記》明鈔本、陳校本改。

〔八〕大衍玄圖及義訣　「大」原作「太」，據《四庫》本、《廣記》、《舊唐書》改。《舊唐書》「訣」作「決」。

〔九〕小　《廣記》作「少」。

〔一〇〕屏息　《廣記》明鈔本、孫校本、陳校本作「屏賓從」，《會校》據改。按：屏息，静静之意，非謂屏氣也。

〔一一〕但領云　「領」原作「額」，據《四庫》本、《學津》本、《廣記》明鈔本及陳校本改。《廣記》「但」上有「寂」字。

〔一二〕鐘　《廣記》陳校本作「磬鐘」，《會校》據補「磬」字。

〔一三〕一　原作「一行」，據《廣記》删「行」字。

〔一四〕經　原譌作「經」，據《四庫》本、《廣記》、《唐人説薈》、《龍威秘書》、《説庫》、《晉唐小説六十種》改。

按：《合刻三志》志奇類《異僧傳》僞題唐李中撰，中《一行》，乃取《酉陽雜俎》。

僧俠

段成式　撰

建中初，士人韋生，移家汝州。中路逢一僧，因與連鑣，言論頗洽。日將銜山，僧指路〔一〕謂曰：「此數里是貧道蘭若，郎君豈不能左顧〔二〕乎？」士人許之，因令家口先行。僧即處分步者先排比〔三〕。行十餘里，不至。韋生問之，即指一處林烟曰：「此是矣。」及至〔四〕，又前進，日已没〔五〕。韋生疑之。素善彈，乃密於靴中取弓〔六〕卸彈，懷銅丸十餘，方責僧曰：「弟子有程期，適偶貪上人清論，勉副相邀。今已行二十里不至，何也？」僧但言：「且行。」至是，僧前行百餘步。韋知其盜也，乃彈之，正中其腦。僧初若〔七〕不覺，凡五發中之，僧始捫中處，徐曰：「郎君莫作惡劇〔八〕。」韋知無柰何，亦不復彈。見僧方至一莊〔九〕，數十人列炬出迎。僧延韋坐一廳中，喚〔一〇〕云：「郎君勿憂。」因問左右：「夫人下處如法無？」復曰：「郎君且自慰安之，即就此也。」韋生見妻女别在一處，供帳甚盛，相顧涕泣。即就僧，僧前執韋生手曰：「貧道盜也，本無好意，不知郎君藝若此，非貧道亦不支〔一一〕也。今日故無他，幸不疑也。適來貧道所中郎君彈悉在。」乃舉手搦腦後，五丸墜地焉。蓋腦銜彈丸而無傷，雖《列》言「無痕撻」，《孟》稱「不膚撓」，不啻過也。

有頃布筵，具蒸犢，犢劄刀子十餘，以虀餅環之。揖韋生就坐，復曰：「貧道有義弟數人，欲令伏謁。」言未已，朱衣巨帶者五六輩，列於階下。僧呼曰：「拜郎君。汝等向遇郎君，則成虀粉矣。」食畢，僧曰：「貧道久爲此業，今向遲暮，欲改前非，不幸有一子，伎過老僧，欲請郎君爲老僧斷之。」乃呼飛飛出參郎君。飛飛年才十六七，碧衣長袖，皮肉如腊〔一二〕。僧叱曰：「向後堂侍郎君。」僧乃授韋一劍及五丸，且曰：「乞郎君盡藝殺之，無爲老僧累也。」引韋入一堂中，乃反鎖之。堂中四隅，明燈而已。飛飛當堂，執一短馬〔一三〕鞭。韋引彈，意必中，丸已敲落。不覺跳在梁上，循壁虚攝，捷若猱玃。彈丸盡，不復中。韋乃運劍逐之，飛飛倏忽逗閃，去韋身不尺。韋斷其鞭數〔一四〕節，竟不能傷。僧久乃開門，問韋：「與老僧除得害乎？」韋具言之。僧悵然，顧飛飛曰：「郎君證成汝爲賊也，知復如何？」僧終夕與韋論劍及弧矢之事。天將曉，僧送韋路口，贈絹百疋，垂泣而别。（據《四部叢刊初編》景印李雲鵠刊趙琦美脉望館校本《酉陽雜俎》前集卷九《盜俠》校録，又《太平廣記》卷一九四引《唐語林》，明鈔本、孫校本、朝鮮成任編《太平廣記詳節》卷一四作《酉陽雜俎》）

〔一〕路　《廣記》、《廣豔異編》卷一三《飛飛傳》作「路歧」，《廣記詳節》作「路汊」。

〔二〕豈不能左顧　《廣記》、《廣記詳節》、《廣豔異編》作「能垂顧」，《劍俠傳》卷一《僧俠》無「垂」字。按：左顧，枉顧，屈駕。

〔三〕僧即處分步者先排比　方南生校本「排比」連下斷句，似誤。排比，準備、安排。《齊民要術·雜説》：「至十二月内，即須排比農具使足。」《廣記》、《廣記詳節》、《廣豔異編》、《劍俠傳》作「僧即處分從者，供帳具食」。

〔四〕及至　此二字原無，據《廣記》、《廣記詳節》、《廣豔異編》、《劍俠傳》補。

〔五〕没　《廣記》、《廣記詳節》、《廣豔異編》、《劍俠傳》作「昏」。

〔六〕弓　《廣記》、《廣記詳節》、《廣豔異編》作「張」。按：張指捕獲鳥獸之工具。《周禮·秋官司寇下·冥氏》：「冥氏掌設弧張，爲阱擭以攻禽獸。」鄭玄注：「弧張，罿罦之屬，所以扃絹禽獸。」此指弓。

〔七〕若　此字原無，據《廣記》、《廣記詳節》、《廣豔異編》、《劍俠傳》補。

〔八〕作惡劇　《稗海》本、《津逮祕書》本、《四庫》本、《學津》本、《廣記》、《廣記詳節》、《廣豔異編》、《劍俠傳》、《逸史搜奇》辛集八《韋生》作「惡作劇」。按：作惡劇、惡作劇意同。《東坡詩集注》卷二《白水山佛跡巖》：「山靈莫惡劇，微命安足賭。」

〔九〕見僧方至一莊　《廣記》、《廣記詳節》、《廣豔異編》、《劍俠傳》作「良久至一莊墅」。

〔一〇〕唤　《廣記》、《廣記詳節》、《廣豔異編》、《劍俠傳》作「笑」。

〔一一〕支　原作「及」，據《四庫》本、《廣記》、《廣記詳節》、《廣豔異編》、《劍俠傳》改。

〔一二〕腊　《津逮》本、《四庫》本、《學津》本、《廣記》明鈔本、《逸史搜奇》作「脂」。

〔一三〕馬　《廣記》、《廣記詳節》、《廣豔異編》、《劍俠傳》無此字。

〔一四〕數　此字原無，據《廣記》、《廣記詳節》、《廣豔異編》、《劍俠傳》補。

按：《廣記》談愷刻本出處注作《唐語林》，誤也。《唐語林》作者王讜哲宗元祐前後人（參見周勛初《唐語林校證·前言》），時《廣記》久已編成。《唐語林校證》輯爲佚文，辨云：「然《唐語林》成書較後，不及編入《太平廣記》，故談愷刻本之説不可信。」明鈔本、孫校本、《太平廣記詳節》卷一四均作《酉陽雜俎》，是也。

《劍俠傳》卷一《僧俠》、吴大震《廣豔異編》卷一三自《廣記》輯入，前者題同《廣記》，後者改題《飛飛傳》。《逸史搜奇》辛集八《韋生》亦此文，乃據《酉陽雜俎》。

周皓

段成式 撰

薛平司徒常送太僕卿周皓，上京〔一〕諸色人吏中，末〔二〕有一老人，八十餘，著緋。皓獨問：「君屬此司多少時？」老人言：「某本藝正傷折。天寶初，高將軍郎君被人打，下頷骨脱，某爲正之。高將軍賞錢千萬，兼特奏緋。」皓因領遣之，唯薛覺皓顔色不足。伺客散，獨留從容，謂周曰：「向卿問著緋老吏，似覺卿不悦，何也？」皓驚曰：「公用心如此精也。」

乃去僕，邀薛宿，曰：「此事長，可緩言之。某少年常結豪族，爲花柳之遊〔三〕。竟蓄亡命，訪城中名姬，如蠅襲羶，無不獲者。時靖恭坊有姬，字夜來，稚齒巧笑，歌舞絶倫，貴公子破産迎之。予時與數輩富於財，更擅之。會一日，其母白皓曰：『某日夜來生日，豈可寂寞〔四〕乎？』皓與往還，竟求珍貨，合錢數十萬，會飲其家。樂工賀懷智、紀孩孩，皆一時絶手。扃方合，忽覺擊門聲甚急〔五〕，皓不許開。良久，折關而入。有少年紫裘〔六〕，騎從數十，大詬其母，即將軍高力士之子也〔七〕。母與夜來泣拜，諸客將散。皓時血氣方剛，且恃扛鼎〔八〕，顧從者敵〔九〕，因前讓其怙勢，攘臂毆之。踣於拳下，且絶其頷骨，大傷流血，皓遂突出〔一〇〕。

「時都亭驛有〔一一〕魏貞，有心義，好養私客。皓以情投之，貞乃藏於妻女間。時有司追捉急切，貞恐蹤露，乃夜辦裝具，腰白金數挺〔一二〕，謂皓曰：『汴州周簡老，義士也。復與郎君當家，今可依之，且宜謙恭不怠。』周簡老蓋大俠之流，見魏貞書，甚喜。皓因拜之爲叔，遂言狀。簡老命居一船中，戒無妄出，供與極厚。居歲餘，忽聽船上哭泣聲。皓潛窺之，見一少婦，縞素甚美，與簡老相慰。其夕，簡老忽至皓處，問：『君婚未？某有表妹，嫁與甲，甲卒無子，今無所歸，可事君子。』皓拜謝之。即夕，其表妹歸皓。有女二人，男一人，猶在舟中。簡老忽語皓：『事已息，君貌寢，必無人識者，可游江淮。』乃贈百餘千。皓號哭而别。簡老尋卒。皓官已達，簡老表妹尚在，兒娶女嫁，將四十餘年，人無所知者。適被老吏言之，不覺自愧，不知君子察人之微也。」有人親見薛司徒説之也。（據《四部叢刊初編》景印李雲鵠刊趙琦美脉望館校本《酉陽雜俎》前集卷一二《語資》校録，又《太平廣記》卷二七三引《酉陽雜俎》）

〔一〕上京　「京」字原脱，據《逸史搜奇》癸集七《周皓》補。

〔二〕末　《逸史搜奇》無此字。

〔三〕按：開頭至此，《廣記》作「太僕卿周皓，貴族子，多力負氣。天寶中，皓少年，常結客爲花柳之遊」，有所删略增補。

〔四〕寂寞　《廣記》明鈔本、孫校本作「徒然」。

〔五〕甚急　此二字原無，據《廣記》補。

〔六〕裘　《廣記》作「衣」。

〔七〕即將軍高力士之子也　此句原無，據《廣記》補。

〔八〕抗鼎　《廣記》作「其力」。

〔九〕敵　《廣記》作「不相敵」。

〔一〇〕且絶其頷骨大傷流血皓遂突出　原作「遂突出」，據《廣記》補。

〔一一〕有　《廣記》、《逸史搜奇》、《唐人説薈》第十三集《酉陽雜俎》卷下作「所由」。按：所由，有關官吏，有關辦事差吏。張鷟《朝野僉載》卷五：「張松壽爲長安令，時昆明池側有劫殺。奉敕十日内須獲賊，如違，所由科罪。」《廣異記·田氏》（《廣記》卷一〇四）：「王令所由領往推問。」《會校》據《酉陽雜俎》改作「所有」，誤。

〔一二〕挺　《廣記》作「鋌」。

按：《逸史搜奇》癸集七據《酉陽雜俎》取入，題《周皓》。

崔羅什

段成式 撰

長白山西有夫人墓。魏孝昭之世，搜揚天下才俊。清河崔羅什，弱冠有令望，被徵詣州，夜〔一〕經於此。忽見朱門粉壁，樓臺相望〔二〕。俄有一青衣出，語什曰：「女郎須見崔郎。」什怳然下馬，入兩重門，内有一青衣，通問引前。什曰：「行李〔三〕之中，忽蒙厚命，素既不叙〔四〕，無宜深入。」青衣曰：「女郎乃平陵劉府君之妻，侍中吴質之女。府君先行，故欲相見。」

什遂前，入就牀坐。其女在户東立〔五〕，與什叙温凉。室内二〔六〕婢秉燭，呼一婢，令以玉夾膝置什前。什素有才藻，頗善風詠，雖疑其非人，亦愜心好也。女曰：「比見崔郎息駕庭樹，嘉君吟嘯，故欲一叙玉顔〔七〕。」什遂問曰：「魏帝與尊公書，稱尊公爲元城令，然否？」女曰：「家君元城之日，妾生之歲。」什乃與論漢魏時〔八〕事，悉與魏史符合，言多不能備載。什曰：「貴夫劉氏，願告其名。」女曰：「狂夫劉孔才之第二子，名瑶，字仲璋。比有罪被攝，乃去不返。」什乃下牀辭出，女曰：「從此十年，當更相逢〔九〕。」什遂以玳瑁簪留之，女以指上玉環贈什。什上馬行數十步，回顧，乃一大冢。什届歷下，以爲不祥，遂請僧爲齋〔一〇〕，以環布施。

天統末，什爲王事所牽，築河堤於垣冢〔一一〕。遂於幕下，話斯事於濟南奚叔布，因下泣曰：「今歲乃是十年，可如何也作罷〔一二〕？」什在園中食杏，忽見一人，唯云：「報女郎信。」俄即去〔一三〕。食一杏未盡而卒。什二爲郡功曹〔一四〕，爲州里推重，及死，無不傷嘆。（據《四部叢刊初編》景印李雲鵠刊趙琦美脉望館校本《酉陽雜俎》前集卷一三《冥蹟》校録，又《太平廣記》卷三二六引《酉陽雜俎》）

〔一〕夜　《廣記》、《豔異編》卷三六《崔羅什》、詹詹外史《情史類略》卷二〇《劉府君妻》、明冰華居士《合刻三志》志鬼類、舊題楊循吉《雪窗談異》卷八、《唐人説薈》第十六集、《龍威秘書》四集、《晉唐小説六十種》之《靈鬼志·崔羅什》作「道」，《廣記》孫校本作「夜」。

〔二〕望　《廣記》作「接」，孫校本作「映」。

〔三〕行李　《廣記》孫校本作「行旅」，《會校》據改。按：行李，即行旅。《纂異記·蔣琛》（《廣記》卷三〇九）：「此去有將爲宰執者北渡，而神貌未揚，行李甚艱。」張九齡《夏日奉使南海在道中作》：「行李豈無苦，而我方自怡。」

〔四〕叙　《廣記》陳校本作「會」。

〔五〕立　《廣記》、《學津》本作「坐」。《廣記》孫校本作「立」。

〔六〕二　《豔異編》、《情史》、《靈鬼志》作「三」。

〔七〕比見崔郎息駕庭樹嘉君吟嘯故欲一叙玉顔　《廣記》作「比見崔郎息駕，庭樹皆若吟嘯，故入一叙玉顔」，《四庫》本據《酉陽雜俎》改。《四庫全書考證》卷七二：「《崔羅什》條『嘉君吟嘯，故欲一叙玉顔』，刊本『嘉君』訛『皆若』，『欲』訛『入』，並據《酉陽雜俎》改。」《廣記》孫校本、陳校本亦作「嘉君」。《豔異編》、《情史》、《靈鬼志》作「比見崔郎息駕庭樹，喜君吟嘯，故求一叙玉顔」。

〔八〕時　《稗海》本、《津逮》本、《四庫》本、《學津》本、《逸史搜奇》癸集七《崔羅什》作「大」。

〔九〕相逢　《廣記》作「奉面」，孫校本作「相奉」，《會校》據改。

〔一〇〕請僧爲齋　《廣記》作「躬設齋」，孫校本、陳校本作「請爲齋」，《會校》據改。

〔一一〕築河堤於垣冢　「堤」字原無，據《廣記》、《豔異編》、《逸史搜奇》、《情史》補。《廣記》、《豔異編》、《情史》、《靈鬼志》作「築河隄于桓家冢」，孫校本「桓」作「垣」。趙琦美校：垣冢，「一作桓家」。

〔一二〕可如何也作罷　《廣記》、《學津》本作「如何」。《廣記》孫校本、《豔異編》、《情史》、《靈鬼志》作「如何也作罷」。

〔一三〕忽見一人唯云報女郎信俄即去　「忽見一人」四字原脱，據《廣記》、《學津》本補。《廣記》、《學津》本無「唯」字。《四庫》本、《豔異編》、《逸史搜奇》、《情史》、《靈鬼志》作「唯云報女郎信，我即去」。

〔一四〕什二爲郡功曹　「二」原作「十二」，按：無論言十二歲爲郡功曹抑或言十二次爲郡功曹，均不合事理，據《豔異編》、《情史》、《靈鬼志》删「十」字。《廣記》作「十二爲郡功曹」，孫校本「十」作「什」。

按：《豔異編》卷三六、《逸史搜奇》癸集七、《情史類略》卷二〇取入本篇，前二書題《崔羅什》，《情史》題《劉府君妻》。《合刻三志》志鬼類《靈鬼志》，妄託唐常沂撰，又載入《雪窗談異》卷八、《唐人説薈》第十六集（同治八年刊本卷一九）、《龍威秘書》四集《晉唐小説暢觀》、《晉唐小説六十種》，中亦有《崔羅什》，文同《豔異編》。

唐五代傳奇集第三編卷二十七

長鬚國

段成式　撰

大足〔一〕初，有士人隨新羅使，風吹至一處，人皆長鬚，語與唐言通，號長鬚國。人物茂盛，棟宇衣冠，稍異中國，地曰扶桑洲。其署官品，有正長〔二〕、戢波、目役〔三〕、島邏等號。士人歷謁數處，其國皆敬之。忽一日，有車馬數十，言大王召客。行兩日，方至一大城，甲士守門焉〔四〕。使者導士人入伏謁，殿宇高敞〔五〕，儀衛如王者。見士人拜伏，小起，乃拜士人爲司風長，兼駙馬。其主〔六〕甚美，有鬚數十根。士人威勢烜赫，富有珠玉，然每歸見其妻則不悦。其王多〔七〕月滿夜則大會，後遇會，士人見姬嬪悉有鬚，因賦詩曰：「花無蕊〔八〕不妍，女有〔九〕鬚亦醜。丈人試遣總無，未必不如總有。」王大笑曰：「駙馬竟未能忘情於小女頤頷〔一〇〕間乎？」經十餘年，士人有一兒二女。

忽一日，其君臣憂戚，士人怪問之，王泣曰：「吾國有難，禍在旦夕，非駙馬不能救。」士人驚曰：「苟難可弭，性命不敢辭也。」王乃令具舟，令兩使隨士人，謂曰：「煩駙馬一謁海龍王，但言東海第三汊第七島長鬚國有難求救。我國絶微，須再三言之。」因涕泣執手而别。士人登舟，瞬息至岸。岸沙悉七寶，人皆衣冠長大。士人乃前，求謁龍王。龍宮狀如佛寺所圖天宮，光明迭激〔一一〕，目不能視。龍王降階迎士人，齊級升殿。訪其來意，士人具説，龍王即令速勘。良久，一人自外白曰：「境内並無此國。」士人復哀祈，言〔一二〕長鬚國在東海第三汊第七島。龍王復叱〔一三〕使者：「細尋勘，速報！」經食頃，使者返，曰：「此島蝦合供大王此月〔一四〕食料，前日已追到。」龍王笑曰：「客固爲蝦所魅耳。吾雖爲王，所食皆禀天符，不得妄食。今爲客減食。」乃令引客視之，見鐵鑊數十如屋，滿中是蝦。有五六頭色赤，大如臂，見客跳躍，似求救狀。引者曰：「此蝦王也。」士人不覺悲泣。龍王命放〔一五〕蝦王一鑊，令二使送客歸中國。一夕，至登州。回顧二使，乃巨龍也。（據《四部叢刊初編》景印李雲鵠刊趙琦美脉望館校本《酉陽雜俎》前集卷一四《諾皋記上》校録，又《太平廣記》卷四六九引《酉陽雜俎》）

〔一〕大足　《廣記》談本作「大定」，汪紹楹據明鈔本改爲「大足」，孫校本亦作「大足」。又《逸史搜奇》癸集六《鰕王》，《合刻三志》志異類、《重編説郛》卷一一六、《唐人説薈》第十三集、《龍威秘書》四集、《藝苑捃華》、《説庫》、《晉唐小説六十種》之《諾皋記》作「大足」。《四庫》本《雜俎》、《豔異編》卷三四《長鬚國》、《情史類略》卷二一《蝦怪》作「大定」，均譌。大定乃南朝後梁宣帝、北周静帝年號。

《類説》卷四二《酉陽雜俎·長鬚國》作「太和」，乃唐文宗年號，亦誤。

〔二〕正長　《四庫》本作「王長」，《天中記》卷五七引《酉陽》作「匠長」。

〔三〕目役　趙琦美校：「一作『日波』。」《廣記》、《情史》作「日没」。《四庫》本、《廣記》明鈔本、《豔異編》、《逸史搜奇》、《唐人説薈》民國二年石印本、《説庫》作「目役」，《天中記》作「臣役」。

〔四〕守門焉　《廣記》脱「守」字，明鈔本作「衛焉」，《會校》據改。《豔異編》作「明麗」。

〔五〕敞　《廣記》作「廠」，明鈔本、孫校本作「敞」，《會校》據改。按：廠，同「敞」。

〔六〕主　《廣記》孫校本作「王」，《會校》據改，誤。按：主，公主。指長鬚國王女、士人妻。

〔七〕多　《情史》作「于」。

〔八〕蕊　《廣記》、《豔異編》、《情史》、《全唐詩》卷八六七作「葉」，《逸史搜奇》作「語」。

〔九〕有　原作「無」，誤，據《廣記》、《豔異編》、《情史》改。

〔一〇〕頷　原作「額」，據《稗海》本、《津逮》本、《四庫》本、《學津》本、《廣記》、《豔異編》、《逸史搜奇》、《情史》、《唐人説薈》、《龍威秘書》、《藝苑捃華》、《説庫》、《晉唐小説六十種》改。《類説》作「頦」。

〔一一〕迭激　《廣記》明鈔本「迭」作「迸」，《會校》據改。按：迭，通「疊」。《豔異編》作「焕發」。

〔一二〕言　此字前《廣記》、《豔異編》有「具」字。

〔一三〕叱　《豔異編》作「敕」。

〔一四〕月　《類説》作「日」。

〔一五〕放　《豔異編》、《全唐詩》作「赦」。

按：本篇明時採入《豔異編》卷三四、《逸史搜奇》癸集六、《情史類略》卷二一，分別題《長鬚國》、《鰕王》、《蝦怪》。《合刻三志》志異類、《重編説郛》卷一一六、《唐人説薈》第十三集、《龍威秘書》四集、《藝苑捃華》、《説庫》、《晉唐小説六十種》之《諾臯記》亦有本篇。

僧智圓

段成式　撰

鄭相餘慶〔一〕在梁州，有龍興寺僧智圓，善摠持敕勒之術〔二〕，制邪理痛多著效，日有數十人候門。智圓臘高稍倦，鄭公頗敬之，因求住城東隟地。鄭公爲起草屋種植，有沙彌、行者各一人。居之數年，暇日，智圓向陽科脚甲〔三〕。有婦人布衣，甚端麗，至階作禮。智圓遽整衣，怪問：「弟子何由至此？」婦人因泣曰：「妾不幸夫亡，而子幼小，老母危病。知和尚神呪助力，乞加〔四〕救護。」智圓曰：「貧道本厭城隍喧啾，兼煩於招謝，弟子母病，可就此爲加持〔五〕也。」婦人復再三泣請，且言母病劇，不可舉扶，智圓亦哀而許之。乃言：「從此向北二十餘里，至一村，村側近有魯家莊，但訪韋十娘〔六〕所居也。」

智圓詰朝，如言行二十餘里，歷訪悉無而返。來日，婦人復至，僧責曰：「貧道昨日遠赴約〔七〕，何差謬如此？」婦人言：「只去和尚所止處二三里耳，和尚慈悲，必爲再往。」僧怒曰：「老僧衰暮，今誓不出。」婦人乃聲高曰：「慈悲何在耶？今事須去。」因上階牽僧臂。僧〔八〕驚迫，亦疑其非人，恍惚間以刀子刺之，婦人遂倒，乃沙彌悮中刀，流血死矣。僧忙然，遽與行者瘞之於飯甕下。沙彌本村人，家去蘭若十七八〔九〕里。其日，其家悉在田，有人皂衣揭〔一〇〕襆，乞漿於田中。村人訪其所由，乃言居近智圓和尚蘭若。沙彌之父欣然，訪其子耗。其人請問，具言其事，蓋魅所爲也。沙彌父母，盡皆號哭，詣僧，僧猶紿焉。其父乃鍬索而獲，即訴於官。

鄭公大駭，俾求盜吏細按，意其必寃也。僧具陳狀，復曰〔一一〕：「貧道宿債，有死而已。」按者亦已死論。僧求假七日，令持念爲將來資糧，鄭公哀而許之。僧沐浴設壇，急印契縛㯦，考其魅。凡三夕，婦人見於壇上，言：「我類不少，所求食處，輒爲和尚破除。沙彌且在，能爲誓不持念，必相還也。」智圓懇爲設誓，婦人喜曰：「沙彌在城南某村幾里古丘中。」僧言於官吏，用其言尋之，沙彌果在，神已癡矣。發沙彌棺中，乃苕箒也。僧始得雪。自是絶不復道一梵字〔一二〕。（據《四部叢刊初編》景印李雲鵠刊趙琦美脉望館校本《酉陽雜俎》前集卷一四《諾皋記上》校録，又《太平廣記》卷三六四引《酉陽雜俎》）

〔一〕鄭相餘慶　《稗海》本、《津逮》本、《四庫》本、《學津》本、《逸史搜奇》辛集一《僧智圓》無「餘慶」二字，《廣記》、《廣豔異編》卷三四《僧智圓》、《續豔異編》卷一四《僧智圓》作「鄭餘慶」。按：鄭餘慶貞元十四年（七九八）拜中書侍郎、平章事，後貶郴州司馬。憲宗即位復拜相。元和九年（八一四）爲興元尹、山南西道節度觀察使，三歲受代。見《舊唐書》卷一五八本傳。梁州興元元年（七八四）升興元府。

〔二〕敕勒之術　《廣記》「勒」譌作「勤」，《四庫》本作「勒」。按：敕勒北方少數民族。《新唐書》卷二一七上《回鶻傳上》：「回紇，其先匈奴也，俗多乘高輪車，元魏時亦號高車部，或曰敕勒，訛爲鐵勒。」《廣豔異編》作「敕禁之術」，《續豔異編》作「禁鬼術」。

〔三〕科脚甲　《廣記》孫校本作「而坐」。按：科，修剪。

〔四〕加　《廣記》明鈔本作「垂」，《會校》據改。

〔五〕加持　《廣記》明鈔本、孫校本作「治之」，《會校》據改。按：加持，梵語意譯，施加扶持救治之意。《宋高僧傳》卷一《唐京兆大興善寺不空傳》：「後因一日大風卒起，詔空禳止。請銀缾一枚，作法加持。」

〔六〕娘　明鈔本、孫校本作「郎」。

〔七〕昨日遠赴約　「日」明鈔本、孫校本作「不」，《會校》據改，誤。

〔八〕僧　此字原無，據《廣記》、《學津》本、《廣豔異編》補。

〔九〕七八　《廣記》、《廣豔異編》作「餘」。

〔一〇〕揭襆　《廣記》談本「揭」原作「揭」，黄本、《筆記小説大觀》本、《廣豔異編》作「褐」，汪校本改作「褐」，無校記。《會校》亦據黄本改。按：揭襆，背着包袱。揭，挑也，負也。

〔一一〕復曰　此二字原無，據《廣記》、《廣豔異編》補。

〔一二〕自是絶不復道一梵字　《稗海》本、《津逮》本、《四庫》本、《學津》本、《逸史搜奇》「絶」下有「珠貫」二字。《廣豔異編》、《續豔異編》作「僧自是絶其術」。

按：《廣豔異編》卷三四《僧智圓》，乃輯自《廣記》，《續豔異編》卷一四《僧智圓》删削《廣豔異編》而成。《逸史搜奇》辛集一《僧智圓》，當據《稗海》本收録。《合刻三志》志異類、《重編説郛》卷一一六、《唐人説薈》第十三集、《龍威秘書》四集、《藝苑捃華》、《説庫》、《晉唐小説六十種》之《諸皋記》亦有本篇。

劉積中

段成式　撰

劉積中，常於京〔一〕近縣莊居。妻病重。於一夕，劉未眠，忽有婦人白首，長纔三尺，自燈影中出。謂劉曰：「夫人病唯我能理，何不祈我？」劉素剛，咄〔二〕之。姥徐戟手曰：

「勿悔，勿悔。」遂滅。妻因暴心痛。殆將卒，劉不得已祝之。言已復出，劉揖之坐。乃索茶一甌，向口〔三〕如呪狀。顧命灌夫人，茶纔入口，痛愈。後時時輒出，家人亦不之懼。

經年，復謂劉曰：「我有女子及笄，煩主人求一佳壻。」劉笑曰：「人鬼路殊，固難遂所託。」姥曰：「非求人也。但爲刻桐木爲形，稍工〔四〕者則爲佳矣。」劉許諾，因爲具之。經宿，木人失矣。又謂劉曰：「兼煩主人作鋪公、鋪母，若可，某夕我自具車輪〔五〕奉迎。」劉心計無奈何，亦許。至一日過酉，有僕馬車乘至門，姥亦至，曰：「主人可往。」劉與妻各登其車馬〔六〕。天黑至一處，朱門崇墉，籠燭列迎，賓客供帳之盛，如王公家。引劉至一廳，朱紫數十，有與相識者，有已歿者，各相視無言。妻至一堂，蠟炬如臂，錦翠争焕。亦有婦人數十，存歿相識各半，但相視而已。及五更，劉與妻恍惚間却還，至家，如醉醒，十不記其一二矣。

經數月〔七〕，姥復來拜謝，曰：「小女成長，今復託主人。」劉不耐，以枕抵之，曰：「老魅，敢如此擾人！」姥隨枕而滅。妻遂疾發，劉與男女酹地禱之，不復出矣。妻竟以心痛卒，劉妹復病心痛。劉欲徙居，一切物膠着其處，輕若履屣，亦不可舉。迎道流上章，梵僧持呪，悉不禁。劉常暇日讀藥方〔八〕，其婢小碧自外來，垂手緩步，大言：「劉四，頗憶平昔無？」既而嘶咽曰：「省躬近從泰山回，路逢飛天野叉，攜賢妹心肝，我已〔九〕奪得。」因舉袖，袖中蠕蠕有物。左顧〔一〇〕似有所命，曰：「可爲安置。」又覺袖中風生，衝簾幌，入堂中。乃上堂對劉坐，問存殁，叙平生事。劉與杜省躬同年及第，有分〔一一〕，其婢舉止笑語，無不肖也。頃曰：「我有事，不可久留。」執劉手嗚咽，劉亦悲不自勝。婢忽然而倒，及覺，一無所記。其妹亦自此無恙。（據《四部叢刊初編》景印李雲鵠刊趙琦美脉望館校本《酉陽雜俎》前集卷一五《諾臯記下》校録，又《太平廣記》卷三六三引《酉陽雜俎》）

〔一〕京　《廣記》，《廣豔異編》卷三五《劉積中》，《合刻三志》志妖類、《雪窗談異》卷七、《唐人説薈》第十六集《夜叉傳》作「西京」。

〔二〕咄　《廣記》明鈔本作「叱」，《會校》據改。按：咄，呵叱。南宋洪邁《夷堅戊志》卷三《李巷小宅》：「饒州城内北邊李郎中巷有小宅，素爲鬼物雄據，居者不能安。……王（王季光）尤弗深信，親往驗之，大聲咄之曰……」

〔三〕口　《廣記》，《廣豔異編》，《夜叉傳》，《重編説郛》卷一一六、《合刻三志》志怪類、《唐人説薈》第十三集、《龍威秘書》四集、《藝苑捃華》、《説庫》、《晉唐小説六十種》之《諾臯記》作「日」。

〔四〕工　《四庫》本、《逸史搜奇》辛集二《劉積中》作「上」。

〔五〕車輪　《廣記》、《廣豔異編》作「車輿」，《夜叉傳》作「車乘」。按：車輪，指車輛。《乾𦠆子·竇乂》（《太平廣記》卷二四三）：「建中初六月，京城大雨，尺燼重桂，巷無車輪。」

〔六〕姥亦至曰主人可往劉與妻各登其車馬　《夜叉傳》作「姥亦自來請謁，劉與妻從之而往」。
〔七〕經數月　《廣記》、《廣豔異編》、《夜叉傳》作「數日」。
〔八〕讀藥方　「讀」字原脱，據《廣記》、《學津》本、《廣豔異編》、《夜叉傳》補。《四庫》本作「檢」。《逸史搜奇》作「脩藥」。
〔九〕已　原作「亦」，據《廣記》、《廣豔異編》、《夜叉傳》改。
〔一〇〕左顧　《唐人説薈》本《夜叉傳》作「在」，連上讀，《合刻三志》、《雪窗談異》作「左顧」。
〔一一〕有分　《廣記》、《學津》本、《夜叉傳》作「友善」，《廣豔異編》作「相友善」。

按：《合刻三志》志異類、《重編説郛》卷一一六、《唐人説薈》第十三集、《龍威秘書》四集、《藝苑捃華》、《説庫》、《晉唐小説六十種》之《諾皋記》有此篇。《逸史搜奇》辛集二據《酉陽雜俎》輯入，題《劉積中》。《廣豔異編》卷三五據《廣記》輯入，題《劉績中》，「績」字譌。《合刻三志》志妖類、《雪窗談異》卷七、《唐人説薈》第十六集妄題唐段成式撰之《夜叉傳》亦有本篇，輯自《廣記》。

葉限

段成式　撰

南人相傳，秦漢前有洞主吴氏，土人呼爲吴洞。娶兩妻，一妻卒，有女名葉限。少惠，善陶〔一〕金，父愛之。末歲父卒，爲後母所苦，常令樵險汲深。時嘗得一鱗，二寸餘，頳鬐金目，遂潛養於盆水。日日長，易數器，大不能受，乃投於後池中。女所得餘食，輒沉以食之。女至池，魚必露首枕岸，他人至不復出。其母知之，每伺之，魚未嘗見也。因詐女曰：「爾無勞乎？吾爲爾新其襦。」乃易其弊衣。後令汲於他泉，計里數里〔二〕也。母徐衣其女衣，袖利刃行向池呼魚，魚即出首，因斤〔三〕殺之。魚已長丈餘，膳其肉，味倍常魚。藏其骨於鬱棲之下。逾日，女至向池，不復見魚矣，乃哭於野。忽有人被髮麄衣，自天而降，慰女曰：「爾無哭，爾母殺爾魚矣。骨在糞下，爾歸，可取魚骨藏於室，所須第祈之，當隨爾也。」女用其言，金璣衣食，隨欲而具。及洞節，母往，令女守庭菓。女伺母行遠，亦往，衣翠紡上衣，躡金履。母所生女認之，謂母曰：「此甚似姊也。」母亦疑之。女覺，遽反，遂遺一隻履，爲洞人所得。母歸，但見女抱庭樹眠，亦不之慮。

其洞鄰海島，島中有國名陀汗，兵强，王〔四〕數十島，水界數千里。洞人遂貨其履於陀汗國，國主得之，命其左右履之，足小者履減一寸。乃令一國婦人履之，竟無一稱者。其輕如毛，履石無聲。陀汗王意其洞人以非道得之，遂禁錮而栲掠之，竟不知所從來。乃以是履棄之於道旁，即遍歷人家捕之，若有女履者，捕之以告。陀汗王怪之〔五〕，乃搜其室，得葉限，令履之而信。葉限因衣翠紡衣，躡履而進，色若天人也。始具事於王，載魚骨與葉限俱還國。其母及女，即爲飛石擊死。洞人哀之，埋於石坑，命曰「懊女塚」。洞人以爲媒祀，求女必應。陀汗王至國，以葉限爲上婦。一年，王貪求，祈於魚骨，寶玉無限。逾年，不復應。王乃葬魚骨於海岸，用珠百斛藏之，以金爲際。至徵卒叛時，將發以贍軍。一夕，爲海潮所淪。

成式舊家人李士元所説。士元本邕州洞中人，多記得南中怪事。（據《四部叢刊初編》景印李雲鵠刊趙琦美脉望館校本《酉陽雜俎》續集卷一《支諾臯上》校録）

〔一〕陶　趙琦美校：「一作『鈎』。」中華書局方南生點校本作「淘」。按：陶，冶煉。

〔二〕里　原作「百」，趙校：「一作『里』。」按：遠出數百里外汲水，於事理不合，據趙校改。

〔三〕斤　《四庫》本、《學津》本作「斫」。按：斤，斫也。

〔四〕王　原作「三」，據《津逮》本、《四庫》本、《學津》本改。

〔五〕陀汗王怪之　此句前當有闕文。

崔汾仲兄

段成式　撰

醴泉尉崔汾仲兄，居長安崇賢里。夏月〔一〕乘涼，於庭際疏曠。月色方午，風過，覺有異香。頃間，聞南垣土動簌簌，崔生意其蚍鼠也。忽覩一道士，大言曰：「大好月色。」崔驚懼，遽走。道士緩步庭中，年可四十，風〔二〕儀清古。良久，妓女十餘，排大門而入，輕綃〔三〕翠翹，豔冶絶世。有從者具香茵〔四〕，列坐月中。

崔生疑其狐媚，以枕投門闔警之〔五〕。道士小顧，怒曰：「我以此差静，復貪月色，初無延佇之意〔六〕，敢此麄率！」復厲聲曰：「此處有地界耶？」欻有二人，長纔三尺，巨首儋耳〔七〕，唯伏其前。道士頤指崔生所止曰：「此人合有〔八〕親屬入陰籍，可領來。」二人趨出。一餉間，崔生見其父母及兄悉至，衛者數十，捽曳批之〔九〕。道士叱曰：「我在此，敢縱子無禮乎？」父母叩頭曰：「幽明隔絶，誨責不及。」道士叱遣之。復顧二鬼曰：「捉此癡〔一〇〕人來。」二鬼跳及門，以赤物如彈丸，遥投崔生口中，乃細赤綆也。遂釣〔一一〕出於庭中，又詬辱之。崔驚失音，不得自理，崔僕妾號泣。其妓羅拜曰：「彼凡人，因訝僊官無故〔一二〕而至，非有大過。」怒解，乃拂衣由大門而去。

崔病如中惡，五六日方差。因迎祭酒醮謝，亦無他。崔生初隔紙〔一三〕隙見亡兄，以帛抹脣，如損狀。僕使共訝之，一婢泣曰：「幾郎就木之時，面衣忘開口，其時怱怱就剪，誤傷下脣，然傍人無見者。不知幽冥中二十餘年，猶〔一四〕負此苦。」（據《四部叢刊初編》景印李雲鵠刊趙琦美脉望館校本《酉陽雜俎》續集卷一《支諾臯上》校録，又《太平廣記》卷三〇五引《酉陽雜俎》）

〔一〕月　《廣記》、元無名氏《異聞總録》卷三、《湖海新聞夷堅續志》後集卷二《鬼仙翫月》、《廣豔異編》卷二《崔汾》、朝鮮成任《太平通載》卷六六引《湖海新聞》作「夜」。

〔二〕風　《異聞總録》、《夷堅續志》、《太平通載》作「丰」。

〔三〕輕綃　《異聞總録》作「綃袿」，《夷堅續志》、《太平通載》譌作「綃桂」。

〔四〕茵　《異聞總録》、《夷堅續志》、《太平通載》作「茶」。

〔五〕以枕投門闔警之　《夷堅續志》「闔」作「閤」。按：闔，門扇。閤，門。《廣記》、《異聞總録》、《太平通載》「警」作「驚」。

〔六〕意　《異聞總録》、《夷堅續志》、《太平通載》作「禮」。

〔七〕儋耳　《夷堅續志》作「俯身」，當誤。

〔八〕合有　《異聞總録》、《夷堅續志》、《太平通載》作「有何」。

〔九〕捽曳批之　《廣記》、《廣豔異編》作「捽拽批抶之」。《異聞總録》「曳」作「拽」。按：拽，同「曳」。

〔一〇〕癡　《廣記》汪校本譌作「疑」，談本原文不誤。

〔一一〕釣　《廣記》明鈔本、《異聞總録》作「鈎」。

〔一二〕無故　《廣記》、《廣豔異編》作「無狀」，《廣記》孫校本作「無故」，《會校》據改。按：無狀，無故也。《新輯搜神記》卷九《士人陳甲》：「我昔昏醉，汝無狀殺我。吾昔醉，不識汝面，故三年不相知。今自來就死。」

〔一三〕紙　《廣記》、《廣豔異編》無此字，《廣記》孫校本有。

〔一四〕猶　《廣記》作「尤」，明鈔本作「猶」，《會校》據改。按：尤，猶也。韓愈《祭十二郎文》：「汝時尤小，當不復記憶。」

按：《廣記》所引題《崔汾》，不確，事乃崔汾仲兄也。《異聞總録》卷三載有此篇，《湖海新聞夷堅續志》後集卷二《鬼仙翫月》、《合刻三志》志奇類《怪道士傳》附《崔汾傳》（不著撰人）、《廣豔異編》卷二《崔汾》亦爲此文。《唐人説薈》第十三集、《説庫》收《支諾皋》一卷，中亦有此篇。

張和

段成式　撰

成都坊正張和。蜀郡有豪家子，富擬卓、鄭，蜀之名姝，無不畢致。每按圖求麗，媒盈其門，常恨無可意者。或言：「坊正張和，大俠也，幽房閨稚，無不知之，盍以誠投乎？」豪家子乃具籯金篋錦，夜詣其居，具告所欲，張欣然許之。

異日，謁〔一〕豪家子，偕出西郭一舍，入廢蘭若。有大像巋然，與豪家子昇像之座。坊正引手捫佛乳，揭之，乳壞成穴，如盌。即挺身入穴，因拽豪家子臂，不覺同在穴中。道行十數〔二〕步，忽覩高門崇墉，狀如州縣。坊正叩門五六，有丸髻婉童啓迎，拜曰：「主人望翁來久矣。」有頃，主人出，紫衣貝帶，侍者十餘，見坊正甚謹。坊正指豪家子曰：「此少君子也，汝可善待之。予有切事須返。」不坐而去。言已，失坊正所在。豪家子心異之，不敢問。

主人延於堂中〔三〕，珠璣緹繡，羅列滿目。又有瓊杯，陸海備陳。飲徹，命引進妓數四〔四〕，支〔五〕鬟撩鬢，縹若神仙。其舞杯閃毬之令，悉新而多思。有金器，容數升，雲擎鯨口，鈿以珠粒〔六〕。豪家子不識，問之，主人笑曰：「此次皿〔七〕也，本擬伯雅。」豪家子竟不解。至三更，主人忽顧妓曰：「無廢歡笑，予暫有所適。」揖客而退，騎從如州牧，列燭而出。豪家子因私於牆隅，妓中年差暮者，遽就謂曰：「嗟乎！君何以至是？我輩早爲所掠，醉其幻術，歸路永絕。君若要歸，第取我教。」授以七尺白練，戒曰：「可執此，候主人歸，詐祈事設拜。主人必荅拜，因以練蒙其頭。」將曙，主人還，豪家子如其教，主人投地乞命，曰：「死嫗負心，終敗吾事，今不復居此。」乃馳去〔八〕。所教妓即共豪家子居。

二年，忽思歸，妓亦不留，大設酒樂餞之。飲既闌，妓自持鍤，開東牆一穴，亦如佛乳，推豪家子於牆外，乃長安東牆堵下。遂乞食，方達蜀。其家失已多年，意其異物，道其初始信。貞元初事。（據《四部叢刊初編》景印李雲鵠刊趙琦美脉望館校本《酉陽雜俎》續集卷三《支

諾皋下》校録，又《太平廣記》卷二八六引《酉陽雜俎》）

〔一〕 謁 《廣記》、《豔異編》卷二五《張和》，《情史類略》卷九《張和》，《唐人説薈》第十六集《妖妄傳》作「與」。

〔二〕 十數 《廣記》、《豔異編》、《情史》、《唐人説薈》作「數十」。

〔三〕 堂中 《廣記》、《豔異編》、《情史》、《唐人説薈》作「中堂」。

〔四〕 飲徹命引進妓數四 《廣記》、《豔異編》、《情史》作「命酌進妓」，《唐人説薈》作「命酌進妓數四」。

〔五〕 支 《廣記》、《豔異編》、《情史》、《唐人説薈》作「交」。

〔六〕 「其舞杯閃毬之令」至「鈿以珠粒」 以上數句《廣記》談本原闕，汪紹楹據明鈔本補，文同《雜俎》今本。黄本、《四庫》本、《筆記小説大觀》本作「乃爲舞迴風歌落葉之曲，復有一姝，淡粧素服，亦殊色也，進奉巨觴」。《廣記》明鈔本、《豔異編》同《雜俎》，唯「鈿」譌作「鈔」。《廣記》孫校本則無「之令」二字，餘亦同。

〔七〕 次皿 原作「盜」，趙校：「一作次皿。」《廣記》、《情史》、《唐人説薈》作「次皿」，據改。《豔異編》譌作「吹皿」。按：清歙縣黄生《義府》卷上《臧》云：「盜之小者，故於文次皿爲盜。」注：「次，古涎字，貪欲之意。」文中以拆字之法拆「盜」爲「次皿」，暗示金器乃盜竊所得。

〔八〕 乃馳去 《廣記》、《豔異編》、《情史》作「乃馳騎他去」。

按：《豔異編》卷二五、《情史類略》卷九據《廣記》輯入，題《張和》。《合刻三志》志妖類、《雪窗談異》卷七、《唐人説薈》第十六集（或卷一九）《妖妄傳》亦輯入本篇。《合刻三志》、《雪窗談異》文同《雜俎》，《唐人説薈》文字有所校改。《妖妄傳》《合刻三志》、《雪窗談異》妄題唐牛希濟撰（《雪窗談異》無「撰」字），《唐人説薈》譌作朱希濟。

唐五代傳奇集第三編卷二十八

石氏射燈檠傳

張文規 撰

張文規，蒲州猗氏（今山西運城市臨猗縣）人。父弘靖、祖延賞、曾祖嘉貞，皆唐室重臣。子彦遠，《歷代名畫記》及《法書要録》作者。長慶初爲大理評事。寶曆二年（八二六）裴度秉政，引文規爲右補闕。大和四年（八三〇）度罷爲山南東道節度使，文規坐貶温縣令。八年度還東都留守，奏爲東都畿汝州都防禦判官。累轉吏部員外郎。開成三年（八三八），爲右丞韋温所彈，出爲安州刺史，會昌元年（八四一）調刺湖州，三年遷國子司業。又曾任春坊庶子，虢州、潁州刺史。大中六年（八五二）至八年爲右散騎常侍、兼御史中丞、桂管都防禦觀察使。後任侍郎，官終尚書。著《吴興雜録》七卷，佚。（據《舊唐書》卷一二九《張延賞傳》、《新唐書》卷一二七《張嘉貞傳》附，《郎官石柱題名》，《全唐文補遺》第八輯張文規《唐故守鄭州長史范陽盧士鞏墓誌銘并序》、盧仲權《唐故盧士鞏夫人滎陽鄭氏合祔墓誌銘并序》，《全唐文補遺·千唐誌齋新藏專輯》張文規《唐故太府寺主簿范陽盧從雅墓誌銘并序》、盧儔《唐故蔡州司士參軍范陽盧溥墓誌銘并序》，張彦遠《法書要録》，《太平廣記》卷四〇二引《尚書故實》，莫休符《桂林風土記》，《册府元龜》

卷四八一及卷五二〇下，宋談鑰《嘉泰吴興志》卷一四，《新唐書·藝文志》地理類，《直齋書録解題》卷一四雜藝類，《文獻通考·經籍考》卷三一地理類，參考陶敏《全唐詩作者小傳補正》卷三六六）

開成中，桂林裨將石從武，居在〔一〕子城西壕側。從武早習弓矢〔二〕。忽一年，家内染惡〔三〕疾，長幼罕有安〔四〕者。每至深夜，常見一人從内出來〔五〕，體有光燄，居常令疾者痛苦。稍間，若此物至，則呻吟聲加甚。醫巫醮謝，皆莫能效。從武心疑精邪爲祟，至夜，操弓挾箭，映〔六〕户潛形，候其來。俄聞精復至，稍近，遂彀弓引滿，一發中焉。見被〔七〕焰光星散而滅。遂命燭而看視之，乃是家中舊使樟木燈檠，中箭而倒。乃劈〔八〕爲齏粉，焚爇爲灰，送長河〔九〕。於是家人患者皆愈。（據《叢書集成初編》排印《學海類編》本唐莫休符《桂林風土記》校録，又《太平廣記》卷三七〇引《桂林風土記》）

〔一〕在　原譌作「任」，據《四庫全書》本改。

〔二〕從武早習弓矢　《廣記》、清汪森《粤西叢載》卷一三《石從武射妖》引《桂林風土記》作「少善射」。

〔三〕惡　原譌作「患」，據《廣記》、《粤西叢載》改。

〔四〕安　《廣記》、《粤西叢載》作「全」。

〔五〕從内出來　《四庫》本「内」作「室」。《廣記》、《粤西叢載》作「自外來」。

〔六〕映　《四庫》本作「隱」。按：《廣記》、《粤西叢載》作「暎」，同「映」。映，隱藏。

〔七〕被　《四庫》本作「彼」。

〔八〕劈　《四庫》本作「擘」。

〔九〕焚爇爲灰送長河　《廣記》、《粤西叢載》作「棄灰河中」。

按：《桂林風土記》題《石氏射檍木燈檠祟》，末云：「大中年，前政張侍郎名文規，三代台相之家（小字注：嘉貞、弘靖、延賞）。廉察桂林，從武時職司通引。他（《四庫》本作『偶』）聞此事，曾召問，具以實對。乃爲《石氏射燈檠傳》。從武子勖，在職，近方去世。孫湝諧嗣，亦效卑職，得金貂傳聞。」據吴廷燮《唐方鎮年表》及郁賢皓《唐刺史考全編》，張文規廉察桂林在大中六年至八年（八五二—八五四），《石氏射燈檠傳》即作於此間。莫休符光化二年（八九九）作《桂林風土記》（見序），聞此事於石從武孫湝諧，而記於書中。文規爲桂管都防禦觀察使時帶銜右散騎常侍，故稱金貂也。所記爲故事梗概，原傳不傳。

楊媛徵驗

盧　求　撰

盧求，范陽（治今北京城西南隅）人。僖宗宰相盧攜父。李翺之婿。寶曆二年（八二六）楊嗣復下進士及第。宣宗大中六年（八五二）至十一年，白敏中爲西川節度使，求爲判官。著《成都記》五卷、《襄陽故事》十卷、《湘中記》一卷，均佚。官終刺史。（據《舊唐書》卷一七八《盧攜傳》、《新唐書·宰相世系表三上》、《新唐書·藝文志》地理類、《全唐文》卷七四四盧求《成都記序》、王定保《唐摭言》卷八、宋贊寧《宋高僧傳》卷二一《唐成都府永安傳》、《唐詩紀事》卷五三《盧求》、《宋史·藝文志》地理類）

宋衎〔一〕，江淮人。應明經舉，元和初，至河陰縣，因疾病廢業，爲鹽鐵院書手，月錢兩千。娶妻安居，不議他業。年餘，有爲米綱過三門者，因不識字，請衎同去，通管簿書，月給錢八千文。衎謂妻曰：「今數月不得八千，苟一月而致，極爲利也。」妻楊氏甚賢，勸不令往，曰：「三門舟路頗爲險惡，身或驚〔二〕危，利亦何救〔三〕？」衎不納，遂去。

至其所，果遇暴風所擊，彼群船盡没，唯衎入水，捫得粟藁一束，漸漂近岸，浮〔四〕藁以出，乃活。餘數十人皆不救，因抱〔五〕藁以謝曰：「吾之微命，爾所賜也，誓存没不相捨。」遂〔六〕抱藁疾行數里，有孤姥鬻茶之所，茅舍〔七〕兩間，遂詣宿焉。具以事白，姥憫之，乃爲設粥。及明旦，於屋南曝衣，解其藁以曬，於藁中得一竹筒，開之，乃《金剛經》也。尋以訊姥〔八〕，且〔九〕不知其詳。姥曰：「是汝妻自汝來後，蓬頭禮念，寫經誠切，故能救汝〔一〇〕。」衎感泣請歸，姥指東南一徑曰：「但尋此去，校二百里，可以後日到家也。」與米二升〔一一〕，拜謝遂發。

果二日達河陰，見妻媿謝。楊媛驚問曰：「何以知之？」盡述根本。楊氏怪之，衎乃出經。楊媛涕泣，拜禮頂戴。衎曰：「用何以爲記？」曰：「寫時執筆者悮『羅漢』字，空『維』上無『四』，遂詣護國寺禪和尚處請添。和尚年老眼昏，筆點過濃，字皆昏黑〔三〕。但十日來，不知其所在。」驗之，果如其説。衎更嗚咽拜其妻。每日焚香禮經於浄室。乃謂楊媛曰：「河濱之姥，不可忘也。」遣使封茶及絹與之。使至，其居及人皆不見。詰於牧豎，曰：「比〔三〕水漲無涯際，何有人鬻茶？」復云：「路亦並無，乃神化也。」

數歲，相國鄭公絪爲東都留守，乃召衎及楊媛往，問其本末，並令將經來，與其男武職事〔四〕，月給五千。因求其經，至今爲鄭氏所尊奉。故岳州刺史、丞相弘農公，因覩其事，遂叙之，名曰《楊媛徵驗》。（據中華書局版汪紹楹點校本《太平廣記》卷一〇六引《報應記》校録）

〔一〕衎 《説郛》卷三五龔頤正《續釋常談·書手》引《報應記》作「術」。

〔二〕驚 《大明仁孝皇后勸善書》卷七作「傾」。

〔三〕救 《勸善書》作「益」。

〔四〕浮 《勸善書》作「扶」。

〔五〕抱 《勸善書》作「撫」。

〔六〕遂　《勸善書》作「既晚」。

〔七〕舍　《勸善書》作「店」。

〔八〕尋以訊姥　《勸善書》作「即以示姥」。

〔九〕且　《勸善書》作「竟」。

〔一〇〕是汝妻自汝來後蓬頭禮念寫經誠切故能救汝　《勸善書》作「汝家楊氏自汝去後，賣衣寫經，朝夕禮念，由其至誠，故經來救汝」。按：《勸善書》此條非自《廣記》照録原文，文句多有改動。

〔一一〕二升　明野竹齋鈔本作「斗」，清孫潛校本作「㪷」，《勸善書》作「二斗」。

〔一二〕昏黑　《勸善書》作「模糊」。

〔一三〕比　《勸善書》作「此」。

〔一四〕事　原作「食」，據明鈔本、孫校本改。

按：《崇文總目》釋書類著録《金剛經報應記》三卷，不著撰人。《通志·藝文略》釋家傳記類注「唐西川安撫使盧永撰」，餘同，「永」字譌，且「使」下疑脱「從事」二字。《宋史·藝文志》道家類釋氏著録盧求《金剛經報應記》三卷。書佚。《太平廣記》引《報應記》五十九條，可信者五十三條。其餘《董進朝》當出《酉陽雜俎》，《兗州軍將》等五條時代題材不合，當出五代後唐王轂《報應録》。《重編説郛》卷七一自《廣記》輯十八條，誤題唐唐臨。

本書作於西川白敏中幕，故多記西川事。最晚者爲大中九年（八五五）四月（《廣記》卷一〇八《李琚》），敏中大中十一年正月罷使（《舊唐書・宣宗紀》），然則作於大中九年、十年間。

本書素材多取前人書，如蕭瑀《金剛般若經靈驗記》、郎餘令《冥報拾遺》、孟獻忠《金剛般若經集驗記》等。本篇則取「故岳州刺史、丞相弘農公」之《楊媛徵驗》。弘農爲楊姓郡望，其人必姓楊。考元和後楊姓宰相時代相合者，只有楊嗣復。且盧求爲楊嗣復門生，李翺女婿，而嗣復又爲李翺妹婿（《唐詩紀事》卷五三），故丞相弘農公者必爲楊嗣復。嗣復（七八三—八四八）《舊唐書》卷一七六、《新唐書》卷一七四有傳，開成三年（八三八）以户部侍郎同平章事，封弘農伯。嗣復與牛僧孺、李宗閔皆權德輿貢舉門生，情義相得。而白敏中屬「宗閔、嗣復之黨」（《舊唐書》卷一七三《李紳傳》），即所謂牛黨，與李黨（李德裕）交惡。盧求與嗣復、敏中關係非淺，其取楊作入己書自合情理。然徵諸史料，楊嗣復未曾爲岳州刺史。考嗣復武宗時貶潮州刺史，大中二年自潮還，卒於岳州，疑岳州乃潮州之誤。後人見嗣復卒於岳州，遂誤改耳。

本篇云「相國鄭公絪爲東都留守」，據《舊唐書・憲宗紀》，鄭絪留守東都在元和十三年（八一八），則《楊媛徵驗》作於此後。

劉弘敬

闕　名　撰

彭城劉弘敬〔一〕，字元溥，世居淮、淝〔二〕間，資財數百萬。常修德不耀，人莫知之。家雖富，利人之財不及怨，施人之惠不望報。長慶初，有善相人〔三〕，於壽春道逢元溥，曰：「噫！君子且止，吾有告也。」元溥乃延入館而訊焉。曰：「君財甚豐矣，然更二三年，大期將至，如何？」元溥涕泗曰：「夫壽夭者，天也，先生其奈我何？」相人曰：「夫相不及德，德不及度量，君雖不壽，而德且厚，至於度量尤〔四〕寬，且告後事，但二三年之期，勤修令德，冀或延之。夫一德可以消百災，猶享爵禄，而況於壽乎？勉而圖之。吾三〔五〕載當復此來。」言訖而去，元溥流涕送之。

乃爲身後之計。有女將適，抵維揚，求女奴〔六〕資行，用錢八十萬，得四人焉。内一人名蘭蓀〔七〕者，有殊色，而風骨姿態，殊不類賤流。元溥詰其情，久而乃對曰：「賤妾死罪，無復敢言，主君既深訝之，何敢潛隱？某代爲名家，家本河洛。先父以卑官淮西，不幸遭吴寇跋扈，因緣姓與國同，疑爲近屬，身委鋒刃，家仍没官，以此湮沈，無處告訴。其諸骨肉，寇平之後，悉被官軍收掠爲俘〔八〕，不可復知矣。賤妾一身再易其主，今及此焉。」元溥太息久之，乃言曰：「夫履雖新不加於首，冠雖舊不踐於地。雖家族喪亡，且衣冠之女，而又抱冤如此，三尺童子，猶能發憤，況丈夫耶？今我若不振雪爾冤，是爲神明之誅焉。」因問其親戚，知其外氏劉也。遂焚其券，收爲甥，以家財五十萬，先其女而嫁之。

長慶二年春三月辛卯，蘭蓀既歸，元溥夢見一人，被青衣，秉簡〔九〕，望塵而拜，迫之潸然曰：「余則蘭蓀之父也，感君之恩，何以報之？某聞陰德所以動天地也，今君壽限將盡，余嘗爲君請于上帝，故奉告。」言訖乃去。後三日，元溥復夢蘭蓀之父，立於庭，紫衣象簡〔一〇〕，侍衛甚嚴，前謝元溥曰：「余不佞，幸得請君於帝，帝許我延君壽二十五〔一一〕載，而富及三代，子孫無復後禍。其所殘害吾家者，悉獲案理之，存者禍身，没者子孫受釁。帝又憫余之冤，署以重職，獲主山川於淮海之間。」因嗚咽再拜而去。

詰旦，元溥依依，未所甚信。後三年，果相者復至，迎而賀元溥曰：「君壽延矣。且君自眉至髮而視之。」元溥側冠露額，曰：「噫！有陰德上動於天者，自今後二十五載，慶及三代。」元溥始以蘭蓀之父爲告。相者曰：「昔韓子陰存趙氏，太史公以韓氏十世而位至王侯者，有陰德故也。況蘭蓀之家無後矣，蘭蓀之身賤隸矣，如是而能不顧多財之與殊色而恤其孤，豈不謂陰德之厚哉！」（據中華書局版汪紹楹校本《太平廣記》卷一一七引《陰德傳》校録）

〔一〕彭城劉弘敬　前原有「唐」字，乃《廣記》加，今删。南宋李昌齡編《樂善録》卷二引《陰德傳》「敬」作「欽」，乃宋人避趙匡胤祖諱改。

〔二〕淝　南宋委心子《新編分門古今類事》卷一九引《影響録》（按：即《吉凶影響録》，北宋岑象求撰）、《大明仁孝皇后勸善書》卷一一作「肥」。按：淝水，又作肥水。

〔三〕人　《古今類事》、《勸善書》作「者」，下同。

〔四〕尤　《勸善書》作「又」。

〔五〕三　《勸善書》作「二」，下同。

〔六〕奴　明鈔本、孫校本、《勸善書》作「孥」，張國風《太平廣記會校》據明鈔本、孫校本改。按：孥，通「奴」。《纂異記·張生》（《廣記》卷二八二）：「昨夜夢草莽之處，有六七人，遍令飲酒，各請歌，孥凡歌六七曲。」

〔七〕名蘭蓀　「名」原譌作「方」，據南宋周守忠《姬侍類偶》卷上引《陰德傳》、《勸善書》、明吴敬所編《新刻公餘勝覽國色天香》卷五改。《樂善録》、《古今類事》、《國色天香》「蓀」作「孫」。

〔八〕收掠爲俘　「掠」原作「勍」，據《四庫全書》本、《勸善書》、《國色天香》改。《樂善録》、《古今類事》作「俘掠」。

〔九〕被青衣秉簡　《樂善録》作「緑衣槐簡」，《古今類事》作「青衣槐簡」。按：唐代官員六七品服緑，八九品服青。槐簡，槐木手版。唐代官員不用槐簡，此宋金之制。南宋魏了翁《古今考》卷八：「人臣侍祠所執者，隨其官高下，不過象簡、槐簡二物而已。」《五色線集》卷下引《陰德經》、《勸善書》、《國色天香》俱作「青衣秉簡」。

〔一〇〕簡　明鈔本、孫校本作「笏」，《會校》據改。按：笏即簡，官員朝見皇帝所用手板。

〔一一〕五　《勸善書》、《國色天香》作「四」。

按：《陰德傳》不見著録，作者失考。《廣記》引二事。《劉弘敬》事及長慶二年（八二二）。《韋判官》云相國杜悰都督維揚，兼判鹽鐵。據郁賢皓《唐刺史考全編》，杜悰兩度爲淮南節度使，首次在會昌二年（八四二）至四年，第二次約大中六年（八五二）至九年。而淮南節度使多兼鹽鐵使，使院即在揚州。文中未言杜鎮揚年代，似在會昌中。約爲大中間作品。

韋判官

闕名 撰

博陵崔應〔一〕，任扶溝令。亭午獨坐，有老人請見應。應問之，老人對曰：「某通於靈祇也，今者冥司韋判官來拜謁，幸望厚禮以待之。請備香案，屏去侍從，當爲延入。」應依命。老人即出迎之〔二〕，及庭，隱隱然不見其形，自通名銜〔三〕，爾〔四〕思穆。叙拜俟候〔五〕，應亦答拜，揖讓再三。乃言曰：「某冥司要職也。側聞長官宏才令器，冠於當時，輒將心事，且願相託，故俟亭午務隙拜謁，幸無驚異。」應曰：「某聞神明不昧，今乃不計〔六〕孱劣幽薄，觸事蒙鄙，何幸明靈俯降！但揣微賤，力不副心，苟可施於區區，敢不從命。幸示指南，願效勤勞。」冥使曰：「某謝去人世數載，得居冥職，自棄擲妻孥，家事零替〔七〕。愛子文卿，少遭憫凶，鄙野無文，職居鄭滑院，近經十載。交替院務之日，不明簿書，欠折數萬貫疋，實非己用。欲冒嚴明，俯爲存庇。」應俯然〔八〕曰：「噫〔九〕！某扶溝令也，焉知鄭滑院？」使者曰：「不然，以閣下材器禄位，豈一院哉！自今已後，歷官清顯，雄居方鎮，位極人臣。然數月後，當與鄭滑院交職。儻不負今日之言，某於冥司當竭微分，仰護榮貴。非止一身，抑亦慶及後嗣。」應曰：「某雖鄙陋，敢不惟命是聽。」冥使感泣，於是叙别而去。

應聞淮南杜相悰方求政〔一〇〕理，偶具書啓，兼録爲縣課績，馳使揚州。意者以思穆之言，且欲〔一一〕驗試其事。時相國都督維揚，兼判鹽鐵，奏應知鄭滑院事。及交割帳籍錢帛，欠折數萬貫疋。收録家貲填償外，尚欠三四萬無所出。初應在扶溝，受思穆寄託，事實丁寧。比及鄭滑，遂違前約，且曰：「欠折數廣，何由辨明？」文卿雖云贓非己用，積年不申論，須抵嚴刑，以懲慢易。窮達既定，鬼何能移？若棄法徇神，是諂而求福。」乃拘縶文卿，而白於使。文卿自度必死，乃預懷毒於衣帶之間。比及囚縶，數欲服之，輒失其藥，搜求不獲。及文卿以死論，是日，思穆見於文卿前而告曰：「嗚呼！無信之人，陷汝家族。吾爲汝上告於帝，帝許我奪崔應之禄，然吾之族亦滅矣。」文卿匍匐拜哭，忽失其父，乃得所懷之藥，仰而死焉。於是應與巡官李擅、滑紏朱程、戎曹賈均，就非所〔一二〕將刑之。文卿既已死，應方悔悟，乃禮葬文卿，身衣縞素而躬送之。

應後加殿中，時有人自邯鄲將美人曰金閨，來獻於應，應納而嬖之。崔君始惑於聲色，爲政之心怠矣。後二年，加侍御史，知楊子院，與妻盧氏及金閨偕行。尋除浙西院。應自至職，金閨寵愛日盛，中門之外〔二〕，置别館焉，華麗逾於正寢。視事之罷，經日不履内。前後歷任寶貨，悉置金閨之所。無何，復有人獻吴姝，豔於金閨，應納之，寵嬖愈甚。每歌舞得意，乃奪金閨寶貨而賜新姝。因是金閨忿逆，與親弟陳行宗，置毒藥於酒中，夜以獻應。飲之，俄頃而卒，潛遷應於大廳。詰旦，家人乃覺，莫知事實。盧氏慈善，不能窮究。金閨乃持寶貨，盡室而去。諸姬分散，崔氏門館日微。

後隴西李君知浙西院，聞金閨豔麗，求而納之。李君與金閨白晝開筵，應乃見形於庭，叱金閨曰：「汝已鴆我，又納於李君，後不得意，復欲禍李君耶？」金閨懼而辭歸。後李君方欲捕金閨，案理舊事，雪崔生之冤，金閨忽爾逃去，不知所在。（據中華書局版汪紹楹校本《太平廣記》卷一一二三引《陰德傳》校録）

〔一〕博陵崔應　前原有「唐」字，今删。

〔二〕老人即出迎之　朝鮮成任《太平廣記詳節》卷九作「老人既出，以迎之」。

〔三〕衙　原作「啣」，據明許自昌刊本、清黄晟校刊本、《四庫全書》本、《筆記小説大觀》本、《廣記詳節》改。

〔四〕穪　許本、黄本、《四庫》本、《筆記小説大觀》本、《廣記詳節》作「稱」，字同。

〔五〕俟候　「俟」原作「時」，《廣記詳節》同。汪校本及《會校》據明鈔本改。疑爲「伺」字之譌。伺候，言恭敬之態。

〔六〕計　原作「虚」，據《廣記詳節》改。

〔七〕零替　《廣記詳節》「零」作「凌」。按：零替、凌替義同，又作「陵替」，衰敗也。

〔八〕俯然　黄本、《四庫》本作「憮然」。

〔九〕噫　《廣記詳節》作「嘻」。

〔一〇〕政　《廣記詳節》作「致」。

〔一一〕欲　原譌作「於」，據孫校本、《四庫》本、《廣記詳節》改。

〔一二〕非所　《四庫》本作「刑所」。按：非所指監獄、流放之地等，以其非正常處所，故云。《後漢書》卷六六《陳蕃傳》：「或禁錮閉隔，或死徙非所。」東晉習鑿齒《襄陽耆舊記》卷二：「此言武皇崩而太后失尊，罹大禍辱，終始不以道，不得附山陵，乃歸於非所也。及楊太后之見滅，葬於街郵亭。」《宋書·武帝紀下》永初二年：「遂令冠帶之倫，淪陷非所。」《唐摭言》卷八《陰注陽受》：「先是翱（李翱）典合淝郡，有一道人詣翱，自言能使鬼神。翱謂其妖……命繫於非所。」四庫館臣妄改。

〔一三〕中門之外　《廣記詳節》作「中外之門」，誤。南宋周守忠《姬侍類偶》卷上引《陰德傳》亦作「中門之外」。

按：明詹詹外史《情史類略》卷一八删引《陰德傳》此事，題《崔應》。

冥音録

闕　名　撰

廬江尉李侃〔一〕者，隴西人，家於洛之河南。太和初，卒於官。有外婦崔氏，本廣陵倡家。生二女，既孤且幼，孀母撫之，以道遠，子未成人〔二〕，因寓家廬江。侃既死，雖侃之宗親居顯要者，絶不相聞。廬江之人，咸哀其孤藐而能自强。

崔氏性酷嗜音，雖貧苦求活，常以弦歌自娱。有女弟茝〔三〕奴，風容不下，善鼓箏，爲古今絶妙，知名於時。年十七，未嫁而卒，人多傷焉。二女幼傳其藝。長女適邑人丁玄夫，性識不甚聰慧。幼時，每教其藝，小有所未至，其母輒加鞭箠，終莫究其妙。每心念其姨，曰：「我，姨之甥也。今乃死生殊途，恩愛久絶。姨之生乃聰明，死何蔑然，而不能以力祐助，使我心開目明，粗及流輩哉！」每至節朔，輒舉觴酹地，哀咽流涕。如此者八歲。母亦哀而憫焉。

開成五年四月三日，因夜寐〔四〕，驚起號泣，謂其母曰：「向者夢姨執手泣曰：『我自辭人世，在陰司簿〔五〕屬教坊，授曲於博士李元憑。元憑屢薦我於憲宗皇帝。帝召居宫，一年，以我更直穆宗皇帝宫中，以箏導諸妃，出入一年。上帝誅鄭注，天下大酺。唐氏諸帝宫中互選妓樂，以進神堯、太宗二宫。我復得侍憲宗。每一月之中，五日一直長秋殿。餘日得肆遊觀，但不得出宫禁耳。汝之情懇，我乃知也，但無由得來。近日襄陽公主以我爲女，思念頗至，得出入主第。私許我歸，成汝之願，汝早圖之。陰中法嚴，帝或聞之，當獲大譴，亦上累於主。』」復與其母相持而泣。

翼日，乃灑掃一室，列虚筵，設酒果，髣髴如有所見。因執箏就坐，閉目彈之，隨指有得。初，授人間之曲，十日不得一曲，此一日獲十曲。曲之名品，殆非生人之意。聲調哀怨，幽幽然鴞啼鬼嘯，聞之者莫不歔欷。曲有《迎君樂》、正商調，二〔六〕十八疊。《槲〔七〕林歎》、分絲調，四十四疊。《秦王賞金歌》、小石調，二十八疊。《廣陵散》、正商調，二十八疊。《行路難》、正商調，二十八疊。《上江虹》、正商調，二十八疊。《晉城仙》、小石調，二十八疊。《絲竹賞金歌》、小石調，二十八疊。《紅窗影》。雙柱調，四十疊。十曲〔八〕畢，慘然謂女曰：「此皆宫闈中新翻曲，帝尤所愛重。《槲〔九〕林歎》、《紅窗影》等，每宴飲，即飛毬舞盞，爲佐酒長夜之歡。穆宗敕修文舍人元稹撰其詞數十首，甚美。醮酣，令宫人遞歌之。帝親執玉如意，擊節而和之。帝祕其調極切，恐爲諸國所得，故不敢泄。歲攝提，地府當有大變，得以流傳人世。幽明路異，人鬼道殊，今者人事相接，亦萬代一時，非偶然也。會以吾之十曲，獻陽地天子，不可使無聞於明代。」

於是縣白州，州白府。刺史崔璹親召試之，則絲桐之音，鎗鏦〔四〕可聽。其差琴調不類秦聲，乃以衆樂合之，則宫商調殊不同矣。母令小女再拜，求傳十曲，亦備得之。至暮訣去。數日復來，曰：「聞揚州連帥欲取汝。恐有謬誤，汝可一一彈之。」又留一曲曰《思歸樂》。無何，州府果令送至揚州，一無差錯。廉使故相李德裕議表其事，女〔五〕尋卒。（據中華書局版汪紹楹點校本《太平廣記》卷四八九校録）

〔一〕侃　《紺珠集》卷一〇、《類説》卷二八《異聞集》作「偘」。按：偘，同「侃」。

〔二〕以道遠子未成人　原作「以道近於成人」，據《四庫全書》本、明秦淮寓客《緑窗女史》卷八、冰華居士《合刻三志》志鬼類、凌性德刊《虞初志》七卷本卷六、《重編説郛》卷一一四、清蓮塘居士《唐人説薈》第十五集、蟲天子《香豔叢書》四集卷一改。明陸采《虞初志》八卷本卷七脱「未」字。

〔三〕茝　原作「蓲」，字書未見。據《虞初志》、《合刻三志》、《唐人説薈》改。茝，香草白芷。《緑窗女史》、《香豔叢書》作「茝」，亦不詳何字。

〔四〕寐　《緑窗女史》、《合刻三志》、《重編説郛》、《唐人説薈》、《香豔叢書》作「夢寐」。

〔五〕簿 《類説》作「籍」。
〔六〕二 《四庫》本、《香豔叢書》作「三」。
〔七〕槲 《合刻三志》譌作「斛」，下文作「槲」。
〔八〕十曲 按：以上只列九曲，脱一曲。
〔九〕槲 原作「檞」，據《四庫》本、《緑窗女史》、《合刻三志》、明吴大震《廣豔異編》卷一八《冥音録》改。
〔一〇〕鎗鏦 《虞初志》、《緑窗女史》、《合刻三志》、《重編説郛》、《唐人説薈》、《香豔叢書》作「搶摐」。
〔一一〕女 《虞初志》、《緑窗女史》、《合刻三志》、《重編説郛》、《唐人説薈》、《香豔叢書》作「小女」。

按：《冥音録》載《太平廣記》卷四八九《雜傳記六》，不著撰人。《虞初志》卷七、《緑窗女史》卷六、《合刻三志》志鬼類、《廣豔異編》卷一八、《重編説郛》卷一一四、《唐人説薈》第十五集（或卷一八）、《香豔叢書》四集卷一皆據《廣記》收入，《虞初志》原本不著撰人，餘皆妄題撰人爲唐朱慶餘。《百川書志》、《寶文堂書目》皆有著録，無撰名，當爲《虞初志》本。

事在開成五年（八四〇）四月，是年正月武宗即位。又云「歲攝提地府當有大變」，歲在攝提即寅年，乃指武宗會昌六年丙寅歲（八四六），此年三月武宗駕崩，宣宗繼位。末稱「廉使故相李德裕議表其事」，李德裕太和七年（八三三）拜相，開成二年爲淮南節度使，五年九月召爲相，文中「揚州連帥」者即德裕。德裕卒於大中三年十二月（八五〇），然則此作殆作於大中中也。

唐五代傳奇集第三編卷二十九

陳義郎

温庭筠 撰

温庭筠（八〇一—八六六），本名岐，字飛卿，行十六。祖籍太原祁縣（今屬山西）。工爲辭章，與李商隱齊名，世號「温李」。又與商隱、段成式齊名，號「三十六」、「三才子」。文宗開成四年（八三九）得京兆府貢，然被罷舉。此後數應進士舉而不第。宣宗大中九年（八五五）應試攪亂場屋，明年貶隨縣尉。時徐商爲襄州刺史、山南東道節度使，署爲巡官，與段成式等過往酬唱，女嫁成式子安節。懿宗咸通元年（八六〇）徐商罷鎮，明年入江陵節度使蕭鄴幕。後任四門博士，遷國子助教。七年貶方城尉，卒。撰有《採茶録》一卷、《學海》三十卷、《握蘭集》三卷、《金荃集》十卷、《詩集》五卷、《漢南真稿》十卷等，今存《温飛卿詩集》七卷、《别集》一卷、《集外詩》一卷。（據《舊唐書》卷一九〇下《文苑傳下》，《新唐書》卷九一《温大雅傳》，《新唐書·藝文志》小説家類、類書類、别集類，范攄《雲溪友議》卷中，裴庭裕《東觀奏記》卷下，劉崇遠《金華子雜編》卷上，王定保《唐摭言》卷二及卷一一，《册府元龜》卷七七七，計有功《唐詩紀事》卷五四，陳思《寶刻叢編》卷八，《直齋書録解題》卷一五等，參考《唐才子傳校箋》卷八及《補正》、劉學鍇《温庭筠全集校注·温庭筠

繫年》)

陳義郎,父彝爽,與周茂方皆東洛福昌人,同於三鄉習業。彝爽擢第,歸娶郭愔女。茂方名竟不就,唯與彝爽交結相誓。天寶〔一〕中,彝爽調集,受〔二〕蓬州儀隴令。其母戀舊居,不從子之官。行李有日,郭氏以自織染縑一匹裁衣,欲上其姑,誤爲交刀傷指,血沾衣上。啓姑曰:「新婦七八年,温凊晨昏,今將隨夫之官,遠違左右,不勝咽戀。然手自成此衫子,上有剪刀誤傷血痕,不能澣去,大家見之,即不忘息婦〔三〕。」其姑亦哭。

彝爽固請茂方同行,其子義郎,纔二歲,茂方見之,甚於骨肉。及去儀隴五百餘里,磴石臨險,巴江浩渺,攀蘿遊覽。茂方忽生異志,命僕夫等先行:「爲吾郵亭具饌。」二人徐步,自牽馬行,忽於山路斗拔〔四〕之所,抽金鎚擊彝爽,碎顙〔五〕,擠之於浚湍之中,佯號哭云:「某内逼,比〔六〕迴,見馬驚踐長官殂矣,今將何之?」一夜會喪,爽妻及僕御致酒感慟〔七〕。茂方曰:「事既如此,如之何?況天下四方人一無知者,吾便權與夫人乘名之官〔八〕,且利一政俸禄,逮可歸北,即與發哀。」僕御等皆懸〔九〕厚利,妻不知本末,乃從其計。

到任,安帖其僕。一年已後,謂郭曰:「吾志已成,誓無相背。」郭氏藏恨,未有所施,茂方防虞甚切。秩滿移官,家于遂州長江。又一選,授遂州曹掾。居無何,已十七年,子長十九歲矣。茂方謂必無人知,教子經業。既而欲成,遂州秩滿,挈其子應舉。是年東都舉選，茂方取北路，令子取南路，茂方意令覘故園之存没。塗次三鄉，有鬻飯媪留食，再三瞻矚。食訖，將酬其直，媪曰：「不然，吾憐子似吾孫〔一〇〕姿狀。」因啓衣篋，出郭氏所留血污衫子以遺，泣而送之。其子祕〔一一〕於囊，亦不知其由與父之本末。

明年下第，歸長江。其母忽見血跡衫子，驚問其故，子具以三鄉媪所遺對。及問年狀，即其姑也。因大泣，引子於静室，具言之：「此非汝父，汝父爲此人所害。吾久欲言，慮汝之幼。吾婦人，謀有不臧，則汝亡父之冤，無復雪矣，非惜死也。今此吾手留血襦還，乃天意乎！」其子密礪霜刃，候茂方寢，乃斷吭，仍挈其首詣官。連帥義之，免罪。即侍母東歸，其姑尚存，且叙契闊。取衫子驗之，歔欷對泣。郭氏養姑三年而終。（據中華書局版汪紹楹點校本《太平廣記》卷一二二引《乾䉠子》校録）

〔一〕天寶　前原有「唐」字，乃《廣記》編纂者加，今删。

〔二〕受　朝鮮成任編《太平廣記詳節》卷八、明仁孝皇后《勸善書》卷一八作「授」。受、授互通。

〔三〕息婦　明沈與文野竹齋鈔本、《廣記詳節》、《勸善書》作「新婦」。按：息婦，即子婦、媳婦。新婦，已婚婦女之謙稱。

〔四〕斗拔　《廣記詳節》作「斗截」，《勸善書》作「陡拔」。按：斗拔、斗截義同，陡峭也。斗，通「陡」。

〔五〕碎顙　《勸善書》作「頸碎」。

〔六〕比　原譌作「北」，據明鈔本、《四庫全書》本、《廣記詳節》改。

〔七〕一夜會喪爽妻及僕御致酒感慟　《勸善書》作「其夜會，彝爽妻及僕御致奠感慟」。

〔八〕乘名之官　「名」《廣記詳節》作「馬」。乘名，冒名。《勸善書》作「乘官之名」。

〔九〕懸　《廣記詳節》作「應」。

〔一〇〕孫　《勸善書》作「兒」。

〔一一〕祕　《勸善書》作「置」。

按：温庭筠《乾饌子》，三卷，見《崇文總目》小説類、《新唐書·藝文志》小説家類、《郡齋讀書志》小説類、《直齋書録解題》小説家類、《文獻通考·經籍考》小説家類著録。《通志·藝文略》小説類作一卷，《唐才子傳》卷八同，若非字誤，必合三卷爲一卷耳。《遂初堂書目》小説類亦有目。原書佚。《太平廣記》引有三十三條。《紺珠集》卷七温庭筠《乾饌子》摘録二十條（第三條乃自序）。《類説》明天啓刊本脱去，明嘉靖伯玉翁舊鈔本卷二三《乾饌子》（題唐温庭筠撰）摘録十二條（首條爲自序），中有二條（《阿瞞查》、《五臟神》）不見他書。（按：嚴一萍《類説》校訂本《乾饌子補》據舊鈔本列入十三條，然末條《班行取奉上司》爲北宋淮南轉運使張去惑事，當屬下書《艾子》。《艾子》舊鈔本脱書名，而與《乾饌子》相連。）又鈔本同卷《炙轂子》九條，與天啓刊本卷二五《炙轂子》五十一條皆不合，而有六條皆見《紺珠集》本《乾𦠆子》，其餘《幞頭巾子》、《青竹上髑髏》、《紙婦》三條亦應屬温書，蓋鈔本脱去《炙轂子》正文各條而將《乾𦠆子》文字錯入。另外宋馬永易《實賓録》（《説郛》卷三）、顧文薦《負暄雜録》（《説郛》卷一八）、《施注蘇詩》卷二八注、明梅鼎祚《青泥蓮花記》卷三亦各引一條（按：梅書所引爲嬌陳事，見於趙璘《因話録》卷一，文字大同，此條存疑）。總計五十五條。《重編説郛》卷二三自《紺珠集》、《太平廣記》輯十一條，此本後又收入《古今説部叢書》二集。《龍威秘書》五集自《重編説郛》取八條。明陳第《世善堂藏書目録》卷上諸子百家類著録温庭筠《乾𦠆子》一卷，疑即《重編説郛》本。清耿文光《萬卷精華樓藏書記》卷九九小説家類著録南城胡義輯一卷本，凡三十一條。王仁俊《經籍佚文》自《廣記》卷四九五輯一條。吴曾祺《舊小説》乙集自《廣記》輯十七則。

温庭筠大中十年入山南東道節度使徐商幕，咸通二年入江陵幕。而段成式大中十三年隱居襄陽峴山，與庭筠甚善，爲其子安節娶庭筠女（見《金華子雜編》卷上）。時成式《酉陽雜俎》前續集已成，庭筠此書當仿《雜俎》，亦以「乾𦠆」爲喻也。然則其書之成，似在咸通初一二年間。

陽城

温庭筠　撰

陽城，貞元中，與三弟隱居陝州夏陽山中，相誓不婚。啜菽飲水，莞簟布衾，熙熙怡怡，同於一室。後遇歲荒，屏跡不與同里往來，懼於求也。或採桑榆之皮，屑以爲粥。講論詩書，未嘗暫輟。有蒼頭曰都兒，與主協心，蓋管寧之比也。里人敬以哀，饋食稍豐，則閉户不納，散於餓禽。後里人竊令於中户致糠覈十數盃，乃就地食焉。他日，山東諸侯聞其高義，發使寄五百縑，城固拒却。使者受命不令返，城乃標於屋隅，未嘗啓緘。

無何，有節士〔一〕鄭俶者，迫於營舉，投人不應，因途經其門，往謁之。俶戚容癠貌，城留食旬時。問俶所之，及其瘠瘁之端，俶具以情告。城曰：「感足下之操，城有諸侯近貺物，無所用，輒助足下人子終身之道。」俶固讓，城曰：「子苟非妄，又何讓焉？」俶對曰：「君子既施不次之恩，某願終志後，爲奴僕償之。」遂去。俶東洛塋事罷，杖歸城，以副前約。城曰：「子奚如是？苟無他繫，同志爲學可也，何必云役己以相依？」俶泣涕曰：「若然者，微軀何幸！」俶於記覽苦不長，月餘，城令諷《毛詩》，雖不輟尋讀，及與之討論，如水投石也。俶大慙，城曰：「子之學，與吾弟相昵不能舍，有以致是邪？今所止阜北，有高顯茅齋，子可自翫習也。」俶甚喜，遽遷之。復經月餘，城訪之，與論《國風》，俶雖加功，竟不能往復一辭。城方出，未三二十步，俶縊於梁下。供饟童窺之，驚以告城。城慟哭，若裂支體，乃命都兒將酒奠之，及作文親致祭，自咎不敏：「我雖不殺俶，俶因我而死。」自脱衣，令僕夫負之，都兒行櫝楚十五。仍服緦麻，厚瘞之。由是爲縉紳之所推重。

後居諫議大夫時，極諫裴延齡不合爲國相，其言至懇，唐史書之。及出守江華郡〔二〕，日炊米兩斛，魚羹一大鬵，自天使及草衣村野之夫，肆其食之。並置瓦甌樿杓，有類中衢罇也。（據中華書局版汪紹楹點校本《太平廣記》卷一六七引《乾𦠆子》校録）

〔一〕士　汪校本譌作「土」，談愷刻本原作「士」，據改。

〔二〕江華郡　「郡」原譌作「都」，據《四庫》本改。按：《新唐書·地理志五》：「道州江華郡，中。本營州，武德四年，以零陵郡之營道、永陽二縣置，五年曰南營州，貞觀八年更名。十七年，州廢入永州，上元二年復置。」

竇乂

温庭筠　撰

扶風竇乂，年十三〔一〕，諸姑累朝國戚，其伯檢校工部尚書，充〔二〕閑廄使、宫苑使，於嘉會坊有廟院。乂親舅〔三〕張敬立，任安州長史，得替歸城。安州土出絲履〔四〕，敬立齎十數輛〔五〕散甥姪，競取之，唯乂獨不取。俄而所餘之一輛，又稍大，諸甥姪之剩者，乂再拜而受之。敬立問其故，乂不對，殊不知殖貨有端木之遠志。遂於市鬻之，得錢半千〔六〕，密貯之，潛於鍛爐作二枝〔七〕小鍤，利其刃。

五月初，長安盛飛榆莢，乂掃聚得斛餘。遂往詣伯所〔八〕，借廟院習業，伯父從之。乂夜則潛寄褒義寺法安上人院止，晝則往廟中，以二鍤開隙地，廣五寸，深五寸〔九〕，碁布四十餘條〔一〇〕，皆長二十餘步。汲水漬之，布榆莢於其中。尋遇夏雨，盡皆滋長。比及秋，森然已及尺餘，千萬餘株矣。及明年，榆栽已長三尺餘，乂遂持斧伐其併〔一一〕者，相去各〔一二〕三寸。又選其枝條稠直者悉留之，所間下者，二尺作圍束之，得百餘束。遇秋陰霖，每束鬻值十餘錢。又明年，汲水於舊榆溝中。至秋，榆已有大者如雞卵，更選其稠直者，以斧去之，又〔一三〕得二百餘束，此時鬻利數倍矣。後五年，遂取大者作屋椽，僅千餘莖〔一四〕，鬻之得三四萬餘錢。其端大之材，在廟院者不啻千餘，皆堪作車乘之用。

此時生涯已有百餘千〔一五〕，衣幣帛〔一六〕，布裘百結，日歉食而已。遂買蜀青麻布百餘箇，凡四尺而裁之〔一七〕，顧人作小袋子。又買內鄉新麻鞋數百緉，不離廟中。長安諸坊市〔一八〕小兒及金吾家小兒等，日給餅三〔一九〕枚，錢十五文，付與袋子一口，至冬，令〔二〇〕拾槐子，實其內納焉。月餘，槐子已積兩車矣。又令小兒拾破麻鞋，每三緉以新麻鞋一緉換之。遠近知之，送破麻鞋者雲集，數日獲千餘量〔二一〕。然後鬻榆材中車輪〔二二〕者，此時又得百餘千。雇日傭人，於崇賢〔二三〕西門水澗，搥〔二四〕洗其破麻鞋，曝乾，貯廟院中。又坊門外買諸堆棄碎瓦子，令功人於流水潤洗其泥滓，車載積於廟中。然後置石嘴碓五具，剉碓三具，西市買油靛數石，雇庖人執爨，廣召日傭人，令剉其破麻鞋，粉其碎瓦，以疏布篩之，合槐子、油靛，令役人日夜加功爛擣，候相乳入〔二五〕，悉看堪爲挺，從臼中熟出，命工人併手團握，例長三尺已下，圓徑三寸，垛〔二六〕之得萬餘條，號爲法燭。建中初六月，京城大雨，尺燼重桂，巷無車輪。乂乃取此法燭鬻之，每條百文，將燃炊爨，與薪功倍，又〔二七〕獲無窮之利。

先是，西市秤行之南，有十餘畝坳下瀦〔二八〕汙之地，目曰小海池，爲旗亭之内衆穢所聚。乂〔二九〕遂求買之，其主不測。乂酬錢三萬。既獲之，於其中立標，懸幡子，遶池設六七鋪，制造煎餅及〔三〇〕糰子。召小兒擲瓦礫擊其幡標，中者以煎餅、糰子啗之〔三一〕。不逾月，兩街〔三二〕小兒競往，計萬萬，所擲瓦已滿池矣。遂經度，造店二〔三三〕十間，當其要害，日收利數千，甚獲其要。店今存焉，號爲竇〔三四〕家店。

又嘗有胡人米亮，因飢寒，乂見輒與錢帛，凡七年，不之問。異日，乂見亮，哀其飢寒，又與錢五千文。亮因感激而謂乂曰〔三五〕：「亮終有所報〔三六〕大郎。」乂方閒居，無何，亮且至，謂乂曰：「崇賢里有小宅出賣，五百千文〔三七〕，大郎速買之。」乂西市櫃坊鎖錢數千貫，見亮説，便買之〔三八〕。書契日，亮語乂曰：「亮攻於鑒〔三九〕玉，嘗見此宅有異氣，今乃知之〔四〇〕，是擣衣砧，真于闐玉，大郎且須移取。」乂遂使移之。明日〔四一〕，延壽坊召玉工觀之，玉工大驚曰：「此稀世之寶也。」解得腰帶銙二十副，每副直錢三千貫文〔四二〕。梳掌數十副，皆直數百千價〔四三〕。又得合子執帶頭尾諸色雜類數十副，計獲錢數十萬貫〔四四〕。其宅并元契，乂遂與米亮。街東永崇里南面李晟太尉宅前〔四五〕，有一小宅，相傳凶甚，直二百千，乂又買之。周圍〔四六〕打牆，拆其瓦木，各垛一處，就耕之。俯太尉李晟宅南面有小樓〔四七〕，常下〔四八〕瞰焉，晟欲併之，爲擊毬之所。他日，因使人問乂〔四九〕，欲買之。乂確然不納，云：「某自有所要。」候晟暇日，乃懷其宅契書〔五〇〕，請見晟。語晟曰：「某本置此宅，欲與親故居。今俯逼太尉甲第〔五一〕，貧賤之人，固難安矣。某所見此地通入宅中，可以爲戲馬〔五二〕，今謹〔五三〕獻元契，伏惟俯賜照納。」晟大喜曰：「豈不要某微力乎〔五四〕？」乂曰：「無敢望，猶恐後有緩急，即〔五五〕來投告令公。」晟益知重。乂遂搬移瓦木，平治其地如砥，獻晟。每〔五六〕戲馬，荷乂之所惠。乂乃於兩市，選大商産巨萬者，得五六人，遂問之：「君豈不有子弟要〔五七〕諸道及在京職事否？」賈客大喜，語乂曰：「大郎忽與某等致得子弟庇身之地，某等共率草粟之直二萬貫文。」乂因懷諸賈客子弟名謁晟，皆認爲親故。晟忻然覽之，各置諸道膏腴之地重職，乂又獲錢數萬。群賢里〔五八〕有中郎將曹遂興，當庭〔五九〕生一大樹，遂興每患其經霜殞菜，有乂庭宇〔六〇〕，伐之又恐損堂室。乂因訪遂興，指其樹曰：「中郎何不去之？」遂興答曰：「誠有礙耳，但慮興功之後，有損所居室宇〔六一〕。」乂遂請買之，「仍與中郎除之，不令犯秋豪，其樹自失〔六二〕。」中郎大喜。乃出錢五千文，以納中郎。與斧釿之匠約〔六三〕，其樹自梢及根，令各長二尺餘斷之。厚與工之價，得驢軸材〔六四〕及陸博局數百，鬻於本行，乂計利百餘千。乂之謀，皆此類也〔六五〕。

後乂年老無子，分其見在財等與諸弟姪外，猶有萬餘千産業〔六六〕。街西諸大寺〔六七〕，各千餘貫，與常住爲約，經行止泊，不揀時日，共擬其錢〔六八〕，亦不計利。乂卒時，年九十餘，終於嘉會里〔六九〕。有邸，弟姪宗親居焉，諸孫尚在。（據中華書局版汪紹楹點校本《太平廣記》卷二四三引《乾膜子》校録）

〔一〕三　清孫潛校本作「二」。

〔二〕充　原譌作「交」，據朝鮮成任編《太平廣記詳節》卷一九改。

〔三〕舅　談本原作「與」，汪校本據明鈔本改作「識」。《筆記小説大觀》本亦作「識」。張國風《太平廣記會校》據明鈔本、黄本（按：實爲《筆記小説大觀》本）改。《廣記詳節》作「舅」。按：下文云「散甥姪」，作「舅」是，據改。

〔四〕履　《廣記詳節》作「屨」。

〔五〕緉　《廣記詳節》作「輛」，下同。按：緉，雙也，鞋之單位。又作「裲」、「輛」。

〔六〕千　談本原作「斤」，汪校本據明鈔本改作「千」，《會校》亦據明鈔本、黄本改。《廣記詳節》作

「阡」，誤。

〔七〕枝　《廣記詳節》作「枚」。

〔八〕所　孫校本無此字。

〔九〕深五寸　孫校本無此三字。

〔一〇〕碁布四十餘條　談本原作「慕布四十五條」，汪校本據明鈔本改作「密布四千餘條」，《會校》亦據明鈔本、黄本改，誤，黄晟校刊本實同談本。今據《廣記詳節》改。按：碁布四十餘條，謂開挖四十餘條溝（用以種榆樹），縱横交錯，如布子之圍棋棋盤。明胡我琨《錢通》卷一二《創守》引《乾𦠆子》作「共四十五條」，改「慕」爲「共」，删「布」字，亦誤。

〔一一〕併　《錢通》作「駢」。

〔一二〕各　《錢通》作「過」。

〔一三〕又　《廣記詳節》作「乂」。

〔一四〕莖　《廣記詳節》作「束」。

〔一五〕千　此字原脱，據《廣記詳節》補。按：錢一千爲緡。

〔一六〕衣幣帛　原作「自此幣帛」，據《廣記詳節》改。按：幣，通「敝」，破舊。

〔一七〕遂買蜀青麻布百餘箇凡四尺而裁之　原譌作「遂買蜀青麻布，百錢箇疋，四尺而裁之」，據《廣記詳節》改。

〔一八〕市　此字原無，據《廣記詳節》補。

〔一九〕三　明鈔本、孫校本、《廣記詳節》作「二」。

〔二〇〕令　此字原脱，據《廣記詳節》補。

〔二一〕量　《錢通》作「輛」。量，通「緉」、「輛」、「輛」。

〔二二〕輪　明鈔本、《廣記詳節》作「輬」。

〔二三〕崇賢　「崇」原譌作「宗」，據清黄晟校刊本、《四庫》本、《筆記小説大觀》本及《廣記詳節》改。按：崇賢，里坊名，在長安西城，有四門。

〔二四〕揓　原作「從水」，據《廣記詳節》改。

〔二五〕入　原譌作「尺」，據明鈔本、孫校本、《廣記詳節》改。

〔二六〕垜　明鈔本、孫校本作「築」，《會校》據改，誤。垜，堆垜。

〔二七〕又　《廣記詳節》此字在上句「薪」字下。

〔二八〕瀦　原譌作「潴」，據《廣記詳節》改。

〔二九〕乂　汪校本譌作「又」，談本原作「乂」，據改。

〔三〇〕及　原譌作「乃」，據孫校本、《四庫》本、《筆記小説大觀》本、《廣記詳節》、《錢通》改。

〔三一〕之　此字原無，據《廣記詳節》補。

〔三二〕兩街　明鈔本作「街市」。按：兩街本指長安宫城、皇城之間的横街與朱雀門大街，唐人常以泛指長安街市。《舊唐書·文宗紀下》：「出宮人四百八十，送兩街寺觀安置。」

〔三三〕二 《廣記詳節》作「三」。

〔三四〕竇 《廣記詳節》作「乂」，疑誤。

〔三五〕亮因感激而謂乂曰 「激」《廣記詳節》作「泣」。「乂」原作「人」，據《四庫》本、《廣記詳節》改。

〔三六〕報 《廣記詳節》作「啓」。

〔三七〕五百千文 談本原作「□□□千文」，汪校本據黄本補作「直二百千文」，《會校》亦補。今據《廣記詳節》改。

〔三八〕乂西市櫃坊鎖錢數千貫見亮説便買之 談本原作「乂西布櫃坊鎖錢□□□□□□□之」，汪校：「明鈔本、許本、黄本布作市。」又據黄本補「盈餘即依直出錢市」八字。《會校》改「布」爲「市」，亦補八字。今據《廣記詳節》改。

〔三九〕鑒 原作「覽」，據《廣記詳節》改。

〔四〇〕嘗見此宅有異氣今乃知之 談本原作「嘗□□□□□□□□知之」，汪校本據黄本補「見宅内有異石人罕」八字，《會校》亦補。今據《廣記詳節》改。

〔四一〕大郎且須移取乂遂使移之明日 談本原作「大郎且□□□□□□□□曰」，汪校本據黄本補「立致富矣乂未之信亮」九字，《會校》亦補。今據《廣記詳節》改。

〔四二〕此稀世之寶也解得腰帶銙二十副每副直錢三千貫文 談本原作「此□□□□□□得腰帶銙二十副

每副百錢三千貫文」，汪校本據黃本補「奇貨也攻之當」六字，《會校》亦補。今據《廣記詳節》改。

〔四三〕梳掌數十副皆直數百千價　談本原作「□□□□□□數百千價」，汪校本據黃本補「遂令琢之果得」六字。《會校》亦補，「之」作「成」（按：黃本、《四庫》本、《筆記小説大觀》本皆作「成」）。今據《廣記詳節》改。

〔四四〕又得合子執帶頭尾諸色雜類數十副計獲錢數十萬貫　談本原作「又得合子執帶頭尾諸色雜類□□□□□錢數十萬貫」，汪校本據黃本補「鬻之又計獲」五字，《會校》亦補。今據《廣記詳節》改。

〔四五〕街東永崇里南面李晟太尉宅前　談本原作「□□□□□□□晟太尉宅前」，汪校本據黃本補「使居之以酬焉又李」八字，《會校》亦補。今據《廣記詳節》改。

〔四六〕直二百千乂又買之周圍　談本原作「直二百十□□□□□園」，汪校本據黃本補「千乂又買之築」五字，《會校》亦補。今據《廣記詳節》改。

〔四七〕俯太尉李晟宅南面有小樓　談本原作「術太尉□□□□□有小樓」，汪校本據黃本補「宅中傍其地」五字，《會校》亦補。今據《廣記詳節》改。

〔四八〕下　原譌作「不」，據黃本、《四庫》本、《筆記小説大觀》本、《廣記詳節》改。

〔四九〕他日因使人問乂　談本原作「他□□□□□乂」，汪校本據黃本補「日乃使人向」五字，《會校》亦補。今據《廣記詳節》改。

〔五〇〕候晟暇日乃懷其宅契書　談本原作「候晟□□□□具宅契書」，汪校本據黃本補「沐浴日遂」四字，《會校》亦補。今據《廣記詳節》改，《廣記詳節》原無「晟」字。

〔五一〕欲與親故居今俯逼太尉甲第　談本原作「欲與親□□□□俯逼太尉甲第」，汪校本據黄本補「戚居之恐」四字，《會校》亦補。今據《廣記詳節》改。

〔五二〕某所見此地通入宅中可以爲戲馬　談本原作「某所見此地□□□中可以爲戲馬」，汪校本據黄本補「寬閑其」三字，《會校》亦補。今據《廣記詳節》改。

〔五三〕謹　此字原無，據《廣記詳節》補。

〔五四〕晟大喜曰豈不要某微力乎　談本原作「晟大□□□□不要某微力乎」，汪校本據黄本補「悦私謂乂」四字，《會校》亦補。今據《廣記詳節》改。

〔五五〕即　談本原空闕，汪校本據黄本補「再」字，《會校》亦補。明鈔本作「當」。今據《廣記詳節》補。

〔五六〕每　談本原空闕，汪校本據明鈔本補「爲」字，與上下文連讀作「獻晟爲戲馬」，《會校》亦補。今據《廣記詳節》補。

〔五七〕要　原譌作「嬰」，據《廣記詳節》改。

〔五八〕群賢里　原作「崇賢里」，《廣記詳節》作「群賢里」，據改。按：清徐松《唐兩京城坊考》卷四崇賢坊列有中郎將曹遂興宅，所據即《乾𦠆子》，當據談本《廣記》。《廣記詳節》母本爲較早宋本，最爲接近原書，故據改。群賢坊在居德坊南、懷德坊北，西鄰金光門。

〔五九〕當庭　「庭」原譌作「夜」，據《廣記詳節》改。黄本、《四庫》本、《筆記小説大觀》本作「堂下」，《會校》據黄本、《四庫》本改。

〔六〇〕經霜殞菜有乂庭宇　談本原作「經□□菜有疑庭守」，汪校本據黄本補改作「經年枝葉，有礙庭宇」，《會校》亦同。今據《廣記詳節》改。按：經霜，經年，即常年。殞菜謂樹下種菜，樹蔭遮蔽陽光，有傷菜蔬。乂，借作「礙」。

〔六一〕但慮興功之後有損所居室宇　談本原作「因慮□□□□□□所居室宇」，汪校本據黄本補「根深本固恐損」六字，《會校》亦補。今據《廣記詳節》改。

〔六二〕不令犯秋豪其樹自失　談本原作「不令□□□□□自失」，汪校本據黄本補「有損當令樹」五字，《會校》亦補。今據《廣記詳節》改。

〔六三〕與斧釿之匠約　談本原作「與斧釿□□□□」，汪校本據黄本補「匠人議伐」四字，《會校》亦補。今據《廣記詳節》改。

〔六四〕厚與工之價得驢軸材　談本原作「厚與□□□□□□」，汪校本據黄本補「其直因選就衆」六字。據《廣記詳節》改。

〔六五〕乂計利百餘千乂之謀皆此類也　談本原作「乂計利百餘□□□□□類也」，汪校本據黄本補「倍其精幹率是」六字，《會校》亦補。今據《廣記詳節》改。

〔六六〕分其見在財等與諸弟姪外猶有萬餘千産業　談本原作「分其見在財等與諸□□□□□餘千産業」，汪校本據黄本補「熟識親友至其」六字，《會校》亦補。今據《廣記詳節》改。

〔六七〕寺　原譌作「市」，據《廣記詳節》改。

〔六八〕與常住爲約經行止洎不揀時日共擬其錢　談本原作「與常住□□□□□□不揀日時供擬」，汪校本據黄本補「法安上人經營」六字，《會校》亦補。今據《廣記詳節》改。

〔六九〕年九十餘終於嘉會里　談本原作「年□□□□□□會里」，汪校本據黄本補「八旬餘京城和」，《會校》亦補。據《廣記詳節》改。按：長安城無和會里而有嘉會里，在城西南。

王諸

温庭筠　撰

大曆中，邛州刺史崔勵親外甥王諸，家寄綿州，往來秦蜀，頗諳京中事。因至京，與倉部令史趙盈相得。每齎左綿等公事〔一〕，盈並爲主之。諸欲還，盈固留之。中夜，盈謂諸曰：「某長姊適陳氏，唯有一笄女。前年長姊喪逝，外甥女子，某留撫養。所惜聰惠，不欲託他人。知君子秉心，可保歲寒，非求於伉儷，所貴得侍巾櫛。如君他日禮娶，此子但安存不失所，即某之望也。意〔二〕成此親者，結他年之好耳。」諸對曰：「感君厚意，敢不從命，固當期於偕老耳。」諸遂備纁幣迎之。後二年，遂挈陳氏歸于左綿。

是時，勵方典邛商，諸往覲焉。勵遂責諸浪跡，又恐年長不婚，諸具以情白舅。勵曰：「吾小女寬柔，欲與汝重親，必容汝舊納者。」陳氏亦曰：「豈敢他心哉！但得衣食粗充，夫人不至〔三〕怪怒，是某本意。」諸遂就表妹之親。既成姻，崔氏女便令取陳氏同居，相得，更無分毫失所。勵令其子鏗，與諸江陵卜居，兼將金帛下峽而去。三月諸發，五月，勵受替，遂盡室江陵而行。諸與鏗方買一宅，修葺。停午，諸忽夢陳氏被髮來，哀告諸曰：「某他鄉一賤人，崔氏夫人本許終始，奈何三峽舟中沐髮，使人聳某，令於崩湍中而卒，永葬魚鼈腹中。」哀泣沾襟。俄而鏗於東廂寐，亦夢陳氏訴冤：「崔夫人不仁，致我性命於〔四〕三峽。」鏗與諸偶坐，方訝其事。其夜，二人夢復如前。鏗甚慙，謂諸曰：「某娘〔五〕情性，不當如是，何有此冤？且今日江頭望信，若聞陳氏不平安，此則必矣。」後數日，果有信，説陳氏溺三峽。及勵到諸家，諸泣説前事。崔氏爲其兄所責，不能自明，遂斷髮喑嗚而卒。諸亦蕩遊他處。

數年間，忽於夏口〔六〕水軍營之中門東廂，見一女人，姿狀即陳氏也。諸流眄久之，其婦又慇懃瞻矚，問僮僕云：「郎君豈不姓王？」僮走告諸，及〔七〕白姨弟，令詢其本末，陳氏曰：「實不爲崔氏所擠，某失足墜於三峽。經再宿，泊屍于磧。遇鄂州迴易小將梁璨，初欲收葬，後因吐無限水，忽然而甦。某感梁生〔八〕之厚恩，遂妻梁璨，今已誕二子矣。」諸由是疑負崔氏之冤，入羅浮山而爲頭陀僧矣。（據中華書局版汪紹楹點校本《太平廣記》卷二八〇引《乾𦠆子》校録）

〔一〕每齋左綿等公事　黄本、《四庫》本、《筆記小説大觀》本「齋」作「籌」。「公」字原無，據明鈔本、孫校本、《永樂大典》卷一三一三五引《太平廣記》補。
〔二〕意　此字原無，據明鈔本、孫校本、《大典》補。
〔三〕至　明鈔本、孫校本作「致」。
〔四〕於　此字原無，據明鈔本、《大典》補。
〔五〕娘　按：娘，對婦女稱呼。明馮夢龍《太平廣記鈔》卷五一改作「姊」，誤，觀下文，崔氏乃崔鏗妹。
〔六〕夏口　下原有「見」字，與下文重復，《廣記鈔》删去，今從之。
〔七〕及　《廣記鈔》作「乃」。
〔八〕生　此字原無，據明鈔本、孫校本、《大典》補。
按：《廣記》談本原譌作《乹撰子》，汪校本徑改。「乹」同「乾」。

華州參軍

温庭筠　撰

華州柳參軍，名族之子，寡慾，早孤，無兄弟。罷官，於長安閑居〔一〕。上巳日，於〔二〕曲江見一車子，飾以金碧，半立淺水之中。從一青衣，殊亦俊雅。已而翠簾徐褰〔三〕，見摻〔四〕

手如玉，指畫青衣〔五〕，令摘芙蕖。女之容色絶代，斜睨柳生良久。柳生鞭馬從之，即見車子入永崇里〔六〕。柳生訪其姓崔氏，女亦有母。有青衣，字輕紅。柳生不甚貧，多方賂輕紅，竟不之受。

他日，崔氏母〔七〕有疾，其舅〔八〕執金吾王，因候其妹，見其美〔九〕，請爲子納焉。崔氏不樂，其母不敢違兄之命。女曰：「願嫁得前時柳生足矣。必不允，以某與外兄〔一〇〕，終恐不生全。」其母念女之深，乃命輕紅於薦福寺僧道省院達意。柳生聆輕紅所説，因挑輕紅〔一一〕。輕紅大怒曰：「君性正麤狂〔一二〕，奈何小娘子如此待於君？某一微賤，便忘前好，欲保歲寒，其可得乎？某且以足下事白小娘子。」柳生再拜，謝不敏〔一三〕。然始曰：「夫人惜小娘子情切，今小娘子不樂適王家，夫人是以偷成婚約〔一四〕，君可三兩〔一五〕日内就禮事。」柳生極喜，自備數百千財禮，期内〔一六〕結婚。

後五日，柳生挈妻與輕紅於金城里居。及旬月外〔一七〕，金吾到永崇，其母王氏泣云：「某夫亡，子女孤獨〔一八〕，被姪不待〔一九〕禮會，强竊女去矣，兄豈無教訓之道〔二〇〕？」金吾大怒，歸答其子數十。密令捕訪，彌年無獲。無何，王氏殂，柳生挈妻與輕紅自金城里赴喪。金吾之子既見，遂告父。父擒柳生，生云：「某於外姑王氏處納采娶妻，非越禮私誘〔二一〕也，家人大小皆熟知之。」王氏既殁，無所明，遂訟於官。公斷王家先下財禮，合〔二二〕歸王家。金吾子常悦慕表妹，亦不怨前横〔二三〕也。

經數年，輕紅竟潔己處焉。金吾又亡，移其宅於崇義里。崔氏不樂事外兄，乃使輕紅訪柳生所在。時柳生尚居金城里，崔氏又使輕紅與柳生爲期。兼賫看圃豎，令積糞堆〔二四〕與宅垣齊。崔氏女遂與輕紅躡之，同詣柳生。柳生驚喜，又不出城，只遷群賢里。後本夫訪〔二五〕尋崔氏女，知群賢里住，復興訟，奪之。王生深恨〔二六〕，崔氏萬途求免〔二七〕，託以體孕，又不責而納焉。柳生長流江陵。二年，崔氏女與輕紅相繼而殁。王生送喪，哀慟之禮至矣。輕紅亦葬於崔氏墳側。

柳生江陵閑居。春二月，繁花滿庭，追念崔氏女，凝想形影，且不知存亡。忽聞扣門甚急，俄見輕紅抱粧奩而進，乃曰：「小娘子且至。」聞似車馬之聲，比崔氏女入門，更無他見。柳生與崔氏女叙契闊，悲懽之甚。問其由，則曰：「某已與王生訣，自此可以同穴矣。人生意專，必果夙願。」因言曰：「某少習樂，箜篌中頗有功。」柳生即時買箜篌，調弄絶妙。二年間，可謂盡平生〔二八〕矣。無何，王生舊使蒼頭過柳生之門，見輕紅，驚不知其然。又疑人有相似者，未敢遽言。問閭里，又云流人柳參軍，彌怪，更伺之。輕紅亦知是王生家人，因具言於柳生，匿之。

王生蒼頭却還城〔二九〕，具以其事言於王生。王生聞之，命駕千里而來。既至柳生之門，於隙窺之，正見柳生坦腹於臨軒榻上〔三〇〕，崔氏女新粧，輕紅捧鏡於其側。崔氏匀鉛黄未竟，王生門外極叫，輕紅鏡墜地，有聲如磬。崔氏倉黄奔入，遂告柳生。生驚〔三一〕，待如賓禮。俄又失崔氏所在。柳生與王生從容言之〔三二〕，二人相看不喻，大異之。相與造長安，發崔氏所葬驗之，即江陵所施鉛黄如新，衣服肌肉，且〔三三〕無損敗，輕紅亦然。柳與王相誓，却葬之。二人入終南山訪道，遂不返焉。（據中華書局版汪紹楹點校本《太平廣記》卷三四二引《乾臊子》校録）

〔一〕居　原作「遊」，據明鈔本、孫校本改。

〔二〕於　此字原無，據明鈔本、孫校本，明陸楫《古今説海》説淵部别傳五十一《柳參軍傳》，《豔異編》卷三六《柳參軍傳》，汪雲程《逸史搜奇》庚集四《柳參軍》，秦淮寓客《緑窗女史》卷八《柳參軍傳》，詹詹外史《情史類略》卷一〇《長安崔女》，冰華居士《合刻三志》志鬼類、舊題楊循吉《雪窗談異》卷八、清蓮塘居士《唐人説薈》第十六集、馬俊良《龍威秘書》四集、民國俞建卿《晉唐小説六十種》之《靈鬼志·柳參軍》補。

〔三〕半立淺水之中從一青衣殊亦俊雅已而翠簾徐褰　原作「半立淺水之中，後簾徐褰」，朝鮮成任《太平通載》卷六五引《太平廣記》「後」下有「門」字。《説海》、《逸史搜奇》、《豔異編》、《緑窗女史》、《情史》、《靈鬼志》無「半立淺水之中」，而有「從一青衣，殊亦俊雅」，「後簾徐褰」作「已而翠簾徐褰」

（《豔異編》、《緑窗女史》、《情史》、《靈鬼志》「褰」作「搴」）。今據以補改。

〔四〕摻　明鈔本、孫校本作「纖」，《會校》據改。按：《方言》第二：「摻，細也。」

〔五〕青衣　此二字原無，據《説海》等明清諸本補。

〔六〕永崇里　《説海》、《豔異編》、《逸史搜奇》、《緑窗女史》、《情史》、《合刻三志》、《雪窗談異》「崇」作「從」，誤。下同。按：永崇里，長安里坊名，在曲江西北方向，相隔四五坊。

〔七〕母　原作「女」，誤，下文云「候其妹」，據明鈔本、孫校本改。

〔八〕舅　明鈔本、孫校本作「兄」，《會校》據改。按：言舅對崔氏而言，言兄對崔氏母而言。觀下文「見其美」，當作「舅」爲是。

〔九〕見其美　原作「且告之」，據明鈔本、孫校本改。

〔一〇〕以某與外兄　「以」字原無，據《説海》等明清諸本補。孫校本無「某」字。

〔一一〕柳生聆輕紅所説因挑輕紅　原作「柳生爲輕紅所誘，又悦輕紅」，據明鈔本、孫校本改。

〔一二〕正矗狂　「正」字明鈔本作「甚」，《會校》據改。按：正，實在。「狂」字原無，據明鈔本、孫校本補。《太平通載》「狂」作「矣」。

〔一三〕謝不敏　明鈔本、孫校本作「謝不復」，下文「然」字作「爾」，《會校》據改。按：謝不敏，因自己不明智而道歉。《左傳》襄公三十一年：「趙文子曰：『信我實不德，而以隸人之垣以贏諸侯，是吾罪也。』使士文伯謝不敏焉。」

〔一四〕婚約　明鈔本、孫校本、《太平通載》作「親」，《會校》據明鈔本、孫校本改。

〔一五〕兩　明鈔本、孫校本作「四」。

〔一六〕期内　明鈔本、孫校本作「如期」，《會校》據改。《説海》等諸本作「期日」。

〔一七〕外　《説海》等諸本無此字。

〔一八〕孤獨　談本「獨」字闕，汪校本據明鈔本補。《會校》亦據明鈔本、孫校本補。黄本、《四庫》本、《筆記小説大觀》本、《太平廣記鈔》卷五八作「弱」。《説海》等諸本及《太平通載》作「露」。

〔一九〕待　孫校本作「大」。

〔二〇〕豈無教訓之道　明鈔本、孫校本作「豈可教訓之也」，有誤。

〔二一〕誘　明鈔本、孫校本作「娶」，《會校》據改。

〔二二〕合　明鈔本、孫校本作「令」，《會校》據改。按：合，應當。

〔二三〕怨前横　明鈔本、孫校本作「究前事」，《會校》據改。按：横，指意外之事。

〔二四〕積糞堆　孫校本作「堆積」。

〔二五〕訪　原作「終」，據明鈔本、孫校本改。

〔二六〕深恨　原作「情深」，據明鈔本、孫校本改。

〔二七〕萬途求免　孫校本「途」作「圖」。明鈔本作「方圖脱免」，《會校》據改。按：萬途，千方百計。

〔二八〕盡平生　宋皇都風月主人《緑窗新話》卷上《崔娘至死爲柳妻》（無出處）作「盡平生之愛」。

〔二九〕城　明鈔本、孫校本作「家」，《會校》據改。按：城指長安城。

〔三〇〕坦腹於臨軒榻上　明鈔本作「坦腹以卧軒榻」，孫校本作「坦腹以臨軒榻」。

〔三一〕崔氏倉黄奔入遂告柳生生驚　原作「崔氏與王生無憾，遂入。柳生驚，亦」，據孫校本改。明鈔本亦同，唯「崔氏」作「崔氏女」。

〔三二〕之　原作「事」，據明鈔本、孫校本改。

〔三三〕且　明鈔本作「俱」，《會校》據改。

按：本篇明世取入《古今説海》説淵部別傳五十一，題《柳參軍傳》，不著撰人。《豔異編》卷三六、《緑窗女史》卷八、《逸史搜奇》庚集四、《情史類略》卷一〇亦據《説海》採之，《逸史搜奇》題《柳參軍》，《情史》題《長安崔女》。《舊小説》乙集亦收有《柳參軍傳》，妄題撰人爲李朝威。又，《合刻三志》志鬼類、《雪窗談異》卷八、《唐人説薈》第十六集（同治八年刊本卷一九）、《龍威秘書》四集《晉唐小説暢觀》、《晉唐小説六十種》之《靈鬼志》，妄託唐常沂撰，中亦有《柳參軍》。

唐五代傳奇集第三編卷三十

王愬

温庭筠 撰

建中〔一〕三年，前楊府功曹王愬，自冬調選，至四月，寂無音書。其妻扶風竇氏，憂甚。有二女，皆國色。忽聞門有賣卜女巫包九娘者，過其巷，人皆推占事中，遂召卜焉。九娘設香水訖，俄聞空間有一人下，九娘曰：「三郎來，與夫人看功曹有何事，更無音書，早晚合歸。」言訖而去。經數刻，忽空中宛轉而下，至九娘喉中曰：「娘子酬答何物？阿郎歸，甚平安。今日在西市絹行舉錢，共四人長行。緣選場用策子，被人告，所以不得官。見〔二〕作行李次，密書之。」

五月二十三日〔三〕初明，愬奄至宅，竇氏甚喜。坐訖，便問：「君何故用策子，令選事不成？又於某月日西市舉錢，共四人長行。」愬自以不附書，愕然驚異。妻遂話女巫之事，即令召巫來，曰：「勿〔四〕憂，來年必得好官。今日西北上有人牽二水牛，患脚，可勿争價買取，旬月間，應得數倍利。」至時，果有人牽跛牛過，即以四千買。買〔五〕經六七日，甚肥壯，足亦無損〔六〕。同曲磨家〔七〕，二牛暴死，卒不可市，遂以十五〔八〕千求買。初愬宅在慶雲寺西，巫忽曰：「可速賣此宅。」如言貨之，得錢十五萬。又令於河東，暫〔九〕僦一宅，貯一年已來儲，然後買竹，作麤籠子，可盛五六斗者，積之不知其數。明年春，連帥陳少遊，議築廣陵城，取愬舊居，給以半價。又〔一〇〕運土築籠，每籠三十文，計資七八萬，始於河東買宅。

神巫〔一一〕不從包九娘而自至，曰：「某姓孫，名思兒，寄住巴陵。欠包九娘錢，今已償足，與之別歸，故來辭耳。」吁嗟久之，不見其形，但聞其言〔一二〕。竇氏感其所謀，謂曰：「汝何不且住？不然，吾養汝爲兒，可乎？」思兒喜〔一三〕曰：「娘子既許，某更何愁。可爲作一小紙屋，安於堂簷，每食時與少食，即足矣。」竇氏依之。月餘，遇秋風飄雨，中夜長歎〔一四〕，竇氏乃曰：「今與汝爲母子，何所中外？不然，向吾牀頭櫃上安居，可乎？」思兒又喜，是夕移入。便問拜兩娣〔一五〕，不見形，但聞其言。愬長女好戲，因謂曰：「娣與爾索一新婦。」於是紙畫一女，及布綵繢，思兒曰：「請如小娣裝索〔一六〕。」其女亦戲曰：「依爾意。」其夜言笑，如有所對，即云：「新婦參二姑姑。」

愬堂妹適〔一七〕韓家，住南堰。新有分娩，二女作繡鞋，欲遺之。方命青衣裝，思兒笑，二女問：「笑何事？」答曰：「孫兒一〔一八〕足腫，難著繡鞋。」竇氏始惡之。思兒已知，更數日，乃告辭云：「且歸巴陵。蒙二娣與娶新婦，便欲將去。望與令造一船子，長二〔一九〕尺已來，令娣監將香火，送至楊子江，爲〔二〇〕幸足矣。」竇氏從其請。二女又與一幅絹，畫其夫妻相對，思兒着緑秉板，具〔二一〕小船上拜别。自其去也，二女皆若神不足者。二年，長女嫁外兄〔二二〕，親禮夜，卒於帳門。以燭照之，其形若黄葉爾。小女適張初，初嫁亦如其姊〔二三〕。愬終山陽郡司馬。（據中華書局版汪紹楹點校本《太平廣記》卷三六三引《乾䐗子》校録）

〔一〕建中　《唐人説薈》第十五集《冤債志·償債鬼》作「德宗」。按：建中乃德宗年號。

〔二〕官見　原作「見官」，據明鈔本、孫校本乙改。按：「見」通「現」。

〔三〕二十三日　明鈔本作「十三日」。

〔四〕勿　原譌作「忽」，據黄本、《四庫》本、《筆記小説大觀》本、《合刻三志》志鬼類《冤債志·償債鬼》、《唐人説薈》改。

〔五〕買　《筆記小説大觀》本改作「之」，連上讀。《會校》據黄本改。按：黄本實作「買」，《筆記小説大觀》本前有黄晟序，知用黄本，然文字偶有改動。

〔六〕無損　《合刻三志》、《唐人説薈》作「愈」。

〔七〕磨家　明鈔本「磨」作「唐」，《會校》據改。按：磨家，磨坊也。《宋高僧傳》卷三〇《唐鎮州龍興寺頭陀傳》：「釋頭陀，本下邽磨家之子。」《類説》卷五七《西清詩話·王元之對屬》：「王禹偁元之父本磨家。」

〔八〕十五　《唐人説薈》民國石印本作「五十」。

〔九〕暫　原作「月」，據《合刻三志》、《唐人説薈》改。

〔一〇〕又　明鈔本下有「欲」字，《會校》據改。按：不當有「欲」字。

〔一一〕神巫　明鈔本作「其神」。

〔一二〕但聞其言　此四字原無，據《合刻三志》、《唐人説薈》補。

〔一三〕喜　此字原無，據《合刻三志》、《唐人説薈》補。

〔一四〕中夜長歎　明鈔本前有「聞」字，《會校》據補。

〔一五〕娣　明鈔本、黄本、《四庫》本、《合刻三志》、《唐人説薈》作「姊」，下同。

〔一六〕裝索　「索」《筆記小説大觀》本作「束」，《會校》據改（按：誤爲黄本）。明鈔本作「素」。《合刻三志》、《唐人説薈》無「索」字。按：索，法也。

〔一七〕適　原作「事」，據明鈔本改。

〔一八〕一　明鈔本無此字。

〔一九〕二　孫校本作「三」。

〔二〇〕爲　《合刻三志》、《唐人説薈》作「口」，連上讀。

〔二一〕具　《合刻三志》、《唐人説薈》作「送」。

〔二一〕外兄　孫本下有「元」字。

〔二二〕姊　原作「娣」，據黄本、《四庫》本、《筆記小説大觀》本、《合刻三志》、《唐人説薈》改。

按：《合刻三志》志鬼類、《唐人説薈》第十五集（同治八年刻本卷一九）有《冤債志》三事，妄題唐吴融撰。其《償債鬼》之王愬事，即本篇，取自《廣記》，有所删節。

曹朗

温庭筠　撰

進士曹朗〔一〕，文宗時任松江〔二〕華亭令。秩將滿，於吴郡置一宅，又買小青衣，名曰花紅，云其價八萬，貌甚美，其家皆憐之。至秋受代，朗乃〔三〕將其家人入吴郡宅。後逼冬至，朗緣新堂修理未畢，堂内西間，貯炭二百斤。東間窗下有一榻，新設茵席，其上有修車細蘆蓆十領。東行南廈，西廊之北，一房充庫，一房即花紅及乳母，一間充廚。至〔四〕除前一日，朗姊妹及〔五〕親，皆辦奠祝之用，鐺中及〔六〕煎三升許油，旁堆炭火十餘斤。妹作餅，家人並在左右，獨花紅不至。朗親意〔七〕其惰寢，遂〔八〕召之，至又無所執作。朗怒，笞之，便云頭痛。忽有大塼飛下，幾中朗親〔九〕。俄又一大塼擊油鐺，於是驚散。廚中食器，亂〔一〇〕

在階下。日已晚，俱入西舍，遂移入堂，並將小兒，及扃堂門，子母相依而坐，汗流如水，不諭其怪。朗取炭數斤燃火，俄又空中轟塌〔一一〕之聲，火又空中上下。忽見東窗下牀上，有一女子，可年十四五，作兩髻，衣短黄襦袴，跪於牀，似效人碾茶。朗走起擒之，遶屋不及，逡巡，匿蘆蕟積中。朗又踏之，啾然有聲，遂失所在。坐以至旦，雞鳴，方敢開門。乳母、花紅，尚〔一二〕熟寢于西室。

朗召玉芝觀顧道士作法，數日，有人長吁曰：「吾是梁苑客枚皋，前因節日，求食於此，君家不知云何見捕？」朗具茶酒，引之與坐。皋謂朗曰：「吾元和初，遊上元瓦棺閣〔一三〕，第二層西隅壁上，題詩一首。」朗苦請，皋曰：「方心事無悰，幸相悉，他日到金陵，可自録之。足下之祟，非吾所爲，其人不遠，但問他人，當自知。」朗遂白顧道士，捨之。里中有女巫朱二娘，又召令占。巫悉召家人出，唯花紅頭痛未起。巫强呼之出，責曰：「何故如此？娘子不知，汝何不言？」遂拽其臂，近肘有〔一四〕青脉寸餘隆起，曰：「賢聖宅於此，夫人何故驚之？」花紅拜，唯稱不由己。朗懼，減價賣之。歷二家，皆如此，遂放之。無所容身，常於諸寺紉針以食。後有包山道士申屠千齡過，説花紅本是洞庭山人户共買人家一女，令守洞庭山廟。後爲洞庭觀拓北境二百餘步，其廟遂除，人户將此女〔一五〕賣與曹時用。廟中山魅〔一六〕無所依，遂與其類巢於其臂，東吴人盡知其事。（據中華書局版汪紹楹點

校本《太平廣記》卷三六六引《乾𦠆子》校録)

〔一〕曹朗　南宋周守忠《姬侍類偶》卷上引《乾𦠆子》作「曹時用」。按：末云「人户將此女賣與曹時用」，是則朗字時用。疑原文下當有「字時用」三字。

〔二〕松江　明鈔本、《姬侍類偶》作「蘇州」。按：松江即今吴淞江，唐時在蘇州境内，受太湖水而入海。此處松江代指蘇州。華亭縣唐屬蘇州。

〔三〕朗乃　原作「令朗」，據明鈔本改。

〔四〕至　明鈔本作「堂」，連上讀。

〔五〕姊妹及　「及」原作「乃」，據明鈔本、孫校本、《四庫》本改。明吴大震《廣豔異編》卷三一《花紅》無「姊」字。

〔六〕及　《四庫》本作「乃」。《廣豔異編》無此字。

〔七〕朗親意　明鈔本「親意」作「意謂」，《會校》據改。按：親即上文「姊妹及親」之親，父母也。

〔八〕遂　明鈔本作「及」，《會校》據改。

〔九〕親　明鈔本作「額」，《會校》據改。

〔一〇〕亂　明鈔本作「散」，《會校》據改。

〔一一〕塌　原作「榻」，據《太平廣記鈔》卷七四改。

〔一二〕尚　此字原無，據明鈔本補。

〔一三〕瓦棺閣　明鈔本「棺」作「官」，《會校》據改。按：瓦官閣又作瓦棺閣，瓦官（棺）寺之閣。南宋周應合《景定建康志》卷二一《城闕志二·樓閣》：「昇元閣，舊在昇元寺，即瓦棺寺也，在城西南隅。考證：《京師寺記》：瓦棺寺有瓦棺閣，乃梁朝所建，高二百四十尺。」參見《民妙寂》校記〔六〕。《全唐詩》卷二四三韓翃《送客之江寧》：「楚雲朝下石頭城，江燕雙飛瓦棺寺。」卷六五七羅隱有《登瓦棺寺閣》詩。

〔一四〕有　《姬侍類偶》作「後」。

〔一五〕將此女　此三字原無，據《姬侍類偶》補。

〔一六〕魅　《姬侍類偶》作「魑」。

按：《廣記》出處作《乾𦠆》，汪校本補「子」字。《廣豔異編》卷三一採入，題《花紅》。

薛弘機

温庭筠　撰

東都漕橋〔一〕銅駞坊，有隱士薛弘機，營蝸舍漕河〔二〕之隈，閉户自處，又無妻僕。每秋時，鄰樹飛葉入庭，亦掃而聚焉，盛以紙囊，逐其彊〔三〕而歸之。常於座隅題其詞曰：「夫人之計，將徇前非且不可〔四〕，執我見不從於衆亦不可。人生實難，唯在處中行道耳。」居一日，殘陽西頹，霜風入户，披褐獨坐，仰張邴之餘芳。忽有一客造門，儀狀瓌古，隆隼龐眉，方口廣顙，嶷然四皓之比，衣皁〔五〕霞裘，長揖薛弘機曰：「足下性尚幽遁〔六〕，道著嘉肥，僕所居不遥，嚮慕足下操履，特相詣謁〔七〕。」弘機一見相得，切磋今古。遂問姓氏，其人曰：「藏經，姓柳。」即便〔八〕歌唫。

清夜將艾，云：「漢興，叔孫爲禮主〔九〕，何得以死喪婚姻而行二載制度？吾所惑〔一〇〕焉。」歌曰：「寒水停圓〔一一〕沼，秋池滿敗荷。杜門窮典籍，所得事今〔一二〕多。」弘機好《易》，因問藏經，則曰：「《易》道深微，未敢學也。且劉氏《六説》，只明《詩》、《書》、《禮》、《樂》及《春秋》，而不及〔一三〕《易》，其實五説，是道之難。」弘機甚喜此論〔一四〕。言訖辭去〔一五〕，窣颯有〔一六〕聲。弘機望之，隱隱然丈餘行西而没〔一七〕。後問諸鄰，悉無此色〔一八〕。

弘機苦思藏經，又〔一九〕不知所尋。月餘，又詣弘機。弘機每欲相近，藏經輒退。弘機逼之，微聞朽薪〔二〇〕之氣。藏經又〔二一〕隱。至明年五月又來，乃謂弘機曰：「知音難逢，日月易失，心親道曠，室邇人遐。吾有一絶相贈，請君記〔二二〕焉。」詩曰：「誰謂三才貴，余觀萬化同。心虚嫌蠹食，年老怯狂風。」吟訖，情意搔然，不復從容。出門而西，遂失其踪。是夜，惡風發屋拔樹。明日，魏王池畔有大枯柳，爲烈風所拉折。其内不知誰人藏經百餘卷〔二三〕，盡爛壞。弘機馳往收之〔二四〕，多爲雨漬斷，皆失次第，内唯無《周易》。弘機歎曰：「此非〔二五〕藏經之謂乎？」亦竟日心惻〔二六〕。此〔二五〕建中年事。（據中華書局版汪紹楹點校本《太平廣記》卷四一五引《乾𦠆子》校録）

〔一〕漕橋　原譌作「渭橋」，據《太平廣記詳節》卷三五、《永樂大典》卷八五二七引《太平廣記》改。按：漕橋即漕渠橋，唐東都洛陽漕渠上諸橋之一。清徐松《唐兩京城坊考》卷五：「漕渠，本名通濟渠。自斗門下枝分雒水東北流，至立德坊之南，西溢爲新潭。又東流至歸義坊之西南，有西漕橋。又東流至景行坊之東南，有漕渠橋。」漕渠橋南即銅駝坊。

〔二〕漕河　原譌作「渭河」，據宋楊伯嵒《六帖補》卷一〇引（無出處）改。《廣記詳節》作「河」。按：漕河即漕渠。

〔三〕彊　《廣記詳節》作「疆」。彊，通「疆」。

〔四〕將徇前非且不可　「徇」明鈔本、清陳鱣校本、《合刻三志》志怪類及《雪窗談異》卷六《靈怪録·薛弘機》作「荷」，《唐人説薈》第十六集《靈怪録·薛宏機》作「苟」，《會校》據明鈔本、陳校本改。徇，順從，苟從。「且」《廣記詳節》作「見」。

〔五〕皁　原譌作「早」，據黄本、《四庫》本、《筆記小説大觀》本、《廣記詳節》、《靈怪録》改。《廣記詳節》、《唐人説薈》作「皂」，字同。

〔六〕遁　原譌作「道」，據黄本、《四庫》本、《筆記小説大觀》本、《廣記詳節》、《大典》、《靈怪録》改。陳校本作「玄」，《會校》據改。

〔七〕特相詣謁　「謁」字原無，據孫校本補。《合刻三志》、《雪窗談異》作「特相邀」，《唐人説薈》作「特此相詣」。

〔八〕即便　陳校本作「相與」，《廣記詳節》作「如此」。《靈怪録》「便」作「使」。

〔九〕禮主　「主」字原無，據陳校本、《廣記詳節》補。按：禮主指主持製定禮儀制度。《史記》卷九九《叔孫通列傳》載叔孫通雜采古禮與秦儀，製定禮樂制度。太史公曰：「叔孫通希世度務，制禮進退，與時變化，卒爲漢家儒宗。」

〔一〇〕惑　原作「感」，據明鈔本、陳校本、《四庫》本、《廣記詳節》改。

〔一一〕圓　《靈怪録》作「園」。

〔一二〕今　陳校本作「令」，《廣記詳節》作「全」。

〔一三〕不及　原作「亡於」，《廣記詳節》同，《靈怪録》作「忘於」，陳校本作「不及」。按：唐李肇《國史補》卷上：「劉迅著《六説》，以探聖人之旨，唯説《易》不成，行於代者五篇而已。識者伏其精峻。」《崇文總目》論語類：「《六説》五卷，唐右補闕劉迅作六書，以繼六經，故標概作書之誼而著其目，惟《易》闕而不叙，故止五卷。」劉氏《六説》説《易》原即未成，非亡逸不傳。據陳校本改。

〔一四〕喜此論　「喜」《廣記詳節》作「嘉」。「此」陳校本作「其」，《會校》據改。

〔一五〕言訖辭去 《廣記詳節》作「如此遂去」。
〔一六〕有 《廣記詳節》作「送」。
〔一七〕行西而没 「行西」二字原無，據《大典》補。《廣記詳節》作「西没」。
〔一八〕色 陳校本作「人」，《會校》據改。按：色，類也。
〔一九〕又 《靈怪録》作「丈」，連上讀。
〔二〇〕薪 《大典》作「木」。
〔二一〕又 此字原無，據《廣記詳節》、《大典》補。
〔二二〕記 明鈔本、陳校本、《廣記詳節》作「繼」。
〔二三〕藏經百餘卷 《廣記詳節》作「百餘卷書」。
〔二四〕馳往收之 「馳」字原無，據陳校本、《廣記詳節》補。《廣記詳節》「收」作「取」。
〔二五〕此非 此二字原無，據陳校本補。《六帖補》作「其」。
〔二六〕亦竟日心惻 此句原脱，據《廣記詳節》補。
〔二七〕此 此字原無，據《廣記詳節》補。

按：《合刻三志》志怪類及《雪窗談異》卷六載有託名唐牛嶠撰《靈怪録》，後又收入《唐人説薈》第十六集（按：同治八年刻本卷二〇），條目有所增删。中有本篇，亦題《薛弘機》，《唐人說薈》避諱改「弘」爲「宏」。

何讓之

温庭筠 撰

神龍〔一〕中，廬江何讓之赴洛。遇上巳日，將陟老君廟，瞰洛中遊春冠蓋。廟之東北二百餘步，有大丘三四，時亦號後漢諸陵。故張孟陽《七哀》詩云：「恭文遥相望，原陵鬱膴膴。」原陵即光武陵。一陵上獨有枯柏三四枝〔二〕，其下盤石〔三〕，可容數十〔四〕人坐。見一翁，姿貌有異常輩，眉鬢皓然，著賓幏巾〔五〕襦袴，幘烏紗，抱膝南望，吟曰：「野田荆棘春，閨閣綺羅新。出没〔六〕頭上日，生死眼前人〔七〕。欲知我家在何處，北邙松柏正爲鄰。」俄有一貴戚，金翠車輿，如花之婢〔八〕數十，連袂笑樂而出徽安門，抵榆林店。又睇中橋之南北，垂楊〔九〕拂於天津，繁花明於上苑。紫禁綺陌，軋〔一〇〕亂香塵。讓之方歎棲遲，獨行踽踽，已訝前吟翁非人。翁忽又吟曰：「洛陽女兒羅綺〔一一〕多，無奈孤翁老去何〔一二〕？」讓之遽欲前執，翁倏然躍入丘中。

讓之從焉。初入丘曛黑，久辨其隧〔一三〕，翁已復本形矣。遂〔一四〕見一狐跳出，尾有火焰〔一五〕如流星。讓之却出玄堂之外，門東有一筵已空。讓之見一几案，上有硃盞筆硯之類，有一帖文書，紙盡慘灰色，文字則不〔一六〕可曉解。略記可辨者，其一云：「正色鴻燾〔一七〕，神思化伐〔一八〕。穹施后承，光負玄〔一九〕設。嘔淪吐萠〔二〇〕，垠倪散截〔二一〕。迷陽郤曲〔二二〕，䨴音對。霒音乙林反。霾曀〔二三〕入聲。雀燬龜水〔二四〕，健駞御寵〔二五〕。拿尾研動〔二六〕，袾袾〔二七〕晢晢。湑用祕功，以嶺以穴。棯薪伐藥〔二八〕，莽野〔二九〕萬茁。順〔三〇〕律則祥，拂倫唯孽〔三一〕。牡虛〔三二〕無有，頤咽蕊屑。肇素未來，晦明興滅〔三三〕。」其二辭曰：「五行七曜，成此閏餘。上帝降靈，歲旦涒涂〔三四〕。蛇蜕其皮，吾〔三五〕亦神攄。九九六六，束身天除〔三六〕。何以充喉？吐納太虛。何以蔽踝〔三七〕？霞袂雲裾〔三八〕。哀爾浮生，櫛比〔三九〕荒墟。吾復麗〔四〇〕氣，還形之初。在帝左右，道濟忽諸。」題云：「應天狐超異科〔四一〕策八道。」後文甚繁，難以詳載。讓之獲此書帖，喜而懷之，遂躍出丘穴。

後數日，水北同德寺僧志静來訪讓之，説云：「前者所獲丘中文書，非郎君〔四二〕所用，留之不祥。其人〔四三〕近捷上界之科，可以禍福中國。郎君必能却歸此，他亦酬謝不薄。其人謂志静曰：『吾已備三百縑，欲贖購此書。』如何？」讓之許諾。志静明日挈三百縑送讓之，讓之領訖，遂詒〔四四〕志静，言其書以爲往還所借，更一兩日當徵之，便可歸本。讓之復爲朋友所説云：「此僧亦是妖魅，奈何欲還之？所納縜，但諱之可也。」後志静來，讓之悉諱，云：「殊無此事，兼不曾有此文書。」志静無言而退。

經月餘，讓之先有弟在東吳，别已踰年。一旦，其弟至焉，與讓之話家私中外，甚有道〔四五〕。長夜則兄弟聯牀。經五六日，忽問讓之：「某聞此地多狐作怪，誠有之乎？」讓之遂話其事而誇云：「吾一月前，曾獲野狐之書文一帖，今見存焉。」其弟固不信：「寧有是事？」讓之至遲旦，揭篋，取此文書帖示弟。弟捧而驚歎〔四六〕，即〔四七〕擲於讓之前，化爲一狐矣。俄見一美少年，若新官之狀，跨白馬，南馳疾去。適有西域胡僧，賀云：「善哉，常在天帝左右矣！」少年歎讓之相紿，讓之嗟異。未幾，遂〔四八〕有敕捕，内庫被人盜貢絹三百匹，尋蹤及此。俄有吏掩至，直挐讓之囊檢〔四九〕焉，果獲其〔五〇〕縑，已費數十匹。執讓之赴〔五一〕法。讓之不能雪，卒斃枯木。（據中華書局版汪紹楹點校本《太平廣記》卷四四八引《乾𦠆子》校録）

〔一〕神龍　前原有「唐」字，今删。

〔二〕枝　明鈔本、《四庫》本、《歲時廣記》卷一九引《乾𦠆子》作「株」。按：枝，株也，棵也。白居易《六帖》卷一〇〇《桂》：「月中有仙桂樹一枝。」

〔三〕石　《歲時廣記》作「土」。

〔四〕數十　孫校本作「十數」，《歲時廣記》無「十」字。

〔五〕賨幏巾　「幏」原作「幪」，《歲時廣記》同，形似而譌，今改。按：賨幏，即賨布。秦漢時西南少數民族作爲賦税交納的本地産布匹。《後漢書》卷八六《南蠻傳》：「秦昭王使白起伐楚，略取蠻夷，始置黔中郡。漢興，改爲武陵。歲令大人輸布一匹，小口二丈，是謂賨布。」《傳論》：「又其賨幏、火毳、馴禽、封獸之賦，軨積於内府。」《文選》卷六左思《魏都賦》：「賨幏積墆，琛幣充牣。」吕向注：「賨，南夷税名。幏，布也。」《説文》巾部：「幏，南郡蠻夷賨布也。」賨布唐世仍有流通，李商隱《李義山文集》卷二《爲滎陽公謝賜冬衣狀》：「賨布少温，蠻綿乏煖。」幪巾，傳説舜時以巾蒙首作爲墨刑之象徵，以示仁厚。《慎子逸文》：「有虞之誅，以幪巾當墨，以草纓當劓……」蓋人不解「幏巾」之義，而誤作「幪巾」。

〔六〕没　宋朱勝非《紺珠集》卷七《乾饌子・狐翁》、明嘉靖伯玉翁舊鈔本《類説》卷二三《炙轂子・狐翁》作「入」。

〔七〕生死眼前人　《紺珠集》、明鈔本《類説・炙轂子》「生死」作「死生」。《歲時廣記》「前」作「中」。

〔八〕婢　《歲時廣記》作「妓」。

〔九〕垂楊　明鈔本、孫校本「楊」作「柳」，《會校》據改。按：垂楊即垂柳，柳又稱楊柳。戴叔倫《早春曲》：「垂楊摇絲鶯亂啼，裊裊烟光不堪剪。」李益《春行》：「歸路南橋望，垂楊拂細波。」

〔一〇〕軋　孫校本作「轍」。

〔一一〕羅綺　此二字原無，據《紺珠集》補。《全唐詩》卷八六七原陵老翁吟亦有此二字。明鈔本《類説》作「歌愁」。

〔一二〕無奈孤翁老去何　《紺珠集》、《全唐詩》末多「奈爾何」三字，《四庫》本作「無奈狐翁老去奈爾何」。

明鈔本《類説》作「無奈何，翁老去，奈爾何」。

〔一三〕久辨其隧　原作「不辨其逐」，「不辨」屬上讀，「其逐」屬下讀，據孫校本、《歲時廣記》改。

〔一四〕遂　孫校本、《歲時廣記》、明陳耀文《天中記》卷六〇引《乾𦠆子》作「遽」。

〔一五〕焰　孫校本、《歲時廣記》、《天中記》作「復」。

〔一六〕則不　孫校本作「不健」。

〔一七〕正色鴻燾　明憑虛子《狐媚叢談》卷一《何讓之得狐硃字文書》「燾」作「壽」。按：燾，音「道」，覆蓋。《史記》卷三一《吴太伯世家》：「德至矣哉，大矣。如天之無不燾也，如地之無不載也，雖甚盛德，無以加矣。」

〔一八〕神思化伐　南宋吴聿《觀林詩話》引温庭筠《乾𦠆子》「思」作「司」。「伐」原作「代」，按：全文押入聲韻，作「代」誤，據《觀林詩話》、《歲時廣記》、《全唐詩》改。

〔一九〕玄　《觀林詩話》作「懸」。懸，高。

〔二〇〕嘔淪吐萠　《觀林詩話》「淪」作「論」，誤。淪，沉淪。「萠」黄本、《四庫》本、《筆記小説大觀》本、《觀林詩話》、《歲時廣記》、《全唐詩》作「萌」。萠，同「萌」。

〔二一〕垠倪散截　《歲時廣記》「垠」作「琅」，「散」作「斮」。《觀林詩話》亦作「斮」。按：此句言邊際或擴散或截斷，作「琅」誤。斮，同「斫」。

〔二二〕迷陽郤曲　原作「迷腸郗曲」，據《四庫》本改。《觀林詩話》「腸」亦作「陽」。郤曲，縫隙，「郤」通

「隙」。《歲時廣記》「腸」作「暘」。暘，太陽，或日出。

〔二三〕霿音對霧音乙林反霾曀　「音對」原作「音朦」，誤，據《觀林詩話》改。「霧」原作「零」，據《歲時廣記》改。《觀林詩話》作「雺」，字同。按：霿、霧，皆形容雲氣陰黑。

〔二四〕水　原作「冰」，據《觀林詩話》、《歲時廣記》、《全唐詩》改。

〔二五〕健驩御窟　「驩」原譌作「馳」，據孫校本改。「窟」原譌作「屈」，據《觀林詩話》改。《觀林詩話》全句作「犍馳御窟」，「犍馳」譌。

〔二六〕拿尾研動　孫校本「研」作「斫」，不可解。《觀林詩話》作「拿尾群狐」。按：此句謂狐握住自己尾巴思考如何行動。

〔二七〕袾袾　原譌作「袾袾」，據《歲時廣記》改。按：袾，朱色衣服。袾，猶「祝」。《觀林詩話》作「袜」，誤。

〔二八〕椸薪伐藥　「椸」孫校本作「施」，《歲時廣記》作「拖」。《觀林詩話》全句作「抱薪代櫟」，《四庫》本「代」作「伐」。按：椸，砍，劈。

〔二九〕野　原作「樾」，字書無此字，據《觀林詩話》改。《全唐詩》作「楪」，同「桀」。

〔三〇〕順　原作「嘔」，據《觀林詩話》、《歲時廣記》改。

〔三一〕拂倫唯孽　原作「佛倫惟薩」，據《觀林詩話》改。

〔三二〕牡虛　《觀林詩話》作「壯虛」。按：牡虛，謂丘陵虛空。《大戴禮記·易本命》：「丘陵爲牡，谿谷爲牝。」壯虚，謂壯年已去。

〔三三〕晦明興滅　《觀林詩話》作「武尋輪轍」。

〔三四〕涒涂　「涂」原作「徐」，據《觀林詩話》、《天中記》改。按：涒，吐出。涂，音「除」，即涂月，農曆十二月。《爾雅·釋天》：「十二月爲涂。」涒涂，指臘月已過。

〔三五〕吾　《觀林詩話》、《天中記》作「君」。

〔三六〕東身天除　《天中記》作「來身天除」。

〔三七〕踝　《紺珠集》、明鈔本《類説》、宋王十朋《東坡先生詩集注》卷八、施元之《施注蘇詩》卷二《讀道藏》注、《天中記》作「裸」，《觀林詩話》作「倮」。按：「踝」、「倮」同「裸」。

〔三八〕霞袂雲袖　「袂」孫校本、《觀林詩話》、《天中記》作「袿」，《紺珠集》作「裙」，《東坡先生詩集注》、《施注蘇詩》作「裾」。

〔三九〕櫛比　《觀林詩話》、《天中記》作「擲此」。

〔四〇〕麗　《觀林詩話》、《天中記》作「浩」，《歲時廣記》作「顥」。按：麗，附著，附麗。

〔四一〕科　《歲時廣記》作「祕」。

〔四二〕郎君　孫校本作「郎子」。

〔四三〕其人　孫校本、《歲時廣記》作「前人」。下文「其人」，孫校本亦作「前人」。按：其人、前人，指狐翁。

〔四四〕詒　《四庫》本、明吳大震《廣豔異編》卷三〇《何讓之》、《續豔異編》卷一二《何讓之》作「紿」，音義皆同。
〔四五〕有道　孫校本「有」作「覺」。《廣豔異編》、《續豔異編》「道」作「理」。
〔四六〕驚歎　《歲時廣記》作「讀之」。
〔四七〕即　此字連上字「歎」孫校本作「授之」。
〔四八〕遂　孫校本作「遽」。
〔四九〕檢　孫校本、《歲時廣記》作「揭」。
〔五〇〕其　孫校本、《歲時廣記》作「同類」。
〔五一〕赴　談愷刻本原作「越」，汪校據明鈔本改作「赴」，孫校本、《廣豔異編》、《續豔異編》亦作「赴」。《歲時廣記》、《天中記》作「付」。

按：《狐媚叢談》卷一《何讓之得狐硃字文書》，《廣豔異編》卷三〇、《續豔異編》卷一二《何讓之》，取自《廣記》，後二書有删節。

侯真人降生臺記

高玄謩　撰

高玄謩，河南府陸渾縣（今河南洛陽市嵩縣東北陸渾鎮）人。懿宗咸通二年（八六一），時爲芮

城令。（據本文及《全唐文》卷七九一薛詢《侯真人降生臺後記》、清胡聘之《山右石刻叢編》卷九）

大唐大中五年五月二十日，河中府〔一〕永樂縣中條山陽道静院，有道士姓侯名道華，修道昇仙，時年三十四。芮城人也。真人生而如愚，默悟真道，是非泯絶，嘯〔二〕傲雲水。初常庶人之服，師事道静院主周悟仙。以其器貌鈍懦，遇之以施力之儔。常役之以農耕，勞之以樵採。悟仙弟子十餘輩，共輕而賤之。真人内自敏曉，外貌咍咍然，口亦咄咄而吟言〔三〕：「道也者，不可須臾〔四〕離也，尺鷃〔五〕安知一舉九萬乎？」悟仙聞而奇之。及授之冠帔，雖服道衣，執勞無替。師役之暇，則採藥草，鍊五粒松柏〔六〕子及根葉，或湯而飲之，或丸而吞之，莫識其術。一旦暴疾，如中惡毒，久而乃活。因而不聞〔七〕鹽米之氣。好作詩歌，獨吟朗詠。人或覺其聲音清暢，亦或覩其鬚髮清光，肌骨洞徹。

真人曾省兄，歸芮之故里，經進士崔瑆墅居。書齋之壁，有一芝草，真人看而笑指芝〔八〕曰：「曾於五老峰側，得而食之。」其年夏之清旦，有一羽客，并一童子從，忽至廬中，真人異而禮敬。及坐，曰：「吾居且非遥，聞君至道，故相訪耳。君道已成，仙籍有名，其期不遠，天人來迎。」言訖而去。真人送行，北昇山坂數里〔九〕。仍令侯君改姓與名爲李内芝，名繫上清宫善進院〔一〇〕。

真人曾爲鄧天尊〔一一〕殿之前，松林暗翳，三光耀蔽，啓其師請削去繁枝。松百株，皆真人手植而高聳。忽有范陽盧穎自蒲罷幕，寄居永樂，閒遊道靜，因詰削松枝者誰，曰：「道華。」盧君詬〔一二〕責，欲請邑宰治之〔一三〕。真人曰：「得非宿殃乎？」乃詣道士姚黃中請筮。及卦成，姚曰：「兆之無咎，有喜自天。卜何也〔一四〕？」真人笑而不答。姚乃飲以卮酒而歸，及中途，遇一老人，衣破敝，與之俱行。忽覺喉中塞而且癢，老人曰〔一五〕：「開口。」乃折桑樹枝攪其喉，遂吐其蟲出，約有三升，頭黑身白，長寸餘。行數里，喉又癢，老人曰〔一六〕：「漱口。」掬澗流而漱，復出蟲三升，狀若前者。逡巡，失其老人。

是夜歸院。來旦，師令出〔一七〕刈麥三十畝，不終日而擔負積院。路有山櫻桃，食之，曰：「此後永不再食也。」是夜，同院道流但見沐浴，以爲收斃〔一八〕因熱。夜之及半，烈風雷雨，折樹驚人。及曉，道華之户尚閉，衆開而覓之，不知所從，房中惟有燒文書〔一九〕之燼。天尊殿西有一喬松，高六丈〔二〇〕，下鋪一席，上有香爐，烟火未絶，及並所靸雙履在地，其冠帔繫結松梢，不可得而取之。房中鏡子帶上有詩曰：「鍊得大還丹，多年色不移。前宵盜喫却，今夜碧空飛。慚愧深珍重，珍重鄧尊師。師與司馬山人燒得大丹，封在尊殿内，未服而謝。多時鍊得藥，留著待内芝。吾師知此術，速鍊莫爲遲。三清專心待，大羅的有期。」於是具聞廉察，廉察上奏。於時官吏士庶，瞻禮稱歎，焚香供養，日有千衆，歲餘不絶。

玄〔二一〕蓍宰芮之日，備聞斯實，欲旌顯之。事力未及，恩命除替，固遺恨也。果有河東薛公詢，牛刀割雞，利刃多暇，有惡必懲，聞善必舉。乃於縣西北約二里古道之石，即真人降生之地，築臺刻石，永傳不朽。時咸通二年十月一日記〔二三〕。（據上海古籍出版社影印揚州官刻本《全唐文》卷七九〇校録，又清胡聘之《山右石刻叢編》卷九）

〔一〕河中府　原作「河南府」，誤，據《石刻》改。按：永樂縣屬河中府，見《新唐書·地理志三》。永樂縣即今山西運城市芮城縣西南永樂鎮。

〔二〕嘯　原作「笑」，據《石刻》改。

〔三〕吟言　《石刻》作「詠曰」。

〔四〕須臾　此二字原無，據《石刻》補。

〔五〕尺鷃　「尺」原譌作「又」，據《石刻》改。

〔六〕柏　原作「脂」，據《石刻》改。

〔七〕聞　原作「食」，據《石刻》改。《石刻》上有「喜」字。

〔八〕芝　上原有「一」字，據《石刻》删。

〔九〕北昇山坂數里　《石刻》下有「乃失□□□載已遇之」九字。

〔一〇〕善進院　《石刻》作「善□□進院」。

〔一一〕鄧天尊　「鄧天」二字原脱，據《石刻》補。按：下文言及鄧天尊。

〔一二〕詬　《石刻》作「㯷」。

〔一三〕治之　《石刻》作「按其事」。

〔一四〕兆之无咎有喜自天卜何也　「无咎」原作「無愆」。《石刻》作「兆云无咎有喜，憂之何也」，據改。

按：《周易·乾卦·象》：「或躍在淵，進无咎也。飛龍在天，大人造也。」

〔一五〕曰　此字原脱，據《石刻》補。此字爲碑刻殘存字。

〔一六〕曰　原譌作「方」，據《石刻》改。

〔一七〕出　《石刻》作「下山」。

〔一八〕麰　《石刻》作「麥」。麰，麥類。

〔一九〕文書　原脱「文」字，碑刻殘文有此字，據補。

〔二〇〕天尊殿西有一喬松高六丈　「天」原譌作「其」，碑刻殘文作「天」，「西」字、「高」字原脱，碑刻殘文有「西」字，據以改補。

〔二一〕玄　原作「元」，碑刻殘文作「玄」，《石刻》圈之以表示避諱，據改。

〔二二〕時咸通二年十月一日記　原無紀時，據《石刻》補。「二」原誤作「三」，據《侯真人降生臺後記》改。説詳按語。

按：清胡聘之《山右石刻叢編》卷九載《侯真人降生臺記》，注云：「石已殘裂，就搨本計之，高一尺五寸，廣一尺七寸八分，二十三行，字數難稽。正書。今在芮城縣西二里紫清觀側。」題目下行爲「河南府」三字，下闕，疑是高玄謩題署，玄謩河南府陸渾人也。《記》文闕失頗劇，以小字補綴。後附按語曰：「桉：《唐會要》：『大中五年五月，河中節度使鄭光奏，永樂縣道士侯道華上昇。詔改所居道淨院爲昇仙院，仍賜帛五百疋，以飾廊房。』（按：見《唐會要》卷五〇，鄭光譌作鄭先）即此碑所云。《芮城縣志》：『侯真人降生臺，在城西紫清觀側。唐大中五年昇仙，咸通三年，邑令高元（玄）謩築臺刻石。』今存碑多磨泐，今據《縣志》補。……《縣志》：『高元（玄）謩陸渾人，唐咸通三年任縣令。』與碑題年合。碑見《通志·金石記》。」所補乃據《芮城縣志》。《縣志》遠不及《全唐文》完備。《全唐文》不詳所本。

《石刻叢編》本《記》文云：「咸通三年十月一日記。」《石刻叢編》目録亦注作「咸通三年十月一日」，《芮城縣志》亦作咸通三年。《石刻叢編》卷一七《紫清觀牒》亦引《芮城縣志》：「侯真人降生臺，在城西紫清觀側。咸通三年，邑令高元（玄）謩築臺刻石。」又《山西通志》卷六〇《古蹟四·解州·芮城縣》：「侯真人降生臺，在城西紫清觀側。唐大中五年昇仙，咸通三年，邑令高元（玄）謩築臺刻石，今存。」卷一七一《寺觀四·解州·芮城縣》：「紫清觀在縣西北二里，唐名道静院，内有降生臺，乃侯道華降生地也。唐咸通三年，邑宰高元（玄）謩築并撰記。」諸記均作「咸通三年」，然觀《全唐文》卷七九一薛詢《侯真人降生臺後記》云：「余嘗作尉甸服，聞侯真人昇仙之説，而未熟其事。洎辛巳歲宰於斯邑，與渤海高公爲交代，方覩其文。及詰諸耆耋，皆與前文符驗。……高公博學好古，欲旌其跡，俾蹈道之士，勵志精勤，故授受於予，克成其事。……是刻石舊居，以期於絳節。」高、薛交代在辛巳歲，乃咸通二年（三年爲壬午）。然則作三年誤，必是碑文搨本模糊而誤讀，《芮城縣志》、《山西通志》之誤皆緣乎此也。

薛詢到芮城，高玄謩將離任，將《記》交付薛詢刻石，以克成其事。薛詢亦作《後記》，一併刻石。《石刻叢編》在高《記》後亦録《後記》，文多殘闕，末作「是刻石舊居，以斯（按：當作『期』）□□節，時有」，下闕。《石刻叢編》云：「碑後五行尚有可辨之字，與《志》書所載者不同，附書於此。」可見《全唐文》所録《後記》不全，「以期於絳節」以下闕。

唐五代傳奇集第三編卷三十一

消麪蟲

張讀撰

張讀（八三四—？），字聖用，一作聖朋。深州陸澤（今河北深州市西南）人。張鷟玄孫，張薦孫，張希復子，牛僧孺外孫。宣宗大中六年（八五二）登進士第，年十九（一作年十八）。十年鄭薰爲宣歙觀察使，辟署幕府。咸通十五年（八七四）爲河南縣令。僖宗乾符五年（八七八）十二月，以中書舍人權知貢舉，明年初知舉畢，有得士之譽，除禮部侍郎。十月又以本官知尚書左丞事。廣明元年（八八〇）隨侍僖宗避黄巢奔蜀，中和初（八八一）改吏部侍郎，五年還京。後兼弘文館學士，判院事，卒。撰《建中西狩録》十卷，佚。（據《舊唐書》卷一四九、《新唐書》卷一六一《張薦傳》，《舊唐書·僖宗紀下》，《新唐書·藝文志》雜史類，《全唐文補遺》第七輯張讀《唐故屯田員外郎歸州刺史韋公夫人滎陽鄭氏墓誌銘并序》，高彦休《唐闕史》卷上《許道敏同年》，五代王定保《唐摭言》卷三，北宋黄休復《益州名畫録》卷上，《郡齋讀書志》卷一三小説類，《直齋書録解題》卷一一小説家類）

吳郡陸顒，家於長城之東〔一〕，其世以明經仕。顒自幼嗜麵，爲食愈多而質愈瘦。及長，從本郡〔二〕貢於禮部，既下第，遂爲生太學中。後數月，有胡人數輩，挈〔三〕酒食詣其門。既坐，顧謂顒曰：「吾南越人，長蠻貊中，聞唐天子網〔四〕羅天下英俊，且欲以文物〔五〕化動四夷，故我航海梯山來中華，將觀太學〔六〕文物之光。惟吾子峨焉其冠，襜焉其裾，莊然其容，肅然其儀，真唐朝儒生也，故我願與子交歡。」顒謝曰：「顒幸得籍〔七〕於太學，然無他才能，何足下見愛之深也？」於是相與酬燕，極歡而去。

顒信士也，以爲群胡不我欺。旬月〔八〕，群胡又至，持金繒爲顒壽。顒志〔九〕疑其有他，即固拒之。胡人曰：「吾子居長安中，惶惶然有饑寒色，故持金繒，爲子僕馬一日之費，所以交君子〔一〇〕歡爾，豈有他哉〔一一〕！幸勿疑我〔一二〕也。」顒不得已，受金繒。及胡人去，太學中諸生聞之，偕來謂顒曰：「彼胡率好利，不顧其身，爭米鹽〔一三〕之微，尚致相賊殺者，寧肯輕金繒爲君〔一四〕壽乎？且太學中諸生甚多，何爲獨厚君耶？是必有故〔一五〕。君〔一六〕匿身郊野間，以避再來也。」顒遂僑居於渭上，杜門不出。

僅月餘，群胡又詣其門。顒大驚，胡人喜曰：「比君在太學中，我未得盡言。今君退處郊野，果吾心也。」既坐，胡人挈顒手而言曰：「我之來，非偶然也，蓋欲富君爾〔一七〕，幸望知〔一八〕之。且我所祈，於君固無害，於我則大惠也。」顒曰：「謹〔一九〕受教。」胡人曰：「吾子好食麵乎？」曰：「然。」又曰：「食麵者非君也，乃君肚中一蟲爾。今我欲以一粒藥進君，君餌之，當吐出蟲。則我以厚價從君易之，其可乎？」顒曰：「若誠有之，又安有不可耶？」已而胡人出一粒藥，其色光紫，命餌之。有頃，遂吐出一蟲，長二寸許，色青，狀如蛙。胡人曰：「此名消麵蟲，實天下之奇寶也。」顒曰：「何以識之？」胡人曰〔二〇〕：「吾嘗〔二一〕見寶氣亘天，起於太學中，故我特訪而取之〔二二〕。然自一月餘，清旦望之，見斯氣移於渭水上，果君遷居焉。夫此蟲稟天地中和之氣而生〔二三〕，故好食麵。蓋以麥自秋始種，至來年夏季方始成實，受天地四時之全氣，故嗜其味焉。君宜以麵食〔二四〕之，可見矣。」顒即以數斗餘致其前，蟲乃食之立盡。顒又問曰：「此蟲安所用也？」胡人曰：「夫天下之奇寶，俱稟中和之氣，此蟲乃中和之粹也。執其本而取其末，其遠乎哉！」既而以函〔二五〕盛其蟲，又金篋〔二六〕扃之，命顒致于寢室。謂顒曰：「明日當自來。」及明旦，胡人以十輛車輦〔二七〕金玉絹帛，約數萬，獻於顒，共持金函而〔二八〕去。顒自此大富，治園田〔二九〕，爲養〔三〇〕生具，日食粱肉，衣鮮衣，遊於長安中，號豪士。

僅歲餘，群胡又來，謂顒曰：「吾子能與我偕遊海中乎？我欲探海中之奇寶，以誇天下，而吾子豈非好奇之士耶？」顒既以甚富，素享〔三一〕閑逸自遂，即與群胡俱至海上。胡人結宇而居，於是置油膏於銀鼎中，搆火其下，投蟲於鼎中鍊之，七日不絕燎。忽有一童，分髮，衣青襦，自海中出，捧白玉盤〔三二〕，盤中有徑寸珠甚多，來獻胡人。胡人大聲叱之，其童色懼，捧盤而去。僅〔三三〕食頃，又有一玉女，貌極冶，衣霞〔三四〕綃之衣，佩玉珥珠，翩翩自海中而出，捧紫玉盤，中有珠〔三五〕數十，來獻胡人。胡人叱〔三六〕之，玉女捧盤而去。俄有一僊人，戴碧瑶冠〔三七〕，被霞衣，捧絳帕籍，籍中有一珠，徑二〔三八〕寸許，奇光泛空，照數十步。僊人以琛〔三九〕獻胡人，胡人笑而授〔四〇〕之。喜謂顒曰：「至寶來矣。」即命絶燎，自鼎中收蟲，寘金函中。其蟲雖煉之且久，而跳躍如初。胡人吞其珠，謂顒曰：「子隨我入海中，慎無懼。」顒即執胡人佩帶，從而入焉。其海水皆豁開數〔四一〕步，鱗介之族，俱辟易而去。乃遊龍宫，入蛟室，奇珍怪寶，惟意所擇。纔一夕，而其獲甚多。胡人謂顒曰：「此可以致億萬之資〔四二〕矣。」已而又以珍貝數品遺顒。徑於南粵貨金千鎰〔四三〕，由是益富。其後竟不仕，老於閩越，而甲於鉅室也。（據清康熙振鷺堂重刊明萬曆商濬半埜堂刊《稗海》本《宣室志》卷一校録，又《太平廣記》卷四七六引《宣室志》）

〔一〕長城之東　《廣記》、明陸楫《古今説海》説淵部別傳三十一《陸顒傳》、汪雲程《逸史搜奇》戊集一《陸顒》、吴大震《廣豔異編》卷二〇《陸顒傳》、清蓮塘居士《唐人説薈》四集《宣室志》下無「之東」二字。《説海》《四庫全書》本改「長城」作「長洲」，頗謬。按：長城，縣名。晉分烏程縣置，即今浙江湖州市長興縣，唐屬湖州。

〔二〕郡　原作「軍」，據《廣記》明沈與文野竹齋鈔本改。

〔三〕挈　原作「潔」，據《廣記》、《唐人説薈》改。《説海》、《逸史搜奇》作「攜」。

〔四〕網　《廣記》、《説海》、《逸史搜奇》、《廣豔異編》、《唐人説薈》作「庠」。庠，古代鄉學名，此指太學。

〔五〕物　此字原無，據《廣記》、《唐人説薈》補。

〔六〕太學　此二字原無，據《廣記》、《説海》、《逸史搜奇》、《廣豔異編》、《唐人説薈》補。

〔七〕籍　《説海》、《逸史搜奇》、《廣豔異編》下有「名」字。

〔八〕旬月　《廣記》、《説海》、《逸史搜奇》、《廣豔異編》、《唐人説薈》作「旬餘」。按：旬月，一個月。

〔九〕志　《廣記》作「至」，《廣記》《四庫》本、《説海》、《逸史搜奇》、《廣豔異編》作「始」，《唐人説薈》無此字。

〔一〇〕君子　《廣記》、《説海》、《逸史搜奇》、《廣豔異編》、《唐人説薈》作「吾子」。

〔一一〕豈有他哉　中華書局版張永欽、侯志明校：「明鈔本作『非有他事』。」《説海》、《逸史搜奇》、《廣豔異編》作「無有他瀆」。瀆，通「黷」，貪求。《廣記》明鈔本、清陳鱣校本作「豈有他哉」。

〔一二〕疑我　《廣記》明鈔本作「見疑」，張國風《太平廣記會校》據改。

〔一三〕米鹽　《説海》、《逸史搜奇》、《廣豔異編》作「鹽菜」。

〔一四〕君　《廣記》、《唐人説薈》作「朋友」，《廣記》明鈔本、《説海》、《逸史搜奇》、《廣豔異編》作「子」。清孫潛校本作「君」。

〔一五〕是必有故　此句原無，據《説海》、《逸史搜奇》補。

〔一六〕君　《説海》、《逸史搜奇》、《廣豔異編》下有「宜」字。

〔一七〕欲富君爾　《廣記》、《唐人説薈》作「有求於君耳」，《廣記》陳校本「求」作「益」。《説海》、《逸史搜奇》、《廣豔異編》作「有求君耳」。

〔一八〕知　《廣記》、《唐人説薈》作「許」，《廣記》陳校本、《説海》、《逸史搜奇》、《廣豔異編》作「諾」。

〔一九〕謹　原譌作「詭」，據《四庫》本、《筆記小説大觀》本、《叢書集成》本、中華書局點校本、《廣記》、《説海》、《逸史搜奇》、《廣豔異編》、《唐人説薈》改。

〔二〇〕胡人曰　此三字原無，據《廣記》、《説海》、《逸史搜奇》、《廣豔異編》、《唐人説薈》補。

〔二一〕嘗　《廣記》、《説海》、《逸史搜奇》、《廣豔異編》、《唐人説薈》作「每旦」。

〔二二〕故我特訪而取之　原作「故我爲君而取」，《唐人説薈》同，據《廣記》明鈔本改。《説海》、《逸史搜奇》、《廣豔異編》作「故我輩得以謁君」。

〔二三〕生　《廣記》、《説海》、《逸史搜奇》、《廣豔異編》、《唐人説薈》作「結」。

〔二四〕食　《廣記》明鈔本作「試」，《會校》據改。

〔二五〕函　《廣記》、《説海》、《逸史搜奇》、《廣豔異編》、《唐人説薈》作「筒」。

〔二六〕篋　《廣記》、《説海》、《逸史搜奇》、《廣豔異編》、《唐人説薈》作「函」。

〔二七〕十輛車輦　《廣記》、《説海》、《逸史搜奇》、《廣豔異編》、《唐人説薈》作「十兩重輦」，「兩」同「輛」。重輦，載重大車。按：輦，用如動詞，拉也。《廣記》等「車」作「重」，誤，明鈔本乃作「車」。

〔二八〕而　此字原爲闕字，據《四庫》本、《筆記小説大觀》本、《叢書集成》本、中華書局點校本、《廣記》、《説海》、《逸史搜奇》、《廣豔異編》、《唐人説薈》補。

〔二九〕治園田　《廣記》、《説海》、《逸史搜奇》、《廣豔異編》、《唐人説薈》作「致園屋」，《廣記》明鈔本作「廣置田爲園」。

〔三〇〕養　《廣記》、《説海》、《逸史搜奇》、《廣豔異編》、《唐人説薈》作「治」。

〔三一〕享　《廣記》、《説海》、《逸史搜奇》、《廣豔異編》、《唐人説薈》作「用」。

〔三二〕白玉盤　《廣記》作「月盤」。孫校本作「皇盤」，「皇」字乃「白玉」之拼合。《唐人説薈》作「丹盤」。

〔三三〕僅　《廣記》談愷刻本原作「僮」，汪紹楹校本據明鈔本補作「僮去」，《會校》同。《四庫》本改作「僅」字。

〔三四〕霞　《廣記》、《唐人説薈》作「霧」，《廣記》明鈔本作「雲」，《説海》、《逸史搜奇》、《廣豔異編》作「露」。

〔三五〕珠　《説海》、《逸史搜奇》、《廣豔異編》作「大珠」。

〔三六〕叱　《廣記》、《説海》、《逸史搜奇》、《廣豔異編》、《唐人説薈》作「罵」。

〔三七〕碧瑶冠　《廣記》、《唐人説薈》作「瑶碧冠」。

〔三八〕二　《廣記》談本原作「上」，《唐人説薈》同，汪校本據明鈔本改作「三」，《會校》同。

〔三九〕琛　《廣記》汪校本、《唐人説薈》作「珠」，談本原作「琛」。按：《詩經·魯頌·泮水》：「憬彼淮夷，來獻其琛。」毛傳：「琛，寶也。」

〔四〇〕授　《廣記》明鈔本、《説海》、《逸史搜奇》、《廣豔異編》、《唐人説薈》作「受」，《會校》據明鈔本改。授，通「受」。

〔四一〕數　《廣記》、《唐人説薈》作「數十」，《廣記》明鈔本、陳校本、《説海》、《逸史搜奇》、《廣豔異編》作「十」。

〔四二〕資　《廣記》、《説海》、《逸史搜奇》、《廣豔異編》、《唐人説薈》作「貨」。

〔四三〕徑於南粵貨金千鎰　《廣記》、《唐人説薈》作「貨於南越，獲金千鎰」，《説海》、《逸史搜奇》作「顛售於南越，復金千鎰」，《四庫》本《説海》改「金」爲「獲」，《廣豔異編》「復」作「得」。按：粵、越，義同。

按：《崇文總目》小説類、《新唐書·藝文志》小説家類、《通志·藝文略》傳記類冥異目、《郡齋讀書志》小説類、《直齋書録解題》小説家類、《文獻通考·經籍考》小説家類、《宋史·藝文志》小説類均著録張讀《宣室志》十卷。原帙已不存，現今流傳者以明鈔本、《稗海》本爲早，皆編爲十卷，又附《補遺》一卷。據清瞿鏞《鐵琴銅劍樓藏書目録》卷一七小説類著録，明鈔本題唐張讀聖朋撰，乃明人手鈔宋本，帝諱仍用減筆，此本今藏國家圖書館（原北京圖書館），《北京圖書館善本書目》卷五有著録。明商濬刊《稗海》本與之同。《四庫全書》、《筆記小説大觀》、《叢書集成初編》本皆出《稗海》本。中華書局一九八三年出版張永欽、侯志明點校本（與《獨異志》合裝一册），以《稗海》本爲底本，校以明鈔本等。上海古籍出版社二〇〇〇年出版《唐五代筆記小説大觀》，中有蕭逸校點本，亦以《稗海》本爲底本。

明傳十卷本並非原書，實是南宋人根據《太平廣記》輯録而成，觀其條目無溢出《廣記》者，文句全同或大同，且有《廣記》誤注出處此亦取之者，即可知矣。編爲十卷者，以充全帙，然輯録未備，或又摭拾所遺爲《補遺》一卷。《補遺》亦未備，清末繆荃孫曾另輯《補遺》兩卷（見《藝風藏書記》卷八），未見。王仁俊《經籍佚文》只輯兩條。張永欽、侯志明點校本附有《輯佚》六十五條，然多有未事考辨而誤輯者。

尚有若干節本與選輯本。《類説》卷二三節録《宣室志》二十九條，中十條不見今本。天啓刊本不著撰人，明嘉靖伯玉翁舊鈔本卷二〇題張謂撰，名譌。《紺珠集》卷五摘録二十一條，明天順刊本不著撰人，《四庫全書》本題張讀，中十一條（實止六事）不見今本。《説郛》卷六《廣知》摘八條，全取自《類説》。又卷四一選録八條，注十卷，題唐張讀，當據原書，其李賀事不見今本。《重編説郛》卷三二《宣室志》，題唐張續，名譌，乃取《説郛》卷四一八條，又自《太平廣記》取《朝野僉載》四條凑成，乃半真半僞之書。《唐人説薈》四集（此爲民國二年石印本，同治八年刻本又題《唐代叢書》，爲卷五）據《廣記》輯録一卷，三十三條，題唐張謂編，名亦譌。《舊小説》

乙集自《廣記》輯十三則。

《郡齋讀書志》云:「苗台符爲之序。」序今不存。《新唐書·藝文志》編年類著録苗台符《古今通要》四卷,注:「宣、懿時人。」據《唐摭言》卷三,苗台符與張讀同年及第,大中六年(八五二)也,時十六歲。苗與張讀同佐鄭薰宣州幕,大中十年也。《唐摭言》云苗十七不禄,「十七」誤。若爲二十七,則卒於懿宗咸通四年(八六三),若爲三十七,則卒於咸通十四年。《類説》本《宣室志》有《曹唐卒》條,《唐詩紀事》卷五八云曹唐卒於咸通中,《郡齋讀書志》卷一八別集類亦稱「咸通中爲府從事卒」。關於曹唐卒年,陳尚君考云,孫光憲《北夢瑣言》卷五云沈詢侍郎除山北節旄,京城誦曹唐《遊仙詩》云:「玉詔新除沈侍郎……」而據《資治通鑑》卷二五〇及《舊唐書·懿宗紀》,咸通四年正月沈詢爲昭義軍節度使,十二月爲奴所殺,因此曹唐卒年「當在咸通四年後」(見《唐才子傳校箋》第五册《補正》)。是則本書之成當在咸通年中(八六〇—八七三)之四年之後。

今本條目無標題,《太平廣記》所標皆自擬。中華點校本皆亦自加標目。今題亦自擬,或依《廣記》也。

《廣記》引本篇題《陸顒》。《古今説海》説淵部別傳三十一《陸顒傳》,輯自《廣記》,《逸史搜奇》戊集一《陸顒》、《廣豔異編》卷二〇《陸顒傳》,全同《説海》。《唐人説薈》四集《宣室志》,亦輯有本篇。

尹君

張讀 撰

故尚書李公説鎮北門時〔一〕，有道士尹君者，隱晉山〔二〕，不食粟，嘗餌柏葉，雖髮盡白，而容貌若童子，往往獨遊城市。里中有老父年八十餘者，顧謂人曰：「吾孩提時，嘗見李翁言，李翁吾外祖也，且曰：『我年七歲，已識尹君矣，迨今七十餘年，而尹君容顔如舊，得非神僊乎？吾且老，自度能幾何爲人間人，汝方當壯，志尹君之容狀〔三〕。』自始及今七十餘歲矣，而尹君曾不老憊，豈非以千百歲爲瞬息耶？」

北門從事、馮翊嚴公綬，好奇者，慕尹之得道，每旬休即驅駕而詣焉。其後嚴公自軍司馬爲北門帥，遂迎尹君至府廨，館於官署中，日與同席。聞有異香自肌中發，公益重之。公有女弟，學浮屠氏，嘗曰：「佛祖與黄老固殊致。」且怒其兄與道士遊。後一日，密以堇汁〔四〕寘湯中，命尹君飲之。尹君既飲，驚而起曰：「吾其死乎！」俄吐出一物，甚堅，有異香發其中。公命剖〔五〕而視之，真麝臍也。自是尹君貌衰齒落，其夕，卒於館中。嚴公既知女弟之所爲也，怒且甚。即命部將治其喪，後二日，葬尹君於汾水西二十里。

明年秋，有昭聖觀道士朱太虚，因投龍至晉山。忽遇尹君在山中，太虚驚而問曰：

「師何爲至此耶？」尹君笑曰：「吾去歲在北門，有人以堇汁飲我者，我故示之以死。然則堇汁安能敗吾真耶？」言訖，忽亡所見。太〔六〕虛竊異其事。及歸，具白嚴公。公曰：「吾聞神僊不死，脱有死者，乃尸解爾。不然，何變異之若是耶！」將命發其墓以視〔七〕之，然慮惑於人，遂寢其事。（據清康熙振鷺堂重刊明萬曆商濬半埜堂刊《稗海》本《宣室志》卷一校録，又《太平廣記》卷二一引《宣室志》）

〔一〕故尚書李公説鎮北門時　前原有「唐」字，此爲《廣記》編者所加，輯録者未删，今删。「説」原作「銑」。《廣記》原爲闕字，汪校本據明鈔本補「詵」字。中華書局點校本作「詵」，未出校。《宣室志》《四庫》本及《廣記》孫校本作「銑」。按：北門指北都太原，鎮北門指爲河東節度使。河東節度使中并無李詵或李銑，應爲李説，「説」又作「悦」。《舊唐書·德宗紀》載，貞元十一年（七九五）五月，「以河東行軍司馬李悦爲河東節度營田觀察留後、北都副留守」，十六年十月，「河東節度使、檢校禮部尚書、太原尹、兼御史大夫李悦卒」。《舊唐書》卷一四六、《新唐書》卷七八有《李説傳》，舊傳云：「貞元十一年五月，自良（李自良）病，凡六日而卒。……乃下制，以通王領河東節度大使，以説爲行軍司馬，充節度留後、北都副留守。……尋正拜河東節度使、檢校禮部尚書。説在鎮六年……十六年十月卒，年六十一。」下文云「北門從事馮翊嚴公綬」，「其後嚴公自軍司馬爲北門帥」。戴偉華《唐方鎮文職僚佐考·河東》在李説下列入嚴綬，爲行軍司馬，引《元稹集》卷五五《嚴綬行狀》：

「又加行軍司馬……李説嬰疾曠廢，遂命副助之，其實將代説也。」又引《新唐書》卷一二九《嚴綬傳》：「河東節度使李説病，軍司馬鄭儋總其政，説卒，代爲節度。」在鄭儋下列入嚴綬，爲行軍司馬，引《册府元龜》卷一六九《帝王部·納貢獻》：「未一歲，儋卒，拜綬銀青光禄大夫、檢校工部尚書、兼太原尹、御史大夫、北都留守、充河東節度使、度支營田觀察處置等使。」李説鎮太原嚴綬爲行軍司馬，説卒鄭儋代之，不久儋卒綬代。《廣記》明鈔本作「李詵」者，乃以「説」、「詵」形近而譌。今改。

〔二〕晉山　原作「齊山」，下文作「晉山」，據《四庫》本、《筆記小説大觀》本、《叢書集成》本、中華書局點校本及《廣記》改。按：《山西通志》卷二〇《山川四·汾州府·孝義縣》：「梁山，吕梁山也，在今石州離石縣東北。《爾雅》云：『梁山，晉望。』即冀州吕梁也。又《春秋》『梁山崩』，左氏、穀梁皆以爲晉山，則亦指吕梁矣。」離石縣，今山西吕梁市離石區。

〔三〕汝方當壯志尹君之容狀　《廣記》「當壯」互倒，孫校本與此同。

〔四〕堇汁　《廣記》「汁」作「斟」，下同。按：堇斟即堇汁。段玉裁《説文解字注》斗部「斟」字：「勺也。」注：「勺之謂之斟，引申之，盛於勺者亦謂斟。《方言》：『斟，汁也。北燕、朝鮮洌水之閒曰斟。』《左傳》『羊斟不與』，《趙世家》、《張儀列傳》『厨人進斟』是也。」《左傳》宣公二年：「將戰，華元殺羊食士，其御羊斟不與。」《史記》卷四三《趙世家》：「使厨人操銅枓，以食代王。及從者行斟，陰令宰人各以枓擊殺代王。」卷七〇《張儀列傳》：「厨人進斟，因反斗以擊代王，殺之。」司馬貞《索隱》：「斟謂羹勺，故因名羹曰斟。故《左氏》『羊羹不斟』是也。」唐時有飲堇斟必死之説。鄭處誨《明皇雜録》卷下：「玄宗謂中貴人高力士曰：『我聞神仙之人，寒燠不能瘵其體，外物不能浼其中。

今張果，善算者不能究其年，視鬼者莫得見其狀，神仙倏忽，豈非真者耶？然嘗聞堇斟飲之者死，若非仙人，必敗其質，可試以飲也。」會天大雪，寒甚，玄宗命進堇斟賜果。果遂舉飲，盡三卮，醺然有醉色，顧謂左右曰：『此酒非佳味也。』即偃而寢，食頃方寤。忽覽鏡視其齒，皆斑然焦黑。遽命侍童，取鐵如意擊其齒盡，隨收于衣帶中。徐解衣，出藥一帖，色微紅光瑩，果以傅諸齒穴中。已而又寢，久之忽寤，再引鏡自視，其齒已生矣，其堅然光白，愈於前也。」

〔五〕割　《廣記》作「剖」。
〔六〕太　原作「大」，通「太」，爲與上文一致，改作「太」。
〔七〕視　《廣記》作「驗」。

金天王

張讀　撰

陳少遊鎮淮南時，嘗遣軍卒趙某，使京師遺公卿書。將行，誡之曰：「吾有急事，俟汝還報，以汝驍健，故使西往。不可少留，計日不還當死。」趙日馳數百里，不敢怠。至華陰縣，舍逆旅中。寢未熟，倏見一人緑衣，謂趙曰：「我吏於金天王，王命召君，宜疾去。」趙不測，即與使者偕行。至嶽廟前，使者入白趙某至，既而呼趙趨拜階下。其堂上列燭，見一貴人，據案而坐，侍衛嚴肅，謂〔一〕趙曰：「吾有子聟，在蜀數年，欲馳音問〔二〕，無可爲使者。聞汝善行，日數百里，將命汝使蜀，可乎？」趙辭以「相國有命使長安，且有刻限〔三〕，不然當死。今爲大王往蜀，是棄相國命，他日實不敢還廣陵。且某父母妻子俱在，忍生不歸鄉土？非敢以他故不奉命，惟大王察之」。王曰：「徑爲我去，當不日至西蜀，而還長安，未晚也〔四〕。」即留趙廟後空舍中，具飲食。憂惶〔五〕不敢寐。遂〔六〕往蜀，且懼得罪；固辭不往，又慮禍及。

計未決，俄而漸曉。聞廟中諠闐〔七〕有聲，因出視，見庭中虎豹麋鹿狐兔禽鳥〔八〕近數萬，又有奇狀鬼神千數，羅列鞠躬，如朝謁禮。頃有訴冤〔九〕者數人偕入，金天斷理甚明，良久退去。既而謂左右呼趙，應聲而出，王命上階，於袖中出書一通付趙，曰：「持此爲我至蜀都，訪成都蕭敬之者與之。吾此吏卒〔一〇〕甚多，但以事機幽密，慮有所洩，非生人傳之不可。汝一二日當疾還，無久留。」因以錢一萬遺之。趙拜謝而行，至門，告吏曰：「王賜我萬錢，我徒行者，安所齎乎？」吏曰：「寘懷中爾。」趙即以錢貯懷中，了無所礙，亦不覺其重也。行未數里，探衣中，皆冥楮〔一一〕耳，即棄道傍。俄有追者至，以錢一萬〔一二〕遺之，曰：「向王〔一三〕誤以陰道所用錢賜汝，固無所用，今別賜此矣。」趙受之。晝夜兼行，餘〔一四〕旬至成都，訪蕭敬之，以書付之。敬之啓視，喜甚，因命酒食，謂趙曰：「我人也，家汝、鄭間。往歲赴調京師，途至華陰，爲金天王所攝〔一五〕爲聟。今我妻在此，與生人不殊。向者力求一官，今則遂矣，故命君馳報。」留趙一日，贈縑數匹〔一六〕，以還書託焉。

過長安，遂達少遊書。得還報，日夜馳行，至華陰，金天見之大喜，且慰勞：「非汝莫可使者，今遺汝還，設相國訊〔一七〕汝，但言爲我使，遣汝爲裨將，無懼。」即以數十縑與之，曰：「此人間物，可用之。」趙拜謝而出，徑歸淮海〔一八〕。少遊訊其稽留，趙具以事對。少遊怒，不信，繫獄中。是夕，少遊夢一人，介金甲，仗寶劍，曰：「金天王告相國，向者實遣趙某使蜀，今聞得罪，願釋之。」少遊驚寤，歎息良久。明日晨起，語於賓僚，即命釋趙，而署爲裨將。元和中猶在。（據清康熙振鷺堂重刊明萬曆商濬半埜堂刊《稗海》本《宣室志》卷二校録，又《太平廣記》卷三〇四引《宣室志》）

〔一〕謂　《廣記》上有「徐」字。

〔二〕欲馳音問　《廣記》作「欲馳使省視」。

〔三〕刻限　《廣記》作「日期」，明鈔本作「日時」。

〔四〕當不日至西蜀而還長安未晚也　《廣記》作「當不至是，自蜀還由長安，未晚也」，《四庫》本改作「當不日至蜀，而後還長安，未晚也」。

〔五〕惶　《廣記》作「惑」。

〔六〕遂　《廣記》明鈔本作「欲」，《會校》據改。按：遂，終也，竟也。

〔七〕闐　原譌作「闐」，據《廣記》改。《宣室志》《四庫》本改作「闐」。

〔八〕烏　原作「烏」，據《廣記》改。

〔九〕冤　《廣記》作「訟」，陳校本作「狀」。

〔一〇〕卒　《廣記》作「輩」，孫校本作「卒」。

〔一一〕冥楮　《廣記》作「紙錢」。

〔一二〕一萬　原作「數千」，《廣記》明鈔本作「一萬」。按：前云一萬，據《廣記》明鈔本改。

〔一三〕王　原作「吾」，據《廣記》明鈔本改。

〔一四〕餘　《廣記》作「踰」。

〔一五〕攝　《廣記》作「迫」。

〔一六〕匹　《廣記》作「段」。

〔一七〕訊　《廣記》明鈔本作「怒」。

〔一八〕淮海　《廣記》作「淮南」。按：淮海指揚州，《尚書·禹貢》：「淮海惟揚州。」故云。揚州爲淮南節度使治所。《全唐詩》卷一四九劉長卿《冬夜宿揚州開元寺烈公房送李侍御之江東》：「遷客投百越，窮陰淮海凝。」亦指淮南。《白氏長慶集》卷七一《淮南節度使檢校尚書右僕射趙郡李公家廟碑銘并序》：「天下征鎮，淮海爲大，非公作帥，不足以長東諸侯。」《宣室志》中華書局版點校本改作「淮南」，不妥。

按：《廣記》題《淮南軍卒》。

赤水神

張讀 撰

貞元初，陳郡袁生者，嘗任參軍於唐安。罷秩遊巴川，舍于逆旅氏。忽有一丈夫，白衣謁覲，既坐，謂生曰：「某高氏子也，家于此郡新明縣，往者嘗職軍伍間，今已免矣，故旅遊至此。」生與語，其聰辯敏博出於人〔一〕，袁生甚奇之。又曰：「某善於推筭者，能預知〔二〕君平生榮悴得失之事。」生即訊之，遂述既往得喪，一一如筆寫〔三〕，生大驚。是夕，夜既深，密謂袁生曰：「我非人也，幸一陳於君子，可乎？」袁生聞而懼，即起曰：「爾既非人，果鬼乎？是將祟我耶？」高生曰：「吾非鬼，亦非祟君，所以來者，將有託於君爾。我赤水神，有祠在新明之南。壬戌歲〔四〕，霖雨數月，居舍盡圮。郡人無有治者，使我爲風日所侵剥且甚，又日爲樵牧者欺侮，里中人視我如一坯〔五〕土爾。今我赴訴於子，子以爲可則行，不則去，無恨也〔六〕。」袁生曰：「神既有願，有何不可哉！」神曰：「子來歲當調補新明令。儻爲我重建祠宇，以時祭祀，則幸之甚矣！惟願無忘。」袁生許之。既而又曰：「君初至邑時，當一見詣。然而人神理隔，慮君僕吏有黷於我，君當悉屏去其吏卒，獨入廟中，冀一言以相告〔七〕。」袁生曰：「謹受教。」

是歲冬，袁生果補新明令。及至任，問之，果有赤水神廟，在縣南數里。旬餘乃詣之，未至百餘步，下馬屏卒〔八〕，獨步入廟中，見其簷宇摧頹，蓬荒〔九〕如積。佇望久之，有一白衣丈夫，自廟後來，高生也，色甚喜。既相拜揖，乃謂袁生曰：「夫君不忘夙約，今日動勞車馹，俯而詣我，幸何甚哉！」於是引入廟〔一〇〕，見北〔一一〕垣下有一老僧，荷桎梏，有數人立其傍，袁生因問曰：「此僧亦何爲而得罪，以至於是？」神曰：「此僧所居縣東蘭若道成師也，身有殃咎，故縶於此，今將一歲矣。每旦夕，余則鞭箠之。從此後旬餘，余當釋之。」袁生又問曰：「此僧身居陽世〔一二〕，安得縶於此乎？」神曰：「以此僧之生魂縶之，則其身自遭沉疾，亦安得知其魂爲余之所縶哉〔一三〕？」其神告袁生曰：「君幸諾我興建祠宇，幸疾圖之。」袁生曰：「不敢相忘。」

既歸，欲爲計其工費〔一四〕，然以初官貧甚，無以爲資。因自念曰：「神人所言縶道成師之生魂，因而困憊，僧本不知。又云從此去旬餘，當解脱矣。吾今假以神〔一五〕語，俾其建廟，無乃不可乎？彼僧聞此，必無所疑。」於是命駕，徑往縣東蘭若。問之，果有道成師者，卧疾沉憊，幾一歲矣。袁生見道成，道成曰：「某病將死，旦夕之期，一身痛苦，相告不盡。」袁生曰：「師疾如此，瀕於逝矣，我能愈之，師其願乎？師其發願，出財修建赤水神廟，自當愈也〔一六〕。」道成曰：「疾果得痊，雖於貲貨安所吝乎〔一七〕？」袁生乃相告〔一八〕曰：「吾善視鬼，近謁赤水神廟，見師生魂荷桎梏繫於垣下。因召赤水神問其故，曰：『此僧有宿殃，故繫於此。』吾憐師之苦，叱〔一九〕其神：『爾何爲繫生人魂？可疾解之。吾當命此僧以修建廟宇，慎無相違也。』神喜而諾我曰：『從此去旬餘，當舍其罪。』吾故告師，疾當愈，宜修赤水神廟也。毋以疾愈，怠爾初心，如此，則禍且及矣。」道成僞曰：「敬受教。」

後旬餘，疾果愈，因召弟子告之曰：「吾少年棄家，學浮屠氏，迨今年五十，不幸沉疾。向者袁生謂我曰：『師之疾，赤水神爲之也。疾若愈，可修補其廟。』夫置神廟者，所以佑兆人，祈福應，今既有害於我，安得不除之乎？」即與其徒持臿負畚詣廟，盡去神像，上下殘毁，掃無孑遺〔二〇〕。又明日，道成謁袁生，袁生喜曰：「師疾果愈，吾語豈妄耶？」道成曰：「然。幸君拯我，何敢忘君之恩乎？」袁生謂曰：「可速建赤水神廟，不然，且懼爲禍。」道成曰：「夫人所以賴於神者〔二一〕，以其福可延，禍可弭，旱亢則雩之以澤，淫潦則禜〔二二〕之以霽，故天子詔天下諸郡國，雖一邑一里，必建其祠，蓋用祈民之福也。若赤水神者，無以福人，而爲害於人，焉可不去之？今已〔二三〕盡毁其廟矣。」袁生且驚且懼，遂謝之，道成氣益豐而袁生懼〔二四〕。

後月餘，吏有罪，袁生朴之。無何吏死，其家訴於郡，坐徙端溪。行抵三峽，忽遇一白衣，立〔二五〕於道左，視之，乃赤水神也。曰〔二六〕：「向託君修我祠宇，奈何致道成毁我之舍，棄我之像？使一旦無所歸，君之罪也。今君棄逐窮荒，亦我報讎爾。」袁生謝曰：「毁君者道成也，何爲罪我而爲讎也？」神曰：「道成雖爲僧，而餘福尤盛，故吾不能爲災。今君禄與命衰，背〔二七〕棄宿約，故吾得而爲謀矣〔二八〕。」言已不見。生甚惡之，數日竟以憂〔二九〕卒。

（據清康熙振鷺堂重刊明萬曆商濬半埜堂刊《稗海》本《宣室志》卷二校録，又《太平廣記》卷三〇六引《宣室志》）

〔一〕出於人　《廣記》前有「迴」字，明鈔本「於人」作「人表」。

〔二〕預知　《廣記》譌作「祈」。明鈔本作「拆」，拆，辨析。陳校本作「析」，《會校》據改。

〔三〕筆寫　《合刻三志》志幻類、《雪窗談異》卷七《五方神傳·赤水神》作「睹」。

〔四〕壬戌歲　《廣記》、《五方神傳》作「去歲」。按：壬戌歲乃建中三年（七八二），此爲貞元初（七八五）事，在前三年。

〔五〕坯　《廣記》作「坏」。按：坏，同「坯」，堆也。

〔六〕也　原作「乎」，《廣記》同，汪紹楹及《會校》據明鈔本改作「也」，據改。

〔七〕冀一言以相告　《廣記》、《五方神傳》作「冀盡一言耳」。

〔八〕卒　《廣記》、《五方神傳》作「車吏」，孫校本作「卒步」，「步」連下讀。

〔九〕荒　《廣記》明鈔本作「蒿」，《會校》據改。

〔一〇〕引入廟　《廣記》作「偕行廟中」，《五方神傳》「偕」作「皆」。

〔一一〕北　《廣記》、《五方神傳》作「階」，《廣記》陳校本作「北」，《會校》據改。

〔一二〕身居陽世　「居」字原闕，中華書局點校本據明鈔本補，今從補。《四庫》本補「在」字。《廣記》作「既存」。

〔一三〕以此僧之生魂繫之其身自遭沉疾亦安得知其魂爲余之所繫哉　「則其」二字原闕，中華書局點校本據明鈔本補，今從補。《四庫》本補「使其」二字。《廣記》作「以生魄繫之，則其人自沈疾，亦安能知吾之爲哉」。

〔一四〕欲爲計其工費　《廣記》、《五方神傳》作「將計其工」。

〔一五〕神　《廣記》作「他」。

〔一六〕師其發願出財修建赤水神廟自當愈也　《廣記》作「師能以緡貨建赤水神廟乎」，《五方神傳》同，無「師」字。

〔一七〕雖於貲貨安所吝乎　《廣記》作「又安能以緡貨爲事哉」。

〔一八〕乃相告　《廣記》、《五方神傳》作「即給」。

〔一九〕叱　《廣記》作「告」。

〔二〇〕盡去神像上下殘毁掃無孑遺　「下」原作「及」，《四庫》本改作「下」，今從。《廣記》、《五方神傳》作

「盡去神像及祠宇，無一遺者」。

〔二一〕 夫人所以賴於神者　《廣記》作「夫神所以賴於人者」，誤，《廣記》明鈔本及《四庫》本不誤。

〔二二〕 禜　原作「祈」，據《廣記》改。《廣記》明鈔本作「榮」，《會校》據改，誤。按：《周禮·地官·黨正》：「春秋祭禜，亦如之。」鄭玄注：「禜，謂雩禜水旱之神。」

〔二三〕 已　原作「將」，據《廣記》、《五方神傳》改。

〔二四〕 懼　《廣記》作「懼甚」，陳校本作「懼益甚」。

〔二五〕 立　《廣記》明鈔本作「泣」。

〔二六〕 曰　此字原脱，據《四庫》本、《廣記》、《五方神傳》補。

〔二七〕 背　原作「皆」，據《四庫》本改。

〔二八〕 故吾得而爲謀矣　《廣記》作「故我得以報」，明鈔本「報」作「甘心焉」。

〔二九〕 憂　《廣記》、《五方神傳》作「疾」。《廣記》明鈔本作「憂」。

按：《廣記》題《陳袁生》，明鈔本作《袁生》，「陳」字衍。《合刻三志》志幻類題楚柳胡撰《五方神傳》，中有《赤水神》，自《廣記》删略，而妄加撰人。《雪窗談異》卷七楚柳胡《五方神傳·赤水神》與之同。

韓生黑犬

張讀　撰

貞元中，有大理評事韓生者，僑居西河郡南。有一馬，甚豪駿。嘗一日清晨，忽委首於櫪，汗而且喘，若涉遠而殆者。圉人怪之，具白於韓生。韓生怒曰〔一〕：「若盜馬夜出，使吾馬力殆，誰之咎？」乃令朴焉。圉人無以辭〔二〕，遂受朴。至明日，其馬又汗而喘，圉人竊異之，莫可測。是夕，圉人卧於廐舍，闔扉，乃於隙中視之。忽見韓生所蓄黑犬至廐中，且嘷且躍。俄化爲一丈夫，衣冠盡黑，即挾鞍鞭馬，馳騁而去〔三〕。行至門，門垣甚高，其黑衣人以鞭策馬，馬竟〔四〕躍而過。黑衣者乘馬而去。復歸，既下馬解鞍〔五〕，其黑衣人又嘷躍，還化爲犬。圉人驚異，不敢洩於人。

後一夕，黑犬又駕馬〔六〕而往，逮曉方歸。圉人因尋馬蹤，以〔七〕天雨新霽，其爲蹤〔八〕歷歷可辨。至南十〔九〕餘里一古墓前，其蹤方息。圉人乃結茅齋於墓側。來夕，先止於齋中，以伺之。夜將分，黑衣人果駕馬而來，下馬，繫於野樹。其人入墓，與數輩笑言極歡。圉人在茅齋中俯而聽之，不敢動〔一〇〕。近數食頃，黑衣人告去，數輩送出墓穴。於内有一褐衣者〔一一〕，顧謂黑衣人曰：「韓氏名籍今安在？」黑衣人曰：「吾已收在擣練石下，吾子無以爲憂。」褐衣者曰：「慎無泄，兹事泄之，則吾屬不遺噍類〔一三〕矣。」黑衣人曰：「謹受教。」褐衣者又曰：「韓氏穉兒有字乎？」曰：「未也。吾俟彼有字，當即編於名籍，必不致弛懈也〔一三〕。」褐衣者曰：「明夕再來，當得以笑語。」黑衣人唯〔一四〕而去。

及曉，圉者歸，遂以其事密告於韓生。生即命肉餵〔一五〕其犬，犬既至，因以繩系。及次〔一六〕所聞，遂窮擣練石下，果得一軸書，具載韓氏弟兄妻子家童名氏，紀莫不具載〔一七〕，蓋所謂韓氏名籍者也。有子生一月矣，獨此子不書〔一八〕，黑人所謂穉兒未字也。韓生大驚〔一九〕，命致犬於庭，鞭而殺之，熟其肉，以食家童。已而率鄰居士子十餘輩〔二〇〕，執弧矢兵仗，至郡南古墓前發〔二一〕其塚，穴中有數犬，毛狀異惡，盡殺之以歸。（據清康熙振鷺堂重刊明萬曆商濬半埜堂刊《稗海》本《宣室志》卷三校録，又《太平廣記》卷四三八引《宣室志》）

〔一〕曰　此字原無，據《廣記》明鈔本補。

〔二〕辭　《廣記》明鈔本作「解」。

〔三〕即挾鞍鞭馬馳騁而去　《廣記》作「既挾鞍致馬上，駕而去」，明吴大震《廣豔異編》卷二六《韓生》同。

〔四〕竟　《廣記》陳校本作「徑」。

〔五〕復歸既下馬解鞍　《廣記》「復歸」作「過來」，《廣豔異編》作「逮來」。《廣記》明鈔本作「至夜半還，下馬解鞍」，《會校》據改。

〔六〕馬　此字原無，據《廣記》、《廣豔異編》、《續豔異編》卷一二《韓生》補。

〔七〕以　《廣記》明鈔本作「時」。

〔八〕其爲蹤　《廣記》明鈔本作「其馬蹤」，陳校本作「馬蹤」

〔九〕十　《廣記》明鈔本作「二十」。

〔一〇〕動　《廣記》明鈔本作「迫」。

〔一一〕送出墓穴於内有一褐衣者　「穴於内」《廣記》談本原作「空於野」，汪校本及《會校》據明鈔本改作「外至於野」。

〔一二〕不遺噍類　「噍」原作「焦」，《四庫》本改作「噍」，今從改。此四字《廣記》、《廣豔異編》作「不全」。

〔一三〕必不致弛懈也　《廣記》、《廣豔異編》作「不敢忘」。

〔一四〕唯　原譌作「推」，據《廣記》明鈔本改。《宣室志》《四庫》本亦改。

〔一五〕餵　《廣記》、《廣豔異編》作「誘」，《廣記》明鈔本作「飼」。

〔一六〕及次　《廣記》、《廣豔異編》作「乃次」，《廣記》明鈔本作「推其」，《會校》據改。

〔一七〕紀莫不具載　《廣記》、《廣豔異編》無「載」字。《廣記》明鈔本作「莫不悉具」，《會校》據改。

〔一八〕不書　此二字原無，據《廣記》、《廣豔異編》補。《廣記》明鈔本「書」作「名」。

〔一九〕驚　《廣記》、《廣豔異編》作「異」。《廣記》明鈔本、孫校本、陳校本作「驚」，《會校》據改。

〔三〇〕士子十餘輩　《廣記》、《廣豔異編》「十」作「千」，當譌。《廣記》明鈔本作「之人十餘輩」，《會校》據改。

〔三一〕發　原譌作「祭」，據《筆記小説大觀》本、《叢書集成》本、《廣記》、《廣豔異編》、《續豔異編》、《唐人説薈》改。中華書局點校本亦改。

按：《廣記》題《韓生》。《廣豔異編》卷二六據《廣記》輯入本篇。又《續豔異編》卷一二《韓生》，乃删節本。《唐人説薈》四集《宣室志》，亦輯有本篇。

張詵

張讀　撰

清河張詵，貞元中，以前王屋令調於有司。忽夢一中使來，詵即具簪笏迎之。謂詵曰：「有詔召君，可偕去。」詵驚喜，且以爲上將用我。既命駕，與中使俱出，見門外有吏卒十餘，爲驅殿者，詵益喜。遂出開遠門，西望而去。

其道左有吏甚多，咸再拜於前。過〔一〕二百里，至一城，輿馬人物，諠諠然闐咽於路。槐影四矗，煙羃迤邐。城之西北數里，又有一城，城外有被甲者數百，羅立門之左右，執戈戟，列幡幟，環衛甚嚴，若王者居。既至門，中使命詵下馬，詵即整巾笏。既而中使引入門，其城内簷宇櫛比，兵士甚多。又見宮闕臺閣，既峻且麗。又至一門，中使引入門，内百餘人，具笏組，列於庭，儀甚謹肅。又有一殿巋然，瓊玉華耀，真天子正殿。殿左右有武士數十，具甲倚劍立。殿上有朱紫中使甚多。見一人峨冠，被衮龍衣，凭玉几而坐其殿之東宇。又有一冠裳者，貌若婦人，亦據玉几，在殿之西宇，有宮嬪數十，列於前。中使謂詵曰：「上在東宇，可前謁。」即趨至東宇前再拜。有朱衣中使立於殿之前軒，宣曰：「卿今宜促治吾宮庭事，無使有不如法者。」詵又再拜舞蹈。既而中使又引至西宇下，其儀度如東宇。既拜，中使遂引出門。詵悸且甚，因謂之曰：「某久處外藩，未得見天子，向者朝對，無乃不合於禮乎？」中〔二〕使笑曰：「吾君寬，固無懼爾。」言畢，東望，有兵士數百馳來，中使謂詵曰：「此警夜之兵也，子疾去，無犯嚴禁。」即呼吏命駕。

惶惑之際而寤，竊異其夢，不敢語於人。後數日，詵拜乾陵令。及至，凡所經歷，盡符所夢。又天后祔葬，詵所夢殿東宇下峨冠被衮龍衣者，乃高宗也，其殿西宇下冠衣貌如婦人者，乃天后也。後數月，因至長安，與其友數輩會宿，具話其事。有以《歷代聖賢圖》〔三〕示詵者，高宗及天后，果夢中所見也。（據清康熙振鷺堂重刊明萬曆商濬半埜堂刊《稗海》本《宣室志》卷三校録，又《太平廣記》卷二八〇引《宣室志》）

〔一〕過　《廣記》作「近」。
〔二〕中　此字原脱，據《廣記》補。《四庫》本亦補。
〔三〕歷代聖賢圖　《廣記》作「列聖真圖」，《太平廣記詳節》卷二四「列」作「歷」。

陳越石

張讀撰

潁州〔一〕陳越石，初名黄石，郊居于王屋山下。有妾張氏者。元和中，越石與張氏俱夜食，忽聞燭影後有呵〔二〕吸聲而甚異。已而出一手至越石前，其手青黑色，指短，爪甲纖長，有黄毛連臂，似乞食之狀。越石固〔三〕知其怪，惡而且惕〔四〕。久之，聞燭影下有曰：「我病饑，故來奉謁，願以少肉寘掌中，幸無所怯〔五〕。」越石即以少食肉并投於地，其手即取之去。又曰：「此肉味腴美。」亨訖，又出手越石前。越石怒罵曰：「妖物何爲輒來？宜疾去。不然，且擊汝，得無悔耶？」其手即引去，若有所懼。

俄頃，又出其手至張氏前，謂張曰：「女郎能以少食肉見惠乎？」越石謂其妾曰：「慎無與。」張氏竟不與。久之，忽於燭影傍出其〔六〕面，乃夜叉也，赤髪蓬然，兩目如電，四牙若鋒刃之狀，甚可怖。以手擊張氏，張氏遽仆于地，冥然不能動。越石有膽勇，即起而逐之，夜叉遂馳走，不敢返顧。

明日，窮其跡，於垣上下有過蹤。越石曰：「此夜叉今夕將復來矣。」於是至夜，持杖立東北垣下，以伺之。僅食頃，夜叉果來。既踰牆，足未及地，越石即以杖連擊數十。及夜叉去，以燭視其垣下，血甚多。有皮尺餘，亦在地，蓋擊而墮者。自是張氏病愈。至夕，聞百步〔七〕外有呼求者，曰：「陳黃石，何爲不歸我皮？」連聲不已。僅月餘，每夕嘗聞呼聲。越石度不可禁止，甚惡之〔八〕，於是遷居以避之，因改名越石。元和十五年〔九〕，登進士第〔一〇〕。至會昌二年，卒於藍田令。（據清康熙振鷺堂重刊明萬曆商濬半埜堂刊《稗海》本《宣室志》卷三校録，又《太平廣記》卷三五七引《宣室志》）

〔一〕潁州　原作「頴州」，誤，據《四庫》本及《廣記》改（《廣記》汪校本亦譌作「頴州」）。按：潁州，治汝陰縣，今安徽阜陽市。境内有潁水，故名。《廣記》陳校本作「潁川」，即指潁州。

〔二〕呵　《廣記》、《廣豔異編》卷三五《陳越石》、《唐人説薈》作「呼」。《廣記》孫校本作「呵」。

〔三〕固　《廣記》、《廣豔異編》、《唐人説薈》作「深」。《廣記》明鈔本作「心」，《會校》據改。

〔四〕愓　《廣記》、《廣豔異編》、《唐人説薈》作「懼」。

〔五〕所怯　《廣記》、《廣豔異編》、《唐人説薈》作「見阻」。

〔六〕其　《廣記》、《廣豔異編》、《唐人説薈》作「一」。《廣記》明鈔本作「其」，《會校》據改。

〔七〕百步　《廣記》、《廣豔異編》、《唐人説薈》作「數里」，當誤。

〔八〕甚惡之　《廣記》、《廣豔異編》、《唐人説薈》作「且惡其見呼」。

〔九〕元和十五年　前原有「時」字，據《廣記》、《唐人説薈》删。

〔一〇〕登進士第　《廣記》作「登第進士」，陳校本作「登進士第」，《會校》據改。按：登第進士，有兩解。一指登第進士科，《紺珠集》卷一〇劉崇遠《金華子·點頭崔家》：「崔雍兄弟八人，皆登第進士科，謂之點頭崔家。」一指登第之進士。《唐詩紀事》卷六六《陳標》：「標《贈元和十三年登第進士》曰：『春官南院粉牆東，地色初分月色紅。……』」北宋華鎮《雲溪居士集》卷二四《上門下許侍郎書》：「某嘗謂李唐設科舉，以網羅天下英雄豪傑，三百年間，號爲得人者，莫盛于進士。當是時，謂南宫主文爲座主，謂登第進士爲門生。」此處登進士第，二義皆可。

按：《廣豔異編》卷三五自《廣記》輯入本篇，題《陳越石》，删末節「元和十五年」云云。《唐人説薈》四集《宣室志》亦有本篇。

李生

張讀撰

貞元中〔一〕，有李生者，家河朔間。少有膂力，恃氣好俠，不拘細行，常集輕薄少年二十餘輩爲樂。厥後省過，折節讀書〔二〕，以詩名稱之〔三〕。累爲河朔官，改深州録事參軍。生美風儀，善談笑，曲曉吏事，廉謹明幹，至於擊鞠、飲酒兼能之，雅爲太守所重。

時王武俊帥成德軍〔四〕，恃功負衆，不顧法度，支郡守〔五〕畏之側目。嘗遣其子士真〔六〕巡屬郡，至深州，太守大具牛酒，所居備聲樂，宴士真。太守畏武俊，而奉士真之禮甚謹。又慮有以酒忤士真者，以是僚吏賓客一不敢召。士真大喜，以爲他郡莫能及。歡飲入夜，士真乃曰：「幸使君見待之厚，欲盡樂於今夕，豈無嘉賓顧士？願爲我召而見之。」太守致敬，前白曰：「偏郡無名人，其僚屬庸猥，恐其辭令不謹，禮度失當，少有愆責，吾之任也〔七〕。」士真强之，太守曰：「録事參軍李某，願以侍談笑〔八〕。」士真曰：「但命之。」於是召李生。

生入趨拜，士真見之，色甚怒。既而命坐，貌益恭，士真甚不悦，瞪視攘腕，無向時之歡矣。太守懼，莫知所謂，顧視生，靦然而汗，不能持盃，一座皆愕。少頃，士真叱左右縛李某繫獄，左右即牽李袂疾去，械獄中。已而士真歡飲如初。迨曉宴罷，太守且驚且懼，乃潛使人於獄中訊李生曰：「君貌甚恭，且未嘗言，固非忤〔九〕於王君，寧自知取怒之意否？」李生悲泣久之，乃曰：「嘗聞釋氏有現世之報，吾知之矣。某少貧窘，無以自資，由是好與俠客遊，往往掠奪里人財帛。常馳馬腰弓，往還太行道，日百餘里。一旦，遇一年少，鞭駿騾，負二巨囊。吾利其資，顧左右皆崖巖萬仞，而日漸曛黑，遂力排之，墮於崖下，即疾驅其騾至〔一〇〕逆旅氏。解其囊，得繒綺百餘段，自此家稍贍。因折弓矢，閉門讀書，遂仕而〔一一〕至此，而及今二十七年。昨夕，君侯命與王公之宴，既入，而視王公之貌，乃吾囊所殺少年也。一拜之中〔一二〕，心懷慄惕〔一三〕，自知死於旦夕〔一四〕。今將延頸待刃，又何言哉！爲我謝君侯，幸深知我，敢以身後爲託。」

有頃，士真醉悟，急召左右，往獄取李某首來，左右即於獄中斬其首，以送士真。士真熟視而笑，既而又與太守大飲於郡齋。酒酣，太守因歡甚，乃〔一五〕曰：「某不才〔一六〕，幸得守一郡，而副大使下察弊政，寬不加罪，爲恩厚矣。昨夕副大使命某召他客，屬郡僻小無客，不足奉歡宴者。切〔一七〕以李某善飲酒，故爲召之。而李某愚劣〔一八〕，不習禮法，有〔一九〕忤於明公，實余之罪也。今明公既已誅之，宜矣。切有所未曉，敢問〔二〇〕李某之罪何爲者，願得明公教之，且用誡於將來也。」士真笑曰：「李生亦無罪，但一見之，即忿然激吾怒，便有戕戮之意。今既殺之，吾亦不知其所以然也。君無再言。」及宴罷，太守密訪其年，曰二十有七矣。蓋李生殺少年之歲，而士真生於王氏也。太守嘆異久之，因以家財厚葬李生。（據清康熙振鷺堂重刊明萬曆商濬半埜堂刊《稗海》本《宣室志》卷三校録，又《太平廣記》卷一二五引《宣室志》）

〔一〕貞元中　前原有「唐」字，《廣記》同，今删。

〔二〕常集輕薄少年二十餘輩爲樂厥後省過折節讀書　《廣記》作「常與輕薄少年遊，年二十餘，方折節讀書」，《廣豔異編》卷一九《王士真》、《續豔異編》卷一八《王士真》、《唐人説薈》同。《勸善書》卷一七作「常與輕薄兒遊，年二十餘，方讀書」。

〔三〕以詩名稱之　《廣記》、《唐人説薈》作「爲歌詩，人頗稱之」，《廣豔異編》、《續豔異編》「歌詩」作「詩歌」。《勸善書》作「學詩，頗爲人所稱道」，「學詩」連上讀。按：《勸善書》此本《廣記》，然常有删改，非照録原文。

〔四〕成德軍　原譌作「成都」，據《廣記》、《勸善書》、《廣豔異編》、《續豔異編》、《唐人説薈》改。按：《舊唐書》卷一四二《王武俊傳》：興元元年二月，「授武俊檢校兵部尚書、成德軍節度使。三月，加司空、同中書門下平章事，兼幽州、盧龍兩道節度使，琅邪郡王。」《舊唐書》卷一三《德宗紀下》：貞元十七年六月，「成德軍節度使、恒冀深趙德棣觀察等使、恒州大都督府長史、檢校太尉、中書令、琅邪郡王王武俊薨，贈太師，謚曰忠烈。」

〔五〕支郡守　「支」原譌作「支」，據《廣記》、《廣豔異編》、《續豔異編》、《唐人説薈》改。《四庫》本改作「支」。按：支郡守，指成德軍節度使轄下各州刺史。天寶元年（七四二）改州爲郡，刺史爲太守，乾元元年（七五八）復舊，故唐代常稱州爲郡，刺史爲太守。

〔六〕士真　「真」原譌作「貞」，據《廣記》、《廣豔異編》、《續豔異編》、《唐人説薈》改。下同。按：《舊唐書》卷一四二《王子真傳》：「士真，武俊長子。……武俊卒，起復授左金吾衛大將軍，同正恒州大都督府長史，充成德軍節度、恒冀深趙德棣等州觀察等使，尋檢校尚書左僕射。」

〔七〕其僚屬庸猥恐其辭令不謹禮度失當少有愆責吾之任也　《廣記》無此數句，而作「懼副大使之威，不敢以他客奉宴席」，「副大使」下小字注：「士真時爲武俊節副大使」。《唐人説薈》同，注文「節副大使」作「節度副使」。《廣豔異編》、《續豔異編》作「不敢奉宴席」，有删削。按：《舊唐書·王士真傳》：「武俊領節鉞，以士真爲副大使。」《新唐書》卷二一一《王承宗傳》：「始河北三鎮自置副大使，常處嫡長。」

〔八〕士真强之太守曰録事參軍李某願以侍談笑　《廣記》、《廣豔異編》、《續豔異編》、《唐人説薈》無「士真强之太守曰」七字，下作「唯録事參軍李某，足以侍談笑」。

〔九〕固非忤　原譌作「因非恃」，據《四庫》本、《筆記小説大觀》本、《叢書集成》本、中華書局點校本及《廣記》、《廣豔異編》、《續豔異編》、《唐人説薈》改。

〔一〇〕至　此字原無，據朝鮮成任編《太平廣記詳節》卷九補。

〔一一〕而　此字原無，據《廣記》、《廣豔異編》、《續豔異編》、《唐人説薈》補。

〔一二〕中　《廣記》、《勸善書》、《廣豔異編》、《續豔異編》、《唐人説薈》作「後」。

〔一三〕心懷慄惕　《廣記》、《勸善書》、《廣豔異編》、《續豔異編》作「中心慙惕」，《唐人説薈》作「心中慚惕」。

〔一四〕死於旦夕　《廣記》、《廣豔異編》、《續豔異編》、《唐人説薈》作「死不朝夕」，《勸善書》作「死在朝夕」。

〔一五〕乃　《廣記》、《唐人説薈》下有「起」字。
〔一六〕不才　此二字原無，據《廣記》、《唐人説薈》補。
〔一七〕切　《廣記》、《唐人説薈》及《四庫》本作「竊」，下同。切，同「竊」。
〔一八〕劣　《廣記》、《唐人説薈》作「虈」。
〔一九〕有　《廣記》、《唐人説薈》作「大」。
〔二〇〕敢問　《廣記》、《唐人説薈》作「敢以上問」，《廣記詳節》「上」作「致」。

按：《廣豔異編》卷一九《王士真》、《續豔異編》卷一八《王士真》，文同，皆據《廣記》輯録，文有删削。又《唐人説薈》四集《宣室志》亦輯入本篇。

唐五代傳奇集第三編卷三十二

陸喬

張讀 撰

元和初，有進士陸喬〔一〕者，好爲歌詩，人頗稱之。家于丹陽，所居有亭沼〔二〕，號爲勝境。喬家富而好客。一夕，風月晴瑩，有扣門者。出視之，見一丈夫，衣冠甚偉，儀狀秀逸。喬延入與坐，談議朗暢，出於意表，喬重之，以爲人無及者。因請其名氏，曰：「我沈約也，聞君善詩，故來候耳。」喬驚，起曰：「某一賤士，不意君之見臨也，願得少留，以侍談笑。」既而命酒，約曰：「我平生不飲酒，非阻君也。」又謂喬曰：「吾友人范僕射雲，子知之乎？」喬對曰：「某常讀《梁史》，熟范公之名久矣。」約曰：「吾將邀之。」喬曰：「幸甚。」約乃命侍者邀范僕射。

頃之雲至，喬即拜，延坐。雲謂約曰：「休文安得而至此耶？」約曰：「吾慕主人能詩，且好賓客，步月至此，遂相談謔。」久之，約呼左右曰：「往召青箱來。」俄有一兒至，年可十歲餘，風貌明秀。約指謂喬曰〔三〕：「此吾愛子也，少聰敏，好讀書，吾甚憐之，因以青箱爲名焉，欲使繼〔四〕吾學也，不幸先吾逝矣。今令〔五〕謁君。」即命其子拜喬。又曰：「此子亦好爲詩，近從吾與僕射同過臺城，因相與〔六〕感舊，援筆立成，甚有可觀者。」諷之曰：「六代舊江〔七〕川，興亡〔八〕幾百年。繁華今寂寞，朝市昔諠闐〔九〕。夜月琉璃水，春風柳色〔一〇〕天。傷時與〔一一〕懷古，垂淚國門前。」喬歎賞久之。因問約曰：「某常覽昭明所集《文選》，見其編録詩句，皆不拘音律，謂之齊梁體。自唐朝沈佺期、宋之問，方好爲律詩。青箱之詩，乃效今體，何哉？」約曰：「今日爲之，是〔一二〕爲今體，亦何訝乎？」雲又謂約曰：「昔我與君及玄暉、彦昇，俱遊於竟陵〔一三〕之門，日夕笑語盧博，此時之懽，不可追矣。及蕭公禪代，吾與君俱爲佐命之臣，雖位甚崇，恩愈厚，而心常憂惕，無曩日之歡矣。諸葛長民有言：『貧賤常思富貴，富貴又履危機〔一四〕。』此言豈虚語哉！」約亦吁嗟久之。又歎曰〔一五〕：「自梁及今，四百年矣，江山風月，不異當時，但人物潛换耳，能不悲乎！」既而謂雲曰：「吾嘗爲蔡公郢州記室，夢一人告我曰：『君後位當至端揆，然終不及台司。』及吾爲僕射、尚書令，論者頗以此見許，而終不得，乃知人事無非命也。」時夜已分，雲謂約曰：「可返矣。」因相與歸，謂喬曰：「此地當有兵起，不過二載〔一六〕。」喬送至門，行未數步，俱亡所見。

喬以事告於親友。後歲餘，李錡反，又一年而喬卒。（據清康熙振鷺堂重刊明萬曆商濬半

埜堂刊《稗海》本《宣室志》卷四校録，又《太平廣記》卷三四三引《宣室志》）

〔一〕喬　宋阮閲《詩話總龜》前集卷五〇引《古今詩話》作「橋」。

〔二〕亭沼　《廣記》、明梅鼎祚《才鬼記》卷五引《宣室志》、《唐人説薈》「亭」作「臺」，《廣記》明鈔本、孫校本作「亭」。《詩話總龜》作「池塘亭榭」。

〔三〕曰　此字原無，據《廣記》、《詩話總龜》、南宋張敦頤《六朝事迹編類》卷三《臺城》、《才鬼記》、明董斯張《吴興備志》卷三〇引《宣室志》、《唐人説薈》補。

〔四〕繼　《廣記》、《才鬼記》、《唐人説薈》作「傳」，《詩話總龜》作「紹」。

〔五〕令　此字原無，據《廣記》、《才鬼記》、《唐人説薈》補。

〔六〕相與　《廣記》、《才鬼記》、《六朝事迹編類》、《唐人説薈》作「命爲」。

〔七〕江　《詩話總龜》、《六朝事迹編類》、《才鬼記》、《吴興備志》、《全唐詩》卷八六五沈青箱《過臺城感舊》作「山」。

〔八〕亡　《詩話總龜》、《吴興備志》作「王」。

〔九〕闃　原譌作「閴」，據《四庫》本、《廣記》、《詩話總龜》、《六朝事迹編類》、《才鬼記》、《吴興備志》、《全唐詩》、《唐人説薈》改。

〔一〇〕柳色　《廣記》、《六朝事迹編類》、《才鬼記》、《吴興備志》、《全唐詩》「柳」作「卯」，《廣記》明鈔本及孫校本、《六朝事迹編類》《四庫》本作「柳」。《詩話總龜》周本淳校點本據明鈔本改爲「柳絮」。

〔一一〕與　《詩話總龜》作「爲」。

〔一二〕是　《廣記》、《才鬼記》、《唐人説薈》作「而」。

〔一三〕竟陵　原譌作「境陵」，據《四庫》本、《廣記》、《才鬼記》、《唐人説薈》改。按：《南齊書》卷四〇《竟陵文宣王子良傳》：「竟陵文宣王子良，字雲英，世祖（蕭賾）第二子也。……世祖即位，封竟陵郡王。」《梁書》卷一三《沈約傳》：「時竟陵王亦招士，約與蘭陵蕭琛、琅邪王融、陳郡謝朓、南鄉范雲、樂安任昉等皆遊焉，當世號爲得人。」

〔一四〕富貴又履危機　《廣記》、《才鬼記》、《唐人説薈》「履」作「踐」。按：《晉書》卷八五《諸葛長民傳》：「既而歎曰：『貧賤常思富貴，富貴必履危機，今日欲爲丹徒布衣，豈可得也！』」

〔一五〕又歎曰　前原有「雲」字，《廣記》、《才鬼記》、《唐人説薈》無。按：觀下文「既而謂雲曰」，此爲沈約語，據删。

〔一六〕二載　《廣記》明鈔本、孫校本作「一歲」，《會校》據改。《才鬼記》作「二歲」。按：《舊唐書·憲宗紀上》：元和二年十月，「己酉，以浙西節度使李錡爲左僕射，以御史大夫李元素爲潤州刺史、鎮海軍浙西節度使。庚申，李錡據潤州反。」自元和初至元和二年十月，當一年以上，而下文云「後歲餘，李錡反」，知作「一歲」誤。

按：《才鬼記》卷五據《廣記》引《宣室志》，題《沈約子青箱》。《唐人説薈》四集輯録《宣室志》，中有此篇。

董觀

張讀　撰

董觀，太原人，善陰陽占候之術。元和中，與僧靈習〔一〕善，偕適吴楚間。靈習道卒，觀亦歸并州。寶曆中，觀遊邠、涇〔二〕，至泥陽城〔三〕，舍于龍興寺。堂宇宏麗，有經數百函〔四〕，觀遂留止，將期盡閱乃還。先是，院之東廡北室，空而扃鐍，觀因請居。寺僧不可，曰：「居是室者，多病或死，且多妖異。」觀少年恃氣，乃〔五〕曰：「某願得〔六〕之。」遂居焉。

旬餘，一夕未寢，輒有胡人十數，挈樂持酒來〔七〕，歌笑其中，旁若無人。如是數夕。觀雖懼，尚不言於寺僧。一日經罷，時以〔八〕曛黑，觀怠甚，閉室而寢。未熟，忽見靈習在榻前，謂觀曰：「師行矣。」觀驚且恚，曰：「師鬼也，何爲而至？」習笑曰：「吾子運窮數盡，故我得以俟子。」即牽觀袂去榻。觀迴視，見其身尚偃，如寢熟，乃歎曰：「嗟乎！我家遠，父母尚在，今死此，誰蔽吾屍耶？」習曰：「何吾子言之失而憂之深乎？夫人之所以爲人者，以其能運手足、善視聽而已。此精魄〔九〕扶之使然，非自爾〔一〇〕也。精魄離身，故曰死，是以手足不能爲，視聽不能施，雖六尺之軀，安所用乎？子寧足念！」觀謝之。因問習〔一一〕：「嘗聞我教有中陰〔一二〕去身者，孰爲耶？」習曰：「吾子謂死未得更生也〔一三〕。」遂與偕行，其所向雖關鍵〔一四〕甚嚴，輒不相礙。

於是出泥陽城西去，其地多草，茸密紅碧，如毳毯狀。行十餘里，至一水，廣不數尺，流而西南。觀問習，習曰：「此俗所謂柰河，其源出於地府〔一五〕。」觀即視其水，皆血，而腥穢不可近。又見岸上有冠帶袴襦凡數百，習曰：「此逝者之衣，由此趨冥道耳。」又望水西有二城，南北可一里餘，草木蒙蔽，廬舍駢接。習謂觀曰：「與君俱往彼。君生南城徐氏，爲次子，我生北城侯氏，爲長子。生十年，當重與君舍家歸釋氏。」觀曰：「吾聞人死當爲冥官追捕，案籍罪福，苟平生事行無大過，然後更生人間。今我死未盡夕，遂能如是耶？」曰：「不然，冥途與世人無異，脱不爲不道，寧桎梏可及身哉！」言已，習即褰衣躍而過。

觀方攀岸將下，水豁然而開，廣丈餘。觀驚惕惶惑，忽有〔一六〕牽觀者，回視一〔一七〕人，盡體皆〔一八〕毛，狀若獅子，其貌即人也。謂觀〔一九〕曰：「師何往？」曰：「往此南城耳。」其人曰：「吾命汝閲大藏經，宜疾還，不可久留〔二〇〕。」遂持觀臂，急於東南指郡城而歸。至數里，又見一人，狀如前召觀者，大呼曰：「可馳去，將無及〔二一〕。」頃之，遂至寺。時天已曉，見所居室有僧數十擁其門，視己身在榻。二人排觀入門，忽有水自上沃其體，遂寤。寺僧曰：「觀卒一夕矣。」於是以其事語僧。後數日，於佛宇中見二土偶神像，爲左右侍，乃觀前所見者。觀因誓心精思，誦閲藏經，雖寒暑不少惰。凡數年而歸，時寶曆二年五月十五日也。

會昌中，詔除天下佛寺，觀亦斥去。後至長安，以占候遊公卿間〔二〕，言事往往奇中。嘗爲沂州臨沂縣尉。余〔三〕在京師，聞其事於觀云云。（據清康熙振鷺堂重刊明萬曆商濬半埜堂刊《稗海》本《宣室志》卷四校録，又《太平廣記》卷三四六引《宣室志》）

〔一〕僧靈習　《廣記》孫校本前有「盧中」二字，《會校》據補。按：「盧」疑當作「廬」。廬中即廬州。唐廬州治合肥縣，即今安徽合肥市。

〔二〕邠涇　「涇」原譌作「江」，《廣記》作「汾涇」，「汾」字譌，明鈔本作「邠」。按：邠，邠州，治新平縣，即今陝西彬縣。涇，涇州，治保定縣，今甘肅涇川縣北。涇州在邠州西北，二州相鄰。今改。

〔三〕泥陽城　「城」原作「郡」。按：古無泥陽郡，而有泥陽縣。秦置泥陽縣，治今甘肅寧縣東南，東漢末徙治今陝西銅川市耀州區東南。隋改爲華原縣，移治今銅川市耀州區。唐屬京兆府。《元和郡縣圖志》卷二《京兆府》：「華原縣，本漢祋祤縣地，屬左馮翊。魏晉皆於其地置北地郡，元魏廢帝三年改爲通川郡，領泥陽縣，屬宜州，六年改泥陽爲華原縣。大業二年省宜州，縣屬京兆。垂拱元年改爲永安縣，天授二年又置宜州，大足元年廢。神龍元年復爲華原縣。」又云：「泥陽故縣，在縣東南十七里。」華原西北去便是邠州。下文云「泥陽城」，據改。所指當爲泥陽縣故城。又云「急於東南指郡城而歸」，郡城即郡治所在縣城，泥陽縣原爲通川郡治所，故云。

〔四〕數百函　《廣記》作「數千百編」。

〔五〕乃　《廣記》作「力」，連上讀。明鈔本作「乃」。

〔六〕得　《廣記》明鈔本作「居」，《廣記》據改。

〔七〕來　原無此字，據《廣記》補。

〔八〕以　《廣記》作「已」。《四庫》本改作「已」。以，通「已」。

〔九〕魄　《廣記》作「魂」，下同。

〔一〇〕爾　《廣記》作「然」。

〔一一〕習　原作「靈習」。按：前後文皆省稱作「習」，據《廣記》删。

〔一二〕有中陰　原作「中有陰」，據《廣記》明鈔本改。按：中陰，佛教語，謂死後未轉生前之有情狀態，又稱中有，乃「四有」之一。《大乘義章》卷八：「生死果報，是有不無，故名爲有。有别不同，一門説四，四名是何？一者生有，二者死有，三者本有，四者中有。報分始起，名爲生有。命報終謝，名爲死有。生後死前，名爲本有。對死及中，故説爲本。兩身之間，所受陰形，名爲中有。」《雜阿含經》卷二五：「世尊告四大天王，即此巴連弗邑國中，當有大商主，名曰須陀那，中陰衆生來入母胎。彼衆生入母胎時，令母質直柔和，無諸邪想，諸根寂静。」《十住除垢斷結經》卷二《了空品第五》：「神當還轉趣於五道，應所生處中陰便往，迎其魂神將詣胎室，然後乃知非真滅度。」

〔一三〕吾子謂死未得更生也　「謂」上原有「將」字,《廣記》作「吾與子謂死而未更生也」,據《廣記》删。《廣記》疑衍「與」字。

〔一四〕鍵　《廣記》明鈔本作「鎖」。鍵,關閉,鎖閉。

〔一五〕地府　《廣記》下有「耶」字。

〔一六〕有　下原有「人」字,據《廣記》删。

〔一七〕一　原作「其」,據《廣記》改。

〔一八〕皆　原作「其」,據《廣記》改。《四庫》本改作「生」。

〔一九〕謂觀　原乙作「觀謂」,據《廣記》改。《四庫》本亦改。《廣記》前有「良久」二字。

〔二〇〕留　此字原無,據《廣記》補。

〔二一〕可馳去將無及　《廣記》「馳」作「持」,「及」作「籍」,《四庫》本改作「及」。按:籍,指陽籍。

〔二二〕間　《廣記》作「門」。

〔二三〕余　原作「今」,據《廣記》改。

滎陽鄭生

張　讀　撰

滎陽〔一〕有鄭生,善騎射,以勇悍趫捷聞。家于鞏、雒之郊。嘗一日乘醉,手弓腰矢,馳健〔二〕馬，獨驅田野間，去其居且數十里。會天暮，大風雨，生庇於大木下久之，及雨霽，已夕矣。迷失道路，縱馬行，見道傍有門宇，乃神廟也。生以馬繫門外，將入〔三〕屋中，忽慄然心動，即匿身東廡下。聞廟西〔四〕空舍中窣窣然，生疑其爲鬼，因引弓震弦以伺之。

俄見一丈夫，身長，衣短後皂衣，負囊仗劍，自空舍中出。既而倚劍揚言曰：「我盜也，爾非盜乎？」鄭生曰：「吾家于鞏、雒之郊，向者獨驅田間，適遇大風雨，迷而失道，故匿身於此。」仗劍者曰：「子既不爲盜，得無害我之意乎？且我遁去，道必經東廡下，願解弓弦以授我，使我得去。不然，且死於豎子矣。」先是，生常別以一弦寘袖中，既解弦，投於劍客前，密以袖中弦繫弓上。賊既得弦，遂至東廡下，將殺鄭生以滅口。急以矢繫弦，賊遂去，因曰：「吾子果智者，某罪固當死矣。」生曰：「我不爲害，爾何爲疑我？」賊再拜謝，生即去西廡下以避之。賊既去，生懼其率徒再來，於是登木自匿。

久之，星月始明。忽見一婦人，貌甚冶，自空舍中出，泣於庭。問之，婦人曰：「妾家於村中，爲盜見誘至此，且利妾衣裝，遂殺妾空舍中，棄其屍而去。幸君子爲雪其冤。」又曰：「今夕當匿於田横墓，願急逐之，無失。」生諾之，婦人謝而去。及曉，生視之，果見其屍。即馳至洛，具白於河南尹鄭叔則。尹命吏捕之，果得賊於田横墓中。（據清康熙振鷺堂重刊明萬曆商濬半埜堂刊《稗海》本《宣室志》卷五校録，又《太平廣記》卷一二七引《宣室志》）

〔一〕滎陽　原譌作「榮陽」，據《廣記》、《唐人説薈》改。
〔二〕健　《廣記》、《唐人説薈》作「捷」。
〔三〕入　《廣記》、《勸善書》卷一七、《唐人説薈》作「止」，《太平廣記詳節》卷九作「至」。
〔四〕西　《廣記》、《勸善書》、《唐人説薈》作「左」。

按：《廣記》題《鄭生》。《唐人説薈》四集《宣室志》中有此篇。

商山三丈夫

張　讀　撰

有梁璟者，開成中，自長沙將舉孝廉。途次商山，舍於館亭中。時八月十五夕，天雨新霽，風月高朗，璟偃而不寐。至夜半，忽見三丈夫，衣冠甚古，皆被朱緑，徐步而來，至庭中，且吟且賞，從者數人。璟心知其鬼也，然素有膽氣，因降階揖之。三人亦無懼色，自稱蕭中郎、王步兵、諸葛長史。即命席，坐於庭中，曰：「不意良夜，遇君於此。」因呼其僮玉山，往取酒〔一〕。既至，環席遞酌。

已而王步兵曰：「值此好風月，況嘉賓在席，不可無詩也。」因命題聯句，以詠秋物。步兵即首爲之，曰：「秋月圓〔二〕如鏡。」蕭中郎曰：「秋風利似〔三〕刀。」璟曰：「秋雲輕比〔四〕絮。」以至諸葛長史，默然久之，二人促曰：「幸以拙速爲事。」長史沉吟，又食頃，乃曰：「秋草細同〔五〕毛。」二人皆大笑，曰：「拙則拙矣，何太遲乎？」長史曰：「此中郎過耳，爲僻韻而滯捷才。」

既而中郎又曰：「良會不可無侑酒佐歡。」命玉山召蕙娘來，玉山去。頃之，有一美人，鮮衣，自門步入，笑而拜坐客。諸葛長史戲謂女郎曰：「汝自赴中郎召爾，與吾何事？」美人曰：「安知不爲衆人來乎？」步兵曰：「安用〔六〕自明？不若歌以送長史之酒。」蕙娘起曰：「願歌《鳳樓》之曲，以佑樽俎〔七〕。」即歌之，清音怨慕，璟聽之忘倦。久而歌闋，中郎又歌一曲。既終，曰：「山光漸明，願更綴一篇，以盡歡也。」中郎曰：「山〔八〕樹高高影。」步兵曰：「山花寂寂香。」因指長史曰：「向者僻韻，信中郎過，今願續〔九〕此，以觀捷才耳。」長史應曰：「山天遥歷歷。」一坐大笑曰〔一〇〕：「遲不能巧，速而且拙〔一一〕，捷才如是耶？」長史色不能平。次至璟，曰：「山水急湯湯。」中郎泛言賞之。乃問璟曰：「君非舉進士者乎？」璟曰：「將舉孝廉科。」中郎笑曰：「孝廉安知爲詩哉！」璟發怒，震聲叱之〔一二〕，長史亦奮袂而起，坐客驚散，遂失所在，而盤盂亦亡見矣。

璟自此被疾恍惚，往往夢中郎、步兵來，心甚惡之。後至長安，遇術士李生，得〔一三〕辟鬼符佩之，遂絶矣。（據清康熙振鷺堂重刊明萬曆商濬半埜堂刊《稗海》本《宣室志》卷六校録，又《太

平廣記》卷三四九引《宣室志》）

〔一〕玉山往取酒　「玉山」明天啓刊本《類説》卷二三《宣室志·月夜聯句》作「玉山人」，嘉靖伯玉翁舊鈔本作「玉山」。《廣記》、南宋陳元靚《歲時廣記》卷三三引《宣室志》、明梅鼎祚《才鬼記》卷六引《宣室志》、《唐人説薈》作「曰玉山取酒」。

〔二〕圓　《類説》作「團」。

〔三〕似　《歲時廣記》作「於」。

〔四〕比　《類説》作「若」。

〔五〕同　原譌作「曰」，據《四庫》本、《筆記小説大觀》本、《叢書集成》本、中華書局點校本、《廣記》、《類説》、《歲時廣記》、《才鬼記》、《唐人説薈》改。《全唐詩》卷八六五商山三丈夫《秋月聯句》作「如」。

〔六〕安用　《廣記》、《唐人説薈》作「欲」。

〔七〕以佑樽俎　此句原無，據《歲時廣記》補。

〔八〕山　《全唐詩》卷八六五商山三丈夫《天明聯句》作「幽」，注：「一作『山』。」作「幽」誤。

〔九〕續　原爲闕字，據《廣記》、《類説》、《歲時廣記》、《唐人説薈》補。《四庫》本亦補「續」字。

〔一〇〕曰　此字原無，據《類説》、《歲時廣記》補。《廣記》明鈔本作「云」。

〔一一〕遲不能巧速而且拙　原作「遲不如速，而且拙」，據《類説》、《歲時廣記》改。

〔二二〕璟發怒震聲叱之　原作「璟因怒叱之」，據《類説》改。

〔二三〕得　此字原無，據《廣記》明鈔本補。

按：《廣記》題《梁璟》。《才鬼記》卷六據《廣記》輯入，題《王步兵》，小字注「蕭中郎、諸葛長史」，末注《宣室志》，文字全同。《唐人説薈》四集《宣室志》亦輯有此篇。

廬陵官舍

張讀　撰

廣陵有官舍，地步數百，制度宏麗。相傳〔一〕其中爲鬼所宅，故居之者，一夕即暴死，鎖閉累年矣。有御史崔某，官於廣陵，至〔二〕，開門曰：「妖不自作，我必居之，豈能爲祟〔三〕耶？」即白廉使而居焉。是夕微雨，崔君命僕曰：「汝〔四〕盡居他室，而吾寢於堂。」夜已半，忽〔五〕惕然而寤，衣盡霑濕。即起，見己之卧榻在庭中〔六〕。却寢，未食頃，其榻又遷於庭。如是者三。崔曰：「我謂天下無鬼者，今則果有矣。」即具簪笏，命酒，沃而祝曰：「吾聞居此者多暴死，且人神殊道，當各〔七〕安其居，豈害生人耶？雖苟以形見、以聲聞者，是其負冤鬱而將有訴者，或將求一飯以祭者，則現於人，而人自驚悸以死，固非神靈害之也。吾今遇汝，汝無畏〔八〕，若真有所訴，當〔九〕爲我言，可以副〔一〇〕汝託，雖湯火不避。」沃而祝者三。俄聞空中有言曰：「君人也，我鬼也，誠不當以鬼干人，直將以深誠奉告。」崔曰：「但言之。」鬼曰：「我女子也，女兄弟三人〔一一〕，俱未笄而殁，父母葬我於郡城之北久矣。其後府公於此浚城池，構〔一二〕城屋，工人伐我封内樹且盡，又徙我於此堂之東北隅，使羈魂不寧，無所棲託。不期今夕幸遇明君子，故我得以語其冤。儻君以仁心爲我棺斂，葬於野外，其恩之莫大者矣。」已而涕泣嗚咽。又曰：「我在此十年矣，前後所居者，皆欲訴其事，自是居人驚悸而死。某本女子〔一三〕，非有害於人也。」崔曰：「吾前言固如是矣。雖然，如何不我見〔一四〕耶？」鬼曰：「某鬼也，豈敢以幽晦之質而見君子乎？既諾我之請，雖處冥昧中，亦當感君子恩，豈可徒然而已。」言訖，告去。

明日，召工人，於堂東北隅發之，果得枯骸。葬於禪智寺隙地，里人皆祭之，謂之三女墳，自是其地獲安矣〔一五〕。（據清康熙振鷺堂重刊明萬曆商濬半埜堂刊《稗海》本《宣室志》卷六校録，又《太平廣記》卷三四九引《宣室志》）

〔一〕相傳 《廣記》作「里中傳」。

〔二〕至 《廣記》明鈔本作「使」。

〔三〕祟　《廣記》作「災」。

〔四〕曰汝　原作「者」，中華書局點校本據明鈔本改，今從改。

〔五〕忽　此字原無，據《廣記》明鈔本補。

〔六〕中　原作「下」，據《廣記》改。

〔七〕各　《廣記》作「自」。

〔八〕吾今遇汝汝無畏　《廣記》作「吾甚愚，且無畏憚」。

〔九〕當　《廣記》作「直」。

〔一〇〕副　《廣記》明鈔本、陳校本作「赴」。

〔一一〕女兄弟三人　《廣記》作「女弟兄三人」，孫校本「兄」作「凡」。按：女兄弟指姐妹。《孟子·萬章上》：「彌子之妻與子路之妻，兄弟也。」女弟則指妹。下文云三女墳，是總共三女，非女弟三人也，孫校本誤。

〔一二〕構　原作「御名」小字二字，《廣記》談本作「搆」，孫校本作「御名」。按：「御名」乃南宋避高宗趙構諱，原當作「構」，今改。

〔一三〕本女子　《廣記》「本」作「兒」。按：兒女子，小女子。

〔一四〕我見　《廣記》作「見我」，明鈔本則作「我見」。

〔一五〕自是其地獲安矣　《廣記》作「自是其宅遂安」。

按：《廣記》題《崔御史》。

吕生

張讀撰

大曆中，有吕生者，自會稽上虞尉調集於京師，既而僑居永崇里。嘗一夕，與其友數輩會食於其室。食畢，將就寢，俄有一嫗，容服潔白，長二尺許，出於室之北隅，緩步而來。其狀極異，衆視之，相向大笑〔一〕。其嫗漸迫其榻，且語曰：「君有會，不能一食〔二〕耶？何待吾之薄歟？」吕生叱之，遂退去，至北隅，乃亡所見。且驚且異，莫知其來也。

明日，生獨寤於室，又見其嫗在北隅下，將前且退，惶惶然若有所懼。生又叱之，遂没。明日，生默念曰：「是必怪也，今夕將至，吾不除之，必爲吾患，不朝夕矣。」即命以一劍寘於榻下。是夕，果自北隅徐步而來，顔色不懼。至榻前，生以劍揮之，其嫗忽上榻，以臂揕生胸〔三〕，餘又〔四〕躍於左右，舉袂而舞。久之，又有一嫗忽上榻〔五〕，復〔六〕以臂揕生，生遽覺一身盡凛然，若霜被於體。生又〔七〕以劍亂揮。俄有數嫗〔八〕，亦隨而舞焉，生揮劍不已。又爲十餘嫗，各長寸餘，雖〔九〕愈多而貌如一焉，皆不可辨，環走四垣。生懼甚，計不能出。中有一嫗謂生〔一〇〕曰：「吾將與合〔一一〕矣，君且〔一二〕觀我。」言已，遂相望而來，俱至榻前，翕然而合，又爲一嫗，與前見者不異。生懼益甚，乃謂曰：「爾爲何怪，而敢如是撓生人耶？當疾去，不然，吾求方士，將以神術制汝，汝又安能爲祟耶？」嫗笑曰：「君言過矣，果有術士，欲願〔一三〕見之。吾之來，戲君耳，非敢害也，幸君無懼，吾亦還其所矣。」言畢，遂退於北隅而没。

明日，生以事語於人。有田氏子者，善以符術祛除怪魅，名聞長安中。見説，喜躍曰：「是吾事也，去之，若以爪壓蟻爾〔一四〕，今夕願往君舍伺焉。」至夜，生與田氏子俱坐於室。未幾而嫗果又至榻前，田氏子叱曰：「魅疾去〔一五〕！」嫗揚然其色，不顧左右，徐步〔一六〕而來去者久之，謂田生〔一七〕曰：「非君〔一八〕之所知也。」其嫗忽揮其手，手墮於地，又爲一嫗，甚小。忽躍而升榻，突入田生口中，田驚曰：「吾死乎！」嫗謂生曰：「吾比言不爲君害，君不聽，今田生之疾，果如何哉？雖然，嫗等亦將成君一〔一九〕富耳。」言畢又去。

明日，有謂吕生曰〔二〇〕：「宜於北隅發之，可見矣。」生喜而歸，命家僮於其所没處窮之，下至丈餘〔二一〕，得一瓶，可受斛許，貯水銀甚多，生方悟〔二二〕其嫗乃水銀精也。田生竟以寒慄而卒。（據清康熙振鷺堂重刊明萬曆商濬半埜堂刊《稗海》本《宣室志》卷六校録，又《太平廣記》卷四〇一引《宣室志》）

〔一〕相向大笑　《廣記》、《廣豔異編》卷二〇《呂生》、明冰華居士輯《合刻三志》志怪類、舊題楊循吉《雪窗談異》卷六、《唐人説薈》第十六集《靈怪録·呂生》作「相目以笑」。
〔二〕食　《廣記》、《靈怪録》作「命」。
〔三〕胸　《唐人説薈》無此字。《廣記》、《合刻三志》、《雪窗談異》作「月」，《廣豔異編》作「目」。孫校本作「旬月，嫗軀分而爲二，□□□□□」。
〔四〕餘又　原作「右餘」，據《廣記》改。《廣豔異編》「餘」作「徐」。《合刻三志》、《雪窗談異》作「月餘」，《唐人説薈》作「又」。《廣記》明鈔本、孫校本無此二字。按：餘，末了，後來。
〔五〕又有一嫗忽上榻　《廣記》明鈔本作「化爲二嫗，倏忽上榻」。
〔六〕復　《廣記》明鈔本作「皆」。
〔七〕又　《廣記》明鈔本作「但」。
〔八〕俄有數嫗　《廣記》、《廣豔異編》、《靈怪録》作「俄爲數狀」。
〔九〕雖　此字原無，據《廣記》、《廣豔異編》、《靈怪録》補。
〔一〇〕生　原作「書生」，《廣記》、《靈怪録》同，據《廣記》明鈔本、《廣豔異編》删「書」字。
〔一一〕與合　《廣記》、《廣豔異編》、《靈怪録》作「合爲一」，《廣記》孫校本作「合一」。
〔一二〕且　《廣記》明鈔本作「試」，《會校》據改。
〔一三〕欲願　《廣記》、《廣豔異編》、《靈怪録》「欲」作「吾」。按：欲願，同義複合詞。《史記》卷一一七

《司馬相如列傳》：「是時邛筰之君長聞南夷與漢通，得賞賜多，多欲願爲内臣妾，請吏，比南夷。」《唐語林》卷四：「某今爲相，表弟有何欲願，悉力從其意。」

〔一四〕若以爪壓蟻爾　「爪」原譌作「瓜」，據《四庫》本、《廣記》、《廣豔異編》、《靈怪録》改。《廣記》、《廣豔異編》、《靈怪録》作「若爪一蟻耳」。

〔一五〕魅疾去　《廣記》陳校本下多「無犯我者」四字。

〔一六〕徐步　《廣記》陳校本作「舞躍」。

〔一七〕謂田生　《廣記》明鈔本作「田生懼」，《會校》據改。

〔一八〕君　《廣記》、《廣豔異編》作「吾」。按：作「吾」則上句當作「田生懼曰」。

〔一九〕一　《廣記》、《廣豔異編》、《靈怪録》作「之」。

〔二〇〕曰　原作「者」，據《廣記》明鈔本改。

〔二一〕下至丈餘　《廣記》、《廣豔異編》、《靈怪録》作「果不至丈」。

〔二二〕悟　原作「信」，據《廣記》、《廣豔異編》、《靈怪録》改。

按：《合刻三志》志怪類及《雪窗談異》卷六《靈怪録》，託名唐牛嶠撰。《唐人説薈》第十六集（或卷二〇）收入，條目有所增删。中《吕生》即據《廣記》輯録。《廣豔異編》卷二〇亦據《廣記》輯入。

玉清宫三寶

張　讀　撰

杜陵韋弇，字景照〔一〕。開元中，舉進士下〔二〕第，寓遊於蜀。蜀多勝地，會春末，弇與其友數輩，爲花酒宴〔三〕，雖夜不怠。一日，有請者曰：「郡南去十里，有鄭氏亭〔四〕，亭起花〔五〕中，真塵外境也，願偕往。」弇聞其説，喜甚，遂與俱。南行十里，得鄭氏亭，撑空危危〔六〕，擴〔七〕然四峙，門因花闢〔八〕，砌用〔九〕煙矗，弇〔一〇〕望之，不暇他視，真所謂塵外境也。

使者揖弇入，既入〔一一〕，見亭上有神仙〔一二〕十數，皆極色也，凝立若佇，半掉雲袂，飄飄然其狀〔一三〕。列左右者亦十數，紋繡杳眇，代〔一四〕不可識。有一人望弇而語曰：「韋進士來。」命左右請上亭〔一五〕，斜攔層幕〔一六〕。既上且拜，群仙喜曰：「君不聞劉、阮事乎？今日亦如是，願奉一醉，將盡春色，君以爲何如？」弇謝曰：「不意今日得爲後世劉、阮，幸何甚哉！然則此爲何所，女郎亦何爲者，願一聞之。」群仙曰：「我玉清之女也，居於此久矣，此乃玉清宫也。向聞君爲下第進士，寓遊至此，將以一言奉請，又懼君子不顧，且貽其辱，是以假鄭氏之亭以命〔一七〕君，果副吾志。雖然，此仙府也，惟慮不可久滯。世間人若居之〔一八〕，固無損耳，幸不以爲疑。」即命酒樂宴亭中，絲竹盡舉，飄飄然〔一九〕凌玄越冥，不爲人間之聲。

日晚酒酣，群仙曰：「吾聞唐天子尚神仙，吾有新樂一曲，名《紫雲》，願授聖王〔二〇〕。君唐人也，爲吾傳之一進，可乎？」曰：「弇一儒也，在長安中，徒爲區區於塵土間〔二一〕，望天子門且不可見，況又非知音者，如是則固不爲耳〔二二〕。」群仙曰：「君既不能，吾將以夢傳於天子，是可矣〔二三〕。」又〔二四〕曰：「吾有寶三〔二五〕焉，將以贈君，能使君富敵王侯，君其將余受之〔二六〕。」乃命左右出其寶。始出一盃，其色碧而光瑩洞徹，顧謂弇曰：「碧瑶盃也。」又出一枕，似玉微紅，有文如粟，奇光炳然〔二七〕，曰〔二八〕：「紅蕤枕〔二九〕也。」又出一小函，其色紫，亦似玉，而瑩徹則過之，曰：「紫玉函也。」已而皆授弇。弇拜謝而出，然行未及一里，回望其亭，茫然無有。弇異之，亦竟不知何所也，遂挈其寶還長安。

明年復〔三〇〕下第，東遊至廣陵，因以其寶集於廣陵市。有胡人見而拜〔三一〕曰：「此天下之奇寶也，雖千萬年，人無得〔三二〕者，君何得而有？」弇以告之。因問曰：「此何寶乎？」曰〔三三〕：「乃玉清宮三寶也。」遂以數千萬爲直而易之。弇由是連〔三四〕甲第，居廣陵中，爲豪士，竟卒於白衣也。（據清康熙振鷺堂重刊明萬曆商濬半埜堂刊《稗海》本《宣室志》卷六校録，又《太平廣記》卷四〇三引《宣室志》）

〔一〕杜陵韋弇字景照　《類説》卷二三《宣室志·玉清三寶》「韋」作「常」。按：杜陵乃韋姓郡望，作

「常」誤。「照」《廣記》、《廣豔異編》卷二〇及《續豔異編》卷一〇《玉清三寶記》作「昭」，《廣記》孫校本、陳校本、《廣記》卷三三引《神仙感遇傳》（唐末杜光庭撰）作「照」。

〔二〕下　此字原脱，據《廣記》陳校本、《感遇傳》、南宋陳葆光《三洞群仙録》卷八引《神仙感應（遇）傳》補。

〔三〕爲花酒宴　《感遇傳》作「尋花訪異，日爲遊宴」。

〔四〕亭　《感遇傳》作「林亭」，《群仙録》作「園亭」。

〔五〕花　《廣記》、《廣豔異編》、《續豔異編》作「苑」，明鈔本、孫校本、陳校本作「花」，《會校》據改。

〔六〕撑空危危　《廣記》「撑」作「端」，《感遇傳》作「端室巍巍」，《廣豔異編》、《續豔異編》作「當空巍巍」。

〔七〕擴　《廣記》、《感遇傳》、《廣豔異編》、《續豔異編》作「横」。

〔八〕門因花鬬　《廣記》、《廣豔異編》、《續豔異編》「因」作「用」，《感遇傳》作「山門花鬬」。

〔九〕砌用　《感遇傳》作「曲徑」。

〔一〇〕弁　《感遇傳》作「眙而」。眙，驚愕貌。

〔一一〕使者揖弁入既入　《感遇傳》作「俄而延弁升巨亭之上，迴廊環搆，飾以珠玉，殆非人世所有」。《廣記》孫校本「搆」作「御名」，乃避宋高宗趙構諱。按：《感遇傳》於《宣室志》原文多有增删，以下此類情況不再出校。

〔一二〕神仙　《廣記》明鈔本、陳校本作「仙女」，《會校》據改。

〔一三〕其狀　《廣記》、《廣豔異編》、《續豔異編》作「其侍」，連下讀。

〔一四〕代　《廣記》、《廣豔異編》、《續豔異編》作「殆」，《廣記》孫校本作「代」。按：代，世。唐代避李世民諱改「世」爲「代」。

〔一五〕亭　原作「堂」，據《廣記》、《廣豔異編》、《續豔異編》改。

〔一六〕斜攔層幕　《廣記》作「斜欄層去」，《廣豔異編》、《續豔異編》作「斜攔層曲」，《續豔異編》「攔」作「欄」。攔，通「欄」。

〔一七〕命　《廣記》明鈔本作「召」，《會校》據改。按：命，請也。《鶯鶯傳》：「鄭厚張之德甚，因飾饌以命張，中堂宴之。」

〔一八〕惟慮不可久滯世間人若居之　《廣記》、《廣豔異編》、《續豔異編》作「雖云不可滯世間人，君居之」。《廣記》孫校本、陳校本「雖云」作「唯慮」，《會校》據改。

〔一九〕飄飄然　《廣記》、《廣豔異編》作「飄然泠然」，《續豔異編》作「飄然泠泠」。

〔二〇〕王　《廣記》、《廣豔異編》、《續豔異編》作「主」。

〔二一〕徒爲區區於塵土間　《廣記》陳校本作「徒爲區區於九陌以干一名」。

〔二二〕如是則固不爲耳　《廣記》、《廣豔異編》、《續豔異編》作「曷能致是」。《廣記》孫校本作「如是則固不曷耳」，「曷」乃「爲」字之譌。

〔二三〕吾將以夢傳於天子是可矣　下原有「事具《靈仙篇》」五字。《廣記》孫校本亦注有此五字。按：此爲《廣記》編者注，《靈仙篇》即神仙門。此足可證今本《宣室志》輯自《廣記》。《廣記》卷二九《神仙二十九》引有《十仙子》，記唐玄宗夢仙子傳《紫雲曲》事。談本注出《神仙感遇傳》，陳校本、孫校本俱作《宣室志》。今本《宣室志》卷一輯入，《神仙感遇傳》卷四亦載。《神仙感遇傳》大都採録前人書而成，此篇當取自《宣室志》。今删。

〔二四〕又　此字原無，據《廣記》、《廣豔異編》、《續豔異編》補。

〔二五〕三　《廣記》孫校本作「玉」，誤。

〔二六〕君其將余受之　《廣記》、《廣豔異編》、《續豔異編》無「將余」二字。《廣記》孫校本作「君其將以授之」。

〔二七〕似玉微紅有文如粟奇光炳然　「有文如粟奇光炳然」八字原無，據宋孔傳《後六帖》卷一四引唐張瀆（讀）《宣室志》補。《神仙感遇傳》作「似玉而粟，其文微紅，而光彩瑩朗」，《群仙録》作「似玉而粟，其紋」，有脱文。

〔二八〕曰　此字原脱，據《廣記》、《孔帖》補。

〔二九〕紅蕤枕　原無「紅」字。《廣記》談本作「麩枕」，《廣豔異編》、《續豔異編》同，汪紹楹據陳校本改作「紅蕤枕」。《四庫》本亦改，《考證》卷七二子部《太平廣記》校：「刊本脱一『紅』字，『蕤』訛『麩』，據《宣室志》增改。」然《宣室志》「紅」屬上讀。《紺珠集》卷五《宣室志·紅麩枕》、《孔帖》、《類説》作「紅麩枕」，《感遇傳》作「紅蕤枕」。

〔三〇〕復　此字原無，據《感遇傳》補。

〔三一〕拜　《廣記》陳校本作「駭」。
〔三二〕得　《廣記》明鈔本、陳校本作「得見」，《會校》據補「見」字。《感遇傳》作「見」。
〔三三〕曰　此字原脱，據《廣記》、《廣豔異編》、《續豔異編》補。
〔三四〕連　《廣記》、《廣豔異編》、《續豔異編》作「建」。

按：《廣記》題《玉清三寶》。唐末杜光庭纂集《神仙感遇傳》採録此事，文多删改，見《太平廣記》卷三三引，題《韋弇》。《廣豔異編》卷二〇亦據《廣記》輯入，題《玉清三寶記》，又收入佚名《續豔異編》卷一〇，文同。

石壁遺記

張　讀　撰

太和中，有柳光者，嘗南遊，因行山道。會日晚，誤入山崦中，松徑〔一〕盤曲。行數里，至一石室，雲水環擁，清泉交噴〔二〕，室有裀榻，若人居者，前對霞翠，固非人境。光因臨流凝佇，忽見一缶合於地，光即啓〔三〕之。其缶下有泉，周不盡尺，其水清激，舉巵以飲，若甘醴。盡十餘巵而已醉甚，遂偃於榻。及曉方寤，因視石壁，有雕刻文字極多，遂寫其字，置于袖。詞〔四〕曰：「武之在卯，堯王八季，我棄其寢，我去其扆。深深然，高高然，人不吾知，人〔五〕不吾謂。由今之後，二百餘祀，焰焰其光，和和其始。東方有兔，小首兀尾〔六〕，經過吾道，來至吾里，飲吾泉以醉，登吾榻而寐。刻乎其壁，奥乎其義，人誰以辯〔七〕，其東平子。」光閲而異之。遂行，出徑約數十步，回望其室，盡無見矣。

光究之不得。友人吕生者，視而解之。未幾，告曰：「吾盡詳矣，此乃得道者語也。大〔八〕唐氏之初，建號武德，武之二年，其歲己卯，則〔九〕『武之在卯』，其義見矣，蓋武德二年也。堯王者，謂高祖之號神堯。曰『八季』者，亦二年也。『我棄其寢，我去其扆』者，言其去，蓋絶去之時，乃武德二年也。『深深然，高高然，人不吾知，人不吾謂』者，言其隱而人不知也。『由今之後，二百餘祀』者，言君之來也。且唐氏之初，今果二百餘矣。『焰焰其光，和和其始』者，『焰焰其光』謂歲在丁未也。焰者火，豈非南方丙丁之謂乎？未亦火之位也。『和和其始』，謂今天子建號曰太和，『其始』蓋元年也。『東方有兔，小首兀尾』者，叙君之名氏。東方甲乙，木也。兔者，卯也。卯以附木，是『柳』字也。『小首兀尾』是光也。『經吾道，來吾里』，言君之來也。『飲吾泉以醉，登吾榻而寐』，言君之止也。『刻乎其壁，奥乎其義，誰人以辯，其東平子』，謂其義奥而隱〔一〇〕，獨吾能辯之。東平，吾之邑也，益〔一一〕又信矣。如是而辯，果得道者之遺記也。」（據清康熙振鷺堂重刊明萬曆商濬半埜堂刊《稗海》本《宣室志》卷七校録，又《太平廣記》卷三九二引《宣室志》）

〔一〕徑　《廣記》、《唐人説薈》四集《宣室志》作「引」，《廣記》孫校本作「隱」。

〔二〕嘖　《廣記》、《唐人説薈》作「貫」。

〔三〕啓　《廣記》、《唐人説薈》作「趨」，《廣記》明鈔本作「啓」，《會校》據改。孫校本作「起」。

〔四〕袖詞　原作「神祠」，據《廣記》、《唐人説薈》改。

〔五〕人　《廣記》、《唐人説薈》作「又」。《廣記》孫校本作「人」，《會校》據改。按：《廣記》下文作「人」。

〔六〕小首兀尾　《廣記》、《唐人説薈》「兀」作「元」，下同。《廣記》孫校本作「兀」，《會校》據改。按：此隱指「光」字，作「兀」是。

〔七〕人誰以辯　《廣記》作「人誰辨」，脱「以」字，明鈔本、孫校本、《四庫》本有此字，《會校》據明鈔本、孫校本及《宣室志》補。《唐人説薈》作「能」。下文《廣記》、《唐人説薈》均有「以」字。辯，通「辨」。

〔八〕大　《廣記》、《唐人説薈》作「夫」。

〔九〕則　此字原闕，據《廣記》、《唐人説薈》補。《宣室志》《四庫》本補「也」字，屬上讀。

〔一〇〕隱　此字原無，據《廣記》、《唐人説薈》補。

〔一一〕益　《廣記》、《唐人説薈》作「即」。

按：《廣記》題《柳光》。《唐人説薈》四集《宣室志》，自《廣記》輯入此篇。

唐五代傳奇集第三編卷三十三

尹真人石函

張　讀　撰

犍爲郡〔一〕東十餘里，有道觀〔二〕，在深巖〔三〕中，石壁四壅，有顏道士居之。觀殿有石函，長三尺餘，其上鏨出鳥獸花卉，文理纖妙，鄰於鬼工，而緘鎖極固，泯然無毫縷之隙。里人相傳，云是尹喜石函。真人事跡，顯於紀傳詳矣。真人將上昇，以石函付門弟子，約之曰：「此函中有符籙，慎不得啓之，必有大禍〔四〕。」於是郡人盡敬之〔五〕。

大曆中，故崔寧領蜀〔六〕。有清河〔七〕崔君，爲犍爲守。崔君素以剛果自恃，既至郡，聞有尹真人函，笑謂屬官曰：「新垣平之詐見矣。」即詣之，且命破鎖。顏道士曰：「此尹真人石函，真人有遺教曰：『啓吾函者有大禍。』幸君侯無犯仙官之約。」崔君怒曰：「尹真人死千歲，安得獨有石函在乎？吾不信。」顏道士確其詞，而崔君固不從。於是命破其鎖，久之，而堅然不可動。崔君怒，又以巨組係函鼻，用數十〔八〕牛拽其組，鞭而驅之。僅半日，石函遂開，中有符籙數十軸，以黄縑〔九〕爲幅，丹書其文，皆炳然如新。崔君既觀畢，顧謂顏道士曰：「吾向者意函中有奇寶，故開而閱之，今徒有符籙而已。」於是令緘鎖如舊。

既歸郡，是夕，忽暴卒〔一〇〕。後三日而悟〔一一〕，其官屬將吏輩，悉詣崔君問之，且訊焉〔一二〕。崔君曰：「吾甚驚〔一三〕，未嘗聞神仙事。前者偶開尹真人石函〔一四〕，果爲冥官追攝。初見一人，衣紫衣，至寢〔一五〕，謂吾曰：『我吏於冥司者也，今奉命召君。固不可拒，拒則禍益大矣。宜疾去。』吾始聞憂〔一六〕，欲以辭免，然不覺與使者俱出郡城。僅行五十里，至冥司，其官即故相呂公諲〔一七〕也，與吾友善，相見悲泣〔一八〕。已而謂吾曰：『尹真人有石函在貴郡，何爲輒開？今奉玉帝〔一九〕命，召君按驗，將如之何？』吾謝曰：『愚俗聾瞽，不識神仙事，故輒開真人之函。罪誠重，然以三宥之典〔二〇〕，其不識不知者，俱得原赦。儻公寬之，某庶獲自新耳。』公〔二一〕曰：『帝主命嚴，地府卑屑，何敢違乎？』即召按掾，出吾祿壽之籍〔二二〕。有頃，按掾至，白曰：『崔君餘位五任，餘壽十五年。今上帝有命，折壽十三年，盡奪其官〔二三〕。』吾又謝曰：『與公平生爲友，今日之罪，誠自己招，然故人豈不能宥之〔二四〕？』公曰：『折壽削官，則固不可逃，然可以爲足下致二〔二五〕年假職，優其廩祿，用副吾子之託。』吾又再拜謝。

「言方〔二六〕畢，忽有雲氣炳〔二七〕然，紅光自空而下。公及廷掾僕吏俱驚躍而起，曰：『天符下。』遂揖吾於一室中〔二八〕。吾於室中壁隙間潛窺之，見公具巾笏，率廷掾分立於庭，咸俛而拱。雲中有一人，紫衣金魚，執一幅書，宣導帝命。於是公及廷掾再拜受書，便〔二九〕駕雲而上，頃之遂没。公命吾出坐，啓天符視之，且歎且泣，謂吾曰：『子識元三乎？』元相國行三，名載也。吾曰：『乃布衣之舊耳。』公曰：『血屬無類。吁！可悲夫！某雖與元三爲友，至是亦無能拯之，徒積悲歎。』詞已又泣。既而命一吏送吾歸，再拜而出，與使者俱行，入郡城廨中。見〔三〇〕己身卧于榻，妻孥哭而環之〔三一〕。使者引吾俯於榻〔三二〕，魂與身翕然而合，遂寤。」

其家云卒三日矣，本郡以〔三三〕白廉使。崔即治裝，虚室往蜀〔三四〕，具告於寧。寧遂署〔三五〕攝副使，月給俸錢二十餘萬。時元載方執國政，寧與載善，饋〔三六〕遺甚多。聞崔之言，懼連坐，因命親吏持〔三七〕五百金，賂載左右，盡購得其書百餘軸〔三八〕，皆焚之。後月餘，元載籍没。又二年，崔亦終矣。（據中華書局版汪紹楹點校本《太平廣記》卷四三引《宣室志》及清康熙振鷺堂重刊明萬曆商濬半埜堂刊《稗海》本《宣室志》卷七校録，又《太平廣記》卷三八四引《宣室志》）

〔一〕犍爲郡　北宋張君房《雲笈七籤》卷一二二《道教靈驗記·嘉州東觀尹真人石函驗》作「嘉州」。

按：嘉州又稱犍爲郡，治龍遊縣，即今四川樂山市。

〔二〕道觀　《七籤》作「東觀」。

〔三〕深巖 《七籤》作「群山」。

〔四〕慎不得啓之必有大禍 《七籤》作「慎不可開，犯之必有大禍」。

〔五〕於是郡人盡敬之 《七籤》作「郡人遠近，咸所敬之」。

〔六〕故崔寧領蜀 此句據《宣室志》卷七補。《廣記》卷三八四作「故崔寧鎮蜀時」。按：《舊唐書》卷一一七《崔寧傳》：「大曆二年，鴻漸（杜鴻漸）歸朝，遂授寧西川節度使。……寧在蜀十餘年……累加尚書左僕射。大曆十四年，入朝遷司空、平章事，兼山陵使，尋代喬琳爲御史大夫、平章事。」

〔七〕清河 《廣記》原作「青河」，誤，據《四庫》本及《宣室志》卷七、《廣記》卷三八四、《七籤》改。按：清河乃崔姓郡望。

〔八〕數十 《七籤》作「數」。

〔九〕縑 《七籤》作「素」。

〔一〇〕忽暴卒 前原有「令」字，《廣記》明鈔本、孫校本無，據删。

〔一一〕悟 《四庫》本作「寤」。悟，通「寤」。

〔一二〕其官屬將吏輩悉詣崔君問之且訊焉 《七籤》作「官吏將佐且謁且賀」。

〔一三〕戇 《七籤》作「大愚」。

〔一四〕前者偶開尹真人石函 《七籤》作「無何開闢尹真人石函」。

〔一五〕寢 《七籤》作「寢門」。

〔一六〕憂　《七籤》作「懼」。

〔一七〕吕公譓　《廣記》卷四三無「譓」字。《宣室志》卷七、《廣記》卷三八四作「吕譓」，此爲《廣記》編者所改，其體例固如此也。今據《七籤》補「譓」字。按：《舊唐書》卷一八五下《吕譓傳》：「乾元二年三月，以本官（武部侍郎）同中書門下平章事，知門下省事。七月，丁母憂免。十月，起復授本官，兼充度支使，遷黄門侍郎。上元元年正月，加同中書門下三品。」

〔一八〕與吾友善相見悲泣　按：自此以下據《宣室志》卷七（《廣記》卷三八四引）。「吾」原作「崔君」，今承上改作「吾」。下同。原文乃崔君自述，《廣記》此處所引改爲他述。

〔一九〕玉帝　《廣記》卷四三、卷三八四，《七籤》，《三洞群仙録》卷一八引《宣室志》作「上帝」。孫校本卷三八四作「玉帝」。

〔二〇〕然以三宥之典　原作「然已三宥之矣」，據《廣記》改。

〔二一〕公　原作「譓」，《廣記》同，今承上改作「公」，下同。

〔二二〕禄壽之籍　「禄壽之」三字原無，據《廣記》卷四三補。《七籤》作「名籍」。

〔二三〕崔君餘位五任餘壽十五年今上帝有命折壽十三年盡奪其官　「三」原作「二」，誤。《廣記》作「三」，據改。孫校本亦譌作「二」。按：末云又二年崔終，則折壽應爲十三年。《廣記》卷四三作「崔君有官五任，有壽十七年。今奉上帝符，盡奪五任官，又削十五年壽，今獨有二年任矣」，乃是餘壽十七年，折壽十五年，壽數有異。《七籤》作「崔公有官五任，有壽十五年。今奉上帝命，削五任官，削十三年壽，獨有二年在矣」。

〔二四〕吾又謝曰與公平生爲友今日之罪誠自己招然故人豈不能宥之　《七籤》作：「於是聽崔還生。崔與呂公友善，泣告呂公曰：『某之罪固不可逃，上帝之責，固非三赦所及矣。過自己招，甘心受責，知復何言！然故人何以爲救乎？』」

〔二五〕二　《七籤》作「一」，誤。

〔二六〕方　《廣記》作「粗」。

〔二七〕炳　《廣記》作「藹」。

〔二八〕遂揖吾於一室中　原作「遂稽首致敬」，據《廣記》改。

〔二九〕便　《廣記》作「使」。

〔三〇〕見　此字原無，據《七籤》補。

〔三一〕妻孥哭而環之　上原有「其」字，據《廣記》删。《廣記》「孥」下有「輩」字。

〔三二〕引吾俯於榻　「俯」字原作「府君」，據《廣記》改。《七籤》作「使者命崔俯睬其尸」。

〔三三〕以　原作「已」，據《廣記》、《七籤》改。

〔三四〕虚室往蜀　「虚」《廣記》作「盡」。《七籤》作「盡室之成都」。按：蜀郡（即益州）治所爲成都。

〔三五〕署　原作「著」，據《廣記》、《七籤》改。

〔三六〕饋　《廣記》作「書」，孫校本作「言」。

〔三七〕持　《廣記》明鈔本作「密齎」。

〔三八〕軸　《廣記》作「幅」。

按：《廣記》卷三八四《崔君》及卷四三《尹真人》實爲同一篇。卷三八四所引編在《再生十一》，故而詳於冥中事，而於崔君開啓尹真人石函事略之，但言：「故崔寧領蜀時，犍爲守清河崔君，既以啓尹真人函，是夕崔君爲冥司所召」。卷四三《尹真人》則記事詳於石函事而略於入冥，「其官即故相吕公也」以下作：「謂吾曰：『子何爲開尹真人石函乎？奉上帝命，且削君之禄壽，果如何哉？』已而召掾吏至，令按吾禄壽之籍。掾吏白吕公曰：『崔君有官五任，有壽十七年。今奉上帝符，盡奪五任官，又削十五年壽，今獨有二年任（按：《三洞群仙録》卷一八引《宣室志》作在）矣。』」接下云：「於是聽崔君還，後二年果卒。」略述後事。《崔君》「啓尹真人函」下小字注云：「事具《靈仙篇》也。」（《宣室志》卷七無「也」字。）此乃《廣記》編者加，此《廣記》互見之例，《玉清宫三寶》亦有此注。《靈仙》即《神仙》，《尹真人》即編在《神仙四十三》。王夢鷗《唐人小説研究》四集以爲《靈仙篇》倘非其祖張薦之《靈怪集》，則當爲《宣室志》之一門類，説非。《宣室志》輯本只據《廣記》卷三八四輯録，將小注亦録入。中華書局版點校本《宣室志》之《輯佚》，輯入《廣記》卷四三《尹真人》，未作説明，亦不明二者本爲一篇，而爲《廣記》割裂爲二耳。

千歲僊鹿

張讀　撰

開元二十二年〔一〕秋，玄宗皇帝狩于近郊，駕至咸陽原，有大鹿興於前，贔然其軀，頗異於常者。上命弓射之，引發一中。及駕還，乃敕廚吏炙其脞以進，而尚食具熟俎獻。時張果老先生侍，上命果坐於前，以其肉賜之，果謝而食。既食，且奏曰：「陛下以此鹿爲何如？」上曰：「吾只知其鹿也，亦安知何如？」果曰：「此鹿年且千歲矣，陛下幸聞之〔二〕。」上笑曰：「此一獸耳，何遂言其千歲耶？」果曰：「昔漢元狩五年秋，臣侍武帝獵于上林，其從臣有生獲此鹿而獻者，帝以示臣，奏曰：『此僊鹿也，壽將千歲，今既生獲，不如活之。』會武帝尚神僊，由是納臣之奏。」上曰：「先生誤〔三〕矣。且漢元〔四〕狩五年，及今八百歲，其鹿長壽，豈歷八百歲而亦爲畋所獲乎〔五〕？況苑圃内麋鹿亦多，今所獲何妨爲他鹿耶？」果曰：「曩時武帝既獲此鹿，將舍去之，但命東方朔以鍊銅爲牌，刻成文字，以識其年，系于左角下。願得驗之，庶表臣之不誣也。」上即命致鹿首如前，詔内臣力士〔六〕具驗之。凡食頃，絶無所見。上笑曰：「先生果誤矣，左角之下，銅牌安在？」果曰：「臣請自索之。」即顧左右命鐵鉗，鉗〔七〕出一小牌，實銅製者，可二寸許。蓋以年月悠久，爲毛革蒙蔽，始不可見耳〔八〕。持以進，上命磨拭〔九〕視之，其文字蕪蔽〔一〇〕，殆不可識矣。上於是驗果之言不謬。

又問果曰：「漢元狩五年，甲子何次，史編何事，吾將徵諸記傳，先生第爲我言之。」果曰：「是歲歲次癸亥，武帝始開昆明池，用習水戰，因蒐狩以順禮焉。迨今甲戌歲，八百五十二年〔一一〕。」上即命按漢史，其昆明池，果元狩五〔一二〕年所開。命太史氏校其長曆〔一三〕，其甲子亦無少差。顧謂力士曰：「異哉！張果能言漢武帝時事，真所謂至人矣，吾固不可得而知也。」（據清康熙振鷺堂重刊明萬曆商濬半埜堂刊《稗海》本《宣室志》卷八校録，又《太平廣記》卷四四三及卷三〇引《宣室志》）

〔一〕二十二年　原作「二十三年」。按：下文云「迨今甲戌歲」，甲戌歲爲開元二十二年，二十三年爲乙亥歲。今改。

〔二〕聞之　《廣記》卷四四三作「問臣」。

〔三〕誤　《廣記》卷四四三作「給」。

〔四〕漢元　原譌作「摸而」，據《四庫》本、《筆記小説大觀》本、《叢書集成》本、中華書局點校本、《廣記》卷四四三改。

〔五〕其鹿長壽豈歷八百歲而亦爲畋所獲乎　「歷」原譌作「厯」，據《四庫》本、《筆記小説大觀》本、《叢書集成》本、中華書局點校本、《廣記》卷四四三改。《廣記》卷三〇作「鹿多矣，時遷代變，豈不爲獵者所獲乎」。

〔六〕力士 《廣記》卷四四三作「高力士」。按：力士姓高。

〔七〕鉗 原作「令」。據《廣記》卷四四三改。

〔八〕始不可見耳 「始」原作「殆」，「耳」原作「且」，據《廣記》卷四四三改。

〔九〕拭 《廣記》卷四四三作「瑩」。

〔一〇〕蕪蔽 《廣記》卷四四三作「刓弊」，《廣記》卷三〇作「凋暗」。

〔一一〕八百五十二年 「五」原作「四」，誤，據《廣記》卷四四三及卷三〇改。按：自元狩五年癸亥歲（前一一八）至開元二十二年甲戌歲（七三四），共八百五十二年。

〔一二〕五 原譌作「且」，據《四庫》本、《筆記小説大觀》本、《叢書集成》本、中華書局點校本、《廣記》卷四四三改。

〔一三〕命太史氏校其長曆 此句原無，據《廣記》卷三〇補。

按：《廣記》卷四四三題《唐玄宗》。卷三〇《張果》，注出《明皇雜録》、《宣室志》、《續神仙傳》，乃綴合三書而成。沈汾《續仙傳》全帙今存，卷中有《張果》一篇。《廣記》所引，其中張果隱恒州、玄宗迎果、果自稱堯時丙子年人、金榼化小道士、玄宗賜號通玄先生、卒後空棺諸事皆出

《續仙傳》。鄭處誨《明皇雜録》今本係輯本。卷下張果事乃取《廣記》卷三〇全文。《續仙傳》之外，乘白驢、拔髮擊牙、玉真公主、師夜光、邢和璞、賜堇斟、葉法善諸事，當屬《明皇雜録》（師夜光、邢和璞、賜堇斟三事又見李德裕《次柳氏舊聞》，文字不同），而千歲仙鹿一事則屬《宣室志》也。《宣室志》中華書局點校本《輯佚》全録《廣記》卷三〇《張果》，按云：「係掇取三書而成，但不能確指何爲《宣室志》文。」未事深考。

陳巖猿婦

張讀　撰

潁川〔一〕陳巖，字叶夢，舞陽〔二〕人，間僑〔三〕東吴。景龍末，舉孝廉，如京師。行至渭南〔四〕，見一婦人，貌甚姝，衣白衣，立於路隅，以袂蒙口而哭，若負冤抑之狀。生乃訊之，婦人哭而對曰：「妾楚人也，侯其氏，家于弋陽之南〔五〕。先父〔六〕以高尚聞於湘楚間，由是隱跡山林，未嘗肯謁侯伯。妾雖一女子，亦有箕潁〔七〕之志，方將棲踪蓬瀛崑閬，以遂其好。適遇有沛國劉君者，尉弋陽，嘗與妾先人爲忘形之友。先人慕劉君之高義，遂以妾歸劉氏。自爲劉氏婦，且十年矣，未嘗有纖毫過失。前歲春，劉君調補真源〔八〕尉。未一歲，以病免，盡室歸于渭上郊居。劉君無行，又娶一盧氏者，濮上人。性極悍戾，每以脣齒相及〔九〕，妾不勝其憤，故遁而至此。且妾本慕神仙，常欲高蹈雲霞，安巖壑之隱，甘〔一〇〕橡栗之味，亦足以終老，豈徒擾擾於塵世，適足爲累。今者分不歸劉氏矣。」已而顰容怨咽〔一一〕，若不自解。

巖性端慤，聞其言，甚信之。因問曰：「女郎何所歸乎？」婦人曰：「妾一窮人，安所歸止？然君之見問，其有意耶？果如是，又安敢逆君之命！」巖喜，即以後乘駕而偕往京師，居于永崇里。其始甚謹，後乃不恭，往往詬〔一二〕怒，若發狂之狀，巖惡之而且悔。明日巖出，婦人即令闔扉，鍵其門，以巖衣囊致庭中，毁裂殆盡。至夕巖歸，婦人拒而不納。巖怒，即破户而入，見己之衣資，悉已毁裂。巖因詬而責之，婦人愈發怒，毁巖之衣襟佩帶，殆無完〔一三〕縷。又爪其面，嚙其肌，一身盡傷，血沾于地，已而嘷叫者移時。巖惡〔一四〕之，不可制。

於是里中民俱來觀，簇其門。時有郝居士者，在里中，善視鬼，精符籙呵禁之術。聞婦人哭音，顧謂里中民曰：「此婦人非人，乃山獸也，寓形以惑於世。」里民具告於巖，巖即請焉。居士乃至巖所居，婦人見居士來，甚懼。居士出墨符一道，向空擲之。婦人大叫一聲，忽躍而去，立於屋瓦上，巖竊怪之。居士又出丹符擲之，婦人遂委身於地，化爲猿而死。巖既悟其妖異，心頗怪悸。後一日，遂至渭南，訊其居人，果有劉君，廬于郊外，巖即謁而問焉。劉曰：「吾嘗尉于弋陽，弋陽多猿狖，遂求得其一，近兹且十年矣。適遇有故人自濮上來，以黑犬見惠。其猿爲犬所噬，因而遁去。」亦竟不窮其事。因録以傳之。

巖後以明經入仕，終于秦州上邽尉。客有遊於太原者，偶於銅鍋店精舍〔一五〕中解鞍憩馬，於精舍佛書中，得劉君所傳之事，而文甚鄙。後亡其本，客爲余道之如是。（據清康熙振鷺堂重刊明萬曆商濬半埜堂刊《稗海》本《宣室志》卷八校録，又《太平廣記》卷四四四引《宣室志》）

〔一〕潁川　原作「潁州」，《廣記》、《廣豔異編》卷二七《陳巖》、胡文焕《稗家粹編》卷七《陳巖》均作「潁川」。按：「潁」當作「潁」。潁州，治汝陰縣，即今安徽阜陽市。潁川，郡名，即許州，治長社縣，即今河南許昌市。潁川乃陳姓郡望。據改。

〔二〕舞陽　原作「武陽」，《廣記》、《廣豔異編》、《稗家粹編》均作「舞陽」。按：武陽縣，唐屬融州。《元和郡縣圖志》卷三六《融州·武陽縣》：「隋開皇十一年，析義熙縣置臨牂縣，永徽元年廢入融水，龍朔二年重置，改爲武陽縣。」《新唐書·地理志七上·融州·武陽》則載：「天寶初併黄水、臨牂二縣更置。」武陽治今廣西羅城縣北。舞陽縣，唐屬許州，《新唐書·地理志二》：「本北舞，隸道州，貞觀元年來屬，尋廢，開元四年復置，更名。」舞陽治今河南舞陽縣西北。陳巖望出潁川，作「舞陽」是也，據改。

〔三〕間僑　《廣記》、《廣豔異編》作「僑居」，《廣記》孫校本作「間僑」，《太平廣記詳節》卷三九作「家僑」。

〔四〕渭南　原作「渭之南」，《廣記詳節》同，《廣記》、《廣豔異編》作「渭南」。按：下文作「渭南」，據改。渭南，縣名。唐屬京兆府，今陝西渭南市。

〔五〕弋陽之南　《廣記》、《廣豔異編》、《稗家粹編》作「弋陽縣」。

〔六〕父　《廣記》、《廣豔異編》作「人」。

〔七〕箕潁　「潁」原譌作「頴」，《廣記》、《廣豔異編》、《稗家粹編》同。《廣記》《四庫》本作「潁」，今改。按：《吕氏春秋·慎行論·求人》：「昔者堯朝許由於沛澤之中，曰：『……請屬天下於夫子。』許由辭曰：『爲天下之不治與？而既已治矣。自爲與？啁噍巢於林，不過一枝；偃鼠飲於河，不過滿腹。歸已，君乎！惡用天下！』遂之箕山之下，潁水之陽，耕而食，終身無經天下之色。」

〔八〕真源　原作「宜原」，據《廣記》、《廣豔異編》改。《稗家粹編》作「宜源」。按：唐無宜原縣。真源縣，即今河南周口市鹿邑縣，唐屬亳州。

〔九〕及　原譌作「反」，據《廣記》、《廣豔異編》、《稗家粹編》改。

〔一〇〕甘　原作「餌」，據《廣記》、《廣豔異編》改。

〔一一〕咽　原譌作「呐」，據《四庫》本、《筆記小説大觀》本、《叢書集成》本、中華書局點校本、《廣記》、《廣豔異編》、《稗家粹編》改。

〔一二〕詰　《廣記》、《廣豔異編》作「詬」。

〔一三〕完　《廣記詳節》作「貌」。按：《廣記詳節》卷三六《任頊》（出《宣室志》）「我得貌其生矣」，《廣記》「貌」亦作「完」。蓋「貌」又作「皃」，形近於「完」而致誤。

〔一四〕惡　《廣記》、《廣豔異編》、《稗家粹編》作「患」。

〔一五〕精舍　原作「静室」，下文作「精舍」，據《廣記》、《廣豔異編》改。按：静室、精舍意同，指僧舍。

按：《廣記》題《陳巖》。此事沛國劉氏原有傳，曾爲太原一精舍所藏，某客得而寓目。原本已失，轉述於張讀，遂記之。《廣豔異編》卷二七、《稗家粹編》卷七據《廣記》輯入，後者有所删改。

石龕胡僧

張讀　撰

乾元初，會稽民有楊叟者，家以〔一〕資産豐贍，甲〔二〕於郡中。一日，叟將死，卧而呻吟，且經數月。叟有子曰宗素，以孝行稱於里人，迨其父病，罄其産以求醫術。後得陳生者，究其原〔三〕曰：「翁〔四〕之病，心也。蓋以財産既多，其心爲利所運，故心神〔五〕已離去其身。非食生人心，不可以補之。而天下生人之心，焉可致耶？舍是〔六〕則非吾之所知也。」宗素聞之，以生人之心固莫可得也，獨修浮屠氏法，庶可以間〔七〕其疾。即召僧轉經，命工繪圖鑄像。已而自賫衣糧，詣郡中佛寺飯僧。

一日，因挈食去，悮入一山逕中，見山下有石龕，龕有胡僧，貌甚老瘦枯瘠〔八〕，衣褐毛縷成袈裟，踞〔九〕於磐石上。宗素以爲異人，即禮而問曰：「師何人也？獨處窮谷，以人跡不到之地爲家，又無侍者，不懼山野之獸有害於師乎？不然，是得釋氏之法〔一〇〕者耶？」僧曰：「吾本是袁氏，某祖世居巴山，其後子孫，或在弋陽，散遊諸山谷中，盡能世〔一一〕修祖業，爲林泉逸士，極得吟嘯之趣〔一二〕。人有好爲詩者，多稱其善吟嘯〔一三〕，其名於是稍聞於天下〔一四〕。有孫氏，亦族也，則多遊豪貴之門。亦以善談謔故〔一五〕，又以資〔一六〕遊於市肆間，每一戲，能使人獲其利焉。獨吾好浮屠氏，脱〔一七〕塵俗，棲心巖谷中，不動而在此且有年矣。常慕歌利王割截身體，及薩埵投崖以飼餓虎〔一八〕，故吾啖橡栗，飲流泉，恨未有虎狼噬吾，吾于此候之〔一九〕。」

宗素因告曰：「師真至人，能舍其身而不顧，將以飼山獸，可謂仁〔二〇〕勇俱極矣。然弟子父有疾，已數月，進而不瘳。某夙夜憂迫，計無所出。有醫者云是心之病也，非食生人心，則固不可得而愈矣。今師能棄身於豺虎，以救其餒，豈若捨命於人，以惠其生乎？願師詳之。」僧曰：「誠如是，果吾之志也。檀越爲父而求吾心，豈有不可之意？且以身委於野獸，曷若救人之生乎？然今日尚未食，願致一飯〔二一〕而後死也。」宗素且喜且謝，即以所挈食致於前。僧食之立盡，而又曰：「吾既食矣，當亦奉命，然俟吾禮四方之聖也。」於是整其衣，出龕而禮。禮四〔三〕方已畢，忽躍而騰向〔三〕一高樹。宗素以爲神通變化，殆不可測。

俄召宗素，厲聲問〔四〕曰：「檀越向者所求何也？」宗素曰：「願得生人心，以療吾父疾。」僧曰：「檀越所願者，吾已許焉。今欲先説《金剛經》之奥義，爾亦聞乎？」宗素曰：「某素尚浮屠氏，今日獲遇吾師，安敢不聽乎？」僧曰：「《金剛經》云：『過去心不可得，見在心不可得，未來心不可得。』檀越若要取吾心，亦不可得矣。」言已，忽跳躍大呼，化爲一猿而去。宗素驚異，惶駭而歸。（據清康熙振鷺堂重刊明萬曆商濬半埜堂刊《稗海》本《宣室志》卷八校録，又《太平廣記》卷四四五引《宣室志》）

〔一〕以　此字原空闕，中華書局點校本據明鈔本補「以」字，《廣記》、《古今説海》説淵部別傳五十八《求心録》、《逸史搜奇》庚集一《楊叟》、《唐人説薈》皆作「以」，今補。

〔二〕甲　《廣記》、《説海》、《逸史搜奇》、《唐人説薈》作「聞」。

〔三〕原　《太平廣記詳節》卷四〇、《説海》、《逸史搜奇》作「脉」。

〔四〕翁　原上有「是」字，據《廣記詳節》删。

〔五〕神　此字原無，據《説海》、《逸史搜奇》補。

〔六〕舍是　《廣記》、《説海》、《逸史搜奇》、《唐人説薈》作「如是」。

〔七〕間　《説海》、《逸史搜奇》作「佑」。間，疾病痊癒。

〔八〕貌甚老瘦枯瘠　《廣記》、《唐人説薈》作「貌甚老而枯瘠」，《廣記》孫校本、《廣記詳節》、《説海》、《逸史搜奇》「而」作「既」，《説海》《四庫》本改「既」爲「而」。

〔九〕踞　《説海》、《逸史搜奇》作「露坐」。按：露坐，露天而坐。《後漢書·李郃傳》：「夏夕露坐，郃因仰觀。」胡僧既在龕中，焉得謂露坐？疑誤。

〔一〇〕法　《廣記》、《説海》、《逸史搜奇》、《唐人説薈》作「術」。

〔一一〕世　《廣記》、《唐人説薈》作「紹」，《廣記》孫校本、《廣記詳節》作「世」。

〔一二〕極得吟嘯之趣　「得吟」二字原闕，據《叢書集成》本、中華書局點校本、《廣記》、《説海》、《逸史搜奇》、《唐人説薈》補。《四庫》本作「善吟」，《筆記小説大觀》本作「好長」。「嘯」《廣記》、《唐人説薈》作「笑」，《廣記詳節》作「嘯」，《四庫》本《廣記》亦改作「嘯」，下同。「之趣」二字原無，據《説海》、《逸史搜奇》補。按：《爾雅·釋獸》：「狒狒，如人，被髮，迅走，食人。」郭璞注：「梟羊也。《山海經》曰其狀如人，人面長脣，黑身有毛，反踵，見人則笑。交廣及南康郡山中亦有此物，大者長丈許，俗呼之曰山都。」《周書·王會解》：「州靡費費，其形人身，反踵，自笑，笑則上脣翕其目，食人，北方謂之吐嘍。」此「極得吟笑」之本。然作「笑」實誤。「得」《宣室志》《四庫》本改作「善」，妄也。

〔一三〕人有好爲詩者多稱其善吟嘯　原作「又好爲詩者，多稱於人」，據《説海》、《逸史搜奇》改。《廣記》、

《唐人説薈》無「有」字，「嘯」作「笑」，《廣記詳節》則作「嘯」。按：《水經注・江水》：「故漁者歌曰：『巴東三峽巫峽長，猿鳴三聲淚沾裳。』」唐代詩人詠及猿嘯猿吟者極多，如楊炯《巫峽》：「山空夜猿嘯，征客淚沾裳。」張九齡《巫山高》：「唯有巴猿嘯，哀音不可聽。」元結《欸乃曲》：「千里楓林烟雨深，無朝無暮有猨吟。停橈静聽曲中意，好是雲山韶濩音。」李白《秋浦歌》：「山山白鷺滿，澗澗白猨吟。君莫向秋浦，猨聲碎客心。」弋陽（今屬江西）多猿，張祜《題弋陽館》：「吴溪漫淬干將劍，却是猿聲斷客腸。」李華《寄趙七侍御》：「玄猿啼深蘢，白鳥戲葱蒙。」許渾《春泊弋陽》：「飲猿聞棹散，飛鳥背船低。」所詠皆爲弋陽聞猿。

〔一四〕天下　此二字原闕，據《叢書集成》本、中華書局點校本、《廣記》、《説海》、《逸史搜奇》、《唐人説薈》補。《四庫》本作「世别」，《筆記小説大觀》本作「時復」，「别」、「復」連下讀。

〔一五〕亦以善談譃故　「談譃故」三字原闕，據《叢書集成》本、中華書局點校本、《廣記》、《説海》、《逸史搜奇》、《唐人説薈》補。《四庫》本作「伎巧稱」，《筆記小説大觀》本作「伺人意」，蓋爲妄補。

〔一六〕資　《廣記》、《説海》、《逸史搜奇》、《唐人説薈》作「之」。

〔一七〕脱　《説海》、《逸史搜奇》作「不悦」。

〔一八〕歌利王割截身體及薩埵投崖以飼餓虎　「飼」原作「伺」，據《説海》、《逸史搜奇》改。《説海》、《逸史搜奇》「歌」作「育」，「薩埵」作「委身」，《廣記》、《唐人説薈》「薩埵」作「菩提」。按：《金剛般若波羅蜜經》：「佛告須菩提：……如我昔爲歌利王割截身體，我於爾時無我相，無人相，無衆生相，無壽者相。何以故？我於往昔節節支解時，若有我相、人相、衆生相、壽者相，應生嗔恨。須菩提，又念過去於五百世作忍辱仙人，於爾所世無我相，無人相，無衆生相，無壽者相。」事乃歌利王割截忍辱仙人，非歌利王自割也，原文含混，易生歧義。　薩埵飼餓虎，見《賢愚經》卷一《摩訶薩埵以身施虎品第二》、《金光明經》卷四《捨身品第十七》，作「摩訶薩埵」。　忍辱仙人與摩訶薩埵皆爲佛之前身，故《説海》、《逸史搜奇》以二事爲一人所爲亦通，然作「育利王」則誤。　作「菩提」者，所指當爲菩提薩埵摩訶薩埵，省作菩薩摩訶薩、摩訶薩埵、菩提薩埵、摩訶薩，亦即菩薩。

〔一九〕吾于此候之　《廣記》、《唐人説薈》作「吾亦甘受之」，孫校本乃作「吾于此亦候之」，《廣記詳節》作「吾此亦候之」。《説海》、《逸史搜奇》作「吾固甘之也」。

〔二〇〕仁　原作「神」，據《廣記》、《唐人説薈》改。《説海》、《逸史搜奇》作「義」。

〔二一〕飯　《説海》、《逸史搜奇》作「飽」。

〔二二〕四　《廣記》、《説海》、《逸史搜奇》、《唐人説薈》作「東」。

〔二三〕向　《廣記》、《説海》、《逸史搜奇》、《唐人説薈》作「上」。

〔二四〕問　原作「吪」，據《廣記》、《説海》、《逸史搜奇》、《唐人説薈》改。《廣記詳節》作「呼」。

按：《廣記》題《楊叟》。《古今説海》説淵部別傳五十八《求心録》，即《廣記》所引本篇，而易其題，《逸史搜奇》庚集一《楊叟》，乃取《説海》。《唐人説薈》四集《宣室志》亦輯入。

章全素

張讀 撰

吴郡蔣生好神仙，弱歲棄其家，隱四明山下。嘗從道士學鍊丹，遂葺鑪鼎，爨薪鼓韛〔一〕。積十年，而鍊丹卒不成。其後寓遊荆門，見有行乞於市者，膚甚顇，躶身而病寒，且噤不能言。生憐其窮困，解裘衣之，且命執侍左右。徵其家於何所，對曰：「某楚人，章氏子，全素其名。始家於南昌，有沃田數百畝，屬年饑，流徙荆江間，且十年矣。田歸於官，身病而不能自振，幸君子憐而容焉。」於是與蔣生同歸四明山下。而全素甚惰，常旦寐自逸，蔣生惡罵而捶〔二〕者不可計。

生有石硯在几上，忽一日，全素白蔣生曰：「先生好神仙者，學鍊丹且久矣。夫仙丹食之，則骨化爲金，如是安有不長生耶？今先生神丹，能化石硯爲金乎？若然者，吾謂先生爲道術士。」生自度不果，心甚慙，且以他詞拒之曰：「汝傭者，豈能知神仙事乎？汝毋妄言〔三〕，自速笞駡之辱。」全素笑而去。後月餘，全素於衣中出一瓢，甚小，顧謂蔣生曰：「此瓢中有仙丹，能化土〔四〕爲金，願得先生之石硯，以一刀圭傅其上，可乎？」蔣生性輕率〔五〕，且以爲誕妄，詬駡曰：「吾學煉丹十年矣，尚未能窮其妙，傭者何敢與吾喋喋誶〔六〕語耶？」全素佯懼不敢對。

一日〔七〕，蔣生獨行山〔八〕間，命全素守舍，於是鍵其門而去。至晚歸也，見全素已卒矣。生且〔九〕以簀蔽其屍，將命棺而瘞於野。及撤其簀，見全素之尸已亡去，徒有冠〔一〇〕帶衣履存焉。生大異，且以爲神仙得道者，即於几上視石硯，亦亡見矣，生益異之。後一日，蔣生見藥鼎下有奇光〔一一〕，生曰：「豈非吾仙丹乎？」即於爐中探之，得石硯，其上寸餘化爲紫金，光甚瑩澈，蓋全素仙丹之所化也。生始悟全素果仙人，獨恨不能識，益自慙恚。其後蔣生學煉丹卒不成，竟死於四明山中。（據清康熙振鷺堂重刊明萬曆商濬半埜堂刊《稗海》本《宣室志》卷八校録，又《太平廣記》卷三一引《宣室志》）

〔一〕韝　《廣記》、《四庫》本作「鞴」，義同，鼓風皮囊。

〔二〕捶　原作「唾」，據《廣記》改。北宋蘇易簡《文房四譜》卷三引《宣室志》作「櫝楚」。

〔三〕汝毋妄言　《廣記》作「若妄言」。

〔四〕土　《廣記》作「石」，明鈔本、孫校本作「土」。

〔五〕率　《廣記》作「果」。

〔六〕誶　《廣記》作「議」。

〔七〕一日　《廣記》作「明日」。

〔八〕山 《廣記》作「山水」。
〔九〕且 《廣記》作「乃」。
〔一〇〕冠 南宋范成大《吴郡志》卷四一引《宣室志》作「巾」。
〔一一〕奇光 《吴郡志》作「美光粲然」。

鄭又玄

張讀 撰

滎陽鄭又玄，名家子也，居長安中。自少常與鄰舍閭丘氏子偕讀書於師氏。又玄性驕〔一〕率，自〔二〕以門望清貴，而閭丘氏寒賤者，往往戲而罵之曰：「閭丘氏子非吾類也，而與我偕學於師氏。我雖不語，汝寧不愧於心乎？」閭丘子默然有慚色。後數歲〔三〕，閭丘子病且死。及十年，又玄以明經上第，其後調補參軍於唐安郡〔四〕。既至官，郡守命假尉唐安〔五〕。有同舍〔六〕仇生者，大賈之子，年始冠，其家資産萬計，日與又玄會。又玄累受其金錢賂遺，常與讌遊，然仇生非士族，未嘗以禮〔七〕接之。嘗一日，又玄置酒高會，而仇生不得預。及酒闌，有謂又玄者曰：「仇生與子同舍，會讌而仇生不得預，豈非有罪乎〔八〕？」又玄慚，即召仇生。生至，又玄以巵酒飲之，生辭不能引滿，固謝。又玄怒罵曰：「汝市井之民〔九〕，徒知錐刀爾，何爲僭居官秩耶？且吾與汝爲伍，實汝之幸，又何敢辭酒乎？」因振衣起。仇生羞且甚，俛而退。遂棄官閉門，不與人來往，經數月〔一〇〕病卒。

明年，鄭罷官，僑居濛陽郡〔一一〕佛寺中。鄭常好黄老之道，時有吴道士者，以道藝聞，廬于蜀門山〔一二〕，又玄高其風，即驅而就謁，願爲門弟子。吴道士曰：「子既慕神仙，當且居山林，無爲汲汲於塵俗間。」又玄喜，謝曰：「先生真有道者，某願爲隸於左右，其可乎？」道士許而留之，凡十五年〔一三〕。又玄志稍惰〔一四〕，吴道士曰：「子不能錮其心，徒爲居山林，終無補矣。」又玄即辭去，遨〔一五〕遊濛陽郡久之。

其後東入長安，次褒城，舍逆旅氏。遇一童子，十餘歲，貌甚秀。又玄與之語，其辯慧千轉萬化〔一六〕，又玄自謂不能及。已而謂又玄曰：「我與君故人有年矣，君省之乎？」又玄曰：「忘矣。」童子曰：「吾嘗生閭丘氏之門，居長安中，與子偕學於師氏。子以我寒賤，且曰：『非吾類也。』後又爲仇氏子，尉於唐安，與子同舍。子受我金錢賂遺甚多，然子未嘗以禮貌遇我，駡我市井之民，何吾子驕傲之甚也〔一七〕！」又玄驚嘆之，因再拜謝曰：「誠吾之罪也。然子非聖人，安得知三生事乎？」童子曰：「我太清真人，上帝以汝有道氣，令我生于人間，與汝爲友，將授真仙之訣。而汝以輕浮懦慢〔一八〕，終不能得其道。吁！可悲乎！」言訖，忽不見。又玄既悟其事〔一九〕，甚慚恚，竟以憂死。（據清康熙振鷺堂重刊明萬曆商

濬半埜堂刊《稗海》本《宣室志》卷九校録，又《太平廣記》卷五二引《宣室志》）

〔一〕驕　《神仙感遇傳》（《道藏》本）卷四《鄭又玄》及《雲笈七籤》卷一一二《神仙感遇傳·鄭又玄》作「憍」，同「驕」。

〔二〕自　此字原無，據《感遇傳》補。

〔三〕後數歲　《感遇傳》作「歳餘」。

〔四〕唐安郡　原譌作「長安郡」，按：唐無此郡，《廣記》、《勸善書》卷一九作「唐安郡」，據改。《感遇傳》作「蜀州」，蜀州即唐安郡。

〔五〕唐安　原作「唐興」，《感遇傳》、《廣記》、《勸善書》同，誤。按：唐興縣屬台州（又稱臨海郡）。蜀州屬縣有唐安，「唐興」必是「唐安」之誤。下文云「鄭罷官，僑居濛陽郡佛寺中」，濛陽郡即彭州，在蜀州西北，與蜀州相臨。今改，下同。

〔六〕舍　《勸善書》作「僚」，下同。

〔七〕禮　《感遇傳》、《廣記》、《勸善書》作「禮貌」。

〔八〕豈非有罪乎　《感遇傳》作「豈其罪耶」（《七籤》「耶」作「邪」）。

〔九〕民　《感遇傳》作「甿」，下同。

〔一〇〕經數月　《感遇傳》作「月餘」。

〔一一〕濛陽郡 《感遇傳》作「濛陽」。按：濛陽郡即彭州，屬縣有濛陽。

〔一二〕蜀門山 《感遇傳》作「蜀山」。

〔一三〕凡十五年 《感遇傳》《道藏》本作「且十年，未稟所受」，《七籤》本作「且十年，未稟有所授」。

〔一四〕惰 《廣記》明鈔本、孫校本作「墮」。

〔一五〕遨 《廣記》、《勸善書》作「謸」。

〔一六〕千轉萬化 《廣記》孫校本「轉」作「變」，《會校》據改。按：轉，變也。《莊子·田子方》：「獨有一丈夫，儒服而立乎公門，公即召而問以國事，千轉萬變而不窮。」

〔一七〕何吾子驕傲之甚也 此句下《感遇傳》多「子以衣纓之家，而凌侮於物，非道也哉」十五字。

〔一八〕以輕浮惰慢 《感遇傳》作「輕果高傲」。

〔一九〕事 《感遇傳》作「罪」。

按：《廣記》題《閭丘子》。

僧惠照

張讀撰

元和中，武陵郡開元寺有僧惠照，貌衰體羸，好言人之休咎而皆中。性介獨，不與群狎，常閉關自處。左右無侍童，每乞食於里人。里人有年八十餘者云，照師居此六十載，其容狀無少異於昔時，但不知其甲子。後有陳廣者，由孝廉科爲武陵官。廣好浮屠氏，一日因詣寺，盡訪群僧。至惠照室，惠照見廣，且悲且喜，曰：「陳君何來之晚耶？」廣愕然，自以爲平生不識照，乃謂曰：「未嘗與師遊，何見訝來之晚乎？」照曰：「此非立可盡言，當與子一夕静語爾。」廣異之。

後一日，乃詣照宿，因請其事。照乃曰：「我劉氏子，彭城人，宋孝文帝之玄孫也。曾祖鄱陽王休業，祖士弘，並詳國史〔一〕。余先人以文學自負，爲齊竟陵王子良所知。子良招召賢俊文學之士，而先人預焉。後仕齊梁之間，爲會稽令。吾生於梁普通七年夏五月，年三十，方仕於陳〔二〕。至宣帝時爲卑官，不爲人知。常與吴興沈彦文爲詩酒之交。後長沙王叔堅與始興王叔陵，皆廣聚賓客，大爲聲勢，各恃權寵，有不平心，吾與彦文俱在長沙之門下。及叔陵被誅，吾與彦文懼長沙之不免，則禍且相及，因偕遁去，隱於山林。因食橡栗〔三〕，衣一短褐，雖寒暑不更。一日，有老僧至吾所居，曰：『子骨甚奇，當無疾耳。』彦文亦拜請其藥，僧曰：『子無劉君之壽，柰何！雖餌吾藥，亦無補耳。』遂告去。將别，又謂我曰：『塵俗以名利相勝，竟何有哉！唯釋氏可以捨此矣。』吾敬佩其語，自是不知人事，凡十五年。

「又與彦文俱至建業，時陳氏已亡，宮闕盡毁，臺城牢落，荆榛蔽路。景陽、結綺，空基尚存；衣冠人物，闃無所覩。故老相遇，捧袂而泣，曰：『後主驕淫，爲隋氏所滅，良可悲乎！』吾且泣，不能已。又聞後主及陳氏諸王，皆入長安，即與彦文挈一囊，乞食於路，以至關中。吾長沙之故客也，恩遇甚厚，聞其遷于瓜州，則又徑往就謁。長沙少長綺紈，而又早貴，雖流放之際，尚不事生業。時方與沈妃酣飲，吾與彦文再拜於前。長沙悲慟久之，灑泣而起，乃謂吾曰：『一旦家國淪亡，骨肉播遷，豈非天耶？』吾自是留瓜州，數年而長沙殂。又數年，彦文亦亡，吾因髡髮爲僧，遁跡會稽山佛寺，凡二十年。時已百歲矣，雖容狀枯瘠，而筋力不衰，尚日行百里，因與一僧同至長安。時唐帝有天下，建號武德，凡六年矣。吾自此或居京、洛，或遊江左，至於三蜀、五嶺，無不往焉。迨今二百九十年矣，雖然烈寒甚暑〔四〕，未嘗有微恙。

「貞元末，於此寺嘗夢一丈夫，衣冠甚偉，視之，乃長沙王也。吾迎延坐，話舊傷感如平生時。而謂吾曰：『後十年，我之六世孫廣，當官於此郡，師其念之。』吾因問曰：『主〔五〕今何爲？』曰：『冥官甚尊。』既而又泣曰：『師存而我今六世矣，悲夫！』吾既覺，因紀君之名於經笥中。至去歲凡十年，乃以君之名氏，訪於郡人，尚訝君之未至。昨因乞食里中，遇邑吏訪之，果得焉。及君之來，又依然長沙之貌。然自夢及今十一年矣，故訝君之來晚也。」已而悲惋，泣下數行。因出經笥示之，廣乃再拜，願執履錫爲門弟子。照曰：「君且去，翌日當再來。」廣受教而還。

明日至其居，而照已遁去，莫知其適。時元和十一年。至大和初，廣爲巴州掾，於蜀道忽逢照，驚喜再拜曰：「願棄官從吾師，爲物外之遊。」照許之。其夕，偕舍于逆旅氏。天未曉，廣起而照已去矣。自是不知其所往。然照自梁普通七年生，按梁史，普通七年歲在丙午，至唐元和十年乙未，凡二百九十年，則與照言果符矣。愚嘗考梁、陳二史，校其所説，若〔六〕有同者，由是益信其不誣矣。（據清康熙振鷺堂重刊明萬曆商濬半埜堂刊《稗海》本《宣室志》卷九校録，又《太平廣記》卷九二引《宣室志》）

〔一〕並詳國史　《廣記》作「並詳于史氏」。

〔二〕年三十方仕於陳　《四庫》本「三」作「二」。按：惠照生於梁普通七年（五二六），年三十乃梁紹泰元年（五五五），兩年後即太平二年（五五七）陳方代梁，此處時間明顯有誤。而年二十當梁大同十一年（五四五），尤不得仕於陳也。

〔三〕因食橡栗　《廣記》作「用橡栗食」。

〔四〕甚暑　《廣記》「甚」作「盛」，明鈔本、孫校本作「甚」。按：甚暑不誤，《新唐書》卷一二六《韓滉傳》：「甚暑不執扇。」卷一八三《陸扆傳》：「始，其舉進士時，方還幸，而六月牓出。至是，每甚暑，它學士輒戲曰：『造牓天也。』以譏扆進非其時。」

〔五〕主 《廣記》作「王」。

〔六〕若 《廣記》作「頗」。

按：《廣記》題《惠照》。

唐休璟門僧

張讀 撰

中宗朝，唐公休璟爲相，嘗有一門僧，言多中，好爲厭勝之術，休璟甚敬之。一日僧來，謂休璟曰：「相國將有大禍，且不遠數月，然可以禳去。」休璟懼甚，即拜之。僧曰：「某無他術，但奉一計耳，願聽之。」休璟曰：「幸吾師教焉。」僧曰：「且〔一〕天下郡守，非相國命之乎？」曰：「然。」僧曰：「相國當於卑冗官中，訪一孤寒家貧有才幹者，出爲曹州刺史，必深感相國恩，而可以指縱〔二〕也。既得之，願以報某。」休璟且喜且謝。遂訪於親友，得張君者，家甚貧，爲京卑官，即日拜贊善大夫，又旬日用爲曹州刺史。既而召僧，謂曰：「已從師之計，得張某矣，然則可教乎？」僧曰：「張君赴郡之時，當令求二犬，高數尺而神俊者。」休璟唯之。已而張君荷唐公特達之恩，且〔三〕莫喻其旨。及將赴郡，告辭於休璟，既而謝之曰：「某名跡幽昧，才識庸淺，相國拔此沉滯，牧守大郡，由擔石之儲，獲二千〔四〕之禄，自涸轍而泛東溟，出窮谷而舉〔五〕層霄，德誠厚矣。然而感恩之外，竊所憂惕者，惟相國之指向哉〔六〕！」休璟曰：「用君之才爾，非他也。然嘗聞貴郡多善犬，願得神俊非常者二焉。」張君曰：「謹奉教。」

既至郡數日，乃悉召郡吏，且告之曰：「吾受丞相唐公厚恩，拔於不次，得守大郡。今唐公求二良犬，可致之乎？」有一吏前曰：「獨某家育一犬，質狀異常，願獻之。」張君大喜，即往取焉。既至，其犬高數尺而肥，其臆廣尺餘，神俊異常，而又馴擾。張君曰：「相國所求者二，今如何？」吏白曰：「郡内惟有此耳，他皆常犬也。然郡南十里某村某民家有一焉，民極愛之，非吾侯〔七〕親往，不可得之。」張君即命駕，齎厚直而訪之，果得焉。其狀與吏所獻者不異，而神俊過之。張君甚喜，即召親吏，以二犬獻休璟。休璟大悦，且奇其狀，以爲所未嘗見。遂召僧視之，僧曰：「善育之，脱相君之禍者二犬耳。」

後旬日，其僧又至，謂休璟曰：「事在今夕，願相君早〔八〕爲之備。」休璟即留僧宿其第。是夜，休璟坐於堂之前軒，命左右十餘人執弧矢，立于榻之隅，而僧與休璟共處一榻。至夜分，僧笑曰：「相君之禍免矣，可以就寢。」休璟大喜，且謝之，遂撤左右，與僧寢焉。

迨曉，僧呼休璟曰：「可起矣。」休璟即起，謂僧曰：「禍誠免矣，然二犬安所用乎〔九〕？」僧曰：「俱往觀焉。」乃與休璟偕尋其跡，至後園中，見一人仆地而卒矣，視其頸有血，蓋爲物所噬者。又見二犬在大木下，仰視之，見一人袒而匿其上〔一〇〕。休璟驚，且詰曰：「汝爲誰？」其人泣而指死者〔一一〕曰：「某與彼俱爲盜，昨夕偕來，將致害相國。蓋遇此二犬，見之乃環而且吠，彼遂爲所噬而死。某懼，因匿身於此。二犬見之，乃蹲於樹下，某伺其他往，將逃焉。迨曉終不去，今即甘死於是矣。」休璟即召左右，令縛之，曰：「此罪固當死，然非某心也。蓋受制於人爾，願釋之。」休璟命解縛，盜拜泣而去。休璟謝其僧曰：「微〔一二〕吾師，必將死於二人之手。」僧曰：「此蓋相國之福也，是豈余之所能爲哉！」

休璟有表弟盧軫，帥荆門〔一三〕。有術者告之：「君將有災戾，當求一善禳厭者焉〔一四〕，庶可瘳矣。」軫素知其僧，因致書於休璟，轉〔一五〕求之。僧即以書付休璟曰：「事在其中爾。」及書達荆州，而軫已卒，其家人閲其書，徒一幅紙，無文字焉。休璟益奇之。後數年遁去，不知所終。（據清康熙振鷺堂重刊明萬曆商濬半埜堂刊《稗海》本《宣室志》卷九校録，又《太平廣記》卷九四引《宣室記》）

〔一〕且　此字原闕，據《廣記》補。《四庫》本補作「今」字。按：且，今也。《筆記小說大觀》本作「現」。

〔二〕縱　《廣記》作「蹤」。

〔三〕且　《廣記》作「然」。且，却。

〔四〕二千　《廣記》下有「石」字。按：二千即指二千石。漢代郡太守俸禄爲二千石。唐州刺史相當漢代郡太守，此代指刺史。

〔五〕舉　《廣記》作「陟」。

〔六〕惟相國之指向哉　《廣記》作「未知相國之旨何哉」。

〔七〕吾侯　《廣記》「吾」作「君」。按：君侯，對達官之尊稱。吾侯者，亦爲尊稱，且以示親近之意。《沈下賢文集》卷二《文祝延》：「合吾民兮將安，維吾侯之康兮樂欣。……語神歡兮酒云央，望吾侯兮遵賞事。」《五百家注昌黎文集》卷三一《柳州羅池廟碑》：「吾侯聞之，得無不可於意否？」

〔八〕早　《廣記》作「嚴」。

〔九〕安所用乎　前原有「今」字，據《廣記》删。

〔一〇〕上　原作「旁」，據《廣記》改。

〔一一〕指死者　原作「就死焉」，據《廣記》改。

〔一二〕微　《廣記》作「賴」。

〔一三〕帥荆門　《廣記》「帥」作「在」。按：荆門指荆州。荆州設有都督府（肅宗至德二載置荆南節度使），帥荆門指爲荆州都督府長史（都督通常由親王遥領）。查郁賢皓《唐刺史考全編》，荆州無盧軺其人。

〔一四〕焉　《廣記》作「爲」。明鈔本、孫校本作「焉」，《會校》據改。

〔一五〕轉　《廣記》作「請」。

唐五代傳奇集第三編卷三十四

鄭德楙

張　讀　撰

滎陽鄭德楙〔一〕，嘗獨乘馬，逢一婢，姿色甚美，馬前拜云：「崔夫人奉迎鄭郎。」鄭愕然曰：「素不識崔夫人，我又未婚，何迎之有？」婢曰：「夫人小女，頗有容質，且以清門令族，宜相配敵。」鄭知非人，堅〔二〕拒之。俄有黄衣蒼頭十餘人至，曰：「夫人趣郎。」迫〔三〕輒控馬，其行甚疾，耳中但聞風鳴。

奄至一處，崇垣高門，外皆列植楸桐。鄭立於門外，婢先白，須臾命引鄭郎入。進歷數門，館宇甚盛。夫人著青羅裙〔四〕，年將四十〔五〕，而姿容可愛，立于東階下。侍婢八九，皆鮮整。鄭趨詣再拜，夫人曰：「無怪相屈耶？以鄭郎甲〔六〕族美才，願託姻婭〔七〕。小女無堪，幸能垂意。」鄭見逼，不知所對，但唯唯而已。夫人乃上堂〔八〕，命引鄭郎自西階升。堂上悉以花罽薦地，左右施豹脚床〔九〕、七寶屏風、黄金屈膝，門垂碧箔，銀鈎珠絡，長筵列饌，皆極豐潔。乃命坐。夫人又善清談，叙置輕重，世難與比。食畢命酒，以銀樽貯之，可三斗餘，琥珀色，酌以鏤〔一〇〕盃。侍婢行酒，味極甘馥。向暮，一婢前白：「女郎已豔〔一一〕粧訖。」乃命引鄭郎出就外間，浴以百味香湯。左右進衣冠履珮，美婢十人扶入，恣爲調謔。自堂外門步至〔一二〕花燭，乃延就帳。女年十四五，姿色甚豔，目所未見，被服粲麗，冠絶當時。鄭遂欣然，其夜成禮。

明日，夫人命女輿〔一三〕就東堂，堂中置紅羅繡帳，衾幬裀蓐，皆悉精絶。女善彈箜篌，曲詞〔一四〕新異。鄭問所迎婚前乘馬來〔一五〕，今在何許，曰：「令已返矣。」如此百餘日。鄭雖情愛頗重，而心稍疑忌，因謂女曰：「可得同歸乎？」女慘然曰：「幸託契會，得事巾櫛。然幽冥理隔，不遂如何？」因涕泣交下。鄭審其怪異，乃謂夫人曰：「家中相思〔一六〕，頗有疑恨〔一七〕，乞賜還也。」夫人曰：「過〔一八〕蒙見顧，良深感慕，然幽顯殊途，理當暫隔，分離之際，能不泫然！」鄭亦泣下。乃大燕會與別，曰：「後三年，當相迎也。」鄭因拜辭。婦出門，揮淚握手曰：「雖有後期，尚延年歲，歡會尚淺，乖離苦長，努力自愛。」鄭亦悲惋。婦以襯體紅衫及金釵一雙贈別，曰：「若未相忘，以此爲念。」乃分袂而去。夫人敕送鄭郎，乃前青驄也，鞍〔一九〕帶甚精。

鄭乘馬出門，倏忽復至其家，奴遂云：「家中失君已一年矣。」視其所贈，皆真物也。其家語〔二〇〕云：「郎君出行之後，其馬自歸，不見有人送回。」鄭始〔二一〕尋其故處，惟見大墳，傍有小塚，塋前列樹，皆已枯矣，而前所見，悉華茂成陰。其左右人傳云：「崔夫人及女郎墓也。」鄭尤異之，自度三年之期，必當死矣。後至期，果見前所使婢乘車來迎。鄭曰：「生死固有定命，苟得安〔三〕處，吾復何憂！」乃爲分判家事，預爲終期，明日乃暴卒。（據清康熙振鷺堂重刊明萬曆商濬半埜堂刊《稗海》本《宣室志》卷一〇校録，又《太平廣記》卷三三四引《宣室志》）

〔一〕楙　《廣記》卷前目録及明鈔本、孫校本作「懋」，汪校本、《會校》改，下同。按：黄本、《四庫》本、《筆記小説大觀》本作「楙」，《豔異編》卷三六《鄭德楙》，《情史類略》卷二一《崔女郎》，《合刻三志》志鬼類、《雪窗談異》卷八、《唐人説薈》第十六集、《龍威秘書》四集、《晉唐小説六十種》之《靈鬼志·鄭德楙》同。

〔二〕堅　《廣記》、《豔異編》、《情史類略》、《靈鬼志》作「欲」。

〔三〕迫　《廣記》、《豔異編》、《情史》、《靈鬼志》作「進」，《廣記》孫校本、《四庫》本作「迫」，《會校》據改。迫，近也。

〔四〕青羅裙　《廣記》作「梅緑羅裙」，《廣記》明鈔本、《豔異編》、《情史》、《靈鬼志》作「素羅裙」。

〔五〕年將四十　《廣記》、《豔異編》、《情史》、《靈鬼志》作「可年四十許」。

〔六〕甲　《廣記》、《豔異編》、《情史》、《靈鬼志》作「清」。

〔七〕姻婭　《廣記》、《豔異編》、《情史》、《靈鬼志》作「姻好」。

〔八〕乃上堂　原作「及堂上」，據《廣記》明鈔本、孫校本、《豔異編》、《情史》、《靈鬼志》改。

〔九〕豹脚床　《廣記》、《豔異編》、《情史》、《靈鬼志》作「局脚床」。按：豹脚床，當爲床之四脚如豹脚者，床腿有花紋如豹紋，床脚非直下，向外突出如爪。硯匣有豹脚者，南宋趙希鵠《洞天清録·硯匣》：「又或匣底之下作豹脚，取其可入手指，以移重硯。」局脚床，四脚彎曲之床，與直脚床相對，乃華麗之床。《宋書》卷三《武帝紀下》：「上清簡寡欲……宋臺既建，有司奏東西堂施局脚牀，銀塗釘，上不許，使用直脚牀，釘用鐵。」

〔一〇〕鏤　《廣記》明鈔本作「金」。

〔一一〕豔　《廣記》、《豔異編》、《情史》、《靈鬼志》作「嚴」。

〔一二〕至　《廣記》、《豔異編》、《情史》、《靈鬼志》作「致」。

〔一三〕與　《廣記》、《豔異編》、《靈鬼志》作「與」。

〔一四〕詞　《廣記》明鈔本、孫校本作「調」，《會校》據改。

〔一五〕馬來　《廣記》作「來馬」。

〔一六〕思　《廣記》、《豔異編》、《情史》、《靈鬼志》作「失」。

〔一七〕恨　《廣記》、《豔異編》、《情史》、《靈鬼志》作「怪」。

〔一八〕過　《廣記》作「適」，明鈔本、孫校本作「過」。

〔一九〕 鞁 《廣記》譌作「故」，明鈔本、孫校本、《豔異編》、《情史》、《靈鬼志》作「被」，《四庫》本作「鞁」。

按：鞁，馬具。 鈒，通「鈒」，用金銀嵌飾之器物。

〔二〇〕 語 《廣記》明鈔本作「人」，《會校》據改。

〔二一〕 始 《廣記》明鈔本作「乃」，《會校》據改。

〔二二〕 安 《廣記》、《豔異編》、《情史》、《靈鬼志》作「樂」。

按：本篇《豔異編》卷三六、《情史類略》卷二〇採入，分別題《鄭德楙》、《崔女郎》。又《合刻三志》志鬼類、《雪窗談異》卷八、《唐人説薈》第十六集（同治八年刊本卷一九）、《龍威秘書》四集《晉唐小説暢觀》、《晉唐小説六十種》之《靈鬼志》，妄託唐常沂撰，中亦有《鄭德楙》。

裴少尹家三狐

張讀 撰

貞元中〔一〕，江陵少尹裴君者，亡其名，有子十餘歲，聰敏有文學，風貌明秀，裴君深愛之。忽被病，旬日益甚，醫藥無及〔二〕。裴君方求道術士爲〔三〕呵禁之，冀瘳其疾。有叩門者，自稱高氏子，以符術爲業。裴即延入，令視其子。生曰：「此子非他疾，乃妖狐所爲耳，然某有術能愈之。」即謝而祈焉。生遂以符術考召，僅食頃，其子忽起曰：「某病今愈。」裴君大喜，謂高生爲真術士，具〔四〕飲食，已而厚贈繒帛，謝遣之。生曰：「自此當日夕〔五〕來候耳。」遂去。其子他疾雖愈，而常神魂不足，往往狂語，或笑哭，不可禁。高生每至，裴君即以此祈之。高生曰：「此子精魄，已爲妖魅所奪〔六〕，今尚未還耳，不旬日當間，幸無以憂。」裴信之。

居數日，又有王生者，自言有神符，能以呵禁除去妖魅疾，來謁。裴與語，謂裴曰：「聞君愛子被病，且未瘳，願得一見矣。」裴即使見其子，生大驚曰：「此郎君病狐也，不速治，當加甚耳。」裴君因話高生，王笑曰：「安知高生不爲狐？」乃坐。方設席爲呵禁，高生忽至，既入，大駡曰：「柰何此子病愈，而乃延一狐於室内耶？即爲病者耳。」王見高來，亦〔七〕駡曰：「果然妖狐，今果〔八〕至，安用爲他術考召哉！」二人紛然相詬辱不已。

裴氏家方大駭異，忽有一道士至門，私謂家僮曰：「聞裴公有子病狐，吾善視鬼，汝但告〔九〕請入謁。」家僮馳白，裴君出，具話其事，道士曰：「易愈〔一〇〕耳。」入見二人，二人又語〔一一〕曰：「此亦妖狐，安得爲道士惑人？」道士亦駡之曰：「狐當處〔一二〕郊野墟墓中，何爲白日〔一三〕撓人乎？」既而閉户，相鬭毆數食頃。裴君益恐，其家童惶惑，計無所出。及暮，忽闃然不聞其聲，開户視之，見三狐卧地而喘，不動摇矣，裴君盡鞭殺之。後其子旬月乃愈。（據清康熙振鷺堂重刊明萬曆商濬半埜堂刊《稗海》本《宣室志》卷一〇校録，又《太平廣記》卷四

五三引《宣室志》）

〔一〕貞元中　前原有「唐」字，今删。
〔二〕及　《廣記》明鈔本作「效」，《會校》據改。
〔三〕爲　《廣記》、《太平廣記詳節》卷四一、《廣豔異編》卷二九《裴氏狐》、憑虚子《狐媚叢談》卷三《三狐相毆》、《唐人説薈》四集《宣室志》作「用」。
〔四〕具　原作「且」，據《廣記》、《廣記詳節》、《廣豔異編》、《狐媚叢談》、《唐人説薈》改。
〔五〕日夕　《廣記》、《廣記詳節》、《廣豔異編》、《狐媚叢談》、《唐人説薈》作「日日」。
〔六〕奪　《廣記》、《狐媚叢談》作「擊」，《廣記》明鈔本、《廣記詳節》、《廣豔異編》、《唐人説薈》作「繫」，《會校》據明鈔本改。
〔七〕亦　原作「又」，據《廣記》明鈔本改。
〔八〕果　《廣記》明鈔本作「已」。
〔九〕告　原作「爲」，據《廣記》、《廣記詳節》、《廣豔異編》、《狐媚叢談》、《唐人説薈》改。
〔一〇〕愈　《廣記》、《廣記詳節》、《廣豔異編》、《狐媚叢談》、《唐人説薈》作「與」。
〔一一〕又語　《廣記》、《廣記詳節》、《廣豔異編》、《狐媚叢談》、《唐人説薈》作「又詬」，《廣記》明鈔本作「大詬」，《會校》據改。

〔一二〕處　《廣記》、《廣記詳節》、《廣豔異編》、《狐媚叢談》、《唐人説薈》作「還」。

〔一三〕白日　此二字原無，據《廣記》明鈔本補。

按：《廣記》題《裴少尹》。《唐人説薈》四集《宣室志》輯入此篇。《廣豔異編》卷二九、《狐媚叢談》卷三亦採入，分别題《裴氏狐》、《三狐相毆》。

許貞狐妻

張　讀　撰

元和中，有許貞〔一〕者，家于〔二〕青齊間。嘗西遊長安〔三〕，至陝。貞與陝從事友善，是日將告去，從事留飲酒，至暮方别。及行未十里，遂兀〔四〕然墮馬，而二僕掘〔五〕其衣囊前去矣。及貞醉寤，已曛黑，馬亦先〔六〕去。因顧道左小逕有馬溺〔七〕，即往尋之，不覺數里。忽見朱門甚高，槐柳森密。貞既亡其僕馬，悵然，遂扣其門，已扃鍵。有小童出視，貞即問曰：「此是誰家？」曰：「李外郎〔八〕别墅。」貞〔九〕請入謁，僮遽以告主。頃之，又令〔一〇〕請客入，息于賓館。即引入門，其左有賓位，甚清敞，所設屏障，皆古山水及名畫，經典、圖籍、裀槅之類，率潔而不華。貞坐久之，小童出曰：「主君且至。」俄有一丈夫，年約五十，朱紱銀章，儀狀甚偉，與生相見，揖讓而坐。生因具述：「從事故人留飲酒，道中沉醉，不覺曛黑，僕馬俱失，願寓此一夕，可乎？」李曰：「但慮此卑隘，不可安止貴客，寧有間耶？」貞謝〔一一〕之。李又曰：「某嘗從事於蜀，尋以疾罷去，今則歸休於是矣。」因與談話，甚敏博，貞愛慕之。又命家僮訪貞僕馬，俄而皆至，即舍之。既而設饌供〔一二〕食，食竟，飲酒數盃而散〔一三〕。明日，貞晨起話別，李曰：「願更留一日侍歡笑。」生感其勤〔一四〕，即留之。明日乃別，至京師〔一五〕。

居月餘，有款其門者，自稱進士獨孤沼。貞延坐，與語，甚聰辯，且謂曰：「某家于陝，昨西來，過李外郎，談君之美不暇，且欲與君爲姻好，故令某奉謁話此意，君以爲何如？」生〔一六〕喜而諾之。沼曰：「某今還陝，君東歸，當更訪外郎，且謝其意也。」遂別去。後旬月生還，詣外郎別墅。李見貞至，大喜，生即話獨孤沼之言，因謝之。李遂留生，卜日成禮。妻色甚姝，且聰敏柔婉。生留旬月，乃挈其妻孥歸青齊，自是李君音問〔一七〕不絕。

生奉道，每晨起，閱《黃庭内景經》。李氏嘗止之，曰：「君好道，寧如秦皇、漢武乎？求仙之力，又孰若秦皇、漢武乎？彼二人貴爲天子，富有四海，竭天下之財，以學神仙，尚崩於沙丘，葬於茂陵。況君一布衣，而乃惑於求仙耶？」貞叱之，乃終無倦〔一八〕，意其非〔一九〕知道者，亦不疑爲他類也。後歲餘，貞挈家調選，至陝郊，李君留其女，而遣生來京師。明年秋，授兖州參軍，李氏隨之官。數年罷秩，歸齊魯。又十餘年，李有七子二女，才質姿貌，皆居衆人先，而李容色端麗，無殊少年時，生益鍾念之。

無幾，被疾且甚，生〔二〇〕奔走醫巫，無所不至，終不愈。一日，屏人握生手，嗚咽流涕，言曰：「妾自知死至，然忍羞以心曲告君，幸君寬罪宥戾，使得盡言己意〔二一〕。」悲不自勝，生亦爲之泣，因〔二二〕慰之。乃曰：「一言誠自知受責於君，顧九稚子猶在側，以爲君累，尚敢〔二三〕一發口。且妾非人間人，天命當與君偶，得以狐狸賤質，奉箕箒二十年，未嘗纖芥獲罪，懼〔二四〕以他類貽君憂。一女子血誠，自謂竭盡，今日永〔二五〕去，不敢以妖幻餘氣託君。念稚弱滿眼，皆世間人爲嗣續。及某氣絶，願少念弱子心〔二六〕，無以枯骨爲讐，得全肢體，瘞之土中，乃百生之賜也。」言終，又悲慟，淚百行下。生驚恍傷感，咽不能語，相對泣。良久，以被蒙首，背壁〔二七〕而卧。食頃無聲，生遂發被，見一狐死被中。生特感悼之，爲之殯斂葬之，制皆如人。禮畢，生徑至陝，訪李氏居，墟墓荆棘，闃無所見，惆悵而還。居歲餘，七子二女相次而卒，其骸骨皆人也，而貞終不以爲異〔二八〕。（據清康熙振鷺堂重刊明萬曆商濬半埜堂刊《稗海》本《宣室志》卷一〇校録，又《太平廣記》卷四五四引《宣室志》）

〔一〕許貞　《廣記》、《唐人説薈》作「計真」，《廣記》孫校本、《太平廣記詳節》卷四一、《狐媚叢談》卷四

《狐生九子》、馮夢龍《增補批點圖像燕居筆記》卷八《許真奇遇記》作「許真」。按：《廣記》常以「貞」爲「真」，乃宋人避仁宗趙禎諱所改。

〔二〕于　《廣記》、《廣記詳節》、《狐媚叢談》、《唐人説薈》作「僑」，《豔異編》卷三三《許貞》、《燕居筆記》作「寓」。

〔三〕西遊長安　原「西遊」互倒，據《四庫》本及《廣記》、《豔異編》、《狐媚叢談》、《燕居筆記》、《唐人説薈》乙改。

〔四〕兀　《廣記》明鈔本作「頽」。

〔五〕摳　《廣記》、《豔異編》、《狐媚叢談》、《燕居筆記》、《唐人説薈》作「驅」。摳，提取，探取。

〔六〕先　《豔異編》、《燕居筆記》作「前」，《唐人説薈》作「失」。

〔七〕馬溺　《豔異編》下有「及足跡」三字，《燕居筆記》作「馬足跡」。

〔八〕外郎　《廣記》明鈔本、《豔異編》、《燕居筆記》作「員外」，下同。按：外郎、員外，均指尚書省員外郎。

〔九〕貞　原譌作「首」，據《廣記》、《廣記詳節》、《豔異編》、《狐媚叢談》、《燕居筆記》、《唐人説薈》改。《廣記》、《狐媚叢談》、《燕居筆記》、《唐人説薈》作「真」。

〔一〇〕又令　《廣記》、《狐媚叢談》、《唐人説薈》作「令人」，《廣記詳節》作「人令」，《廣記》明鈔本作「有人令」，《會校》據改。

〔一一〕謝　《廣記》、《豔異編》、《狐媚叢談》、《燕居筆記》、《唐人説薈》作「愧謝」。

〔一二〕供　《廣記》、《豔異編》、《狐媚叢談》、《唐人説薈》作「共」。

〔一三〕飲酒數盃而散　《廣記》、《豔異編》、《狐媚叢談》、《燕居筆記》、《唐人説薈》「散」作「寐」，《豔異編》、《狐媚叢談》「數盃」作「盡歡」。

〔一四〕勸　《廣記》、《豔異編》、《狐媚叢談》、《燕居筆記》、《唐人説薈》作「意」。

〔一五〕至京師　《廣記》、《豔異編》、《狐媚叢談》、《燕居筆記》、《唐人説薈》作「及至京師」，與下句相連。

〔一六〕生　此字原無，據《廣記詳節》、《豔異編》、《燕居筆記》補，《廣記》孫校本、《四庫》本、《狐媚叢談》作「真」。

〔一七〕問　《廣記》、《豔異編》、《狐媚叢談》、《燕居筆記》、《唐人説薈》作「耗」。

〔一八〕終無倦　《廣記》、《豔異編》、《狐媚叢談》、《燕居筆記》、《唐人説薈》作「終卷」。

〔一九〕非　此字原無，據《廣記詳節》補。

〔二〇〕生　此字原無，據《廣記》、《豔異編》、《狐媚叢談》、《燕居筆記》、《唐人説薈》補。

〔二一〕已意　《廣記》、《狐媚叢談》作「已歔欷」，《豔異編》、《燕居筆記》作「因歔欷」，《唐人説薈》作「言已歔欷」。

〔二二〕因　《廣記詳節》、《狐媚叢談》、《唐人説薈》作「固」，《燕居筆記》作「寬」。

〔二三〕敢　《廣記》作「感」，明鈔本、《廣記詳節》乃作「敢」。

〔二四〕 懼 《廣記》、《豔異編》、《狐媚叢談》、《燕居筆記》、《唐人説薈》作「權」，《廣記》《四庫》本改作「懼」。明鈔本作「敢」。《廣記詳節》作「懼」。

〔二五〕 永 《廣記》、《唐人説薈》作「求」，《廣記》明鈔本、孫校本、《四庫》本及《廣記詳節》作「永」。

〔二六〕 心 《廣記》明鈔本作「必」，屬下句，《會校》據改。

〔二七〕 背壁 《豔異編》、《狐媚叢談》、《燕居筆記》作「轉背」。

〔二八〕 而貞終不以爲異 《廣記》、《唐人説薈》作「而終無惡心」，《廣記詳節》作「而真終無恙」，《豔異編》、《狐媚叢談》、《燕居筆記》作「而貞（或真）亦無恙」。

按：《廣記》題《計真》。《豔異編》卷三三《許貞》，《狐媚叢談》卷四《狐生九子》，《增補批點圖像燕居筆記》卷八《許真奇遇記》，皆據《廣記》輯録，《燕居筆記》略有改易。《唐人説薈》四集《宣室志》亦輯入此篇。

謝翱

張　讀　撰

陳郡謝翱者，嘗舉進士，好爲七字詩。其先寓居長安昇道里，所居庭中，多牡丹。一日晚霽，出其居，南行百步，眺終南峰，佇立久之。見一騎自西馳來，繡繢彷彿，近乃雙鬟，高髻艷粧〔一〕，色甚姝麗。至翺所因駐，謂翺曰：「郎非見待耶？」翺曰：「步此徒望山耳。」雙鬟笑降，拜曰：「願郎歸所居。」翺不測，即迴望其居，見青衣三四人，偕立其門外，翺益駭異。入門，青衣俱前拜。既入，見堂中設茵毯，張帳帟〔二〕，錦繡輝映，異香遍室。翺愕然且懼，不敢問。一人前曰：「郎何懼？固不爲損耳。」頃之，有金車至門，見一美人，年十六七，風貌閑麗，代所未識。降車入門，與翺相見，坐於西軒，謂翺曰：「聞此地有名花，故來與君一醉〔三〕耳。」翺懼稍解。美人即命設饌同食，其器用食物，莫不珍豐〔四〕。出玉盃，命酒遞〔五〕酌。翺因問曰：「女郎何爲者，得不爲它怪乎？」美人笑不答。固請之，乃曰：「君但知非人則已，安用問耶？」

夜闌，謂翺曰：「某家甚遠，今將歸，不可久留此矣。聞君善爲七言詩，願見贈。」翺悵然，因命筆賦詩曰：「陽臺後會杳無期，碧樹煙深玉漏遲。半夜香風滿庭月，花前竟發楚王悲〔六〕。」美人覽之，泣下數行，曰：「某亦嘗學爲詩，欲荅來贈，幸不見誚。」翺喜而請。美人求絳箋，翺視笥中，惟碧箋一幅，因與之。美人題曰：「相思無路莫相思，風裏花開只片時。惆悵金閨却歸處〔七〕，曉鶯腸〔八〕斷緑楊枝。」其筆札甚工，翺嗟賞良久。美人遂顧左右，撤帷帟，命燭登車，翺送至門，揮涕而別。未數十步，車輿人物，盡亡見矣。翺異其事，因貯美人詩于笥中。

明年春，下第東歸，至新豐，夕舍逆旅氏。因步月長望，追感前事，又爲詩曰：「一紙華箋麗碧雲〔九〕，餘香猶在墨猶新。空添滿目凄涼事〔一〇〕，不見三山縹緲人。斜月照衣〔一一〕今夜夢，落花啼雨〔一二〕去年春。紅閨更有堪愁處〔一三〕，窗上蟲絲鏡〔一四〕上塵。」既而朗吟之。忽聞數百步外有車音，西來甚急。俄見金車，從數騎，視其從者，乃前時雙鬟也。驚問之，雙鬟遽前告，即駐車，使謂翺曰：「通衢中恨不得一見。」翺請其舍逆旅，固不可。又問所適，荅曰：「將之弘農。」翺因曰：「某今亦歸洛陽，願偕往東行，可乎？」曰：「吾行甚迫，不可待。」即褰車簾，謂翺曰：「感君意勤厚，故一面耳。」言竟，嗚咽不自勝，翺亦爲之悲泣。因誦以所製之詩，美人曰：「不意君之不相忘如是也，幸何厚焉。」又曰：「願更酧此一篇。」翺即以紙筆與之，俄頃而成，曰：「惆悵佳期一夢中，武陵春色〔一五〕盡成空。欲知離別偏堪恨，只爲音塵兩不通。愁態上眉凝淺緑〔一六〕，淚痕侵臉落輕紅〔一七〕。雙輪暫與王孫駐，明日西馳又向東。」翺謝之，良久別去。纔百餘步，又無所見。

翺雖知爲怪，眷然不能忘。及至陝西，遂下道至弘農，留數日，冀一再遇，竟絶影響。乃還洛陽，出二詩話於友人。不數月，以怨結遂卒。（據清康熙振鷺堂重刊明萬曆商濬半埜堂刊《稗海》本《宣室志·補遺》校録，又《太平廣記》卷三六四引《宣室志》）

〔一〕高髻艷粧　《稗家粹編》卷七《謝翺》下有「雅服」二字。

〔二〕帟　原作「縪」，乃衣帶之意，據《廣記》、《豔異編》卷三五《謝翺》改。下同。帟，帷帳。

〔三〕一醉　《稗家粹編》作「相酌」。

〔四〕珍豐　「豐」《廣記》明鈔本作「異」，《會校》據改。按：《逸史·崔生》（《廣記》卷二三）：「酒饌備極珍豐。」《新唐書》卷一四〇《苗晉卿傳》：「性豪侈，既素貴，輿服食飲皆光麗珍豐。」

〔五〕遞　《廣記》明鈔本作「對」，《會校》據改。按：遞，交替。

〔六〕花前竟發楚王悲　「悲」原作「詩」，據《廣記》明鈔本、清黄晟校刊本、《四庫》本、《筆記小説大觀》本、《豔異編》、《唐人説薈》改。《廣記》談本、南宋洪邁《萬首唐人絶句》卷六六謝翺《贈昇道里美人》作「時」。《全唐詩》卷八六六金車美人《與謝翺贈答詩》全句作「花前空賦別離詩」，注：「一作『花前竟發楚王悲』。」

〔七〕處　《稗家粹編》、《全唐詩》作「去」。《全唐詩》注：「一作『處』。」

〔八〕暘　《廣記》談本、黄本譌作「題」。明鈔本、《四庫》本、《唐人絶句》卷六六《美人答》、《豔異編》、《稗家粹編》、《唐人説薈》、《全唐詩》作「啼」，汪校本及《會校》據明鈔本改。

〔九〕麗碧雲　《豔異編》、《全唐詩》「麗」作「洒」，《全唐詩》注：「一作『麗』。」《稗家粹編》作「繞麗雲」。

〔一〇〕事　《稗家粹編》作「景」。

〔一一〕衣　《紺珠集》卷五《宣室志·謝翺遇鬼詩》、《類説》卷二三《宣室志·謝翺詩》、明徐𤊹《榕陰新檢》

卷九引《宣室志》（題《遇鬼能和詩》）作「人」。按：「人」字重出，誤。

〔一二〕雨　《廣記》《四庫》本、《紺珠集》、《類説》嘉靖伯玉翁舊鈔本、《榕陰新檢》、《唐人説薈》、《全唐詩》作「鳥」。《類説》天啓刊本作「動」。

〔一三〕紅閨更有堪愁處　「紅」《稗家粹編》作「深」，「愁」《廣記》明鈔本、《豔異編》、《稗家粹編》作「悲」。按：細玩文意，金車美人係紅牡丹花精，「紅閨」者正暗示其身份，作「深」誤。

〔一四〕鏡　《全唐詩》作「几」，注：「一作『鏡』。」

〔一五〕武陵春色　《廣記》、《豔異編》、《唐人説薈》「武陵」作「五陵」。按：五陵，西漢五帝陵墓，即長陵、安陵、陽陵、茂陵、平陵，在長安附近，富豪外戚多居於此。李白《少年行》：「五陵年少金市東，銀鞍白馬度春風。落花踏盡遊何處，笑入胡姬酒肆中。」武陵春色，本陶淵明《桃花源記》：「晉太元中，武陵人捕魚爲業，緣溪行，忘路之遠近。忽逢桃花林，夾岸數百步，中無雜樹，芳草鮮美，落英繽紛，漁人甚異之。」

〔一六〕凝淺緑　《類説》作「深黛緑」。

〔一七〕落輕紅　《類説》作「落花紅」，《榕陰新檢》作「滿殘紅」。

按：《豔異編》卷三五、《稗家粹編》卷七採録此篇，均題《謝翱》，後書略有删節。《唐人説薈》四集《宣室志》亦輯入。

俞叟

張讀 撰

尚書王公潛節度荆南時，有吕氏子〔一〕，衣敝舉策，有飢寒之色，投刺來謁〔二〕。公不爲禮，甚怏怏，因寓於逆旅。月餘，窮乏益甚，遂鬻所乘驢於荆州市。有市門監俞叟者，召吕生而語，且問其所由。吕生曰：「吾家于渭北，家貧親老，無以給旨甘之養。府帥王〔三〕公，吾之重〔四〕表丈也。吾不遠而來，冀哀吾貧而周之，入謁而公不一顧，豈非命也？」叟曰：「某雖貧，無資食以賙吾子之急，然向者見吾子有飢寒色，甚不平。今夕爲吾子具食，幸宿我宇下，生無以辭焉。」吕生許諾。

於是延入一室，湫隘卑陋，摧簷壞垣，無牀榻茵褥，致敝席於地，與吕生坐。語久命食，以陶器進脱粟飯而已。食訖，夜既深，謂吕生曰：「吾早年好道，常〔五〕隱居四明山，從道士學却老之術。有志未遂，自晦迹於此，僅十年，而荆人未有知者。以吾子困於羈旅，得無動於心耶？今夕爲吾子設一小術，以致歸路裹糧之費，不亦可乎？」吕生雖疑誕妄，然甚覺其異〔六〕。叟因取一缶，合於地，僅食頃，舉而視之，見一人長五寸許，紫綬金腰帶〔七〕，俛而拱焉。俞叟指曰：「此乃尚書王公之魂也。」吕生熟視其狀貌，果類王公，心默而異之〔八〕。因戒曰：「呂乃汝之表姪也，家苦貧，無以給旦夕之贍〔九〕，故自渭北不遠而來。汝宜厚給館穀，盡親親之道。汝何自矜，曾不一顧？豈人心哉〔一〇〕！今不罪汝，宜厚貲之〔一一〕，無使有飢寒之色〔一二〕，爲留滯之客〔一三〕。」紫衣僂〔一四〕而揖，若受教之狀。叟又曰：「呂生無僕馬，可致一匹〔一五〕一僕，縑二百疋，以遺之。」紫衣又僂而揖。於是却以缶合於上，有頃再啓之，已無見矣。

明旦，天將曉，叟謂呂生曰：「子可疾去，王公旦夕召子矣。」及歸逆旅，王公果使召之。方見，且謝曰：「吾子不遠見訪，屬軍府務殷，未果一日接言，深用爲愧，幸吾子察之。」是日，始館呂生驛亭，與宴遊累日〔一六〕。呂生告去，王公贈僕馬及縑二百。呂生益奇之，然不敢言〔一七〕。及歸渭北，後數年，因與友人數輩會宿，語及靈怪，始以其事説於人也。

（據中華書局版汪紹楹點校本《太平廣記》卷七四引《宣室志》校録）

〔一〕呂氏子　《廣記》卷八四引《補録記傳》、《合刻三志》志幻類、《唐人説薈》第十五集《幻影傳・俞叟》上有「京兆」二字。

〔二〕衣敝舉策有飢寒之色投刺來謁　北宋馬永易《實賓録》卷一一《俞叟》作「窮窘來謁」，《合刻三志》、《唐人説薈》作「以饑寒遠謁公」，均有刪節。

〔三〕王　此字原無，據《廣記》孫校本補。
〔四〕重　《補録記傳》、《合刻三志》、《唐人説薈》作「中」。
〔五〕常　明鈔本、孫校本作「甞」，《會校》據明鈔本、孫校本改。常，通「甞」。
〔六〕甚覺其異　明鈔本、孫校本作「甚愧其意」，《會校》據改。
〔七〕腰帶　《實賓録》作「章」。
〔八〕心默而異之　明鈔本、孫校本作「默而驚異」。
〔九〕贍　《四庫》本改作「膳」。
〔一〇〕盡親親之道汝何自矜曾不一顧豈人心哉　明鈔本、孫校本作「贐以金帛，而曾不爲禮，豈親親之道耶」。
〔一一〕厚貲之　孫校本作「厚其貲賄」。
〔一二〕有飢寒之色　此五字原無，據明鈔本、孫校本補。
〔一三〕客　孫校本作「容」。
〔一四〕僂　明鈔本、孫校本作「俛」，下同。
〔一五〕匹　《實賓録》、《補録記傳》、《合刻三志》、《唐人説薈》作「馬」。
〔一六〕日　《實賓録》作「月」。
〔一七〕言　孫校本作「行言」，《實賓録》作「形言」。

按：《廣記》卷八四《俞叟》，注出《補録記傳》，事與此同，文略。《合刻三志》志幻類、《唐人説薈》第十五集（或卷一八）有僞書《幻影傳》，妄題唐薛昭藴撰，纂輯《廣記》道術事而成。中有《俞叟》，乃據《廣記》卷八四輯録。《唐人説薈》本則據本篇補綴若干文字。

侯生妻

張讀撰

上谷侯生者，家于荆門，以明經入仕，調補宋州虞城縣尉〔一〕。初娶南陽韓氏女，五年矣。韓氏嘗夕夢黄衣者數輩召，出其門，偕東行，十餘里，至一官署。其宇下列吏卒數十輩，軒宇華壯，人物極衆。又引至一院，有一青衣〔二〕，危冠方屨，狀甚峻峙，左右者數百，几案茵席，羅列前後，韓氏再拜。

俄有一婦人，年二十許，身長豐麗，衣碧襦絳袖，以金玉釵爲首飾，自門而來，稱盧氏。愠〔三〕謂韓氏曰：「妾與子仇敵且久，子知之乎？」韓氏曰：「妾一女子，未嘗出深閨，安得有仇敵耶？」盧氏色甚怒，曰：「我前身嘗爲職官，子誣告我，罪而代之，使吾擯斥草埜而死，豈非仇敵乎？今我訴於上帝，且欲雪前身冤。帝從吾請，汝之死不朝夕矣。」韓氏益懼，欲以詞拒，而盧氏喋喋不已。青衣者謂盧氏曰：「汝之冤誠如是矣，然韓氏固未當死，不可爲也。」遂令吏出案牘，吏曰：「韓氏餘壽一年。」青衣曰：「可疾遣歸，無久留也。」命送至〔四〕門。行未數里，忽悸而寤，惡之不敢言。自是神色摧〔五〕沮，若有疾者。侯生訊之，具以夢告。

後數月，韓氏又夢盧氏者至其家，謂韓氏曰：「子將死矣。」韓氏驚寤。由是疾益加，歲餘遂卒。侯生竊歎異，未嘗告于人。後數年，旅遊襄漢，途次富水。郡僚蘭陵蕭某〔六〕，慕生之善，以女妻之。及蕭氏歸，常衣絳袖碧襦，以金玉釵爲首飾，而又身長豐麗，與韓氏先夢同，生因以韓氏之夢告焉。蕭氏聞之，甚不樂，曰：「妾外族盧氏，妾自孩提時，爲伯舅見念，命爲己女，故以盧爲小字，則君亡室之夢信矣。」（據中華書局版汪紹楹點校本《太平廣記》卷二八一引《宣室記》校録）

〔一〕尉　此字原無，據明鈔本、孫校本、南宋委心子《分門古今類事》卷一六引《響應録》（題《盧氏碧襦》）補。按：《響應録》當即北宋岑象求《吉凶影響録》，多採古書。

〔二〕衣　《古今類事》作「服」，下同。

〔三〕愠　此字原無，據《古今類事》補。

〔四〕至　明鈔本作「出」。

〔五〕摧　明鈔本作「慘」，《會校》據改。

〔六〕某　《古今類事》作「基」。

按：《廣記》題《侯生》。《廣豔異編》卷一九、《續豔異編》卷一八採入，皆題《盧氏》，後書删削頗多。

王坤婢輕雲

張　讀　撰

太原王坤，大中四年春，爲國子博士。有婢輕雲，卒數年矣。一夕，忽夢輕雲至榻前，坤甚懼，起而訊之。輕雲曰：「某自不爲人數年矣，嘗念平生時，若縶而不忘解也，今夕得奉左右，亦幸會耳。」坤忽〔一〕懵然若醉，不寤爲鬼也。輕雲即引坤出門，門已扃鐍，隙中導〔二〕坤而過，曾無礙。

行至衢中，步月徘徊。久之，坤忽飢，語於輕雲。輕雲曰：「里中人有與郎善者乎？可以詣而求食也。」坤素與太學博士石貫善，又同里居，坤因與偕行，至貫門，而門已鍵閉。輕雲叩之，有頃，閽者啓扉，曰：「向聞扣門，今寂無覿，何也？」因闔扉。輕雲又扣之，如是者三，閽者怒曰：「厲鬼安得輒扣吾門？」且唾且罵之。輕雲〔三〕白坤云：「石生已寢，固不可詣矣，願郎更詣他所。」時有國子監小吏，亦同里，每出，常經其門。吏與主月俸及條報除授，坤甚委信之，因與俱至其家。方見啓扉，有一人持水缶，注於衢中。輕雲曰：「可偕入。」既入，見小吏與數人會食。初坤立於庭，以爲小吏必降階迎拜，既而小吏不禮。俄見一婢捧湯餅登階，輕雲即毆婢背，遽仆於階，湯餅盡覆。小吏與妻奴〔四〕俱起，驚曰：「中惡。」即急召巫者至〔五〕，巫曰：「有一人，朱紱銀印，立於庭前。」因祭之。坤與輕雲俱就坐，食已而偕去。女巫送至門，焚紙錢於門側。輕雲謂坤曰：「郎可偕某而行。」坤即隨出里中，望啓夏門〔六〕而去。至郊野數十里，見一墓，輕雲曰：「此妾所居，郎可隨而入焉。」坤即俛首曲躬而入，墓口〔七〕曛黑不可辨。忽悸然驚寤，背汗股慄。時天已曉，心惡其夢，不敢語於人。

是日，因訪〔八〕石貫。既坐，貫曰：「昨夕有鬼扣吾門者三，遣視之，寂無所覩。至曉過小吏，見門側〔九〕有焚紙錢跡。即立召小吏，訊其事。小吏曰：『某昨夕方會食，忽有婢中惡，巫云鬼爲祟，由是設祭於庭，焚紙於此。』」盡與坤夢同。坤益懼，因告妻孥。是歲冬果卒。（據中華書局版汪紹楹點校本《太平廣記》卷三五一引《宣室志》校録）

〔一〕忽　此字原無，據孫校本、陳校本補。

〔二〕導　談本原作「道」，汪校本徑改。孫校本作「導」，《會校》據改。道，通「導」。

〔三〕雲　此字原脱，據孫校本、陳校本補。

〔四〕奴　明鈔本、《四庫》本作「孥」，《會校》據明鈔本改。按：「奴」、「孥」互通。《魏書》卷一〇一《獠傳》：「至有賣其昆季妻奴盡者，乃自賣以供祭焉。」北宋僧道潛《參寥子詩集》卷八《贈霍山人》：「尋常得錢即沽酒，笑與妻奴同飲啜。」

〔五〕至　此字原無，據明鈔本、孫校本補。

〔六〕啓夏門　「門」字原脱，據孫校本、陳校本補。按：唐長安城南門凡三，自東往西依次爲啓夏門、明德門、安化門。

〔七〕口　明鈔本作「中」，《會校》據改。

〔八〕訪　原作「召」，據明鈔本、孫校本改。

〔九〕見門側　原作「則」，據孫校本、陳校本改。

按：《廣記》題《王坤》。

唐五代傳奇集第三編卷三十五

獨孤彦

張讀　撰

建中末，有獨孤彦者，嘗客於淮泗間。會天大風，舟不得進，因泊於岸。一夕步月登陸，至一佛寺中。寺僧悉赴里民齋會〔一〕，彦步遶於庭。俄有二丈夫來，一人身甚長，衣黑衣，稱姓甲，名侵訐〔二〕，第五。一人身廣而短，衣青衣，稱姓曾，名元。與彦揖而語，其吐論玄微〔三〕，出於人表。彦素耽奇奥〔四〕，常與〔五〕方外士議語，且有年矣。至于玄門、釋氏，靡不窮其指歸。乃遇二人，則自以爲不能加〔六〕也，竊奇之，且將師焉。因再拜，請曰：「某好奇者，今日幸遇先生，願爲門弟子，其可乎？」二人謝曰：「何敢！」

彦因徵其所自，黑衣者曰：「吾之先，本盧氏。吾少以剛勁聞，大凡物有滯而不通者，必侵犯以訐忤〔七〕之，時皆謂我爲『侵訐』，因名之。其後適野，遇仇家擊斷，遂易姓甲氏，且逃其患。又吾素精藥術，嘗忝侍〔八〕醫之職，非不能精熟，而升降上下，即假手於人。後以年老力衰，上欲以我爲折腰吏，吾固辭免，退居田間。吾有舅氏，常爲同僚，其行止起居，未嘗不俱。然我自擯棄，常思吾舅，直以用舍殊，致分不見矣。今夕君子問我，我得以語平生事，幸何甚哉！」語罷，曾元曰：「吾之先，陶唐氏之後也。唯陶唐之官，受姓於姚曾者，其〔九〕子孫以字爲氏，故爲曾氏焉，我其後也。吾早從萊侯，居推署之職，職當要埶，素以褊躁，又嘗〔一〇〕負氣以淩上，由是遭下流沸騰之謗，因而解去，蓋吾忠烈之罪。我自棄置，處塵土之間，且有年矣。甘同瓦礫，豈敢他望乎？然日者〔一一〕與吾父遭事，吾父性堅正，雖鼎鑊不避其危〔一二〕，赒人之急，必赴湯蹈火，人亦以此重之。今拘於舊職，窘若囚縶。余以父棄擲之故，不近於父，迨今亦數歲。足下有問，又安敢默乎？」

語未卒，寺僧俱歸，二人見之，若有所懼，即馳去，數十步，已亡見矣。彦訊僧，僧曰：「吾居此寺且久，未嘗見焉，懼爲怪耳。」彦奇其才，且異之，因析〔一三〕其名氏，久而悟曰：「所謂〔一四〕曾元者，豈非甑乎？夫文，以『瓦』附『曾』，是『甑』字也。名元者，蓋以『瓦』中之畫，致『瓦』字之上，其義在矣。甲侵訏者，豈非鐵杵乎？且以『午』附〔一五〕『木』是『杵』字，姓甲者，東方甲乙木也。第五者，亦假『午』字也。推是而辯，其『杵』字乎？名『侵訏』者，蓋反其語爲『金截』，以『截』附『金』，是『鐵』字也。總而辯焉，得非甑及鐵杵耶？」明日，即命窮其跡，果於朽壤〔一六〕中得一杵而鐵者，又一甑，自中分，蓋用之餘者。彦大異之，盡符其解也。（據中華書局版汪紹楹點校本《太平廣記》卷三七一引《宣室志》校録）

〔一〕齋會　原作「會去」，據明鈔本改。

〔二〕侵訐　《廣記》談本「訐」原作「許」，汪校本據陳校本改作「訐」，下同。《筆記小説大觀》本並下文亦作「訐」。《類説》卷二三《宣室志·甑杵爲妖》、《錦繡萬花谷》別集卷二二引《宣室志》作「計」，下同。按：作「許」、「計」皆譌，作「訐」是。下文云「大凡物有滯而不通者，必侵犯以訐忤之」。侵訐，即攻擊、揭發之意。又云「侵訐者，蓋反其語爲金截」，「訐侵」反切爲「金」；「侵」借作「浸」（《廣韻》子鴆切，子屬精聲母），「浸訐」反切爲「截」。

〔三〕其吐論玄微　明鈔本作「見其人妙論玄微」，孫校本作「且其人吐論玄微」，《會校》補「見其人」三字。

〔四〕奥　孫校本作「異」。

〔五〕與　孫校本作「契」。

〔六〕加　明鈔本、孫校本作「如」。

〔七〕忤　原譌作「悟」，據《類説》、《萬花谷》改。《筆記小説大觀》本作「牾」。

〔八〕忝侍　原乙作「侍忝」，據明鈔本改。

〔九〕其　原作「與」，據《類説》、《萬花谷》改。

〔一〇〕嘗　原作「當」，據明鈔本、孫校本改。《唐人説薈》四集《宣室志》作「常」。嘗，通「常」。

〔一一〕日者　「者」原作「昔」，據明鈔本改。按：日者，昔日。《漢書》卷一《高帝紀下》：「吴，古之建國也，日者荆王兼有其地。」顔師古注：「日者，猶往日也。」《四庫》本、《唐人説薈》「日」作「自」。

〔一二〕危　明鈔本作「厄」。

〔一三〕析　原譌作「祈」，據孫校本改。

〔一四〕謂　汪校本譌作「聞」，談本原作「謂」，據改。

〔一五〕附　此字原無，據明鈔本、《類説》、《萬花谷》補。

〔一六〕朽壤　「壤」原作「壞」，據明鈔本、《類説》、《萬花谷》改，《類説》作「積壤」。按：《柳河東集》卷二六《興州江運記》：「畚鍤之下，易甚朽壤。」《李文饒别集》卷二《劍池賦并序》：「雖潛朽壤之中，每受莓苔之蝕。」

按：《唐人説薈》四集《宣室志》輯入此篇。

石火通老姥

張讀撰

進士盧郁者，河朔人，徙家長安。嘗北遊燕趙，遂客於内黄，郡守館郁於廨舍。先是，其舍無居人，及郁至，見一姥，髮盡白，身庳而肥，被素衣，來謂郁曰：「妾僑居於此且久矣，故相候謁。」已而告去。是夕，郁獨居堂之前。夜潮〔一〕寒，有風雪，其姥又至，謂郁曰：「貴客獨處，何以爲歡耶？」命坐與語〔二〕，姥曰：「妾姓石氏，家于華陰郡。後隨呂御史者至此，且四十年〔三〕。家苦貧，幸貴客見哀。」於是郁命食，而老姥卒不顧。郁異之〔四〕，問之曰：「姑何爲不食？」姥曰：「妾甚飢，然不食粟，以故壽而安。」郁好奇，聞之甚喜，且以爲有道術者，因問曰：「姑既不食粟，將〔五〕何飽其腹耶？豈常餌仙藥乎？」姥曰：「妾家於華陰，先人好神仙，廬於太華，妾亦常隱於山中，從道士學長生法。道士教妾吞火，自是絶粒，今已年九十矣，未嘗〔六〕一日有寒暑之疾。」郁又問曰：「某早歲常〔七〕遇至人，教吸氣之術，自謂其〔八〕妙。後以奔走名利，從郡國〔九〕之貢，晝趨而夜息。不意今夕遇姑，語及平生之好。然不知吞火，豈神仙之旨乎？」姥曰：「子不聞至人〔一〇〕寒暑不能侵者耶？故入火，火不能焚，入水，水不能溺，如是則吞火，固其宜也。」郁曰：「願觀姑吞火，可乎？」姥曰：「有何不可哉！」於是以手採爐中火而吞之，火且盡，其色不動。郁甚驚其異〔一一〕，遂起，束帶再拜，謝曰：「鄙野之人，未嘗聞神仙事，今夕遇仙姑，以吞火之異，實平生所未聞者。」姥曰：「此小術爾，何足貴哉！」言訖，且告去，郁因降階送之。

既别，郁遂歸於寢堂。夜既深〔一二〕，有僕者告郁曰：「西廡下有火發。」郁驚起而視之，其西廡舍已焚矣〔一三〕。於是里中人俱至，競以水沃之，迨旦方絶。及窮火發之跡，於廡下坎中得一石火通，中有火甚多。先是有敗草積其上，故延而至燒。郁方悟老姥乃此火通耳。

果所謂姓石氏，居于華山者也。郁因質問吕御史，有郡中老吏謂郁曰：「吕御史，魏之從事也，居此宅，迨今四十年矣。」咸如老姥言也。（據中華書局版汪紹楹點校本《太平廣記》卷三七三引《宣室異録記》校録，按：書名誤）

〔一〕潮　《四庫》本作「深」。

〔二〕與語　原作「語謂」，據明鈔本改。

〔三〕且四十年　明鈔本前有「居此」二字，《會校》據補。孫校本「四十」作「四十餘」，下同。

〔四〕異之　此二字原無，據明鈔本補。

〔五〕將　此字原無，據明鈔本補。

〔六〕嘗　原作「審」，據明鈔本改。

〔七〕常　明鈔本作「嘗」，《會校》據改。常，通「嘗」。

〔八〕其　《四庫》本、《廣豔異編》卷二一《盧郁》作「奇」。

〔九〕郡國　「郡」原作「都」，據明鈔本、孫校本改。按：漢魏六朝有封國，與郡並稱郡國，唐無封國，改郡爲州（天寶、至德間曾改州爲郡），此指州府。

〔一〇〕至人　孫校本作「聖人」。按：《莊子·齊物論》：「至人神矣，大澤焚而不能熱，河漢沍而不能寒，疾雷破山、風振海而不能驚。」

〔二〕甚驚其異　原作「且驚且異」，據明鈔本改。

〔二〕夜既深　原脱「夜」字，據明鈔本補。《四庫》本改作「既寐」。

〔三〕矣　此字原無，據孫校本補。

按：《廣記》題《盧郁》，出處注作《宣室異録記》，當爲《宣室志》之誤。末一節云：「又青州濟南平陵城北石虎，一夜自移城東南善石溝上，有狼狐千餘迹隨之，迹皆成路。」此當爲别一條，今見《晉書·石季龍載記下》。《廣豔異編》卷二一《盧郁》，據《廣記》輯録，止於「郁方悟老姥乃此火通耳」。

郄惠連

張讀撰

大曆中，山陽人郄惠連，始居泗上，以其父嘗爲河朔官，遂從居清河。父殁，惠連以哀瘠聞，廉使命吏臨弔，贈粟帛。既免喪，表授漳南〔一〕尉。歲餘，一夕獨處於堂，忽見一人，衣紫〔二〕佩刀，趨至前，謂惠連曰：「上帝有命，拜公爲司命主者，以册〔三〕立閻波羅王。」即以錦紋箱貯書進於惠連，曰：「此上帝命也。」軸用瓊鈿，標以紋錦，又進〔四〕象笏、紫綬、金龜、玉帶以賜。惠連且喜且懼，心甚惶惑，不暇顧問，遂受之，立於前軒。有相者趨入，贊曰：「驅殿吏卒且至。」已而有數百人，繡衣紅額，左右佩兵器，趨入，羅爲數行再拜。一人前曰：「某幸得爲使之吏，敢以謝。」詞竟又拜，拜訖，分立於前。相者又曰：「五岳衛兵主將。」復有百餘人趨入，羅爲五行，衣如五方色，皆再拜。相者又曰：「禮器樂懸吏，鼓吹吏，車輿乘馬吏，符印簿書吏，府庫〔五〕帑藏厨膳吏。」近數百人，皆趨而至。有頃，相者曰：「諸岳衛兵及禮器樂懸車輿乘馬等，請使躬自閲之。」惠連曰：「諸岳衛兵安在？」對曰：「自有所，自有所耳〔六〕。」

惠連即命駕，於是控一白馬至，具以金玉，其導引控御從輩，皆向者繡衣也。數騎夾道前驅，引惠連東北而去，傳呼甚嚴。可行數里，兵士萬餘，或騎或步，盡介金執戈，列於路。槍槊旗旆，文繡交焕。俄見朱門外，有數十人，皆衣緑執笏，曲躬而拜。相〔七〕者曰：「此屬吏也。」其門内，悉張帷帟几榻，若王者居。惠連既升階，據几而坐。俄緑衣者十輩，各賫簿書，請惠連判署。已而相者引惠連於東廡下一院，其前庭有車輿乘馬甚多，又有樂器鼓〔八〕簫及符印管籥，盡致於榻上，以黄紋羅〔九〕帊蔽之。其榻繞四墉。又有玉册，用紫金填字，似篆籀書，盤屈若龍鳳之勢。主吏白曰：「此閻波羅王之册也。」

有一人具簪冕來謁，惠連與抗禮。既坐，謂惠連曰：「上帝以鄴郡内黄縣南蘭若海悟禪師有德，立心畫一册，爲閻波羅王禮，甚重〔一〇〕。以執事有至行，故拜執事爲司命主者，充〔一一〕册立使。某幸列賓掾，故得侍左右。」惠連問曰：「閻波羅王居何？」府掾曰：「地府之尊者也，摽〔一二〕冠岳瀆，總幽冥之務，非有奇特之行者，不在是選。」惠連思曰：「吾行册禮於幽冥，豈非身已死乎？」又念及妻子，怏怏有不平之色。府掾已察其旨，謂惠連曰：「執事有憂色，得非以妻子爲念乎？」惠連曰：「然。」府掾曰：「册命之禮用明日，執事可暫歸治其家。然執事官至崇，幸不以幽顯爲恨。」言訖遂起。

惠連即命駕出行，而昏然若醉者，即據鞍〔一三〕假寐。及寤，已在縣，時天纔曉，驚歎且久。自度上帝命固不可免，即具白妻子，爲理命。又白於縣令，令曹某不信。惠連遂湯沐，具紳冕，卧於榻。是夕，縣吏數輩，皆聞空中有聲若風雨，自北來，直入惠連之室。食頃，惠連卒。又聞其聲北向而去，合縣〔一四〕歎駭。因遣使往鄴郡内黄縣南問，果有〔一五〕蘭若院禪師海悟者，近卒矣。（據中華書局版汪紹楹點校本《太平廣記》卷三七七引《宣室志》校録）

〔一〕漳南　《廣豔異編》卷一八《郄惠連》、《續豔異編》卷一七《郄惠連》作「樟南」，誤。按：唐貝州屬縣有漳南，今河北故城縣東北。

〔二〕衣紫　談本原爲闕字，汪校本據明鈔本補。孫校本作「紫衣」，《會校》據補。黄本、《四庫》本、《筆記小説大觀》本、《廣豔異編》、《續豔異編》作「繡衣」。

〔三〕册　談本原闕，汪校本據許本、黄本補「册」字，《四庫》本、《筆記小説大觀》本、《廣豔異編》、《續豔異編》亦作「册」。孫校本作「再」，當誤。

〔四〕進　此字原無，據明鈔本補。

〔五〕府庫　此二字原無，據明鈔本補。

〔六〕自有所自有所耳　《廣豔異編》、《續豔異編》作「自有所自耳」。

〔七〕相　此字原脱，據明鈔本補。

〔八〕鼓　明鈔本此字下有「笳」字，《會校》據補。

〔九〕羅　此字原無，據明鈔本補。

〔一〇〕爲閻波羅王禮甚重　原作「有閻波羅王禮甚言」，「言」字連下讀，據《廣豔異編》、《續豔異編》改。《四庫》本「重」作「鉅」。

〔一一〕充　原譌作「統」，據明鈔本改。

〔一二〕摽　明鈔本作「標」，《會校》據改。按：摽，通「標」。

〔一三〕鞍　原作「案」，誤，據明鈔本、孫校本改。

〔一四〕合縣　此二字原無，據明鈔本補。

〔一五〕有　原作「是」，據明鈔本改。《四庫》本亦改。

按：此篇輯入《廣豔異編》卷一八、《續豔異編》卷一七，題《郄惠連》。

張汶

張讀撰

右常侍楊潛〔一〕，嘗自尚書郎出刺西河郡。時屬縣平遥，有鄉吏張汶者，無疾暴卒，數日而寤。初，汶見亡兄來詣其門，汶甚驚，因謂曰：「吾兄非鬼耶？何爲而來？」兄泣曰：「我自去人間，常常屬念親友，若瞽者不忘視也。思平生歡，豈可得乎？今冥官使我得歸而省汝。」汶曰：「冥官爲誰？」曰：「地府之官權位甚尊，吾今爲其吏，往往奉使至里中。比以幽明異路，不可詣汝之門，今冥官召汝，汝可疾赴。」汶懼，辭之不可，牽汶袂而去。

行十數里，路曛〔二〕黑不可辨，但聞車馬〔三〕馳逐，人物喧語，亦聞其妻子兄弟呼者哭者，皆曰〔四〕：「且議喪具。」汶但與兄俱進，莫知道途之幾何。因自念：「我今死矣，然常聞人死，當盡見親友之殁者，今我即呼之，安知其不可哉〔五〕？」汶有表弟武季倫者，卒且數年，與汶善，即〔六〕呼之，果聞季倫應曰：「諾。」既而俱悲泣。汶因謂曰：「今弟之居，爲何所也？何爲曛黑如是？」季倫曰：「冥途幽晦，無日月之光故也。」又曰：「恨不可盡，今將去矣。」汶曰：「今何往？」季倫曰：「吾平生時，積罪萬狀，自委身冥途，日以戮辱。向聞兄之語，故來與兄言，今不可留。」又悲泣久之，遂别。呼親族中亡歿者數人〔七〕，咸如季倫，應呼而至，多言身被塗炭，詞甚悽咽。汶雖前去，亦不知將止何所，但常聞妻子兄弟號哭及語音，歷然在左右。因徧呼其名，則如不聞焉。

久之，有一人厲呼曰：「平遥縣吏張汶。」汶既應曰「諾」，又有一人責怒汶，問平生之過有幾。汶固拒之，於是命案掾出汶之籍。頃聞案掾稱曰：「張汶未合〔八〕死，願遣之。」冥官怒曰：「汶未當死，何召之？」掾曰：「張汶兄今爲此吏，向者訴〔九〕久處冥途，爲役且甚累〔一〇〕，請以弟代。雖未允其請，今自召至此。」冥官怒其兄曰：「何爲自召生人，不顧吾法？」即命囚之，而遣汶歸。汶謝而出，遂獨行，以道路曛晦，惶惑且甚。俄頃，忽見一燭在數十里外，光影極微，汶喜曰：「此燭將非人居〔一一〕乎？」馳走望影而去〔一二〕。可行百餘里，方覺其影稍近，迫而就之，乃見己身偃卧於榻，其室有燭，果汶見者。自是寤，汶即以冥中所聞妻子兄弟號哭及議喪具訊其家，無一異者。（據中華書局版汪紹楹點校本《太平廣記》卷三七八引《宣室志》校録）

〔一〕楊潛　孫校本「潛」作「清」。按：下文云楊出刺西河郡，西河郡即汾州。北宋贊寧《宋高僧傳》卷一一《唐汾州開元寺無業傳》：「乃命郢匠琢石爲塔，以長慶三年十二月二十一日安葬于練若之庭。業遷化之歲，州牧楊潛得僧録準公具述其事，遂爲碑頌。」作「清」譌。

〔二〕曛　明鈔本作「暗」，下同，《會校》據改。按：曛，暗也。

〔三〕車馬　汪校本誤作「馬車」，據談本改。

〔四〕者皆曰　孫校本作「卜日月」。按：卜日即擇葬日，「月」爲「曰」之譌。

〔五〕不可哉　明鈔本作「不見哉」，孫校本作「不見却」。

〔六〕即　《唐人説薈》第十五集、《龍威秘書》四集、《晉唐小説六十種》之《再生記·張汶》作「試」。

〔七〕人　原作「十」，據孫校本改。

〔八〕合　此字原無，據《唐人説薈》、《龍威秘書》、《晉唐小説六十種》補。

〔九〕訴　原譌作「許」，據明鈔本、孫校本改。

〔一〇〕累　此字原無，據明鈔本補。

〔一一〕將非人居　《合刻三志》、《唐人説薈》、《龍威秘書》、《晉唐小説六十種》作「殆人居」。

〔一二〕去　《合刻三志》、《唐人説薈》作「趨」，《龍威秘書》、《晉唐小説六十種》作「前」。

按：《合刻三志》志鬼類、《唐人説薈》第十五集（同治八年刊本卷一八）、《龍威秘書》四集《晉唐小説暢觀》、《晉唐小説六十種》從《廣記》輯《再生記》一卷，凡九事，託名唐閻選撰，中有

《張汶》，文有删節。

任頊

張讀 撰

建中初〔一〕，有樂安任頊者，好讀書，不喜塵俗事，居深山中，有終焉之志。嘗一日，閉關晝坐，有一翁叩門來謁，衣黄衣，貌甚秀，曳杖而至。頊延坐與語，既久，頊訝其言訥而色沮，有甚〔二〕不樂事，因問翁曰：「何爲而色沮乎？豈非有憂耶？不然是家有疾，而翁念之深耶？」老人曰：「果如是，吾憂〔三〕俟子一問，固久矣。且我非人，乃龍也。西去一里有大湫，吾家之數百歲。今爲一人所苦，且將禍我〔四〕，非子不能脱我死，輒來奉訴〔五〕。子今幸問我，故得而言也。」頊曰：「某塵中人耳，獨知有詩書禮樂，若〔六〕他術則某不能曉，然何以脱翁之禍乎？」老人曰：「但授〔七〕我語，非藉他術，獨勞數十言而已。」頊曰：「願受教。」翁曰：「後二日，願子爲我晨至湫上，當亭午之際，有一道士自西來者，此所謂禍我者也。道士當竭我湫中水，且屠我，子伺其湫水竭，宜厲聲呼曰：『天有命，殺黄龍者死。』言畢，湫當滿。道士必又爲術，子因又呼之。如是者三，我得完〔八〕其生矣。必重報，幸無他爲慮。」頊諾之。已而祈謝甚懇，久之方去。

後二日，頊遂往山西，果有大湫，即坐於湫旁以伺之。至當午，忽有片雲，自西冉冉而降於湫上。有一道士自雲中下，頎然而長，約丈餘，立湫之岸。於袖中出墨符數道投湫中，頊之湫水盡涸，見一黄龍，帖然俯於沙上〔九〕。頊即厲聲呼：「天有命，殺黄龍者死。」言訖，湫水盡溢。道士怒，即於袖中出丹字數符〔一〇〕投之，湫水又竭，即震聲呼，如前詞，其水再溢。道士怒甚，凡食頃，乃出朱符十餘道，向空擲之，盡化爲赤雲入湫，湫水即竭。呼之如前詞，湫水又溢。道士顧謂頊曰：「吾三十〔一一〕年始得此龍爲食，奈何子儒士也，奚救此異類耶？」怒責數百〔一二〕言而去，頊亦還山中。

是夕，夢前時老人來謝曰：「賴得君子救我，不然，幾死道士手。深誠所感，千萬何言！今奉一珠，可於湫岸訪之，用表我心重報也。」頊往尋之，果得一粒徑寸珠於湫岸草中，光耀洞澈，殆不可識。頊後持至廣陵市〔一三〕，有胡人見之，曰：「此真驪龍之寶也，而世人莫可得。」以數千萬爲價而市之。（據中華書局版汪紹楹點校本《太平廣記》卷四二一引《宣室志》校録）

〔一〕建中初　前原有「唐」字，今删。

〔二〕有甚　原作「甚有」，據《太平廣記詳節》卷三六乙改。

〔三〕憂　《四庫》本妄改作「因」。
〔四〕且將禍我　原作「禍且將及」，《廣記詳節》作「且將禍我」。按：下文云「此所謂禍我者也」，據改。
〔五〕訴　《廣記詳節》作「祈」。
〔六〕若　此字原無，據《廣記詳節》補。
〔七〕授　明鈔本、《廣記詳節》作「受」，《會校》據明鈔本改。授，通「受」。
〔八〕完　《廣記詳節》譌作「貌」。按：《廣記詳節》卷三九《陳巖》（出《宣室志》）「殆無貌縷」，「貌」亦「完」字之譌。「貌」古字作「皃」，與「完」形似，故譌也。
〔九〕上　此字原無，據《廣記詳節》補。
〔一〇〕符　《廣記詳節》作「道」。
〔一一〕三十　原作「一十」，據《廣記詳節》改。《四庫》本改「十」作「千」，妄也。
〔一二〕百　此字原無，據《廣記詳節》補。
〔一三〕持至廣陵市　「持」原作「特」，據明鈔本、陳校本、《四庫》本、《筆記小説大觀》本、《廣記詳節》改。「市」孫校本作「售」。

李徵

張讀　撰

隴西李徵〔一〕，皇族子，家於虢略。徵少博學，善屬文。弱冠從州府貢焉，時號名士。

天寶十五載春，於尚書左丞陽浚榜下登進士第〔二〕。後數年，調補〔三〕江南尉。徵性疏逸，恃才倨傲，不能屈跡卑僚，嘗鬱鬱不樂。每同舍會，既酣，顧謂其群官曰：「生乃與君等爲伍耶？」其寮友咸嫉之〔四〕。及謝秩，則退歸閉門〔五〕，不與人通者近歲餘。後迫衣食〔六〕，乃具粧東遊吴楚之間，以干〔七〕郡國長吏。吴楚人聞其聲固久矣，及至，皆開館以俟之，宴遊〔八〕極歡。將去，悉厚遺以實其囊橐。徵在吴楚且周歲，所獲饋遺甚多。西歸虢略，未至，舍於汝墳逆旅中。忽被疾發狂，鞭捶僕者，僕者不勝其苦。如是旬餘，疾益甚。無何，夜狂走，莫知其適。家僮跡其去而伺之，盡一月，而徵竟不回。於是僕者驅其乘馬，挈其囊橐而遠遁去。

至明年，陳郡袁傪〔九〕以監察御史奉詔使嶺南，乘傳至商於〔一〇〕界。晨將發，其驛吏白曰：「道有虎暴而食人，故過於此者，非晝而莫敢進。今尚早，願且駐車，決不可前〔一一〕。」傪怒曰：「我天子使，後〔一二〕騎極多，山澤之獸能爲害耶？」遂命駕去〔一三〕。行未盡一里，果有一虎自草中突出，傪驚甚。俄而虎匿身草中，人聲而言曰：「異乎哉，幾傷我故人也。」傪聆其音似李徵者〔一四〕。傪昔與徵同登進士第，分極深，别有年矣。忽聞其語，既驚且異，而莫測〔一五〕焉。遂問曰：「子爲誰？得非故人隴西子乎？」虎呻〔一六〕唫數聲，若嗟泣之狀。已而謂傪曰：「我李徵也。君幸少留，與我一語。」

傪即降騎，因問曰：「李君，李君，何爲而至是也？」虎曰：「我自與足下別，音塵〔一七〕曠阻且久矣。幸喜〔一八〕得無恙乎？今又去何適〔一九〕？向者見君有二吏驅而前，驛隸挈印囊以導，庸非爲御史而出使乎？」傪曰：「近者幸得備御史之列，今奉〔二〇〕使嶺南。」虎曰：「吾子〔二一〕以文學立身，位登朝序，可謂盛矣。況憲臺清峻〔二二〕，分紏〔二三〕百揆，聖明〔二四〕慎擇，尤異於人。心喜故人居此地，甚可賀。」傪曰：「往者吾與執事同年成名，交契深密，異於常友。自聲容間阻，時去如流，想望風儀，心目俱斷，不意今日獲君念舊之言。雖然，執事何爲不我見，而自匿於草莽中？故人之分，豈當如是耶？」虎曰：「我今不爲人矣，安得見君乎？」

傪即詰其事〔二五〕，虎曰：「我前年〔二六〕客吴楚，去歲方還。道次汝墳，忽嬰疾發狂〔二七〕，走山谷中。俄以左右手據地而步〔二八〕，自是覺心愈狠〔二九〕，力愈倍。及視〔三〇〕其肱髀，則有氂毛生焉〔三一〕。自是，見冕而乘者，徒而行者〔三二〕，負而奔者，翼而翺者，毳而馳者，則欲得而啗之〔三三〕。既至漢陰南，以饑腸所迫，值一人腯然其肌，因擒以咀之立盡，由此率以爲常〔三四〕。非不念妻孥，思朋友，直以行負神祇，一日〔三五〕化爲異獸，有靦於人，故分不見矣。嗟夫！我與君同年登第，交契素厚，君〔三六〕今日執天憲，耀親友，而我匿身林藪，永謝人寰，躍而吁天，俛而泣地，身毁不用，是果命乎？」因呼吟咨嗟，殆不自勝，遂泣。傪且問曰：「君今既爲異類，何尚能人言耶？」虎曰：「我今形變而心甚悟，故有摚突〔三七〕，以悚以恨，難盡道耳。幸故人念我，深恕我無狀之咎，亦其願也。然君自南方回車，我再值君，必當昧其平生耳。此時視〔三八〕君之軀，猶吾機〔三九〕上一物。君亦宜嚴其警從以備之，無使成我之罪，取笑於士君子〔四〇〕。」

又曰：「我與君真忘形之友也，而我將有所託，其可乎？」傪曰：「平昔故人，安有不可哉？恨未知何如事，願盡教之。」虎曰：「君不許我，我何敢言？今既許我，豈有隱耶〔四一〕？初我於逆旅中，爲疾發狂。既入荒山，而僕者驅我乘馬衣囊悉逃去。吾妻孥尚在虢略〔四二〕，豈知〔四三〕我化爲異類乎？君自南回〔四四〕，爲我賫書訪妻子〔四五〕，但云我已死，無言今日事，幸記之。」又曰：「吾於人世且無資業，有子尚稚，固難自謀。君位列周行，素秉風〔四六〕義，昔日之分，豈他人能右哉！必望念其孤弱，時賑其乏，無使殍死於道途，亦恩之大者。」言已，又悲泣，傪亦泣曰：「傪與足下休戚同焉，然則足下子亦傪子也，當力副厚命，又何虞其不至哉？」虎曰：「我有舊文數十篇，未行於代，雖有遺稿，當盡〔四七〕散落。君爲我傳録，誠不敢列人之閾〔四八〕，然亦貴傳於子孫也。」傪即呼僕命筆，隨其口書，近二十章，文甚高，理甚遠，傪閱而歎者至於〔四九〕再三。虎曰：「此吾平生之素業〔五〇〕也，又安得寢而不傳歟〔五一〕？」又曰：「君銜命乘傳，當甚奔迫。今久留，驛隸〔五二〕兢悚萬端。今則〔五三〕與君永訣，異途之恨，何可言哉！」儵亦與之叙别，久而方去。

儵自南回〔五四〕，遂專命持書及賵賻〔五五〕之禮，訃〔五六〕於徵子。月餘，徵子自號略來京詣儵門，求先人之柩。儵不得已，具疏其事。自是〔五七〕儵以己俸均給徵妻子，免飢凍焉。儵後官至兵部侍郎。（據中華書局版汪紹楹點校本《太平廣記》卷四二七引《宣室志》校録，又明陸楫等編《古今説海》説淵部别傳五十二《人虎傳》）

〔一〕李徵　《類説》卷三四《摭遺·李積化爲虎》、《錦繡萬花谷》後集卷二九引《摭遺》（北宋劉斧撰）作「李積」，《太平廣記詳節》卷三七、明仁孝皇后《勸善書》卷一八、陳繼儒《虎薈》卷二、《古今説海》説淵部别傳五十二《人虎傳》、《逸史搜奇》乙集一《李徵》、徐應秋《玉芝堂談薈》卷一〇《化虎》作「李微」。按：徵、微、積未詳孰是，其人亦不可考。李爲皇族子。《新唐書》卷七〇下《宗室世系表下》有太僕寺主簿李徵，乃高祖子虢莊王李鳳玄孫。又有衛尉卿李微，乃玄宗子棣王李琰子。又有吏部常選李積，乃太宗子蔣王李惲玄孫。卷七〇上《宗室世系表上》有李微，乃高祖弟蜀王李湛九世孫。《舊唐書》卷六四《高祖二十二子傳》載高祖第十六子道王元慶之孫名微，神龍初封爲嗣道王。

〔二〕天寶十五載春於尚書左丞陽浚榜下登進士第　「十五載」原作「十載」，孫校本、陳校本、《説海》、《逸史搜奇》、《唐人説薈》第十六集《人虎傳》作「十五載」，《廣記詳節》作「十五歲」，《虎薈》作「十五年」。「左丞」原作「右丞」，《廣記詳節》、《説海》、《逸史搜奇》、《唐人説薈》同。「陽浚」原作「楊没」，孫校本、《廣記詳節》、《虎薈》作「楊浚」，《會校》據孫校本改。《説海》、《逸史搜奇》作「楊」，下闕一字，《唐人説薈》作「楊元」。按：作「陽浚」是。古籍常誤其姓名，作「楊浚」、「楊俊」、「楊度」等。顔真卿《顔魯公集》卷五《容州都督兼御史中丞本管經略使元君表墓碑銘》：「元子（元結）天寶十二載，舉進士，作文編，禮部侍郎陽浚曰：『一第汙元子耳。』」《新唐書》卷一四三《元結傳》：「天寶十二載，舉進士，禮部侍郎陽浚見其文，曰：『一第慁子耳，有司得子是賴。』果擢上第。」南宋計有功《唐詩紀事》卷二七載劉舟等九人傳記，皆於陽浚榜下登第。宋末王應麟《姓氏急就篇》卷上「陽氏」下亦有陽浚。清徐松《登科記考》卷九天寶十二載著録「禮部侍郎知貢舉楊浚」（據《唐語林》），按云：「諸書所引，楊或作陽，浚或作俊，又作渙，皆非。李華《三賢論》：『禮部侍郎楊浚掌貢舉，問蕭穎士求人，海内以爲德選。』」岑仲勉《登科記考訂補》云：「余按曲石藏《唐故朝散大夫太子左贊善大夫隴西李府君（咄）墓誌銘并序》，咄卒天寶十三載十二月，以翌年十一月葬，撰人題『禮部侍郎集賢院學士陽浚撰』。是作『陽』者不誤。徐氏唯知信《三賢論》，殊不知傳刻之訛，固不限於某書也。下文十三至十五載同誤。」《四部叢刊初編》景印明嘉靖刊本北宋姚鉉編《唐文粹》卷三八李華《三賢論》，乃作「禮部侍郎陽浚」。陽浚以禮部侍郎知貢舉，在天寶十二載至十五載，凡四度掌禮部選士。五代王定保《唐摭言》卷一四：「天寶十二載，禮部侍郎楊（陽）浚四榜，共放一百五十人。後除左丞。」許堯佐《柳氏傳》：「明年（天寶十三載），禮部侍郎楊度（陽浚）擢翃（韓翃）上第。」李徵及第乃在天寶十五載。《登科記考》卷九天寶十五載，即據《人虎傳》列入李徵。《廣記》

作「天寶十載」誤也。《舊唐書·玄宗紀下》載：「天寶三載正月丙辰朔，改年爲載。」作「天寶十五年」亦不確。《唐摭言》云陽浚「後除左丞」。左丞即尚書左丞。尚書省都省（又稱都堂）居中，設左右二司，左司分管位於都省左（東）方之吏、户、禮三部，右司分管右（西）方之兵、刑、工三部。陽浚爲禮部侍郎，當除尚書左丞，《廣記》等作「右丞」，誤也。

〔三〕調補　陳校本、《説海》、《逸史搜奇》、《唐人説薈》作「調選補」，《會校》據陳校本補「選」字。按：調補即參加吏部銓選，除授官職或調任新官。

〔四〕其寮友咸嫉之　「寮友」原作「寮佐」，《廣記詳節》作「寮友」，《説海》、《逸史搜奇》、《虎薈》、《唐人説薈》作「僚友」。「寮」同「僚」。按：寮佐，此指縣之屬官，有丞、主簿、録事、尉等。寮友，同事。據改。「嫉」《廣記詳節》、《虎薈》作「目」，孫校本、《説海》、《逸史搜奇》、《唐人説薈》作「側目」，《會校》據孫校本改。側目，憎惡。

〔五〕閉門　《説海》、《逸史搜奇》、《唐人説薈》作「閒適」，《虎薈》作「閒關」。閒關，輾轉，盤桓，意謂磨日子、混日子。

〔六〕後迫衣食　《廣記詳節》作「後迫以食且盡」，《説海》、《逸史搜奇》「盡」作「缺」，《虎薈》譌作「書」，餘同。

〔七〕以干　《説海》、《逸史搜奇》作「期斂」，《虎薈》作「其斂」，《廣記詳節》作「箕斂于」，「箕」字譌。

〔八〕宴遊　明鈔本作「與宴」，孫校本作「留宴」。

〔九〕袁傪　《萬花谷》、《勸善書》、《説海》、《逸史搜奇》作「李儼」，《類説》作「唐儼」，「唐」下脱「李」字。

按：作「李儼」誤。唐玄宗次子李瑛長子名儼，《舊唐書》卷一〇七《庶人瑛傳》：「天寶中，儼爲新平郡王、光禄卿同正員。」又卷一七五《敬宗五子傳》，陳王成美子李儼，封宣城郡王。《新唐書》卷一八八《楊行密傳》，昭宗時有左金吾大將軍、江淮宣諭使李儼。諸人身份皆不合，作「袁傪」是也。《舊唐書》卷一一《代宗紀》載，寶應二年（七六三）三月，「袁傪破袁晁之衆於浙東」。又卷一五二《王栖曜傳》載：「袁晁亂浙東，御史中丞袁傪討之。」獨孤及《毘陵集》卷四《賀袁傪破賊表》：「臣某等言：臣等伏見河南副元帥、行軍司馬、太子右庶子兼御史中丞袁傪露布奏，今年五月十七日破石埭城賊。」（亦見《文苑英華》卷五六六）又卷一一八《元載傳》載，大曆十二年（七七七），兵部侍郎袁傪參與審理元載案。又卷一二《德宗紀上》：大曆十四年七月，「兵部侍郎袁傪議云」。又卷一二八《顔真卿傳》：「元載伏誅，拜刑部尚書。代宗崩，爲禮儀使。又以高祖已下七聖謚號繁多，乃上議請取初謚爲定，袁傪以諂言排之，遂罷。」

〔一〇〕乘傳至商於界　《類説》、《萬花谷》、《勸善書》作「路出荆南」。按：李徵化虎在汝墳，汝墳即汝州，治今河南汝州市。商於，地名，在今河南淅川縣西南。或曰商於指商（今陝西商州市東南）、於（今河南西峽縣東）兩地一帶地區，即今丹江中下游地區。荆南爲唐方鎮，即荆南節度使，治荆州（上元元年升江陵府），即今湖北荆州市。

〔一一〕「道有虎」至「決不可前」　《廣記詳節》、《説海》、《逸史搜奇》、《虎薈》「決」作「固」。此數語《類説》、《萬花谷》作「溪曲有虎，可由山後路行」。

〔一二〕後　原作「衆」，據孫校本、《廣記詳節》、《説海》、《逸史搜奇》、《虎薈》、《唐人説薈》改。明鈔本作

「從」，《會校》據改。
〔一三〕「我天子使」至「遂命駕去」　《類説》、《萬花谷》作「吾銜王命，避虎何也，鞭馭而去」。
〔一四〕者　此字原無，據孫校本、《廣記詳節》、《説海》、《逸史搜奇》、《虎薈》、《唐人説薈》補。
〔一五〕測　《唐人説薈》作「以」。
〔一六〕呻　《廣記詳節》、《説海》、《逸史搜奇》、《虎薈》、《唐人説薈》作「呼」。
〔一七〕音塵　「塵」字《廣記》談本原闕，汪校本據明鈔本補「問」字，陳校本亦作「問」，今據《廣記詳節》補。音塵，音信。《宣室志・謝翺》：「欲知離别偏堪恨，只爲音塵兩不通。」孫校本、《説海》、《逸史搜奇》、《唐人説薈》作「容」，《會校》據孫校本補。《虎薈》作「耗」。
〔一八〕幸喜　陳校本、《廣記詳節》作「故人」，《虎薈》作「德人」。
〔一九〕「傪即降騎」至「今又去何適」　《説海》、《逸史搜奇》、《唐人説薈》作：「儼（《唐人説薈》作傪，下同）乃下馬，曰：『君何由至此？且儼始與君同場屋十餘年，情好歡甚，愈於他友。不意吾先登仕路，君亦繼捷科選，睽間言笑，歷時頗久，傾風結想，如渴待飲。幸因出使，得此遇君，而乃自匿草中，豈故人疇昔之意也？』虎曰：『吾已爲異類，使君見吾形，則且畏怖而惡之矣，何暇疇昔之念邪？雖然，君無遽去，得少盡款曲，乃我之幸也。』儼曰：『我素以兄事故人，願展拜禮。』乃再拜。虎曰：『我自與足下别，音容曠阻且久矣，僕夫得無恙乎？宦途不致淹留乎？今又何適？』」
〔二〇〕奉　原作「乃」，據明鈔本、陳校本、《廣記詳節》、《説海》、《逸史搜奇》、《虎薈》、《唐人説薈》改。

〔二一〕吾子 《廣記詳節》、《虎薈》作「君子」。

〔二二〕清峻 孫校本、《説海》、《逸史搜奇》作「清要」。按：唐代以清雅緊要之官職爲清要官。御史臺三院御史雖品秩不高（監察御史正八品下，殿中侍御史從七品下，侍御史從六品下），但權位極重。其選授不由吏部銓選，由宰相、吏部及御史臺議定，且升遷迅速，故而被視爲清要官，爲初仕者所歆羡。《唐會要》卷六〇《侍御史》：「武德四年，李素立爲監察御史，丁憂。高祖令所司奪情授一七品清要官，所司擬雍州司户參軍，上曰：『此官要而不清。』又擬祕書郎，上曰：『此官清而不要。』遂授侍御史。」（按：侍御史初爲正七品上，武則天垂拱中升從六品下。）清峻亦清要之意。《全唐詩》卷六五二方干《獻王大夫二首》其二：「歷任聖朝清峻地，至今依是少年身。」《舊唐書》卷一六九《王涯傳》：「以辭藝登科，踐揚清峻。」

〔二三〕糺 《虎薈》作「紀」。

〔二四〕明 明鈔本作「朝」，《廣記詳節》作「主」。

〔二五〕傪即詰其事 《虎薈》「詰」作「計」。《説海》、《逸史搜奇》此句作「儼曰願詳其事」，《唐人説薈》同，「儼」作「傪」。

〔二六〕年 原作「身」，據《廣記詳節》改。

〔二七〕忽嬰疾發狂 此句下《説海》、《逸史搜奇》、《唐人説薈》有「夜聞户外有呼吾名者，遂應聲而出」十四字。

〔二八〕俄以左右手據地而步 「俄」《説海》、《逸史搜奇》、《唐人説薈》作「不覺」。「據」《説海》、《逸史搜奇》、《虎薈》、《唐人説薈》作「攫」。「據地」《廣記詳節》作「搏物」。

〔二九〕狠　《説海》、《逸史搜奇》作「猥」，《廣記詳節》、《虎薈》作「猥」。猥，通「狷」，褊急。

〔三〇〕視　《虎薈》作「伺」。

〔三一〕則有氂毛生焉　「氂」原作「氂」，《廣記詳節》、《虎薈》同，《四庫》本作「犛」，皆誤。按：此當爲「氂」字之譌。唐玄應《一切經音義》卷三：「十毫曰氂，今皆作氂。」氂，長毛，或硬毛。今改。《説海》、《逸史搜奇》、《唐人説薈》作「班」（《説海》《四庫》本作「斑」），「班」通「斑」。又，此句之下，《説海》、《逸史搜奇》、《唐人説薈》多出若干文字：「心甚異之。既而臨溪照影，已成虎矣。悲慟良久，然尚不忍攫生物食也。既久，飢不可忍，遂取山中鹿豕獐兔充食。又久，諸獸皆遠避，無所得，飢益甚。一日，有婦人從山下過，時正餒迫，徘徊數四，不能自禁，遂取而食，殊覺甘美。今其首飾，猶在巖石之下也。」

〔三二〕自是見冕而乘者徒而行者　原作「又見冕衣而行於道者」，據《説海》、《逸史搜奇》、《唐人説薈》改。

〔三三〕則欲得而啖之　《類説》、《萬花谷》在「自是（《萬花谷》下有『見』字）冕而趨者，翼而翔者，毳而馳（《類説》作『持』）者，皆（《類説》無此字）搏而啗之」後多一節：「向有一婦人銀握臂，吾銜至水（《萬花谷》作『致水下』）。去斯百步（《萬花谷》作『此去百步』），君過而（《萬花谷》作『則』）取之，遺吾家。吁！食其人而取其物，以遺妻子，非人所爲，今日吾倒行逆施耳。」與《説海》事序相反。《勸善書》作：「向有一婦人跨馬過此，吾搏而食之。有銀握臂，吾銜至於溪曲流水下，上有小木斜生蔽水處是矣。此去不過百步，君過則取之，遺吾家。吁！食其人而取其物，以遺妻子，非人所爲，然今日吾逆倒行施爾。」視《類説》又有增飾。

〔三四〕「既至漢陰南」至「由此率以爲常」　《廣記詳節》「人」作「俸者」。《説海》、《逸史搜奇》、《唐人説薈》作「力之所及，悉擒而咀之立盡，率以爲常」。

〔三五〕日　《説海》、《逸史搜奇》、《唐人説薈》作「旦」。

〔三六〕君　此字原無，據《説海》、《逸史搜奇》、《唐人説薈》補。

〔三七〕撐突　《廣記詳節》、《虎薈》作「撐揬」，明鈔本、《説海》《四庫》本、《唐人説薈》作「唐突」，《會校》據明鈔本改。按：撐突、撐揬，義同「唐突」。「撐」音「撐」。杜甫《課伐木》詩序：「山有虎，知禁，若恃爪牙之利，必昏黑撐突。」

〔三八〕視　《虎薈》作「伺」。

〔三九〕機　《虎薈》作「杌」。按：機，捕鳥獸之機關。又通「几」，几案。杌，木砧，案板。

〔四〇〕「虎曰我今形變而心甚悟」至「取笑於士君子」　《説海》、《逸史搜奇》、《唐人説薈》作：「虎曰：『我今形變而心甚悟耳。自居此地，不知歲月多少，但見草木榮枯耳。近日絶無過客，久飢難堪，不幸撐（《唐人説薈》作唐）突故人，慚惶殊甚。』儼（《唐人説薈》作傪，下同）曰：『君久飢，某有餘馬一疋，留以爲贈，如何？』虎曰：『食吾故人之駿乘，何異傷吾故人乎？願無及（《唐人説薈》作將反）此。』儼曰：『食籃中有羊肉數斤，留以爲贈，可乎？』曰：『吾方與故人道舊，未暇食也，君去則留之。』」

〔四一〕豈有隱耶　《廣記詳節》、《説海》、《逸史搜奇》、《虎薈》作「豈我望耶（邪）」。

〔四二〕號略　《説海》、《逸史搜奇》作「號怨」。按：號略，指號州。《左傳》僖公十五年：「賂秦伯以河外列城五，東盡號略。」晉杜預注：「東盡號界也。」唐孔穎達疏：「號略，號之竟界也。」號州，治弘農縣（今河南靈寶市）。

〔四三〕知　原作「念」，《廣記詳節》同，據《説海》、《逸史搜奇》、《唐人説薈》改。

〔四四〕君自南回　「君」下原有「若」字，據《廣記詳節》、《説海》、《逸史搜奇》、《虎薈》、《唐人説薈》删。

〔四五〕爲我賫書訪妻子　「我」字原無，據《廣記詳節》補。《説海》、《逸史搜奇》、《唐人説薈》作「爲齎書訪吾妻子」。

〔四六〕風　原作「夙」，據《四庫》本、《廣記詳節》、《説海》、《逸史搜奇》、《虎薈》、《唐人説薈》改。

〔四七〕當盡　原作「盡皆」，據孫校本、《廣記詳節》、《説海》、《逸史搜奇》、《虎薈》、《唐人説薈》改。

〔四八〕人之閾　《説海》、《逸史搜奇》作「文人之户閾」。

〔四九〕至於　此二字原無，據明鈔本、孫校本、陳校本、《廣記詳節》、《説海》、《逸史搜奇》、《虎薈》、《唐人説薈》補。

〔五〇〕素業　原無「業」字，據《廣記詳節》、《虎薈》補。《説海》、《逸史搜奇》、《唐人説薈》作「業」。素業，本業。

〔五一〕又安得寢而不傳歟　原作「安敢望其傳乎」，據《廣記詳節》、《説海》、《逸史搜奇》、《唐人説薈》改。《虎薈》脱「不」字。

〔五二〕驛隸　《廣記詳節》、《虎薈》作「馹騎」。馹，驛馬。

〔五三〕今則　此二字原無，據孫校本、《廣記詳節》、《虎薈》補。

〔五四〕「又曰君銜命乘傳」至「傪自南回」　《説海》、《逸史搜奇》、《唐人説薈》作：「既又曰：『吾欲爲詩一篇，蓋欲表吾外雖異而中無所異，亦欲以道吾懷而攄吾憤也。』儼（《唐人説薈》作傪，下同）復命吏以筆授之。詩曰：『偶因狂疾成殊類，災患相仍不可逃。今日爪牙誰敢敵，當時聲跡共相高。我爲異物蓬茅下，君已乘軺氣勢豪。此夕溪山對明月，不成長嘯但（《唐人説薈》作俱）成嘷。』儼覽之，驚曰：『君之才行，我知之久矣。而君至於此者，君平生得無有自恨乎？』虎曰：『二儀造物，固無親疏厚薄之間，若其所遇之時，所遭之數，吾又不知也。噫！顔子之不幸，冉有（《説海》《四庫》本作伯牛）斯疾，尼父常深歎之矣。若反求其所自恨（《唐人説薈》作問），則吾亦有之矣，不知定因此乎？吾遇故人，則無所自匿也。吾常記之，於南陽郊外，嘗私一孀婦。其家竊知之，常有害我心，孀婦由是不得再合。吾因乘風縱火，一家數人，盡焚殺之而去。此爲恨爾。』又曰：『使回日，幸取道他郡，無再遊此途。吾今日尚悟，一日都醉，則君過此，吾既不省，將碎足下於齒牙間，終成士林之笑焉。此吾之切祝也。君前去百餘步，上小山下視，盡見此，將令君見我焉。非欲矜勇，令君見而不復再過此，則知吾待故人之不薄也。』復曰：『君還都，見吾友人妻子，慎無言今日之事。吾恐久留使旆，稽滯王程，願與子訣。』叙别甚久。儼乃再拜，上馬回視，草茅中悲泣，所不忍聞，儼亦大慟。行數里，登嶺再視（《唐人説薈》作看之），則虎自林中躍出跑踔（《唐人説薈》作哮），巖谷皆震。後回自南中，乃取他道，不復由此。」《勸善書》文字大同。《類説》、《萬花谷》所摘亦有相同處，云：

「儼曰：『君平生得此（《萬花谷》作無）有恨（《萬花谷》作自恨）乎？』虎曰：『吾曾（《萬花谷》作嘗）私孀婦，其家常有害我心。吾因醉一家盡殺之而去，此爲恨耳。』儼上山未定，見巨虎大吼，聲震林木而去。」

〔五五〕賵賻　《廣記詳節》、《説海》、《逸史搜奇》、《虎薈》、《唐人説薈》「賻」誤作「贈」。按：賵賻，贈送財物助喪家辦理喪事。

〔五六〕訃　原作「寄」，據《廣記詳節》、《説海》、《逸史搜奇》、《虎薈》、《唐人説薈》改。

〔五七〕自是　原作「後」，據孫校本、《廣記詳節》、《虎薈》改。

按：《古今説海》説淵部别傳五十二《人虎傳》，爲李微化虎事，然與《廣記》所引相較，情事及文句頗有異同。《説海》所録唐人傳奇，大抵輯自《廣記》，所據爲古本，故多可校正今本《廣記》之誤。然行文種種不同，非一般異文之别，似非據《廣記》而别有所本。北宋劉斧《青瑣摭遺》曾載此事，《類説》卷三四《摭遺·李積化爲虎》、《錦繡萬花谷》後集卷二九引《摭遺》均爲節文，與《説海》本頗多相合者，故疑《説海》本實乃據《摭遺》，而經劉斧改寫者。《説海》題《人虎傳》，按宋末羅燁《新編醉翁談録》甲集《小説開闢》著録小説話本，其靈怪類有《人虎傳》，然則《摭遺》改寫本疑即題《人虎傳》，流行至南宋改編爲小説話本，仍用其題也。明成祖仁孝皇后徐氏《勸善書》卷一八所録李微事，文句與《類説》、《説海》多合，然從李儼奉使嶺表叙起而文字迥別，豈即據宋元話本流傳之《人虎傳》耶？《逸史搜奇》乙集一《李徵》，全據《説海》，唯改篇題。《唐人説薈》第十六集（同治八年刻本卷二〇）《人虎傳》亦此本，但據《廣記》有所改動。《説海》原不著撰人，《唐人説薈》妄題唐李景亮撰。明末清初東魯古狂生《醉醒石》第六回《高才生傲世失原形，義氣友念孤分半俸》演其事，乃據《説海》改編。《虎薈》卷二亦輯入此篇全文，主要據《廣記》。

今將《説海》及《勸善書》文本照録如左，以資考證。

《古今説海·人虎傳》（清道光元年重刊嘉靖二十三年刊本）：

隴西李徵，皇族子，家于虢略。徵少博學，善屬文。弱冠從州府貢焉，時號名士。天寶十五載春，於尚書右丞楊□下登進士第。後數年調選，補尉江南。徵性疏逸，恃才倨傲，不能屈跡卑僚，嘗鬱鬱不樂。每同舍會，既酣，顧謂其群官曰：「生乃與君等爲伍邪？」其僚友咸側目之。及謝秩，則退歸閒適，不與人通者近歲餘。後迫以食且缺，乃東遊吴楚間，期歛于郡國長吏。楚人聞其聲固久矣，及至，皆開館以俟之，留宴遊極歡。將去，悉厚賄，以實其囊橐。徵在吴楚且周歲，所獲饋遺甚多。西歸虢略，未至，舍於汝墳逆旅中。忽被疾發狂，鞭捶僕者，不勝其苦。如是旬餘，疾益甚。無何，夜狂走，莫知其適。家僮跡其去而伺之，盡一月而微竟不回。於是僕者驅其乘馬，挈其囊橐而遠遁去。至明年，陳郡李儼以監察御史奉詔使嶺南，乘傳至商於界。晨將去，其驛吏白曰：「道有虎暴而食人，故途於此者，非晝莫敢進。今尚早，願且駐車，固不可前。」

儼怒曰：「我天子使，後騎極多，山澤之獸，能爲害邪？」遂命駕而行。去未盡一里，果有虎自草中突而出，儼驚甚。俄而虎匿身草中，人聲而言曰：「異乎哉！幾傷我故人也。」儼聆其音，似李微者。儼昔與微同登進士第，分極深，別有年矣。忽聞其語，既驚且異，而莫測焉。遂問曰：「子爲誰？豈非故人隴西子乎？」虎呼吟數聲，若嗟泣之狀。已而謂儼曰：「我李微也。」儼乃下馬曰：「君何由至此？且儼始與君同場屋十餘年，情好歡甚，愈於他友。不意吾先登仕路，君亦繼捷科選。睽間言笑，歷時頗久。傾風結想，如渴待飲。幸因出使，得此遇君，而乃自匿草中，豈故人疇昔之意也？」虎曰：「吾已爲異類，使君見吾形，則且畏怖而惡之矣，何暇疇昔之念邪？雖然，君無遽去，得少盡款曲，乃我之幸也。」儼曰：「我素以兄事故人，願展拜禮。」乃再拜。虎曰：「我自與足下別，音容曠阻且久矣，僕夫得無恙乎？宦途不致淹留乎？今又何適？向者見君有二吏驅而前，驛隸挈印囊以導，庸非爲御史而出使（原譌作「飲」，據《四庫》本改）乎？」儼曰：「近者幸得備御史之列，今奉使嶺南。」虎曰：「君子以文學立身，位登朝序，可謂盛矣。況憲臺清要，分糾百揆，聖明慎擇，尤異於人。心喜故人居此地，甚可賀。」儼曰：「往者吾與執事同年成名，交契深密，異於常友。自聲容間阻，去日如流，想望風儀，心目俱斷，不意今日獲君念舊之言。雖然，執事何爲不見我，而自匿於草木中？故人之分，豈當如是邪？」虎曰：「我今不爲人矣，安得見君乎？」儼曰：「願詳其事。」虎曰：「我前身客吴楚，去歲方還。道次汝墳，忽嬰疾發狂。夜聞户外有呼吾名者，遂應聲而出，走山谷間，不覺以左右手攫地而步。

自是覺心愈猳，力愈倍。及視其肱髀，則有班毛生焉，心甚異之。既而臨溪照影，已成虎矣，悲慟良久。然尚不忍攫生物食也，既久飢不可忍，遂取山中鹿豕獐兔充食。又久，諸獸皆遠避，無所得，飢益甚。一日，有婦人從山下過，時正餒迫，徘徊數四，不能自禁，遂取而食，殊覺甘美。今其首飾猶在巖石之下也。自是見冕而乘者，徒而行者，負而趨者，翼而翔者，毳而馳者，力之所及，悉擒而咀之立盡，率以爲常。非不念妻孥，思朋友，直以行負神祇，一旦化爲異獸，有覥於人，故分不見矣。嗟夫！我與君同年登第，交契素厚，君今日執天憲，耀親友，而我匿身林藪，永謝人世。躍而呼天，俛而泣地，身毀不用，是果命乎？」因呼吟咨嗟，殆不自勝，遂泣。儼且問曰：「君今既爲異類，何尚能人言邪？」虎曰：「我今形變而心甚悟耳。自居此地，不知歲月多少，但見草木榮枯耳。近日絶無過客，久飢難堪，不幸撐突故人，慙惶殊甚。」儼曰：「君久飢，某有餘馬一疋，留以爲贈，如何？」虎曰：「食吾故人之駿乘，何異傷吾故人乎？願無及此。」儼曰：「食籃中有羊肉數斤，留以爲贈，可乎？」曰：「吾方與故人道舊，未暇食也，君去則留之。」又曰：「我與君真忘形之友也，而我將有所託，其可乎？」儼曰：「平昔故人安有不可哉？恨未知何如事，願盡教之。」虎曰：「君不許我，我何敢言？今既許我，豈我望邪？初，我於逆旅中爲疾發狂，既入荒山，而僕者驅我乘馬衣囊悉逃去。吾妻孥尚在虢郄，豈知我化爲異類乎！君自南回，爲齎書訪吾妻子，但云我已死，無言今日事，志之。」乃曰：「吾於人世，且無資業，有子尚稚，固難自謀。君位列周行，素秉風義，昔日之分，豈他人能右哉！必望念其孤弱，時賑其乏，無使殍死於道途，亦恩之大者。」言已，又悲泣。儼亦泣曰：「儼與足下休戚同焉，然則足下子，亦儼子也，當力副厚命，又何虞其不至哉！」虎曰：「我有舊文數十篇，未行於代，雖有遺藁，當盡散落。君爲我傳録，誠不能列文人之户閾，然亦貴傳於子孫也。」儼即呼僕命筆，隨其口書，近二十章，文甚高，理甚遠，閲而歎者至于再三。虎曰：「此吾平生之業也，又安得寢而不傳歟？」既又曰：「吾欲爲詩一篇，蓋欲表吾外雖異而中無所異，亦欲以道吾懷而攄吾憤也。」儼復命吏以筆授之。詩曰：「偶因狂疾成殊類，災患相仍不可逃。今日爪牙誰敢敵，當時聲跡共相高。我爲異物蓬茅下，君已乘軺氣勢豪。此夕溪山對明月，不成長嘯但成嗥。」儼覽之，驚曰：「君之才行，我知之久矣。而君至於此者，君平生得無有自恨乎？」虎曰：「二儀造物，固無親疏厚薄之間。若其所遇之時，所遭之數，吾又不知也。噫！顔子之不幸，冉有斯疾，尼父常深歎之矣。若反求其所自恨，則吾亦有之矣，不知定因此乎？吾遇故人，則無所自匿也。吾嘗記之於南陽郊外，嘗私一孀婦。其家竊知之，常有害我心。孀婦由是不得再合，吾因乘風縱火，一家數人，盡焚殺之而去。此爲恨爾。」虎曰：「使回日，幸取道他郡，無再遊此途。吾今日尚悟，一日都醉，則君過此，吾既不省，將碎足下於齒牙間，終成士林之笑焉。此吾之切祝也。君前去百餘步，上小山，下視盡見此，將令君見我焉。非欲矜勇，令君見而不復再過此，則知吾待故人之不薄也。」復曰：「君還都，見吾友人、妻子，慎無言今日之事。吾恐久留使旆，稽滯王程，願與子訣。」叙别甚久，儼乃再拜上馬。回視草茅中，悲泣所不忍聞，儼亦大慟。行數里，登嶺再視，則虎自林中躍出跑踄，巖谷皆震。後回自南中，乃取他道，不復由此。遣使持書及賵贈之禮，訃於徵子。月餘，徵子自號略入京詣儼，求先人之柩。儼不得已，具疏其事。遂以己俸均給徵妻子，免飢凍焉。儼後官至兵部侍郎。

《勸善書》（明永樂五年内府刻本）：

唐李儼爲御史，奉使嶺表，路出荆南。至沙頭傳舍，早飯將去，驛吏曰：「此路不可行，前去八九里兩山之間，小溪之曲，有虎害物，過者所傷甚衆，由是行客斷絶，多由山後，路雖少迂，然而無患也。」儼素剛正，曰：「吾銜王命而避虎，何也？」乃鞭馭而去。未八九里，小溪岸上，有虎躍出，至儼馬首，虎反入草中，聞其言曰：「幾傷故人。」儼曰：「君非李微乎？」曰：「是矣。」儼乃下馬曰：「君何由至此？且儼始與君同居場屋，十餘年間情好意愛，相得甚歡，愈於他友。不意吾先登仕路，君亦繼捷科選。睽間言笑，歷時頗久。傾風結想，若飢者之欲食，渴者之待飲。幸囙出使，得此遇君，而君自匿於草茅中不出，豈故人相遇曩昔之意也？」虎曰：「吾已爲異類，使君見吾形，則心恐而且畏，則當惡之矣，何暇念疇昔之舊哉！然君無遽去，得以少盡款曲，乃我之幸。」儼曰：「我常兄事君，願展拜禮。」儼乃再拜。虎曰：「我向與君結平生之知，今至此，尚敢避辱而不譏於知者乎？吾自登第後，以家貧，將求選資。念友人客於荆楚間，乃將謁之。抵襄陽旅舍，忽爾卧病。始恒苦食之不足，時有寒熱，凡日數食，亦不知足。至暮則昏暗，户外時聞有人呼吾之名。一夕發狂，走山谷間，不覺兩手挐地而步。已而視左右股有班毛，以手捫面，亦有毛矣。是夜宿巖下。次日，渴乃飲于溪，溪水清可鑑物，見吾形乃虎矣。吾乃大慟，不成飲而去。欲迴，則不識故路。又以飢久所迫，見一人俄然負於路，乃擒而咀之立盡。自是，見冕而趨者，翼而翔者，毳而馳者，皆搏而啗之矣。爾來居此，不知歲月之多少。近日此地絶無來客，久飢，不幸今日見屈於長者也。」儼曰：「君今虎矣而人言，何也？」虎曰：「吾身雖獸而心甚明曉。」儼曰：「君久飢，儼與君有舊，君不忍傷。儼有餘馬一疋，留以爲贈，如何？」虎曰：「吾乃欲友人之俊乘，何異傷吾故人乎？願無及此。」儼曰：「食籃中有熟羊數斤，留之可乎？」曰：「吾方與故人道舊，未暇食，君去則留之。」虎曰：「適見於導者挈紫囊，此必印也。柏臺清峻，今喜故人居其地。今君乘軺出使，我方與熊豹輩跳躍溪中。思向與故人跨驢頂蓋，並遊異俊間，不可得也。」虎乃仰而呼天，俯而哭地久之。儼勉之曰：「事亦偶然，無苦自恨也。」儼曰：「君有人間事可相託者悉言之，無外也。」虎曰：「吾身至此，人間事無他禱矣。然有小懇，須浼侍者矣。吾向卧病走山谷，僕乃盡挈我囊裝而去，使吾妻子餒凍，匄於道路，君獨不知乎？君使迴，求而少振之，則友愛無所棄也。」儼曰：「此無所惜矣。」虎復曰：「向有一婦人，跨馬過此，吾搏而食之。有銀握臂，吾銜至於溪曲流水下，上有小木斜生蔽水處是矣，此去不過百步。君過則取之，遺吾家也。吁！食其人而取其物，以遺妻子，非人所爲，然今日吾逆行倒施爾。吾常著文數十篇，惜其不行于世。」儼令舉而聽之。儼大稱賞，乃命左右取紙筆，録而收之。虎復曰：「吾欲爲詩一篇，蓋欲表吾外雖異而中無所異，亦欲以道吾懷而攄吾憤也。」儼復命吏以筆授之。詩曰：

「偶囙狂疾成殊類，災患相仍不可逃。今日爪牙誰敢敵，當時聲跡共相高。我爲異物蓬茅下，君已乘軺氣勢豪。此夕溪山對明月，不成長嘯但成嘷。」儼覽之，驚曰：「君之才行，我知之久矣。而君至於此者，君平生得無有自恨乎？」虎曰：「二儀造物，固無親疏厚薄之間。若其所遇之時，所遭之數，吾又不知也。噫！顔子之不幸，冉有斯疾，尼父常深嘆之矣。若反求其所自恨，則吾亦有之矣，不知定囙此乎？吾遇故人，則無所自匿也。吾常記之於南陽郊外，常私一孀婦。其家竊知之，常有害我心。孀婦由是不得再合，吾囙醉，一家數人，盡殺之而去。此爲恨爾。」虎曰：「使回日，幸取道他郡，無再遊此途。吾今日尚悟，一日都醉，則君過此，吾既不省，將碎足下於齒牙間，終成士林之笑焉。此吾之切祝也。君前去百餘步，上小山，下視盡見此，將令君見我焉。非欲矜勇，令君見而不復再過此，則吾待故人之不薄也。」復曰：「君還都，見吾友人、妻子，慎無言今日之事。吾恐久留使旆，稽滯王程，顧與子叙别。」甚久，儼乃再拜上馬。回視草茅中，悲泣所不忍聞，儼亦大慟。儼乃於溪下得銀，乃上小山。立馬未定，見巨虎躍出，踣石嚙木，大吼，聲震林木。儼使回，乃由他道去。

張鋋

張讀　撰

吴郡張鋋〔一〕，成都人。開元中，以盧溪尉罷秩。調選，不得補于有司，遂歸蜀。行次巴西，會日暮，方促馬前去。忽有一人，自道左山逕中出，拜而請曰：「吾君聞客暮無所止，將欲奉邀，命某〔二〕以請，願隨某去。」鋋因問曰：「爾君爲誰？豈非太守見召乎？」曰：「非也，乃巴西侯耳。」鋋即隨之，入山逕行，約百步，望見朱門甚高，人物甚多，甲士環衛，雖侯伯家不如也。又數十步，乃至其所。使者止鋋于門曰：「願先以白吾君，客當伺焉。」入久之而出，乃引鋋曰：「客且入矣。」鋋既入，見一人立于堂上，衣褐革之裘，貌極異。綺羅珠翠，擁侍左右。鋋趨而拜。既拜，其人揖鋋昇階，謂鋋曰：「吾乃巴西侯也，居此數十年矣。適知君暮無所止，故輒奉邀，幸少留以盡歡。」鋋又拜以謝。已而命開筵置酒，其所翫用，皆華麗珍具。又令左右邀六雄將軍、白額侯、滄浪君，又邀五豹將軍、鉅鹿侯、玄丘校尉，且傳教曰：「今日貴客來，願得盡歡宴，故命奉請。」使者唯而去。

久之乃至。前有六人，皆黑衣，贔然其狀，曰六雄將軍。巴西侯起而拜，六雄將軍亦拜。又一人衣錦衣，戴〔三〕白冠，貌甚獰〔四〕，曰白額侯也。巴西侯〔五〕又起而拜，白額侯亦拜。又一人衣蒼，其質魁岸，曰滄浪君也。巴西侯又拜，滄浪亦拜。又一人被斑文衣，似白額侯而稍小，曰五豹將軍也。巴西又拜，五豹將軍亦拜。又一人衣褐衣，首有三角，曰鉅鹿侯也，巴西揖〔六〕之。又一人衣黑〔七〕，狀類滄浪君，曰玄丘校尉也，巴西侯亦揖之。然後延坐，巴西南向坐，鋋北向，六雄、白額、滄浪處于東，五豹、鉅鹿、玄丘處于西。

既坐，行酒命樂，又美人十數，歌者舞者，絲竹既發，窮極其妙。白額侯酒酣，顧謂鋋曰：「吾今夜尚食〔八〕，君能爲我致一飽耶？」鋋曰：「未卜君侯所以尚〔九〕者，願教之。」白額侯曰：「君之軀可以飽我腹，亦何貴他味乎？」鋋懼，悚然而退。巴西侯曰：「無此理，奈何宴席之上，有忤貴客耶？」白額侯笑曰：「吾之言乃戲耳，安有如是哉！固不然也。」

久之，有告洞玄先生在門，願謁白事。言訖，有一人被黑衣，頸長而身甚廣。其人拜，巴西侯揖之。與坐，且問曰：「何爲〔一〇〕而來乎？」對曰：「某善卜者也，知君將有甚憂，故輒奉白。」巴西侯曰：「所憂者何也？」曰：「席上人將有圖君，今不除，後必爲害，願君詳之。」巴西侯怒曰：「吾歡宴方洽，何處有怪焉！」命殺之。其人曰：「用吾言，皆得安，不用吾言，則吾死，君亦死，將若之何？雖有後悔，其可追乎？」巴西侯遂殺卜者，置于堂下。

時夜將半，衆盡醉而皆卧于榻，鋋亦假寐焉。天將曉，忽悸而寤，見己身卧于大石龕中，其中設繡帷帟，列珠璣犀象〔一一〕。有一巨猿狀如人，醉卧于地，蓋所謂巴西侯也。又見巨熊卧于前者，蓋所謂六雄將軍也。又一虎，頂白，亦卧于前，所謂白額侯也。又一狼，所謂滄浪君也。又有文豹，所謂五豹將軍也。又一巨鹿、一狐，皆卧于前，蓋所謂鉅鹿侯、玄丘校尉也，而皆冥然〔一二〕若醉狀。又一龜，形甚異〔一三〕，死于龕前，乃向所殺洞玄先生也。

鋋既見，大驚，即出山逕，馳告里中人。里人相集得百數，遂執弓挾矢入山中。至其處，其後〔一四〕猿忽驚而起，且曰：「不聽洞玄先生言，今日果如是矣。」遂圍其龕，盡殺之。其所陳器玩，莫非珍麗。乃具事以告太守。先是人有持真珠繒帛塗至此者〔一五〕，俱無何而失，且有年矣。自後〔一六〕絶其患也。（據中華書局版汪紹楹校點本《太平廣記》卷四四五引《廣異記》校録，《太平廣記詳節》卷三九作《宣室志》）

〔一〕張鋋　《孔帖》卷九七引張瀆（讀）《宣室志》「鋋」作「鋌」，《錦繡萬花谷》後集卷四〇引《宣室志》作「誕」，皆譌。

〔二〕某　此字原脱，據明鈔本、孫校本、《四庫》本、《太平廣記詳節》卷三九、《古今説海》説淵部別傳五十六《巴西侯傳》、《逸史搜奇》辛集十《張鋋》、《廣豔異編》卷二七《巴西侯傳》、《續豔異編》卷一二《巴西侯傳》補。

〔三〕戴　《廣記詳節》作「簪」。

〔四〕獰　《説海》、《逸史搜奇》、《廣豔異編》、《續豔異編》作「狰獰」。

〔五〕巴西侯　此三字原無，據《説海》、《逸史搜奇》、《廣豔異編》、《續豔異編》補。

〔六〕揖　《説海》、《逸史搜奇》譌作「稱」，《四庫》本《説海》、《廣豔異編》、《續豔異編》改作「揖」。

〔七〕衣黑　《説海》、《逸史搜奇》、《廣豔異編》、《續豔異編》作「亦異」。

〔八〕吾今夜尚食　《説海》、《逸史搜奇》、《廣豔異編》、《續豔異編》作「吾今尚未夜食」。按：尚食，謂嗜食，胃口好。
〔九〕尚　《説海》、《逸史搜奇》、《廣豔異編》、《續豔異編》作「食」。
〔一〇〕爲　《廣記詳節》、《説海》、《逸史搜奇》、《廣豔異編》作「謂」。謂，通「爲」。
〔一一〕設繡帷帟列珠璣犀象　「帟」原譌作「旁」，據《廣記詳節》改。《説海》、《逸史搜奇》、《廣豔異編》、《續豔異編》「帟列」作「服玩」。按：「帟」上疑脱一字，若「翠」字之類。
〔一二〕皆冥然　《廣記詳節》作「窅窅然」。按：窅，與「冥」義同。窅窅然，昏昏然。
〔一三〕異　《孔帖》卷九八引張瀆（讀）《宣室志》、《萬花谷》、南宋祝穆《古今事文類聚》後集卷三五引張續（讀）《宣室志》、明王罃《群書類編故事》卷二四引張續（讀）《宣室志》、陳耀文《天中記》卷五七引《宣室志》、彭大翼《山堂肆考》卷二二五引張續（讀）《宣室志》作「巨」。
〔一四〕其後　《説海》、《逸史搜奇》、《廣豔異編》、《續豔異編》無此二字。
〔一五〕先是人有持真珠繒帛塗至此者　「真珠」，《廣記詳節》作「珍貝」，《説海》、《逸史搜奇》、《廣豔異編》、《續豔異編》作「金貝」。「塗至此」，《四庫》本作「而過此」，《説海》、《逸史搜奇》作「過此」，《廣豔異編》、《續豔異編》作「過此山」。
〔一六〕後　原作「從」，據孫校本、《四庫》本、《廣記詳節》、《説海》、《逸史搜奇》、《廣豔異編》、《續豔異編》改。

按：《廣記》注出《廣異記》，誤。風格不類戴孚，而物怪聚談，與《宣室志》之《獨孤彦》相似。《太平廣記詳節》卷三九作《宣室志》。《紺珠集》卷五《宣室志》摘《巴西侯》、《白額侯》、《滄浪君》（按：此據《四庫全書》本，明天順刊本譌作「滄滄君」）、《鉅鹿侯》、《玄丘校尉》、《洞玄先生》六則。《孔帖》卷九七引《巴西侯》、《玄丘校尉》、《六雄將軍》，出自張瀆《宣室志》；《滄浪君》，出自張清《宣室記》，《五豹將軍》、《鉅鹿侯》，出自《宣室志》，又卷九八《洞玄先生》，出自張瀆《宣室志》。《錦繡萬花谷》後集卷四〇《洞玄先生》，出自《宣室志》。《古今事文類聚》後集卷三五《洞玄先生》，出自張續《宣室志》。謝維新《古今合璧事類備要》别集卷七七《六雄將軍》，出自張續《宣室志》，《五豹將軍》，出自唐《宣室志》，又卷七九《謁巴西侯》，出自張續《宣室志》。唯張瀆、張清、張續，皆張讀之譌。檢《廣記》卷四四五所引，《張鋋》下條爲《楊叟》，出《宣室志》，而上條《王長史》（卷四四四末條）亦出《宣室志》，《王長史》上條《韋虚己子》，乃出《廣異記》。是則《張鋋》出處必爲《宣室志》，蓋因《韋虚己子》出處而誤也。

《古今説海》説淵部别傳五十六《巴西侯傳》，據《廣記》輯入而易其題，後又取入《逸史搜奇》辛集十、《廣豔異編》卷二七、《續豔異編》卷一二，《逸史搜奇》改題《張鋋》，《續豔異編》開頭略有删改。

唐五代傳奇集第三編卷三十六

魏先生

袁　郊　撰

袁郊，字之儀，一作之乾。華州華陰（今屬陝西）人，祖籍蔡州朗山（今河南確山縣）。宰相袁滋子。懿宗咸通中曾任祠部郎中、虢州刺史。曾與温庭筠酬唱。撰有《二儀實録衣服名義圖》一卷、《服飾變古元録》一卷，均佚。（據《新唐書》卷一五一《袁滋傳》、《宰相世系表四下》、《藝文志》儀注類注，《昌黎先生文集》卷二七《袁氏先廟碑》，《元和姓纂》卷四，《唐詩紀事》卷六五，《直齋書録解題》卷六禮注類及卷一一小説家類）

魏先生，生于周，家于宋。儒書之外，詳究樂章。隋初，出游關右，值太常考樂，議者未平。聞先生來，競往謁問。先生乃取平陳樂器，與樂官蘇夔〔一〕、蔡子元等，詳其律度，然後金石絲竹，咸得其所，内致清商署焉〔二〕，大〔三〕樂官斂帛二百段以酬之。先生不復入仕，遂歸梁、宋，以琴酒爲娱。

及隋末兵興，楊玄感戰敗，謀主李密亡命雁門，變姓名以教授。先生同其鄉曲，由是遂相來往，常論鐘律。李密頗能，先生因戲之曰：「觀吾子氣沮而目亂，心摇而語偷，氣沮者新破敗，目亂者無所倚〔四〕，心摇者神未定，語偷者思有謀于人。今方捕蒲山黨，得非長者虜〔五〕？」李公驚起，執〔六〕先生手曰：「既能知我，豈不能教〔七〕我與？」先生曰：「吾子無帝王規模，非將帥〔八〕才略，乃亂世之雄傑耳。」李公曰：「爲吾辨析行藏，亦當繇此而退。」先生曰：「夫爲帝王者，包〔九〕羅天地，儀範古今，外則日用而不知，中則歲功而自立。堯詢四岳，舉鯀而殛羽山，此乃出于無私也。漢任三傑，納良而圍垓下，亦出于無私也。故鳳有爪吻而不施，麟有蹏足〔一〇〕而永廢者，能得〔一一〕其道，而求〔一二〕自集于時，此帝王之規模也。凡爲將帥〔一三〕者，幕建太一旗，驅無戰之師〔一四〕，伐有名之罪〔一五〕，乃琱戈既授，玉弩斯張。誠負羈之有言，郈〔一六〕季良之猶在，所以務其燕犒，致逸待勞，修其屯田，觀釁〔一七〕而動。遂使風生虎嘯，不可抗其威；雲起龍驤，不可攘其勢〔一八〕。仲尼曰：『我戰則克。』孟軻云：『夫誰與敵？』此將帥之才也。至有秉其才知〔一九〕，動以機鈐，公於國則爲帥臣，私於己則曰亂盜。私于己必掠取財色，屠其城池，朱亥爲前席之賓，樊期〔二〇〕爲升堂之客。朝聞夕死，公孫終敗于邑中；寧我負人，曹操豈兼于天下！是志〔二一〕輩千金之貺，報陳一飯之恩，有感謝之人，無懷歸之衆。且《魯史》之誡曰『度德』，《連山》之文曰『待時』，尚欲謀于人，不能惠於己。天人厭亂，曆數有歸，時雨降而妖〔二二〕祲除，太陽升而層冰釋。引繩縛虎，難希飛兔之門；赴水持罌〔二三〕，豈是安生之地？吾嘗望氣〔二四〕，汾晉有聖人生，能往事之，富貴可取。」

李公拂衣而言曰：「隋氏以篡〔二五〕殺取天下，吾家以勳德居人表，振臂一噑，衆心〔二六〕響應，提兵時伐，何往〔二七〕不下！道行可以取四海，不行亦足以王一方，委質於人〔二八〕，誠所未忍。女真豎儒，不足以計事。」遂絶魏生。因寓懷賦詩，爲鄉吏發覺，李公脱身而〔二九〕走。所在收兵，北依黎陽，而南據雒口〔三〇〕，連營百萬，與王世充争衡，首尾三年，終見敗覆。追思魏生之説〔三一〕，即日遂歸于唐，乃授司農〔三二〕之官，復搆〔三三〕桃林之叛。魏生得道之士，亡〔三四〕其名，蓋文貞〔三五〕之宗親也。（據明毛晉刊《津逮祕書》本《甘澤謡》校録，又《太平廣記》卷一七一引《甘澤謡》）

〔一〕蘇夔　《廣記》談愷刻本「蘇」作「林」，明沈與文野竹齋鈔本、清孫潛校本、《永樂大典》卷八五七〇引《太平廣記》作「蘇」。清蓮塘居士《唐人説薈》四集《甘澤謡·魏先生》同談本。按：蘇夔，《隋書》卷四一有傳，乃蘇威子。

〔二〕内致清商署焉　「致」《甘澤謡》《四庫全書》本作「置」。「焉」原作「爲」，據《廣記》、《大典》改，《唐人説薈》同《廣記》。張國風《太平廣記會校》據《甘澤謡》改「焉」爲「爲」，誤。按：《隋書》卷一五《音樂志下》：「開皇九年平陳，獲宋、齊舊樂，詔於太常置清商署，以管之。求陳太樂令蔡子元、于普明等，復居其職。」此言魏先生與太常樂官校定樂器後，送清商署保存。四庫館臣據《隋書》改「致」爲「置」，頗誤。

〔三〕大　《甘澤謡》《學津討原》本、《廣記》、《大典》、《唐人説薈》作「太」。大，通「太」。

〔四〕倚　《廣記》、《唐人説薈》作「主」，《大典》作「依」。

〔五〕虖　《廣記》、《大典》、《唐人説薈》作「乎」。虖，同「乎」。

〔六〕執　《廣記》、《大典》、《唐人説薈》作「捉」。

〔七〕教　《廣記》、《大典》、《唐人説薈》作「救」。

〔八〕帥　原作「相」，《重編説郛》(卷一一五)、《四庫》、《學津》等本同，《廣記》、《大典》、《唐人説薈》作「帥」。按：下文云「此將帥之才也」，當作「帥」，據改。

〔九〕包　《廣記》譌作「寵」，《四庫》本、《大典》、《唐人説薈》作「籠」。

〔一〇〕足　《廣記》、《大典》、《唐人説薈》作「突」。

〔一一〕得　《廣記》、《大典》、《唐人説薈》作「付」。

〔一二〕求　《廣記》、《大典》、《唐人説薈》譌作「永」，《廣記》《四庫》本改作「求」。

〔一三〕帥　原作「軍」，《大典》同，《廣記》、《唐人説薈》作「帥」，據改。《學津》本改作「帥」。

〔一四〕之師　此二字原脱，據《廣記》、《大典》、《唐人説薈》補，《四庫》本、《學津》本亦補。

〔一五〕有名之罪　原作「有罪之民」，《四庫》本改「民」作「國」，並誤。《廣記》、《唐人説薈》作「有民之罪」，《大典》、《廣記》《四庫》本作「有名之罪」，《四庫全書考證》卷七二：「《魏先生》條『伐有名之罪』，刊本『名』訛『民』，今改。」」。按：《禮記·檀弓下》：「師必有名。」作「名」是，據《大典》等改。《會校》據《甘澤謡》改，誤。

〔一六〕郍　《廣記》、《大典》、《唐人説薈》作「那」，《四庫》本、《學津》本改作「那」。郍，同「那」。

〔一七〕疊　談本《廣記》闕字，汪紹楹校本據明鈔本補「疉」，孫校本、《大典》亦爲「疉」，「疊」同「疉」。清黄晟校刊本、《四庫》本、《筆記小説大觀》本、《唐人説薈》作「時」。

〔一八〕勢　原作「執」，當譌，據《廣記》、《大典》、《唐人説薈》改。《四庫》本、《學津》本亦改。

〔一九〕秉其才知　《廣記》、《大典》、《唐人説薈》「秉」作「衷」，「知」作「智」。按：知，通「智」。

〔二〇〕樊期　《廣記》、《唐人説薈》作「樊噲」，《大典》作「樊期」。按：樊期即樊於期。原爲秦國將，得罪秦王逃往燕國，太子丹受而舍之。荆軻謀刺秦王，聞秦王以金千斤、邑萬家購樊將軍頭，遂説樊，樊遂自刎。荆軻遂函樊頭并藏匕首於地圖中，往獻秦王。事見《史記》卷八六《刺客列傳·荆軻傳》。樊噲則爲漢將，立功封舞陽侯，事見《史記》卷九五《樊噲列傳》。作「樊期」是。

〔二一〕志　原作「忘」，《廣記》同，《大典》作「志」，是也，據改。志，記住。

〔二二〕妖　《廣記》、《大典》、《唐人説薈》作「祆」，義同。

〔二三〕甖　《廣記》、《大典》、《唐人説薈》作「瓶」。

〔二四〕氣　此字原脱，據《廣記》、《唐人説薈》補。《學津》本亦補。

〔二五〕篡　《廣記》、《唐人説薈》作「弑」，《大典》作「篡」。按：《周書》卷八《静帝紀》載：大定元年二月，「隋王楊堅稱尊號，帝遜于别宫，隋氏奉帝爲介國公……開皇元年五月壬申崩，時年九歲……謚曰静皇帝，葬恭陵。」《資治通鑑》卷一七五載：「隋主潛害周静帝，而爲之舉哀，葬于恭陵。」作「弑」亦不誤。

〔二六〕心　《廣記》、《大典》、《唐人説薈》作「必」。

〔二七〕往　《大典》作「征」。

〔二八〕人　《廣記》、《大典》、《唐人説薈》作「時」。

〔二九〕而　《廣記》、《大典》、《唐人説薈》作「西」。

〔三〇〕雒口　原無「口」字，《廣記》、《大典》、《唐人説薈》作「洛口」。按：《舊唐書》卷五三《李密傳》：「武德元年九月，世充以其衆五千來決戰……密遂敗績……與萬餘人馳向洛口。」據《廣記》補「口」字，《學津》本亦補。「洛」古作「雒」，曹魏改爲「洛」，此用舊稱。

〔三一〕説　《廣記》、《唐人説薈》作「言」，《大典》作「説」。

〔三二〕司農　《四庫》本改作「光禄」。按：《舊唐書·李密傳》載密投唐後拜光禄卿，封邢國公，館臣當據此而改。然小説家言不盡合乎史實，此非原文譌誤，不能改之。

〔三三〕復搆　《廣記》、《唐人説薈》作「後復」，《廣記》孫校本、《大典》作「復搆」（《大典》「搆」作「構」）。

〔三四〕亡　《廣記》、《大典》、《唐人説薈》作「不志」。

〔三五〕文貞　《廣記》、《唐人説薈》「貞」作「真」，《大典》作「貞」。按：文貞乃魏徵謚號，作「貞」是。宋人避仁宗趙禎諱，故宋代《廣記》流傳本或改「貞」爲「真」。

按：《崇文總目》傳記類、《新唐書·藝文志》小説家類、《通志·藝文略》傳記類冥異、《郡齋讀書志》小説類、《直齋書録解題》小説家類、《宋史·藝文志》小説類、《文獻通考·經籍考》小説家類著録袁郊《甘澤謡》一卷。《讀書志》云：「右唐袁郊撰。載譎異事，凡九章。咸通中久雨卧疾所著，故曰《甘澤謡》。」《解題》云：「唐刑部郎中袁郊撰。所記凡九條，咸通戊子自序，以其春雨應澤，故有甘澤成謡之語，遂以名其書。」咸通戊子乃九年（八六八），其時爲祠部郎中，卧疾廢公事，遂撰此書。祠部郎中掌祠祀、享祭、天文等事，而春降甘澤，正爲郊所矚盼。《解題》作「刑部」誤。北宋上官融《友會談叢序》云：「袁郊以步武生疾，則《甘澤》之謡興。」當亦據袁郊自序。

《紺珠集》卷一一摘録袁郊《甘澤謡》六則，《類説》卷三六《甘澤謡》節録六則，無作者，明嘉靖伯玉翁舊鈔本（卷三二）則題唐祠部郎中袁郊撰。《説郛》卷一九選録二篇，書名下注：「一卷，記九事。」撰人題唐袁郊，下注「尚書祠部郎中」。「尚書祠部郎中」當爲作者著書結銜。《太平廣記》凡引九事，遺一篇。原書不存，今傳一卷本乃明楊儀校訂本，毛晉於崇禎庚午（三年）刊於《津逮祕書》，卷首有楊儀夢羽嘉靖癸丑（三十二年）《重校甘澤謡序》，卷末有附録一卷（包括

《東坡删改圓澤傳并跋》、《贊寧記觀道人三生爲比丘》），五川居士（即楊儀）跋，末爲毛晉跋。據楊序云，此書爲綦毋秀才藏鈔本，托僧廣惠轉寄儀，嘉靖戊申（二十七年）得之。其書九章，悉完好，但袁郊自序首卷損缺。原本抄寫訛謬，儀雜取他載録文字校之，至嘉靖癸丑始得删定。按：此本斷非舊本，係據《太平廣記》、《説郛》等輯録。清人周中孚《鄭堂讀書記》卷六六謂「從《太平廣記》録出」，未確。《廣記》所引止八篇，而妄增《聶隱娘》以足九章。《聶隱娘》實出裴鉶《傳奇》，《廣記》有引。八篇皆涉樂事，唯《聶隱娘》獨無，此可證也。該篇文字全同《古今説海》，似據《説海》輯入。《説海》爲陸楫等編刊於嘉靖二十三年甲辰歲，然則《甘澤謡》之輯在此後也。頗疑此書實爲楊儀所輯，序文所云欺世惑人耳。楊本又收入明鍾人傑等《唐宋叢書》、舊題楊循吉《雪窗談異》卷一、《重編説郛》卷一一五，《四庫全書》、《學津討原》所收則據毛刊本。《唐人説薈》四集（同治八年刊本卷五）《甘澤謡》，只收四篇，乃據《廣記》。上海古籍出版社二〇〇〇年出版《唐五代筆記小説大觀》收入李宗爲校點本（無校記），以《津逮祕書》本爲底本。

素娥

袁　郊　撰

素娥〔一〕者，武三思之姬〔二〕人也。三思初得喬氏青衣窈娘〔三〕，能歌舞。三思曉知音律，以窈娘歌舞天下至〔四〕藝也。未幾，沈于雒水〔五〕，遂族喬氏之家。左右有舉素娥者，曰：「相州鳳陽門宋媪女，善彈五弦，世之殊色。」三思乃以帛三百段往聘焉。素娥既至，三思大悦，遂盛宴以出素娥。公卿大夫畢集，唯納言狄仁傑稱疾不來。三思怒，于座中有言。宴罷，有告仁傑者。明日，謁謝〔六〕三思曰：「某昨日宿疾暴作，不果應召。然不覩麗人，亦分也。他後〔七〕或有良宴，敢不先期到門。」素娥聞之，謂三思曰：「梁公彊毅之士，非款狎之人，何必〔八〕固抑其性？再燕不可無，請不召梁公也〔九〕。」三思曰：「儻阻我燕，必族其家。」

後數日復宴，客未來，梁公果先至。三思特延梁公坐于内寢，徐徐飲酒，待諸賓客。請先出素娥，略觀其藝。遂停杯，設榻召之。有頃，蒼頭出曰：「素娥藏匿，不知所在。」三思自入召之，皆不見。忽于堂奥中隙〔一〇〕，聞蘭麝芬馥，乃附耳而聽，即素娥語音也。細于屬絲，纔能認辨。曰：「請公不召梁公，今固召之，某不復生〔一一〕也。」三思問其繇，曰：「某非他怪，乃花月之妖。上帝遣來，亦以多言蕩公之心〔一二〕，將興李氏。今梁公乃時之正人，某固〔一三〕不敢見。某既〔一四〕爲僕妾，寧敢無情？願公勉事梁公，勿萌他志。不然，武氏無遺種矣。」言訖，更問亦〔一五〕不應也。三思出，見仁傑，稱素娥暴疾，未可出。敬事之禮〔一六〕，仁傑莫知其繇。明日，三思密奏其事，則天嘆曰：「天之所授，不可廢也。」（據明毛晉刊《津逮祕書》本《甘澤謡》校録，又《太平廣記》卷三六一引《甘澤謡》）

〔一〕素娥　南宋委心子《分門古今類事》卷二《天后知命》引《甘澤謡》、周守忠《姬侍類偶》卷上引《甘澤謡》、元末陶宗儀《南村輟耕録》卷一四《婦女曰娘》引《甘澤謡》作「綺娘」。

〔二〕姬　《廣記》、《紺珠集》卷一一袁郊《甘澤謡·花月之妖》、孔傳《後六帖》卷二一引《甘澤謡》，明冰華居士《合刻三志》志妖類、《雪窗談異》卷七、《唐人説薈》第十六集《妖妄傳·素娥》作「妓」。

〔三〕三思初得喬氏青衣窈娘　「得」字原闕，《廣記》、《唐人説薈》作「得」，《學津》本補，《重編説郛》本作「幸」，《四庫》本作「奪」，今據《廣記》補。明施顯卿《新編古今奇聞類紀》卷八《狄仁傑辟花月之妖》（末注《集異記》，出處誤）亦作「得」。「青衣」原無，據《廣記》補，《奇聞類紀》亦有此二字。按：劉餗《隋唐嘉話》卷下載補闕喬知之有寵婢，爲武承嗣所奪，張鷟《朝野僉載》卷二亦載，婢名碧玉，唐末孟啓《本事詩·情感》則云左司郎中喬知之有婢名窈娘，奪者皆爲武承嗣。

〔四〕至　《雪窗談異》、《重編説郛》作「之」。

〔五〕未幾沈于雒水　《奇聞類紀》作「舊主以詩寄之，窈娘自沉水死」。《唐人説薈》「雒水」作「洛中」。

〔六〕謁謝　原作「謝謁」，據《廣記》、《奇聞類紀》、《妖妄傳》乙改。

〔七〕他後　《廣記》明鈔本作「他日」，《會校》據改。按：他後，後日，以後。《劇談録》卷上《潘將軍失珠》：「寶之，不但通財，他後亦有官禄。」

〔八〕何必　《妖妄傳》下有「請召」二字。

〔九〕再燕不可無請不召梁公也　《廣記》黄本、《四庫》本、《筆記小説大觀》本作「若再宴，可無請召狄梁公也」，《唐人説薈》同，無「狄」字。明鈔本作「再有宴，請無召梁公可也」，《會校》據改。

〔一〇〕堂奥中隙　《廣記》、《奇聞類紀》、《妖妄傳》「中隙」作「隙中」，《四庫》本、《學津》本據改。《紺珠集》作「壁隙間」，《類説》卷三六《甘澤謡・花月之妖》作「壁隅間」，譌「隙」爲「隅」。

〔一一〕生　《廣記》孫校本作「出」，《會校》據改，誤。

〔一二〕亦以多言蕩公之心　《廣記》明鈔本「言」作「欲」，《會校》據改。《紺珠集》、《孔帖》、《類説》作「奉公言笑」。

〔一三〕固　《廣記》明鈔本作「故」，《會校》據改。固，通「故」。

〔一四〕既　原作「嘗」，據《廣記》明鈔本改。

〔一五〕亦　《奇聞類紀》作「寂然」。

〔一六〕敬事之禮　《廣記》明鈔本「之」作「盡」，《會校》據改。《奇聞類紀》作「然三思敬事仁傑之禮，頓異平素」，《妖妄傳》作「敬申之禮有加」，《唐人説薈》作「敬事之禮有加」。

按：《合刻三志》志妖類、《雪窗談異》卷七、《唐人説薈》第十六集（或卷一九）《妖妄傳》亦輯入本篇。《合刻三志》、《雪窗談異》有删改，《唐人説薈》據《廣記》補。《妖妄傳》《合刻三志》、《雪窗談異》妄題唐牛希濟撰（《雪窗談異》無「撰」字），《唐人説薈》譌作朱希濟。《分門古今類事》所引事文皆異，疑據他書，非《甘澤謡》。今引録於左：

唐武三思已封王，后欲立之。晚歲獲一妓曰綺娘，有出世色，三思寵以專房，情意大惑。欲咤於人，乃置酒會公卿，莫不畢至，惟狄梁公託疾不往。酒行，命綺娘佐酒，清歌豔舞，妙絶一時。魏元忠有詩曰：「傾國精神掌上身，天（按《四庫》本作迴）風驚雪上香裀。須臾舞徹霓裳曲，駭却高堂滿座人。」拾遺蘇焜（按：《四庫》本作琨）和之曰：「紫府開樽召衆賓，更令妖豔舞紅裀。曲終獨向筵前立，滿眼春光射主人。」三思大喜，惟恨梁公不至，謂其客曰：「何薄我哉！吾欲致之死地，易若反掌。」客乃告公曰：「公爲社稷計，何不外柔順以接之，而欲爲兇小所圖乎？」公然之。異日，三思復開宴，衆客未至，公先往，謝三思曰：「嚮以薄命，恨不得見麗人。今日先至，願一見之。」三思喜笑，令人召綺娘。小僕曰：「不見矣。」三命三返，皆曰杳不可見。三思色變，自入求之。至於小閣中，聞有異香，俯而聽之，乃綺娘，其聲細如嬰兒，而分明可辨。三思大驚曰：「何至此也？」綺娘曰：「我非人也，乃上天花月之妖。帝遣我來奉笑言，亦欲蕩公之心爾。天方眷李氏，他姓不可當，願公無異志，則永保富貴。不然，武氏無遺類（此字據《四庫》本補）。狄公，時之正直人，我不敢見。安李氏者，必狄也。」遂寂不聞耗。三思出曰：「綺娘異疾，不可見。」是日，三思曲意迎接梁公。會罷，密以此事聞天后。后知天命已定，不可强求，不久迎廬陵王回闕矣。（據《十萬卷樓叢書》本）

《姬侍類偶》所引，乃節録《分門古今類事》而成，云：「武三思晚獲一妓，曰綺娘，有出世色。置酒召狄仁傑至，綺娘逃壁隙中。三思即訪之，綺云：『我上天花月之妖，上帝遣我來奉言笑，以蕩公之心。狄公正人，我不敢見也。』」「逃壁隙中」與《古今類事》不合，殆據《紺珠集》。《輟耕録》所引《甘澤謡》云：「武三思晚獲一妓，曰綺娘。狄仁傑至，遂逃壁隙中，曰：『我天上花月之妖也。』」蓋又據《姬侍類偶》。

陶峴

袁　郊　撰

陶峴者，彭澤之子孫〔一〕也。開元中〔二〕，家于昆山。富有田業，擇家人不欺而了事者〔三〕，悉付之〔四〕，身則汎艚〔五〕江湖，遍遊煙水〔六〕，往往數歲不歸。見其子孫成人，初〔七〕不辨其名字也。峴之文學，可以經濟，自謂疏脱，不謀宦游〔八〕。有生之初〔九〕，通于八音，命陶人爲甓，潛記歲時，敲取其聲，不失其驗。撰《樂録》八章，以定八音之得失〔一〇〕。自製三舟，備極堅〔一一〕巧。一舟自載，一舟致〔一二〕賓，一舟貯飲饌。客有前進士孟彦深、進士孟雲卿、布衣焦遂，各置僕妾共載。而峴有女〔一三〕樂一部，常〔一四〕奏清商曲。逢奇遇興〔一五〕，則窮其景物，興盡而行〔一六〕。

峴且聞名朝廷，又值天下無事，經過郡邑，無不招延，峴拒之曰：「某麋鹿間人〔一七〕，非王公上客。」亦有未招而自詣〔一八〕者，係方伯之爲人〔一九〕，江山之可駐。吴越之士，號爲「水仙」。曾有親戚爲南海守，因訪韶石〔二〇〕，遂往省焉。郡守喜〔二一〕其遠來，贈錢百萬。遺〔二二〕古劍，長二尺許；玉環，徑四寸；海船昆侖奴，名摩訶，善泅水而勇捷。遂悉以所得歸〔二三〕，曰：「吾家之三〔二四〕寶也。」

及回棹，下白芒〔二五〕，入湘江〔二六〕。每遇水色可愛，則遺環劍於水〔二七〕，令摩訶下取，以爲戲笑也。如此數歲。因渡巢湖，亦投環劍，而令取之。摩訶纔入，獲劍環跳波而出焉，曰：「爲毒蛇所嚙。」遽刃去一指，乃能得免。焦遂曰：「摩訶所傷，得非陰靈〔二八〕爲怒乎？犀燭下照，果爲所讐，蓋水府不欲人窺也。」峴曰：「敬奉諭矣。然某嘗慕謝康樂之爲人〔二九〕，云終當樂死山水間。但殉〔三〇〕所好，莫知其他。且栖〔三一〕於逆旅之中，載于大塊之上，居布素之賤，擅貴遊之懽〔三二〕，浪跡怡情，垂三十年，固其分也。不得升玉墀，見天子，施功惠養，得志平生，亦其分也。」乃命移舟，曰：「要須一別襄陽山水，後老吴郡也〔三三〕。」

行次西塞山，泊舟吉祥佛舍。見江水黑而不流，曰：「此下必有怪物。」乃投環劍〔三四〕，命摩訶下取。見摩訶汩没波際，久而方出。氣力危斷〔三五〕，殆不任持，曰：「環劍不可取。有龍高二丈許，而環劍置前，某引手將取，龍輒怒目。」峴曰：「女與環劍，吾之三寶。今者既亡環劍，汝將安用？必須爲我力争也。」摩訶不得已，被髮大嘑，目眦流血，窮泉〔三六〕一入，不復出矣。久之，見摩訶支體磔裂〔三七〕，浮〔三八〕于水上，如有示〔三九〕于峴也。峴流涕水濱，乃命回棹。因賦詩自敘，不復議遊江湖矣。詩曰：「匡廬舊業自有主〔四〇〕，吴越新居安此生。白髮數莖歸未得，青山一望計還成〔四一〕。鵶翻〔四二〕楓葉夕陽動，鷺立蘆根秋水明〔四三〕。從此舍舟何所詣？酒旗歌扇正相迎。」

孟彦深復遊青瑣，爲武昌令。孟雲卿當時文學，南朝上品。焦遂天寶中爲長安飲徒，時好事者爲《飲中八仙歌》曰〔四四〕：「知章騎馬似乘舡，眼花落井水底眠。汝陽三斗始朝天，道逢麴車口流涎，恨不移封向酒泉。左相日興費萬錢，飲如長鯨吸百川，銜杯樂聖稱世賢。宗之瀟洒美少年，舉觴白眼望青天，皎如玉樹臨風前。蘇晉長齋繡佛前，醉中往往愛逃禪。李白一斗詩百篇，長安市上酒家眠，天子呼來不上舡，自稱臣是酒中仙。張旭三盃草聖傳，脱巾露頂王公前，揮毫落紙如雲烟〔四五〕。焦遂五斗方〔四六〕卓然，高譚雄辨驚四筵。」（據明毛晉刊《津逮祕書》本《甘澤謡》校録，又《太平廣記》卷四二〇引《甘澤謡》，《説郛》卷一九《甘澤謡》）

〔一〕彭澤之子孫　《廣記》、明吴大震《廣豔異編》卷二四《陶峴》、賀復徵《文章辨體彙選》卷五三一《陶峴傳》、《唐人説薈》第十集《陶峴傳》作「彭澤令孫」，《學津》本作「彭澤令之孫」。宋馬永易《實賓録》卷九《水仙》作「彭澤之裔」，《紺珠集》卷一一《甘澤謡·三舟》作「彭澤之後」，計有功《唐詩紀事》卷二四《陶峴》作「彭澤之孫」。

〔二〕中　《説郛》卷一九《甘澤謡》、《唐詩紀事》、南宋范成大《吴郡志》卷二二、凌萬頃等《淳祐玉峰志》卷中、元楊譓《至正崑山郡志》卷四作「末」。

〔三〕不欺而了事者　《廣記》、《廣豔異編》、《文章辨體彙選》、《唐人説薈》作「不欺能守事者」。

〔四〕悉付之　《廣記》、《廣豔異編》、《文章辨體彙選》下有「家事」二字。

〔五〕汎艚　《説郛》、《實賓録》作「泛然」，《廣記》、《唐詩紀事》、《廣豔異編》、《文章辨體彙選》、《唐人説薈》作「汎遊」。

〔六〕遍遊煙水　《廣記》、《廣豔異編》、《文章辨體彙選》、《唐人説薈》作「遍行天下」。

〔七〕初　《廣記》、《廣豔異編》、《文章辨體彙選》、《唐人説薈》作「皆」。初，全，始終。

〔八〕不謀宦游　《四庫》本「謀」作「堪」。《廣記》、《文章辨體彙選》、《唐人説薈》「宦游」作「仕宦」。《廣豔異編》作「不爲仕宦之計」。

〔九〕有生之初　《廣記》、《唐人説薈》作「有知生者」，《廣記》明鈔本作「有生知者」，《會校》據改。《廣豔異編》作「生又」。

〔一〇〕撰樂録八章以定八音之得失　《廣記》、《廣豔異編》、《文章辨體彙選》、《唐人説薈》作「嘗撰集《樂録》八音，以定音之得失」。

〔一一〕堅　《廣記》作「空」，明鈔本、黄本、《四庫》本、《筆記小説大觀》本、《廣豔異編》、《文章辨體彙選》、

《唐人説薈》作「工」。《會校》據明鈔本改。

〔一二〕致　《廣記》、《吴郡志》、《玉峰志》、《崑山郡志》、《廣豔異編》、《文章辨體彙選》、《唐人説薈》作「置」，《學津》本改作「置」。《實賓録》、《紺珠集》作「載」。

〔一三〕女　《廣記》譌作「夕」，明鈔本作「女」。

〔一四〕常　此字原無，據《廣記》、《廣豔異編》補，《唐人説薈》作「嘗」。

〔一五〕逢奇遇興　《廣記》、《廣豔異編》、《文章辨體彙選》、《唐人説薈》作「逢其山泉」。

〔一六〕興盡而行　《廣記》、《廣豔異編》、《文章辨體彙選》、《唐人説薈》作「乘興春行」，《廣記》明鈔本作「乘春而行」。

〔一七〕麋鹿間人　《廣記》、《唐人説薈》「間」作「閒」，黄本、《四庫》本、《筆記小説大觀》本作「間」，《説郛》、《廣豔異編》作「閑」。《學津》本作「閒」。按：作「間（閒）」、「閑」均可。曹松《山中》：「樵夫豈解營生業，貴欲自安麋鹿間。」《吴郡志》、《玉峰志》、《崑山郡志》作「麋鹿野人」。

〔一八〕詣　原作「請」，據《廣記》、《説郛》、《吴郡志》、《玉峰志》、《崑山郡志》、《廣豔異編》、《文章辨體彙選》、《唐人説薈》改，《四庫》本、《學津》本亦改。

〔一九〕係方伯之爲人　「係」原作「緊」，當爲「繫」字之譌，《四庫》本作「繫」。《廣記》、《説郛》、《廣豔異編》、《文章辨體彙選》、《唐人説薈》作「係」，《學津》本改作「係」。按：「繫」、「係」義同，繫心之謂。「方伯」《廣記》、《文章辨體彙選》譌作「水仙」，蓋涉下而誤。方伯，方鎮州郡長官。《廣豔異編》此句作「係素識其爲人」。

〔二〇〕因訪韶石　「石」原作「友」，據《廣記》、《説郛》、《文章辨體彙選》、《唐人説薈》改。《廣記》明鈔本作「因詔訪右石」，《廣豔異編》作「因訪韶右」，並譌。按：《水經注·溱水》：「（東江）江水又西逕始興縣南，又西入曲江縣，邸水注之。水出浮岳山……南流注于東江。東江又西與利水合，水出縣之韶石北山，南流逕韶石下，其高百仞，廣圓五里，兩石對峙，相去一里，小大略均，似雙闕，名曰韶石。古老言，昔有二仙，分而憩之，自爾年豐，彌歷一紀。」陶峴遍遊煙水，訪者當爲韶石，非韶州之友也。

〔二一〕喜　《説郛》作「嘉」。

〔二二〕遺　《廣記》、《廣豔異編》、《文章辨體彙選》、《唐人説薈》作「及遇」。

〔二三〕遂悉以所得歸　《廣記》作「遂悉以錢而貫之」，黄本、《筆記小説大觀》本、《廣豔異編》、《文章辨體彙選》「貫」作「貰」，是也，「貫」乃「貰」之形譌。《四庫》本《廣記》及《唐人説薈》改作「買」。按：貰，買也。作「買」義不誤，然亦屬臆改。

〔二四〕三　《廣記》、《廣豔異編》、《文章辨體彙選》、《唐人説薈》作「至」。

〔二五〕白芒　《廣記》、《説郛》、《廣豔異編》、《文章辨體彙選》、《唐人説薈》同治八年刻本作「白芷」（《唐人説薈》民國二年石印本譌作「百芷」），《學津》本據改。按：作「白芷」誤。白芒，即白芒嶺，亦即萌渚嶺，「萌」一作「甿」，又名臨賀嶺、蒼梧嶺。五嶺之一。在今湖南江華瑶族自治縣西南，與廣西交界處。瀟水上游一支之萌渚水發源於此。杜佑《通典》卷一八四《州郡十四·古南越》「五嶺」注：「自北徂南入越之道，必由嶺嶠。時有五處：塞上嶺一也，今南康郡大庾嶺是；騎田嶺二也，今桂陽郡臘嶺是；都龐嶺三也，今江華郡永明嶺是；甿渚嶺四也，亦江華界白芒嶺是。越城嶺五也，今始安郡北零陵郡南臨源嶺是。」

〔二六〕湘江　《廣記》、《廣豔異編》、《唐人説薈》譌作「柏江」。《廣記》清陳鱣校本作「湘江」。

〔二七〕於水　此二字原無，據《廣記》、《廣豔異編》、《文章辨體彙選》、《唐人説薈》補。《學津》本亦補。

〔二八〕靈　原作「陽」，據《廣記》、《説郛》、《廣豔異編》、《文章辨體彙選》、《唐人説薈》改。《學津》本亦改。

〔二九〕然某嘗慕謝康樂之爲人　「嘗」《廣記》、《吴郡志》、《玉峰志》、《崑山郡志》、《文章辨體彙選》、《唐人説薈》作「常」。嘗，通「常」。「慕」原作「樂」，據《廣記》、《説郛》、《吴郡志》、《玉峰志》、《崑山郡志》、《廣豔異編》、《文章辨體彙選》、《唐人説薈》改。《學津》本亦改。

〔三〇〕殉　《廣記》、《説郛》、《廣豔異編》、《文章辨體彙選》、《唐人説薈》作「狥」。按：殉，從也，求也。狥，從也。

〔三一〕栖　原作「栖遲」，《廣記》、《廣豔異編》、《文章辨體彙選》、《唐人説薈》亦作「棲遲」，然無下文「於」字。《説郛》無「遲」字。按：「栖」與下文「載」相對，據《説郛》删。

〔三二〕懽　原譌作「權」，《説郛》、《重編説郛》本同。《廣記》、《廣豔異編》、《文章辨體彙選》、《唐人説薈》作「歡」。按：「權」當爲「懽」字形譌，今改，《四庫》本改作「懽」，《學津》本改作「歡」。

〔三三〕要須一别襄陽山水後老吴郡也　《廣記》、《廣豔異編》、《文章辨體彙選》、《唐人説薈》作「要須一到襄陽山，便歸吴郡也」。《説郛》作「要須一到襄陽山，復老吴郡也」。《學津》本改「别」爲「到」。

〔三四〕環劍　「劍」字原脱，據《廣記》、《説郛》、《廣豔異編》、《文章辨體彙選》、《唐人説薈》補。《四庫》本、《學津》本亦補。《廣記》、《廣豔異編》、《文章辨體彙選》、《唐人説薈》作「劍環」。

〔三五〕斷　《廣記》、《説郛》、《廣豔異編》、《文章辨體彙選》、《唐人説薈》作「絶」，《學津》本據改。

〔三六〕窮泉　《説郛》作「窮命」。按：窮命，拚命之謂。窮泉，深淵。唐人避唐高祖李淵諱，改「淵」爲「泉」。

〔三七〕支體磔裂　「支體」下原衍「浮」字，據《廣記》、《説郛》、《唐詩紀事》、《廣豔異編》、《文章辨體彙選》、《唐人説薈》删。《四庫》本、《學津》本亦删。

〔三八〕浮　《廣記》、《廣豔異編》譌作「污」。

〔三九〕示　《説郛》作「視」。示，通「視」。

〔四〇〕自有主　《説郛》、《唐詩紀事》作「是誰主」。《全唐詩》卷一二四陶峴《西塞山下迴舟作》同，「是誰」注：「一作『自有』。」《唐人説薈》作「自誰主」。

〔四一〕成　《廣記》、《廣豔異編》作「程」，失對，當誤。

〔四二〕鵶翻　《廣記》、《廣豔異編》、《唐人説薈》「鵶」作「鶴」。「翻」原作「栖」，據《廣記》、《説郛》、《唐詩紀事》、《廣豔異編》、《文章辨體彙選》、《唐人説薈》、《全唐詩》改。《學津》本亦改。

〔四三〕鷺立蘆根秋水明　「根」《廣記》、《唐詩紀事》、《廣豔異編》、《文章辨體彙選》、《全唐詩》、《唐人説薈》作「花」，《學津》本據改。「明」《説郛》作「鳴」。

〔四四〕曰　原作「云云」，《説郛》作「曰云云」，蓋《飲中八仙歌》《説郛》只摘二句，故以「云云」略之。據北宋晏殊《晏元獻公類要》卷二八引《甘澤謡》，歌爲全文。據《類要》改。
〔四五〕「知章騎馬似乘舡」至「揮毫落紙如雲烟」　以上二十句據《類要》補。
〔四六〕方　《類要》作「始」。按：杜甫《飲中八仙歌》作「方」。

按：楊儀校訂《甘澤謡》，本篇主要據《説郛》輯録。《廣豔異編》卷二四《陶峴》、《文章辨體彙選》卷五三一《陶峴傳》、《唐人説薈》第十集（同治八年刊本卷一二）《陶峴傳》，皆據《太平廣記》輯録。《文章辨體彙選》作者署爲司空圖，而《唐人説薈》題唐沈既濟撰，民國吴曾祺《舊小説》乙集亦因之，頗謬。

嬾殘

袁　郊　撰

嬾殘者名明瓚〔一〕，天寶初衡岳寺執役僧也。退食即收所餘而食，性嬾而食殘〔二〕，故號嬾殘也。晝專一寺之功〔三〕，夜止群牛之下，曾無倦色，已二十年矣。時鄴侯李泌寺中讀書，察嬾殘所爲，曰：「非凡物〔四〕也。」聽其中宵梵唄〔五〕，響徹山林，李公情頗知音，能辨休戚，謂嬾殘經音先悽惋而後喜悦，必謫墮之人，時〔六〕將去矣。候中夜，李公潛往謁焉。望席門通名〔七〕而拜，嬾殘大詢〔八〕，仰空而唾，曰：「是將賊我。」李公愈加謹敬，唯拜而已。嬾殘正撥牛糞火，出〔九〕芋啖之，良久乃曰：「可以席地。」取所啗芋之半以授焉。李公奉〔一〇〕承，就〔一一〕食而謝。謂李公曰：「昚〔一二〕勿多言，領〔一三〕取十年宰相。」公又拜而退〔一四〕。

居一月，刺史祭嶽，修道〔一五〕甚嚴。忽中夜風雷，而一峰頹下，其緣山磴道，爲大石所欄。乃以十〔一六〕牛縻絆以挽之，又以數百人鼓噪以推之。物力竭而石愈固〔一七〕，更無他途，可以修事。嬾殘曰：「不假人力，我試去之〔一八〕。」衆皆大笑，以爲狂人。嬾殘曰：「何必見嗤，試可乃已。」寺僧笑而許之。遂履石而動，忽轉盤而下，聲若震雷。山石〔一九〕既開，寺僧皆羅拜，一郡皆噱「至聖」，刺史奉之如神。嬾殘悄然，乃懷去意。寺外虎豹〔二〇〕，忽爾成群，日有殺傷，無繇禁止。嬾殘曰：「授我箠〔二一〕，爲爾盡驅除之。」衆皆曰：「大石猶可推，虎豹當易制。」遂與之荆梃〔二二〕，皆躡而觀之。纔出門，見一虎嗛〔二三〕之而去。嬾殘既去，虎亦絶蹤。後李公果十年爲相也。（據明毛晉刊《津逮祕書》本《甘澤謡》校録，又《太平廣記》卷九六引《甘澤謡》）

〔一〕名明瓚　「瓚」原譌作「攢」。《廣記》卷三八引《鄴侯外傳》：「又與明瓚禪師遊，著《明心論》。明瓚釋徒謂之嬾殘。」北宋贊寧《宋高僧傳》卷一九《感通篇·唐南嶽山明瓚傳》：「釋明瓚者，未知氏族生緣。」據改。按：《廣記》無此三字。《類説》卷三六《甘澤謡·懶殘》：「衡嶽寺有僧執役。」明嘉靖伯玉翁舊鈔本作「衡嶽寺有僧明贊禪師執役」，「贊」字譌。此三字當係《甘澤謡》輯録者所加。

〔二〕殘　《合刻三志》志奇類《異僧傳·懶殘》上有「人」字。

〔三〕功　《廣記》、《宋高僧傳》、《合刻三志》作「工」。

〔四〕凡物　《宋高僧傳》作「常人」，《合刻三志》作「凡人」。

〔五〕唄　《廣記》、《合刻三志》作「唱」。《宋高僧傳》作「唄」。

〔六〕時　《合刻三志》下有「至」字。

〔七〕通名　《宋高僧傳》作「自贊」。按：自贊，自我引薦。《史記》卷七六《平原君列傳》：「門下有毛遂者，前，自贊於平原君曰……」

〔八〕詢　《廣記》、《宋高僧傳》、《合刻三志》作「詬」。詢，同「詬」。

〔九〕出　《類説》、南宋祝穆《古今事文類聚》前集卷三九引《甘澤謡》作「煨」。

〔一〇〕奉　《廣記》、《宋高僧傳》、《合刻三志》作「捧」。奉，捧也。

〔一一〕就　《廣記》、《宋高僧傳》、《合刻三志》作「盡」。

〔一二〕奋　《廣記》、《宋高僧傳》、《合刻三志》作「慎」。奋，「慎」之古字。

〔一三〕領　《合刻三志》作「管」。

〔一四〕公又拜而退　原無「公」字，據《廣記》、《合刻三志》補。《學津》本作「公一拜而退」。

〔一五〕道　《宋高僧傳》作「道路」。

〔一六〕十　《宋高僧傳》作「數」。

〔一七〕物力竭而石愈固　《廣記》、《合刻三志》無「物」、「石」二字。《廣記》孫校本、《宋高僧傳》有此二字。

〔一八〕不假人力我試去之　《宋高僧傳》作「奚用如許繁爲？我始去之」。

〔一九〕石　《廣記》、《宋高僧傳》、《合刻三志》作「路」。

〔二〇〕豹　《四庫》本譌作「豺」，下文作「豹」。

〔二一〕箠　原譌作「菙」，據《廣記》、《宋高僧傳》、《合刻三志》改。《四庫》本、《學津》本亦改。《宋高僧傳》作「一小箠」。

〔二二〕挺　《廣記》、《宋高僧傳》作「梃」，《學津》本據改。按：挺，通「梃」，棍棒。

〔二三〕嗛　《廣記》、《宋高僧傳》、《合刻三志》作「銜」，《學津》本據改。嗛，同「銜」。

按：《合刻三志》志奇類《異僧傳》，妄題唐李中撰，中《懶殘》，乃據《廣記》輯録，文字略有删削。

韋騶

袁郊　撰

韋騶者，明五音，善長嘯，自稱逸群公子。舉進士，一不第便已，曰：「男子四方之志，豈拘〔一〕節于風塵哉！」游岳陽，太守〔二〕以親知見辟，數月謝病去。騶親弟騋，舟行溺于洞庭湖，騶乃水濱慟哭。移舟湖神廟下，欲焚其廟，曰：「千金賈胡，安穩獲濟。吾弟窮悴，乃罹此殃，焉用爾廟爲？」忽于舟中寐〔三〕，夢神人盛服來謁，謂騶曰：「幽冥之途，無枉殺者。明公先君，嘗〔四〕爲城守，方剛〔五〕讜正，鬼神避之。撤淫祠甚多，不當廢者有二。二神上訴〔六〕，帝初不許，固請十餘年，乃許與後嗣一人，謝二廢廟之主。然亦須退不能知其道，進無以補於時者，故賢弟當之耳。儻求喪不獲，即我之過，當〔七〕令水工送屍湖上。」騶驚悟，其事遽止。遂命漁舟施鉤〔八〕緡，果獲弟之屍於岸。是夕，又夢神謝曰：「鬼神不畏忿怒，而畏果敢，以其誠也。君今爲人果敢如是，吾所以懷畏〔九〕。昔洞庭張樂，是吾所司，願以至音酬君厚惠，所冀觀咸池之節奏，釋浮世之憂煩也。」忽覩金石羽籥，鏗鏘振作，騶甚歎異，以爲非據，曲終乃寤。（據明毛晉刊《津逮祕書》本《甘澤謡》校録，又《太平廣記》卷三一一引《甘澤謡》）

〔一〕拘 《廣記》、《唐人説薈》四集《甘澤謡·韋騶》作「屈」。
〔二〕太守 《廣記》、《唐人説薈》上有「岳陽」二字，《學津》本據《廣記》補。
〔三〕寐 《廣記》、《永樂大典》卷九一三引《太平廣記》、《唐人説薈》上有「假」字。
〔四〕嘗 《廣記》、《唐人説薈》作「昔」。
〔五〕剛 《廣記》、《唐人説薈》作「聞」。
〔六〕不當廢者有二三神上訴 「二三」原作「一二」，「一二」相連，據《廣記》、《唐人説薈》改。按：下文云「謝二廢廟之主」，是則不當廢者爲二廟。
〔七〕當 此字原無，據《廣記》、《大典》、《唐人説薈》補。《學津》本亦補。
〔八〕鈎 原作「鈞」，據《廣記》、《唐人説薈》改。《學津》本亦改。
〔九〕如是吾所以懷畏 按：此七字《廣記》談愷刻本無而孫校本有，明鈔本作「如是吾所懷畏」，是知《甘澤謡》之校輯所據《廣記》爲善本。

圓觀

袁郊 撰

圓觀〔一〕者，大曆末雒陽惠林寺僧，能事田園，富有粟帛，梵學之外，音律大〔二〕通，時人以富僧爲名，而莫知所自也。李諫議源，公卿之子。當天寶之際，以遊宴飲酒〔三〕爲務。父燈居守，陷于賊中，乃脱粟布衣，止于惠林寺，悉將家業爲寺公財，寺人日給一器食、一杯飲而已。不置僕使，斷其聞知〔四〕，唯與圓觀爲忘言交〔五〕，促膝静話，自旦及昏，時人以清濁不倫，頗生〔六〕譏誚。如此三十年〔七〕。

二公一旦約遊蜀川〔八〕，抵青城、峨眉，同訪道求藥。圓觀欲游長安，出斜谷，李公欲上荆州，出三峽〔九〕，争此兩途，半年未决〔一〇〕。李公曰：「吾已絶世事，豈取途兩京？」圓觀曰：「行固不繇人，請出〔一一〕三峽而去。」遂自荆江上峽。行次南浦〔一二〕，維舟山下。見婦人數人，條達錦襠〔一三〕，負甖〔一四〕而汲。圓觀望見泣下，曰：「某不欲至此，恐見其婦人也。」李公驚問曰：「自上峽來，此徒不少，何獨恐〔一五〕此數人？」圓觀曰：「其中孕婦姓王者，是某託身之所。逾三載尚未娩懷，以某未來之故也。今既見矣，即命有所歸，釋氏所謂循環也。」謂公曰：「請假以符咒，遣其〔一六〕速生。少駐行舟，葬某山下。浴兒三日，公當訪臨，若相顧一笑，即某〔一七〕認公也。更後十二年〔一八〕，中秋月夜，杭州天竺寺外，與公相見之期。」李公遂悔此行，爲之一慟。遂召婦人，告以方書，其婦人喜躍還家。頃之，親族畢至，以枯魚、濁酒〔一九〕獻于水濱。李公往，爲授朱字符。圓觀具湯沐，新其衣裝。是夕，圓觀亡而孕婦産矣。李公三日往觀新兒，襁褓〔二〇〕就明，果致一笑。李公泣下，具告于王，王乃多出家財，厚〔二一〕葬圓觀。明日，李公回棹，言歸惠林，詢問觀家〔二二〕，方知已有理命〔二三〕。

後十二年秋八月，直指〔二四〕餘杭，赴其所約。時天竺寺山雨初晴，月色滿川〔二五〕，無處尋訪。忽聞葛洪川〔二六〕畔，有牧豎歌《竹枝詞》者，乘牛叩角，雙髻〔二七〕短衣，俄至寺前，乃觀也。李公就謁曰：「觀公健否？」却問李公曰：「真信士。與公殊途，慎勿相近。俗緣未盡，但願勤修不墮，即遂相見。」李公以無由敘話，望之潸然。圓觀又唱《竹枝》，步步前去，山長水遠，尚聞歌聲，詞切韻高，莫知所詣〔二八〕。初到寺前歌曰：「三生石上舊精魂，賞月吟風不要論。慙愧情人遠相訪，此身雖異〔二九〕性常存。」寺前又歌曰：「身前身後事茫茫，欲話因緣恐斷腸。吳越山川遊已遍〔三〇〕，却回煙棹上瞿塘。」後三年，李公拜諫議大夫，一年〔三一〕亡。（據明毛晉刊《津逮祕書》本《甘澤謡》校録，又《太平廣記》卷三八七引《甘澤謡》）

〔一〕圓觀　蘇軾《僧圓澤傳》（《東坡全集》卷三九）末附云：「此出袁郊所作《甘澤謡》，以其天竺故事，故書以遺寺僧。舊文煩冗，頗爲删改。」中云：「洛師惠林寺……寺有僧圓澤，富而知音。」按：東坡以圓觀爲圓澤，不曉何故。僧惠洪《冷齋夜話》卷一〇《三生爲比丘》曾有此疑，云：「東坡删削其傳而曰圓澤，而不書嶽麓三生石上事。贊寧所録爲圓觀，東坡何以書爲澤，必有據，見叔黨當問之。」楊儀《甘澤謡》附録《東坡删改圓澤傳》跋云：「此疑其因『甘澤』字而誤書，後人又因而入集耳。」《紺珠集》卷一一《甘澤謡·圓澤》、《類説》卷三六《圓澤爲孕婦子》，當據坡傳而改，非原文如此。宋阮閲《詩話總龜》後集卷四四引《甘澤謡》、胡仔《苕溪漁隱叢話》前集卷五六《圓澤》引《甘澤謡》、史容《山谷外集詩注》卷九《次韻章禹直開元寺觀畫壁兼簡李德素》注引《甘澤謡》、施元之《施注蘇詩》卷九《過永樂文長老已卒》注引「唐小説」、《東坡先生詩集注》卷一四《次韻聰上人見寄》程縯注引《圓澤傳》、明仁孝皇后《勸善書》卷四，皆爲東坡所删者。

〔二〕大　《廣記》、南宋陳元靚《歲時廣記》卷三三引《甘澤謡》、《唐人説薈》四集《甘澤謡·圓觀》作「貫」。《學津》本改作「貫」。

〔三〕飲酒　《廣記》、《唐人説薈》作「歌酒」。

〔四〕斷其聞知　《廣記》、《唐人説薈》作「絶其知聞」，《學津》本據《廣記》改「斷」爲「絶」。

〔五〕忘言交　《廣記》明鈔本作「忘年友」，《會校》據改。《歲時廣記》作「忘年交」。《紺珠集》、《類説》、《宋高僧傳》卷二〇《唐洛京慧林寺圓觀傳》作「忘形之友」。按：《莊子·外物》：「言者所以在意，得意而忘言。」又《讓王》：「故養志者忘形，養形者忘利，致道者忘心矣。」《北史》卷八八《崔廓傳》：「崔廓……與趙郡李士謙爲忘言友，時稱崔李。」

〔六〕生　《廣記》談愷刻本作「招」，黄本、《四庫》本、《筆記小説大觀》本、《唐人説薈》作「拓」，孫校本作「生」。

〔七〕三十年　《宋高僧傳》作「三年」。

〔八〕蜀川　原作「蜀州」，《廣記》、《唐人説薈》同，《歲時廣記》、《甘澤謡》《四庫》本作「蜀川」，東坡《僧圓澤傳》、《冷齋夜話》、《宋高僧傳》作「蜀」。按：蜀州，唐垂拱二年（六八六）分益州置，治晉原縣，即今四川崇州市，屬成都市，在成都西。下文稱「抵青城、峨眉」，青城山位於今成都都江堰市西南，峨眉山位於今四川峨眉山市境内，唐屬嘉州，在蜀州南，中隔邛州、眉州。是則作「蜀州」誤，據《歲時廣記》改。蜀川、蜀均指今四川，古爲蜀國，秦置爲蜀郡。

〔九〕出三峽　「出」字原無，據《廣記》明鈔本補。按：上下文皆有「出」字。《宋高僧傳》作「自荆入峽」，亦有「出」意。

〔一〇〕決　《廣記》作「訣」，明鈔本作「決」，《會校》據改。按：訣，通「決」。

〔一一〕出　《廣記》、《唐人説薈》下衍「從」字，明鈔本、孫校本無此字。

〔一二〕南浦　《廣記》「浦」作「洎」，《唐人説薈》作「泊」，並譌。《廣記》孫校本作「浦」。按：南浦，縣名，屬萬州，即今重慶市萬州區，東瀕長江。

〔一三〕絛達錦襠　「絛達」二字原無，據《廣記》、《宋高僧傳》、《唐人説薈》補。「絛」《廣記》譌作「絳」，黄本、《四庫》本、《筆記小説大觀》本、《唐人説薈》譌作「絳」。「襠」《廣記》譌作「鐺」，《宋高僧傳》譌作「璫」。按：絛，絲帶，此用如動詞。達，地名，今四川達縣。襠，襠襦，是唐代婦女穿的一種類似裲襠（背心）的外衣。此謂婦女身穿繫着絲帶的用達錦製作的襠襦。《廣記》明鈔本作「内有錦襠」。

〔一四〕瞿　《廣記》談本、《唐人説薈》作「人」，誤，明鈔本、孫校本、《歲時廣記》作「龔」。

〔一五〕恐　《廣記》、《唐人説薈》作「泣」，《廣記》明鈔本作「避」。

〔一六〕其　《廣記》、《唐人説薈》作「某」，《學津》本改。《廣記》明鈔本、孫校本作「其」，《會校》據改。

〔一七〕某　《廣記》、《唐人説薈》作「其」，《廣記》明鈔本、孫校本作「某」，《會校》據改。

〔一八〕十二年　《僧圓澤傳》作「十三年」。按：《詩話總龜》、《漁隱叢話》、《施注蘇詩》、《東坡詩集注》皆作「十二年」，《東坡全集》本作「三」譌。明田汝成《西湖遊覽志》卷一一《北山勝蹟》「三生石」條亦誤作「十三年」。

〔一九〕濁酒　此二字原無，據《宋高僧傳》補。《廣記》、《唐人説薈》作「酒」。

〔二〇〕繈褓　《宋高僧傳》作「繈抱」。按：繈抱即繈褓。

〔二一〕厚　此字原無，據《廣記》、《宋高僧傳》、《唐人説薈》補。

〔二二〕觀家　《宋高僧傳》作「弟子」。

〔二三〕已有理命　「已」字原無，據《廣記》、《宋高僧傳》、《唐人説薈》補。《學津》本亦補。「理」《廣記》、《僧圓澤傳》、《唐人説薈》作「治」。按：唐時避高宗李治之諱，改「治」作「理」。治命，謂人神志清明時之遺命，神智不清則爲「亂命」。《舊唐書》卷一四二《王廷湊傳》：「紹懿數月疾篤，召景崇，謂之曰……言訖而卒。時監軍在席，奏其治命，上嘉之。」卷一七二《令狐楚傳》：「端坐與家人告訣，言已而終。嗣子奉行遺旨，詔曰：『生爲名臣，殁有理命……』」

〔二四〕指　《廣記》、《歲時廣記》、《唐人説薈》作「詣」。

〔二五〕川　《廣記》明鈔本作「空」。

〔二六〕葛洪川　《宋高僧傳》作「葛洪井」。按：《西湖遊覽志》卷一一《北山勝蹟》：「葛塢、葛井，皆稚川遺蹤也。相傳吴赤烏二年，葛稚川得道於此。」

〔二七〕雙髻 《紺珠集》、《類説》作「菱髻」，《西湖遊覽志》同。

〔二八〕詣 《廣記》、《宋高僧傳》、《唐人説薈》作「謂」。

〔二九〕異 《冷齋夜話》作「壞」。

〔三〇〕吴越山川遊已遍 《僧圓澤傳》、《勸善書》「遊」作「尋」。《廣記》、《歲時廣記》、《唐人説薈》作「吴越溪山尋已遍」。

〔三一〕一年 《廣記》、《宋高僧傳》、《唐人説薈》作「二年」。按：《宋高僧傳》云：「時相國李公德裕表薦之，遂授諫議大夫，于時源已年八十餘矣，抗表不起，二年而卒，長慶二年也。」《新唐書》卷一九一《忠義傳上·李憕傳》：「以源守諫議大夫，賜緋魚袋。……一無受，尋卒。」

紅綫

袁　郊　撰

紅綫，潞州節度使薛嵩家青衣，手紋隱起如紅綫，因以名之〔一〕。善彈阮咸〔二〕，又通經史，嵩遣掌牋表，號曰「内記室」。時軍中大宴，紅綫謂嵩曰：「羯鼓之音頗悲調〔三〕，其擊〔四〕者必有事也。」嵩亦明曉音律，曰：「如女所言。」乃召而問之，云：「某妻昨夜亡，不敢乞假。」嵩遽遣放歸。

時至德之後，兩河未寧，初置昭義軍〔五〕，以滏陽〔六〕爲鎮，命嵩固守，控壓山東。殺傷之餘，軍府草創，朝廷復遣嵩〔七〕女嫁魏博節度使田承嗣男，男取滑州節度使令狐彰女〔八〕，三鎮互爲姻婭，人使日浹往來〔九〕。時田承嗣嘗患熱毒風〔一〇〕，遇夏增劇，每曰：「我若移鎮山東，納其涼冷，可緩數年之命。」乃募〔一一〕軍中武勇十倍者，得三千人，號外宅男，而厚恤養之〔一二〕。常令三百人夜〔一三〕直州宅，卜選良日，將并〔一四〕潞州。

嵩聞之，日夜憂悶，咄咄自語，計無所出。時夜漏將傳，轅門〔一五〕已閉，杖策庭除〔一六〕，惟紅綫從行。紅綫曰：「主自一月不皇〔一七〕寢食，意有所屬，豈非鄰境乎？」嵩曰：「事係安危，非爾能料。」紅綫曰：「某雖〔一八〕賤品，然亦有解主憂者。」嵩乃具〔一九〕告其事曰：「我承祖父遺業，受國家厚恩，一旦失其土疆，即數百年勳伐〔二〇〕盡矣。」紅綫曰：「易爾〔二一〕，不足勞主憂也。乞〔二二〕放某一到魏郡，看其形勢，覘〔二三〕其有無。今一更首途，三〔二四〕更可以復命。請先定一走馬〔二五〕，兼具寒暄書，其它即俟某却回也。」嵩大驚曰：「不知女是異人，我之暗也〔二六〕。然事若不濟，反速其禍，奈何？」紅綫曰：「某之行，無不濟者。」乃入闈房〔二七〕，飾〔二八〕其行具，梳烏蠻髻，攢金鳳釵〔二九〕，衣紫繡短袍，繫青絲輕履〔三〇〕，胸前佩龍文匕首，額上書太乙神名，再拜而行〔三一〕，倏忽不見。嵩乃反身閉户，背燭危坐。常時飲酒數合〔三二〕，是夕舉觴，十餘〔三三〕不醉。

忽聞曉角吟風，一葉墮露〔三四〕，驚而試〔三五〕問，即紅綫回矣。嵩喜而慰問曰：「事諧否？」曰：「不敢辱命。」又問曰：「無傷殺否？」曰：「不至是，但取牀頭金合爲信耳。」紅綫曰：「某子夜前三刻〔三六〕，即到魏郡，凡歷數門，遂及寢所。聞外宅男止于房廊，睡聲雷動；見中軍卒〔三七〕步于庭廡，傳呼風生。某發其左扉，抵其寢帳，田親家翁止于帳内〔三八〕，鼓趺酣瞑〔三九〕。頭枕文犀，髻包黄縠，枕前露橐，一七星劍〔四〇〕，劍前仰開一金盒，盒内書生身甲子與北斗神名，復著名香及美珍〔四一〕，散覆〔四二〕其上。然則〔四三〕揚威玉帳，但期心豁于生前〔四四〕；同夢〔四五〕蘭堂，不覺命懸〔四六〕于手下。寧勞禽縱〔四七〕，祇益傷嗟。時則蠟炬光凝〔四八〕，爐香燼煨〔四九〕，侍人四布，兵器森羅〔五〇〕。或頭觸屏風，鼾而嚲者，或手持巾拂，寢而伸〔五一〕者，某攀〔五二〕其簪珥，縻其襦裳〔五三〕，如病如昏〔五四〕，皆不能寤，遂持金合以歸〔五五〕。既出魏城西門，將行二百里，見銅臺高揭，而漳水東注，晨飆動野〔五六〕，斜月在林。憂〔五七〕往喜還，頓忘于行役；感知酬德，仰副于心期〔五八〕。所以〔五九〕夜漏三時，往反七百餘里，入危邦一道〔六〇〕，經五六城，冀減主憂，敢言其苦！」

嵩乃發使入魏〔六一〕，遺承嗣書曰：「昨夜有客從魏中來，云自元帥頭邊〔六二〕獲一合，不敢留駐，謹却封納。」專使星馳，夜半方到，見搜捕金合，一軍憂疑。使者以馬撾叩門〔六三〕，非時請見。承嗣遽出，使者〔六四〕以金合授之，奉〔六五〕承之時，驚怛絶倒。遂駐使者，止于宅中，狎以私宴，多其錫〔六六〕賚。明日，遣使賫繒帛三萬疋，名馬二百匹，他物稱是〔六七〕，以獻于嵩，曰：「某之首領，繫在恩私，便宜知過自新，不復更貽伊戚。專膺指使，敢議姻親，往當奉轂後車〔六八〕，來則〔六九〕麾鞭前馬。所置紀綱僕，號爲外宅男者〔七〇〕，本防他〔七一〕盜，亦非異圖，今並脱其甲裳，放歸田畝矣。」由是一兩月内，河北河南，人使交至。

忽一日〔七二〕，紅綫辭去。嵩曰：「女生我家，而今欲安往？又方賴女，豈可議行？」紅綫曰：「某前世本男子，遊學〔七三〕江湖間，讀神農藥書，救世人災患。時里有孕婦，忽患蠱癥〔七四〕，某以芫花酒〔七五〕下之，婦人與腹中二子俱斃。是某一舉殺三人，陰功〔七六〕見誅，降〔七七〕爲女子，使身居賤隸，氣禀賊星〔七八〕。所幸生于公家，今十九年矣。使身厭羅綺，口窮甘鮮，寵待有加，榮亦至矣。況國家建極〔七九〕，慶且無疆，此輩背違天理，當盡弭患〔八〇〕。昨往魏郡，以示〔八一〕報恩，兩地保其城池，萬人全其性命，使亂臣知懼，烈士安謀〔八二〕。在某一婦人，功亦不小，固可贖其前罪，還其本身〔八三〕，便當遁跡塵中，棲心物外，澄清一氣，生死常存〔八四〕。」嵩曰：「不然，遺爾千金，爲居山之所給。」紅綫曰：「事關來世，安可預謀？」嵩知不可駐留，乃廣爲餞别，悉集賓客〔八五〕，夜宴中堂。嵩以歌送紅綫酒，諸坐客中，冷朝陽爲辭曰〔八六〕：「采菱歌怨〔八七〕木蘭舟，送客〔八八〕魂消百尺樓。還似〔八九〕雒妃乘霧去，碧天無際水空流〔九〇〕。」歌畢，嵩不勝悲。紅綫反袂〔九一〕且泣，因僞醉離席，遂亡其所在。（據明毛晉刊《津逮

祕書》本《甘澤謡》校録，又《太平廣記》卷一九五引《甘澤謡》、《説郛》卷一九《甘澤謡》）

〔一〕手紋隱起如紅綫因以名之　此十一字原無，據《唐詩紀事》卷三〇《冷朝陽》補。按：《詩話總龜》卷四一引《古今詩話》亦云：「唐節度使薛嵩，有人獻小鬟，十三歲，左右手俱有紋，隱若紅線，因號爲紅線。」《古今詩話》、《唐詩紀事》所記當本《甘澤謡》。

〔二〕阮咸　《説郛》、《姬侍類偶》卷上引《甘澤謡》作「阮」。按：阮咸，古代撥絃樂器。相傳晉人阮咸造，故名，簡稱阮。

〔三〕頗悲調　《廣記》、明陸采《虞初志》卷二、秦淮寓客《緑窗女史》卷九、胡文焕《稗家粹編》卷一、《五朝小説·唐人百家小説》傳奇家、《唐人説薈》第十一集、馬俊良《龍威秘書》四集、顧之逵《藝苑捃華》、俞建卿《晉唐小説六十種》之《紅線傳》作「頗甚悲切」，《豔異編》卷二四《紅線傳》、《劍俠傳》卷二《紅線》、《無一是齋叢鈔·紅線傳》、朝鮮人編《删補文苑楂橘》卷一《紅線》作「甚悲切」，《説郛》作「頗調悲」。

〔四〕擊　原作「聲」，據《説郛》、《廣記》、《虞初志》、《緑窗女史》、《豔異編》、《劍俠傳》、《稗家粹編》、《唐人百家小説》、《唐人説薈》、《龍威秘書》、《藝苑捃華》、《無一是齋叢鈔》、《晉唐小説六十種》、《文苑楂橘》改。

〔五〕昭義軍　「昭」原譌作「招」，據《説郛》改。按：《新唐書》卷六六《方鎮表三》：大曆元年（七六六），「相、衛六州節度賜號昭義軍節度。後田承嗣盜取相、衛、洺、貝四州，所存者二州。」

〔六〕滏陽　「滏」原譌作「釜」，《説郛》同，據《甘澤謠》《四庫》本改。《廣記》、《虞初志》、《緑窗女史》、《稗家粹編》、《唐人百家小説》、《唐人説薈》、《龍威秘書》、《藝苑捃華》、《晉唐小説六十種》作「淦」，《豔異編》、《劍俠傳》、《無一是齋叢鈔》、《文苑楂橘》作「塗」，皆譌。《學津》本改作「涂」，誤。按：滏陽，縣名，即今河北邯鄲市磁縣，唐爲磁州治所。《新唐書》卷三九《地理志三》：「惠州，上。本磁州，武德元年以相州之滏陽、臨水、成安置。貞觀元年州廢，滏陽、成安還隸相州。永泰元年，昭義節度使薛嵩表復以相州之滏陽，洺州之邯鄲、武安置。天祐三年以『磁』、『慈』聲一，更名。」

〔七〕嵩　此字原無，據《説郛》補。

〔八〕男取滑州節度使令狐彰女　《廣記》、《虞初志》、《緑窗女史》、《稗家粹編》、《豔異編》、《劍俠傳》、《唐人百家小説》、《唐人説薈》、《龍威秘書》、《藝苑捃華》、《晉唐小説六十種》、《文苑楂橘》上有「又遣嵩」三字，《學津》本據《廣記》補。「滑州」《廣記》、《虞初志》作「滑亳」，《豔異編》、凌性德刊七卷本《虞初志》、《緑窗女史》、《劍俠傳》、《稗家粹編》、《唐人百家小説》、《唐人説薈》、《龍威秘書》、《藝苑捃華》、《無一是齋叢鈔》、《晉唐小説六十種》、《文苑楂橘》作「滑臺」。按：滑臺即滑州（治今河南安陽市滑縣東）。唐李吉甫《元和郡縣圖志》卷九《河南道・滑州》：「東晉時慕容德自鄴南徙滑臺，僭號南燕……隋開皇九年，又于今州理置杞州，十六年改杞州爲滑州。」注：「取滑臺爲名。」滑州節度使，又稱滑亳節度使，治滑州。置於上元二年（七六一），初名滑衛節度使，領滑、衛、相、魏、博、貝、等州，寶應二年（七六三）增領亳州，更號滑亳節度使。大曆七年改號永平軍節度使。見《新唐書・方鎮表二》。「令狐彰」《廣記》、《虞初志》、《緑窗女史》、《稗家粹編》、《唐人百家小説》、《唐人説薈》、《龍威秘書》、《藝苑捃華》、《晉唐小説六十種》譌作「令狐章」，《豔異編》、《劍俠傳》、《文苑楂橘》譌作「胡章」。令狐彰，《舊唐書》卷一二四、《新唐書》卷一四八有傳。

〔九〕人使日浹往來　《廣記》、《虞初志》、《緑窗女史》、《稗家粹編》、《唐人百家小説》「人使」作「使使」，《豔異編》、《劍俠傳》、《唐人説薈》、《龍威秘書》、《藝苑捃華》、《無一是齋叢鈔》、《晉唐小説六十種》作「使蓋」，《豔異編》、《劍俠傳》、《文苑楂橘》「日浹往來」作「相接」。

〔一〇〕熱毒風　《廣記》、《虞初志》、《緑窗女史》、《豔異編》、《劍俠傳》、《稗家粹編》、《唐人百家小説》、《唐人説薈》、《龍威秘書》、《藝苑捃華》、《無一是齋叢鈔》、《晉唐小説六十種》、《文苑楂橘》作「肺氣」，《學津》本據改。《説郛》作「熱毒風」。

〔一一〕募　原作「命」，據《廣記》、《孔帖》卷二四引《甘澤謡》、《紺珠集》卷一一《甘澤謡・紅綫》、《類説》卷三六《甘澤謡・歌妓紅綫》、皇都風月主人《緑窗新話》卷上《薛嵩重紅綫撥阮》（注出袁郊《甘澤謡》）、《説郛》及明清諸本改，《豔異編》、《緑窗女史》譌作「幕」。

〔一二〕厚恤養之　《廣記》、《虞初志》作「厚其卹養」，《虞初志》七卷本、《豔異編》、《劍俠傳》、《唐人百家小説》、《唐人説薈》、《龍威秘書》、《藝苑捃華》、《無一是齋叢鈔》、《晉唐小説六十種》、《文苑楂橘》作「厚其廩給」。

〔一三〕夜　原作「常」，諸書皆作「夜」，據改。《四庫》本、《學津》本亦改。

〔一四〕并　《説郛》作「遷」。

〔一五〕轅門　朝鮮成任編《太平廣記詳節》卷一四作「懸門」，按：懸門，可以升降之城門。《舊唐書》卷一二〇《郭子儀傳》：「乾祐（崔乾祐）與麾下數千人走安邑，安邑百姓僞降，乾祐兵入將半，下懸門擊之。乾祐未入，遂得脱身東走。」

〔一六〕除　《廣記》、《虞初志》作「際」。

〔一七〕皇　《廣記》、《説郛》等諸書俱作「遑」。皇，通「遑」。

〔一八〕雖　《廣記》、《虞初志》、《緑窗女史》、《豔異編》、《劍俠傳》、《稗家粹編》、《唐人百家小説》、《唐人説薈》、《龍威秘書》、《藝苑捃華》、《無一是齋叢鈔》、《晉唐小説六十種》、《文苑楂橘》作「誠」，《説郛》作「雖」。

〔一九〕具　《四庫》本作「直」。

〔二〇〕勳伐　《説郛》、《廣記》孫校本「伐」作「業」，《會校》據孫校本改。按：勳伐，功勳，功績。東晉葛洪《抱朴子·外篇·逸民》：「凡所謂志人者，不必在乎禄位，不必須乎勛伐也。」陸贄《陸宣公翰苑集》卷一四《又論進果人擬官狀》：「陛下若欲賞之以職事，則官員有限，而勳伐無窮，固不勝其用矣。」

〔二一〕易爾　《廣記》、《虞初志》、《緑窗女史》、《豔異編》、《劍俠傳》、《稗家粹編》、《唐人百家小説》、《唐人説薈》、《龍威秘書》、《藝苑捃華》、《無一是齋叢鈔》、《晉唐小説六十種》、《文苑楂橘》作「此易與耳」。《説郛》作「易爾」。

〔二二〕乞　《廣記》、《虞初志》、《緑窗女史》、《稗家粹編》、《唐人百家小説》、《唐人説薈》、《龍威秘書》、

《藝苑捃華》、《晉唐小説六十種》作「暫」。

〔二三〕 觀 《廣記》、《説郛》等諸書俱作「覘」，《學津》本據改。

〔二四〕 三 《廣記》、《虞初志》、《緑窗女史》、《劍俠傳》、《稗家粹編》、《唐人百家小説》、《無一是齋叢鈔》作「二」，《唐人説薈》、《龍威秘書》、《藝苑捃華》、《晉唐小説六十種》作「五」。

〔二五〕 走馬 《廣記》、《虞初志》、《緑窗女史》、《豔異編》、《劍俠傳》、《稗家粹編》、《唐人百家小説》、《唐人説薈》、《龍威秘書》、《藝苑捃華》、《無一是齋叢鈔》、《晉唐小説六十種》、《文苑楂橘》作「走馬使」，下句無「兼」字。按：走馬即走馬使，騎馬送信之使者。《五百家注昌黎文集》卷一九《與鄂州柳公綽中丞書》：「不聞有一人援桴鼓誓衆而前者，但日令走馬來求賞給，助寇爲聲勢而已。」

〔二六〕 嵩大驚曰不知女是異人我之暗也 此數語《廣記》、《虞初志》在「亦能解主憂者」下，作：「嵩聞其語異，乃曰：『我知汝是異人，我暗昧也。』」《廣記詳節》、《虞初志》七卷本、《緑窗女史》、《稗家粹編》、《唐人百家小説》、《唐人説薈》、《龍威秘書》、《藝苑捃華》、《晉唐小説六十種》「知」作「不知」，餘同。《豔異編》、《劍俠傳》、《無一是齋叢鈔》、《文苑楂橘》作：「嵩以其言異，乃曰：『我不知汝是異人，誠暗昧也。』」

〔二七〕 閨房 《廣記》、《虞初志》、《緑窗女史》、《豔異編》、《劍俠傳》、《稗家粹編》、《唐人百家小説》、《唐人説薈》、《龍威秘書》、《藝苑捃華》、《無一是齋叢鈔》、《晉唐小説六十種》、《文苑楂橘》作「闈房」。闈，内室。《説郛》作「閨房」。

〔二八〕 飾 《廣記》、《虞初志》、《豔異編》、《稗家粹編》、《文苑楂橘》作「飭」。飾，通「飭」。

〔二九〕攢金鳳釵　《廣記》、《虞初志》、《緑窗女史》、《稗家粹編》、《唐人百家小説》、《唐人説薈》、《龍威秘書》、《藝苑捃華》、《晉唐小説六十種》作「貫金雀釵」，《豔異編》、《劍俠傳》、《無一是齋叢鈔》、《文苑楂橘》作「插金鳳釵」。按：攢，音「鑽」（陰平），插也。

〔三〇〕繫青絲輕履　《豔異編》、《劍俠傳》、《無一是齋叢鈔》、《文苑楂橘》「繫」作「着」。《緑窗女史》、《唐人百家小説》、《唐人説薈》、《龍威秘書》、《藝苑捃華》、《晉唐小説六十種》「輕」作「絇」。按：《儀禮·士喪禮》：「乃屨，綦結於跗，連絇。」鄭玄注：「絇，屨飾如刀衣鼻，在屨頭上，以餘組連之，止足坼也。」絇乃鞋頭裝飾，有孔，可穿繫鞋帶。

〔三一〕行　此字原無，據《廣記》、《虞初志》、《緑窗女史》、《豔異編》、《劍俠傳》、《稗家粹編》、《唐人百家小説》、《唐人説薈》、《龍威秘書》、《藝苑捃華》、《無一是齋叢鈔》、《晉唐小説六十種》、《文苑楂橘》補。

〔三二〕數合　《廣記》、《虞初志》、《緑窗女史》、《豔異編》、《劍俠傳》、《稗家粹編》、《唐人百家小説》、《唐人説薈》、《龍威秘書》、《藝苑捃華》、《無一是齋叢鈔》、《晉唐小説六十種》、《文苑楂橘》上有「不過」二字，《説郛》無。

〔三三〕十餘　《廣記》明鈔本作「十餘觴」。

〔三四〕露　《廣記》明鈔本作「落」，《會校》據改。

〔三五〕試　《廣記》、《虞初志》、《緑窗女史》、《豔異編》、《劍俠傳》、《稗家粹編》、《唐人百家小説》、《唐人説薈》、《龍威秘書》、《藝苑捃華》、《無一是齋叢鈔》、《晉唐小説六十種》、《文苑楂橘》作「起」，《説郛》作「試」。

〔三六〕三刻 《廣記》、《虞初志》作「二刻」，《廣記》孫校本、《廣記詳節》乃作「三刻」。按：古代一晝夜爲十二時，每時八刻。子夜是夜間十一點到來日一點，前三刻約當十點十五分。

〔三七〕中軍卒 原作「軍士卒」，《廣記》、《説郛》、《虞初志》、《豔異編》、《劍俠傳》、《無一是齋叢鈔》、《文苑楂橘》作「中軍士卒」，《廣記》明鈔本作「軍中士卒」，據《緑窗女史》、《稗家粹編》、《唐人百家小説》、《虞初志》七卷本、《唐人説薈》、《龍威秘書》、《藝苑捃華》、《晉唐小説六十種》改。按：「中軍卒」與「外宅男」相對。

〔三八〕田親家翁止于帳内 《説郛》作「見田親家翁正于帳内」。

〔三九〕鼓趺酣瞑 「鼓」《四庫》本作「跂」。按：鼓趺，曲腿蹺起一脚。鼓，抬高，抬起。趺，脚。跂，舉一脚，意思相同。「瞑」《廣記》、《説郛》諸書並作「眠」，《四庫》本同，按：瞑，通「眠」。

〔四〇〕枕前露稾一七星劍 《廣記》、《虞初志》、《緑窗女史》、《唐人百家小説》作「枕前露一星劍」，《廣記》孫校本「一」下有「七」字。《豔異編》、《劍俠傳》、《稗家粹編》、《唐人説薈》、《龍威秘書》、《藝苑捃華》、《無一是齋叢鈔》、《晉唐小説六十種》、《文苑楂橘》作「枕前露七星劍」。

〔四一〕復著名香及美珍 《説郛》「著」作「有」。《廣記》、《虞初志》、《緑窗女史》、《稗家粹編》、《唐人百家小説》、《唐人説薈》、《龍威秘書》、《藝苑捃華》、《晉唐小説六十種》作「復以名香美珠」，《豔異編》、《劍俠傳》、《無一是齋叢鈔》、《文苑楂橘》「珠」譌作「味」。《學津》本據《廣記》改「著」爲「以」，改「珍」爲「珠」。

〔四二〕散覆　《豔異編》、《劍俠傳》、《唐人説薈》、《龍威秘書》、《藝苑捃華》、《無一是齋叢鈔》、《晉唐小説六十種》作「壓鎮」。

〔四三〕然則　此二字原無，據《廣記》、《虞初志》、《緑窗女史》、《稗家粹編》、《劍俠傳》、《唐人百家小説》、《唐人説薈》、《龍威秘書》、《藝苑捃華》、《無一是齋叢鈔》、《晉唐小説六十種》補。《豔異編》、《文苑楂橘》作「彼則」。

〔四四〕但期心豁于生前　《廣記》、《虞初志》、《緑窗女史》、《豔異編》、《劍俠傳》、《稗家粹編》、《唐人百家小説》、《唐人説薈》、《龍威秘書》、《藝苑捃華》、《無一是齋叢鈔》、《晉唐小説六十種》、《文苑楂橘》「但期」譌作「坦其」，《廣記詳節》作「但其」，「其」字亦譌，《説郛》作「但期」。《廣記》《四庫》本作「詎知心豁於前生」，屬館臣妄改。

〔四五〕同夢　《廣記》、《虞初志》、《緑窗女史》、《豔異編》、《劍俠傳》、《稗家粹編》、《唐人百家小説》、《唐人説薈》、《龍威秘書》、《藝苑捃華》、《無一是齋叢鈔》、《晉唐小説六十種》、《文苑楂橘》作「熟寢」。按：《詩經·齊風·雞鳴》：「蟲飛薨薨，甘與子同夢。」

〔四六〕縣　《廣記》、《説郛》、《虞初志》、《緑窗女史》、《豔異編》、《劍俠傳》、《稗家粹編》、《唐人百家小説》、《唐人説薈》、《龍威秘書》、《藝苑捃華》、《無一是齋叢鈔》、《晉唐小説六十種》、《文苑楂橘》俱作「懸」，《四庫》本改作「懸」。縣，同「懸」。

〔四七〕禽縱　《廣記》、《説郛》、《虞初志》、《緑窗女史》、《豔異編》、《劍俠傳》、《稗家粹編》、《唐人百家小説》、《唐人説薈》、《龍威秘書》、《藝苑捃華》、《無一是齋叢鈔》、《晉唐小説六十種》、《文苑楂橘》

「禽」俱作「擒」。按：禽，「擒」之古字。擒縱，偏義複詞，指擒。

〔四八〕光凝　《廣記》、《虞初志》、《緑窗女史》、《豔異編》、《劍俠傳》、《稗家粹編》、《唐人百家小説》、《唐人説薈》、《龍威秘書》、《藝苑捃華》、《無一是齋叢鈔》、《晉唐小説六十種》、《文苑楂橘》作「煙微」。《説郛》作「光凝」。

〔四九〕煨　《廣記》、《虞初志》、《緑窗女史》、《豔異編》、《劍俠傳》、《稗家粹編》、《唐人百家小説》、《唐人説薈》、《龍威秘書》、《藝苑捃華》、《無一是齋叢鈔》、《晉唐小説六十種》、《文苑楂橘》作「委」。《説郛》作「煨」。

〔五〇〕兵器森羅　《廣記》、《虞初志》「森」作「交」，《豔異編》、《劍俠傳》、《無一是齋叢鈔》、《文苑楂橘》「器」作「仗」。《緑窗女史》、《稗家粹編》、《唐人百家小説》、《虞初志》七卷本、《唐人説薈》、《龍威秘書》、《藝苑捃華》、《晉唐小説六十種》作「兵仗交羅」。

〔五一〕伸　《四庫》本改作「呻」。按：伸，伸懶腰。

〔五二〕攀　《廣記》、《説郛》、《虞初志》、《緑窗女史》、《豔異編》、《劍俠傳》、《稗家粹編》、《唐人百家小説》、《唐人説薈》、《龍威秘書》、《藝苑捃華》、《無一是齋叢鈔》、《晉唐小説六十種》、《文苑楂橘》俱作「拔」。

〔五三〕縻其繻裳　「縻」《虞初志》譌作「廉」，《豔異編》、《劍俠傳》、《緑窗女史》、《稗家粹編》、《唐人百家小説》、《虞初志》七卷本、《唐人説薈》、《龍威秘書》、《藝苑捃華》、《無一是齋叢鈔》、《晉唐小説六十種》、《文苑楂橘》作「褰」，《四庫》本改作「褰」。按：縻，繫，縛。「繻裳」《豔異編》、《劍俠傳》、

〔五四〕 《無一是齋叢鈔》、《文苑楂橘》作「裳衣」。

〔五四〕 昏 《廣記》、《虞初志》八卷本、《豔異編》、《稗家粹編》、《文苑楂橘》譌作「醒」，《劍俠傳》、《緑窗女史》、《唐人百家小説》、《虞初志》七卷本、《唐人説薈》、《龍威秘書》、《藝苑捃華》、《無一是齋叢鈔》、《晉唐小説六十種》作「酲」。

〔五五〕 以歸 此二字原無，據《廣記》、《説郛》及諸書補。《學津》本亦補。

〔五六〕 晨飆動野 「飆」《廣記》、《虞初志》、《緑窗女史》、《稗家粹編》、《唐人百家小説》、《唐人説薈》、《龍威秘書》、《藝苑捃華》、《晉唐小説六十種》作「雞」，《廣記詳節》作「飆」，《豔異編》、《劍俠傳》、《無一是齋叢鈔》、《文苑楂橘》作「鍾」或「鐘」。《四庫》本改作「鐘」，《學津》本改作「雞」。「野」原譌作「静」，據《廣記》、《説郛》及諸書改。

〔五七〕 憂 《廣記》等諸書作「忿」，《廣記詳節》作「念」。《説郛》作「憂」。

〔五八〕 仰副于心期 「仰」《廣記》、《説郛》、《虞初志》、《緑窗女史》、《豔異編》、《劍俠傳》、《稗家粹編》、《唐人百家小説》、《唐人説薈》、《龍威秘書》、《藝苑捃華》、《無一是齋叢鈔》、《晉唐小説六十種》、《文苑楂橘》作「聊」。「心期」《廣記》、《虞初志》作「依歸」，《廣記》明鈔本、《廣記詳節》作「心期」，《豔異編》、《劍俠傳》、《稗家粹編》、《緑窗女史》、《唐人百家小説》、《虞初志》七卷本、《唐人説薈》、《龍威秘書》、《藝苑捃華》、《無一是齋叢鈔》、《晉唐小説六十種》、《文苑楂橘》作「咨謀」。

〔五九〕 所以 《豔異編》、《劍俠傳》、《唐人説薈》、《龍威秘書》、《藝苑捃華》、《無一是齋叢鈔》、《晉唐小説六十種》、《文苑楂橘》無此二字。《廣記》、《虞初志》、《緑窗女史》、《稗家粹編》、《唐人百家小説》、

《唐人説薈》、《龍威秘書》、《藝苑捃華》、《晉唐小説六十種》下有「當」字，《學津》本據補。

〔六〇〕一道　此二字原無，據《廣記》、《虞初志》、《緑窗女史》、《豔異編》、《劍俠傳》、《稗家粹編》、《唐人百家小説》、《唐人説薈》、《龍威秘書》、《藝苑捃華》、《無一是齋叢鈔》、《晉唐小説六十種》、《文苑楂橘》補。《學津》本亦補。

〔六一〕入魏　此二字原無，據《廣記》、《虞初志》、《緑窗女史》、《豔異編》、《劍俠傳》、《稗家粹編》、《唐人百家小説》、《唐人説薈》、《龍威秘書》、《藝苑捃華》、《無一是齋叢鈔》、《晉唐小説六十種》、《文苑楂橘》補。

〔六二〕頭邊　《廣記》、《虞初志》、《緑窗女史》、《豔異編》、《劍俠傳》、《稗家粹編》、《唐人百家小説》、《唐人説薈》、《龍威秘書》、《藝苑捃華》、《無一是齋叢鈔》、《晉唐小説六十種》、《文苑楂橘》作「牀頭」。《説郛》作「頭邊」。

〔六三〕馬撾叩門　《廣記》、《虞初志》、《緑窗女史》、《豔異編》、《劍俠傳》、《稗家粹編》、《唐人百家小説》、《唐人説薈》、《龍威秘書》、《藝苑捃華》、《無一是齋叢鈔》、《晉唐小説六十種》、《文苑楂橘》作「馬箠撾門」，《豔異編》、《劍俠傳》、《文苑楂橘》「箠」作「捶」。

〔六四〕使者　此二字原無，據《廣記》等諸書補。《學津》本亦補。《廣記》、《虞初志》、《緑窗女史》、《稗家粹編》、《劍俠傳》、《唐人百家小説》、《唐人説薈》、《龍威秘書》、《藝苑捃華》、《無一是齋叢鈔》、《晉唐小説六十種》下有「乃以」二字。

〔六五〕奉　《廣記》、《説郛》、《虞初志》、《豔異編》、《劍俠傳》、《稗家粹編》、《無一是齋叢鈔》、《文苑楂橘》

作「捧」。《學津》本據改。按：奉，捧也。

〔六六〕錫　《廣記》、《豔異編》、《劍俠傳》、《無一是齋叢鈔》、《文苑楂橘》作「賜」。錫，賜也。

〔六七〕他物稱是　《廣記》、《虞初志》、《緑窗女史》、《稗家粹編》、《唐人百家小説》、《唐人説薈》、《龍威秘書》、《藝苑捃華》、《晉唐小説六十種》作「雜珍異等」，《豔異編》、《劍俠傳》、《無一是齋叢鈔》、《文苑楂橘》作「及珍異等」。

〔六八〕往當奉轂後車　「往」原作「役」，《説郛》同，《廣記》、《虞初志》、《劍俠傳》作「彼」，《緑窗女史》、《唐人百家小説》、《稗家粹編》、《虞初志》七卷本、《唐人説薈》、《龍威秘書》、《藝苑捃華》、《無一是齋叢鈔》、《晉唐小説六十種》作「往」，《豔異編》、《文苑楂橘》作「循」。按：「往」與下文「來」對，據《緑窗女史》等改。「奉轂」《廣記》、《虞初志》作「捧轂」，《豔異編》、《緑窗女史》、《劍俠傳》、《唐人百家小説》、《稗家粹編》、《虞初志》七卷本、《唐人説薈》、《龍威秘書》、《藝苑捃華》、《無一是齋叢鈔》、《晉唐小説六十種》、《文苑楂橘》作「捧鼓」。

〔六九〕則　《廣記》等諸書作「在」，《廣記》明鈔本、《説郛》作「則」。

〔七〇〕所置紀綱僕號爲外宅男者　《廣記》等諸書作「所置紀綱外宅兒者」，《説郛》同此。

〔七一〕他　《説郛》作「宅」。

〔七二〕忽一日　原作「而」，《説郛》同，據《廣記》等諸書改。《唐詩紀事》作「一日」。

〔七三〕遊學　原無「遊」字，據《廣記》等諸書補。《學津》本亦補。《説郛》無「遊」字，「學」作「歷」。

〔七四〕癥　《豔異編》、《文苑楂橘》作「症」，《劍俠傳》、《無一是齋叢鈔》作「證」。癥，同「症」。證，症候。

〔七五〕芫花酒　原無「酒」字，據《廣記》、《説郛》等諸書補。《學津》本亦補。《四庫》本譌作「芫花」。

〔七六〕陰功　《廣記》等諸書作「陰力」，《四庫》本《廣記》改作「陰律」，《説郛》作「陰司」。

〔七七〕降　《廣記》孫校本、《虞初志》、《豔異編》、《稗家粹編》、《文苑楂橘》譌作「蹈」，《緑窗女史》、《唐人百家小説》、《唐人説薈》、《龍威秘書》、《藝苑捃華》、《晉唐小説六十種》作「陷」，《劍俠傳》、《無一是齋叢鈔》作「罰」。《説郛》作「降」。

〔七八〕賊星　《廣記》等諸書作「凡俚」，《廣記詳節》作「凡星」。《説郛》作「賊星」。

〔七九〕建極　《虞初志》八卷本作「達□」，《緑窗女史》、《唐人百家小説》、《稗家粹編》、《虞初志》七卷本作「治」，《豔異編》、《文苑楂橘》作「平治」，《劍俠傳》作「達治」。《説郛》作「建極」。

〔八〇〕此輩背違天理當盡弭患　《廣記》、《虞初志》、《豔異編》、《劍俠傳》、《唐人説薈》、《龍威秘書》、《藝苑捃華》、《無一是齋叢鈔》、《晉唐小説六十種》作「此即違天，理當盡弭」，《緑窗女史》、《唐人百家小説》、《稗家粹編》「弭」作「彌」，餘同。彌，通「弭」。

〔八一〕示　《廣記》、《虞初志》、《緑窗女史》、《豔異編》、《劍俠傳》、《稗家粹編》、《唐人百家小説》、《唐人説薈》、《龍威秘書》、《藝苑捃華》、《無一是齋叢鈔》、《晉唐小説六十種》、《文苑楂橘》作「是」。《説郛》作「示」。

〔八二〕烈士安謀　《廣記》明鈔本「謀」作「生」，《會校》據改，誤。按：安謀，放下其謀略。

〔八三〕還其本身　「還」字除《廣記》及《説郛》外諸書皆作「遂」，《廣記》明鈔本、孫校本亦同。「身」字原爲墨釘，據《説郛》、《重編説郛》本補。《廣記》等諸書作「形」，《四庫》本、《學津》本同。

〔八四〕常存　《廣記》、《説郛》等諸書「常」皆作「長」。《虞初志》「存」作「有」，七卷本乃作「存」。

〔八五〕賓客　《廣記》、《虞初志》作「賓友」，其餘諸書作「賓寮」，《説郛》作「賓客」。

〔八六〕諸坐客中冷朝陽爲辭曰　《廣記》、《虞初志》、《緑窗女史》、《豔異編》、《劍俠傳》、《稗家粹編》、《唐人百家小説》、《唐人説薈》、《龍威秘書》、《藝苑捃華》、《無一是齋叢鈔》、《晉唐小説六十種》、《文苑楂橘》作「請座客冷朝陽爲詞，詞曰」，《學津》本據改，「詞」作「辭」。

〔八七〕怨　《詩話總龜》作「罷」。

〔八八〕客　《説郛》作「别」。

〔八九〕似　《豔異編》、《劍俠傳》、《文苑楂橘》作「是」。

〔九〇〕碧天無際水空流　「天」字《詩話總龜》作「雲」，「空」字《唐詩紀事》作「東」，《詩話總龜》、《説郛》作「長」。

〔九一〕反袂　《廣記》、《説郛》等諸書俱作「拜」，《學津》本據改。按：反袂，以衣袖拭面上眼淚。

按：《甘澤謡》此篇乃據《説郛》輯。《虞初志》卷二《紅線傳》、《緑窗女史》卷九《紅線傳》、《豔異編》卷二四《紅線傳》、《劍俠傳》卷二《紅線》、《稗家粹編》卷一《紅線傳》、《五朝小説·唐人百家小説》傳奇家《紅線傳》、《唐人説薈》第十一集（同治八年刊本卷一四）《紅線傳》、《龍威秘書》四集《紅線傳》、《藝苑捃華·紅線傳》、《無一是齋叢鈔·紅線傳》、《晉唐小説六十種·紅線傳》，皆原出《廣記》。朝鮮活字本《删補文苑楂橘》卷一《紅線》，取自《豔異編》，不著撰人。《緑窗女史》、《五朝小説·唐人百家小説》、凌性德刊七卷本《虞初志》、《唐人説薈》、《龍威秘書》、《藝苑捃華》、《晉唐小説六十種》皆妄題撰人爲唐楊巨源，吴曾祺《舊小説》乙集《紅線傳》因之。《無一是齋叢鈔》乃題唐段成式撰，亦妄。

《緑窗女史》、《唐人百家小説》、《唐人説薈》、《龍威秘書》、《藝苑捃華》等本末有跋云：「胡元瑞曰：唐傳奇小傳，如《柳毅》、《陶峴》、《紅線》、《虬髯客》諸篇，撰述濃至，有范曄、李延壽之所不及。」胡應麟未見有此語，蓋僞託也。

許雲封

袁郊 撰

許雲封，樂工之篴〔一〕者。貞元初，韋應物自蘭臺郎出爲和州牧，非所宜願，頗不得志。輕舟東下，夜泊靈壁驛〔二〕。時雲天初秋〔三〕，瀼〔四〕露凝冷，舟中吟風〔五〕，將以屬辭。忽聞雲封篴聲，嗟嘆久之。韋公洞曉音律，謂其篴聲酷似天寶中梨園法曲李謩〔六〕所吹者，遂召雲封問之，乃是李謩外孫也。

雲封曰：「某任城舊士〔七〕，多年不歸。天寶改元，初生一月。時東封回駕，次至任城。外祖聞某初生，相見甚喜，乃抱詣李白學士，乞撰令名。李公方坐旗亭，高聲命酒。當壚賀蘭氏，年且九十餘，邀李置飲于樓上。外祖高篴〔八〕送酒，李公握筦醉書某胸前，曰：『樹下彼何人〔九〕，不語真我〔一〇〕好，語若及日中，煙霏謝陳寶〔一一〕。』外祖辭曰：『本於學士〔一二〕乞名，今不解所書之語。』李公曰：『此即名，在其間也。「樹下人」是「木子」，「木子」「李」字也。「不語」是莫言，「莫言」「謩」也。「好」是「女子」，「女子」外孫也。「語及日中」，是言午，「言午」是「許」也。「煙霏謝陳寶」，是雲出封中，乃是雲封也。即「李謩外孫〔一三〕許雲封」也。』後遂名之。

「某纔始十年，身便孤立，因乘義馬，西入長安。外祖憫以遠來，令齒諸舅學業。謂某性知音律，教以橫篴。每一曲成〔一四〕，必撫背賞嘆。值梨園法部置小部音聲，凡三十餘人，皆十五以下。天寶十四載六月一日〔一五〕，侍驪山駐蹕〔一六〕，是貴妃誕辰，上命小部音聲張樂〔一七〕長生殿，仍奏新曲，未有名。會南海〔一八〕進荔枝，因以曲名《荔枝香》。左右歡呼，聲動山谷。是年安禄山叛。車駕還京。自後俱逢離亂，漂流南海，近四十載。今者近訪諸親，將抵龍丘。」

韋公曰：「吾有乳母之子，其名千金，嘗於天寶中受篴李供奉。藝成身死，每所悲嗟。

舊吹之篴，即李君所賜也。」遂囊出舊篴，雲封跪對〔一九〕悲切，撫而觀之〔二〇〕曰：「信是佳篴，但非外祖所吹者。」公問：「何以驗之〔二一〕？」乃謂〔二二〕韋公曰：「竹生雲夢之南，鑒在柯亭之下。以今〔二三〕年七月望前生，明年七月望前伐。過期不伐，則其音實〔二四〕；未期而伐，則其音浮〔二五〕。浮者外澤中乾，乾者受氣不全，氣不全則其竹夭。凡發揚一聲，出入九息，古之至音者。一疊〔二六〕十二節，一節十二敲，今之名樂也。至如《落梅》流韻，感金谷之遊人，《折柳》傳情，悲玉關之戍客，誠有清響，且異至音〔二七〕，無以降神而祈福也。其已夭之竹，遇至音必破，所以知非外祖所吹者。」韋公曰：「欲信女鑒〔二八〕，篴破無傷。」雲封乃奉〔二九〕篴，吹《六州遍》，一疊未盡，劃然〔三〇〕中裂。韋公驚嘆久之，遂禮雲封于曲部。（據明毛晉刊《津逮祕書》本《甘澤謡》校録，又《太平廣記》卷二〇四引《甘澤謡》）

〔一〕篴　《廣記》、《紺珠集》卷一一《甘澤謡·許雲封驗笛》、《類説》卷三六《甘澤謡·李牟笛》、楊伯嵒《六帖補》卷二〇引《甘澤謡》、《合刻三志》志寓類及《唐人説薈》八集《許雲封傳》作「笛」，下同。篴，「笛」之古字。

〔二〕靈壁驛　「壁」原譌作「璧」，《廣記》亦同。《六帖補》作「壁」，據改。按：《史記》卷七《項羽本紀》：「楚又追擊至靈壁東睢水上。」《集解》：「徐廣曰：在彭城。」《索隱》：「孟康曰：故小縣在彭城南。」《正義》：「括地志云：靈壁故城在徐州符離縣西北九十里。」唐宋時此地設有驛，南宋鄭剛中《北山集》卷二三有詩《靈壁驛有方公美少卿留題戲和于壁》。《學津》本改作「壁」。

〔三〕秋　《廣記》、《合刻三志》、《唐人説薈》作「瑩」。

〔四〕瀼　《廣記》、《合刻三志》、《唐人説薈》作「秋」。瀼，露濃貌。

〔五〕風　《廣記》談本譌作「飄」，明鈔本作「颪」，孫校本作「颯」，《會校》據改。按：颪，同「風」。風，通「颯」，吟誦。

〔六〕李謩　「謩」原作「謨」，下文作「謩」。《廣記》、《紺珠集》、《六帖補》、《合刻三志》、《唐人説薈》及《四庫》本、《學津》本作「謩」。元稹《連昌宫詞》：「李謩壓笛傍宫牆，偷得新翻數般曲。」「謩」、「謨」字同，今一律改作「謩」。《類説》作「牟」。按：李牟、李謩爲一人，李肇《國史補》卷下即作「李牟」，而《廣記》卷二〇四引《國史補》作「李謩」。蓋「牟」、「謩」音近，或轉爲「牟」也。

〔七〕士　《廣記》、《合刻三志》、《唐人説薈》作「土」。

〔八〕高篴　《廣記》、《合刻三志》、《唐人説薈》闕此二字，孫校本有，「篴」作「笛」。

〔九〕彼何人　原作「人不語」，據《廣記》、《合刻三志》、《唐人説薈》改。《學津》本亦改。

〔一〇〕我　《廣記》、《合刻三志》、《唐人説薈》作「吾」。

〔一一〕煙霏謝陳寶　《廣記》、《合刻三志》、《唐人説薈》「陳」作「成」，下同。《全唐詩》卷八七七《李白名許雲封謎》同。按：作「陳」是，陳，陳列。雲煙拒絶陳列寶物，即雲封也。

〔一二〕學士　《廣記》、《合刻三志》、《唐人説薈》作「李氏」。

〔一三〕外孫　《廣記》作「外生」，外生即外甥，誤，據《合刻三志》、《唐人説薈》改。《四庫》本改作「外孫」。《四庫全書考證》卷七二子部《太平廣記》卷二百四：「《許雲封》條『即李暮外孫』，刊本『孫』訛『生』，今改。」

〔一四〕成　《合刻三志》、《唐人説薈》作「終」。

〔一五〕天寶十四載六月一日　原脱「一」字，《廣記》同。北宋李上交《近事會元》卷四《荔枝香》引唐《甘澤謡》作「天寶四載六月一日」，程大昌《考古編》卷八引《甘澤謡》同，唯「載」作「年」，據補。按：南宋葉廷珪《海録碎事》卷一六引《明皇日録》：「六月一日，上幸華清宫，是貴妃生日，上命小部音樂。小部者，梨園法部所置，凡三十人，皆十五歲以下，於長生殿奏新曲。未名，會南海進荔支，因名《荔枝香》。」《明皇日録》即鄭處誨《明皇雜録》，「日」字譌。今本無此條，清錢熙祚《守山閣叢書》所收《明皇雜録》二卷，輯爲逸文。袁郊所言，乃本《明皇雜録》（按：《明皇雜録》作於大和八、九年）。《新唐書·禮樂志十二》：「梨園法部，更置小部音聲三十餘人。帝幸驪山，楊貴妃生日，命小部張樂長生殿，因奏新曲。未有名，會南方進荔枝，因名曰《荔枝香》。」所據殆《明皇雜録》或《甘澤謡》，第未具體言貴妃生日。《近事會元》作天寶四載誤，脱「十」字。下文云「是年安禄山叛」，據《新唐書·玄宗紀》，乃在十四載十一月，而天寶四載八月方立太真爲貴妃。又者，天寶十四載十月玄宗幸華清宫，非能在驪山慶賀貴妃誕辰。小説家言，不必盡合史實也。

〔一六〕侍驪山跓蹕　《廣記》、《合刻三志》、《唐人説薈》作「時驪山駐蹕」，《四庫》本改「跓」爲「駐」，《學津》本改「侍」爲「時」。按：「駐」、「跓」義同。

〔一七〕張樂　原脱「張」字。據《新唐書·禮樂志十二》補。《四庫》本改「樂」爲「集」，頗妄。《近事會元》作「樂人」，《考古編》作「奏樂」。

〔一八〕南海　原作「南」，據《廣記》、《近事會元》、《考古編》、《六帖補》、《合刻三志》、《唐人説薈》、明陳耀文《天中記》卷五二引《紺珠集》補「海」字。《學津》本亦補。《四庫》本補作「嶺南」。按：天寶元年二月，改州爲郡，南海即南海郡，亦即廣州。

〔一九〕對　原譌作「封」，據《四庫》本改。《重編説郛》本作「視」，《廣記》、《天中記》卷四三引《甘澤謡》、《合刻三志》、《唐人説薈》作「捧」，《學津》本據《廣記》改。

〔二〇〕撫而觀之　《紺珠集》作「熟視」。

〔二一〕公問何以驗之　此六字原無，據《紺珠集》、《類説》補。

〔二二〕乃謂　「乃」原作「又」，據《廣記》、《合刻三志》、《唐人説薈》改。《廣記》、《合刻三志》、《唐人説薈》「謂」作「爲」。

〔二三〕今　《類説》作「本」，明嘉靖伯玉翁舊鈔本作「今」。

〔二四〕實　《廣記》、《紺珠集》、《孔帖》卷六二引《甘澤謡》、《錦繡萬花谷》後集卷三二引《甘澤謡》、《合刻三志》、《唐人説薈》作「窒」，元李衎《竹譜》卷八《神異品》引《甘澤謡》作「塞」，《類説》、《天中記》則作「實」。

〔二五〕浮　原作「泛」，據《廣記》、《紺珠集》、《孔帖》、《類説》、《萬花谷》、《竹譜》、《合刻三志》、《唐人説薈》改。按：下文作「浮」，作「浮」是。《天中記》皆作「泛」。

〔二六〕疊　《合刻三志》、《唐人説薈》作「笛」。

〔二七〕且異至音　原作「異音非至音」，據《廣記》、《類説》、《合刻三志》、《唐人説薈》改。《廣記》「至」作「常」，《會校》據改，似誤。按：前言「古之至音」，此言其異乎至音也。《廣記》《四庫》本「且」作「但」。

〔二八〕欲信女鑒　《廣記》、《合刻三志》、《唐人説薈》作「欲旌汝鑒」。女，同「汝」。

〔二九〕奉　《廣記》、《天中記》、《合刻三志》、《唐人説薈》作「捧」。

〔三〇〕劃然　《廣記》作「騞然」，《學津》本據改。《紺珠集》、《類説》作「忽」。

按：《合刻三志》志寓類有《李謩吹笛記》，三事，其二爲《許雲封傳》，即《廣記》所引《許雲封》，文同《廣記》，而妄託唐楊巨源撰。《唐人説薈》八集(同治八年刊本卷一〇)亦取之。

唐五代傳奇集第三編卷三十七

無雙傳

薛 調 撰

薛調（八三〇—八七二），河中寶鼎（今山西運城市萬榮縣榮河鎮）人。祖苹，浙西觀察使。宣宗大中八年（八五四）進士及第。懿宗咸通元年（八六〇），爲右拾遺内供奉，上言請敕州縣税外毋得科率，從之。十一年十月，自户部員外郎加駕部郎中，充翰林學士，明年正月，撰《大唐故韓國夫人王氏贈德妃墓誌之銘》，加知制誥。十三年暴卒，年才四十三，贈户部侍郎。據《唐語林》卷四載，薛調美姿貌，人號「生菩薩」。郭妃悦其貌，謂懿宗曰：「駙馬盍若薛調乎？」頃之暴卒，時以爲中鴆。（據《新唐書》卷七三下《宰相世系表三下》、《新唐書》卷一六四《薛苹傳》、《重修承旨學士壁記》、《唐語林》卷四及卷六、《資治通鑑》卷二五〇、《唐代墓誌彙編續集》、《登科記考》卷二二及卷二七、《唐尚書省郎官石柱題名考》卷一二、清勞格《讀書雜識》卷七）

王仙客〔一〕者，建中中朝臣劉震〔二〕之甥也。初，仙客父亡，與母同歸外氏。震有女曰無雙，小仙客數歲，皆幼稚，戲弄相狎，震之妻常戲呼仙客爲「王郎子」。如是者凡數歲，而震奉孀姊及撫仙客尤至。一旦〔三〕，王氏姊疾且重，召震約曰：「我一子，念之可知也，恨不見其婚室〔四〕。無雙端麗聰慧，我深念之，異日無令歸他族。我以仙客爲託，爾誠許，我瞑目無所恨也。」震曰：「姊宜安静自頤養，無以他事自撓。」其姊竟不痊。仙客護喪，歸葬襄、鄧。服闋，思念：「身世孤孑如此，宜求婚娶，以廣後嗣。無雙長成矣，我舅氏豈以位尊官顯而廢舊約耶？」於是飾裝抵京師。

時震爲尚書、租庸使，門館赫奕，冠蓋填塞。仙客既覲，置於學舍，弟子爲伍。舅甥之分，依然如故，但寂然不聞選取之議。又於窗隙間窺見無雙，姿質明豔，若神仙中人。仙客發狂，唯恐姻親之事不諧也。遂鬻囊橐，得錢數百萬。舅氏舅母左右給使，達於廝養，皆厚遺之。又因復設酒饌，中門之内，皆得入之矣。諸表同處，悉敬事之。遇舅母生日，市新奇以獻，雕鏤犀玉，以爲首飾，舅母大喜。又旬日，仙客遣老嫗，以求親之事聞於舅母。舅母曰：「是我所願也，即當議其事。」又數夕，有青衣告仙客曰：「娘子適以親情事言於阿郎，阿郎云：『向前亦未許之。』模様云云，恐是參差也。」仙客聞之，心氣俱喪，達旦不寐，恐舅氏之見棄也，然奉事不敢懈怠。

一日，震趨朝，至日初出，忽然走馬入宅，汗流氣促，唯言：「鎖却大門！鎖却大門！」一家惶駭，不測其由。良久乃言：「涇原兵士反，姚令言領兵入含元殿，天子出苑北門，百官奔赴行在。我以妻女爲念，略歸部署。」疾召仙客：「與我勾當家事，我嫁與爾無雙。」仙客聞命，驚喜拜謝。乃裝金銀羅錦二十馱，謂仙客曰：「汝易衣服，押領此物出開遠門，覓一深隙店安下。我與汝舅母及無雙，出啓夏門，遶城續至。」仙客依所教。至日落，城外店中待久不至。城門自午後扃鎖，南望目斷，遂乘驄，秉燭遶城，至啓夏門。門亦鎖，守門者不一，持白棓，或立或坐。仙客下馬，徐問曰：「城中有何事如此？」又問：「今日有何人出此？」門者曰：「朱太尉已作天子。午後有一人重戴，領婦人四五輩，欲出此門。街中人皆識，云是租庸使劉尚書，門司〔五〕不敢放出。近夜，追騎至，一時驅向北去矣。」仙客失聲慟哭，却歸店。三更向盡，城門忽開，見火炬如晝，兵士皆持兵挺刃，傳呼斬斫使出城，搜城外朝官。仙客捨輜騎驚走，歸襄陽，村居三年。

後知剋復，京師重整〔六〕，海内無事，乃入京，訪舅氏消息。至新昌南街，立馬徬徨之際，忽有一人馬前拜，熟視之，乃舊使蒼頭塞鴻也。鴻本王家生，其舅常使得力，遂留之。握手垂涕，仙客謂鴻曰：「阿舅舅母安否？」鴻云：「並在興化宅。」仙客喜極，云：「我便過街去。」鴻曰：「某已得從良，客户有一小宅子，販繒爲業。今日已夜，郎君且就客户一宿，來早同去未晚。」遂引至所居，飲饌甚備。至昏黑，乃聞報曰：「尚書受僞命官，與夫人皆處極刑，無雙已入掖庭矣。」仙客哀冤號絶，感動鄰里。謂鴻曰：「四海至廣，舉目無親戚，未知託身之所。」又問曰：「舊家人誰在？」鴻曰：「唯無雙所使婢採蘋者，今在金吾將軍王遂中宅。」仙客曰：「無雙固無見期，得見採蘋，死亦足矣。」由是乃刺謁，以從姪禮見遂中，具道本末，願納厚價以贖採蘋。遂中深見相知，感其事而許之。仙客稅屋，與鴻、蘋居。塞鴻每言：「郎君年漸長，合求官職。悒悒不樂，何以遣時？」仙客感其言，以情懇告遂中。遂中薦見仙客於京兆尹李齊運。齊運以仙客前銜〔七〕，爲富平縣尉〔八〕、知長樂驛。

累月，忽報有中使押領内家三十人往園陵，以備灑掃，宿長樂驛，氈車子十乘下訖。仙客謂塞鴻曰：「我聞宮嬪選在掖庭，多是衣冠子女，我恐無雙在焉。汝爲我一窺，可乎？」鴻曰：「宮嬪數千，豈便及無雙？」仙客曰：「汝但去，人事亦未可定。」因令塞鴻假爲驛吏，烹茗於簾外。仍給錢三千，約曰：「堅守茗具，無暫捨去。忽有所覩，即疾報來。」塞鴻唯唯而去。宮人悉在簾下，不可得見之，但夜語喧譁而已。至夜深，群動皆息。塞鴻滌器構火，不敢輒寐。忽聞簾下語曰：「塞鴻，塞鴻，汝爭得知我在此耶？郎健否？」言訖嗚咽。塞鴻曰：「郎君見知此驛，今日疑娘子在此，令塞鴻問候。」又曰：「我不久語，明日我去後，汝於東北舍閤子中紫褥下，取書送郎君。」言訖便去。忽聞簾下極鬧，云：「内家中惡。」中使索湯藥甚急，乃無雙也。

塞鴻疾告仙客，仙客驚曰：「我何得一見？」塞鴻曰：「方今修渭橋，郎君可假作理橋官。車子過橋時，近車子立。無雙若認得，必開簾子，當得瞥見耳。」仙客如其言。至第三車子，果開簾子，窺見，真無雙也。仙客悲感怨慕，不勝其情。塞鴻於閣子中褥下得書，送仙客。花牋五幅，皆無雙真迹，詞理哀切，叙述周盡。仙客覽之，茹恨涕下：「自此永訣矣。」其書後云：「常見敕使説，富平縣古押衙，人間有心人，今能求之否？」

仙客遂申府，請解驛務，歸本官。遂尋訪古押衙，則〔九〕居於村墅。仙客造謁，見古生。生所願，必力致之，繒〔一〇〕綵寶玉之贈，不可勝紀。一年未開口。秩滿，閒居於縣。古生忽來，謂仙客曰：「洪一武夫，年且老，何所用？郎君於某竭分，察郎君之意，將有求於老夫。老夫乃一片有心人也，感郎君之深恩，願粉身以答效。」仙客泣拜，以實告古生。古生仰天，以手拍腦數四，曰：「此事大不易，然與郎君試求，不可朝夕便望。」仙客拜曰：「但生前得見，豈敢以遲晚爲限耶？」

半歲無消息。一日，扣門，乃古生送書。書云：「茅山使者回，且來此。」仙客奔馬去，見古生，生乃無一言。又啓使者，復云：「殺却也。且吃茶。」夜深，謂仙客曰：「宅中有女家人識無雙否？」仙客以採蘋〔一一〕對。仙客立取而至，古生端相，且笑且喜云：「借留三五日，郎君且歸。」後累日，忽傳説曰：「有高品過，處置園陵宫人。」仙客心甚異之，令塞鴻探所殺者，乃無雙也。仙客號哭，乃歎曰：「本望古生，今死矣，爲之柰何！」流涕歔欷，不能自己。是夕更深，聞叩門甚急。及開門，乃古生也。領一篼子入，謂仙客曰：「此無雙也。今死矣，心頭微暖，後日當活，微灌湯藥，切須静密。」言訖，仙客抱入閤子中，獨守之。至明，遍體有暖氣。見仙客，哭一聲遂絶，救療至夜方愈。古生又曰：「暫借塞鴻，於舍後掘一坑。」坑稍深，抽刀斷塞鴻頭於坑中。仙客驚怕，古生曰：「郎君莫怕，今日報郎君恩足矣。比聞茅山道士有藥術，其藥服之者立死，三日却活。某使人專求，得一丸。昨令採蘋假作中使，以無雙逆黨，賜此藥令自盡。至陵下，託以親故，百縑贖其尸。凡道路郵傳，皆厚賂矣，必免漏泄。茅山使者及舁篼人，在野外處置訖。老夫爲郎君，亦自刎。郎君〔一三〕不得更居此。門外有檐子一十人，馬五匹，絹二〔一三〕百匹。五更挈無雙便發，變姓名，浪跡以避禍。」言訖舉刀，仙客救之，頭已落矣，遂並尸蓋覆訖。未明發，歷西〔一四〕蜀，下峽，寓居於渚宫。悄不聞京兆之耗，乃挈家歸襄、鄧别業，與無雙偕老矣，男女成群。

噫！人生之契闊會合多矣，罕有若斯之比，常謂古今所無。無雙遭亂世籍没，而仙客之志，死而不奪。卒遇古生之奇法取之，寃死者十餘人。艱難走竄，後得歸故鄉，爲夫婦五十年〔一五〕。何其異哉！（據中華書局版汪紹楹點校本《太平廣記》卷四八六校録）

〔一〕王仙客　前原有「唐」字，乃《廣記》編纂者所加，今删。

〔二〕劉震　南宋皇都風月主人編《緑窗新話》卷上《王仙客得到無雙》(出《麗情集》)、委心子編《新編分門古今類事》卷一六《仙客遭變》(脱出處,《四庫全書》本作《祕閣閑談》)、羅燁《新編醉翁談録》癸集卷一《無雙王仙客終諧》作「劉振」。按:劉震、劉振均不載史傳。

〔三〕旦　明秦淮寓客《緑窗女史》卷二、《五朝小説·唐人百家小説》傳奇家、《重編説郛》卷一一二、清蓮塘居士《唐人説薈》第十一集、馬俊良《龍威秘書》四集、顧之逵《藝苑捃華》、蟲天子《香豔叢書》六集卷三、民國俞建卿《晉唐小説六十種》之《劉無雙傳》,《虞初志》凌性德刊七卷本卷四《無雙傳》,冰華居士《合刻三志》志奇類及舊題明楊循吉《雪窗談異》卷五《豪客傳·古押衙》作「日」。

〔四〕室　明沈與文野竹齋鈔本、清孫潛校本、明陸采《虞初志》(八卷本)卷五、《緑窗女史》、《豔異編》卷二三《無雙傳》、《唐人百家小説》、《重編説郛》、《合刻三志》、《雪窗談異》、《唐人説薈》、《龍威秘書》、《藝苑捃華》、《香豔叢書》、《晉唐小説六十種》、朝鮮《删補文苑楂橘》卷一《古押牙》作「宦」。張國風《太平廣記會校》據明鈔本、孫校本改。按:婚室,娶妻成家。室,娶妻。《韓非子·外儲説右下》:「丈夫二十而室,婦女十五而嫁。」

〔五〕門司　明鈔本作「司門」,《會校》據改。按:門司,看管城門或宫門之官吏。《舊唐書》卷二〇上《昭宗紀》:「兩中尉傳詔召順節,順節以甲士三百自隨,至銀臺門,門司傳詔止從者。」

〔六〕京師重整　孫校本、《虞初志》、《緑窗女史》、《豔異編》、《唐人百家小説》、《重編説郛》、《豪客傳》、《香豔叢書》、《文苑楂橘》作「京闕重經」,《唐人説薈》、《龍威秘書》、《藝苑捃華》、《晉唐小説六十種》作「京闕重整」。

〔七〕銜　原譌作「御」，據《廣記》清黄晟刊本、《四庫全書》本、《虞初志》、《緑窗女史》、《豔異編》、《唐人百家小説》、《重編説郛》、《豪客傳》、《唐人説薈》、《龍威秘書》、《藝苑捃華》、《香豔叢書》、《晉唐小説六十種》、《文苑楂橘》改。

〔八〕尉　原作「尹」，據《古今類事》、《醉翁談録》改。按：仙客雖有前銜，官資尚淺，不當爲縣尹（縣令）。且縣尹亦不當知驛事，作「尉」是。富平乃京縣，縣令正五品上，尉從八品下。見《新唐書・百官志四下》。

〔九〕則　《緑窗女史》、《豔異編》、《虞初志》七卷本、《唐人百家小説》、《重編説郛》、《豪客傳》、《唐人説薈》、《龍威秘書》、《藝苑捃華》、《香豔叢書》、《晉唐小説六十種》、《文苑楂橘》作「閑」。

〔一〇〕繒　《緑窗女史》、《豔異編》、《唐人百家小説》、《重編説郛》、《豪客傳》、《文苑楂橘》作「繒」。

〔一一〕採蘋　「採」原作「采」，前後皆作「採」，據改。

〔一二〕郎君　原作「君」，據《緑窗新話》、《醉翁談録》、《虞初志》、《豔異編》、《唐人百家小説》、《重編説郛》、《豪客傳》、《龍威秘書》、《藝苑捃華》、《香豔叢書》、《晉唐小説六十種》、《文苑楂橘》補「郎」字。

〔一三〕二　孫校本、《醉翁談録》、《虞初志》、《豔異編》、《唐人百家小説》、《重編説郛》、《豪客傳》、《龍威秘書》、《藝苑捃華》、《香豔叢書》、《晉唐小説六十種》、《文苑楂橘》作「三」。

〔一四〕西　原譌作「四」，據《四庫》本、《醉翁談録》、《虞初志》、《豔異編》、《唐人百家小説》、《重編説郛》、《豪客傳》、《龍威秘書》、《藝苑捃華》、《香豔叢書》、《晉唐小説六十種》、《文苑楂橘》改。

〔一五〕五十年　《古今類事》作「二十餘年」，「二」當爲「五」之誤。

按：《無雙傳》載《太平廣記》卷四八六《雜傳記三》，題薛調譔。後收入《虞初志》卷五、《豔異編》卷二三，均不著撰人。《百川書志》、《寶文堂書目》有其目，當爲《虞初志》本。凌性德刊七卷本《虞初志》題唐裴説，大謬。《緑窗女史》卷二、《五朝小説·唐人百家小説》傳奇家、《重編説郛》卷一一二、《唐人説薈》第十一集（同治八年刻本卷一四）、《龍威秘書》四集、《藝苑捃華》、《香豔叢書》六集卷三、《晉唐小説六十種》亦收，題作《劉無雙傳》，撰人唐薛調，傳末「噫」改爲「贊曰」（七卷本《虞初志》同）。《情史類略》卷四題《古押衙》，末云「唐薛調撰《無雙傳》」，據談本《廣記》，微有刪縮。又載朝鮮編《刪補文苑楂橘》卷一，題《古押牙》，當據《豔異編》。又，《合刻三志》志奇類及《雪窗談異》卷五有《豪客傳》，自《廣記》纂輯豪俠事而成，而妄題唐杜光庭撰。凡三篇，中爲《古押衙》，傳末「噫」亦作「贊曰」。

王安國

陸　勳　撰

陸勳，蘇州吴縣（今江蘇蘇州市）人。父亘（七六四—八三四），曾任浙東、宣歙觀察使。早年隱居常州義興，後入淮南節度使幕，帶職校書郎。懿宗咸通十二年（八七一）爲兵部員外郎，與司封郎中鄭紹業主持吏部宏詞科考試。官終吏部郎中。（據《舊唐書》卷一九上《懿宗紀》、卷一六二《陸亘傳》，《新唐書》卷一五九《陸亘傳》，《元和姓纂》卷一〇，李郢《秋晚寄題陸勳校書義興禪居時淮南從事》，南宋史能之《咸淳毗陵志》卷一九）

涇之北鄙，農人有王安國者，力穡，衣食自給。寶曆元年冬〔一〕，夜有二盜，踰牆而入，皆執利刃。安國不敢支梧〔二〕，而室内衣裘，挈之無孑遺。安國一子名阿七〔三〕，年甫六七歲，方眠驚起，因叫有賊，登時爲賊射，應弦而斃。安國閭外有二驢，紫色者亦爲攘去〔四〕。遲明，村人集聚，共商量捕逐之路。俄而阿七之魂，登房門而號曰〔五〕：「我死自是命，那復多痛。所痛者，永訣父孃耳。」遂冤泣久之。鄰人會者五六十人，皆爲雪涕。因曰：「勿謀追逐，明年五月，當自送死。」乃召安國，附耳告之名氏，仍期勿泄〔六〕。

俄春作將至，安國謀生汲汲，無容加意〔七〕。洎麥秋，安國有麥半頃，方收拾。晨有二牛來〔八〕，蹊踐狼籍。安國牽歸，遍謂里中曰：「誰牛傷暴我苗？我已繫之。牛主當齎價以購，不爾，吾將詣官焉。」里中共往，皆曰：「此非左側人之素畜者。」聚視久之。忽有二客至，曰：「我牛也。昨暮驚逃，不虞至此。所損之苗〔九〕，請酬倍資，而歸我畜焉。」里人共〔一〇〕詰所從，因驗契書，其一乃以紫驢交致也。安國即醒阿七所謂，及詢名姓，皆同。遂縛之，曰：「爾即去冬射我子、盡我財者。」二盜相顧，不復隱，曰：「天也，命也，死不可逭也。」即述其故，曰：「我既行劫殺，遂北竄寧、慶之郊。謂事已積久，因買牛將歸岐上。昨牛抵村北二十里，徘徊不進，俟夜黑，方將過此。既寐，夢一小兒五歲許，裸形亂舞，紛紜相迷，經宿方寤。及覺，二牛之縻紖不斷，如被解脱，則已竄矣。因蹤跡之，由〔二〕徑來至此。去冬之寇，詎敢逃焉。」里人送邑，皆准於法。（據中華書局版汪紹楹點校本《太平廣記》卷一二八引《集異記》校録）

〔一〕寶曆元年冬　前原有「唐」字，乃《廣記》編纂者所加，今删。「元年」原作「三年」，據明沈與文野竹齋鈔本、清孫潛校本、明仁孝皇后《勸善書》卷一八改。按：敬宗寶曆二年十二月，文宗即位，明年二月改元大和。

〔二〕支梧　《勸善書》作「支吾」，義同。

〔三〕阿七　原作「何七」，八卷本《搜神記》卷八作「阿七」。按：父姓王，子不當曰「何七」，據改。下同。

〔四〕閭外有二驢紫色者亦爲攘去　八卷本《搜神記》作「廬外有二驢，紫色，亦爲攘去」，則二驢皆紫色，均被竊。故下文云「其用乃紫色驢交致焉」，而《廣記》作「其一乃以紫驢交致也」，所竊一紫色驢也。

〔五〕曰　此字原無，據八卷本《搜神記》補。

〔六〕泄　此字原脱，據明鈔本、孫校本、八卷本《搜神記》、《勸善書》補。

〔七〕俄春作將至安國謀生汲汲無容加意　此三句原闕，據八卷本《搜神記》補。「安國」原作「德用」，今改。

〔八〕來　明鈔本、孫校本、八卷本《搜神記》、《勸善書》無此字。

〔九〕苗　原作「田」，據八卷本《搜神記》改。按：苗，禾穀之實。《詩經·魏風·碩鼠》：「碩鼠碩鼠，無食我苗。」毛傳：「苗，嘉穀也。」孔穎達疏：「謂穀實也。」此指成熟的麥子。

〔一〇〕里人共　原倒作「共里人」，據明鈔本、孫校本、八卷本《搜神記》、《勸善書》乙改。

〔一一〕由　《勸善書》作「牛」。

按：此書首見於南宋晁公武《郡齋讀書志》著録，衢本卷一三小説類云：「《陸氏集異記》二卷，唐陸勳纂。語怪之書也，凡三十二事，言犬怪者居三之一。」《宋史·藝文志》小説類作《集異志》，卷數、撰人同。原書久佚不傳。明陳繼儒刊《寶顔堂祕笈》，中有《集異志》四卷（《四庫全書存目叢書》影印上海圖書館藏明鈔本爲二卷），題唐比部郎中陸勳集，乃僞書，纂集諸書而成，記事下及五代後晉。《重編説郛》卷一一六、《唐人説薈》第十四集、《説庫》又有《集異志》一卷，題唐陸勳，乃四卷本節録。《太平廣記》所引《集異記》極夥，實出劉宋郭季産、中唐薛用弱及晚唐陸勳三種同名書。《孫氏》等五條事不在唐，乃郭書。薛書成於長慶四年（八二四），今殘存二卷，風格雅正近實。而記事在長慶以後及侈言鬼怪犬事者，當屬陸書也。原書三十二事，今辨得三十事。

《元和姓纂》卷一〇云陸勳，吏部郎中。按此係後人增補，林寶元和中不當及此，然必有據。《舊唐書·懿宗紀》載：咸通十二年（八七一）「三月，以吏部尚書蕭鄴、吏部侍郎歸仁晦、李當考官；司封郎中鄭紹業、兵部員外郎陸勳等考試宏詞選人」。勳爲吏部郎中，當在此後。四卷本《集異志》署比部郎中陸勳，疑比部乃吏部之譌。此書雖僞，然題署當有本。然則勳撰此書，乃在吏部郎中任，殆咸通末（八七三）也。

本篇爲八卷本《搜神記》（刊於《稗海》）卷八採入，王安國改作李德用，寶曆三年冬夜改作元嘉中年元夜（元嘉，劉宋文帝年號），以没剽竊之跡，而文句大抵相合，唯止於「則已竄矣」。文字則頗可補正《廣記》之闕誤。

李佐文

陸　勳　撰

南陽臨湍縣北界，祕書郎袁測、襄陽掾王汧，皆立別業。大和六年，客有李佐文者，旅食二莊。佐文琴碁入〔一〕流，頗爲袁、王之所愛重〔二〕。佐文一日向暮，將止袁莊，僕夫抱衾前去。不一二里，陰風驟起，寒埃昏晦〔三〕。俄而夜黑，劣乘獨行，迷誤甚遠。約三更，晦稍息，數里之外，遥見火燭〔四〕。佐文向明而至〔五〕，至則野中迴室，卑狹頗甚。中有田叟，織芒屩。佐文遜辭請託，久之，方延入户。叟云：「此多豺狼，客馬不宜遠縶。」佐文因移簷下，迫火而憩〔六〕。叟曰：「客本何詣，忽〔七〕而來此？」佐文告之。叟哂曰：「此去袁莊，乖迂〔八〕極矣。然必俟曉，方可南歸。」而叟之坐後，緯蕭障下，時聞稚兒啼號甚痛。每發聲，叟即曰：「兒可止。事已如此，悲哭奈何〔九〕！」俄則復啼，叟輒以前語解之。佐文不諭，從而詰之，叟則低回他説〔一〇〕。佐文因曰：「孩幼苦寒，何不攜之近火？」如此數四，叟方攜之就爐〔一一〕，乃八九歲村女子耳。見客初無羞駭，但以物畫灰，若抱沈恨。忽而怨咽驚號，叟則又以前語解之。佐文問之〔一二〕，終不得其情。

須臾平曉，叟引出〔一三〕，遥指東南喬木曰：「彼袁莊也，去此十里而近。」佐文上馬四顧，乃窮荒大野，曾無人迹，獨田叟一室耳。行三數里，逢村婦，攜酒一壺，紙錢副焉。見佐文，曰：「此是巨澤，道無人，客淩晨何自來也？」佐文具白其事。婦乃附〔一四〕膺長號，曰：「孰謂人鬼之異〔一五〕途耶！」佐文因〔一六〕細詢之，其婦曰：「若客云，去夜所寄宿之室，則我亡夫之殯間〔一七〕耳。我傭居袁莊七年矣，前春，夫暴疾而卒。翌日，始齔之女又亡。貧窮無力，父子同瘞焉。守制〔一八〕嫠居，官不免税，孤窮無託，遂意〔一九〕再行。今夕將適他門，故來夫女之瘞告訣耳。」佐文則與同往。比至昨暮之室，乃殯宫也。歷歷蹤由，分明可復。婦乃號慟，淚如綆縻。因棄生業，剪髮于臨湍佛寺，役力誓死焉。其婦姓王〔二〇〕，開成四年，

客有見者。（據中華書局版汪紹楹點校本《太平廣記》卷三四七引《集異記》校録）

〔一〕入　原作「之」，據明鈔本改。

〔二〕重　此字原無，據孫校本補。

〔三〕晦　明鈔本作「蔽」。

〔四〕燭　明鈔本作「光」。

〔五〕至　明鈔本作「去」。

〔六〕憩　明鈔本作「坐」。

〔七〕忽　此字原無，據孫校本補。

〔八〕乖迂　「迂」原作「於」，據清黄晟校刊本、《四庫》本、《筆記小説大觀》本改。明鈔本無「於」字。按：乖迂，謬誤。北宋曾鞏《南豐類藁》卷四九《本朝政要策・茶》：「至皇祐中，又用見緡之法，雖壅滯稍去，然調視小失，固未免於乖迂也。」

〔九〕奈何　明鈔本作「何爲」。

〔一〇〕説　明鈔本作「語」。

〔一一〕叟方攜之就爐　原作「叟則攜致就爐」，據明鈔本改。

〔一二〕問之　明鈔本作「始終訪問」。

〔一三〕引出　原作「即」，據明鈔本改。
〔一四〕附　明鈔本、《筆記小説大觀》本作「拊」，《會校》據明鈔本改。《四庫》本改作「撫」。按：附，通「拊」、「撫」。
〔一五〕異　原作「遇」，據明鈔本改。《四庫》本改作「殊」。
〔一六〕因　此字原無，據明鈔本補。孫校本作「則」。
〔一七〕殯間　明鈔本作「殯闕」，《會校》據改。按：殯間、殯闕，與下文之殯宫，均指墳墓。間、闕、宫，均指門户、户室。
〔一八〕制　明鈔本作「服」，孫校本、《四庫》本作「志」。
〔一九〕意　孫校本作「議」，《會校》據改。
〔二〇〕王　明鈔本、孫校本作「黄」，《會校》據改。

金友章

陸　勳　撰

金友章者，河内人，隱於蒲州中條山，凡五載。山有女子，日常挈缾而汲溪水，容貌殊麗。友章於齋中遥見，心甚悦之。一日，女子復汲，友章躡屣〔一〕企户而調之，曰：「誰家麗人，頻此汲耶？」女子笑曰：「澗下流泉，本無常主，須則取之，豈有定限。先不相知，一何造次。然兒〔二〕止居近里，少小孤遺，今且託身於姨舍。艱危受盡，無以自適。」友章曰：「娘子既未適人，友章方謀〔三〕婚媾。既偶夙心，無宜遐棄，未委如何耳。」女曰：「君子既不以貌陋見鄙，妾焉敢拒違，然候夜而赴佳命。」言訖，女子汲水而去。

是夕果至，友章迎之入室。夫婦之道，久而益敬〔四〕。友章每夜讀書，常至宵分，妻常坐伴之，如此半年矣。一夕，友章如常執卷，而妻不坐，但佇立侍坐。友章詰之，以他事告。友章乃令妻就寢，妻曰：「君今夜歸房，慎勿執燭，妾之幸矣。」既而友章秉燭就榻，即於被下，見其妻乃一枯骨耳。友章惋歎良久，復以被覆之。須臾，乃復本形。因大悸怖〔五〕，而謂友章曰：「妾非人也，乃山南枯骨之精。居此山北有恒明王者，鬼之首〔六〕也，常每月一朝。妾自事金郎，半年都不至彼。向爲鬼使所録，榜妾鐵杖百。妾受此楚毒，不勝其苦。向以化身未得，豈意金郎視之也。事以〔七〕彰矣，君宜速出，更不留戀。蓋此山中，凡物總有精魅附之，恐損金郎。」言訖，涕泣嗚咽，因爾不見，友章亦悽恨而去。（據中華書局版汪紹楹點校本《太平廣記》卷三六四引《集異記》校録）

〔一〕屣　明鈔本、《豔異編》卷三五《金友章》作「屐」。

〔二〕兒　明鈔本、《豔異編》作「而」。

〔三〕謀　孫校本作「媒」。
〔四〕夫婦之道久而益敬　「道」明鈔本、《豔異編》作「情」，《會校》據改。明馮夢龍《太平廣記鈔》卷七四作「夫婦之誼，久而益篤」。
〔五〕怖　孫校本、《豔異編》作「悴」。
〔六〕首　明鈔本、孫校本、《豔異編》作「酋」。
〔七〕以　明鈔本、《豔異編》作「已」，《會校》據明鈔本改。以，通「已」。

按：《豔異編》卷三五妖怪部輯入。

宮山僧

陸勳撰

宮山，在沂州之西鄙，孤拔聳峭，迥出衆峰。環山〔一〕三十里，皆無人居。貞元初，有二僧至山，蔭木而居。精勤禮念，以晝繼夜。四遠村落，爲構屋室。不旬日，院宇立焉。二僧尤加愨勵，誓不出房，二十餘載。

元和中，冬夜月明，二僧各在東西廊朗聲唄唱。空中虛静，時聞山下有男子慟哭之聲。稍近，須臾則及院門。二僧不動，哭聲亦止。踰垣遂入。東廊僧遥見其身絶大，躍入西廊，而唄唱之聲尋輟。如聞相擊撲争力之狀，久又聞咀嚼啖噬，啜吒甚勵〔二〕。東廊僧惶駭突走。久不出山，都忘途路，或仆或蹶，氣力殆盡。迴望，見其人踉蹌將至，則又跳迸。忽逢一水，兼衣徑渡。渡〔三〕畢，而追者適至，遥詬曰：「不阻水，當併食之。」東廊僧且懼且行，罔知所詣。

俄而大雪，咫尺昏迷。忽得人家牛坊，遂隱身於其中。夜久，雪勢稍晴，忽見一黑衣人，自外執刀鎗，徐至欄下。東廊僧省息屏氣，向明潛窺。黑衣踟躕徙倚，如有所伺。有頃，忽院牆中般過兩囊〔四〕衣物之類，黑衣取之，束縛負擔。續有一女子，攀牆而出〔五〕，黑衣挈之而去。僧懼涉蹤跡，則又逃竄，恍惚莫知所之。不十數里，忽墜廢井。井中有死者，身首已離，血體猶暖，蓋適遭殺者也。僧驚悸，不知所爲。俄而天明，視之，則昨夜攀牆女子也。久之，即有捕逐者數輩偕至，下窺曰：「盜在此矣。」遂以索縋人〔六〕，就井縶縛，加以毆擊，與死爲鄰。及引上，則以昨夜之事本末陳述。而村人有曾至山中，識爲東廊僧者，然且與死女子俱得，未能自解，乃送之於邑。又細列其由，謂西廊僧已爲異物啖噬矣。

邑遣吏至山中尋驗，西廊僧端居無恙。曰：「初無物，但將二更，方對持念，東廊僧忽然獨去。久與誓約，不出院門。驚異之際，追呼已不及矣。山下之事，我則不知。」邑吏遂以東廊僧誑妄，執爲殺人之盜，榜掠薰灼，楚痛備施。僧冤痛誣伏〔七〕，甘寘于死。贓狀無據，法吏終無以成其獄也。逾月，而殺女竊資之盜他處發敗，具得情實，僧乃寃免。（據中華書局版汪紹楹點校本《太平廣記》卷三六五引《集異記》校録）

〔一〕山　汪校本此字原脱，談本原文有，據補。

〔二〕勵　明鈔本作「厲」，《會校》據改。按：勵，通「厲」。

〔三〕渡　此字原無，據明鈔本、孫校本、明吴大震《廣豔異編》卷三一《宫山僧》補。

〔四〕般過兩囊　「般」明鈔本作「搬」，《會校》據改。按：般，同「搬」。「囊」原譌作「廊」，據明鈔本改。《四庫》本作「箱」，《廣豔異編》作「廂」。廂，同「箱」。

〔五〕續有一女子攀牆而出　明鈔本作「續有頃，忽院牆中搬出」，誤。

〔六〕人　《四庫》本改作「入」。

〔七〕寃痛誣伏　「伏」字原脱，據明鈔本補。

按：《廣豔異編》卷三一輯入。

崔韜

陸　勳　撰

崔韜，蒲州人也。旅遊滁州，南抵歷陽。曉發滁州，至仁義館〔一〕宿。館吏曰：「此館凶惡，幸無宿也。」韜不聽，負笈昇廳。館吏備燈燭訖。而韜至二更，展衾方欲就寢，忽見館門有一大足如獸，俄然其門豁開，見一虎自門而入。韜驚走，於暗處潛伏視之，見獸於中庭脱去獸皮，見一女子奇麗嚴飾，昇廳而上，乃就韜衾而睡。韜出問之〔二〕曰：「何故宿余衾而寢？韜適見汝爲獸入來，何也？」女子起，謂韜曰：「願君子無所怪。妾父兄以畋獵爲事，家貧，欲求良匹，無從自達，乃夜潛將虎皮爲衣。知君子宿於是館，故欲託身，以備灑掃。前後賓旅，皆自怖而殞〔三〕。妾今夜幸逢達人，願察斯志。」韜曰：「誠如此意，願奉懽好。」來日，韜取獸皮衣，棄廳後枯井中，乃挈女子而去。

後韜明經擢第，任宣城〔四〕。時韜妻及男將赴任，與俱行。月餘，復宿仁義館。韜笑曰：「此館乃與子始會之地也。」韜往視井中，獸皮衣宛然如故。韜又笑謂其妻〔五〕曰：「往日卿所著之衣猶在。」妻曰：「可令人取之。」既得，妻笑謂韜曰：「妾試更著之。」依請〔六〕，妻乃下階，將〔七〕獸皮衣著之。纔畢，乃化爲虎，跳躑哮吼，奮而上廳，食子及韜而去。（據中華書局版汪紹楹點校本《太平廣記》卷四三三引《集異記》校録）

〔一〕仁義館　南宋曾慥《類説》卷二九《靈怪集·虎脱皮爲女子》（按：《靈怪集》張薦撰，此條乃闌入）作「傳舍」，下文作「滁驛」。按：仁義館，館名。唐杜佑《通典》卷三三《鄉官》：「三十里置一驛（其非通途大路則曰館）。驛各有將，以州里富强之家主之，以待行李。」館驛乃唐代官辦招待所。傳舍，旅店。

〔二〕乃就韜衾而睡韜出問之　原無「而睡韜」三字，據明鈔本補。

〔三〕殞　明陳繼儒《虎薈》卷五作「擯」，與下文「妾」連讀。按：作「擯」謁，否則不得謂「此館凶惡」也。

〔四〕宣城　清陳鱣校本作「宣城令」，《會校》據補。按：唐官制，京縣令正五品上，畿縣令正六品上，上縣令從六品上，中縣令正七品上，下縣令從七品上（見《新唐書·百官志四下》）。崔韜明經擢第，不當驟任縣令，殆任宣城縣尉也。

〔五〕妻　原作「妻子」，據明鈔本、陳校本、《虎薈》、《廣豔異編》卷二八《崔韜》刪「子」字。

〔六〕依請　原作「衣猶在請」，有誤，《虎薈》作「依請」，據改。明鈔本、許自昌刊本、陳校本無此四字。黄本、《四庫》本、《筆記小説大觀》本作「接衣在手」，《會校》據改。

〔七〕將　明鈔本作「披」。

按：《虎薈》卷五、《廣豔異編》卷二八輯入此篇。

唐五代傳奇集第三編卷三十八

九花虬

蘇　鶚　撰

蘇鶚，字德祥。武功（今陝西咸陽市武功縣西北）人。屢試進士不第，僖宗光啓（？）中（八八五—八八八）始登進士第。仕履不詳。撰《蘇氏演義》十卷（今本二卷）。（據本書自序及題銜、《新唐書·藝文志》小説家類、《郡齋讀書志》小説類）

代宗廣德元年，吐番〔一〕犯便橋，上幸陝。王師不利。常有紫氣如車蓋〔二〕，以迎〔三〕馬首。及迴潼關，上嘆曰：「河水洋洋，送朕東去。」上至陝，因望鐵牛，蹶然謂左右曰：「朕年十五六，宫中有尼，號功德山，言事往往神驗。屢撫吾背曰：『天下有災，遇〔四〕牛方迴。』今見牛也，朕將迴爾。」是夜，夢黄衣童子歌於帳前，曰：「中五之德方峨峨，胡呼胡呼何柰何〔五〕！」詰旦，上具言其夢，侍臣咸稱土德〔六〕，當主〔七〕胡虜破滅之兆也。黄衣，土之色。中五，土之數。峨峨者，高盛之義〔八〕也。

是月，副元帥郭子儀，與大將李忠義、渭北節度使王仲昇，克復京都，吐番大潰。上還宮闕，圖功臣於凌煙閣。上因謂子儀曰：「安禄山僭亂中原，是卿再安皇祚。昨朕蒙塵，卿復戮力。今日天下，乃卿與我也，雖圖券不足以褒元老。」因泣下霑衣。子儀伏於上前，嗚咽流涕曰：「老臣無復〔九〕致命久矣，但慮衰耄，不堪王事，賴仗〔一〇〕陛下宗廟社稷之靈，以成微績。」

上因命御馬九花虬，并〔一一〕紫玉鞭轡以賜。子儀知九花之異，固陳讓者久之。上曰：「此馬高大，稱卿儀〔一二〕質，不必讓也。」子儀身長六尺餘〔一三〕。九花虬，即范陽節度李懷仙〔一四〕所貢。額高九寸，毛拳如麟〔一五〕，頭頸鬃鬣，真虬龍也。每一嘶則群馬聳耳。以身被九花文，故號爲九花虬。亦有師子驄，皆其類。

上往日〔一六〕東幸，觀獵於田，不覺日暮。忽顧謂左右曰：「行宫去此幾里？」奏曰：「四十里。」上遂令速鞭，恐閡〔一七〕夜，而九花虬緩緩然，若行一二〔一八〕里而已，侍從奔驟，無及者。上以爲超光、趍影之匹也，王子年《拾遺記》：周穆王有八駿，號超光、趍影，逐日而馳者〔一九〕。自是益加鍾愛。既復京師，特賜子儀，崇功臣也。（據清康熙振鷺堂重刊明商濬《稗海》本《杜陽雜編》卷上校録，又《太平廣記》卷四三五引《杜陽編》、《説郛》卷六《杜陽雜編》）

〔一〕吐番　《説郛》、《廣四十家小説》本、《歷代小史》卷二五、《唐人説薈》一集、《學津討原》本、明施顯卿《古今奇聞類紀》卷一引《杜陽編》作「吐蕃」。按：吐蕃，又作「吐番」、「土番」。

〔二〕常有紫氣如車蓋　「常」《説郛》作「嘗」。「有」字原譌作「月」，據《説郛》、《廣四十家小説》、《歷代小史》、《重編説郛》卷四六、《四庫全書》、《唐人説薈》、《學津》、《古今説部叢書》、《筆記小説大觀》等本改。「車蓋」《廣四十家小説》、《歷代小史》、《奇聞類紀》作「蓋」。

〔三〕迎　《説郛》作「遮」。

〔四〕遇　《廣四十家小説》、《歷代小史》作「過」。按：宋孔傳《後六帖》卷九六引《杜陽雜編》亦作「遇」。

〔五〕胡呼胡呼何柰何　《四庫》、《學津》本「何」作「可」，《廣四十家小説》、《歷代小史》本「呼」作「乎」，無「何」字。《説郛》、《筆記小説大觀》本作「胡乎胡乎可奈何」，《重編説郛》、《説部叢書》、《全唐詩》卷八六八作「胡胡呼呼何奈何」，《唐人説薈》作「胡胡呼呼可奈何」。

〔六〕土德　《廣四十家小説》、《唐人説薈》同治八年刻本卷二「土」作「上」，當譌。《説部叢書》「德」作「運」。

〔七〕當主　《説郛》無「當」字。「主」原作「王」，據《廣四十家小説》、《歷代小史》本改。

〔八〕義　《説郛》、《廣四十家小説》、《歷代小史》本作「貌」。

〔九〕無復　《説郛》作「爲國」。

〔一〇〕賴仗　《廣四十家小説》、《歷代小史》本作「伏賴」。

〔一一〕并　原譌作「拜」，據以上各本及《廣記》、《奇聞類紀》改，

〔一二〕儀　《説郛》作「體」。

〔一三〕子儀身長六尺餘　《廣四十家小説》、《歷代小史》本「六」作「七」。《廣記》闌入正文，作「六尺八寸」。

〔一四〕李懷仙　原作「李德山」，各本皆同，據《廣記》、《唐語林》卷五改。按：《舊唐書》卷一四三《李懷仙傳》：「代宗復授幽州大都督府長史、檢校侍中、幽州盧龍等軍節度使。」幽州盧龍等軍節度使亦即范陽節度使。

〔一五〕麟　《廣記》、《唐語林》、《説郛》、《錦繡萬花谷》前集卷三七引《伽藍記》（書名誤）作「鱗」。

〔一六〕往日　此二字原無，據《廣記》補。

〔一七〕閡　《廣記》作「礙」，義同，《説郛》譌作「因」。

〔一八〕一二　原作「五」，據《説郛》、《廣四十家小説》、《歷代小史》本改。按：「五」字疑爲「一二」之形誤。《廣記》作「三五」，若此，則脱「三」字。

〔一九〕號超光趍影逐日而馳者　「而馳」二字原無，據《説郛》、《學津》本補。按：王嘉《拾遺記》卷三《周穆王》：「王馭八龍之駿：一名絶地，足不踐土；二名翻羽，行越飛禽；三名奔霄，夜行萬里；四名超影，逐日而行……」齊治平校注本「超影」改作「越影」，云：「『越影』原作『超影』，《類説》引亦作超影，蓋涉下文『超光』而誤，據《紺珠集》、《廣記》四三五、《御覽》八九七改。」此作「趍影」，「趍」同

「趨」，奔跑，亦《拾遺記》異文。《拾遺記》云「逐日而行」，與「逐日而馳」相近。

按：蘇鶚《杜陽雜編》三卷，著録於《崇文總目》傳記類、《新唐書・藝文志》小説家類、《通志・藝文略》傳記類冥異及小説類、《郡齋讀書志》小説類、《直齋書録解題》小説家類、《文獻通考・經籍考》小説家類，《宋史・藝文志》小説類作二卷，疑譌。《遂初堂書目》小説類亦有目，無卷數、撰人。《新唐志》注：「字德祥，光啓中進士第。」《郡齋讀書志》云：「蘇鶚字德祥，光啓中進士，家武功杜陽川。」明清書目亦多有著録。

今傳版本，較早者爲明顧元慶《廣四十家小説》本，有自序，序題「前進士武功蘇鄂德祥撰」，正文題「前進士武功蘇鄂撰」，「鄂」字譌，正文文句亦多有脱誤。又有商濬《稗海》本，題唐武功蘇鶚，無自序。此外《五朝小説・唐人百家小説》紀載家、《重編説郛》卷四六、《四庫全書》、《唐人説薈》一集（或卷二）、《學津討原》、《古今説部叢書》一集、《筆記小説大觀》等亦收，皆爲上中下三卷，凡五十二條，無序。又有《歷代小史》（卷二五）本，合爲一卷，題武功蘇鄂撰，文同《廣四十家小説》本，然條目及文句多有闕失。國家圖書館藏清黄廷鑑校舊鈔本三卷，有自序。一九五八年中華書局上海編輯所據《稗海》本校點排印。二〇〇〇年上海古籍出版社出版《唐五代筆記小説大觀》所收此書，即以上海編輯所排印本爲底本，又校以《四庫全書》本。

《紺珠集》卷四摘録十三條，書名作《杜陽編》，明天順刊本無撰名，《四庫》本題蘇鶚。《類説》卷四四摘二十九條，天啓刊本無撰人，嘉靖伯玉翁舊鈔本（卷三八）題前進士蘇鶚撰。《説郛》卷六選録三條，注三卷，題唐蘇鶚。《廣記》引三十六條，偶有不見今本者，知今本有闕。

自序云：「余齠年好學，長而忘倦。嘗覽王嘉《拾遺記》、郭子横《洞冥記》及諸家怪異録，謂之虚誕。而復訪問博文强記之士或潛夫輩，頗得國朝故實，始知天地之内，無所不有。或限諸夷貊，隔於年代。洎貢藝闕下，一不中所司掄選。屢接朝士同人語事，必三復其言，然後題於簡册，藏諸篋笥。暇日閲所紀之事，逾數百紙，中僅繁鄙者並棄而弗録，精實者編成上中下三卷。自代宗廣德元年癸卯，訖懿宗咸通癸巳，合一百十載。皆耳目相接，庶可傳焉。知我者謂稍以補東觀緹緗之遺闕也。今武功縣有杜陽城、杜陽水，余武功人，故以爲名，覬厠於談藪之下者。時乾符三年秋八月編次焉。」（按：《全唐文》卷八一三收蘇鶚《杜陽雜編序》，文字微異。《全唐文》作「十不中所司掄選」，乃十試進士不第。此作「一」者，蓋一直之謂，屢試不第也。）據自序，本書資料爲多年累積，而於僖宗乾符三年（八七五）八月編成。

《新唐志》注及《郡齋讀書志》所云，當本自序，然序中未言光啓中進士第，必序文有闕。而序題前進士武功蘇鶚，鶚光啓中（八八五—八八八）方及第，何得十年以前即署「前進士」？（按：進士及第并通過關試而未入仕者爲前進士。）若「乾符」爲「乾寧」之譌，昭宗乾寧三年（八九六）去光啓中已十年之久，何得仍未入仕，猶以前進士自稱？自序題署、紀時似不誤，誤在「光啓」也。

本書各條無標目，今參酌《廣記》擬題。

香玉辟邪

蘇　鶚　撰

李輔國恣横無君，上切齒久矣。因寢夢登樓，見高力士領兵數百鐵騎，以戟刺輔國首，流血灑地，前後歌呼，自北而去。遣謁者問其故，力士曰：「明皇之令也。」上覺，亦不敢言〔一〕。輔國尋爲盜所殺，上異之，方以夢話於左右。

先是，肅宗賜輔國香玉辟邪二，各高一尺五寸，奇巧殆非人間所有〔二〕。其玉之香，可聞於數百步，雖鎖之於金函石匱，終不能掩其氣。或以衣裾誤拂，則芬馥經年，縱澣濯數四，亦不消歇。輔國常置於座側。一日方巾櫛，而辟邪忽一大笑，一悲號。輔國驚愕失據，而囅然者不已，悲號者更涕泗交下。輔國惡其怪，碎之如粉，以投厠中。其後常聞冤痛之聲。其輔國所居里巷〔三〕，酷烈〔四〕彌月猶在，蓋春之爲粉而愈香故也。不周歲而輔國死焉。

初碎辟邪，輔國嬖孥慕容宫人〔五〕，知異常物，隱屑二合。而魚朝恩不惡輔國之禍，以錢三十萬〔六〕買之。及朝恩將伏誅，其香化爲白蝶，竟天而去。當時議者，以奇香異寶，非人臣之所蓄也。

輔國家藏珍玩，皆非人世所識。夏則於堂中設迎涼之草，其色類碧，而榦似苦竹〔七〕，葉細如杉〔八〕，雖若乾枯，未嘗彫落。盛暑束〔九〕之牕户間，而涼風自至。鳳首木，高一尺，彫刻鸞鳳之狀，形似枯槁，毛羽脱落不甚盡。雖嚴凝之時，置諸高堂大厦之中，而和煦之氣，如二三月，故別〔一〇〕名爲常春木，縱烈火焚之，終不燋黑焉。涼草、鳳木，或出於薛王宅。《十洲記》云〔一一〕：火林有不焚之木。殆亦〔一二〕此類者耶？（據清康熙振鷺堂重刊明商濬《稗海》本《杜陽雜編》卷上校録，又《太平廣記》卷二七七、卷四〇一引《杜陽雜編》）

〔一〕亦不敢言　《廣記》卷二七七作「不輒言」，明沈與文野竹齋鈔本、清孫潛校本作「更不輒言」。

〔二〕奇巧殆非人間所有　《廣記》卷四〇一作「工巧殆非人工」。

〔三〕里巷　《廣記》作「安邑里」。按：徐松《唐兩京城坊考》卷三載，李輔國宅在永寧坊。徐氏引《杜陽雜編》云：「是輔國宅又在安邑坊，俟考。」

〔四〕酷烈　「烈」原譌作「裂」，據《廣四十家小説》、《歷代小史》、《四庫》、《學津》、《説部叢書》、《筆記小説大觀》等本改。《廣記》作「芬馥」。

〔五〕孌孥慕容宮人　「孥」《四庫》本譌作「拏」，《廣記》、《類説》卷四四《杜陽雜編・玉辟邪》、《廣四十家小説》、《歷代小史》、《學津》本作「奴」。孥，通「奴」。《廣記》無「人」字。

〔六〕三十萬　《廣四十家小説》、《歷代小史》本、《廣記》明鈔本「十」作「千」。《學津》本、《廣記》清陳鱣校本作「三十萬貫」。按：一千文爲一貫，三十萬乃三百貫。

〔七〕苦竹　《孔帖》卷三引《杜陽編》、《學津》本作「枯竹」（《孔帖》卷九九引《杜陽編》則作「苦竹」），當誤。按：苦竹，又名傘柄竹，榦圓筒形。

〔八〕如杉　《廣記》明鈔本作「於山槿」。

〔九〕束　《廣記》、《廣四十家小説》、《歷代小史》本作「刺」，《廣記》《四庫》本及汪紹楹點校本改作「束」，張國風《太平廣記會校》亦改。《孔帖》作「掛」。按：刺，插也。

〔一〇〕别　原作「列」，據《廣記》、《廣四十家小説》、《歷代小史》、《學津》、《筆記小説大觀》本改。

〔一一〕云　原作「事」，據《廣記》改。《廣四十家小説》、《歷代小史》本無「事」字。

〔一二〕亦　原作「非」，據《廣四十家小説》、《歷代小史》本改。

蕓輝堂

蘇　鶚　撰

上纂業之始，多以庶務託於鈞衡，而元載專政，益墮國典，若非良金重寶，趑趄左道，則不得出入於朝廷。及常衮爲相，雖賄賂不行，而介僻自專，少於分别，故升降多失其人。或同列進擬稍繁，則謂之「黏伯」〔一〕。由是京師語曰：「常無分别元好錢，賢者愚而愚者賢。」時崔祐甫素公直，與衆言曰：「朝廷上下相蒙，善惡同致，清曹峻府，爲鼠輩養資〔二〕，豈裨皇化耶？」由是益爲持權者所忌。至建中初，祐甫執政，人心方有所歸。

元載末年，造蕓輝堂〔三〕於私第。蕓輝，香草名也，出于闐國。其香〔四〕絜白如玉，入土不朽爛。舂之爲屑，以塗其壁，故號蕓輝〔五〕焉。而更構沉檀爲梁棟，飾金銀爲户牖，内設懸黎屏風、紫綃帳。其屏風本楊國忠之寶也。屏上刻〔六〕前代美女伎樂之形，外以玳瑁、水犀〔七〕爲押，又〔八〕絡以真珠、瑟瑟，精巧之妙，殆非人工所及。紫綃帳得於南海溪洞之酋帥，即鮫綃之類也。輕疏而薄，如無所礙。雖屬凝冬，而〔九〕風不能入，盛夏則清涼自至。其色隱隱焉，忽〔一〇〕不知其帳也，謂載卧内有紫氣。而服玩之奢，僭擬於帝王之家。蕓輝之前有池，悉以文〔一一〕石砌其岸，中有蘋〔一二〕陽花，亦類白蘋，其花紅，大如牡丹〔一三〕，不知自何而來也。更有碧芙蓉，香潔菡萏，偉於常者。載因暇日憑欄以觀，忽聞歌聲清響，若十四五女子唱焉，其曲則《玉樹後庭花》也。載驚異，莫知所在。及審聽之，乃芙蓉中也。俯而視之，聞喘息之音。載惡之既甚，遂剖其花，一無所見，即祕之，不令人説。及載受戮，而逸奴爲平盧軍卒，人故得其實。

載有龍鬚紫〔一四〕拂，色如爛椹，可長三尺，削水精爲柄，刻紅玉爲環鈕。或風雨晦暝，臨流沾濕，則光彩動摇，奮然如怒。置之於堂中，夜則蚊蚋不敢入。拂之爲聲，雞犬牛馬，無不驚逸。若垂之池潭，則鱗介之屬，悉俯伏而至。引水於空中，則成瀑布三五尺，未嘗輒斷。燒鸞肉爔之，則焞焞焉若生雲霧。厥後上知其異，屢言之，載不得已，而遂進焉。載自云，得於洞庭道士張知和。

載寵姬薛瑤英〔一五〕，攻詩書，善歌舞，僊姿玉質，肌香體輕，雖旋波、摇光〔一六〕、飛鸞、緑珠，不能過也。瑶英之母趙娟，亦本岐王之愛妾也，後出爲薛氏之妻，生瑶英，而幼以香啗之，故肌香也。及載納爲姬，處金絲之帳、却塵之褥。其褥出自勾驪國，一云是却塵之獸毛所爲也，其色殷鮮〔一七〕，光軟無比。衣龍綃之衣，一襲無一二兩，摶之不盈一握。載以瑶英體輕，不勝重衣，故於異國以求是服也。唯賈至、楊公南〔一八〕與載友善，故〔一九〕往往得見歌舞。至因贈詩曰：「舞怯銖衣重，笑疑桃臉開。方知漢成帝〔二〇〕，虚築避風臺。」《王子年拾遺記》：趙飛鸞體輕，恐暴風，帝爲築臺焉。公南亦作長歌褒美，其略曰：「雪面澹娥〔二一〕天上女，鳳簫鸞翅欲飛去。玉釵碧翠〔二二〕步無塵，楚〔二三〕腰如柳不勝春。」

瑶英善爲巧媚，載惑之，怠於庶〔二四〕務。而瑶英之父曰宗本，兄曰從義，與趙娟遞相出入，以搆賄賂，號爲「關節」。更與中書主吏卓倩等爲腹心，而宗本輩以事告者，載未嘗不領之。天下賫寶貨求大官職〔二五〕，無不恃載權勢，指薛、卓爲梯媒。及載死，瑶英自爲俚〔二六〕妻矣。論者以元載喪令德而崇貪名〔二七〕，自一婦人而致也。傳於進士賈遂。（據清康熙振鷺堂重

刊明商濬《稗海》本《杜陽雜編》卷上校録，又《太平廣記》卷二三七引《杜陽編》、卷二六〇引《杜陽雜編》）

〔一〕黠伯　「黠」原作「沓」，《廣記》卷二六〇同，據《廣四十家小説》本、《唐語林》卷三改。按：《新唐書》卷一五《常袞傳》：「（衮）懲元載敗，窒賣官之路，然一切以公議格之，非文詞者皆擯不用，故世謂之『黠伯』，以其黠黠無賢不肖之辨云。」《新唐書》之説與此異。尋原文之意，乃謂同列進奏擬議繁冗，常衮則譏爲「黠伯」，非人以常衮不辨賢愚而譏之也。黠乃重疊堆積之義。顔之推《顔氏家訓·書證》：「《晉中興書》：太山羊曼，常頽縱任俠，飲酒誕節，兖州號爲『黠伯』。……重沓是多饒積厚之意。」此處「黠伯」即用之推所釋之義。「沓」、「黠」實同義，然《家訓》、《新唐書》并作「黠」，故改。

〔二〕資　《廣四十家小説》本作「老資」，《廣記》作「資考」。

〔三〕蕓輝堂　《紺珠集》卷四《杜陽編·芸暉堂》、《孔帖》卷一〇引唐《杜陽編》作「芸暉堂」。

〔四〕其香　明仁孝皇后《勸善書》卷一六下有「逼人」二字。

〔五〕蕓輝　《重編説郛》、《唐人説薈》、《説部叢書》、《筆記小説大觀》本下有「堂」字。

〔六〕刻　《勸善書》作「次」。

〔七〕水犀　《廣記》卷二三七作「水晶」，《勸善書》作「水精」。水精即水晶。

〔八〕又　原作「絡」，據《重編説郛》、《唐人説薈》、《學津》、《説部叢書》本改。

〔九〕而　《勸善書》作「寒」。

〔一〇〕忽　《廣記》、《筆記小説大觀》本、《勸善書》作「或」，《重編説郛》、《唐人説薈》、《説部叢書》本無此字。

〔一一〕文　《廣四十家小説》、《歷代小史》本、《豔異編》卷一六《元載》作「白」。

〔一二〕蘋　《豔異編》作「殘」。

〔一三〕其花紅大如牡丹　《廣記》明鈔本、孫校本作「其花紅而且大，有如牡丹」。

〔一四〕有龍髯紫　此四字原爲闕字，據《廣四十家小説》、《歷代小史》、《豔異編》、《學津》本、《勸善書》補，《廣記》、《重編説郛》、《唐人説薈》本無「有」字，《筆記小説大觀》本無「紫」字。

〔一五〕薛瑶英　南宋皇都風月主人《緑窗新話》卷下《薛瓊英香肌絶妙》引《杜陽雜編》「瑶」作「瓊」，且云：「幼以香屑雜飲飼啗之，故肌香絶，又曰香兒，姿色妙絶。」按：北宋張君房採唐宋傳奇歌行成《麗情集》一書，中採入薛瑶英事。《類説》卷二九《麗情集·香兒》云：「元載妓薛瓊英，幼以香屑雜飲食啖之，長而肌香，又曰香兒。」《麗情集》有所增釋，至以「瑶」作「瓊」，乃版本異文，非其所改。《緑窗新話》所引實本《麗情集》。上海古典文學出版社及上海古籍出版社校本據《杜陽雜編》改作「瑶」。

〔一六〕摇光　《廣記》、《孔帖》卷二一引《杜陽編》、謝維新《古今合璧事類備要》前集卷五四引《古今詩話》

作「移光」,《廣記》明鈔本、孫校本作「瑶光」,《會校》據改。按:前之旋波出自《拾遺記》卷四《燕昭王》:「王即位二年,廣延國來獻善舞者二人,一名旋娟,一名提謨,並玉質凝膚,體輕氣馥,綽約而窈窕,絶古無倫。」《太平廣記》卷五六引《王子年拾遺》「旋娟」作「旋波」。《拾遺記》卷三《周靈王》:「越又有美女二人,一名夷光,二名脩明(原注:即西施、鄭旦之别名),以貢於吴。」夷光即西施。「摇光」疑爲「夷光」之誤。

〔一七〕殷鮮 《廣記》作「紅殷」。

〔一八〕楊公南 《廣記》、詹詹外史《情史類略》卷五《元載》改作「楊炎」,《豔異編》「楊」下加「炎」字。按:楊炎,字公南。

〔一九〕故 原譌作「放」,據《廣記》及諸本改。

〔二〇〕漢成帝 原誤作「漢武帝」,據《類説》卷四四《杜陽雜編·瑶英啖香》、《類説》卷五六《古今詩話》、洪邁《萬首唐人絶句》卷一三賈至《贈薛瑶英》、《全唐詩》卷二三五賈至《贈薛瑶英》及《唐人説薈》(民國石印本)、《學津》本改。按:趙飛燕乃西漢成帝皇后。《拾遺記》卷六《前漢下》:「帝常以三秋閒日,與飛燕戲於太液池,以沙棠木爲舟,貴其不沉没也。……帝每憂輕蕩,以驚飛燕,令佽飛之士,以金鎖纜雲舟於波上。每輕風時至,飛燕殆欲隨風入水。帝以翠纓結飛燕之裙,遊倦乃返。……今太液池尚有避風臺,即飛燕結裙之處。」

〔二一〕澹娥 《廣記》「澹」作「淡」。《全唐詩》卷一二一楊炎《贈元載歌妓》作「淡眉」。《四庫》、《學津》本及《廣記》明鈔本作「蟾娥」,《緑窗新話》作「蟾蛾」。按:澹娥即淡眉。娥,蛾眉,又作娥眉。蟾娥,嫦娥。古傳月中有蟾，故云。「蟾蛾」之「蛾」字譌。

〔二二〕玉釵碧翠　《廣記》、《唐人絶句》卷五一楊炎《贈薛瑶英》「碧翠」作「翹碧」。《全唐詩》作「玉山翹翠」。

〔二三〕楚　《廣記》作「纖」，明鈔本作「楚」。

〔二四〕庶　《廣記》作「相」。

〔二五〕大官職　《廣記》作「官職者」，明鈔本、孫校本作「大官職」。

〔二六〕俚　《廣四十家小説》、《歷代小史》本作「里」，《廣記》、《豔異編》、《唐人説薈》、《説部叢書》作「里人」。

〔二七〕崇貪名　《廣記》明鈔本、孫校本作「貪高名」。

按：《廣記》引此篇析爲三段，卷二六〇引前段，題《元載常袞》，卷二三七引《芸輝堂》、《又》。《又》爲二事，前事爲元載妻王韞秀事，後事爲薛瑶英事。王韞秀事實即范攄《雲谿友議》卷下《窺衣帷》，文句幾同。《廣記》以之與薛瑶英事綴合，而末注出《杜陽編》，誤也。《豔異編》卷一六《元載》，自今本節取芸輝堂、薛瑶英事，《情史類略》卷五《元載》，删摘賈、楊詠瑶英一節。

德宗皇帝

蘇鶚 撰

德宗皇帝英明果斷，無以比德。每進用公卿大臣，莫不出自宸衷。若聞一善可録，未嘗不稱奬之。百官對敭，如稍稱旨，無不即擡眉聳聽，朝退即輒書其姓名於座側，或有奬用，多所稱職。故卿大夫已下，謂上聖英睿。每與宰臣從容，詢訪時政，往往呼其行第。其尚賢進善，皆此類也。

及上蒙塵幸奉天，翰林學士姜公輔，屢進嘉謀，深叶上意。初，涇原兵亂長安，公輔奏云：「朱泚甚有反狀，不如早爲之所，無令爲兇逆也。」上倉皇之際，不暇聽從。更云：朱泚素鎮涇原，頗得將士心。今罷兵權，居常悒悒。不如詔之以從鑾駕，不然即斬之，以絶後患。及聞段秀實之死，上執公輔手曰：「姜公，姜公，先見之明，可謂神略矣。盧杞朕擢自郡守，坐於廟堂，自陳百口之説，何獨悮我也！」盧杞常言：以百口保朱泚不反。

上將欲幸奉天，自攜火精劍出内殿，因嘆曰：「千萬年社稷，豈爲狗鼠所竊耶？」遂以劍斫檻上鐵狻猊，應手而碎，左右皆呼萬歲。上曰：「若碎小寇如斬狻猊，不足憂也。」及乘輿遇夜，侍從皆見上仗數尺光明，即火精劍也。建中二年，大〔一〕林國所貢。云其國有山，方數百里，出神鐵。其山有瘴毒，不可輕爲採取。若中國之君有道，神鐵即自流溢，鍊之爲劍，必多靈異。其劍之光如電，切金玉如泥。以朽木〔二〕磨之，則生煙焰；以金石擊之，則火光流起。上始於行在，無藥餌以備將士金瘡。時有裨將爲流矢所中，上碎琥珀匣以賜之，其匣則火精劍匣也。近臣諫曰：「陛下柰何以裨將金瘡而碎琥珀匣？」上曰：「今兇奴逆恣，欲危社稷，是軍中籍材用人之際。而戰士有瘡，如朕身之瘡也。昔太宗剪鬚以付英公，今朕以人爲寶，豈以劍匣爲寶也？」左右及中外聞者，無不感悦。

初，上欲西行，有知星者奏上曰：「逢林即住。」上曰：「豈可令朕處林木間乎？」姜公輔曰：「不然，但以地名亦應也。」及奉天尉賈隱林謁上於行在，上觀隱林氣宇雄俊，兼是忠烈之家，而名叶知星者語，隱林即天寶末賈循〔三〕之猶子也。上因延於卧内，以探〔四〕籌略之深淺。隱林於獅榻〔五〕前，以手板畫地，陳攻守之策，上甚異之。隱林因奏曰：「臣昨夜夢日墜地，臣以頭戴日上天。」上曰：「日即朕也，此來事莫非〔六〕前定？」遂拜爲侍御史，糾劾行在，尋遷左常侍。後駕還幸梁州，而隱林卒。（據據清康熙振鷺堂重刊明商濬《稗海》本《杜陽雜編》卷上校録）

〔一〕大　《廣四十家小說》、《歷代小史》本作「火」。

〔二〕木　此字原闕，據《廣四十家小説》、《歷代小史》、《四庫》、《學津》本及北宋錢易《南部新書》辛卷補。
〔三〕賈循　《廣記》卷一三七引《神異録》作「賈修」，誤。按：《新唐書》卷一九二《忠義傳中》有《賈循傳》，附《賈隱林傳》。
〔四〕探　原作「採」，據《學津》本及《神異録》改。
〔五〕獅榻　《廣四十家小説》、《歷代小史》、《重編説郛》、《唐人説薈》、《説部叢書》本及《神異録》作「御榻」。
〔六〕莫非　《廣四十家小説》、《歷代小史》本作「契於」。

伊祁玄解

蘇鶚撰

上好神僊不死之術，而方士田佐元、僧大通，皆令入宫禁，以鍊石爲名。時有處士伊祁玄解，縝〔一〕髮童顔，氣息香潔。常乘一黄牝馬，纔高三尺，不啗芻粟，但飲醇酎，不施韁勒，唯以青氈藉其背，常遊歷青、兖間。若與人款曲，語話千百年事，皆如目擊。

上知其異人，遂令密召入宫，處九華之室，設紫茭之席，飲龍膏之酒。紫茭席色紫而類茭葉，光軟香凈，冬温夏涼。龍膏酒黑如純漆，飲之令人神爽，此本烏弋山〔二〕離國所獻。

烏弋山離國，見班固《西域傳》〔三〕。上每日親自訪問，頗加敬仰。而玄解魯朴，未嘗閑人臣禮。上因問曰：「先生春秋既高，而顏色不老，何也？」玄解曰：「臣家于海上，常種靈草食之，故得然也。」即於衣間出三等〔四〕藥實，爲上種於殿前。一曰雙麟芝，二曰六合葵，三曰萬根藤。雙麟芝色褐，一莖兩穗，隱隱〔五〕形如麟，頭尾悉具，其中有子，如瑟瑟焉。六合葵色紅，而葉類於茙葵。始生六莖，其上合爲一株。共生十二葉，內出二十四花，花如桃花，而一朵千葉，一葉六影，其成實如相思子。萬根藤一子而生萬根，枝葉皆碧，鉤連盤屈，可蔭一畝。其花鮮潔，狀若芍藥，而蕊色殷紅，細如絲髮，可長五六寸，一朵之內，不啻千莖，亦謂之絳心藤。靈草既成，人莫得見，玄解請上自采餌之，頗覺神驗，由是益加禮重。

遇西域有進美玉者二，亡其國名。一圓一方，徑各五寸，光彩凝冷，可鑑毛髮。時玄解方坐於上前，熟視之曰：「此一龍玉也，一虎玉也。」上驚而問曰：「何謂龍玉、虎玉耶？」玄解曰：「圓者龍也，生於水中，爲龍所寶。若投之水，必虹蜺出焉。方者虎也，生於崑谷，爲虎所寶。若以虎毛拂之，即紫光迸逸，而百獸懾服。」上異其言，遂令試〔六〕之，各如其説。詢得玉之由，使人曰：「一自漁者得，一自獵者獲。」上因命取龍虎二玉，以錦囊盛之於內府。

玄解將還東海，亟請於上，上未之許。遇〔七〕宫中刻木作海上三山，綵繪華麗，間以珠玉。上因元日與玄解觀之，指蓬萊曰：「若非上僊，無由得及此境〔八〕。」玄解笑曰：「三島咫尺，誰曰難及？臣雖無能，試爲陛下一遊，以探物象妍醜。」即踴體於空中，漸覺微小，俄而入於金銀闕内。左右〔九〕連聲呼之，竟不復有所見。上追思歎恨，僅成羸疹〔一〇〕。因號其山爲「藏真島」，每詰旦，於島前焚鳳腦香，以崇禮敬。後旬日，青州奏云，玄解乘黄牝馬過海矣。（據清康熙振鷺堂重刊明商濬《稗海》本《杜陽雜編》卷中校録，又《太平廣記》卷四七引，談愷本脱出處，明鈔本、孫校本作《杜陽編》）

〔一〕縝　元趙道一《歷世真仙體道通鑑》卷三二《伊祁玄解》作「鬒」。按：縝，通「鬒」，髮稠黑貌。

〔二〕烏弋山　《廣記》談本、清黄晟校刊本、《孔帖》卷一五引《杜陽編》、明吴大震《廣豔異編》卷五及《續豔異編》卷二《唐憲宗》「烏」譌作「鳥」，《廣記》《四庫》本作「烏」。按：《漢書》卷九六上《西域傳上》：「烏弋山離國王，去長安萬二千二百里。」又《後漢書》卷八八《西域傳》：「烏弋山離國，地方數千里。」

〔三〕見班固西域傳　《廣記》作「已見班固《西京傳》也」，「京」字誤。《廣豔異編》、《續豔異編》改作「西京賦」。按：《西京賦》張衡作，班固所作爲《西都賦》，中無烏弋山離國。又，此注《廣記》闌入正文，《廣豔異編》、《續豔異編》同。

〔四〕等　《廣四十家小説》、《歷代小史》本、《孔帖》卷一〇〇引《杜陽編》作「年」，當譌。

〔五〕隱隱　《廣記》、《廣豔異編》、《續豔異編》作「穗」。

〔六〕試　《廣記》作「嘗」，明鈔本、孫校本作「當」，《會校》據改。

〔七〕遇　原作「過」，據《廣四十家小説》、《歷代小史》本及《廣記》、《真仙通鑑》、《廣豔異編》、《續豔異編》改。《廣記》孫校本亦作「過」。

〔八〕無由得及此境　《廣記》、《廣豔異編》、《續豔異編》前有「朕」字。按：《真仙通鑑》亦無此字，當爲衍文。

〔九〕左右　《廣記》、《廣豔異編》、《續豔異編》作「左側」，屬上讀。按：《真仙通鑑》亦作「左右」，「側」字譌。

〔一〇〕疹　《廣四十家小説》、《歷代小史》本作「瘵」，《真仙通鑑》作「疾」。

按：《廣記》所引，前爲上條張惟則事，合爲一篇，題《唐憲宗皇帝》。《廣豔異編》卷五、《續豔異編》卷二輯入，題《唐憲宗》。

大軫國

蘇　鶚　撰

八年，大軫國貢重明枕、神錦衾、碧麥、紫米，云其國在海東南三萬里，當軫宿之位，故曰大軫國,經令丘、禺稾之山[一]。令丘、禺稾山見《山海經》。重明枕長一尺二寸,高六寸[二],潔白逾[三]於水精。中有樓臺之狀,四方有十道士,持香執簡,循環無已,謂之行道真人。其樓臺瓦木丹青、真人衣服簪帔,無不悉具,通瑩焉如水中覩物[四]。

神錦衾,水[五]蠶絲所織也。方二尺[六],厚一寸,其上龍文鳳彩,殆非人工。其國以五色彩[七]石甃池塘,採大柘葉飼蠶於池中。始生如蚊睫,游泳於其間,及老可五六寸[八]。池中有挺荷,雖驚風疾吹,不能傾動,大者可闊三四尺。而蠶經十五月[九],即跳[一〇]入荷中,以成其璽,形如斗,自然五色。國人繰之,以織神錦,亦謂之靈泉絲。上始覽錦衾,與嬪御大笑曰:「此不足以爲嬰兒綳褯[一一],曷能爲我被耶?」使者曰:「此錦之絲,水蠶也。得水則舒,水火相反,遇火則縮。」遂於上前,令四官張之,以水一噴,即方二丈,五色煥爛,逾於向時。上乃嘆曰:「本乎天者親上,本乎地者親下,不亦然哉!」則却令以火逼之,須臾如故,上益異之。翌日,出示術士田元佐、李元戢焉。

碧麥大於中華之麥粒,表裏皆碧,香氣如粳米,食之體輕,久則可以御風。紫米有類苣藤[一二],炊一升,得飯一斗,食之令人髭髮縝黑,顔色不老,久則後天不死。上因中元日,薦于玄元皇帝,故當時道士有得食者。得於太清宫道士朱環中。(據清康熙振鷺堂重刊明商濬《稗

海》本《杜陽雜編》卷中校録，又《太平廣記》卷二二七引《杜陽編》，卷四〇五引《杜陽雜編》）

〔一〕令丘禺稾之山　「令」原作「合」，各本皆同。按：《山海經·南次三經》：「又東四百里，曰令丘之山，無草木，多火。」是「合」爲「令」之形譌，據改，下同。「稾」《學津》本作「槀」《廣記》卷二二七、《廣豔異編》卷七《唐憲宗》作「藳」。按：《南次三經》：「又東五百八十里，曰禺稾之山，多怪獸，多大蛇。」袁珂校：「宋本、吴任臣本、畢沅校本，稾均作槀。」稾、槀、藳皆爲異體字。

〔二〕六寸　《廣記》明鈔本、孫校本下有「一分」二字。按：《廣記》卷四〇四引《廣德神異録》亦作「六寸」。

〔三〕逾　《神異録》作「類」。

〔四〕通瑩焉如水中覩物　《神異録》前有「仍」字。「中」字原無，據朝鮮成任編《太平廣記詳節》卷一六引《太平廣記》補。

〔五〕水　《學津》、《説部叢書》、《筆記小説大觀》本及《孔帖》卷一二引《杜陽編》、《古今合璧事類備要》外集卷三九（無出處）作「冰」，誤，《學津》、《説部叢書》本下文作「水」。

〔六〕尺　原作「丈」，據《廣四十家小説》、《歷代小史》、《筆記小説大觀》本、《廣記》、《廣豔異編》改。《會校》乃據《杜陽雜編》及《詳節》改「尺」爲「丈」。按：下文云「此不足以爲嬰兒綳褯，曷能爲我被耶」，「以水一噴，即方二丈」，作「丈」誤。

〔七〕彩 《廣記》明鈔本、孫校本作「六彩」。

〔八〕及老可五六寸 《廣四十家小説》、《歷代小史》本「老」作「考」。考，老也。《廣記》、《廣豔異編》、《唐人説薈》、《説部叢書》、《筆記小説大觀》本「老」作「長」。《廣記》明鈔本、孫校本作「及老長五六寸」，《孔帖》卷八二引《杜陽編》作「及老可長五六寸」。

〔九〕蠶經十五月 《廣記》孫校本、《廣記詳節》「蠶」下有「長」字，《會校》據補。「月」字《廣記》、《廣豔異編》、《唐人説薈》、《説部叢書》及《孔帖》卷八又卷八二作「日」。《錦繡萬花谷》後集卷三一引《六帖》、《事類備要》外集卷六四引《孔氏六帖》則作「月」。

〔一〇〕跳 《廣四十家小説》、《歷代小史》本作「謎」，不詳何字。

〔一一〕綳褯 《廣四十家小説》本「褯」作「席」，《學津》本作「蓆」。《廣記》明鈔本、《廣記詳節》作「綃褫」，孫校本作「綃褲」，《會校》據孫校本改，誤也。按：「綃褫」、「綃褲」均誤。綳褯，小兒尿布，俗稱褯子。宋趙叔向《肯綮録·俚俗字義》：「小兒衣曰綳褯。」

〔一二〕苣藤 《廣記》卷四〇五作「巨勝」，《孔帖》卷一六引《杜陽編》作「苣勝」，《廣四十家小説》、《歷代小史》本譌作「苣藤」。

按：《廣記》卷二二七、卷四〇五節引兩節，分别題《重明枕》、《紫米》。《廣豔異編》卷七據《廣記》卷二二七輯入，題《唐憲宗》。

元藏幾

蘇　鶚　撰

處士元藏幾，自言是後魏清河孝王之孫也。隋煬帝時，官奉信郎。大業元年〔一〕，爲過海使判官，遇〔二〕風浪壞船。黑霧四合，同濟者皆不救〔三〕，而藏幾獨爲破木所載。殆經半月，忽達于洲島間。洲人問其從來，藏幾具以事對〔四〕。洲人曰：「此乃滄浪洲〔五〕，去中國已數萬里。」乃出菖蒲酒、桃花酒飲之，而神氣清爽焉。

其洲方千里，花木常如二三月，地土宜五穀，人多不死。亦出鳳凰、孔雀、靈牛、神馬之屬。又産分蔕瓜，瓜長二尺，其色如椹，一顆二蔕。有碧棗、丹栗，皆大如梨。其洲人多衣縫掖衣，戴遠遊冠，與之語中華事，則歷歷如在目前。所居或金闕銀臺、玉樓紫閣，奏簫韶之樂，飲香露〔六〕之醑。洲上有久視山，山下出澄緑水〔七〕，其泉闊一百步，亦謂之流緑渠〔八〕，雖投之金石，終不沉没，故洲人以瓦鐵爲船舫。又有良金池〔九〕，可方數十里，水石沙泥，皆如金色。其中有四足魚。今刑部盧滸〔一〇〕員外云，全義嶺〔一一〕有池如盆，其中有魚，皆四足。又有金蓮花，洲人研之如泥，以間〔一二〕彩繪，光影焕爍，與真金無異，但不能入〔一三〕火而已。更有金莖花，其花如蝶〔一四〕，每微風至，則摇蕩如飛。婦人競採之，以爲首飾，且有語曰：「不戴金莖花，不得在〔一五〕僊家。」又有强木，造舟楫，其上多飾珠玉，以爲遊戲。强木，不沉木〔一六〕也，方一寸〔一七〕，重百斤〔一八〕，巨石縋之，終不能没。

藏幾淹駐既久，忽思中國。洲人遂製凌風舸以送之。激水如箭，不旬日即達于東萊。問其國，乃皇唐也；詢年號，則貞元也。訪鄉里，則榛蕪也；追子孫，皆疏屬也。自隋大業元年至貞元末，殆〔一九〕二百年矣。有二鳥，大小類黄鸝，每翔翥空中，藏幾呼之則至。或令銜珠，或令授人語，乃謂之傳信〔二〇〕鳥，本出滄浪洲也。

藏幾工詩好酒，混俗無拘撿，數十年間，遍遊無定〔二一〕，人莫知之，惟趙歸真常與藏幾弟子九華道士葉通微相遇，遂得其實。歸真往往以藏幾之異，備奏于上。上令謁者賫手詔急徵，及至中路，忽然亡去。謁者惶〔二二〕怖，即上疏具言其故。上覽疏，咨嗟曰：「朕不能如明皇帝，以降異人。」後有人見藏幾泛小舟於海上者。至今江表道流，大傳其事焉〔二三〕。

（據清康熙振鷺堂重刊明商濬《稗海》本《杜陽雜編》卷下校録，又《太平廣記》卷一八引《杜陽編》，明鈔本作《杜陽雜編》）

〔一〕元年　《廣記》、《廣豔異編》卷五及《續豔異編》卷二《元藏幾》作「九年」。按：下文則作「元年」，明「九」爲「元」字形譌也。

〔二〕遇　《廣記》、《廣豔異編》、《續豔異編》作「無何」。

〔三〕救　《廣記》、《廣豔異編》、《續豔異編》、《古今奇聞類紀》卷九引《杜陽編》作「免」。

〔四〕藏幾具以事對　《廣記》、《廣豔異編》、《續豔異編》作「則瞀然具以事告」，《廣四十家小説》本、《奇聞類紀》作「則瞥然具以事對」。按：瞀然，神智昏亂。「瞥」字譌。

〔五〕滄浪洲　《廣四十家小説》本、《唐人説薈》本、《廣記》、《孔帖》卷六、卷一一、卷九九、卷一〇〇引《杜陽編》及卷一五（無出處），《類説》卷四四《杜陽雜編·滄洲》，陳葆光《三洞群仙録》卷三引《桂（杜）陽雜編》，《錦繡萬花谷》後集卷三七引《杜陽編》，《歷世真仙體道通鑑》卷二二《元藏幾》，《廣豔異編》、《續豔異編》、《奇聞類紀》皆作「滄洲」或「滄州」。《廣記》《四庫》本改作「滄浪洲」。《四庫全書考證》卷七二《太平廣記》卷十八：「《元藏幾》條，此『滄浪洲』刊本脱『浪』字，據《杜陽雜編》增。」

〔六〕露　原作「霧」，據《廣四十家小説》、《唐人説薈》、《説部叢書》本及《廣記》、《孔帖》卷一五（無出處）、《廣豔異編》、《續豔異編》、《奇聞類紀》改。

〔七〕澄緑水　《廣記》、《廣豔異編》、《續豔異編》、《奇聞類紀》作「澄水泉」。

〔八〕流緑渠　《廣四十家小説》本「緑」作「彔」。《廣記》、《廣豔異編》、《續豔異編》作「流渠」。

〔九〕良金池　《廣記》、《廣豔異編》、《續豔異編》、《奇聞類紀》作「金池」。

〔一〇〕盧潯　《廣記》作「盧尋」。按：盧潯或盧尋，文獻無載。《廣記》注文闌入正文。

〔一二〕全義嶺　「全」原作「金」，據《廣記》孫校本改。按：劉恂《嶺表録異》卷下：「全義嶺之西南有盤龍山，山有乳洞，斜貫一溪，號爲靈水溪。（原注：今桂州靈川縣也。）溪内有魚，皆修尾，四足，丹其腹，游泳自若，漁人不敢捕之。」《太平廣記》卷四六四引之，「全」作「金」，明鈔本則作「全」。又段公路《北户録》卷一《乳穴魚》：「全義之西南有山，曰盤龍山，有乳洞斜貫一溪，號曰靈水。」注云：「《洞記》曰：山曰靈山，水曰靈水，幽而有靈，是以名也。且地志山經所不載。又云：魚無大小，修尾四足，朱丹其腹，游泳自若，漁人不敢釣之。」莫休符《桂林風土記・桂林》：「今靈川全義嶺有越城。」北宋樂史《太平寰宇記》卷一六二《嶺南道六・桂州・龍蟠山》引《嶺表録異》亦作「全」。唐桂州有全義縣，《新唐書・地理志七上》云：「本臨源，武德四年析始安置。大曆三年更名。」《太平寰宇記》卷一六二《嶺南道六・桂州・興安縣》云：「本漢始安縣地，隋置臨桂鎮。武德四年析始安置臨源縣。大曆三年，土將萬重光誘桂臨等九縣搆逆，惟臨源縣獨守臣節，改爲全義縣。皇朝太平興國二年，避御諱，改爲興安縣。」嶺因縣名而名也。

〔一三〕以間　《廣四十家小説》本、《孔帖》卷一〇〇、《萬花谷》「以」作「竹」，誤。

〔一四〕入　《廣記》、《廣豔異編》、《續豔異編》作「拒」。《廣記》《四庫》本改作「入」。

〔一五〕更有金莖花其花如蝶　《廣四十家小説》本、《孔帖》卷一〇〇、《萬花谷》作「更有莖出其花如蝶」，誤。

〔一六〕在　《孔帖》卷一〇〇、《萬花谷》、《群仙録》作「到」。

〔一七〕木　《廣四十家小説》本、《廣記》明鈔本、孫校本作「水」。

〔一七〕寸　《廣記》、《廣豔異編》、《續豔異編》、《唐人説薈》作「尺」。

〔一八〕重百斤　《廣記》、《廣豔異編》、《續豔異編》、《唐人説薈》「百」作「八百」。《廣四十家小説》本「重」作「以」，「百斤」與下文「巨石」連讀。

〔一九〕殆　《廣記》、《廣豔異編》、《續豔異編》、《奇聞類紀》作「已」，《廣記》孫校本作「殆」，《類説》、《群仙録》、《真仙通鑑》無此字。按：自大業元年（六〇五）至貞元末（二十一年，八〇五）已二百年。殆，乃也，當也。

〔二〇〕傳信　《廣記》、《廣豔異編》、《續豔異編》作「轉言」，孫校本「轉」作「傳」。

〔二一〕無定　《廣記》、《廣豔異編》、《續豔異編》、《奇聞類紀》作「江表」。

〔二二〕惶　《廣四十家小説》本作「忙」。忙，慌張。

〔二三〕至今江表道流大傳其事焉　《廣四十家小説》本作「江表道流，大傳其事」，爲注文。

按：《廣記》題《元藏幾》，《廣豔異編》卷五、《續豔異編》卷二據《廣記》採入，題同。

軒轅集

蘇鶚　撰

羅浮先生軒轅集，年過數百，而顔色不老。立於牀前，則髮垂至地；坐於暗室，則目光可長數丈。每採藥於深巖峻谷，則有毒龍猛獸，往來衛〔一〕護。或晏然居家，人有具齋邀之〔二〕，雖一日百處，無不分身而至。或與人飲酒，則袖出一壺，纔容一二〔三〕升，縱客滿座，而傾之彌日不竭。或他人命飲，即百斗不醉。夜則垂髮於盆中，其酒瀝瀝而出，麴糵〔四〕之香，輒無減耗。或與獵人同群，有非朋遊者，俄而見十數人，儀貌無不〔五〕間別。或飛朱篆於空中，則可届千里。有病者，以布巾拭〔六〕之，無不應手而愈。

及上召入内庭，遇之甚厚，每與從容論道，率皆叶於上意。因問曰：「長生之道可致乎？」集曰：「撤〔七〕聲色，去〔八〕滋味，哀樂如一，德施無偏，自然與天地合德，日月齊明，則致堯、舜、禹、湯之道，而長生久視之術，何足難哉〔九〕！」又問：「先生之道，孰愈於張果？」曰：「臣不知其他，但少〔一〇〕於果耳。」及退，上遣嬪御取金盆，覆白鵲以試〔一一〕之。集方休於所舍，忽起，謂〔一二〕中貴人曰：「皇帝安能更令老夫射覆盆乎〔一三〕？」中貴人皆不喻其言。于時上召令速至，而集纔及玉堦，謂上曰：「盆下白鵲，宜早放之。」上笑曰：「先生早已知矣。」坐於御榻前，上令宫人侍茶湯〔一四〕。

有笑集貌古布素者，而縝髮絳脣，年纔二八，須臾忽變成老嫗，雞皮鮐背，髮鬢皤然〔一五〕。宫人悲駭，於上前流涕不已。上知宫人之過，促令謝告先生，而容質却復如故。上因語京師無荳蔻、荔枝花，俄頃二花皆連枝葉，各數百〔一六〕，鮮明芳潔，如纔折下。又嘗賜甘子，集曰：「臣山下有味逾於此者。」上曰：「朕無復得之。」集遂取上前碧玉甌，以寶盤覆之，俄頃撤盤，即甘子至矣，芬馥滿殿。其狀甚大，上食之，嘆其甘美無匹。又問曰：「朕得幾年天子？」即把筆書曰：「四十年。」但「十」字挑脚〔一七〕。上笑曰：「朕安敢望四十年乎？」及晏駕，乃十四年也〔一八〕。

集初辭上歸山，自長安至江陵，於一布囊中，探金錢以施貧者，約數十萬。中使從之，莫知其所出〔一九〕。既至中路，忽亡其所在，使臣惶恐不自安。後數日，南海奏先生歸羅浮山矣。（據清康熙振鷺堂重刊明商濬《稗海》本《杜陽雜編》卷下校録，又《太平廣記》卷四八引《杜陽篇》）

〔一〕衛　《廣四十家小説》本作「衜」。衜，排列成行。

〔二〕或晏然居家人有具齋邀之　《廣記》作「或民家具齋飯邀之」，《歷世真仙體道通鑑》卷四二《軒轅集》作「居常民家請齋者」。

〔三〕一二　《廣記》作「三二」。

〔四〕蘖　原作「蘗」，據《真仙通鑑》改。《廣記》作「藥」。

〔五〕不　《廣四十家小説》、《歷代小史》本、《廣記》作「所」。

〔六〕拭　《廣四十家小説》、《歷代小史》本、《真仙通鑑》作「拂」。

〔七〕撤　《重編説郛》、《唐人説薈》、《説部叢書》本作「徹」，《廣記》作「輟」，明鈔本、孫校本作「徹」。徹，撤也。《真仙通鑑》作「絶」。
〔八〕去　《真仙通鑑》作「薄」。
〔九〕何足難哉　《廣四十家小説》、《歷代小史》本作「何難致哉」。
〔一〇〕少　《廣四十家小説》、《歷代小史》本作「少年」，《真仙通鑑》作「年少」。
〔一一〕試　《廣記》作「嘗」，孫校本作「射」，《會校》據改。
〔一二〕謂　《廣四十家小説》、《歷代小史》本、《孔帖》卷三三引《杜陽雜編》作「詣」。
〔一三〕皇帝安能更令老夫射覆盆乎　《廣四十家小説》、《歷代小史》本作「皇帝能安，更令老夫射覆盆也」。
〔一四〕侍茶湯　《廣記》作「傳湯茶」。
〔一五〕髮鬢皤然　《廣記》作「鬢髮如絲」。
〔一六〕各數百　《廣記》作「各近百數」。
〔一七〕挑脚　《廣記》「挑」作「跳」。《真仙通鑑》作「一起」。按：挑脚謂「十」字之一豎末端上挑，表示「四十」二字乙轉，而爲「十四」，作「跳」誤。作「一起」不明何義。
〔一八〕乃十四年也　清曾釗《面城樓集鈔》卷二《杜陽雜編跋》云：「宣宗在位十三年，而以爲十四年……亦有舛誤。」按：宣宗會昌六年（八四六）三月即位，崩於大中十三年（八五九）八月，首尾十四年，不誤。

〔一九〕所出 《廣記》作「故」。

同昌公主

蘇鶚　撰

咸通九年〔一〕，同昌公主出降。宅于廣化里〔二〕，賜錢五百萬貫，仍罄内庫寶貨，以實其宅。至于房櫳户牖，無不以珍異〔三〕飾之。又以金銀爲井〔四〕欄、藥臼、食樻〔五〕、水槽、釜鐺、盆甕之屬。仍鏤〔六〕金爲笊籬、箕筐。製水精、火齊、琉璃、玳瑁等牀，悉榰以金龜銀鰲〔七〕。又琢五色玉爲器什〔八〕，合〔九〕百寶爲圓案。又賜金麥、銀米〔一〇〕共數斛，此皆太宗廟條支國〔一一〕所獻也。

堂中設連珠之帳、却寒之簾〔一二〕、犀簟、牙席、龍罽、鳳褥〔一三〕。連珠帳，續真珠爲之也。却寒簾，類玳瑁斑，有紫色，云却寒之鳥骨所爲也，未知出自何國。又有鷓鴣枕、翡翠匣、神絲繡被。其枕以七寶合成，爲鷓鴣之狀。翡翠匣，積毛羽飾之〔一四〕。神絲繡被，繡三千鴛鴦，仍間以奇花異葉，其精巧華麗絶比〔一五〕。其上綴〔一六〕以靈粟之珠，珠如粟粒，五色輝煥。又帶蠲忿犀、如意玉。其犀圓如彈丸，入土不朽爛，帶之令人蠲忿怒。如意玉，類桃實〔一七〕，上有七孔，云通明之象也。又有瑟瑟幕、紋布巾、火蠶綿、九玉釵〔一八〕。其幕色如瑟瑟，闊三丈〔一九〕，長一百尺，輕明虚薄〔二〇〕，無以爲比。向空張之，則疏朗之紋，如碧絲之貫真〔二一〕珠，雖大雨暴降，不能濕溺〔二二〕，云以鮫人瑞香膏傅之故也。紋布巾，即手巾也，潔白如雪，光軟特異〔二三〕，拭水不濡，用之彌年，不生垢膩。二物稱得之鬼谷國〔二四〕。火蠶綿，云出炎洲〔二五〕。絮衣一襲用一兩，稍過度，則熇蒸之氣不可近〔二六〕也。九玉釵，上刻九鸞，皆九〔二七〕色，上有字曰「玉兒」，工巧妙麗，殆非人工所製。有金陵得者〔二八〕以獻公主，酬之甚厚。一日晝寢，夢絳衣奴授〔二九〕語云：「南齊潘淑妃〔三〇〕取九鸞釵。」及覺，具以夢中之言言於左右。洎公主薨，其釵亦亡其處。韋氏異其事，遂以實話於門人。或有云：「玉兒即潘妃小字也。」逮諸珍異，不可具載。自兩漢至皇唐，公主出降之盛，未之有也。

公主乘七寶步輦，四面綴五色香囊〔三一〕，囊中貯辟寒香、辟邪香、瑞麟香、金鳳香，此香異國所獻也。仍雜以龍腦、金屑。刻鏤水精、馬腦、辟塵犀爲龍鳳花〔三二〕，其上仍〔三三〕絡以真珠、玳瑁。又〔三四〕金絲爲流蘇，彫輕玉爲浮動。每一出遊，則芬馥滿路，晶熒照灼，觀者眩惑其目〔三五〕。是時，中貴人〔三六〕買酒於廣化旗亭，忽相謂曰：「坐來香氣，何太異也？」同席曰：「豈非龍腦耶？」曰：「非也，余幼給事於嬪御〔三七〕宫，故常聞此，未知今日由何而致？」因顧問當壚者，遂云：「公主步輦夫以錦衣換酒於此也。」中貴人共請〔三八〕視之，益歎其異。

上每賜御饌湯物〔三九〕，而道路之使相屬。其饌有靈消炙〔四〇〕、紅虯脯，其酒有凝露漿、桂花醑〔四一〕，其茶則緑華、紫英之號。靈消炙，一羊之肉，取之四兩，雖經暑〔四二〕毒，終不見敗。紅虯脯，非虯也，但佇〔四三〕於盤中，則健如虯，紅絲高一尺〔四四〕，以筯抑之，無數分〔四五〕，撤〔四六〕則復其故。迨〔四七〕諸品味，人莫能識。而公主家饜飫，如里中糠粃。

一日，大會韋氏之族於廣化里，玉饌俱列，暑氣將〔四八〕甚。公主命取澄水帛，以水蘸之，掛于南〔四九〕軒，良久，滿座皆思挾纊。澄水帛，長八九尺，似布而細〔五〇〕，明薄可鑒。云其中有龍涎，故能消暑毒也。韋氏諸宗〔五一〕好爲葉子戲，夜則公主以紅琉璃盤盛夜光珠，令僧祁捧立堂中，而光明如晝焉。

公主始有疾，召術士米賨爲燈法〔五二〕，乃以香蠟〔五三〕燭遺之。米氏之鄰人覺香氣異常，或詣門詰其故，賨具以事對。其燭方二寸〔五四〕，上被五色文，卷而爇之，竟夕不盡。郁烈之氣，可聞於百步。餘煙出其上，即成樓閣臺殿之狀，或云蠟中有蜃脂故也。公主疾既甚，醫者欲難其藥餌，奏云：「得紅蜜、白猿膏〔五五〕，食之可愈。」上令訪內庫，得紅蜜數石，本兜离國所貢也；白猿膏數甕，本南海所獻也。《山海經》曰：「南方有山，中多白猿。」雖日加餌，一無其驗，而公主薨。

上哀痛之，自製挽歌詞，令百官〔五六〕繼和。及庭祭日，百司與內官，皆用金玉飾車輿服玩，以焚於韋氏之庭。家人争取其灰，以擇金寶。及葬於東郊，上與淑妃御延興門，出内庫金玉駞馬〔五七〕、鳳凰、麒麟，各高數尺，以爲威儀〔五八〕。其衣服玩具，悉與生人無異。一物已上〔五九〕，皆至一百二十舁〔六〇〕。刻木爲樓閣、宫殿、龍鳳、花木、人畜之象者，不可勝計。以絳羅綺〔六一〕繡絡金銀、瑟瑟爲帳幕者，亦各千隊。結爲幢節、傘蓋，彌街翳日。旌旗珂珮，兵士鹵簿，率多加等。以賜紫尼及女道士爲侍從引翼，焚升霄降靈之香〔六二〕，擊歸天紫金之磬〔六三〕，繁華輝煥〔六四〕，殆二十餘里。上賜酒一百斛，餅餤三十駱駞，各徑闊二尺，飼役夫〔六五〕也。京城士庶，罷市奔看〔六六〕，汗流相屬，惟恐居後。及靈車〔六七〕過延興門，上與淑妃慟哭，中外聞者，無不傷泣。

同日，葬乳母，上又作《祭乳母文》，詞理悲切〔六八〕，人多傳寫〔六九〕。是後，上晨夕惴〔七〇〕心掛想。李可及進《歎百年曲》〔七一〕，聲詞怨感，聽之莫不淚下。又教數千人作《歎百年隊》〔七二〕，取内庫珍寶彫成首飾，畫八百疋官絁〔七三〕，作魚龍波浪文，以爲地衣〔七四〕。每一舞〔七五〕，而珠翠滿地。

可及官歷大將軍〔七六〕，賞賜盈萬，甚無狀。左軍容使西門季玄素鯁直，乃謂可及曰：「爾恣巧媚，以惑天子，滅族無日矣。」可及恃寵，亦無改作〔七七〕。可及善轉喉舌，對至尊弄媚〔七八〕眼，作頭腦，連聲作詞，唱新〔七九〕聲曲，須臾即百數，方休〔八〇〕。時京城不調少年相效，謂之「拍彈」。去聲。一日，可及乞假，爲子娶婦。上曰：「即令送酒米〔八一〕，以助汝嘉禮。」可及至舍，見一中使監二銀榼，各高二尺餘，宣賜可及。始謂之酒，及封啓，皆實中也〔八二〕。上賜可及金〔八三〕麒麟，高數尺，可及取官車〔八四〕載歸私第。西門季玄曰：「今日受賜，更用官車；他日破家，亦須輦還内府。不道受賞，徒勞牛足。」後可及坐流嶺南，其舊賜珍玩，悉皆進納。君子謂西門有先見之明。（據清康熙振鷺堂重刊明商濬《稗海》本《杜陽雜編》卷下校録，又《太平廣記》卷二三七引《杜陽編》）

〔一〕咸通九年　《面城樓集鈔》卷二《杜陽雜編跋》云：「同昌公主下嫁在咸通十年，而以爲九年，亦有舛誤。」按：同昌下嫁時間，記載不一。《舊唐書·懿宗紀》咸通十一年載「咸通九年二月二日下降」，而咸通十年載是年正月癸亥出降。《舊唐書》卷一七七《韋保衡傳》：「（咸通）十年正月，尚懿宗女同昌公主。」《資治通鑑》卷二五一載，咸通十年正月「丁卯，同昌公主適右拾遺韋保衡」。

〔二〕廣化里　北宋宋敏求《長安志》卷一〇《昌化坊·同昌公主宅》注引《杜陽編》按云：「保衡宅在昌化里，此云廣化，誤也。」按：徐松《唐兩京城坊考》卷三據《杜陽編》將同昌公主宅著録於安興坊（後改廣化坊），不取宋敏求之説。閻文儒、閻萬鈞編著《兩京城坊考補》云：「安興坊後改廣化坊，又名昭化里，又名昌化里。」廣化、昌化實是一坊異名。辛德勇《隋唐兩京叢考》上編《西京》亦謂：「疑廣化爲本名，以避隋煬帝諱更名昌化，其後二名並行。」

〔三〕珍異 《廣記》、《長安志》、明陸楫《古今説海》説淵部别傳四十二《同昌公主外傳》、《豔異編》卷一五《同昌公主外傳》、秦淮寓客《緑窗女史》卷二《同昌公主傳》、《重編説郛》卷一一三《同昌公主傳》、汪雲程《逸史搜奇》己集一《同昌公主》，皆作「衆寶」。

〔四〕井 《類説》卷四四《杜陽雜編·同昌公主出降》明嘉靖伯玉翁舊鈔本（卷三八）作「門」。

〔五〕櫝 《杜陽雜編》《四庫》本、《廣記》、《説海》、《豔異編》、《緑窗女史》、《重編説郛》、《逸史搜奇》皆作「櫃」。櫝，用同「櫃」。

〔六〕鏤 《廣記》、《説海》、《豔異編》、《緑窗女史》、《重編説郛》、《逸史搜奇》皆作「縷」。

〔七〕悉楮以金龜銀鰲 「楮」《四庫》本、《説部叢書》本、《廣記》、《類説》、《孔帖》卷一四（無出處）作「搘」，《説海》、《豔異編》、《緑窗女史》、《重編説郛》、《逸史搜奇》作「支」。按：楮，柱下木基或石基，此用如動詞。搘、支，支撐。「鰲」原作「鼇」，據《類説》改。《廣記》作「鹿」，明鈔本、孫校本及《長安志》、《説海》、《豔異編》、《緑窗女史》、《重編説郛》、《逸史搜奇》作「塹」，均譌。

〔八〕又琢五色玉爲器什 原作「琢五色玉器爲什」，「爲器」乙誤，據《説海》、《豔異編》、《緑窗女史》、《重編説郛》、《逸史搜奇》改。《廣記》作「更琢五色玉爲器皿什物」，《唐人説薈》本同，「更」作「又」。《廣記》明鈔本、孫校本「器皿什物」作「器什」。

〔九〕合 《孔帖》卷一四及《古今合璧事類備要》外集卷五〇引《杜陽編》作「琢」。

〔一〇〕米 《廣記》、《紺珠集》卷四《杜陽編·金麥銀粟》、《説海》、《緑窗女史》、《重編説郛》、《逸史搜奇》作「粟」，《廣記》孫校本譌作「菓」。

〔一一〕太宗廟條支國　「廟」《廣四十家小説》、《唐人説薈》、《學津》、《筆記小説大觀》本及《廣記》、《説海》、《緑窗女史》、《重編説郛》、《逸史搜奇》作「朝」。按：廟指朝廷。《新唐書》卷九三《李勣傳》：「秦王爲上將，勣爲下將，皆服金甲，乘戎輅，告捷於廟。」廟即朝也。「支」《廣四十家小説》、《歷代小史》本、《孔帖》卷八一引《杜陽編》、《類説》作「枝」。按：「支」、「枝」譯字不同。《舊唐書》卷一九四下《突厥傳下》：「武德三年，遣使貢條支巨卵。」《舊唐書》卷四〇《地理志三》有「條枝都督府」。《史記》卷一二三《大宛列傳》：「安息……其西則條枝。」《漢書》卷九六上《西域傳上》皆作「條支」。

〔一二〕却寒之簾　《類説》作「辟寒簾」。

〔一三〕龍罽鳳褥　《廣記》、《説海》、《逸史搜奇》作「龍鳳繡」，《類説》作「龍鳳褥」，伯玉翁舊鈔本作「龍罽、鳳褥」。

〔一四〕其枕以七寶合成爲鷓鴣之狀翡翠匣積毛羽飾之　《廣記》無「成」字，「狀」作「斑」，「積毛羽飾之」作「飾以翠羽」。明鈔本、孫校本作「其枕以七寶爲，合鷓鴣、翡翠毛羽」。《説海》、《逸史搜奇》作「其枕以七寶合爲鷓鴣□□翡翠毛羽」，《緑窗女史》、《豔異編》、《重編説郛》作「其枕以七寶合爲鷓鴣，匣爲翡翠毛羽」。

〔一五〕其精巧華麗絶比　《廣記》明鈔本、孫校本作「則精巧華麗，可得而知矣」，《説海》、《豔異編》、《緑窗女史》、《重編説郛》、《逸史搜奇》同，唯「華」作「瑰」。

〔一六〕綴　《廣四十家小説》、《歷代小史》本、《事類備要》外集卷三九（無出處）作「絡」。

〔一七〕桃實　《廣記》作「枕頭」，孫校本作「桃實」。
〔一八〕九玉釵　《紺珠集》、《海録碎事》卷五引《杜陽編》作「九鸞釵」。
〔一九〕丈　《廣記》作「尺」。
〔二〇〕輕明虚薄　《廣四十家小説》、《歷代小史》本作「輕虚明薄」。
〔二一〕真　《南部新書》辛卷作「赤」。
〔二二〕濕溺　《廣記》作「沾濕」，明鈔本、孫校本、《説海》、《豔異編》、《緑窗女史》、《重編説郛》、《逸史搜奇》作「濕漏」，《會校》據明鈔本、孫校本改。《南部新書》作「濡濕」。
〔二三〕特異　《廣記》作「絶倫」，明鈔本、孫校本無此二字。
〔二四〕鬼谷國　《廣四十家小説》、《歷代小史》本無「國」字，《南部新書》無「谷」字。
〔二五〕炎洲　《廣記》、《説海》、《豔異編》、《緑窗女史》、《重編説郛》、《逸史搜奇》作「火洲」。按：《海内十洲記·炎洲》：「炎洲在南海中，地方二千里，去北岸九萬里。」
〔二六〕熇蒸之氣不可近　「蒸」《廣記》明鈔本、孫校本作「燧」。「近」《廣四十家小説》、《歷代小史》本、《類説》作「衣」，《廣記》作「奈」，明鈔本、孫校本作「去」。
〔二七〕九　《孔帖》卷一四作「五」。
〔二八〕金陵得者　《學津》本作「得之金陵者」，《廣記》、《説海》、《豔異編》、《緑窗女史》、《重編説郛》、《逸史搜奇》作「得於金陵者」。

〔二九〕授　《廣記》作「傳」，明鈔本、孫校本作「受」，通「授」。《説海》、《豔異編》、《緑窗女史》、《重編説郛》、《逸史搜奇》作「致」。

〔三〇〕潘淑妃　應作潘貴妃。見《南史·齊本紀下》。

〔三一〕四面綴五色香囊　《廣記》作「四角綴五色錦香囊」，孫校本「角」作「面」，明鈔本、孫校本「錦」作「平」。《孔帖》卷四又卷一四、宋洪芻《香譜》卷上《香之異·辟寒香》引《杜陽編》、陳敬《新纂香譜》卷一《香異·辟寒香》引《杜陽雜編》、《事類備要》前集卷一一引《杜陽雜編》又卷二二引《杜陽編》、《説海》、《豔異編》、《緑窗女史》、《重編説郛》、《逸史搜奇》「香囊」作「玉香囊」。

〔三二〕龍鳳花　《廣記》下有「木狀」二字，明鈔本、孫校本無。

〔三三〕仍　《廣記》作「悉」，明鈔本作「仍」。

〔三四〕又　《孔帖》卷一四作「文」，《廣記》、《説海》、《豔異編》、《緑窗女史》、《重編説郛》、《逸史搜奇》、《唐人説薈》作「更以」。

〔三五〕芬馥滿路晶熒照灼觀者眩惑其目　《廣記》作「芬香街巷，晶光耀日，觀者眩其目」，明鈔本、孫校本作「芬香街巷，晶照看者，眩惑其目」。《説海》、《豔異編》、《逸史搜奇》作「所過芬香，街巷晶照，看者眩惑其目」。

〔三六〕中貴人　《説海》、《豔異編》、《緑窗女史》、《重編説郛》、《逸史搜奇》前有「某」字。《廣記》明鈔本、孫校本譌作「其」。

〔三七〕御　《廣記》、《古今説海》、《豔異編》、《緑窗女史》、《重編説郛》、《逸史搜奇》作「妃」。

〔三八〕請　此字原無，據《廣記》、《古今説海》、《豔異編》、《緑窗女史》、《重編説郛》、《逸史搜奇》補。

〔三九〕上每賜御饌湯物　「每」《廣記》作「日」，明鈔本、孫校本作「每」。「物」《廣四十家小説》、《歷代小史》本、《廣記》、《説海》、《豔異編》、《緑窗女史》、《重編説郛》、《逸史搜奇》作「藥」。

〔四〇〕靈消炙　《廣記》、《説海》、《豔異編》、《緑窗女史》、《重編説郛》、《逸史搜奇》作「消靈炙」。《廣記》下文乃作「靈消炙」。

〔四一〕醑　《廣記》作「醅」，明鈔本作「醍」，孫校本、《説海》、《豔異編》、《緑窗女史》、《重編説郛》、《逸史搜奇》作「醞」。

〔四二〕暑　《廣記》明鈔本、孫校本作「著」。

〔四三〕佇　《四庫》本、《唐人説薈》民國石印本、《説部叢書》本及《廣記》、《孔帖》卷一六引《杜陽編》、《錦繡萬花谷》後集卷三五引《杜陽編》、《説海》、《逸史搜奇》作「貯」。

〔四四〕則健如虬紅絲高一尺　「則健如虬紅絲」《廣記》作「縷健如紅絲」，孫校本、《説海》、《豔異編》、《緑窗女史》、《重編説郛》、《逸史搜奇》作「虬健如紅絲」，《孔帖》卷一六、《萬花谷》省作「虬健絲」，此處「健」疑當作「腱」。「尺」《説海》、《豔異編》、《緑窗女史》、《重編説郛》、《逸史搜奇》作「丈」，當譌。

〔四五〕數分　《廣記》作「三四分」，明鈔本作「三分」，《説海》、《豔異編》、《緑窗女史》、《重編説郛》、《逸史搜奇》作「三數分」。

〔四六〕撤　《廣記》明鈔本、孫校本作「撒」。

〔四七〕迨　《廣記》、《唐人説薈》作「其」。迨，及也，與也。

〔四八〕將　《長安志》、《孔帖》卷八、《事類備要》外集卷六四引《杜陽雜編》作「特」。將，方，正。

〔四九〕南　南宋陳元靚《歲時廣記》卷二引《杜陽編》作「高」。

〔五〇〕而細　《説海》、《豔異編》、《緑窗女史》、《重編説郛》、《逸史搜奇》作「輕細」。

〔五一〕宗　原作「家」，據《廣記》、《説海》、《豔異編》、《緑窗女史》、《重編説郛》、《逸史搜奇》改。

〔五二〕召術士米賓爲燈法　「米賓」《廣記》作「米賓」，明鈔本、孫校本作「來賓」，《四庫》本改作「米賓」，《説海》、《豔異編》、《緑窗女史》、《重編説郛》、《逸史搜奇》作「來賓」。「燈法」《廣四十家小説》、《歷代小史》本及《孔帖》卷一四無「燈」字，《廣記》、《説海》、《豔異編》、《逸史搜奇》作「禳法」。

〔五三〕蠋　諸本及《廣記》、《説海》等多作「蠟」。蠋，同「蠟」。

〔五四〕方二寸　《廣記》下有「長尺餘」三字，明鈔本、孫校本無。

〔五五〕膏　《類説》卷四四《杜陽雜編·紅蜜白猿脂》作「脂」。下文「膏」原作「脂」，據《廣記》、《説海》、《豔異編》、《緑窗女史》、《重編説郛》、《逸史搜奇》改。

〔五六〕百官　《廣記》作「朝臣」，明鈔本、孫校本作「百官」，《會校》據改。

〔五七〕金玉颵馬　《廣記》作「金駱駝」，明鈔本、孫校本作「金玉駝馬」，《會校》據改。《四庫》本亦據《杜陽雜編》改，見《四庫全書考證》卷七二。

〔五八〕威儀　《廣記》作「儀從」，明鈔本、孫校本、《説海》、《豔異編》、《緑窗女史》、《重編説郛》、《逸史搜奇》無「威」字。

〔五九〕一物已上　《廣記》作「每一物」，明鈔本、孫校本作「一物已上」，《會校》據改。

〔六〇〕舁　《廣記》作「輿」，明鈔本、孫校本作「舁」，《會校》據改。按：舁，通「輿」，車。

〔六一〕綺　原譌作「多」，《説海》、《豔異編》、《緑窗女史》、《重編説郛》、《逸史搜奇》譌作「裙」，據《廣記》、《唐人説薈》、《説部叢書》改。

〔六二〕升霄降靈之香　《廣記》作「升霄百靈之香」，孫校本、《説海》、《豔異編》、《緑窗女史》、《重編説郛》、《逸史搜奇》作「昇霄靈芝香」。

〔六三〕磬　《廣四十家小説》、《歷代小史》本及《廣記》明鈔本、孫校本、《説海》、《豔異編》、《緑窗女史》、《重編説郛》、《逸史搜奇》作「碧磬」。

〔六四〕繁華輝焕　《廣四十家小説》、《歷代小史》本作「繁劇華焕」。

〔六五〕役夫　《廣四十家小説》、《歷代小史》本作「體夫」。

〔六六〕罷市奔看　《廣記》作「罷業觀者」，明鈔本、孫校本、《説海》、《豔異編》、《緑窗女史》、《重編説郛》、《逸史搜奇》作「罷業來觀者」，《會校》據明鈔本、孫校本改。

〔六七〕車　《廣記》作「輀」，孫校本、《説海》、《逸史搜奇》作「舁」，《豔異編》、《緑窗女史》、《重編説郛》作

「鹵」。按：輀，靈車。鹵，鹵布。

〔六八〕詞理悲切　《廣記》、《説海》、《豔異編》、《緑窗女史》、《重編説郛》、《逸史搜奇》作「詞質而意切」。

〔六九〕寫　《廣記》作「誦」，明鈔本、孫校本作「寫」，《會校》據改。

〔七〇〕惴　《廣記》作「注」，明鈔本、孫校本作「惴」，《會校》據改。

〔七一〕進歎百年曲　《廣記》孫校本、《永樂大典》卷一五一四〇引《太平廣記》無「歎」字。《説海》、《豔異編》、《緑窗女史》、《重編説郛》、《逸史搜奇》作「《歎追百年曲》」。

〔七二〕數千人作歎百年隊　《廣記》汪校本「數千」誤作「數十」。明鈔本、孫校本、《大典》、《説海》作「千數」。

〔七三〕官絁　《廣記》作「絹」，孫校本、《大典》作「官絁」。《類説》作「官絹」。《説海》、《豔異編》、《緑窗女史》、《重編説郛》、《逸史搜奇》作「官綾」。絁，粗綢。

〔七四〕地衣　《説海》、《豔異編》、《緑窗女史》、《重編説郛》、《逸史搜奇》下有「而舞」二字。

〔七五〕每一舞　《廣記》作「每舞竟」，明鈔本、孫校本、《大典》作「而一舞」。

〔七六〕可及官歷大將軍　《大典》前有「後」字。

〔七七〕亦無改作　《廣記》作「無有少改」，明鈔本、孫校本、《説海》、《豔異編》、《緑窗女史》、《重編説郛》、《逸史搜奇》作「未嘗改作」。

〔七八〕媚　《廣四十家小説》、《歷代小史》本作「眉」。

〔七九〕新　《廣記》明鈔本、孫校本、《説海》、《豔異編》、《緑窗女史》、《重編説郛》、《逸史搜奇》作「雜」。

〔八〇〕須臾即百數方休　《廣記》作「須臾間變態百數不休」，明鈔本、孫校本、《説海》、《豔異編》、《緑窗女史》、《重編説郛》、《逸史搜奇》作「須臾則百數不休」。

〔八一〕酒米　《廣記》、《説海》、《豔異編》、《緑窗女史》、《重編説郛》、《逸史搜奇》作「酒麵及米」。

〔八二〕實中也　《廣記》作「實以金寶」，明鈔本、孫校本同此。

〔八三〕金　《廣記》、《説海》、《豔異編》、《緑窗女史》、《重編説郛》、《逸史搜奇》作「銀」。《廣四十家小説》、《歷代小史》本作「金銀」。

〔八四〕官車　《廣記》、《説海》、《豔異編》、《緑窗女史》、《重編説郛》、《逸史搜奇》作「官庫車」。

按：《古今説海》説淵部别傳四十二據《廣記》輯入，題《同昌公主外傳》，不著撰人。《豔異編》卷一五、《逸史搜奇》已集一據《説海》採入，後書題《同昌公主》。《緑窗女史》卷二、《重編説郛》卷一一三《同昌公主傳》，亦同《説海》本，署名唐蘇鶚。

迎佛骨

蘇　鶚　撰

十四年春，詔大德僧數十輩，於鳳翔法門寺迎佛骨。百官上疏諫，有言憲宗故事者。

上曰：「但生得見，殁而無恨也。」遂以金銀爲寶刹，以珠玉爲寶帳、香舁，仍用孔雀氄〔一〕毛飾。其寶刹小者高一丈，大者二丈。刻香檀爲飛簾、花檻、瓦木、階砌之類，其上徧以金銀覆之。舁一刹，則用夫數百。其寶帳、香舁不可勝紀，工巧輝焕，與日争麗。又悉珊瑚、馬腦、真珠、瑟瑟綴爲幡幢，計用珍寶，不啻百斛。其剪綵爲幡爲傘，約以萬隊。

四月八日，佛骨入長安。自開遠門安福樓，夾道佛聲振地，士女瞻禮，僧徒道從。上御安福寺，親自頂禮，泣下霑臆。即召兩街供奉僧，賜金帛各有差，仍〔二〕京師耆老元和迎真體者，悉賜銀椀、錦綵。長安豪家，競飾車服，駕肩彌路。四方挈老扶幼來觀者，莫不蔬素，以待恩福。時有軍卒，斷左臂於佛前，以手執之，一步一禮，血流灑地。至於肘行膝步，齧指截髮，不可筭數。又有僧，以艾覆頂上，謂之鍊頂，火發痛作，即掉其首呼叫。坊市少年擒之，不令動摇，而痛不可忍，乃號哭卧於道上，頭頂焦爛，舉止蒼迫，凡見者無不大〔三〕哂焉。

上迎佛骨入内道場，即設金花帳、温清〔四〕床、龍鱗之席、鳳毛之褥〔五〕，焚玉髓之香，薦瓊膏之乳，皆九年訶陵國所貢獻也。初迎佛骨有詔，令京城及畿甸於路傍壘土爲香刹，或高一二丈，迨八九尺，悉以金翠飾之，京城之内，約及萬數。是時〔六〕，妖言香刹摇動，有佛光慶雲現路衢，説者迭相爲異。又坊市豪家，相爲無遮齋大會，通衢間結綵爲樓閣臺殿，或水銀以爲池，金玉以爲樹，競聚僧徒，廣設佛像，吹螺擊鈸，燈燭相繼。又令小兒玉帶金額白脚，呵唱於其間，恣爲嬉戲。又結錦繡爲小車輿，以載歌舞。如是充于輦轂之下，而延壽里推爲繁華之最。

是歲秋七月，天子晏駕。識者以爲物極爲妖。公主薨而上崩，同昌之號明矣。（據清康熙振鷺堂重刊明商濬《稗海》本《杜陽雜編》卷下校録，又《説郛》卷六《杜陽雜編》）

〔一〕 氄　《説郛》作「鷊」，當譌。氄，鳥獸柔細毛羽。

〔二〕 仍　《説郛》作「仍令」，《學津》本作「而」，《説部叢書》本作「其」。按：仍，又。

〔三〕 大　《類説》卷四四《杜陽雜編·煉頂》作「閧」，嘉靖伯玉翁舊鈔本作「哄」。閧、哄，音義皆同。《説郛》作「洪」，疑爲「哄」字之譌。

〔四〕 清　《類説·杜陽雜編·佛骨》、《廣四十家小説》、《歷代小史》、《説部叢書》、《叢書集成初編》排印《學津》本作「清」。

〔五〕 鳳毛之褥　《類説》作「鳳尾褥」。

〔六〕 時　此字原無，據《説郛》補。

按：此篇《廣記》未引，《説郛》所載無標目，今擬如題。

唐五代傳奇集第三編卷三十九

元柳二公傳

裴鉶撰

裴鉶，字里不詳。約在宣宗大中中（八四七—八六〇）隱洪州西山修道，道號谷神子，著《道生旨》。懿宗咸通五年（八六四）高駢爲安南都護，七年於安南置静海軍，駢爲節度使，此間鉶當爲駢從事。九年駢鑿天威徑，命鉶作《天威徑新鑿海派碑》（《全唐文》卷八〇五），鉶時爲節度掌書記，加侍御史内供奉。是年駢調任右金吾大將軍，不久出鎮天平軍。僖宗乾符元年（八三四）十二月詣西川制置蠻事，明年正月拜西川節度使，鉶亦爲從事。五年正月駢移鎮荆南，鉶時爲西川節度副使兼御史大夫。崔安潛代鎮西川，誅殺駢之親信，鉶當受排斥，作《題石室詩》，有「更歎沱江無限水，争流祇願到滄溟」句，興歸焉之志。是年又作《惠廉禪師重修浄衆寺碑》、《新創二真堂記》於成都。（據《雲笈七籤》卷八八、《通志·藝文略》道家類論、《唐詩紀事》卷六七《裴鉶》、《寶刻類編》卷六、《全唐文》卷八〇五裴鉶小傳及《傳奇》）

元和初，有元徹〔一〕、柳實者，居於衡山。二公俱有從父爲官浙右，爲〔二〕李庶人連累，各竄於驩、愛二州〔三〕，二公共結行李〔四〕而往省焉。至於廉州合浦縣〔五〕，登舟而欲越海，將抵交阯，艤舟於合浦岸。夜有村人饗神，簫鼓喧嘩，舟人與二公僕使〔六〕齊往看焉。夜將午，俄颶〔七〕風欻起，斷纜漂舟，入于大海，莫知所適。罥〔八〕長鯨之鬐，搶巨鼇之背，浪浮雪嶠，日涌火〔九〕輪，觸蛟室而梭停，撞蜃樓而瓦解，擺簸數四，幾欲傾沉。然後抵孤島而風止，二公愁悶而陟焉。

見玉天尊像〔一〇〕，瑩然於嶺所〔一一〕，有金爐香燼〔一二〕，而別無人物〔一三〕。二公周覽之次，忽覩海面上有巨獸，出首四顧，若有察聽，牙森劍戟，目閃電光，良久而没。逡巡，復有紫雲自海面湧出，漫衍數百步。中有五色大芙蓉，高百餘尺，葉葉而綻，内有帳幄，若〔一四〕繡綺錯雜，耀奪人眼。又見虹橋忽展，直抵於島上。俄有雙鬟侍女，捧玉合，持金爐，自蓮葉〔一五〕而來天尊所，易其殘燼，炷以異香。二公見之，前告叩頭，辭理哀酸，求返人世，雙鬟不答。二公請益苦〔一六〕，良久，女曰：「子是何人，而遽至此？」二公具以實白之。女曰：「少頃有玉虚尊師當降此島，與南溟夫人會約。子但堅請之，將有所遂。」言訖，有道士乘白鹿，馭彩霞，直降於島上。二公並〔一七〕拜而泣告，尊師憫之，曰：「子可隨此女而謁南溟夫人，當有歸期，可無〔一八〕礙矣。」尊師語雙鬟曰：「余暫修真畢，當詣彼。」

二子受教，至帳前，行拜謁之禮。見一女未笄〔一九〕，衣五色文彩，皓玉凝肌，紅流膩豔〔二〇〕，神澄沆瀣〔二一〕，氣肅滄溟。二子告以姓字，夫人哂之曰：「昔時天台有劉晨，今有柳實，昔有阮肇，今有元徹，昔時有劉、阮，今有元、柳，莫非天也？」設二榻而坐〔二二〕。俄頃尊師至，夫人迎拜，遂還坐。有仙娥數輩，奏笙簧簫笛，旁列鸞鳳之歌舞，雅合節奏。二子恍惚，若夢于鈞天，即人世罕聞見矣。遂命飛觴。忽有玄鶴，銜彩牋自空而至，曰：「安期生知尊師赴南溟會，暫請枉駕。」尊師讀之，謂玄鶴曰：「尋當至彼。」尊師語夫人曰：「與安期生間闊千年，不值南遊，無因訪話〔二三〕。」夫人遂促侍女進饌，玉器光潔。與〔二四〕夫人對食，而二子不得餉。尊師曰：「二子雖未合餉，然爲求人間之食而餉之。」夫人曰：「然。」即別進饌，乃人間味也。尊師食畢，懷中出丹篆一卷而授夫人，夫人拜而受之。遂告去，回顧二子曰：「子有道骨，歸乃不難。然邂逅相遇，合有靈藥相貺。子但宿分自有師，吾不當爲子師耳。」二子拜，尊師遂去。

俄海上有武夫，長數〔二五〕丈，衣金甲，仗劍而進，曰：「奉使天吴〔二六〕，清道不謹，法當顯戮，今已行刑。」遂趨而没。夫人命侍女紫衣鳳冠者曰：「可送客去，而所乘者何？」侍女曰：「有百花橋，可馭二子。」二子感謝拜別，夫人贈以玉壺一枚，高尺餘。夫人命筆，題玉壺詩贈，曰：「來從一葉舟中來，去向〔二七〕百花橋上去。若到〔二八〕人間扣玉壺，鴛鴦自解分明語。」俄有橋長數百步，欄檻之上皆有異花。二子於花間潛窺，見千龍萬蛇〔二九〕，遞相交遶爲橋之柱〔三〇〕。又見昔海上獸，已身首異處，浮於波上。二子因詰使者，使者曰：「此獸爲不知二君故也。」使者曰：「我不當爲使而送子，蓋有深意欲奉託，强爲此行。」遂襟帶間解一琥珀合子，中有物，隱隱若蜘蛛形狀。謂二子曰：「吾輩水仙也，水仙陰也，而無男子。吾昔遇〔三一〕番禺少年，情之至〔三二〕而有子，未三歲，合棄之。夫人命與南嶽神〔三三〕爲子，其來久矣。中間〔三四〕南岳回雁峰使者，有事於水府，返日，憑寄吾子所弄玉環往，而使者隱之，吾頗爲恨。望二君子爲持此合子至回雁峰下，訪使者廟而投之，當有異變。倘得玉環，爲送吾子，吾子亦自當有報效耳。慎勿啓之。」二子受之，謂使者曰：「夫人詩云：『若到人間扣玉壺，鴛鴦自解分明語。』何也？」曰：「子歸有事，但扣玉壺，當有鴛鴦〔三五〕應之，事無不從矣。」又曰：「玉虚尊師云吾輩自有師，師復是誰？」曰：「南岳太極先生耳，當自遇之。」遂與使者告别。

橋之盡所，即昔日合浦之維舟處，回視已無橋矣。二子詢之，時已一十二〔三六〕年，驩、愛二州親屬，已殞謝矣。問道將歸衡山〔三七〕，中途因餧而扣壺，遂有鴛鴦語曰：「若〔三八〕欲飲食，前行自遇耳。」俄而道左有盤饌豐備，二子食之，而數日不思他味。尋即達家，昔日童稚，已弱冠矣。然二子妻，各謝世已三晝〔三九〕。家人輩悲喜不勝，曰：「人云郎君亡没大海，服闋已九秋矣。」二子厭人世，體以〔四〇〕清虚，覩妻之〔四一〕喪，不甚〔四二〕悲感，遂相與直抵回雁峰，訪使者廟。以合子投之，倏有黑龍長數丈，激風噴雹〔四三〕，折樹揭屋，霹靂一聲而廟立碎。二子戰慄，不敢熟視。空中乃有擲玉環者，二子取之，而送南岳廟。及歸，有黃衣少年，持二金合子，各到二子家，曰：「郎君令持此藥，曰還魂膏，而報二君子。家有斃者，雖一甲子，猶能塗頂而活〔四四〕。」受〔四五〕之，而使者不見。二子遂以活妻室。後共尋雲水，訪太極先生，而曾無影響。悶悶〔四六〕却歸，因大雪，見老〔四七〕叟負樵而鬻。二子哀其衰邁〔四八〕，飲之以酒。覩樵擔上有〔四九〕「太極」字，遂禮之爲師。以玉壺告〔五〇〕之，叟曰：「吾貯玉液者，亡來數十甲子，甚喜再見。」二子因隨詣祝融峰，自此而得道，不重見耳〔四五〕。（據中華書局版版汪紹楹點校本《太平廣記》卷二五引《續仙傳》校録，朝鮮成任編《太平廣記詳節》卷三作《傳奇》）

〔一〕元徹　明沈與文野竹齋鈔本、清孫潛校本、明陸楫《古今説海》説淵部別傳二十四《玉壺記》、汪雲程《逸史搜奇》己集五《玉壺》、吳大震《廣豔異編》卷三《玉壺記》、冰華居士《合刻三志》志幻類及舊題楊循吉《雪窗談異》卷七《稽神録·玉壺記》作「元胤」。

〔二〕爲　此字原無，據明施顯卿《新編古今奇聞類紀》卷九引《續仙傳》、元趙道一《歷世真仙體道通鑑》卷三三《柳實》補。

〔三〕驩愛二州　「二」字原無，據《廣記詳節》補。《説海》、《逸史搜奇》、《廣豔異編》、《合刻三志》、《雪窗談異》脱「驩」字，後文乃作「驩、愛二州」。按：驩州、愛州相臨，愛州在驩州北，屬安南都護府，俱在今越南境内。

〔四〕行李　《廣記詳節》、《説海》、《逸史搜奇》、《廣豔異編》、《合刻三志》、《雪窗談異》作「行邁」。按：行李，行旅也。

〔五〕廉州合浦縣　北宋張君房《雲笈七籤》卷一一六《墉城集仙録·南溟夫人》「廉州」誤作「廣州」。按：唐代合浦縣爲廉州治所。《真仙通鑑》「合」譌作「白」。

〔六〕使　原作「吏」，據明鈔本、孫校本、《廣記詳節》、《集仙録》、《真仙通鑑》、《奇聞類紀》、《説海》、《逸史搜奇》、《廣豔異編》、《合刻三志》、《雪窗談異》改。按：使，僕也。

〔七〕颺　明鈔本、孫校本、《廣記詳節》、《説海》、《逸史搜奇》、《廣豔異編》、《合刻三志》作「飄」，《真仙通鑑》作「颺」。

〔八〕罥　《説海》、《逸史搜奇》、《廣豔異編》、《合刻三志》、《雪窗談異》作「突」。罥，纏繞。

〔九〕火　孫校本作「大」。

〔一〇〕玉天尊像　原作「天王尊像」，據《真仙通鑑》、《奇聞類紀》改。《集仙録》作「白玊天尊像」。

〔一一〕嶺所　《真仙通鑑》作「案所」，《奇聞類紀》作「嶺上」，《集仙録》作「在石室之内」。按：杜光庭《墉城集仙録》非鈔原文，多有改易。

〔一二〕有金爐香燼　《真仙通鑑》作「有金香爐」，《奇聞類紀》作「案有金香爐」，《集仙録》作「前有金爐香燼」，《説海》、《逸史搜奇》、《廣豔異編》、《合刻三志》、《雪窗談異》作「有金鑄香爐」。

〔一三〕而别無人物　「人」原作「一」，據明鈔本、孫校本、《廣記詳節》、《説海》、《逸史搜奇》、《廣豔異編》、《合刻三志》、《雪窗談異》改。《集仙録》作「而竟無人」。

〔一四〕若　《集仙録》及明馮夢龍《太平廣記鈔》卷七《元柳二公》無此字。

〔一五〕蓮葉　《真仙通鑑》作「蓮華」。

〔一六〕苦　此字原脱，據明鈔本、《廣記詳節》、《説海》、《逸史搜奇》、《廣豔異編》、《合刻三志》、《雪窗談異》、《奇聞類紀》補。

〔一七〕並　《説海》、《逸史搜奇》、《廣豔異編》作「前」。《廣記詳節》譌作「子」。

〔一八〕可無　孫校本、《廣記詳節》、《説海》、《逸史搜奇》、《廣豔異編》、《合刻三志》、《雪窗談異》作「無以」。

〔一九〕笄　《説海》、《逸史搜奇》、《廣豔異編》、《合刻三志》、《雪窗談異》作「髻」。

〔二〇〕紅流膩豔　明鈔本「流」作「葉」，《廣記詳節》作「蕖」。《説海》、《逸史搜奇》、《廣豔異編》、《合刻三志》此四字作「紅粧豔絶」。

〔二一〕神澄沆瀣　《説海》、《逸史搜奇》、《廣豔異編》、《合刻三志》、《雪窗談異》作「神出天表」。

〔二二〕設二榻而坐　《奇聞類紀》下有「各以未笄女配之」，不知何據。

〔二三〕話　明鈔本、孫校本作「詁」。

〔二四〕與　此字原無，據《廣記詳節》、《真仙通鑑》補。

〔二五〕數　《集仙録》作「十餘」。

〔二六〕天吴　原作「天真」，誤，據《廣記詳節》、《集仙録》改。按：天吴，水中神獸。《山海經・海外東經》：「朝陽之谷，神曰天吴，是爲水伯。」又《大荒東經》：「有神人，八首人面，虎身十尾，名曰天吴。」前文所叙海面巨獸，即此天吴。

〔二七〕向　《永樂大典》卷二二五六引《太平廣記》作「上」。

〔二八〕到　《大典》作「别」，當誤。

〔二九〕千龍萬蛇　《奇聞類紀》「蛇」作「虬」。《集仙録》作「千虬萬龍」。《類説》卷三二《傳奇・元徹》作「千籠萬斛」，當誤。

〔三〇〕遞相交遶爲橋之柱　「遞」原譌作「遽」，據《廣記詳節》、《真仙通鑑》、《奇聞類紀》改。「交」《廣記詳節》、《真仙通鑑》、《奇聞類紀》、《説海》、《逸史搜奇》、《廣豔異編》、《合刻三志》、《雪窗談異》作「繳」。繳，纏繞。「橋之柱」《真仙通鑑》、《奇聞類紀》作「橋柱石」，《類説》作「柱石」。

〔三一〕遇　《真仙通鑑》作「道遇」。

〔三二〕至　《説海》、《逸史搜奇》、《合刻三志》、《雪窗談異》作「至感」，《廣豔異編》作「所感」。

〔三三〕神　《集仙録》作「郎君」。

〔三四〕中間　原譌作「聞」，據《廣記詳節》、《集仙録》、《真仙通鑑》改。

〔三五〕鴛鴦　《廣記詳節》作「鳥而」，《大典》作「烏而」，「烏」乃「鳥」之譌。《真仙通鑑》作「禽」。《説海》、《逸史搜奇》、《廣豔異編》、《合刻三志》、《雪窗談異》譌作「憑而」。

〔三六〕 一十二　《真仙通鑑》、《奇聞類紀》作「十」。

〔三七〕 問道將歸衡山　《真仙通鑑》上有「二子惆悵」四字。

〔三八〕 若　《大典》、《真仙通鑑》、《説海》、《逸史搜奇》、《廣豔異編》、《合刻三志》、《雪窗談異》作「當」。

〔三九〕 已三晝　《説海》、《逸史搜奇》、《廣豔異編》、《合刻三志》、《雪窗談異》作「數年」。《真仙通鑑》、《奇聞類紀》「晝」作「日」。

〔四〇〕 以　《廣記》《四庫》本、《廣記鈔》作「已」。以，通「已」。《真仙通鑑》作「亦」。

〔四一〕 之　原譌作「子」，據明鈔本、清陳鱣校本、《廣記詳節》、《真仙通鑑》、《説海》、《逸史搜奇》、《廣豔異編》、《合刻三志》、《雪窗談異》改。

〔四二〕 甚　《廣記詳節》作「勝」。

〔四三〕 電　《真仙通鑑》作「雹」。

〔四四〕 猶能塗頂而活　「頂」孫校本作「項」。《説海》、《逸史搜奇》、《廣豔異編》、《合刻三志》、《雪窗談異》作「猶可塗其口中，俄頃則活」。

〔四五〕 受　《説海》、《逸史搜奇》、《廣豔異編》、《合刻三志》、《雪窗談異》作「授」。受，通「授」。

〔四六〕 悶悶　原作「悶」，據《廣記詳節》補。

〔四七〕 老　原作「大」，據明鈔本、孫校本、陳校本、《廣記詳節》、《真仙通鑑》、《説海》、《逸史搜奇》、《廣豔異編》、《合刻三志》、《雪窗談異》改。

〔四八〕衰邁　《真仙通鑑》作「年老而寒」。

〔四九〕有　《真仙通鑑》下有「刻」字。

〔五〇〕告　《廣記詳節》作「扣」，張國風《太平廣記會校》據改。按：扣，同「叩」，叩問，探問。

〔五一〕不重見耳　《説海》、《逸史搜奇》、《廣豔異編》、《合刻三志》、《雪窗談異》作「不復見矣」。

按：《崇文總目》小説類著録《傳奇》三卷，裴鉶撰。《新唐書·藝文志》小説類同，注：「高駢從事。」《通志·藝文略》傳記類冥異、《郡齋讀書志》小説類、《文獻通考·經籍考》小説家類、《宋史·藝文志》小説類著録並同。《遂初堂書目》小説類今本（《説郛》本）但著其目，削去卷數與作者。《直齋書録解題》卷六作六卷，云：「《唐志》三卷，今六卷，皆後人以其卷帙多而分之也。」

是書久亡，元末陶宗儀《説郛》未收此書，則時已罕傳。明陳第《世善堂藏書目録》卷下史類「語怪各書」著録三卷，疑爲輯本。高儒《百川書志》卷八小説家著録一卷，云：「唐裴鉶撰，高駢客也。皆神仙恢譎事。《通考》稱三卷，又分六卷。今止二十二事，恐非全書。」遺文主要存於《太平廣記》。《類説》卷三二節録二十二條，疑高儒所見之本即從《類説》鈔出者。《紺珠集》卷一一摘録十七條，文字極爲簡碎。國家圖書館藏清鈔本三卷，輯三十篇。鄭振鐸輯二十四篇，載

《世界文庫》第一册（上海生活書店一九三六年版）。王夢鷗《傳奇校補考釋》（載《唐人小説研究》，臺北藝文印書館一九七一年版）輯三十篇。周楞伽《裴鉶傳奇》（上海古籍出版社一九八〇年版）輯三十一篇，李時人《全唐五代小説》（陝西人民出版社一九九八年版）輯三十三篇，《唐五代筆記小説大觀》（上海古籍出版社二〇〇〇年版）穆公校點《傳奇》輯三十三篇。拙著《唐五代志怪傳奇叙録》（南開大學出版社一九九三年版）輯目三十四篇。其中《王居貞》（《廣記》卷四三〇）文字簡窘，不類他作，《太平廣記詳節》卷三七引作《聞奇録》，是也。今本《廣記》誤注出處，宜删。《廣記》卷四二四《五臺山池》，談本注出《傳奇》。明鈔本作《傳載》，今見《大唐傳載》，《廣記》誤也。又，《廣記》卷三七二引《張不疑》凡二條，前條末無出處，後條注「出《博異記》，又出《靈怪集》」。明鈔本前條與下條相連，注「出《博異志》」。二事相類，乃一事之二傳，而《博異志》所記必止其一。南宋王銍《補侍兒小名録》引前事作《博異志》，似前事屬鄭還古書。《廣記》《四庫》本注出《傳奇》，蓋妄加，乃因前條《盧涵》出《傳奇》也。《全唐五代小説》將前事輯入《傳奇》，非是。

觀此書遺文，所涉地域頗廣，包括嶺南、河南、河北、河東、關内、湘中、江東、江西、蜀中等地區，嶺南、關内者最多，蓋作者經歷南北自所聞見也。隨時撰作成篇，或即行於世，故《虬鬚客傳》、《鄭德璘傳》皆曾單行。最後彙集各篇，編成一書。其《許栖巖》、《楊通幽》爲蜀人蜀事，當作於從事西川之時。然則《傳奇》之最後成編蓋在乾符中（八七四—八七九）也。宋人趙彦衛謂

《傳奇》乃投獻主司所作（《雲麓漫鈔》卷八），絶不可信。

《虬鬚客傳》、《鄭德璘傳》題皆有「傳」字，又宋施元之《施注蘇詩》卷一四《芙蓉城》注引裴鉶《封陟傳》，卷二九《介亭餞楊傑次公》注引《傳奇·封陟傳》，温豫《續補侍兒小名録》引裴鉶《薛昭傳》，是則《傳奇》各篇均以「傳」爲題。裴鉶既先成單篇，宜乎以「傳」命篇，觀唐人文集可知。而裴鉶之所以以《傳奇》名書者，乃謂傳（去聲）述奇人異事，固傳記之體也。《廣記》所引删去「傳」字，乃其編纂體例使然，即多以人物姓名稱謂標目，惟「雜傳記」所録《李娃傳》等，尚存原題耳。

本篇《廣記》注出《續仙傳》，誤。《續仙傳》五代楊吴沈汾撰，全帙猶存，無此篇。《太平廣記詳節》卷三作《傳奇》，是也。《類説》卷三二《傳奇》有《元徹》，《紺珠集》卷一一《傳奇》摘録《回雁使者》、《百花橋》二段，南宋陳葆光《三洞群仙録》卷一二《合浦元柳》引自《傳奇》，知此篇屬裴鉶《傳奇》。

《古今説海》説淵部别傳二十四《玉壺記》即本篇，不著撰人。所據當亦《廣記》，别製篇名。《説海》本又收入《逸史搜奇》己集五、《廣豔異編》卷三、《舊小説》乙集，《逸史搜奇》題删「記」字。《合刻三志》志幻類及《雪窗談異》卷七之妄題唐雍陶撰《稽神録》，中亦有《玉壺記》，亦取於《説海》。

崔煒傳

裴鉶撰

貞元中，有崔煒者，故監察子向〔一〕之子也。子向有詩名〔二〕於人間，終於南海從事。煒居南海，意豁然也。不事家産，多尚〔三〕豪俠。不數年，財業殫盡，多棲止佛舍。時中元日，番禺人多陳設珍異於佛廟，集百戲于開元寺。煒因窺之〔四〕，見乞食老嫗，因蹶而覆〔五〕人之酒甕，當壚者毆之。計其直，僅一緡耳。煒憐之，脱衣爲償其所直，嫗不謝而去。異日，又來告煒曰：「謝子爲脱吾難。吾善灸贅疣，今有越井岡艾少許奉子，每遇疣贅，只一炷耳〔六〕。不獨愈苦〔七〕，兼獲美豔。」煒笑而受之，嫗倏亦不見。

後數日，因遊海光寺，遇老僧贅生〔八〕于耳。煒因出艾試灸之，而如其説〔九〕。僧感之甚，謂煒曰：「貧道無以奉酬，但轉經以資郎君之福祐耳。此山下有一任翁者，藏鏹巨萬，亦有斯疾。君子能療之，當有厚報。請爲書導之〔一〇〕。」煒曰：「然。」任翁一聞喜躍，禮請甚謹。煒因出艾，一爇而愈。任翁告煒曰：「謝君子痊我所苦，無以厚酬，有錢十萬〔一一〕奉子，幸〔一二〕從容，無草草而去。」煒因留彼〔一三〕。

煒善絲竹之妙〔一四〕，聞主人堂前彈琴〔一五〕聲，詰家童，對曰：「主人之愛女也。」因請其琴而彈之，女潛聽而有意焉。時任翁家事鬼，曰「獨脚神〔一六〕」，每三歲必殺一人饗之。時已逼矣，求人不獲。任翁俄負心，召其子計之曰：「門下客既〔一七〕無血屬，可以爲饗。吾聞大恩尚不報，況愈小疾耳。」遂令具神饌，夜將半〔一八〕，擬殺煒。已潛扃煒所處之室，而煒莫覺。女密知之，潛持刃於窗隙間，告煒曰：「吾家事鬼，今夜當殺汝而祭之。汝可持此破窗遁去，不然者，少頃死矣。此刃亦望持去，無相累也。」煒聞〔一九〕，恐悸汗流，揮刃攜艾，斷窗櫺躍出，拔鍵〔二〇〕而走。任翁俄覺，率家僮十餘輩，持刃秉炬，追之六七里，幾及之。煒因迷道〔二一〕，失足墜于大枯井〔二二〕中，追者失蹤而返。

煒雖墜井，爲槁葉所藉而無傷。及曉視之，乃一巨穴，深百餘丈，無計可出〔二三〕。四旁嵌空宛轉，可容千人。中有一白蛇盤屈，可長數丈，光照穴中〔二四〕。前有石臼，巖上有物滴下，如飴蜜，注臼中，蛇就飲之。煒察蛇有異，乃叩首祝之〔二五〕曰：「龍王，某不幸，墜于此，願王憫之，幸不相害。」因飲其餘，亦不饑渴。細視蛇之脣吻，亦有疣焉。煒感蛇之見憫，欲爲灸之，奈無從得火〔二六〕。既久，有遥火飄入于穴〔二七〕，煒乃燃艾，啓蛇而灸之，是贅應手墜地。蛇之飲食久以〔二八〕妨礙，及去，頗以爲便，遂吐徑寸珠酬煒。煒不受，而啓蛇曰：「龍王能施雲雨，陰陽莫測，神變由心，行藏在己。必能有道，拯援〔二九〕沉淪。儻賜挈維，得還人世，則死生感激，銘在肌膚。但得一歸〔三〇〕，不願懷寶。」蛇遂咽珠，蜿蜒將有所適。煒遂載〔三一〕拜，跨蛇而去。不由穴口，只於洞中行。可數十里，其中幽暗若漆，但蛇之光燭兩壁，時見繪畫古丈〔三二〕夫，咸有冠帶。最後觸一石門，門有金獸齧環，洞然明朗。蛇低首〔三三〕不進，而卸下煒。

煒將謂已達人世矣，入户，但見一室，空闊可百餘步。穴之四壁，皆鐫爲房室。當中有錦繡數間，垂金泥紫帷〔三四〕，更飾以珠翠，炫晃如明星之連綴。帳前有金爐，爐上有蛟龍、鸞鳳、龜蛇、燕〔三五〕雀，皆張口噴出香煙，芳芬蓊鬱〔三六〕。傍有小池，砌以金璧〔三七〕，貯以水銀，鳧鷖〔三八〕之類，皆琢以瓊瑶而泛之。四壁有床，咸飾以犀象，上有琴瑟、笙篁〔三九〕、鼗鼓〔四〇〕、柷敔，不可勝記。煒細視，手澤尚新。煒乃恍然，莫測是何洞府也。

良久，取琴試彈之，四壁户牖咸啓。有小青衣出而笑曰：「玉京子已送崔家郎君至矣。」遂却走入。須臾，有四女，皆古環髻，曳霓裳之衣，謂煒曰：「何崔子擅入皇帝玄宫耶？」煒乃捨琴再拜，女亦酬拜。煒曰：「既是皇帝玄宫，皇帝何在？」曰：「暫赴祝融宴爾。」遂命煒就榻鼓琴。煒乃彈《胡笳》，女曰：「何曲也？」曰：「《胡笳》也。」曰：「何爲《胡笳》？吾不曉也。」煒曰：「漢蔡文姬，即中郎邕之女也，被虜〔四一〕，没于胡中。及歸，感胡中故事，因撫琴而成斯弄，像胡中吹笳哀咽之韻。」女皆怡〔四二〕然曰：「大是新曲。」遂命酌醴傳觴。煒乃叩首，求歸之意〔四三〕頗切。女曰：「崔子既來，皆是宿分。何必匆遽？幸且淹駐。羊城使者少頃當來，可以隨往。」謂崔子曰：「皇帝已許〔四四〕田夫人奉箕箒，便可相見。」崔子莫測端倪，不敢應答〔四五〕。遂命侍女召田夫人。夫人不肯至，曰：「未奉皇帝詔，不敢見崔家郎君〔四六〕。」再命不至。女〔四七〕謂煒曰：「田夫人淑德美麗，世無儔匹，願君子善奉之，亦宿業耳。夫人即齊王女也。」崔子曰：「齊王何人也？」女曰：「王諱橫。昔漢初亡齊〔四八〕而居海島者。」

逡巡，有日影入照坐中。煒因舉首，上見一穴，隱隱然覩人間天漢耳。四女曰：「羊城使者至矣。」遂有一白羊，自空冉冉而下，須臾至座間〔四九〕。背有一丈夫，衣冠儼然。執大筆，兼封一青竹簡，上有篆字，進於香几上。四女命侍女讀之，曰：「廣州刺史徐申〔五〇〕死，安南都護趙昌充替。」女酌醴飲使者，曰：「崔子欲歸番禺，願爲挈往。」使者唱喏，迴謂煒曰：「他日須與使者易服緝〔五一〕宇，以相酬〔五二〕勞。」煒但唯唯。四女曰：「皇帝有勅，令與郎君國寶陽燧珠。將往至彼，當有胡人具十萬緡而易之。」遂命侍女開玉函，取珠授煒，煒載〔五三〕拜捧受，謂四女曰：「煒不曾朝謁皇帝，又非親族，何遽貺遺如是？」女曰：「郎君先人有詩于越臺，感悟徐申，遂見修緝。皇帝媿之，亦有詩繼和。賚珠之意，已露詩中，不假僕說，郎君豈不曉耶？」煒曰：「不識皇帝何詩〔五四〕？」女命侍女書題于羊城使者筆管上，云：「千歲荒臺隳路隅，一章〔五五〕太守重椒塗。感君拂拭意何極〔五六〕，報爾美婦〔五七〕與明珠。」煒曰：『皇帝原何姓字？』女曰：『已後當自知耳。』女又〔五八〕謂煒曰：「中元日，須具美酒豐饌于廣州蒲澗寺静室，吾輩當送田夫人往。」煒遂再拜告去。欲躡使者之羊背，女曰：「知有鮑姑艾，可留少許。」煒但留艾，即不知鮑姑是何人也，遂留之。瞬息而出穴，履于平地，遂失使者與羊所在。望星漢，時已五更矣。俄聞蒲澗寺鐘聲，遂抵寺，僧人以早糜見餉。遂歸廣州〔五九〕。

崔子先有舍税居，至日往舍詢之〔六〇〕，曰已三年矣。主人謂崔煒曰：「子何所適，而三秋不返？」煒不實告。開其户，塵榻儼然，頗懷悽愴。問刺史，則徐申果死而趙昌替矣。乃抵波斯邸，潛鬻是珠。有老胡人一見，遂匍匐禮手曰：「郎君的入南越王趙佗墓中來，不然者，不合得斯寶。」蓋趙佗以珠爲殉故也。崔子乃具實告。方知皇帝是趙佗，佗亦曾稱南越武帝故耳。遂具十萬緡易之。崔子詰胡人曰：「何以辨之？」曰：「我大食國寶陽燧珠也。昔漢初，趙佗使異人梯山航海，盜歸番禺，今僅千載矣。我國有能玄象者，言來歲國寶當歸。故我王召我，具大舶重資，抵番禺而搜索，今日果有所獲矣。」遂出玉液而洗之，光鑒一室。胡人遽泛舶，歸大食去。

煒得金，遂具家産。然訪羊城使者，竟無影響。後有事于城隍廟，忽見神像有類使者。又覩神筆上有細字，乃侍女所題也。方具酒脯而奠之。兼重粉繢，及廣其宇。是知羊城即廣州城，廟有五羊焉。又徵任翁之室，則村老云，南越尉任囂之墓耳。又登越王殿臺，覩先人詩云：「越井岡頭松柏老，越王臺上生秋草。古墓多年無子孫〔六一〕，野人〔六二〕踐成官道。」兼覩〔六三〕越王繼和詩，蹤跡頗異。乃詢主者，主者曰：「徐大夫申因登此臺，感崔侍御詩，故重粉飾臺殿，所以焕爀耳。」

後將及中元日，遂豐潔香饌甘醴，留于蒲澗寺僧室〔六四〕。夜將〔六五〕半，果四女伴田夫人至。容儀豔逸，言旨雅澹。四女與崔生進觴〔六六〕諧謔，將曉告去。崔子遂再拜訖，致書達於越王，卑辭厚禮，敬荷而已。遂與夫人歸室。煒詰夫人曰：「既是齊王女，何以遠配於南越〔六七〕？」夫人曰：「某國破家亡，遭越王所虜，爲嬪御。王崩〔六八〕，因以爲殉，乃不知今是幾時也。看烹酈生，如昨日耳。每憶故事，輒一〔六九〕潸然。」煒問曰：「四女何人？」曰：「其二東甌越王搖〔七〇〕所獻，其二閩越王無諸所進，俱爲殉者。」又問曰：「昔四女云鮑姑，何人也？」曰：「鮑靚〔七一〕女，葛洪妻也。多行灸〔七二〕於南海。」煒方歎駭昔日乞丐之老嫗〔七三〕耳。又曰：「呼蛇爲玉京子〔七四〕，何也？」曰：「昔安期生長〔七五〕跨斯龍而朝玉京，故號之玉京子。」

煒因在穴飲龍餘沫，肌膚少嫩，筋力輕健〔七六〕。後居南海十餘載，遂散金破産，棲心道門。乃挈室往羅浮，訪鮑姑，後竟不知所適。（據中華書局版汪紹楹點校本《太平廣記》卷三四引

〔一〕子向　原作「向」，宋計有功《唐詩紀事》卷四七《崔子向》引裴鉶《傳奇》作「子向」。按：《唐詩紀事》云：「子向，貞元以前爲監察御史，終南海從事。」《全唐詩》卷三一四收崔子向詩三首，小傳云：「崔子向，貞元間爲檢校監察御史，後終南海從事。」南海從事指嶺南節度使幕僚，崔子向所帶中央官銜爲監察御史。監察御史俗稱「侍御」，故後文稱「崔侍御」。嶺南節度使治所在廣州，廣州唐曾改稱南海郡。詩人嚴維有《贈送崔子向》詩，皎然有《白雲上人精舍尋杼山禪師兼示崔子向何山道上人》、《峴山送崔子向之宣州謁裴使君》詩，崔子向與皇甫曾、皎然、清晝等作聯句九首，均見《全唐詩》。據《唐詩紀事》補「子」字。下同。

〔二〕詩名　《古今説海》説淵部别傳三十《崔煒傳》，《豔異編》卷三七《崔煒傳》，《逸史搜奇》甲集十《崔煒》，梅鼎祚《才鬼記》卷四《趙佗》（末注《傳奇》），詹詹外史《情史類略》卷二〇《田夫人》，《合刻三志》志鬼類、《雪窗談異》卷八、《唐人説薈》第十五集、《龍威秘書》四集、《晉唐小説六十種》之《才鬼記·崔煒》下有「知」字。

〔三〕尚　《説海》、《豔異編》、《逸史搜奇》、《才鬼記》、《情史》、《合刻三志》、《雪窗談異》、《唐人説薈》、《龍威秘書》、《晉唐小説六十種》作「友」。

〔四〕因窺之　南宋陳元靚《歲時廣記》卷二九引《傳奇》作「往觀之」，《説海》、《豔異編》、《逸史搜奇》、《才鬼記》、《情史》、《合刻三志》、《雪窗談異》、《唐人説薈》、《龍威秘書》、《晉唐小説六十種》作「因閒翫（或玩）」。按：窺，觀看也。

〔五〕覆　《説海》、《豔異編》、《逸史搜奇》、《才鬼記》、《情史》、《合刻三志》、《雪窗談異》、《唐人説薈》、《龍威秘書》、《晉唐小説六十種》作「破」。

〔六〕只一炷耳　《説海》、《豔異編》、《逸史搜奇》、《才鬼記》、《情史》、《合刻三志》、《雪窗談異》、《唐人説薈》、《龍威秘書》、《晉唐小説六十種》作「灸一炷當即愈」。

〔七〕苦　《説海》、《豔異編》、《逸史搜奇》、《才鬼記》、《情史》、《合刻三志》、《雪窗談異》、《唐人説薈》、《龍威秘書》作「疾」，《歲時廣記》乃作「苦」。

〔八〕生　此字原無，據《歲時廣記》、《説海》、《豔異編》、《逸史搜奇》、《才鬼記》、《情史》、《合刻三志》、《雪窗談異》、《唐人説薈》、《龍威秘書》、《晉唐小説六十種》補。

〔九〕而如其説　《説海》、《豔異編》、《逸史搜奇》、《才鬼記》、《情史》、《合刻三志》、《雪窗談異》、《唐人説薈》、《龍威秘書》、《晉唐小説六十種》作「應手而落」，《歲時廣記》作「一炷而愈」。

〔一〇〕導之　《説海》、《豔異編》、《逸史搜奇》、《才鬼記》、《情史》、《合刻三志》、《雪窗談異》、《唐人説薈》、《龍威秘書》、《晉唐小説六十種》作「達焉」。

〔一一〕十萬　明鈔本、孫校本、《説海》、《豔異編》、《逸史搜奇》、《才鬼記》、《情史》、《合刻三志》、《雪窗談異》、《唐人説薈》、《龍威秘書》、《晉唐小説六十種》作「千萬」，《歲時廣記》作「十千」。按：十千乃十緡，難稱厚酬。十萬若指十萬文，合一百緡，千萬則一萬緡也。

〔一二〕幸　《説海》、《豔異編》、《逸史搜奇》、《才鬼記》、《情史》、《合刻三志》、《雪窗談異》、《唐人説薈》、

《龍威秘書》、《晉唐小説六十種》下有「且」字。

〔一三〕煒因留彼　明鈔本、孫校本作「煒因被留之」，《歲時廣記》作「因留之數日」，《説海》、《豔異編》、《逸史搜奇》、《才鬼記》、《情史》、《合刻三志》、《雪窗談異》、《唐人説薈》、《龍威秘書》、《晉唐小説六十種》作「因被留款」。

〔一四〕煒善絲竹之妙　《説海》、《豔異編》、《逸史搜奇》、《才鬼記》、《情史》、《合刻三志》、《雪窗談異》、《唐人説薈》、《龍威秘書》、《晉唐小説六十種》作「煒素善絲竹，能造其妙」。

〔一五〕琴　《歲時廣記》作「胡琴」。

〔一六〕獨脚神　《歲時廣記》、《説海》、《逸史搜奇》、《才鬼記》作「獨神」，《豔異編》、《情史》、《合刻三志》、《雪窗談異》、《唐人説薈》、《龍威秘書》、《晉唐小説六十種》作「毒神」。按：獨脚神亦稱獨脚鬼、獨脚五通，傳説中的山魈。宋俞琰《席上腐談》卷上：「獨脚鬼乃山魈，見道家《煙蘿子圖》，連胲一隻脚。」

〔一七〕既　下原有「不來」二字，據明鈔本、孫校本、《説海》、《豔異編》、《逸史搜奇》、《才鬼記》、《情史》、《合刻三志》、《雪窗談異》、《唐人説薈》、《龍威秘書》、《晉唐小説六十種》删。

〔一八〕夜將半　《説海》、《豔異編》、《逸史搜奇》、《才鬼記》、《情史》、《合刻三志》、《雪窗談異》、《唐人説薈》、《龍威秘書》、《晉唐小説六十種》作「俟夜半」。

〔一九〕聞　此字原無，據《説海》、《豔異編》、《逸史搜奇》、《才鬼記》、《情史》、《合刻三志》、《雪窗談異》、《唐人説薈》、《龍威秘書》、《晉唐小説六十種》補。

〔二〇〕鍵　明鈔本作「鍉」。按：鍵，門閂。鍉，鑰匙。

〔二一〕迷道　明鈔本、孫校本作「不曉其道」。

〔二二〕枯井　《類説》作「梧井」。按：梧井，井上長有梧桐，名梧井。北宋孫覿《鴻慶居士文集》卷二《次韻王子欽秋懷》：「楓江湛湛冰壺月，梧井團團玉露秋。」

〔二三〕可出　明鈔本、孫校本作「而跳出」。

〔二四〕光照穴中　此四字原無，據《説海》、《豔異編》、《逸史搜奇》、《才鬼記》、《情史》、《合刻三志》、《雪窗談異》、《唐人説薈》、《龍威秘書》、《晉唐小説六十種》補。按：下文云「蛇之光燭兩壁」，知此蛇身體發光，蓋《廣記》脱此四字。

〔二五〕叩首祝之　孫校本「叩首」作「稽顙」。《説海》、《豔異編》、《逸史搜奇》、《才鬼記》、《情史》、《合刻三志》、《雪窗談異》、《唐人説薈》、《龍威秘書》、《晉唐小説六十種》作「詣蛇稽顙謂之」。

〔二六〕奈無從得火　明鈔本、孫校本作「蓋無燭而不遂志」，《歲時廣記》作「以無燭不遂」，《説海》、《豔異編》、《逸史搜奇》、《才鬼記》、《合刻三志》、《雪窗談異》、《唐人説薈》、《龍威秘書》、《晉唐小説六十種》作「而無燭不遂」，《情史》作「而恨無火」。

〔二七〕既久有遥火飄入于穴　《類説》卷三二《傳奇·崔煒》作「俄有燒火飄入穴」，《歲時廣記》作「忽有延火飄入」，《三洞群仙録》卷一四引《廣記》作「偶因野燒延火飄入井中」，《説海》、《豔異編》、《逸史搜奇》、《才鬼記》、《情史》、《合刻三志》、《雪窗談異》、《唐人説薈》、《龍威秘書》、《晉唐小説六十種》作「須臾，忽有飄火入穴」。

〔二八〕以　此字原無，據明鈔本、孫校本、《説海》、《豔異編》、《逸史搜奇》、《才鬼記》補。《情史》、《合刻三志》、《雪窗談異》、《唐人説薈》、《龍威秘書》、《晉唐小説六十種》作「已」。

〔二九〕援　孫校本、《説海》、《豔異編》、《逸史搜奇》、《才鬼記》、《情史》、《合刻三志》、《雪窗談異》、《唐人説薈》、《龍威秘書》作「拔」，《會校》據孫校本改。

〔三〇〕但得一歸　明鈔本、孫校本作「但慰歸心」，《説海》、《豔異編》、《逸史搜奇》、《才鬼記》、《情史》、《合刻三志》、《雪窗談異》、《唐人説薈》、《龍威秘書》、《晉唐小説六十種》作「但遂歸心」。

〔三一〕載　《説海》、《豔異編》、《逸史搜奇》、《才鬼記》、《情史》、《合刻三志》、《雪窗談異》、《唐人説薈》、《龍威秘書》、《晉唐小説六十種》作「再」。

〔三二〕丈　明鈔本作「大」。

〔三三〕低首　明鈔本、《説海》、《豔異編》、《逸史搜奇》、《才鬼記》、《情史》、《合刻三志》、《雪窗談異》、《唐人説薈》、《龍威秘書》、《晉唐小説六十種》作「抵此」。

〔三四〕錦繡數間垂金泥紫帷　原作「錦繡幃帳數間，垂金泥紫」，據《説海》、《豔異編》、《逸史搜奇》、《才鬼記》、《情史》、《合刻三志》、《雪窗談異》、《唐人説薈》、《龍威秘書》刪補（《豔異編》、《情史》、《合刻三志》、《唐人説薈》、《龍威秘書》、《晉唐小説六十種》「紫帷」作「紫幃」）。孫校本亦有「帷」字。

〔三五〕燕　原作「鸞」，與上句重複，且「鸞雀」不宜連用，蓋「鸞」、「鷰」形近而譌，據《説海》、《豔異編》、《逸史搜奇》、《才鬼記》、《情史》、《合刻三志》、《雪窗談異》、《唐人説薈》、《龍威秘書》、《晉唐小説六十種》改。

〔三六〕皆張口噴出香煙芳芬蓊鬱　明鈔本作「皆張口噴出香煙之氣氛鬱焉」，孫校本同，唯無「焉」字。

〔三七〕璧　原譌作「壁」，據孫校本、《四庫》本及《説海》、《豔異編》、《逸史搜奇》、《才鬼記》、《合刻三志》、《雪窗談異》、《唐人説薈》、《龍威秘書》、《晉唐小説六十種》改。

〔三八〕鷺　明鈔本作「鷺」，孫校本作「鶩」。鷺，鷗也。

〔三九〕笙篁　《四庫》本、《説海》、《豔異編》、《逸史搜奇》、《才鬼記》、《情史》、《合刻三志》、《雪窗談異》、《唐人説薈》、《龍威秘書》、《晉唐小説六十種》「篁」作「簧」。按：笙篁、笙簧，均指笙，竹管樂器。

〔四〇〕鼓　《説海》、《豔異編》、《逸史搜奇》、《才鬼記》、《情史》、《合刻三志》、《雪窗談異》、《唐人説薈》、《龍威秘書》作「磬」。

〔四一〕被虜　此二字原無，據《説海》、《豔異編》、《逸史搜奇》、《才鬼記》、《情史》、《合刻三志》、《雪窗談異》、《唐人説薈》、《龍威秘書》、《晉唐小説六十種》補。孫校本作「女虜」，「女」字譌。

〔四二〕怡　孫校本作「恬」。

〔四三〕之意　孫校本作「之道」，《説海》、《豔異編》、《逸史搜奇》、《才鬼記》、《情史》、《合刻三志》、《雪窗談異》、《唐人説薈》、《龍威秘書》、《晉唐小説六十種》作「詞旨」。

〔四四〕許　明鈔本、孫校本作「配」，《會校》據改。按：許，許配。

〔四五〕不敢應答　《説海》、《豔異編》、《逸史搜奇》、《才鬼記》、《情史》、《合刻三志》、《雪窗談異》、《唐人説薈》、《龍威秘書》、《晉唐小説六十種》作「未敢應荷」。明鈔本譌作「可敢應何」。

〔四六〕郎君　原作「郎也」，據孫校本、《説海》、《豔異編》、《逸史搜奇》、《才鬼記》、《情史》、《合刻三志》、《雪窗談異》、《唐人説薈》、《龍威秘書》、《晉唐小説六十種》改。

〔四七〕女　此字原無，據《説海》、《豔異編》、《逸史搜奇》、《才鬼記》、《情史》、《合刻三志》、《雪窗談異》、《唐人説薈》、《龍威秘書》、《晉唐小説六十種》補。

〔四八〕亡齊　《説海》、《豔異編》、《逸史搜奇》、《才鬼記》、《情史》、《合刻三志》、《雪窗談異》、《唐人説薈》、《龍威秘書》、《晉唐小説六十種》作「國亡」。

〔四九〕座間　原無「間」字，據《説海》、《豔異編》、《逸史搜奇》、《才鬼記》、《情史》、《合刻三志》、《雪窗談異》、《唐人説薈》、《龍威秘書》、《晉唐小説六十種》補。

〔五〇〕徐申　「申」原作「紳」，誤，據明鈔本、孫校本改，下同。按：《舊唐書》卷一四《德宗紀下》：「（元和元年三月）壬寅，以前安南經略使趙昌爲廣州刺史、嶺南節度使。癸卯，前嶺南節度使徐申卒。」《新唐書》卷一四三《徐申傳》：「徐申，字維降，京兆人。……會初置景州，授刺史，賜錢五十萬，加節度副使，遷邕管經略使。……逾年進嶺南節度使。……詔可加檢校禮部尚書，封東海郡公。詔未至卒，年七十，贈太子少保，謚曰平。」《元和姓纂》卷二：「諫議大夫徐元之……生申，嶺南節度兼御史大夫。」

〔五一〕緝　《説海》、《豔異編》、《逸史搜奇》、《才鬼記》、《情史》、《合刻三志》、《雪窗談異》、《唐人説薈》、《龍威秘書》、《晉唐小説六十種》作「葺」。

〔五二〕酬　原作「酧」，蓋「酧」字之譌。「酧」同「酬」。據明鈔本、孫校本、《四庫》本及《説海》、《豔異編》、

《逸史搜奇》、《才鬼記》、《情史》、《合刻三志》、《雪窗談異》、《唐人説薈》、《龍威秘書》、《晉唐小説六十種》改。

〔五三〕載　明鈔本、孫校本作「再」。

〔五四〕不識皇帝何詩　孫校本作「不知。遂請皇帝詩」，明鈔本無「知」字。《説海》、《豔異編》、《逸史搜奇》、《才鬼記》、《情史》、《合刻三志》、《雪窗談異》、《唐人説薈》、《龍威秘書》、《晉唐小説六十種》作「敢遂請皇帝詩」。

〔五五〕一章　原作「一煩」，據明鈔本、孫校本、《歲時廣記》、《説海》、《豔異編》、《逸史搜奇》、《才鬼記》、《情史》、《合刻三志》、《雪窗談異》、《唐人説薈》、《龍威秘書》、《晉唐小説六十種》改。按：一章，指崔煒父子向題越王臺詩。

〔五六〕感君拂拭意何極　「感」明鈔本、孫校本、《歲時廣記》作「因」。明鈔本、孫校本全句作「因君拂拭遂拂拭」。

〔五七〕美婦　《歲時廣記》、《説海》、《豔異編》、《逸史搜奇》、《才鬼記》、《情史》、《合刻三志》、《雪窗談異》、《唐人説薈》、《龍威秘書》、《晉唐小説六十種》作「佳人」。

〔五八〕又　此字原無，據《説海》、《豔異編》、《逸史搜奇》、《才鬼記》、《情史》、《合刻三志》、《雪窗談異》、《唐人説薈》、《龍威秘書》、《晉唐小説六十種》補。《歲時廣記》作「復」。

〔五九〕廣州　《説海》、《豔異編》、《逸史搜奇》、《才鬼記》、《情史》、《合刻三志》、《雪窗談異》作「廣平」，誤。按：廣平縣唐時屬幽州，治今北京西古城。

〔六〇〕至日往舍詢之　孫校本作「至往日主人舍詢之」，《會校》據改。《説海》、《豔異編》、《逸史搜奇》、《才鬼記》、《情史》、《唐人説薈》、《龍威秘書》、《晉唐小説六十種》作「至日往主人舍詢之」。

〔六一〕古墓多年無子孫　「墓」明鈔本、孫校本作「基」，當誤。「多」《説海》、《豔異編》、《逸史搜奇》、《才鬼記》、《情史》、《合刻三志》、《雪窗談異》、《唐人説薈》、《龍威秘書》、《晉唐小説六十種》作「千」。《歲時廣記》、《全唐詩》卷三一四崔子向《題越王臺》乃作「多」。

〔六二〕野人　《歲時廣記》作「野牛」。孫校本譌作「野井」。《全唐詩》作「牛羊」，校：「一作野人。」

〔六三〕覩　此字原無，據《説海》、《豔異編》、《逸史搜奇》、《才鬼記》、《情史》、《合刻三志》、《雪窗談異》、《唐人説薈》、《龍威秘書》、《晉唐小説六十種》補。明鈔本作「覩」，《會校》據補。

〔六四〕留于蒲澗寺僧室　「于」字原無，據明鈔本、孫校本、《説海》、《豔異編》、《逸史搜奇》、《才鬼記》、《情史》、《合刻三志》、《雪窗談異》、《唐人説薈》、《龍威秘書》、《晉唐小説六十種》補。《説海》等「留」作「届」。《歲時廣記》「室」下有「竢之」二字。

〔六五〕將　《歲時廣記》無此字。

〔六六〕進觴　《説海》、《豔異編》、《逸史搜奇》、《才鬼記》、《情史》、《合刻三志》、《雪窗談異》、《唐人説薈》、《龍威秘書》、《晉唐小説六十種》作「會飲」。

〔六七〕遠配於南越　原作「配南越人」，據《説海》、《豔異編》、《逸史搜奇》、《才鬼記》、《情史》、《合刻三志》、《雪窗談異》、《唐人説薈》、《龍威秘書》、《晉唐小説六十種》删補。《歲時廣記》作「遠配南越」，無「於」字。《類説》作「配南越」，亦無「人」字。

〔六八〕崩　《歲時廣記》、《説海》、《豔異編》、《逸史搜奇》、《情史》、《合刻三志》、《雪窗談異》、《唐人説薈》、《龍威秘書》、《晉唐小説六十種》作「薨」，《類説》、《歲時廣記》均亦作「崩」。按：《禮記·曲禮下》：「天子死曰崩，諸侯曰薨。」漢高祖封趙陀爲南越王，後自稱南越武帝，文帝元年（前一七九）去帝制稱臣。於田夫人而言，曰崩曰薨皆可也。

〔六九〕輒一　《歲時廣記》、《説海》、《豔異編》、《逸史搜奇》、《情史》、《合刻三志》、《雪窗談異》、《唐人説薈》、《龍威秘書》、《晉唐小説六十種》作「不覺」。

〔七〇〕東甌越王摇　原脱「東」字，據《説海》、《豔異編》、《逸史搜奇》、《才鬼記》、《情史》、《合刻三志》、《雪窗談異》、《唐人説薈》、《龍威秘書》、《晉唐小説六十種》補。明鈔本、孫校本「東」在「甌」下，《會校》據補，誤。孫校本「摇」作「瑶」，《豔異編》、《情史》、《合刻三志》、《唐人説薈》、《龍威秘書》、《晉唐小説六十種》作「東甌王遥」，並誤。按：摇與無諸皆爲越王句踐後人，姓騶氏。秦并天下，皆廢爲君長，以其地爲閩中郡。漢擊項羽，無諸、摇率越人佐漢，漢高祖五年（前二〇二）復立無諸爲閩越王，王閩中故地，都東冶。孝惠帝三年（前一九二），立摇爲東海王，都東甌，世俗號爲東甌王。見《史記》卷一一四《東越列傳》。

〔七一〕鮑靚　明鈔本、孫校本、《説海》、《豔異編》、《逸史搜奇》、《才鬼記》、《情史》、《合刻三志》、《雪窗談異》及元無名氏《湖海新聞夷堅續志》後集卷一《仙嫗療贅》譌作「鮑静」。《紺珠集》卷一一《傳奇·鮑姑艾》譌作「鮑倩」。按：《晉書》卷九五《鮑靚傳》：「鮑靚字太玄，東海人也。……爲南海太守。……百餘歲卒。」又卷七二《葛洪傳》：「後師事南海太守上黨鮑玄，玄亦内學，逆占將來。見洪深重之，以女妻洪。」鮑玄即鮑靚。

〔七二〕灸　《歲時廣記》、《説海》、《豔異編》、《逸史搜奇》、《才鬼記》、《情史》、《唐人説薈》、《龍威秘書》、《晉唐小説六十種》作「灸道」。

〔七三〕乞丐之老嫗　原作「之嫗」，據《説海》、《豔異編》、《逸史搜奇》、《才鬼記》、《情史》、《合刻三志》、《雪窗談異》、《唐人説薈》、《龍威秘書》、《晉唐小説六十種》補三字。

〔七四〕呼蛇爲玉京子　《説海》、《豔異編》、《逸史搜奇》、《才鬼記》、《情史》、《合刻三志》、《雪窗談異》、《唐人説薈》、《龍威秘書》、《晉唐小説六十種》前有「四女」二字。按：呼玉京子者乃小青衣。

〔七五〕長　《説海》、《豔異編》、《逸史搜奇》、《才鬼記》、《情史》、《合刻三志》、《雪窗談異》、《唐人説薈》、《龍威秘書》、《晉唐小説六十種》作「常」。按：長亦常意，《莊子・秋水》：「吾長見笑於大方之家。」

〔七六〕健　孫校本作「勇」。

按：本篇採入《古今説海》説淵部別傳三十，題《崔煒傳》，無撰人。此本復又收入《豔異編》卷三七、《逸史搜奇》甲集十、《才鬼記》卷四（末注《傳奇》）、《情史類略》卷二〇，分別題《崔煒傳》、《崔煒》、《趙佗》、《田夫人》，《趙佗》下注「《崔煒傳》」。又《合刻三志》志鬼類、《雪窗談異》卷八、《唐人説薈》第十五集（同治八年刊本卷一九）、《龍威秘書》四集《晉唐小説暢觀》、《晉唐小説六十種》收有《才鬼記》一卷，託名唐鄭蕡纂，中亦有《崔煒》。

陶尹二君傳

裴鉶　撰

大中初〔一〕，有陶太白〔二〕、尹子虛二老人，相契爲友，多遊嵩〔三〕、華二峰，採松脂、茯苓爲業。二人因攜醲〔四〕醞，陟芙蓉峰，尋異境，憩于大松林下，因傾壺飲。聞松稍有二人撫掌笑聲，二公起而問曰：「莫非神仙乎？豈不能下降而飲斯一爵？」笑者曰：「吾二人非山精木魅，僕是秦之役夫，彼即秦宮女子。聞君酒馨，頗思一醉。但形體改易，毛髮怪異，恐子悸慄，未能便降。子但安心徐待，吾當返窠〔五〕穴易衣而至，幸無遽捨我去。」二公曰：「敬聞命矣。」遂久伺之。

忽松下見一丈夫，古服儼雅，一女子，鬟髻綵衣，俱至。二公拜謁，忻然還坐。頃之，陶君啓：「神仙何代人？何以至此？既獲拜侍，願祛〔六〕未悟。」古服〔七〕丈夫曰：「余秦之役夫也。家本秦人，及稍成童，值始皇帝好神仙術，求不死藥，因爲徐福所惑，搜童男童女千人，將之海島。余爲童子，乃在其選。但見鯨濤蹙雪，蜃閣排空，石橋之柱欹危，蓬岫之烟杳渺。恐葬魚腹，猶貪雀生。於難厄之中，遂出奇計，因脱斯禍。歸而易姓業儒，不數年中，又遭始皇煨燼典墳，坑殺儒士，搢紳泣血，簪紱悲號。余當此時，復在〔八〕其數。時於危懼之中，又出奇計，乃脱斯苦。又改姓氏，爲板築夫，又遭秦皇欻信妖妄，遂築長城，西起臨洮，東之海曲。隴雁悲晝，塞雲咽空。鄉關之思魂飄，砂磧之勞力竭，墮趾傷骨，陷雪觸冰。余爲役夫，復在其數。遂於辛勤之中，又出奇計，得脱斯難。又改姓氏而業工巧〔九〕，乃屬秦皇帝崩，穿鑿驪山，大修塋域，玉墀金砌，珠樹瓊枝，綺殿錦宮，雲樓霞閣。工人匠石，盡閉幽隧。余〔一〇〕爲工匠，復在數中。又出奇謀，得脱斯苦。凡四設權奇之計，俱脱大禍。知不遇世，遂逃此山。食松脂木實，乃得延齡耳。此毛女者，乃秦之宫人，同爲殉者，余乃同與脱驪山之禍，共匿於此。不知於今經幾甲子耶？」二子曰：「秦於今世，繼正統者九代〔一一〕千餘年。興亡之事，不可歷數。」

二公遂俱稽顙曰：「余二小子，幸遇大仙，多劫因依，使今〔一二〕諧遇。金丹大藥，可得聞乎？朽骨腐肌，實冀〔一三〕麻蔭。」古丈夫曰：「余本凡人，但能絶其世慮，因食木實，乃得凌虚。歲久日深，毛髮紺緑，不覺生之與死，俗之與仙。鳥獸爲鄰，猱狖同樂，飛騰自在，雲氣相隨，亡形得形，無性無情，不知金丹大藥爲何物也。」二公曰：「大仙食木實之法，可得聞乎？」曰：「余初餌柏子，後食松脂，遍體瘡瘍〔一四〕，腸中痛楚。不及旬朔，肌膚瑩滑，毛髮澤〔一五〕潤。未經數年，凌虚若有梯，步險如履地，飄飄然順風而翔，皓皓〔一六〕然隨雲而昇，漸混合虛無，潛孚〔一七〕造化，彼之與我，視無二物。凝神而神爽，養氣而氣清，保守胎根，含藏命帶〔一八〕。天地尚能覆載，雲氣尚能鬱蒸，日月尚能晦明，川岳尚能融結，即余之體，莫能敗壞矣。」二公拜曰：「敬聞命矣。」

飲將盡，古丈夫折松枝，叩玉壺而吟曰：「餌柏身輕疊嶂間，是非無意到塵〔一九〕寰。冠裳暫備論浮世，一餉雲遊碧落間。」毛女繼和曰：「誰知古是與今非，閒躡青霞遶〔二〇〕翠微。簫管秦樓應寂寂，綵雲空惹薜蘿衣。」古丈夫曰：「吾與子邂逅相遇，那無戀戀耶！吾有萬歲松脂、千秋柏子少許，汝可各分餌之，亦應出世。」二公捧授〔二一〕拜荷，以酒吞之。二仙曰：「吾當去矣，善自遵養〔二二〕，無令漏泄伐性，使神氣暴露于窟舍耳。」二公拜別，但覺超然，莫知其蹤去矣。旋見所衣之衣，因風化爲花片蝶翅，而揚空中。陶尹二公，今巢居〔二三〕蓮花峰上，顏臉微紅，毛髮盡緑，言語而芳馨滿口，履步而塵埃去身。雲臺觀道士，往往遇之，亦時細話〔二四〕得道之來由爾。（據中華書局版汪紹楹點校本《太平廣記》卷四〇引《傳奇》校録）

〔一〕大中初　前原有「唐」字，乃《廣記》編纂者所加，以明時也，今删。

〔二〕陶太白　《歷世真仙體道通鑑》卷四《古丈夫》譌作「恂大曰」。

〔三〕嵩　《類説》卷三二《傳奇·陶太白尹子虚》譌作「崇」。按：《真仙通鑑·古丈夫》全取《類説》，乃作「嵩」。

〔四〕醲　孫校本作「醲」。醲，酒味濃烈。

〔五〕窠　此字原無，據明鈔本、孫校本補。

〔六〕袪　原譌作「怯」，據明鈔本、孫校本、《四庫》本、《廣豔異編》卷三及《續豔異編》卷二《陶尹二君傳》改。

〔七〕服　此字原無，據孫校本補。

〔八〕在　原作「是」，據《四庫》本、《廣豔異編》、《續豔異編》改。

〔九〕巧　此字原無，據明鈔本、孫校本補。

〔一〇〕余　原譌作「念」，《四庫》本改作「余」，今從之。

〔一一〕九代　明鈔本、孫校本「九」作「几」。按：九代當指漢、魏、晉、宋、齊、梁、陳、隋、唐。「几」乃「九」字形譌。

〔一二〕今　孫校本作「令」。

〔一三〕翼　明鈔本、孫校本作「在」，《四庫》本改作「冀」。按：翼，借也。

〔一四〕瘍　孫校本作「疸」。

〔一五〕澤　孫校本作「玄」，《紺珠集》卷一一《傳奇·千秋白（柏）子》、《海録碎事》卷一三下引《傳奇》作「翠」。

〔一六〕浩浩　明鈔本、孫校本作「滸滸」。按：滸，同「瀚」。瀚瀚，浩瀚。
〔一七〕濳乎　孫校本作「崩拆」。
〔一八〕命帶　明鈔本作「帶命」。按：命帶與上句胎根相對，當作「命帶」。
〔一九〕塵　《三洞群仙録》卷八引《廣記》作「人」。
〔二〇〕遶　原譌作「遠」，據《類説》、《真仙通鑑》改。《廣豔異編》、《續豔異編》作「到」。《全唐詩》卷八六二作「與」，校：「一作遶。」
〔二一〕授　孫校本、《四庫》本及《廣豔異編》、《續豔異編》作「授」。「授」、「受」互通。
〔二二〕遵養　「遵」原作「道」，據明鈔本、孫校本改。按：《晉書》卷六七《温嶠傳》：「誠賢人君子道窮數盡，遵養時晦之辰也。」《四庫》本改作「導」。道，通「導」。
〔二三〕巢居　明鈔本作「見」。
〔二四〕細話　孫校本作「詾」。

按：本篇《廣豔異編》卷三及《續豔異編》卷二採入，題《陶尹二君傳》，文字有所删削。

許栖巖傳

裴　鉶　撰

許栖巖秀才，家于岐山下。貞元中〔一〕舉進士不第，於長安昊天觀習業。月餘併喪三馬，不可塗行，而更選良駿。有蕃人牽馬來，稱是逸足，棲巖欲市，尚且疑之。是觀有道士能《易》，棲巖請筮之。遇《乾》九五〔二〕曰：「飛龍在天，利見大人。」曰：「此馬龍種也，當因此馬利見大人，則事無不諧矣。」人皆哂其妄，獨棲巖信而市之。雖加意秣飼，而膚革不充。

後值韋令公鎮西蜀，棲巖舊出其門下，自詣坤維而謁。道經劍閣，馬驚失足，俱墜於巖壑之間，幾萬丈〔三〕，底爲槁葉所積，俱不能損。仰觀峭絶，無計攀援。良久，祝曰：「我非劉備，爾非的盧，無計躍出。吁！道士之占，何其謬耶！」遂與馬解其銜勒，去其韉席，縱其所欲。似經一晝，棲巖捫石竅，漸能踰足，因躡巨栗如拳，取而食之，甚濟飢渴。如此又約數十里，竅漸明朗，忽若出洞口，見平地數里，春景爛然，殖碧桃萬有餘株〔四〕。花間有青石池，池傍有石屋，屋中有道士，白髮丹臉，偃卧於石榻之上，傍見二玉女。棲巖因之叩首再拜，玉女大駭，曰：「爾何人，遽至太一元君〔五〕之室？」棲巖具陳本末。二女遂白元君，元君召棲巖，棲巖拜手稽顙。元君曰：「爾在人間何好？」曰：「好道，多讀《莊》、《老》、《黄庭經》。」元君曰：「爾於三道書各得何句，請一一説之。」棲巖曰：「《莊子》云：『真人之息以踵〔六〕。』《老子》云：『其精甚真。』《黄庭經》云：『但思一部壽無窮。』」元君曰：「子近道矣。」乃命坐，玉女酌石髓而飲之，曰：「嵇康不能得，今爾得之，乃數也。」栖巖乃跪謝而飲之。

玉女前曰：「穎道士至矣。」元君命設榻而坐。有道士長眉巨唇，恢形古貌，執筭而跪禮之。元君勞之曰：「君何遠來？」曰：「故來相謁〔七〕。」元君曰：「請與吾筭二〔八〕事：且擘大華〔九〕，何神也？立海橋，何鬼也？吾不能達。」道士遂布筭蔌蔌，披閲三才，討論六合，上窮蒼昊，下抵幽泉。良久，曰〔一〇〕：「擘大華者，雖云巨靈，實夸父之神也。立海橋者，雖云醜怪，乃五丁之鬼也。」元君點首曰：「然。」又曰：「筭吾今夕何爲。」又布筭，曰：「元君今夕合東遊三萬里。」元君曰：「何太遠乎？」栖巖因熟視道士，乃昔卜馬者，大驚其事。道士曰：「昔日《乾》卦，合今日矣。」栖巖叩首而謝之。

逡巡，有仙童馭鹿龍而至，曰：「東皇君〔一一〕使迎元君，今宵於曲龍山〔一二〕翫月。」元君撫掌而咍曰：「道士卜中矣。」道士敬謝而告去。元君曰：「爲我語邢和璞。」道士曰：「諾。」元君與栖巖曰：「可同遊曲龍山。」便令浴於池，而同跨鹿龍去。頃刻而抵曲龍山，但見危橋千步，聳柱萬尋，若長虹之亘青天，如曳練之横碧海，勢連河漢，影〔一三〕入滄溟，玉瑩無塵，雲凝不散。元君命栖巖拜東皇，東皇曰：「爾許長史之孫也。」栖巖曰：「某少孤，不知先祖何官也。」東皇曰：「吾昨宵與汝祖同飲，亦知汝當來。」東皇遂命仙童酌醴而進，與元君三人而飲。元君問東皇曰：「近來海水如何？」東皇曰：「比前時之會，淺已減半。」

吁！知桑田亦應不久爾。」

東皇命玉女歌青城丈人詞送元君酒，歌曰：「月砌瑶階泉滴乳，玉簫催鳳和煙舞。青城丈人何處遊，玄鶴唳天雲一縷。」仙童擊玉，繼而和之。宴極，東皇索玉簡而題詩曰：「造化天橋碧海東，玉輪還過輾晴虹。霓襟似拂瀛洲頂，顥氣潛消橐籥中。」元君繼曰：「危橋横石架雲端，跨鹿登臨景象寬。顥魄洗煙澄碧落，桂花低拂玉簪寒。」亦請棲巖繼之，曰：「曲龍橋頂翫瀛洲，凡骨空陪汗漫遊。不假丹梯躡霄漢，水晶盤冷桂花秋〔一四〕。」於是紅鸞舌歌，彩鳳羽舞，笙簫響徹於天外，絲桐韻落於人間。日輪漸湧〔一五〕，仙侣盡歡，各治命駕索輿，令棲巖俱乘鹿龍而返。

下視大城郭，棲巖曰：「此何處？」元君曰：「此新羅國也。」又至海畔小城邑，又問此何處，曰：「此唐國登州也。」俄頃到舊洞府，棲巖再拜辭歸，元君曰：「爾能飲石髓，已得人間千歲，無漏泄，無荒淫，能如此，猶更得一見吾也。」命玉女牽棲巖馬來，曰：「雖是君馬，本即吾洞之龍子。因無由作怒傷稼，謫於人間負荷，亦偶去與君緣合爾〔一六〕。」馬至昔日解鞍處，毛色如故，翅逸爽瘦，如八駿之狀。元君曰：「汝到人間，無用此馬，但於渭濱〔一七〕解之，當化爲龍，不異昔日費長房投青竹杖於葛陂也。」棲巖驚躍，稽首拜辭。玉女謂棲巖曰：「龍子迴日，號縣田婆鍼與寄少許來。」遂跨馬如飛，食頃已達號縣之舊莊。田園蕪没，井邑凋殘。詢之，時代已六十年矣。時大中五年也。棲巖體已清虚，性兼淡泊，既無所欲，焉有用乎？遂不問舊産，惟謀田婆鍼。一日，訪詢田婆，婆曰：「大一家紫霄姊妹常寄信買鍼來。」詰之其他，即結舌噤齒而不對。遂取鍼〔一八〕繫於馬鬣，放之渭濱，果化爲龍而入水去。棲巖後隱匡廬間，多有人見之者。（據明《正統道藏》本元趙道一《歷世真仙體道通鑑》卷三二《許栖巖》校録，又《太平廣記》卷四七引《傳奇》，出處疑誤）

〔一〕貞元中　《真仙通鑑》原作「唐德宗貞元中」。按：唐人叙事於本朝不舉「唐」字，若舉亦必曰「我唐」、「大唐」之類，而裴鉶《傳奇》行文，紀時亦但言年號，不舉皇帝廟號。「唐德宗」三字當爲趙道一所加，今删。後文「宣宗大中五年」，亦删「宣宗」二字。《杜工部草堂詩箋》卷四《麗人行》蔡夢弼注引《傳奇集》「貞元中」作「正觀中」，蓋以「貞元」誤作「貞觀」，而又避宋仁宗趙禎諱改「貞」爲「正」也。

〔二〕九五　此二字據《廣記》補。

〔三〕「後值韋令公鎮西蜀」至「幾萬丈」　按：《類説》卷三二《傳奇·許栖岩》作「栖岩入蜀，至劍閣，馬驚，墜萬丈岩底」，與《真仙通鑑》相合。

〔四〕「忽若出洞口」至「殖碧桃萬有餘株」　《類説》作「行出洞口，見碧桃萬餘株」，與《真仙通鑑》合。

〔五〕太一元君　《廣記》作「太乙真君」。按：《類説》、《三洞群仙録》卷一九引《傳奇》俱作「太一元君」，與《真仙通鑑》同。

〔六〕真人之息以踵　「之息」二字原倒，據《類説》及《莊子·大宗師》乙改。

〔七〕故來相謁　前當有闕文。

〔八〕二　《類説》譌作「三」。

〔九〕擘大華　「擘」原作「劈」，下文乃作「擘」，《類説》作「擘太華」。按：《文選》卷二《西京賦》：「綴以二華，巨靈贔屓，高掌遠蹠，以流河曲，厥跡猶存。」薛綜注：「華，山名也。巨靈，河神也。巨，大也。古語云：此本一山，當河，水過之而曲行。河之神以手擘開其上，足蹋離其下，中分爲二，以通河流。手足之跡，于今尚在。」據《類説》改。「大」通「太」，太華即華山，西有少華山。

〔一〇〕曰　此字原脱，據《類説》補。

〔一一〕東皇君　《廣記》作「東黄君」，誤。按：東皇君，得名《九歌·東皇太一》。《類説》作「東皇君」。

〔一二〕曲龍山　《廣記》作「西龍山」，誤。按：曲龍山，唐人傳説中東海仙山。南宋胡仔《苕溪漁隱叢話》前集卷四二引《蔡寬夫詩話》：「唐翰林壁畫海曲龍山。」顧況有《曲龍山歌》（《全唐詩》卷八八三）。《類説》作「曲龍」。

〔一三〕影　《類説》作「深」，當譌。

〔一四〕不假丹梯躡霄漢水晶盤冷桂花秋　《草堂詩箋》「霄」作「雲」，「晶」作「精」。按：水精即水晶。

〔一五〕日輪漸湧　此句原無，據《類説》補。

〔一六〕亦偶去與君緣合爾　《類説》作「與君緣合耳」。

〔一七〕渭濱　「濱」原作「溪」，後文作「濱」，據《類説》改。《廣記》、《群仙録》作「曲」。

〔一八〕遂取鍼　《群仙録》作「市針百枚」。

按：《廣記》引《許棲巖》，注出《傳奇》。《類説》卷三二《傳奇》，有《許栖岩》，乃節文，三百九十餘字。《歷世真仙體道通鑑》卷三二亦有《許栖巖》，文字最爲詳贍。以《類説》相校，《類説》文句與之大抵相合。且南宋蔡夢弼《杜工部草堂詩箋》卷四《麗人行》注引《傳奇集》許栖巖遊洞口詩二句，亦在《真仙通鑑》中。《真仙通鑑》採録前人書仙事而成，所採《傳奇》頗多，是則其《許栖巖》一傳必取《傳奇》文也，縱略有改易，亦近其原本。《廣記》之文，叙事詳不及《真仙通鑑》，情事亦有異，如翫月賦詩一段《廣記》無（《全唐詩》卷八六二輯入《翫月詩》四首）。且二者文句，幾無一相合，故《廣記》之本斷非《傳奇》之删略，疑出他書，《廣記》誤注出處耳。一事二傳，各據所聞而記，唐小説此例不爲鮮見。《廣記》之《許棲巖》正復如此，故情事大概相似而多異同，文字亦出自二手也。《三洞群仙録》卷二、卷一九所引《傳奇》（卷二誤作《傳記》）二條，或近《廣記》，或似《仙鑑》，但因隨意而引，且自增飾，不易判定所據何本。

今將《廣記·許棲巖》附録於左：

許棲巖，岐陽人也。舉進士，習業於昊天觀。每晨夕，必瞻仰真像，朝祝靈仙，以希長生之福。時南康韋皋太尉鎮蜀，延接賓客，遠近慕義，遊蜀者甚多。巖將爲入蜀之計，欲市一馬，而力不甚豐。自入西市訪之，有蕃人牽一馬，瘦削而價不高，因市之而歸。以其將遠涉道途，日加芻秣，而肌膚益削。疑其不達前所，試詣卜肆筮之，得《乾》卦九五。道流曰：「此龍馬也，宜善寶之。」洎登蜀道危棧，棲巖與馬俱墜岸（按：孫校本作「崖」）下，積葉承之，幸無所損。仰不見頂，四面路絶，計無所出。乃解鞍去銜（按：孫校本作「御」，疑爲「銜」字之譌），任馬所往。於槁葉中得栗如拳，棲巖食之，亦不饑矣。尋其崖下，見一洞穴，行而乘之，或下或高。約十餘里，忽爾及平川，花木秀異，池沼澄澈。有一道士卧於石上，二女侍之。巖進而求見，問二玉女，云是太乙（按：孫校本作「一」，下同）真君。巖即以行止告玉女，玉女憫之，白於真君。曰：「爾於人世，亦好道乎？」曰：「讀《莊》、《老》、《黄庭》而已。」曰：「三景（按：明鈔本、孫校本作「經」，是也）之中，得何句也？」答曰：「《老子》云：『其精甚真。』《莊子》云：『息之以踵。』《黄庭》云：『但思以却（按：此二字有誤）壽無窮。』」笑曰：「去道近矣，可教也。」命坐，酌小盃以飲之，曰：「此石髓也。嵇康不能得近，爾得之矣。」乃邀入别室，有道士，云是潁陽尊師，爲真君布算，言今夕當東遊十萬里。巖熟視之，乃卜馬道士也。是夕，巖與潁陽從太乙君登東海西龍山石橋之上，以赴群真之會。座内仙客有東黄君，見棲巖，喜曰：「許長史孫也，有仙相矣。」及明，復從太乙君歸太白洞中。居半月，思家求還。太乙曰：「汝飲石髓，已壽千歲，無輸泄，無荒淫，復此來再相見也。」以所乘馬送之。將行，謂曰：「此馬吾洞中龍也，以作怒傷稼，謫其負荷。子有仙骨，故得值之。不然，此太白洞天，瑶華上宫，何由而至也。到人間，放之渭曲，任其所適，勿復留之。」既别，逡巡已達虢縣，則無復故居矣。問鄉人，年代已六十年。出洞時，二玉女託買虢縣田婆針，乃市之，扙繫馬鞍上。解鞍放之，化龍而去。棲巖幼在鄉里，已見田婆，至此惟田婆容狀如舊，蓋亦仙人也。棲巖大中末年，復入太白山去。

裴航傳

裴鉶撰

長慶〔一〕中，有裴航秀才，因下第，遊于鄂渚。謁故舊友人崔相國，值相國贈錢二十萬，遂〔二〕挈歸于京，因傭巨舟，載于襄漢〔三〕。同載有樊夫人，乃國色也。言詞問〔四〕接，帷帳昵洽〔五〕，航雖親切，無計道〔六〕達而會面焉。因賂侍妾裊煙，而求達詩一章，曰：「同爲胡越猶懷想〔七〕，況遇天仙隔錦屏〔八〕。儻若玉京朝會去，願隨鸞鶴入青冥〔九〕。」詩往，久而無答。航數詰裊煙，煙曰：「娘子見詩若不聞，如何？」航無計，因在道求名醖珍果而獻之，夫人乃使裊煙召航相識。及褰帷，而玉瑩光寒，花明景麗〔一〇〕，雲低鬟鬢，月淡修眉，舉止真〔一一〕煙霞外人，肯〔一二〕與塵俗爲偶！航再拜揖，愕眙良久之。夫人曰：「妾有夫在漢南，將欲棄官而幽棲巖谷，召某一訣耳。深哀草擾，慮不及期，豈更有情留盼他人，的不然耶？但喜與郎君同舟共濟，幸〔一三〕無以諧謔爲意耳。然亦與郎君有小小因緣，他日必得爲姻懿〔一四〕。」航曰：「不敢！」飲訖而歸。操比冰霜，不可干冒。夫人後使裊煙持詩一章答航〔一五〕，詩曰：「一飲瓊漿百感生，玄霜擣〔一六〕盡見雲英。藍橋便是神仙窟〔一七〕，何必崎嶇上玉京〔一八〕。」航覽之，空愧佩而已，然亦不能洞達詩之旨趣。後更不復見，但使裊煙達寒暄而已。遂抵襄漢，與使婢挈粧奩，不告辭而去，人不能知其所造。航遍求訪之，滅跡匿形，竟〔一九〕無蹤兆。

遂飾粧歸輦下，經藍橋驛側近，因渴甚，遂下道〔二〇〕求漿而飲。見茅屋三四〔二一〕間，低而復隘，有老嫗緝麻苧。航揖之求漿，嫗咄〔二二〕曰：「雲英，擎一甌〔二三〕漿來，郎君要飲。」航訝之，憶樊夫人詩有「雲英」之句，深不自會。俄於葦箔之下，出雙玉手捧瓷甌〔二四〕，航接飲之，真玉液也，但覺異香氤鬱，透于户外。因還甌，遽揭箔，覩一女子，露裛瓊英，春融雪彩，臉欺膩玉，鬢若〔二五〕濃雲，嬌羞〔二六〕而掩面蔽身，雖紅蘭之隱幽谷，不足比其芳麗也。航驚怛，植足而不能去〔二七〕，因白嫗曰：「某僕馬甚饑，願憩〔二八〕於此，當厚答謝，幸無見阻。」嫗曰：「任郎君自便耳〔二九〕。」遂飯僕秣馬。良久，謂嫗曰：「向覩小娘子，豔麗驚人，姿容擢世，所以躊躕而不能適，願納厚禮而娶之，可乎？」嫗曰：「渠已許嫁一人，但時未就耳。我今老病，只有此女孫。昨有神仙遺靈丹一刀圭〔三〇〕，但須玉杵臼擣之百日，方可就吞，當得後天而老。君若的欲取此女者〔三一〕，得玉杵臼，吾當與之，亦不雇其前時許人〔三二〕也。其餘金帛，吾無用處耳。」航拜謝曰：「願以百日爲期，必攜杵臼而至，更無他許人。」嫗曰：「然。」航恨恨〔三三〕而去。

及至京國，殊不以舉事爲意，但於坊曲鬧市喧衢，而高聲訪其玉杵臼，曾無影響。或遇朋友，若不相識，衆言爲狂人〔三四〕。數月餘日〔三五〕，忽〔三六〕遇一貨玉老翁，曰：「近得虢州藥鋪卞老書，云有玉杵臼貨之，郎君懇求如此，此君吾當爲書導達。」航媿荷珍重，持書而去〔三七〕，果獲杵臼。卞老曰：「非二〔三八〕百緡不可得。」航乃瀉囊，兼貨僕貨馬，方及其數，遂步驟獨挈而抵藍橋。昔日嫗大笑曰：「有如是信士乎？吾豈愛惜女子，而不醻其勞哉？」女亦微笑曰：「雖荷如此〔三九〕，然更爲吾擣藥百日，方議姻好。」嫗於襟帶間解藥，航即擣之，晝爲而夜息。夜則嫗收藥臼於內室。航又聞擣藥聲，因窺之，有玉兔持杵臼，而雪光輝室，可鑒毫芒。於是航之意愈堅定。如此日足，嫗持而吞之，曰：「吾當入洞而告姻戚，爲裴郎具帳幃。」遂挈女入山，謂航曰：「但少留此。」

逡巡，車馬僕隸迎航而往〔四〇〕。別〔四一〕見一大第連雲，珠扉晃日，内有帳幄屏幃，珠翠珍玩，莫不臻至，愈〔四二〕如貴戚家焉。仙童侍女，引航入帳，就禮訖。航拜嫗，悲泣感荷。嫗曰：「裴郎自是清冷裴真人〔四三〕子孫，業當出世，不足深媿老嫗也。」及引見諸賓，多神仙中人也。後有仙女，鬟髻霓衣，云是妻之姊耳。航拜訖，女曰：「裴郎不相識耶？」航曰：「昔非姻好，不醒〔四四〕拜侍。」女曰：「不憶鄂渚同舟回而抵襄漢乎？」航深驚怛〔四五〕，懇悃陳謝。後問左右，曰：「是小娘子之姊雲翹夫人，劉綱仙君之妻也。已是高真，爲玉皇之女史〔四六〕。」嫗遂遣航將妻入玉峰洞中，瓊樓珠室而居之〔四七〕。餌以絳雪、瓊〔四八〕英之丹，體性清虚，毛髮紺緑，神化自在，超爲上仙。

至太和中，友人盧顥，遇之於藍橋驛之西，因説得道之事。遂贈藍田美玉十斤，紫府雲丹一粒，叙話永日，使達書于親愛。盧顥稽顙曰：「兄既得道，如何乞一言而教授？」航曰：「《老子》曰：『虚其心，實其腹。』今之人，心愈實，何由有〔四九〕得道之理？」盧子懵然，而語之曰：「心多妄想，腹漏精溢，即虚實可知矣。凡人自有不死之術、還丹之方，但子未便可教，異日言之。」盧子知不可請，但終宴而去。後世人莫有遇者。（據中華書局版汪紹楹點校本《太平廣記》卷五〇引《傳奇》校録）

〔一〕長慶　前原有「唐」字，今删。

〔二〕遂　原譌作「遠」，據孫校本改。

〔三〕襄漢　「襄」字原譌作「湘」，下文作「襄」，據明鈔本、孫校本、《類説》卷三二《傳奇·裴航》、皇都風月主人《緑窗新話》卷上引《傳奇》（題《裴航遇蘭橋雲英》）、《三洞群仙録》卷一引《傳記》（《傳奇》）、羅燁《醉翁談録》辛集卷一《裴航遇雲英于蘭橋》、《歷世真仙體道通鑑》後集卷四《雲英》、《豔異編》卷四《裴航》、洪楩《清平山堂話本·藍橋記》、余象斗《萬錦情林》卷二《裴航遇雲英記》、林近陽及馮夢龍《燕居筆記》卷七《裴航遇雲英記》、胡文焕《稗家粹編》卷五《裴航遇雲英記》、《合刻三志》志幻類及《雪窗談異》卷七《稽神録·玉杵臼》改。

〔四〕問　孫校本作「聞」，《豔異編》、《萬錦情林》、《燕居筆記》、《稗家粹編》、《合刻三志》、《雪窗談異》作「間」。

〔五〕昵洽　《豔異編》、《萬錦情林》、《燕居筆記》、《稗家粹編》、《合刻三志》、《雪窗談異》作「比鄰」。

〔六〕道　明鈔本、孫校本、《豔異編》、《萬錦情林》、《燕居筆記》、《稗家粹編》、《合刻三志》、《雪窗談異》作「導」。道，通「導」。

〔七〕同爲胡越猶懷想　《唐詩紀事》卷四八《裴航》「想」作「思」。《豔異編》、《萬錦情林》、《燕居筆記》、《稗家粹編》、《合刻三志》、《雪窗談異》、《全唐詩》卷八六〇裴航《贈樊夫人詩》「同」作「向」。《類説》、《緑窗新話》、《群仙録》、南宋洪邁《萬首唐人絶句》卷六四裴航《贈樊夫人》、《醉翁談録》、《真仙通鑑》、《清平山堂話本》作「同舟胡越猶懷思」。

〔八〕況遇天仙隔錦屏　《萬錦情林》、《燕居筆記》「況」作「今」。《唐詩紀事》「仙」作「花」，《唐人絶句》、《醉翁談録》、《清平山堂話本》作「妃」。

〔九〕冥　原譌作「雲」，據明鈔本、孫校本、《唐詩紀事》、《類説》、《緑窗新話》、《群仙録》、《唐人絶句》、

《醉翁談録》、《真仙通鑑》、《豔異編》、《清平山堂話本》、《萬錦情林》、《燕居筆記》、《稗家粹編》、《合刻三志》、《雪窗談異》、《全唐詩》改。

〔一〇〕景麗　原作「麗景」，據《豔異編》、《萬錦情林》、《燕居筆記》、《稗家粹編》、《合刻三志》、《雪窗談異》乙改。景，同「影」。

〔一一〕真　此字原無，據孫校本補。《醉翁談録》、《清平山堂話本》作「即」，《豔異編》、《萬錦情林》、《燕居筆記》、《稗家粹編》、《合刻三志》、《雪窗談異》作「乃」。

〔一二〕肯　《情史》卷一九引《傳奇》（題《雲英》）作「不」。

〔一三〕幸　此字原無，據《類説》、《緑窗新話》、《群仙録》、《醉翁談録》、《真仙通鑑》、《清平山堂話本》補。

〔一四〕然亦與郎君有小小因緣他日必得爲姻懿　原無此二句，據《醉翁談録》、《清平山堂話本》補，《話本》「因緣」作「姻緣」。《類説》作「緣郎君小有因緣，他日必爲姻懿」，《群仙録》作「與郎君小有因緣，他日必爲姻懿」，《緑窗新話》作「與郎君少有因緣，他日必爲配偶」，《真仙通鑑》作「但與郎君小有因緣，他日必爲姻懿也」。

〔一五〕答航　此二字原無，據《醉翁談録》、《清平山堂話本》補。

〔一六〕擣　《施注蘇詩》卷一四《次韻舒教授寄李公擇》注引裴硎（鉶）《傳奇》、《唐人絶句》卷六四樊夫人《答裴航》作「杵」。

〔一七〕便是神仙窟　「便」《錦繡萬花谷》前集卷一八引《傳奇》（宋刊本）、謝維新《古今合璧事類備要》前集卷六一引《傳奇》、《永樂大典》卷七七〇二引《太平廣記》作「自」。「窟」《唐詩紀事》、《緑窗新話》、南宋張邦幾《侍兒小名録拾遺》引《傳奇》、《醉翁談録》、《真仙通鑑》、《清平山堂話本》作「宅」，南宋祝穆《古今事文類聚》前集卷三四引《傳奇》作「路」。

〔一八〕何必崎嶇上玉京　「崎嶇」《緑窗新話》、《小名録》、《萬花谷》前集卷一六引《傳奇》及前集卷一八、《事類備要》前集卷五〇引《太平廣記》及前集卷六一、《事文類聚》、《大典》作「區區」。「上」《大典》作「訪」。「玉京」原作「玉清」，據《紺珠集》卷一一《傳奇·藍橋神仙窟》、《類説》、《緑窗新話》、《東坡先生詩集注》卷一〇《次韻舒教授寄李公擇》注引《傳奇》、《施注蘇詩》、《小名録》、《群仙録》、《萬花谷》二引、《事文類聚》、《事類備要》二引、《唐人絶句》、《醉翁談録》、《大典》、《真仙通鑑》、《豔異編》、《清平山堂話本》、《萬錦情林》、《燕居筆記》、《稗家粹編》改。按：據《廣韻》，「生」、「英」、「京」俱屬「庚」韻，而「清」屬「清」韻，不在同一韻部。

〔一九〕竟　原作「意」，據明鈔本、《四庫》本、《豔異編》、《萬錦情林》、《燕居筆記》、《稗家粹編》、《情史》、《合刻三志》、《雪窗談異》改。

〔二〇〕道　《醉翁談録》、《清平山堂話本》作「馬」。

〔二一〕四　明鈔本、孫校本、《豔異編》、《合刻三志》、《雪窗談異》作「數」。

〔二二〕咄　《醉翁談録》、《清平山堂話本》作「呼」。按：北宋宋祁《宋景文筆記》卷上《釋俗》：「汾、晉之間，尊者呼左右曰『咄』，左右必曰『喏』。」

〔二三〕甌　《群仙録》作「椀」，《豔異編》、《合刻三志》作「杯」。

〔二四〕甌　此字原脱，據《施注蘇詩》卷二〇《上巳日與二三子攜酒出游隨所見輒作數句明日集之爲詩故詞無倫次》注引《傳奇》、《醉翁談録》、《豔異編》、《清平山堂話本》、《萬錦情林》、《燕居筆記》、《稗家粹編》、《合刻三志》、《雪窗談異》補。

〔二五〕若　《豔異編》、《萬錦情林》、《燕居筆記》、《稗家粹編》、《合刻三志》、《雪窗談異》作「惹」。惹，沾染。

〔二六〕羞　此字原無，據明鈔本、《醉翁談録》、《豔異編》、《清平山堂話本》、《萬錦情林》、《燕居筆記》、《稗家粹編》、《合刻三志》補。

〔二七〕航驚怛植足而不能去　《豔異編》、《燕居筆記》、《稗家粹編》、《合刻三志》、《雪窗談異》作「航驚怛，軟足縮不能去」，《萬錦情林》「怛」譌作「懼」，餘同。《醉翁談録》、《清平山堂話本》作「航凝視，不知移步」。

〔二八〕憩　《醉翁談録》、《清平山堂話本》上有「略」字。

〔二九〕耳　原作「且」，當譌，據《豔異編》、《萬錦情林》、《燕居筆記》、《稗家粹編》、《合刻三志》、《雪窗談異》改。

〔三〇〕圭　談愷刻本原譌作「至」，汪校本徑改。

〔三一〕君若的欲取此女者　原作「君約取此女者」。按：《醉翁談録》、《清平山堂話本》作「君若的欲要娶此女」，《類説》作「若取此女」，《緑窗新話》作「君欲娶此女」，據《醉翁談録》、《清平山堂話本》改補。的，確實。《廣記》形譌爲「約」。「取」明鈔本作「娶」，《會校》據改。按：取，即娶。

〔三二〕亦不雇其前時許人　此八字原無，據《醉翁談録》補。雇，同「顧」。《清平山堂話本》亦有此句，

「雇」譌作「願」。

〔三三〕恨恨　《真仙通鑑》作「怏怏」。

〔三四〕衆言爲狂人　《醉翁談録》、《清平山堂話本》作「衆號爲風狂」。

〔三五〕數月餘日　《類説》、《緑窗新話》、《群仙録》、《真仙通鑑》作「月餘」，《醉翁談録》、《清平山堂話本》作「如此月餘」。

〔三六〕忽　原作「或」，據《醉翁談録》、《豔異編》、《清平山堂話本》、《萬錦情林》、《燕居筆記》、《稗家粹編》、《合刻三志》、《雪窗談異》、《情史》改。

〔三七〕持書而去　此四字原無，據《醉翁談録》、《清平山堂話本》補。

〔三八〕二　《合刻三志》作「三」。

〔三九〕荷如此　此三字原無，據《醉翁談録》、《清平山堂話本》補。

〔四〇〕往　《合刻三志》作「遄」。遄，疾速。

〔四一〕別　《醉翁談録》、《清平山堂話本》作「俄」。

〔四二〕愈　《合刻三志》作「儼」。愈，勝也。

〔四三〕清泠裴真人　按：《雲笈七籤》卷一〇五鄧雲子《清靈真人裴君傳》載，裴玄仁，漢左馮翊夏陽人。文帝二年生，受道於支子元，號清靈真人。泠，通「泠」。

〔四四〕不醒　《四庫》本、《豔異編》、《萬錦情林》、《燕居筆記》、《稗家粹編》、《合刻三志》、《雪窗談異》、

《情史》作「不省」，意同。

〔四五〕恒　孫校本作「但」，連下讀。

〔四六〕女史　原作「女吏」，據《類説》、《群仙録》、《醉翁談録》、《真仙通鑑》、《清平山堂話本》改。按：《周禮・天官・女史》：「女史掌王后之禮職，掌内治之貳，以詔后治内政。」《唐六典》卷一二《宫官》，尚宫、尚儀等均設女史多人。

〔四七〕將妻入玉峰洞中瓊樓珠室而居之　「珠」原譌作「殊」，據孫校本及《醉翁談録》、《豔異編》、《清平山堂話本》、《萬錦情林》、《燕居筆記》、《稗家粹編》、《合刻三志》改。孫校本「中」在「樓」字下。

〔四八〕瓊　《類説》、《群仙録》、《醉翁談録》、《清平山堂話本》作「瑶」。

〔四九〕有　此字原無，據《豔異編》、《萬錦情林》、《燕居筆記》、《稗家粹編》、《合刻三志》、《雪窗談異》補。

按：《新編醉翁談録》辛集卷一《裴航遇雲英于藍橋》，即此篇之節文，頗可補正《廣記》所引。觀其文句與《類説》卷三二《傳奇・裴航》相合者不少，是則乃據《傳奇》原文節録，非有增改也。《清平山堂話本》之《藍橋記》，即取《醉翁談録》，唯前增「入話」五絶一首，末增「正是」七言二句，以成話本之體。《豔異編》卷四《裴航》，乃源出《廣記》。《萬錦情林》卷二、林近陽《增補燕居筆記》卷七及馮夢龍《增補批點圖像燕居筆記》卷七、《稗家粹編》卷五之《裴航遇雲英記》，皆同《豔異編》本，而别擬篇名。《情史類略》卷一九引《傳奇》，題《雲英》，亦據《廣記》，文字有所删略。又《合刻三志》志幻類及《雪窗談異》卷七《稽神録》，嫁名唐雍陶撰（《雪窗談異》無「撰」字），中《玉杵臼》，即《裴航》。

湘媪傳

裴　鉶　撰

貞元中〔一〕，湘潭有一媪，不云姓字，但稱湘媪。常居止人舍，十有餘載矣。常以丹篆文字救疾於閭里，莫不嚮應。鄉人敬之，爲結搆華屋數間而奉媪。媪曰：「不然，但土木其宇，是所願也。」媪鬢翠如雲，肌〔二〕潔如雪，策杖曳履，日可數百里。忽遇里人女，名曰逍遥，年二八，豔美，攜筐採菊。遇〔三〕媪瞪視，足不能移，媪亦〔四〕目之，曰：「汝乃愛我，可同之所止否？」逍遥欣然擲筐，斂衽稱弟子，從媪歸室。父母奔追及，以杖擊之，叱而返舍。逍遥操益堅，竊索自縊。親黨敦喻其父母，請縱之。度不可制，遂捨之。復詣媪，但篲〔五〕塵易水，焚香讀道經而已。

後月餘，媪白鄉人曰：「某暫之羅浮，扃其户，慎勿開也。」鄉人問逍遥何之，曰：「前往。」如是三稔，人但於户外窺見小松迸筭而叢生堦砌。及媪歸，召鄉人同開鎖，見逍遥懵坐於室，貌若平日，唯蒲履爲竹稍串於棟宇間。媪遂以杖叩地曰：「吾至，汝可覺。」逍遥如寐醒，方起，將欲拜，忽遺左足，如刖於地。媪遽令無動〔六〕，拾足勘膝，噀之以水，乃如故。鄉人大駭，敬之如神，相率數百里皆歸之。

媪貌甚閑暇，不喜人之多相識。忽告鄉人曰：「吾欲往洞庭，救百餘人性命。誰有心爲我設船一隻，一兩日可同觀之。」有里人張拱〔七〕家富，請具〔八〕舟檝，自駕而送之。欲至洞庭前一日，有大風濤，蹙一巨舟，泊於君山島上而碎〔九〕。載數十家，近百餘人，然不至損。未有舟檝來救，各星居於島上。忽有一白鼉，長丈餘，遊於沙上。數十人攔之撾殺，分食其肉。明日，有城如雪，圍繞島上，人家莫能辨。其城漸窄狹束，島上人忙怖號叫，囊橐皆爲虀粉。束其人爲簇，其廣不三數丈〔一〇〕，又不可攀援，勢已緊急。岳陽之人，亦遥覩雪城，莫能曉也。時媪舟已至岸，媪遂登島，攘劍步罡，噀水飛劍而刺之。白城一聲如霹靂，城遂崩，乃一大白鼉，長十〔一一〕餘丈，蜿蜒而斃，劍立〔一二〕其胸，遂救百餘人之性〔一三〕命，不然，頃刻即拘束爲血肉〔一四〕矣。島上之人，咸號泣禮謝。命拱〔一五〕之舟返湘潭，拱不忍便去。忽有道士與媪相遇，曰：「樊姑，爾許時何處來？」甚相慰悦。拱詰之，道士曰：「劉綱真君之妻樊夫人也。」後人方知媪即樊夫人也。拱遂歸湘潭。後媪與逍遥一時返真。（據中華書局版汪紹楹點校本《太平廣記》卷六〇引《女仙傳》校録，孫校本作《女仙傳》又《傳奇》，按：所録

湘媪事，爲《傳奇》文字）

〔一〕貞元中 《廣記》原作「後至唐貞元中」。按：「後至」乃《廣記》編者承接上文樊夫人事所加之語，「唐」字亦其所加，今删。

〔二〕肌 原譌作「肥」，據《三洞群仙録》卷六引《女仙傳》、明彭大翼《山堂肆考》卷一五〇《刺黿》（無出處）、清《淵鑑類函》卷三一八引《女仙録》改。

〔三〕遇 清黄晟校刊本、《四庫》本、《筆記小説大觀》本作「偶」，《太平廣記鈔》卷九作「向」。

〔四〕亦 此字原無，據明鈔本、孫校本補。

〔五〕篝 《廣豔異編》卷四《樊夫人》作「掃」。

〔六〕動 談愷刻本原譌作「勤」，明鈔本、孫校本作「動」，汪校本徑改。

〔七〕拱 明陳耀文《天中記》卷五七引《女仙傳》、《傳奇》作「珙」。

〔八〕具 談本原譌作「且」，孫校本作「具」，汪校本徑改。

〔九〕蹙一巨舟泊於君山島上而碎 「泊」原作「没」，《天中記》作「蹙一巨舟，泊一君山島上而碎」，《淵鑑類函》卷四四一引《傳奇》作「蹙一巨舟，泊一島上而碎」，「泊」字義勝，據改。《新編古今奇聞類紀》卷八引《女仙傳》作「一巨舟若山，碎没於君山島下」。

〔一〇〕三數丈 《錦繡萬花谷》前集卷二及《古今合璧事類備要》前集卷三引《傳奇》、《真仙通鑑》後集卷四《樊夫人》、《山堂肆考》作「數丈」，明郭子章《蠙衣生劍記·說劍上》引《傳奇》作「數尺」。

〔一一〕十　《萬花谷》、《天中記》、《劍記》作「千」，《奇聞類紀》作「百」。

〔一二〕立　《四庫》本改作「裂」。

〔一三〕性　談本原譌作「姓」，《四庫》本、《筆記小説大觀》本作「性」，汪校本徑改。

〔一四〕拘束爲血肉　孫校本作「俱束爲血」，《會校》據改。明鈔本作「俱爲血」。按：拘束，束縛。

〔一五〕拱　明鈔本作「珙」，下同。

按：《廣記》引《樊夫人》，注出《女仙傳》，然清孫潛校本注作「出《女仙傳》又《傳奇》」。《樊夫人》實爲兩部分，開首「樊夫人者」至「同昇天而去」爲樊夫人事，自「後至唐貞元中」以下乃湘媪事（亦爲樊夫人），是則前部分出《女仙傳》，後部分出《傳奇》，《廣記》以其皆叙樊夫人，故合二書所載爲一篇，非湘媪亦出《女仙傳》。觀後事云「後至唐貞元中，湘潭有一媪」，「後至唐」乃《廣記》編者所加關連之語，而「貞元中，湘潭有一媪」，正裴鉶《傳奇》開篇叙事之體也。

徵之類書，南宋佚名《錦繡萬花谷》前集卷二《鼉城》，謝維新《古今合璧事類備要》前集卷三《湘媪刺鼉》，明郭子章《蠙衣生劍記·説劍上·樊夫人飛劍》，清修《淵鑑類函》卷四四一《鱗介部五·鼉二》皆引作《傳奇》，而南宋葉廷珪《海録碎事》卷一三上《樊夫人》引《女仙傳》，其事不涉湘媪。至於南宋陳葆光《三洞群仙録》卷六《湘媪丹篆》、明施顯卿《新編古今奇聞類紀》卷八《湘媪法制鼍城》皆引作《女仙傳》，南宋祝穆《古今事文類聚》前集卷三四《樊夫人》、《古今合璧事類備要》前集卷五〇《樊夫人》及《淵鑑類函》卷三一八《道部一·仙二》引《女仙録》，則皆爲湘媪事，顯然所據乃《廣記》而誤斷。明陳耀文《天中記》卷五七《鼍城》，注作《女仙傳》、《傳奇》，乃是綜合前世類書引用而並存二説。要之，裴鉶《傳奇》所載只湘媪事，當題《湘媪傳》，而樊夫人事則屬《女仙傳》。或以爲《廣記》所引《樊夫人》全係《傳奇》文字（周楞伽《裴鉶傳奇》），或以爲非裴鉶所作（李宗爲《唐人傳奇》），皆非也。

《女仙傳》不詳何人作，《廣記》及《三洞群仙録》等書引有《女仙傳》十多條，載事皆有所出，蓋五代人採録諸書而成，一似五代杜光庭之《墉城集仙録》。樊夫人即採自葛洪《神仙傳》卷六《樊夫人》（《四庫全書》毛晉刊本），文字大同。《墉城集仙録》卷六亦採之。《廣豔異編》卷四《樊夫人》，據《廣記》輯録，删前部分而獨取湘媪事。